NATURAL SUPERNATURALISM

M. H. Abrams

Tradition and Revolution in Romantic Literature

自然的超自然主义

浪漫主义文学中的传统与革命

[美] M.H. 艾布拉姆斯 著 王 凤 译

广西师范大学出版社
· 桂林 ·

谨以此书献给简和朱迪

For Jane

and

For Judy

译者序

在西方二十世纪诸多英美文学研究者中，美国康奈尔大学“英语文学 1916 级终身教授”M. H. 艾布拉姆斯教授因其独到的批评视角、深邃的哲性洞察、宏阔的文化视野、丰润的人文情思、素朴的文路笔风而特色鲜明，独树一帜，且因建树之卓越，影响之深远，成为英美文学界无人不知的学术大师，正如国内学者王宁所言，“我们无论是谈论英国文学或文学理论，都无法绕过这位重要的人物”。就英国文学而言，艾布拉姆斯教授的突出贡献之一表现在他组织主编了《诺顿英国文学选》(*The Norton Anthology of English Literature*)和《文学术语词典》(*A Gollary of Literary Terms*)，这两部教科书深受大学师生及其他读者的欢迎，成为英国文学的经典教材和专业读物。在文学理论领域，奠定其世界文学批评大师地位的则是他对浪漫主义诗歌的独到研究，尤其是 1953 年出版的《镜与灯：浪漫主义文论及批评传统》(*The Mirror and Lamp: Romantic Theory and The Critical Tradition*)。该书阐明作者心灵的活动构成诗歌的主要领域，与当时盛行的英美新批评主张的客观批评相对，加之对西方文艺理论做了全面回顾和总结，学术价值极高，已成为学术界公认的浪漫主义研究扛鼎之作，勒内·韦勒克(René Wellek)在为其撰写的书评中，赞誉该书是“自斯平加恩(J. E. Spingarn)以来文学批评领域中最优秀的学术著作”。然而,国内学界对这部正当其时的著作的过度关注,导致忽略了艾氏另外一部同样具有重大意义的浪漫主义研究杰作,即《自然的超自然主义：浪漫主义文学中的传统与革命》(*Natural Supernaturalism: Tradition and Revolution in Romantic Literature*)。

该书出版于1973年,一经出版便在西方获得众多好评。莫尔斯·佩克汉姆(Morse Peckham)称它是“自己所阅读的关于浪漫主义的书中最好的一本”。J. 希利斯·米勒(J. Hillis Miller)认为该书取得的成就史无前例,无人可及,主要表现在：通过德国诗人和哲学家来解读英国浪漫主义诗人;细致展现了浪漫主义核心神话、隐喻和概念与圣经、基督教、新柏拉图主义传统模式之间的一致性;呈现了浪漫主义作家将神学传统世俗化产生的可能性意义;探讨了浪漫主义文学对现代文学的持续影响。韦恩·C. 布斯(Wayne C. Booth)评价道,艾布拉姆斯在该书中采取了一种前所未有的批评模式和文学史方式,他对诗歌进行有效的外部诠释,来表明诗歌对传统的吸纳与改造,从而给诗歌带来新的改变,产生新的意义,这不仅显示了华兹华斯诗歌的历史意义,而且展示了它的审美价值。

在艾布拉姆斯教授自己看来,虽然《镜与灯》更为人们熟知,但《自然的超自然主义》更为重要,它不仅是一部文学批评著作,更是一部文学思想史,“涉及比文学批评更具人文重要性的东西”。艾氏所称的文学思想,不单单指文学作品中体现出的某一特定时期的历史、哲学、文化等思想和观念,更多是指文学以整个外在历史文化为参照体系生发出来的内在意义和可能性价值。这种内在意义和可能性价值既体现、吸纳了传统,也出于满足现实需要而更新、转换了传统;既体现了文学在其历史与文化中所处的位置,也阐明了文学在历史与文化的演进和发展中所扮演的角色和发挥的作用。作为一部艾氏意义上的文学思想史,《自然的超自然主义》主要体现了以下几个方面的特征：第一,强调以华兹华斯为代表的英国浪漫主义诗人所处的时代背景，尤其是法国大革命失败后的欧洲社会文化现状，以凸显浪漫主义作家集体呈现出来的时代精神具有的历史意义；第二，以同时代德国诗人和哲学家及其著作为参照，阐述两者之间的共同点与相似点，从而赋予浪漫主义想象性诗歌以哲思的形而上特质；第三，最重要的是，将浪漫主义作品视为圣经、基督教、新柏拉图主义等宗教神话和神秘主义传统的世俗化模式，从而把浪漫主义作家视为世俗的宗教思想者，这些世俗的传道者没有排斥而是吸纳了天堂、堕落、救赎、旅程、循环、回归、天启等古老的宗教神话概念，并在主体和客体、自我和非自我、心灵与自然、意识与世界的现代思想框架内重新加以解释，让它们衍生出去神圣化的世俗的意义模式，为人类的生活经历与世界经验提供崭新的阐释方式。根据这种方式，人的意识、精神或心灵都必然经历一场循回曲折但始终向前发展的旅程：起初与自然处于天堂般的和谐统一中，然后从这种统一中堕落或坠落下来，与自然分离，经历充满诸多分离、分裂、多样、矛盾和对立的过程，一路向前、向上，最终又绕回到原初的那个起点，也就是自己一直所在的那个家园，不过是一个更好的家园，在那里，心灵与自然联姻，人类获得救赎。这样，通过阐明浪漫主义哲学和文学中的特有概念和模式是被置换和重构了的神学话语，或者说是宗教经验的一种世俗形式，艾布拉姆斯的浪漫主义文学思想就超越了浪漫主义时期单一的时空限制，而具有文化上的整体性、思想上的统一性和范式上的同一性特征，使得浪漫主义不仅仅构成欧洲文学两千多年发展戏剧史上的一个场景，更将其塑造为西方社会文化传统发展中的一个转折点，其中，古典传统得以延续。但是，在欧洲社会现代急剧转型的浪潮中，这种传统以一种新的现代经验范式、新的经验组织模式及一套新的关系和关联程式呈现出来，并延续到整个十九世纪乃至二十世纪的文化思想之中，产生了持续性的广泛影响。最能说明艾氏这一独到、伟大的学术贡献的，便是 2013 年他获得美国“国家人文奖章”(National Humanities Medal),评奖委员会的颁奖词是他“拓展了我们对浪漫主义传统的理解,扩大了文学研究范围”,这作为对艾氏浪漫主义文学研究的总结,切中肯綮。

更为重要的是,在《自然的超自然主义》一书中,艾布拉姆斯通过其浪漫主义文学思想,表达了自己最为传统的人文主义观念。法国大革命失败后的欧洲,社会政治和生活动荡不安,启蒙理性思想陷入深刻的危机中,为寻求摆脱文化和思想困境的方式,浪漫主义诗人和哲学家努力从古典和传统宗教中汲取源泉。他们吸收、同化了大量的宗教主题,将它们重塑为一种世俗模式,然后宣称自己作为诗人-先知或哲学家-先知,担负起拯救堕落人类和世界这一神圣使命,帮助人们在世间建立一座人间天堂,恢复人类生活曾经失去的美好、欢乐、正义和幸福。正是在此意义上,艾布拉姆斯认为“浪漫主义美学是主张艺术为人类、艺术为生活的美学”,几乎也恰好是这一点,最为突出地彰显了其浪漫主义文学思想中作为深厚基础的人文主义思想。在二十世纪六十年代弥漫于西方社会的文化传统反叛思潮和虚无主义否定思想的裹挟下,人的主体性几乎丧失殆尽,在动荡不安的社会生活中如无根浮萍、风中乱絮,心灵无家可归,精神无处可依,在某种意义上,与法国大革命后浪漫主义诗哲们深陷其中的社会境遇类似。那么,在这个时候重提浪漫主义作家,彰显他们所承担的以人类救赎为目标和使命的先知者角色,呈现他们在人类处于深重苦难和无边矛盾中仍然保持的积极的、乐观的、自信的生活姿态,艾布拉姆斯并不是要提倡回归到所谓浪漫主义的简朴的原始主义,或者采取躲避的态度逃逸到唯我独存的个人的心理世界和心灵领地,相反,他旨在为处于其时其境的人们(包括他自己)提供一种看待传统文化思想、人类生活经历、世界发展变迁等的方式,而且,这种方式更多是肯定而非否定的、有机而非机械的、统一而非分裂的、同一而非差异的,在高举差异性、不确定性、否定性、平面化、碎片化等观念大旗的后现代主义文化中,成为一个坚定的后现代文化思想的逆行者。对于这种浪漫主义思想,如果有人持怀疑态度,认为这一切听来显得虚假或陈旧,艾布拉姆斯的断言是:“这也许表明,比起雪莱和华兹华斯所知道的时代,当代人所处的时代更令人失落,更让人感到沮丧。”这里,虽未经明示,我们仍然可以感受到艾氏内心深处怀有的时代忧虑和对人类命运的忧思,如同其笔下的浪漫主义诗哲,“他们都是人文主义者”,“规定了人最重要的东西和人的根本尊严”。

综上所述,《自然的超自然主义》一书集文学、批评、哲学、历史、宗教于一身,既具有极高的文学价值,也具有非凡的思想价值,更具有卓越的人文价值,称得上二十世纪浪漫主义文学研究中的典范之作。加之文风朴实无华,行文流畅,即使引文较多,作者也进出自如,娓娓道来,与正文相得益彰,互为映衬,堪称文学批评写作模式不可多得的佳作。相信读者读完本书后一定会在智识上有所增进,思想上有所感悟,心灵上有所启迪。

在该书的翻译过程中,译者力求最大限度地忠实于原作,但囿于学识疏浅,不免舛误,力有未逮,祈望读者恕谅,方家惠正。

王　凤

2024 年 12 月于西安

目 录

前　言

雪莱在《为诗一辩》中写道：“英国文学发展起来，如获新生”，“在 11
我们的生活中，有一批哲学家和诗人，他们超然卓越，从为公民和宗教自由进行的最后一次全国斗争以来所涌现的人群中，无人可与之比拟”，这些人拥有一种共同的“时代精神”。1819 年 10 月，雪莱在给查尔斯·奥利尔的一封信中进一步指出，“我们这个时代发生的重大事件孕育了新的思想和感情的源泉”，伟大诗人“从这些源泉中获得了相似的情感基调、意象和表达方式”，一个时代中“最优秀作家”具有相似性，证明“那个时代的精神对所有人产生了影响”。我们将看到，雪莱的同时代人也做出过类似的断言。假设我们提取出雪莱声明中的事实性主张，并将其重新表述如下：十九世纪许多大诗人与十八世纪诗人明显不同，他们有着共同的重要主题、表达模式、情感和想象的方式，其作品构成一种综合的思想潮流的一部分，这种潮流不仅展现在诗歌中，也显现在哲学中，与时代激烈的政治和社会变化存在着因果关系，那么在我看来，如此加以陈述的主张是有效的；而且，我要补充的是，这些主张不仅对英国文学和哲学有效，也对雪莱生活年代中的德国文学和哲学有效。

本书意在通过具体阐明那些显而可见的相似之处，来证实上述观点。法国大革命爆发后的三四十年是一个创造力非凡的时期，英国和德国都如此,在众多杰出的诗人、后康德哲学家、传奇作家、非完全虚构性自传作者以及德国人称为“普遍历史”(一种关于人类过去、现在和可预测未来的哲学框架)的相关形式的倡导者中,都明显存在着相似之处,体现在作者的立场与扮演的角色,主题、思想、价值观、意象,思维与想象
12 方式,以及情节和结构设计中。本书所讨论的文学、哲学和历史这三种形式,每一种形式都具有自身的前提和组织原则,每一位伟大作家都有着独特的关注点,发出独特的声音。在讨论某一部具体作品或某一位具体作者时,我力求以公正的态度对待每种形式的意图和个人表达上的差异。然而,这些作家都共同关注某些人类问题,并以一种可以辨识的方式思考和寻求解决这些问题的方法,这正是雪莱及其同时代人所称的“时代精神”的依据,而为了便于讨论我选择采用“浪漫主义”这个虽有歧义却是惯例的术语来称呼这一现象。

本书以“自然的超自然主义”为名,旨在表达传统神学思想和思维方式的世俗化,这是我一直关注的焦点,虽然绝非唯一的关注点。英国和德国是两个有着神学和政治激进主义历史的新教国家,其中,圣经文化激发了人们对雪莱所称的“时代重大事件”的回应。在这些重大事件中,他首先指的是法国大革命。革命带来了无限的希望和巨大的失败,在现代政治、社会和工业世界出现动荡的时期引起了革命和反革命的冲击波。例如,费希特、谢林、黑格尔、布莱克、华兹华斯、雪莱、青年卡莱尔、荷尔德林、诺瓦利斯、席勒和柯尔律治等想象力丰富的哲学家和诗人,他们都是形而上学思想者和吟游诗人,都将自己视为被上帝选中的人,在充满深刻文化危机的时代中充当西方传统的发言人,且将自己表现为传统的哲学家-先知形象或诗人-先知形象(在英国,主要典范是弥尔顿,雪莱称之为“为公民和宗教自由进行的最后一次全国斗争”的伟大“吟游诗人”),以不同但明显相似的方式,努力重新构建希望的根基,进而宣告,人类必然获得重生,或至少可能获得重生,重生后的人类将居

住在一片更新如初的大地上，在那里，他将发现自己自始至终栖居在家园之中。

文艺复兴以来，西方思想一直处于逐步世俗化的过程中，这是一个 13
常见的历史事实，但人们很容易误解这一过程发生的方式。世俗的思想家不能摆脱持续数世纪之久的犹太-基督教文化，就像基督教神学家无法摆脱古典和异教思想传统一样。这个过程——至少——并不是要删除和取代宗教观念，而是要同化和重新解释这些观念，将其作为以世俗为前提建立起来的世界观的构成要素。我所称的“浪漫主义”作家具有诸多独特之处，这源自这样一个事实：不管持有哪种宗教信条，甚或根本不遵循任何宗教信条，他们都致力于拯救传统的概念、体系和价值，这些概念、体系和价值建立在造物主与造物、造物主与创造之间的关系基础之上，但需要在主体和客体、自我和非自我、人类心灵或意识与自然的交流这些流行的二元术语系统中重新加以表述。尽管它们的参照系从超自然变成了自然，但那些古老的问题、术语与思考人性和历史的方式仍然存在，这些传统元素构成了隐在的特征与范畴，甚至成为那些彻底世俗化的作家看待自己和世界的方式，也成为他们思考人类境况、环境、核心价值和抱负、个人与人类的历史命运的前提、形式。

本书并不针对十九世纪早期的思想和文学进行全面综述。即使是重点关注的作家，我也主要选择他们创造力处于鼎盛时期创作的作品，而对这个时代的其他重要作家则略之不叙。例如，济慈之所以被提及，主要是因为他在一些诗歌中表现了浪漫主义的一个核心主题：诗人的心灵经历成长，得到规训，被视为一种个体生命的神正论（济慈称之为“一个救赎体系”），这个过程既始于我们于这个世界的经历，也终于这种经历。本书完全没有论及拜伦，并非因为我认为他逊色于其他诗人，而是因为他在其重要作品中采用一种反讽的“对抗语气”（counter-voice）进行言说，刻意为同时代浪漫主义者的预言者姿态打开了一种讽刺性视角。

华兹华斯在十八世纪与十九世纪之交首次撰写了“《隐士》纲要”这
14 一纲领性声明，并在《漫游》“序言”中指出，作为一份纲要，它阐明了自己打算创作的巨著《隐士》以及收录自己其他作品的诗集所具有的“构思和范围”，本书在结构上就以该“纲要”为中心，从中摘取出一些文段，然后又折回其中，如此来回往返，呈现出一种序列运动。之所以如此安排，是因为华兹华斯是那个时代伟大的诗人典范（正如同时代的英国诗人所公认的，不论采取什么标准），其“纲要”为浪漫主义的核心事业确立了宣言，从而为我们提供了方便，可以此来衡量其同时代诗人作品中存在的一致与分歧。在每一节中，我也着眼于华兹华斯之前和之后的时代——往其后探索了圣经、基督教释经文献、宗教忏悔文学以及通俗哲学和神秘哲学等各个相关层面，往其前则讨论了我们这个时代的一些杰出作家——旨在表明浪漫主义思想和文学代表了西方文化中一个决定性的转折点。浪漫主义时代的作者在重新解释自己“文化遗产”的过程中，发展出一个经验组织的新模式、一种看待外部世界的新方式，以及一套个人与自我、与自然、与历史和同胞之间的新关系。从十九世纪中期到现在，这一事实对大多数重要作家来说都显而易见，其中的许多人或积极或消极地以浪漫主义成就的形式和内在精神为参照，来定义自己的文学事业。我知道，这些主题和材料极其多样，将它们整合在一起难度极大，在这个工作过程中，我有时会想起柯尔律治曾经说过自己为何花了如此漫长的时间才完成所计划的**杰作**（*Magnum Opus*）——因为关乎万物，涉及一切，这个时候，我便感到一阵苦涩。

本书的早期版本是 1963 年 4 月和 5 月在印第安纳大学的艾迪生 · L. 罗奇系列讲座上的讲稿，于次年 5 月在多伦多大学的亚历山大系列讲座中得到修订。借此机会，我要感谢这两所大学给予我的诸多善意，并对已故的 A. S. P. 伍德豪斯教授表示敬意，他的学术关注点在很多方面与本书的主题相关。从1929年讲座开始到期满荣休,伍德豪斯教授保持着与亚历山大系列讲座的密切关系,而正是在此期间,我有幸参与了这一杰出的系列讲座。此后,我对文本进行扩充,将四次讲座的内容最后拓展为八章,但主题和主要论点仍然与亚历山大讲座保持一致,新增的内容主要是对德国后康德主义哲学家和文化历史学家进行的更全面的论述,并且增加了大量例证段落的引用。之所以增加这些引用,是因 15
为我遵循一条原则:只要可行,应该允许作者在这类问题上用自己的话语表达观点。一想到读者并非被迫听讲的观众,而是可以根据自己的兴趣爱好自由选择是细细品味或一翻而过,就让我感到一丝欣慰。

在本书的撰写过程中,我获得了多方支持。1960年春,我获得古根海姆基金会的资助。1965年,康奈尔大学为我提供了研究经费和一个学期的休假。1967年到1968年,我在加利福尼亚州的斯坦福大学行为科学高级研究中心度过了非常愉快的一年。在那里,我与莫顿·布卢姆菲尔德(Morton Bloomfield)、唐纳德·麦克雷(Donald MacRae)、格雷戈里·弗拉斯托斯(Gregory Vlastos)和莫里斯·曼德尔鲍姆(Maurice Mandelbaum)几位教授沟通交流,受益匪浅。其中,曼德尔鲍姆教授恰巧正在撰写一本与我的研究主题相关的著作,内容涉及十九世纪历史哲学和社会科学哲学。此外,我也有幸与昔日的学生哈罗德·布鲁姆教授共事,那一年他作为耶鲁大学的杰出研究员到康奈尔大学人文协会工作。因着熟谙浪漫主义和后浪漫主义文学传统,他在通读完本书手稿后,对许多地方提出了改进意见。几名本科生和研究生研究助理,特别是伊拉·纳德尔(Ira Nadel)和小阿瑟·格罗斯(Arthur Gross, Jr.),以及伯妮斯·罗斯克(Berniece Roske)太太和康奈尔大学英语系的教职秘书团队,无不在手稿备以出版的繁重任务中提供了巨大帮助。我的妻子一如既往以愉快而勤勉的态度支持我,尽管本书撰写耗时颇多,打乱了其他学术和家庭计划,她也只是偶尔以激励性的方式表达些许抱怨而已。

在《序曲》第三卷中,华兹华斯描绘了自己在剑桥时的旅居时光,并勾勒了自己对一所理想大学的愿景——正如 A. C. 布拉德利所言,他并未专心于学业,而是想象了一所大学,自己本可以在其中工作。现在,如果让一个人想象一个心仪的场所,自己可以在那里创作一本关于浪漫主义文学的著作,他可能设想这样一幅画面:一座宽敞的古老建筑中的一间书房,周围环绕着学者们的书房,这些学者知识渊博,研究领域囊括古今文学与哲学;漫步一分钟的距离,就会看到一个用以研究的大型图书馆,里面收藏了大量华兹华斯时代的珍贵文献,而与图书馆相通的小径,展现出华兹华斯所描写的景致:山丘、树林、湖泊和天空。事实上,这正
16 是我在戈德温·史密斯大楼 171 号时的真实境况,正是在这里,本书得以在讲座和讨论中计划、成形,大部分内容得以撰写。在注释中,我对一些同事和昔日学生提供的帮助表达了感激之情。在这里,请允许我对其他所有人致以深深谢意。

M. H. 艾布拉姆斯

1969 年 1 月 1 日于康奈尔大学

第一章 “这，就是我们的崇高主题”

熟悉的东西之所以不是真正认知了的东西，正因为它是熟悉的。 17

W. G. F. 黑格尔，《精神现象学》“序言”

一幅图画禁锢了我们，使我们不能越出其外，因为它就在我们的语言中，而语言似乎总是顽固地向我们再现这幅图画……

我们提供的不是奇观异象，而是日常观察，它们无人置疑，只因往往近在眼前，所以人们避而不谈。

路德维希·维特根斯坦，《哲学研究》

Das Bekannte überhaupt ist darum, weil es bekannt ist, nicht erkannt.

— G. W. F. Hegel,
Preface, *Phenomenology of the Spirit*

A picture held us captive, and we could not get outside it, for it lay in our language and language seemed to repeat it to us inexorably. . . .

We are not contributing curiosities, but observations which no one has doubted, but which have escaped remark only because they are always before our eyes.

— Ludwig Wittgenstein,
Philosophical Investigations

对人、自然与人类生活的思考,
孤独中的沉思……

On Man, on Nature, and on Human Life,
Musing in solitude...

这是《隐士》的开篇之语。《隐士》也许是重要诗人华兹华斯最非凡、最伟大的作品之一,为了它,华兹华斯决定倾其“生命的精华和心灵的主要力量”[1],也正是它为他赢得了声誉,助其跻身最伟大诗人之列。这或许是重要作家所尝试过的最非凡的构想,是当之无愧的最宏大的工程之一。根据华兹华斯1814年的描述,原初计划只将带有史诗性质的自传体《序曲》作为三部曲的一首“预备诗”。据《漫游》(本身可能不完整)判断,三部曲中每一部的篇幅拟将大大长于标准史诗。[2]虽然华兹华斯付出不懈的艰苦努力,但他除了《序曲》,只完成了第一部的第一卷(《安家格拉斯米尔》)和第二部(《漫游》),第三部只字未写。因此,海伦·达比希尔认为,我们所读到的《隐士》只是“主题的一首序曲以及远离主题的一次漫游”。这些作品完成于1814年,几乎从那时起一直到1850年,华兹华斯一方面在家人善意的催促下感到不安,另一方面也因感到使命未竟而备感痛苦,声称因这一使命而被赋予先知具有的灵视。[3]

在《漫游》的序言中,华兹华斯拒绝为《隐士》"正式宣布一个体系",声称"读者自己不难"从整首诗歌中"提炼出这一体系"。然而,他创作了一首长一百零七行的诗,附于其后,作为"整篇诗歌构思和范围的'纲
20 要'"。要理解华兹华斯诗歌的结构特征,包括已完成的《隐士》的部分章节、《序曲》以及从 1798 年至 1814 年这一辉煌时期创作的短诗,这个"纲要"具有不可或缺的指引作用。

华兹华斯诗歌声明的最初版本,可能写于 1800 年至 1806 年间[4],该手稿后经扩充,置于《安家格拉斯米尔》的结尾,以阐明新诗的"主题"——华兹华斯将歌颂这一主题视为自己的特殊使命。大约十年后,在《漫游》序言(1814)中,华兹华斯仍然选择重印最初的诗歌声明,作为《隐士》全诗的"纲要",只是稍微调整了其中一些较正统的观点。此外,他将隐含于其所有作品中的结构比作一座"哥特式教堂":"预备诗",即我们所称的《序曲》,是"教堂的前厅",《隐士》三部曲为"主体",其他"次作""如若给予恰当布置和安排",相当于"教堂中的斗室、祈祷堂以及阴暗壁龛这些常见的教堂内建筑"。[5]第二年,他还邀请他 1815 年《诗集》的读者审视这些各自独立的作品,"采取双重视角:将每首诗歌本身视为一部完整的作品,同时,又将其视为《隐士》这一哲理诗的组成部分"。[6]华兹华斯严格坚持这一原则,且一以贯之——他将自己的全部诗歌视为一部巨著,即一篇由诗歌组成的诗歌,根据单一的整体构思写就。

"纲要"就是华兹华斯对这一宏伟结构设计所做的明确而详细的阐述[7],因此,要求我们予以最密切的关注。它是华兹华斯诗歌预言风格的一个实例,最新的观点认为,其中含糊的措辞和松散的句法后面隐含着哲理逻辑,华兹华斯以此表达自己对崇高事物的耽迷。我们不妨认为,这段重要的诗文经过作者长期思考,如此频繁地重写,如此被强调,

作者是知其何所谓的，也是认真以待的。如果我们细察并了解华兹华斯声称自己作为诗人的所作所为，会发现他的说法令人惊讶，但不应为此感到不安。很久以前，A. C. 布拉德利提出了理解华兹华斯诗歌的一个 21
根本准则：“进入华兹华斯思想的路，必须穿越其奇异之处和悖论迷雾，而非绕过它们。”[8]

1. 华兹华斯诗歌的构思

“纲要”原初位于《安家格拉斯米尔》结尾处，华兹华斯在它之前的诗行中宣称，自己被选为一位诗人-先知，被赋予一种“独具”的“内在光芒”，这迫使他“受神的教导”去谈论“人的人性或神性”：

> 我要将它传授，我要将它广泛传播，
> 在来世中永恒。

> I would impart it, I would spread it wide,
> Immortal in the world which is to come.

按照早期计划，华兹华斯将扮演行动世界中的一个战士角色，并且一直打算写一部传统史诗——“希冀以缪斯的呼吸吹响英雄的号角”，但是，他现在必须放弃这些计划。在遥远而幽静的格拉斯米尔山谷，“有一个声音要说话，那么，主题是什么？”[9]华兹华斯以成为其作品“构思和范围说明”的诗行提供了答案。

“纲要”第一段最后一句诗是：“我歌唱——‘但求解语者，何惧知音希！’”之后作者又补充道：“那么，吟游诗人——/以至圣的心情/祈祷所获胜于所求。”[10]当然，这位吟游诗人就是弥尔顿。诗中几乎每一句话都回响着弥尔顿在《失乐园》中的声音。以“孤独中的沉思”开篇，令人想起了弥尔顿的声明，尽管“四周布满危险，／充斥着孤独”，但歌声不曾改变。弥尔顿以此引入拉斐尔的创世之言，紧随其后的是作者的祈祷——“但求解语者，／何惧知音希”，如同华兹华斯“纲要”中的一样。[11]华兹华斯的诗句常常让人想起弥尔顿，频率之高，无人可比，这证
22 实了“纲要”中的一个确切观点，即华兹华斯着力效仿自己尊崇的前辈——也是对手，以期写一部相当于自己时代的英国新教史诗。在《序曲》的一段手稿中，他描述了自己在剑桥时的感受，“我不适于彼时／也不合于彼地”，因为他注定成为“上帝之子”：

> 一位年轻的德鲁伊教士在成荫的树林里
> 传授原始的奥秘，一位被选中的诗人……[12]

> A youthful Druid taught in shady groves
> Primeval mysteries, a Bard elect. . . .

即，在英国杰出诗人的行列（哈罗德·布鲁姆称为“灵视一族”〔the Visionary Company〕）中，华兹华斯被选为弥尔顿的继任者。他对亨利·克拉布·罗宾逊说：“［他］决定成为一名诗人时，担心的对手只有乔叟、斯宾塞、莎士比亚和弥尔顿。”[13]这些诗人中，乔叟和莎士比亚虽然堪称华兹华斯所说的“人类和戏剧想象力”的典范，但塑造了一种“富于激情和沉思的想象力”典范的，且华兹华斯一直以之为衡量自身诗歌创作标准的，却是斯宾塞和弥尔顿，而后者更为重要。[14]早在 1801 年，查尔斯·兰姆以又气又恼的心情，描述了华兹华斯写的一封训诫信。信中，兰姆

> 用大量篇幅谈论了一种温柔与想象的统一，按照华兹华斯关于想象的用法，这种统一不是莎士比亚式的，而为弥尔顿所有，且在一定程度上远远超过其他诗人。对于这种完全名副其实、作为最高级诗歌的统一，“他［华兹华斯］渴望不已，引以为荣”。[15]

认为自己继承了弥尔顿的诗歌模式和职责，是华兹华斯长期坚持的一个信念。十三年后，他如此描述《隐士》：“如果有生之年能完成，我希望将来它‘不要自动消亡’，这出自我的伟大前辈之口，但我对某些主题的深情，让我有理由以此谈论自己。”[16]

华兹华斯呼应弥尔顿的诗歌中，大部分源自对神灵的呼求 23
（invocations），《失乐园》第一卷、第三卷、第七卷和第九卷都以它作为开端。弥尔顿在其中明确了题材和主题，将其与传统史诗题材相比较，暗示自身的个人境遇，呼求并宣称神启来证明自己作为伟大使命肩负者的合理性。显而易见，“纲要”的作用类似于此。华兹华斯称，他“打算平衡／人类的善恶”。（第8–9行）正如弥尔顿在开篇的概要中指出，他已经开始权衡善恶——用他的神学术语来说，就是“向世人昭示天道的公正”，采取的方式是详述圣经中从头至尾每一件事情的启示意义，如（直接叙述、回顾和预言）创造“天地……于混沌之中”，人类“因失去伊甸园”而堕落，“一位更伟大人物”来“拯救我们，让我们重获福祉”，“旧世界中世界末日的天启计划最终时刻来临”，“将焚烧，从灰烬中重生／新天新地”，在那里，正义将“闪现金光”。（第三卷，第334–337行）华兹华斯修正了弥尔顿的观点，并在“纲要”中清楚地做了概述。他努力呈现所称的（第69行）“创造”，即使没有明确阐述对人类堕落和失去伊甸园的看法（尽管后来柯尔律治称这是他的意图）[17]，至少也提出了从“死亡之眠”中复活，以及重建人间天堂的方法，不过天堂的视角从超自然转换到了自然，因为它将只是“日常生活的产物”，描述天堂的语言与“描写我们自己样子的语言并无二致”。

乌拉尼亚是异教徒缪斯女神，弥尔顿遵循早期的基督教先例，给她施了洗礼，将她与启发了摩西和圣经先知的“天神缪斯”并列，与万物创造之初在众水表面上移动的圣灵联系在一起。华兹华斯代替了乌拉尼亚，他
24 祈求“先知神灵”——“所有启示的泉源”——降临自身。如同弥尔顿的神灵往往“在所有神殿前拥有一颗正直而纯洁的心”，华兹华斯的神灵启迪着“宇宙大地上的人类灵魂”，也拥有“一座矗立于伟大诗人心中的都市圣殿”。弥尔顿曾庄重宣布，他的“冒险之歌”将腾空飞扬，

越过阿诺安山，追逐着
诗文里未曾尝试之物

Above th' *Aonian* Mount while it pursues
Things unattempted yet in Prose or Rhyme

换言之，在基督教题材诗歌中，弥尔顿的诗歌在独创性、大胆性和崇高性方面都将超越希腊和罗马的战争史诗和人类史诗，是“迄今为止唯一／被视为具有英雄色彩的主题”。[18]华兹华斯不动声色，征用了一个比弥尔顿的缪斯更伟大的缪斯，因为他必须承担起更创新、更冒险、更大规模的诗歌事业。弥尔顿声称，在缪斯的帮助下，他在史诗中的飞行只能冒险“下行／在黑暗中降落”到“冥池”和“混沌不清与永恒之夜”，然后，“在你的带领下上升”，登上“天堂中的天堂……呼吸轻灵的空气”。（第三卷，第 13–21 行；第八卷，第 214 行）然而，华兹华斯诗歌中的宇宙更为广阔，需要诗人进行一场富于想象的旅行，这场旅行必须比弥尔顿的飞翔降得更低，升得更高：

乌拉尼亚,我需要
你的指引,或者一位更伟大的缪斯女神,
如果她下至凡间或高居霄汉!
因为我必须踏在幽暗的大地,
必须深深下沉——然后再高高升起,
在与天堂中的天堂仅一纱之隔的尘世中呼吸。
一切的力量——所有恐惧,单一的或集结在一起的,
曾以人的形式显现——
耶和华——伴着他的雷霆,天使嘹亮的
吟唱,和至高无上的王座——
我经过这一切,毫不惊慌。
混沌、埃里伯斯最黑暗的深渊,

Urania, I shall need
Thy guidance, or a greater Muse, if such
Descend to earth or dwell in highest heaven!
For I must tread on shadowy ground, must sink
Deep—and, aloft ascending, breathe in worlds
To which the heaven of heavens is but a veil.
All strength—all terror, single or in bands,
That ever was put forth in personal form—
Jehovah—with his thunder, and the choir
Of shouting Angels, and the empyreal thrones—
I pass them unalarmed. Not Chaos, not
The darkest pit of lowest Erebus,

华兹华斯更早的手稿中写的是“最幽深地狱中/最黑暗的深渊”——

还有借助梦境才能掘出的更幽冥的虚空
都不会产生如此的恐惧和敬畏
它降临在我们身上，当我们审视……

Nor aught of blinder vacancy, scooped out
By help of dreams—can breed such fear and awe
As fall upon us often when we look. . .

在可见的天堂外且高于永恒的天堂[19]，比耶和华的雷霆和高歌的天使更可畏，比混沌和地狱界更幽深可怕，那这首诗的宏伟背景是什么？

……当我们审视自己的心灵，
和人类的心灵——
这是我常徘徊逡巡之所，是我诗歌的主要领地。

. . . when we look
Into our Minds, into the Mind of Man—
My haunt, and the main region of my song.

威廉·布莱克敬重华兹华斯，他细读华兹华斯的作品，认同其观点，但曾以戏谑而恼怒的语气告诉亨利·克拉布·罗宾逊，上面这段话“使自己肠胃不适，几乎要了自己的命”，“华兹华斯先生认为他的智力能超过耶和华吗？”[20]答案是“不，不能”，如同他认为自己比弥尔顿更伟大，其实不然。华兹华斯认为，人类的心灵是一个未知领域，在恐惧与崇高以及诗歌探索者面临的挑战方面，超越了弥尔顿基督教史诗的传统主题。布莱克对华兹华斯的诗歌创作颇有微辞，因为与自己的相似，但在自然主义这一重要问题上却与之产生分歧。在《弥尔顿》(1804–1810)中,如该书题词所言,布莱克也致力于“向世人昭示天道的公正”,因而对《失乐园》的教义进行了富有想象力的修正。但华兹华斯在“纲要”中所称的“美好的宇宙”,对布莱克而言则是人类堕落的虚幻结果。布莱克在礼貌地听取了罗宾逊对华兹华斯的忠诚辩护后,最终极为坦率而慷慨地把华兹华斯归为“一个异教徒,但仍享有当代最伟大诗人的赞誉”。[21]

那么,根据“纲要”,在作为弥尔顿宗教史诗继承者的华兹华斯三部曲(或包含《序曲》在内的四部曲)中,人类心灵的高度和深度将分别取代天堂和地狱,人类心灵的力量将取代诸多神灵。照此模式,华兹华斯进而确定人类心灵的无穷力量,它足可让我们重返失乐园的“福地”。 26

撒旦从地狱逃往人间的道途中,看见了新造的星星,走近后发现星星

　　　　　　　　像其他世界,
或者其他世界像这些星星,或快乐的岛屿,
就像那久负盛名的赫斯珀里得斯花园,
富饶的乐土、仙林和花谷,
三座快乐的岛屿……

(第三卷,第566–570行)

　　　　　　　　seem'd other Worlds,
Or other Worlds they seem'd, or happy Isles,
Like those *Hesperian* Gardens fam'd of old,
Fortunate Fields, and Groves and flow'ry Vales,
Thrice happy Isles. . . .

当撒旦栖息于生命之树并第一次憧憬天堂和伊甸园时，为了彰显真正天堂的超自然之美与快乐，表明“西方寓言如果是真的，那它只能在这里……”（第四卷，第250–251行）[22]，弥尔顿又一次挪用黄金时代的异教徒传说、极乐岛、赫斯珀里得斯花园以及其他美妙愉悦之物。如果一个更伟大的人要将这一居所归还给人类，那么，它或在人间，或在天上，因为不管在哪里，到那时，人间“将成为天堂”（第十二卷，第463–465行），弥尔顿如是说。而华兹华斯表明，他所关心的只是葱绿的大地，在他想象的凝视中，眼前的现实之美超越了所有描绘黄金时代的诗人们富于想象的作品，这一点在他最早的手稿版本中尤为明显：

> 美，她的居所是葱绿的大地
> 远远超过精巧诗人用专业技艺编制的
> 杰作，她的创造、塑造
> 来自大地的材质，当我行走时等待着我的脚步；
> 在我面前搭起她的帐篷，
> 时刻与我比邻

> Beauty, whose living home is the green earth
> Surpassing far what hath by special craft
> Of delicate Poets, been call'd forth, & shap'd
> From earth's materials, waits upon my steps
> Pitches her tents before me as I move
> My hourly neighbour.

华兹华斯继而重复弥尔顿的话语——异教徒的乐土和幸福岛不必存在于想象之中，基督教的天堂也不需要失去：

天堂，仙林
富饶的乐土——就像那些大西洋上探得的 27
古物——谁说它们只应是
逝去事物的历史，
或仅仅是从未存在之物的虚构？[23]

Paradise, and groves
Elysian, Fortunate Fields—like those of old
Sought in the Atlantic Main—why should they be
A history only of departed things,
Or a mere fiction of what never was?

对我们每一个人而言，这样的地方在世间处处可寻，如同日常生活中时时皆可遇见的平凡之事。我们只须谈一场炽热的恋爱，举行一场神圣的婚礼，将心灵与宇宙联姻，天堂就会属于我们：

因为，当人类富有洞察力的思维*，
充满爱和神圣的激情
与这个美好的宇宙联姻，就会发现
这些只不过就是日常生活的产物。

For the discerning intellect of Man,
When wedded to this goodly universe
In love and holy passion, shall find these
A simple produce of the common day.

* “思维”（intellect）一词在手稿中为“mind”。（此类脚注为作者注，下同，不另标出）

华兹华斯致力于在心灵和自然之间创造一种渐进的、具有强大生命力的联姻，而为了使之明晰无误，他详加描述，极尽铺张之事。“我，早在幸福时刻降临之前，/将在孤独的平静中，吟咏这首婚诗/歌唱这伟大的圆满……”继而，借助于“先知般的神灵”预设的故事情节，以主人公联姻作为结局，华兹华斯诗集将成为预想中“完美无比”的“婚诗”，或长长的婚礼预祝歌。它将成为福音，带来人类心灵的复活——“从他们的死亡之眠中/唤醒感官”[24]，而这只须展示常人皆可完成之事，就如同他生于此时，身处此地。诗人宣告，个人的心灵——也许还有发展中的人类的心灵——与外部世界的契合是多么精美[25]，两者的统一又是如何能创造出一个崭新的世界：

创造(不能再称之以
更低级的名字)因它们的合力而
成就：——这，就是我们的崇高主题。

And the creation (by no lower name
Can it be called) which they with blended might
Accomplish: —this is our high argument.

也就是说，这是**我们的**崇高主题，与弥尔顿在开场白中的定义不同：

28 至于这个伟大主题的崇高
我断言永恒的天意
向世人昭示天道的公正。

That to the highth of this great Argument

I may assert Eternal Providence,
And justify the ways of God to men.

简言之，这就是华兹华斯对其诗歌作用和宏伟结构的构思。虽然他是一个“转瞬即逝的存在”，却是受到“先知精神”启发的诗人行列中的最后一位，因而被赋予一种“灵视”（第97–98行）：人类心灵具有令人敬畏的深度和高度，一旦与外部世界完美联姻，本身的力量足以从我们大家所处的世界中，以日常的、反复出现的奇迹，创造出一个天堂般的崭新世界。这种灵视使他得以声称自己在题材范围和大胆创新方面超越弥尔顿的基督教故事。

在《序曲》第三卷的一段文字中，成熟后的华兹华斯回顾年轻时的经历，辨认出自己被选为诗人-先知的早期迹象，也识别出他的心灵与自然宇宙间神创性交流的早期迹象，而这种交流注定成为他离不开的主题：

我被选为上帝之子。
带着神力来到这个世界
既能发挥作用，也能感知一切：
通晓时间、空间和季节深刻在
物质宇宙中的
一切激情和心情，
还依靠我自己心灵的力量发挥作用
如同宇宙的变化……
我曾有过一个属于我的世界；我自己的世界，
我创造了它；因它只对我和
凝视我心灵的上帝存在……

有人称之为疯狂：的确，如此……
如果预言就是疯狂；如果在
古代的诗人，以及更久远的
原初人，即地球最早的居者
眼中的事物在被教化的时代不再
以一种正常的眼光看待
……天才，力量，
创造和神性
29 是我一贯谈论的话题，因为我的恒常主题是
我内心的经历……
实际上，这是一个具有英雄色彩的主题，
需要真正的勇气；我渴望亲手触摸
无论我的双手是多么的孱弱；但重要的是
它深深隐藏，非言语所能企及。[26]

I was a chosen son.
For hither I had come with holy powers
And faculties, whether to work or feel:
To apprehend all passions and all moods
Which time, and place, and season do impress
Upon the visible universe, and work
Like changes there by force of my own mind. . . .
I had a world about me; 'twas my own,
I made it; for it only liv'd to me,
And to the God who look'd into my mind. . . .
Some call'd it madness: such, indeed, it was. . .
If prophesy be madness; if things view'd
By Poets of old time, and higher up

By the first men, earth's first inhabitants,
May in these tutor'd days no more be seen
With undisorder'd sight.
　　　　... Of Genius, Power,
Creation and Divinity itself
I have been speaking, for my theme has been
What pass'd within me....
This is, in truth, heroic argument,
And genuine prowess; which I wish'd to touch
With hand however weak; but in the main
It lies far hidden from the reach of words.

需要注意的是,“实际上,这是一个具有英雄色彩的主题”这句话,呼应了弥尔顿《失乐园》第九卷引言中的“这个主题比刚毅的阿喀琉斯的愤怒具有更多而非更少的英雄主义色彩”,意在替代弥尔顿。毫无疑问,华兹华斯以此夸耀的是自己主题的高度,而不是炫耀自己有足够的能力完成一项连诗歌也无法承载的使命。

对于一首超越英雄史诗的诗歌来说,这无疑是一个非凡的主题!然而,如果我们更多地关注与华兹华斯同时代的德国和英国重要诗人的核心观点,就会发现华兹华斯并不显得那么特立独行。这些诗人中,许多人也把自己位列于少数先知诗人和吟游诗人之列,以现在、过去和将来的早期启示作为衡量自己诗歌创作的标准(启示要么出现在圣经中,要么出现在弥尔顿或其他圣经诗人的作品中),他们以史诗或其他重要文类——戏剧、传奇小说或充满灵视的“大颂歌”(greater Ode)——彻底改写堕落-救赎-出现一片新天新地(复原的天堂)这一基督教模式,使之符合自己时代的历史和思想环境。例如,华兹华斯诗歌作品以一个惊人的意象结束,即心灵与自然实现了创新性联姻,“从他们的死亡之眠中/唤醒感官”。在《沮丧颂》中,柯尔律治写道,充满活力的内心状态就是

所谓的“欢乐”，它

是灵与能，
它让我们与自然结合，
再将新天新地作为嫁妆赐予我们，
那世俗狂傲的人所不曾梦想。[27]

is the spirit and the power,
Which, wedding Nature to us, gives in dower
A new Earth and new Heaven,
Undreamt of by the sensual and the proud.

30 在《耶路撒冷》最后一章的篇首，布莱克借吟游诗人之口，将阿尔比恩(Albion)从“死亡之眠”中唤醒，让他能与分离的女性气息合而为一：

英格兰！醒来！醒来！醒来！
你的姐妹耶路撒冷在召唤！
你为何陷入死亡之眠的沉睡？
闭之于你古老的城墙之外……

如今时光回还：
我们的灵魂雀跃，伦敦塔
接纳了上帝的羔羊栖息
在英格兰葱绿悦目的亭院。

England! awake! awake! awake!

Jerusalem thy Sister calls!
Why wilt thou sleep the sleep of death?
And close her from thy ancient walls. . . .

And now the time returns again:
Our souls exult & London's towers,
Receive the Lamb of God to dwell
In Englands green & pleasant bowers.

在这首诗的结尾，乐园失而复得，世界复苏，"永恒之日"开始破晓，阿尔比恩和耶路撒冷永恒之爱的拥抱表明了这一点。[28]在雪莱《解放了的普罗米修斯》结尾，普罗米修斯与情人阿西亚(Asia)得以团聚，整个宇宙的人也深受感染，相互拥抱，构成人类在新世界获得重生的重要象征。

类似的还有两部写于十八世纪九十年代后期的德国作品，几乎与华兹华斯"纲要"的最早版本诞生于同一时代。一部是荷尔德林的《许佩里翁》。在这部作品的高潮部分，年轻的诗人英雄受到启迪，向"神圣的自然"呼喊：

> 让一切从根本改变！让新世界从人类的根须中生长！……他们会到来，大自然，你的人们。重获新生的人类也会令你返老还童，你将成为他的新娘……将只看见一种美；人与自然将统一在容纳一切的神圣之中。[29]

另一部是诺瓦利斯未完成的传奇《海因里希·冯·奥弗特丁根》。它包含了一则浓缩了整个作品主题的**神话**(*Märchen*)，这则复杂的神话故事在结尾处宣告，"旧时代正在回归"，赫斯珀里得斯花园"将再次百花盛放，金色的果实散发出馥郁芬芳"，"新世界将从苦难中诞生"，世界将不再有哀伤。 31

象征这一完美事件的是国王和王后在婚礼上拥抱，并为众人效仿：

> 与此同时，王座不知不觉变成了华丽的新床……国王拥抱了他羞红着脸的爱人，人们跟着国王，互相爱抚。[30]

在其中一个章节中，诺瓦利斯直言，所有“深奥的哲学都与自然和心灵的联姻有关”。[31]哲学家谢林期盼智性与自然的统一，也希望诗人先知能在史诗中歌颂这一伟大的联姻：

> 经过长时间的曲折探索，现在[哲学]已经恢复了对自然的记忆，恢复了先前自然与知识统一的记忆……思想的世界和现实的世界不再有任何区别，将只存在一个世界，黄金时代的和平将会在所有科学的和谐统一中首次为人所知……
>
> 或许，那位将吟唱往昔先知们创作的伟大英雄史诗，且在精神上领会过去、现在和未来之事的人，仍会到来。[32]

至此，很显然，华兹华斯关于心灵与自然的神圣联姻绝非独一无二，作为一个重要的时代隐喻，它成为许多伟大的英国和德国诗人深邃思想的中心，这些思想关乎人类的历史和命运，也涉及先知诗人作为美好无比的新世界的预告者和开创者角色。

本书是一部评论（常常是自由散漫的），围绕华兹华斯在“纲要”中提出的种种概念展开。范围包括：这些概念在思想史和文学史中的重要先行概念，催生了这些概念的华兹华斯时代的政治和社会环境，这些
32 概念与华兹华斯众多诗歌主题和形式的相关性。华兹华斯既是一位极富创新性的诗人，也是一位非常有代表性的诗人，我将重点讨论与华兹华斯同时代的德国和英国重要作家（诗人、小说家，还有形而上学者和

历史哲学家），他们的作品与华兹华斯的写作和构思有着惊人的相似之处。通过这种方式，能够揭示出浪漫主义特有的思想、想象和价值判断方式与浪漫主义作家所继承的神学、哲学和文学传统之间存在的延续性和变革性要素。另外，我会论及华兹华斯之前和之后的时代，表明我们视为现代性的作品在多大程度上继续体现了浪漫主义的创新观念和构思，尽管这些作品在看待人、自然和人类生活的视角上发生了巨大变化。

2. 圣经的历史构思

华兹华斯曾言，充满热情和富于沉思的想象力，也就是他相信自己在“那些不利时期”所表现出来的想象力，储存于“圣经的预言和抒情诗中，也存在于弥尔顿的作品中”。[33]隐匿于华兹华斯诗歌后面的是《失乐园》，隐匿于《失乐园》后面的则是圣经。华兹华斯及其同时代的英国作家作品，不仅反映了圣经和伟大的圣经历史与预言诗人弥尔顿诗歌中的语言和韵律，而且反映了其结构、意象和许多核心道德价值观，而对于这种反映的广泛程度和持久性，我们却关注不够。布莱克视英国吟游诗人为希伯来先知，在《弥尔顿》中，他突发奇想，想象诗人进入自己的左脚，以此凸显自己的观点，即自己在完成弥尔顿尚未完成的拯救英国人民这一使命。[34]布莱克亲自向亨利·克拉布·罗宾逊“热情宣称”，他“所知道的一切来自圣经”，并亲自解释说，他的长诗，包括各个情节及其演 33
绎，讲述的有且只有一个故事，即“《旧约》和《新约》构成伟大的艺术法典（the Great Code of Art）”。[35]

当时的德国作家沉浸在圣经文学和注释中。神学是席勒年轻时最喜欢的研究领域，他对《摩西五经》发表评论，以此提出了一些重要思想。费希特、谢林和黑格尔（曾和诗人荷尔德林同学）大学时学的都是神学专业，他们努力把宗教教义转换为哲学概念。诺瓦利斯则把圣经视为伟大的艺术法典,正如布莱克一样。

霍克斯海德是一座由牧师主持的英国基金会教堂,我们须记住,华兹华斯曾在此接受宗教教育,他早就注定要接受圣职。曾渴望在华兹华斯之前成为自己时代的弥尔顿的柯尔律治,称自己是一个"还算不错的希伯来语学者",一个顽固的哲学神学家,一位平信徒传教士,差一点就接受了一神教讲坛职位。和同时代的其他任何诗人相比,济慈的作品与圣经的关联并不那么直接,也不那么持久,但他仔细研究了华兹华斯的诗集和"纲要",并凭借其一贯的敏锐意识到,华兹华斯将弥尔顿"在《失乐园》中对善恶的追寻"人性化了,将善恶从弥尔顿"残留的教条和迷信"中解放了出来,从而超越了弥尔顿。济慈对自己作为诗人的使命的预想是,超越弥尔顿和华兹华斯,发展"一种不违背我们理性和人性的救赎体系",这是一项艰难的使命。[36]雪莱虽然是不可知论者和严苛的反耶和华者,却崇拜"神圣的弥尔顿",托马斯·梅德温曾言,"他对《失乐园》的评价远远超过其他诗歌,甚至还认为,在谈论其他诗歌时提及《失乐园》是一种亵渎……"[37]玛丽·雪莱也曾说,"他一直研究圣经"。[38]雪莱给梅德温开了一个书单,所列之书足以建成一间很好的图书室,但书单上只有弥尔顿的作品和其他十四本书,包括"最后的一本,也是最重要的一本,《圣经》"。[39]

34 《圣经》排在最后,却最为重要。那么,让我们首先看看,它如何帮助阐明华兹华斯的"纲要"以及同时期其他作品中的论点和意象,这些作品都以不同的方式反映并转换了圣经历史和预言的结构、概念与意象。

《旧约》和《新约》包括从《创世记》到《启示录》的经典卷本,构成了关于世界与人类从真正开端到最终结局的叙述。其中吸收了各种相关的文化元素,但总的来说,与后期著作对早期事件的不断追忆和阐释一致,体现了一种具有深刻独特性的历史模式。例如,在古代经典中,历史哲学观主要分为两类(我采用"历史哲学"的基本含义,把它作为一种分布于各个时期的价值总体观，尤其是各个时期关于人类的幸福与快乐的观念）。第一种观点，也是原始的观点，主要体现在神话和诗歌中。这种观点认为，最好的时间是原初，或是非常遥远的过去，从那时起人类就开始全面衰落。第二种观点是周期论，盛行于哲学家、历史学家、政治理论家以及诗人的复杂思想中。根据这种理论，事件发展的总体过程是：由坏到较好，再到最好，再由最好到较坏，最后到最坏，如此循环往复，无穷无尽。该理论的支持者中，有些人持一种永恒轮回的观点，坚信过去发生的事情会再度发生，因为时间会把世界带回人类价值循环的相应阶段，甚至每个个体都会重现，每一特定的事件会适时重新上演。例如，根据克里西普斯提出的个体复归观点，每一个历史循环都将以一场大火（ekpyrosis）结束，而后重生，

> 苏格拉底、柏拉图以及每个人都将存在，拥有同样的朋友和同胞，他将遭受同样的命运，具有同样的经历，做同样的事情……所有的事物都将复原……同样的事情将重现。[40]

早期基督教评注者的明确表述中显示，圣经正典中隐含的历史范式 35
与这些古典形式之间存在着根本差异，这些差异对后古典思想文化及历史进程本身都有着决定性的影响。与希腊罗马人的观点相反，基督教的历史模式具有以下独特属性：历史有限；情节明确；万事皆由天意前定；故事呈直角状展开；结构对称。

（1）圣经的历史是有限的。圣经事件是发生在单一的、封闭的时间跨度内的一次性事件，因此，早期基督徒不断攻击当时另一重要的“时间循环说”（*circuitus temporum*），因为该学说认为，存在“自然秩序的不断更新和重复”，“周期将不断重现”。圣奥古斯丁呼吁，“很难……让我们相信这一点，因为基督曾为我们的罪恶而死，他死后复活，不再死

去……复活以后,我们将永远与主同在”。[41]

(2) 圣经的历史情节清晰。结构分为开头、中间和结尾三个部分,由带有强烈顺序感的重要事件组成。弥尔顿在《失乐园》篇首几行总结了这些事件,祈求让摩西知道“最初……天地[如何]/从混沌中出现”的天神缪斯歌唱“人类最初的违抗……失去伊甸园”,歌唱“一个更伟大的人”的到来,有一天他将如何“救赎我们,让我们重回福地”。在很大程度上,整个圣经历史被呈现为一部基于几个关键因素和行为的戏剧。明显表现了这一点的是,基督教注经者常常将其间的无数事件解读为对节点事件的呼应或预言,即解读为对人类最初反抗的反应,对道成肉身和耶稣受难的早期预言或后期回忆,或对最终救赎的预兆。不久,人们就提出划分历史的各种方法,把这一系列事件划分为三个、四个或六个时期,大都试图在这个堕落世界的时间进程中梳理出民族和制度的兴衰
36 脉络。然而,与人类堕落、道成肉身或基督再临时人类命运的彻底转变相比,这种兴盛衰败就显得微不足道了。

(3) 隐含了一位作者、导演兼未来保证者。上帝在开始之前就计划好了一切,通过不可见的天意,在看似偶然或必然的事件关系中控制着事件的细节。在圣经叙述中,人类可观察到的事物的表面秩序和联系,与上帝强大而隐匿的秩序之间存在内在差异,这种差异很快以第二因与第一因之别出现在神学中,产生于上帝旨意不可见亦不可变的力量。托马斯·伯内特这样总结这种传统区别,“自然的一般过程”依据“第二因安排或确立”,它“产生最普通的效果,只受助于第一因”,是上帝的“旨意”。[42]因此,基督教思想自早期就一直表现出强烈而持久的倾向(对柏拉图二元对立思想的吸收额外促进了这种倾向),即对人、物和事件进行双重或多重阐释,既明显又隐晦,既是字面的又是比喻的。无论是在圣经、历史和自然科学中,还是在日常观察中,一切事物都被认为具有神圣的两面性,既指表面事物,又成为一种象征。

（4）无论是否是原始的循环观，主要古典历史模式中的变化路线都是连续的、渐进的，但基督教历史的变化主线是呈直角状的（这种差异孕育着多种后果）：关键事件骤然发生，具有灾难性后果，并产生根本甚至绝对的差异。突然间，在神的意旨下，世界从一片空无中创造出来，人从一个永生的福祉堕入一个充满苦难的世界，过着衰朽和痛苦的尘世生活。救世主于特定时刻的诞生是一场危机，这个故事情节的绝对转折点，将律法和承诺与恩典和完满区分开来，确保一个快乐的结局。然而，结局 37 明显是等待着基督的第二次降临[43]，他将立即复原大地上失去的幸福。其统治之后，在某一未知但指定的时刻，这个世界和时间将突然终止，对所有在末日审判中被认为有价值的人而言，取而代之的是永恒的天国。

（5）圣经的结构是对称的。以天地的创造开始，以“新天新地”的创造结束；人类的历史始于人间天堂的幸福，终于另一个天堂的幸福[44]，开始在人世间，而后在天国城市，这里因“将不再有诅咒”而再现伊甸园的情景，包括“生命之河”“生命之树”以及人类原初的纯真。（《启示录》22：1–3）正如卡尔·洛维特所说，基督教历史的模式“循回曲折，终结于起始处”。[45]在这个历史模式中，真正重要的是终点，而不是原初的幸福，因为终点也是整个天启计划的目标，且是终极目标。因此，保罗和其他早期传教者指出，基督教模式相对于其他模式的巨大优势是：异教是没有希望的，但基督教给人希望，这种希望不仅是基督教信仰的一种义务，更是一种奖赏。尽管基督教强调人类如何在遥远的过去失去了乐园，一些辩护者对尘世生活的蔑视是如何彻底，但基督教历史观一贯坚持的重点不是历史的回顾性，而是强烈的前瞻性，因为最好的总是还未到来的。

3. 未来世界的形态：天启联姻

数世纪以来，圣经对历史最后一幕的预言，长期而有力地形塑了西

方人的知识和想象。在所有关于末世的描述中，最详细、最可怕且最引
38 人注目的是《启示录》，无数非专业人士对其进行了评论，包括离我们时
代更近的艾萨克·牛顿、约瑟夫·普里斯特利、D. H. 劳伦斯和保尔·克
洛岱尔等的各种解释。[46]劳伦斯称，离经叛道的自己十岁时就“确信听
说过那本书，并且读了十遍”，还补充说“在那些没有受过教育的人中
间，你仍然会发现《启示录》影响非常广泛”，因此做出合理的判断，“事
实上，《启示录》过去比《福音书》或《使徒行传》更具影响力，或许现在仍
然如此”。[47]迈克尔·菲克斯勒评论道，“末世的意象和主题如此深入
（弥尔顿的）想象”，以至于他从《启示录》中获得的文学意象之多，相当
于从三部《福音书》中所得数量之和。[48]斯宾塞也是如此。这两位诗人
关注末世，对其后的浪漫主义继承者的预言传统产生了重大影响。即使
在英国新古典主义时代，世界末日的启示仍然是散文和诗歌中颇受欢迎
的固定主题。弥尔顿在《失乐园》中对末世的描写，托马斯·伯内特在
《大地的神圣理论》中对天启详尽而雄辩的阐述，为后来者所效仿。德
莱顿的《安妮·基利格鲁》的结尾，约翰·庞弗雷特的品达体颂歌《论大
火》和《终末日》，蒲柏的《弥赛亚》，詹姆斯·汤姆森《四季》的结尾，詹
姆斯·赫维的《墓间沉思》，爱德华·杨的颂歌《最后一日》及《夜思录》
第九卷，威廉·考珀的《任务》第六卷，都生动描绘过末日。

发展到后来的成熟形式，天启（希腊语：*apokalypsis*）成为用复杂晦
涩的符号对即将发生的事件进行的一种预言式想象，它让目前的世界秩
序戛然而止，取而代之的是崭新而完美的人类和世界。这种形式的根本
要素在于《旧约》中先知对“末世论”（即“末日”）的持续关注，在于对
“耶和华日”、对“那一天”降临到以色列的敌人及以色列自身身上的动
39 乱和灾难的关注，在于对弥赛亚救主降临的期待开始出现。[49]所有这些
要素将集于先知以赛亚名下，重点在于，上帝迁怒于以色列后，一个安
逸、富足、无拘无束和普世和平的新世界即将来临：

> 看哪!我要创造一片新天新地,先前的事不再被记念,也不再被追想……
>
> 我将因耶路撒冷而欢喜,因人民而快乐:耶路撒冷将不再有哭泣哀号……
>
> 豺狼将与羊羔同食,狮子将与牛群一同吃草。
>
> (65:17–25;另见2,9,11,24–27)

末世论的预言与期望充斥着基督诞生前后的一个半世纪,启示话语被吸纳进《对观福音书》和《保罗使徒行传》。那时,两部最伟大、发展最完整的启示录被编入圣经正典——《但以理书》编入《旧约》,《启示录》编入《新约》,还有一些作为伪经流传下来。这些作品体现了一个受尽压迫的少数群体怀有的愿景,他们曾经是自豪的选民,但对历史、对通过自己努力实现复兴的可能性感到绝望,转而寻求“上苍末日救援的强烈安慰”[50](鲁弗斯·琼斯语)。《但以理书》中的梦包括四兽异象(象征四个后来出现的王国),其中第四兽“威武,令人恐怖,非常强壮……它吞灭、撕碎、用双脚践踏残余之物”。“王位被推翻”时,“永恒之神”出现,坐在炽热的王座上,然后,“一位像耶稣的人,驾着天堂的云朵而来”,被带到永恒之神面前:

> 将领土、荣耀和一个王国赐予他,全体人民、国家、语言都事奉于他,他的领土永在,不会消失,他的王国不会被摧毁。(7:1–14)

后来,《但以理书》的启示中加入了复活的预言,“睡在尘埃中的,必有多 40
人苏醒,其中有些人将永生,有人将受到羞辱,永受蔑视”。(12:2)

《启示录》的作者采用了《以赛亚书》《但以理书》及其他犹太预言和末世论的概念、词汇和意象,将它们改编成基督教的弥赛亚主义,并将它们发展成复杂有序的象征，这些象征在所有启示异象中最令人敬畏，也最具影响力。在约翰的想象中（“我，约翰，看见也听见了这些”），一系列相似但渐进的象征事件——解开七道封印、吹响七个喇叭、倒出七个小瓶——标志着自然灾害和瘟疫，以及基督力量和反基督力量间的冲突。在这惊人的暴力中，星星如成熟的无花果般坠落，天空如画轴般卷起，大地的粮食收割后被“扔进上帝愤怒的大葡萄酒榨……血液从酒榨中喷出，溅到马勒上，蔓延一千六百浪”。（6∶13–14；14∶14–20；参阅《以赛亚书》34∶4；63∶1–4）但猛烈的毁灭是一种净化般的毁灭，为将恶龙禁锢、建立基督王国、复活圣徒做准备。在《以赛亚书》和《但以理书》中，幸福将在神的领地上重现，直到永远。在《启示录》中，上帝对地上王国的预言留存，但前提是，留存将是短暂的，只持续一千年，即“千禧年”。[51]此后，恶龙将再次被释放，最终被击败，然后全世界复活，末日审判发生，之后，旧天地在神圣故事中消失不再，取而代之的是一片新天新地，一个新的、永恒的耶路撒冷，一个新的伊甸园得以为选民重建。“上帝将
41 为他们拭去眼泪，死亡、悲哀、哭号、痛苦将不复存在，因为往事已了”，先知强调的一切事物即将出现，“看哪，我快速赶来”，“是的，我快速赶来”。

这些概念和意象在后世作品中不断涌现，但无论是神学的还是世俗的，都源自圣经的《启示录》。我想强调《启示录》中象征历史情节圆满的两个重要意象。第一个是“我又看见一片新天新地。因为先前的天堂和大地已经消失，大海也不复存在”，“他坐在王座上，说，看哪，我让一切焕然一新”。（21∶1，5）这些正是以赛亚早期描述即将来到这个世界的和平王国的话语：“看哪，耶和华曾对他说，我创造了一片新天新地”，又说，“我所要创造的那片新天新地，仍在我面前”。（65∶17；66∶22）这个概念，往往还有措辞，在圣经末世论和其他末世论中都反复出现。[52]我们发现，在《彼得后书》（3∶10–13）中，它与后来人们广泛接受的观念一致，即这个世界将在大火中毁灭：

> 但是主的日子将如同夜晚的小偷一样到来，那时天堂将在巨大的声响中消失，炽热的高温将熔化各个元素，大地和其中的一切事物都将被焚毁……
>
> 然而，照他的应许，我们盼望一片新天新地，正义居于其间。

最近，“天启”一词在文学批评中日渐流行，常被随意地用以表示任何突然的、预见中的启示，或任何暴力的、大规模的破坏事件，甚至任何极端的事件。而我将把“天启”一词限制在圣经评注的意义中，它意味着一个新的、更好的世界取代旧世界的愿景。应该注意的是，即使用于圣经对天启事件的描述，这个词的含义也模棱两可，既可以表示对地上天堂的期待，也可以表示对天上天堂的期待。《启示录》一书包含了上帝在大地上统治千年的情节，因此，“天启”一词有时意味着这个大地被 42
更新之后即将到来的幸福（这是《以赛亚书》和《但以理书》中事物的最终状态，但在《启示录》中只是一个短暂的状态），有时象征着一片超验的新的大地，或者一个永恒的天堂之城（在《启示录》中，“神圣的耶路撒冷，于上帝那里从天而降”〔21∶10〕），这座城市将是大地毁灭后被救赎者的居所。一些评注者认为，《启示录》中最终出现的新大地，并不意指超验地存在于永恒的天堂，而是指我们如今居住的大地，只不过形式得以纯化和更新，这使得这个概念的定义更加模糊。但弥尔顿拒绝接受这些观点，认为这两种所指不可协调，且意义不大。当“这个世界消失的时机成熟”，基督就会带着荣耀和力量到来，“奖赏／他的信徒，给他们带来幸福”，至于在什么地方，则无关紧要：

> 无论是在天上还是在大地，因为那时大地
> 也将成为天堂……[53]

在《启示录》中,传令天启世到来的,是“仿佛出自众口的一个声音”,它宣布“耶稣基督的婚礼到来,新娘已做好准备”。(19:6-7)这是天启的第二个独特意象:基督和他的新娘即天国之城的婚姻,标志着那片新天新地的到来。“我,耶稣,看见圣城新耶路撒冷从神那里降落,如新妇妆饰整齐,等候新郎”,接着对“新娘,即羔羊的妻……那座伟大的城,即从天而降的圣城耶路撒冷”的光辉荣耀进行了详细描述。(21:2,9-10)将人类对天启的渴望恰当地描述为发出参加婚礼的急迫邀请,“圣灵和新娘说,来吧!听见的就说,来吧!愿那口渴的人前来”。(22:17)最终注定要来到那片新天新地的人,都将作为嘉宾赴席:“他对我说,记下,被请去参加耶稣基督婚礼晚宴的人将被赐福。”(19:9)

43 以庆祝神圣婚姻作为一切事物的圆满结局,这一固有且经常使用的意象根源于《旧约》中的婚姻概念,即婚姻是一种契约,因而,通过婚姻的隐喻,上帝与以色列人的契约表现为以色列人与上帝之间的联姻。(《箴言》2:17;《玛拉基书》2:4-14)按照简单的隐喻推理,以色列违反婚姻契约被视为性行为不忠、通奸,或向神像和异教神卖淫,“新娘”应受的惩罚,是与上帝离婚并流放,虽然忏悔的、被净化的国家(或用转喻的说法,被净化的土地,或得以更新的耶路撒冷)得到承诺,将来会与神圣的新郎重聚。在《以西结书》第十六章、《何西阿书》第二至六章和《耶利米书》第三章,都异常详细地描述了这一重要的圣经比喻:

> 因背道的以色列所犯的一切奸淫,我休了她,写下休书……记录她的轻浮和淫乱,她玷污了大地,与石头木头行淫……回来吧,背道的儿女啊,耶和华说,因为我做你们的丈夫……将你带到锡安。

描述发泄怒气后的上帝与被救赎的新娘在耶和华日(the day of Jahweh)团聚的最令人难忘的章节出现在《以赛亚书》中。“忠信之城竟变为妓女!”(1:21)“耶和华说,我休了你们的母亲,休书在哪里?”(50:1)但“清醒,清醒;锡安哪,你应当自强。圣城耶路撒冷啊,穿上你美丽的衣服吧……因为耶和华安慰了他的百姓,救赎了耶路撒冷”。(52:1,9)“因为造你的就是你的丈夫……你的救赎主,以色列的圣者。”(54:5)在许多重要的章节中,《以赛亚书》指出,最后的救赎是锡安(改名为希弗洗巴,意为“我喜欢她”)及其土地(改名为比乌拉,意为“已婚之城”)与以色列人民的神圣婚姻,他们的婚姻受到上帝的庇佑。此时,上帝不是被描述为一位新郎,而是一个感到欢乐的人,如同新郎为自己的新娘感到欢乐一样:

> 你不再被称为被遗弃的;你的土地也不再被称为荒地:但你应 44
> 被称为希弗洗巴,你的土地必被称为比乌拉:因为耶和华喜悦于你,你的土地也必为人所娶。
>
> 就如少年娶处子之女,你的众子也将娶你;新郎怎样喜爱新娘,你的主也将怎样喜爱你。(62:2-5)

在近期一些评注者的解释中,盛行于圣经中的婚姻和淫乱意象同化了神话,与古代中东农业社会庆祝植物神的死亡与复活的宗教婚姻仪式相关,也与他们赋予圣性的卖淫仪式(sacred prostitution)相关。[54]不管这一假设是否站得住脚,我们完全没有必要去解释圣经人物,因为经过从早期的《旧约》到《先知书》再到《启示录》,这一意象的形式经过长期发展,具有了连贯性、完整性和可解释性,从而无须在圣经文本以外寻求参照。经过数世纪的演变,《启示录》的作者遵循《旧约》《新约》作者的传统模式,对早期文本中的段落进行搭配、合并、阐述与重释,并采用隐喻变体,将偶像崇拜的概念浓缩为伪装新娘(“大淫妇”,即“伟大的巴比伦这位淫妇和世上可憎之物的母”)的行淫,将真正新娘具有的许多特点浓缩为崭新的、得以净化的耶路撒冷[55],将新郎的角色从耶和华转向“羔羊”基督,以“羔羊”和新耶路撒冷的最终团聚表明以赛亚和其他先知预言的实现,即以神圣婚姻象征最后的救赎。

在《福音书》和《启示录》中,新郎和婚姻的形象在基督第一次和第二次降临时反复出现。“耶稣对他们说,新郎和陪伴之人同在的时候,陪伴之人岂能哀恸呢？但日子将到,新郎要离开他们,那时候他们就斋
45 戒。”当那五个愚蠢的童女去买她们忘了准备的油时,“新郎来了,那预备好的人就与他一同进入婚宴……所以,你们要警醒,因为你们不知道人子哪一个时刻来到”。[56]基督作为新郎的形象与基督作为救世主的概念之间的关联如此深刻,是因为评注家早就开创了这一传统：基督在十字架上的话语(《约翰福音》19：30)表明,基督登上十字架,如同踏上一张婚床,与道成肉身时形成的人性完婚,这一最伟大的牺牲行为证明并预示了基督的天启婚姻。对此,奥古斯丁在一篇布道中做了生动描述：

> 基督像新郎一样走出他的房间。他带着婚礼不祥的预感走向了世界……他来到十字架的婚床,他登上十字架,完成了他的婚姻。当他看到那造物叹息时,他代替他的新娘,以自己的爱,让自己陷入痛苦……他就与那女人结合,永远在一起。[57]

婚姻结盟这一根深蒂固的圣经意象,代表了上帝与他救赎的人、大地、耶路撒冷及圣殿的和解,它表明可以将诗歌中的爱情和婚姻解释为一个寓言,象征耶和华与以色列的爱情与婚姻,或基督与教堂的爱情与婚姻,或者许多其他关系,这有助于证明《雅歌》得以收录在犹太教和基督教圣经正典中的合理性,而这一点一直以来饱受争议。[58]一些圣经注释者称,《雅歌》歌颂的这种结合预示着耶稣的天启婚姻——一首婚礼预祝歌,《启示录》就是对这首婚礼预祝歌的颂歌。圣歌以其直白、细致

而富于声色的身体描写打开了一个丰富的感官意象宝库，供后世作家借 46
以描写其他圣经书籍中极为抽象的婚姻象征。结果，这些复杂多样的发展导致了一个悖论：在保罗神学（Pauline theology）的强大影响下，基督教的教义和态度主要是禁欲主义的，但又常常把性的结合作为圣经历史上重大事件的核心象征，以及一些圣事的象征。[59]

人们从《雅歌》中寻求有关性爱意象的细节，这在中世纪后期那些更多关注个人虔诚而非神学的圣经评注者中达到了高峰。作为内心世界的虔诚探索者，他们将基督联姻之所从天启的历史终结转移到个体的灵魂，在他们看来，即使在这个堕落的世界，个体灵魂也能够达到人生的顶点，即与新郎基督的神秘结合。这一主题为圣经情节的传统解读开启了一个崭新的、重要的维度。

4. 基督教历史与基督教心理-传记

基督教思想常常对圣经天启论进行拓展，不仅用它指涉人类的末日，还指涉被救赎的个人的末日，他的灵魂在肉体死亡之时将升入天堂，成为基督耶稣的新娘，或者至少成为出席基督婚宴的人，同时等待更多通过末日审判的选民。[60]正是出于这一传统，在十四世纪的挽歌《珍珠》中，哀父才得以在梦中得到安慰：他的女儿与新耶路撒冷被救赎的处女们一样，已成为上帝新郎的妻子。因此，在弥尔顿的《利西达斯》中，挽歌吟唱者看到了死去的牧羊人复活的景象（用与《启示录》呼应的话来描述），在那里，他听到了无以言表的婚曲，幸福的王国充满了喜悦和爱，诗歌可能由此迅速升至高潮：

> 倾听那无以言表的婚曲，
> 回荡在蒙福的国度，一片充满欢乐和爱的乐土。

47 那里众圣将他相迎，
排成庄严的队列，组成欢乐的乐队，
齐颂圣咏，在荣光中徐行，
为他拭去眼眸中的泪水，永远不再流淌。

hears the unexpressive nuptial Song,
In the blest Kingdoms meek of joy and love.
There entertain him all the Saints above,
In solemn troops and sweet Societies
That sing, and singing in their glory move,
And wipe the tears forever from his eyes.

《新约》中更为重要且显著的一个现象是，往往把事件发生的场所从外在的天地转入每个信徒的精神世界，从而将天启内化。在信徒的精神世界里，以隐喻的方式上演着一部关于天启的完整戏剧：旧物被毁灭，与基督结合，新物被创造——不是**在永恒之中**(*in illud tempus*)，而是在此时此地，于今生今世。

法利赛人问他说，上帝之国何时来到，他回答说，上帝之国来到，不是眼睛所能看见的。

他们也不会说，看哪，在这里，因为，看哪！因为上帝之国就在你们心里。(《路加福音》17:20–21)

现在，最后一句常被翻译为“上帝之国在你们中间”。但是，过去对基督话语的普遍解释是，未来的宇宙王国可以在每个信徒的精神中立即实现。在《约翰福音》中，每个人都可以通过绝对信仰，在精神中立即实现从死亡到新生的转变，这几乎取代了历史启示和种族末日审判的指涉意义：

> 那听我话,又信差我来者,就得永生,不至于定罪,是已经出死入生了。
>
> 我实实在在地告诉你们,时候将到,现在就是了,死人要听见神之子的声音。听见的人就会重生。[61]

第一个以亲身经历证明突然转向这种新生活会是什么样子的人,是圣·保罗。他在去大马士革的路上被撞瞎了,但仍能看到一个新的世界,因此,成为基督教皈依这一重要行为的典范,影响极为深远。保罗以 48
隐喻指涉自己的经历,类似于旧物被毁灭和新天新地诞生的历史寓言。“所以,人若在基督里,就是新造的人。旧事已过,看哪,万物都是新的了。”(《哥多林前书》5∶17;《以弗所书》4∶21–25;《歌罗西书》3∶1–10)个人获得重生,如同生活于一个再造的世界,保罗将自己的新生比喻为律法上陈旧婚姻契约的解除,与神圣新郎精神联姻的重生:“我的弟兄们,这样说来,你们借着基督的身体,在律法上也是死了。叫你们归于别人,就是归于那从死里复活的,叫我们结果子给神。”[62]

大约三个半世纪后,奥古斯丁在《忏悔录》第八卷描述精神危机时,遵循了从圣·保罗到阿塔那修斯的《圣安东尼传》①[63]的古老皈依传统,并仿效《启示录》中基督与反基督之间的力量冲突,以及**末世**中对上帝为创造新世界做准备而实施的毁灭性暴力的描写,对自己经历的精神痛苦进

① 圣安东尼(St. Anthony)大约公元251年出生于埃及,356年去世,是一位沙漠隐修士,家境富裕,父母双亡后,有一天,他在教堂聚会时,领受主的召唤,变卖所有财产分给穷人,然后,退居沙漠过隐修的生活。这种生活方式在尼罗河一带正开始盛行,安东尼是退隐修士中的佼佼者,虽然并不喜欢设帐授徒,仍然吸引了不少跟随者,包括亚历山大的阿塔那修斯主教。阿塔那修斯(约296–373),全名圣阿塔修斯,是早期基督教历史上一位极具影响力的神学家和教父,因不断与异端亚流主义争辩,多次被革职流放,在流放生涯中曾跟随安东尼。安东尼死后,阿塔那修斯循众要求,写成《圣安东尼传》。(此类脚注为译者注,下同,不另标出)

行了大量分析，从而创造并全面发展了一种独具一格的基督教徒精神传记。其中的道德心理，与关于自立、自我延续和理性选择的代表性经典论述大相径庭[64]，然而，它完全符合基督教历史模式的危机、灾难和直角式转变的特点。《忏悔录》中的精神经历明暗交错，无连续性，突然逆转，是陷入自相矛盾的“两种意志”的经历（世界末日的善恶大决战演变成了精神斗争）。这种经历也是一种野蛮的、持续的和自我毁灭的痛苦，最终在特定的时间点（奥古斯丁的表述是：**精确的时间点**〔*punctum ipsum temporis*〕，**即刻**〔*confestim*〕，**立刻**〔*statim*〕）由上帝的介入达到高潮，从而带来一种新的身份，这种身份被喻指为旧生命的结束和新生命的开始：“向死而死，向生而生。”[65]

49 早期的圣经叙事中，“文字”和“精神”之间就出现了区别，随后得到精细阐发，这成为基督教思想中心理-历史平行论的一个显著标志。同一文本，就其字面意义而言，象征着神圣历史的一个外在事件，而就其多个“精神”或“寓言”意义之一而言，则象征着可能发生在每个人灵魂中的一个内在事件。[66]这种同时指涉人类外部历史和个人精神历史的多元语义——从圣经延伸到世俗作家，文字意义从圣经历史到虚构叙事的转变——形成了中世纪乃至文艺复兴早期许多文学寓言的结构和要素性细节，斯宾塞就是一个晚期的例子。之所以以他为例，一是因为华兹华斯认为斯宾塞仅次于弥尔顿，是一位“富于热情和沉思的想象力”的诗人，华兹华斯意欲与之相比却又深感担忧[67]；二是因为这个例子关乎我一直讨论的一些事件和意象。《仙后》第一卷是华兹华斯最喜欢的作品之一[68]，它的情节和象征元素的原型是《启示录》[69]。红十字骑士（The Red Cross Knight）逃脱了假新娘即巴比伦妓女杜爱莎的圈套，上帝赐予他新耶路撒冷的异象，说：“你在那里定有美好的结局。”经过长时间的斗争，他杀死了“老龙”，解除了对国王和王后（亚当和夏娃）的长期围困，重新打通了前往伊甸园的道路，最后隆重地与真正的、浑身散发着

“美丽天堂”光芒的新娘尤娜订婚。从某个角度而言,这个“持续的寓言或晦暗的巧妙构思”象征着具有重大意义的基督来临,他即将战胜恶龙,迎娶新娘,预示着所有被选中的人将重返伊甸园。然而,在另一层面上,它象征着追求、诱惑和斗争,以及与唯一真正信仰的(救赎性)联姻,这种信仰表现在每一个笃定基督徒的精神中。

然而,将精神上的末世论阐发得最为详细的人,不是寓言作家,而是
我们所知道的基督教“神秘主义者”。他们把灵魂的朝圣之旅视为对耶 50
稣受难和复活的内在模仿,也是对《启示录》中末日的内在预演—— 一种将神圣的婚姻喻为高潮,并常常通过《雅歌》中的感官意象来表现的表演。《雅歌》的评注家们,包括从奥利金到圣维克多的理查德,以及其后的大量修行者,将神秘之路描绘成一段持续而艰辛的精神旅程和探索:遭受一个强大而狡诈的敌人的围攻,常常经历剧变和突然逆转,但最终目的是作为新娘的灵魂与作为新郎的基督进行“灵性联姻”,实现旧我的死亡与更新。联姻而成的激情统一体,有时展现为肉体的性爱,甚或暴力的性侵。书中对它的描述直白而详细,令现代读者深感不安。[70]

下面这首广为人知的灵修十四行诗,由约翰·多恩所作,是这些发展历经一千五百年的产物之一:

三位一体的神啊,求你击碎我的心;
你得不断叩我心门,向它吹气、光照它、寻找它、修补它,
好让我可以活过来,站稳抵挡魔鬼,又屈膝顺服于你。
用你的能量打坏、吹散、烧尽我,使我成为新造的人。
我像一座叛逆的城,投降了别人,
想重新回归于你,让你进来,却徒劳无获;
我的主啊,你提醒我,我在你的庇护之中,

但我懦弱又虚伪，被敌人掳走。
我倾爱于你，也为你所爱，
但又自甘堕落，嫁给你的敌人。
主啊，将我分离，斩断我与你敌人的联姻，
把我带走，和你一起，将我囚禁，
因为，除非做你的奴隶，我没有自由，
除非与你结合，我不会贞洁。

Batter my heart, three-personed God; for You
As yet but knock, breathe, shine, and seek to mend;
That I may rise and stand, o'erthrow me, and bend
Your force to break, blow, burn, and make me new.
I, like an usurpèd town, to another due,
Labor to admit You, but O, to no end;
Reason, Your viceroy in me, me should defend,
But is captived, and proves weak or untrue.
Yet dearly I love You, and would be lovèd fain,
But am betrothed unto Your enemy.
Divorce me, untie or break that knot again;
Take me to You, imprison me, for I
Except You enthrall me, never shall be free,
Nor ever chaste, except You ravish me.

多恩作品的特点是经常出现悖论和惊人的比喻手法，但在他丰富多样的隐喻背后，我们可以识别出其根源，即《启示录》所描述的末世意象，只不过这些意象被转变后用于描述个人和精神。愤怒而慈爱的上帝施展
51 暴力，与对手展现的邪恶进行斗争，创造的世界被**大火**焚毁（这一细节出自《彼得后书》3:10），以使之焕然一新（《启示录》21:5，“看哪，我将一

切都更新了”),最终与作为新郎的基督联姻,所有这些都被描写为对充满渴望却又不情愿的灵魂,即新娘的肉侵[71],长期以来,这些都已成为基督徒信仰的常见元素,多恩把它们浓缩进充满严肃智慧的、精湛的十四行诗句之中。

同样,这一历史与精神一致的传统使得弥尔顿有机会在《失乐园》通篇中展示出很多严肃的奇思妙想。例如,撒旦与自己一起带入伊甸园的是“那炽热的地狱,它一直在他心中燃烧,/ 哪怕身处天堂之中”。(第九卷,第 467–468 行;另见第四卷,第 19–23 行)相反,正如主天使米迦勒告诉曾经堕落但现在已感悔恨的亚当说,如果除了具有难能可贵的智慧之外,他还对自己的行为负责,具备基督教的美德,

那么,你就不会不情愿
离开这个天堂,而是将拥有
一个你心中的天堂,它快乐得多——

then wilt thou not be loath
To leave this Paradise, but shalt possess
A paradise within thee, happier far—

就幸福程度而言,这种心理状态正好与米迦勒预言的末日后外部世界的历史状态相同:

因为那时大地
都将成为天堂,一个比伊甸园
幸福得多的地方,那里的时光快乐得多。[72]

(第十二卷,第 585–587 行,第 463–465 行)

for then the Earth
Shall all be Paradise, far happier place
Than this of *Eden*, and far happier days.

对圣经原文从精神层面上过度解读，是基督教思想的主流趋势。然而，与我们的研究尤其相关的是左翼即内在灵光新教徒（Inner Light Protestants）采用的解释方式，他们对圣经历史和末世预言进行了彻底的非正统解读。这种诠释传统最伟大的代表是雅各布·波墨，但我将以英国作家杰拉德·温斯坦利为例。他是清教徒革命期间一个激进分裂组
52 织的领导人，提出了基督教共产主义理论，并于1649年至1650年间在萨里建立了一个名为“挖掘者”的组织，但不久就解散了。[73]

温斯坦利的小册子发展了个人的精神历史与圣经中人类历史的一致性，但将它颠倒过来，即从世界末日开始，以回归到最初结束，将伊甸园中亚当的纯真类比于每个人出生时的纯真。“一个新生婴儿，或者直到几岁时……是天真的、无恶意的……这就是**亚当**，或天真的人类。”[74]此外，一直以来，人们保留圣经文本的字面意义，将其作为精神含义的基础，而温斯坦利彻底改变了这一古老做法。他不仅赋予圣经中重要人物、地点、事件、行为和教义以精神意义，而且使字面意义系统性地失效，因此，圣经历史被完全内化，使整个文本完全成为一个持续的隐喻载体，以表现权力、国家、冲突和个人在人世经历过程中的精神历程。温斯坦利断言，所有教义上的神性都基于那些“自认为聪明博学、可以充当上帝派来传扬福音的唯一使者”的人的圣经解读，但事实上，它只不过是“那条欺骗了全世界的巨龙，因为它阻止人们了解精神，让他们只掌握纯粹的字、词和精神的历史”。[75]

以下是温斯坦利的代表性论述，其中大部分引自他关于信仰的重要宣言，即他在1648年写就的《正义新法》：“你所称的历史，你所喜爱的

历史，你所崇拜的历史，都可以在你的身上看到和感觉到”，它的所有元素，包括亚当、该隐、亚伯拉罕、摩西、以色列、迦南地、犹大、犹太统领和善恶天使，都可以“在你的身上”看到。（页 215）正统神学中的天堂和地狱只不过是一个精神错乱的人外化了的幻想——“这个教义中，灵性病态而孱弱，丧失了对……自己心性的理解，因此陷入或喜或悲的虚妄”，“它其实不是真知，而是臆想”。（页 567–568）

> 凡通过听说而敬拜神的，就如别人所说，还不能从他心里的光知 53
> 道上帝是什么，或者认为上帝在天上，所以想象上帝在天上，且无处不在，向他祈祷……这个人其实崇拜的是自己的想象，即魔鬼。（页 107）

> 因此，你们这些传教之人，不要再告诉人们，有一个叫亚当的人，在六千多年前并不信从上帝，他吃了一个苹果，使每个人都充满了罪恶和污秽……你们的确应该知晓，这个亚当存在于每个男人和女人的内心；它似乎是每个人身上都存在并且支配个人的首要力量。（页 176）

> 远离你的耶稣基督永远救不了你；但内在的基督是你的救主（页 113），[因为圣灵]是基督内心的光和生命，发现所有的黑暗，把人类从奴役中解救出来；除他以外，再无救主。（页 214）

与开头和中间一样，圣经的天启结尾简化了个人和内心的体验，而不是类型化的外在事件。“现在第二个亚当基督接管王国即我的身体，并掌权；**他让它成为一片新天新地，正义居于其间**。”（页 173–174）“即将创造成为新人，他旧日的恶欲将消逝，身上的每一种力量都是一种新的力量。”（页 176）当时机成熟时，这种力量将在每个人的精神中胜利，那么，启示的预言将实现——“当这片大地充满了这股普遍正义的力量”，世界将成为“**一片流着牛奶和蜂蜜的土地**，万物丰饶，每个人行走于新的世界，富于正义……就如起初一样”。（页 181）“这种预言一般唯有此时才能实现（《启示录》12∶9）。”（页 184）“那么，这将是一个伟大的审判日，正义的法官会坐在每个男人和女人的宝座上。”（页 206）相同地，末世后复原的天堂不会是我们死后将被转移到的世界之外的一个地方，它将是这个世界本身，是我们在尘世生活中通过得到救赎并被赋予荣耀的
54 感官体验到的世界。“如今在这片新天新地，公义之王自己居住于此并掌权。你们这些道听途说的传道的人哪，不要再欺骗人们说，直到身体归于尘土，人才能知晓并看到这荣耀。我告诉你们，这一巨大秘密将开始显现，而且必须用肉身的眼睛才能看见，人的五种感观都将共享这一荣耀。”（页 170；参见页 153）

听上去，温斯坦利像极了威廉·布莱克，后者声称，毫无想象力的“神职”让人们忘记了“所有的神都存在于人的心中”，对他（即后者布莱克）来说，上天、地狱和天堂都不是外在之地，而是一种精神状态。我们在《耶路撒冷》印版 77 中发现了类似之处，尽管布莱克恢复使用“想象”一词，用它表示想象力和永恒真理，而非病态的幻想：

> 除了身体和精神可以自由地运用想象的神圣艺术（the Divine Arts of Imagination）外，我不知道还有什么其他基督信仰和福音……什么是圣灵？圣灵除了只是智慧之泉外还是别的吗？我们要为自己储存的天堂宝藏的恩赐是什么？除了精神探索与实践外，还有其他吗？福音礼物（the Gifts of Gospel）是什么？难道不是精神的恩赐（Mental Gifts）吗？……除了圣灵之物的提升，还有什么天堂之乐呢？地狱的痛苦除了无知、肉体的欲望、懒惰和

> 对精神事物的破坏外，还有什么呢[？]……苦苦寻求知识，就是建造耶路撒冷。

温斯坦利笔下的上帝是外化的，在“九天之外的天堂”中受到崇拜，因而是真正的“魔鬼”，类似于布莱克笔下的天父“诺伯达蒂”，后来被布莱克融入神话人物乌里森中：

> 你为什么沉默而不显现，
> 嫉妒之父，
> 你为何藏在云中
> 躲避每一双搜寻之眼？

> Why art thou silent & invisible
> Father of Jealousy,
> Why dost thou hide thyself in clouds
> From every searching Eye?

温斯坦利坚持认为，天启的新天新地将存在于现世，被“人类”蒙受上帝 55
荣耀的“五种感官”感知，这表明了布莱克的观点，即如果“世界毁灭于一场大火的古老传统”是真的，在某种意义上，这意味着“它需要通过提升感官享受来实现”，因为“如果感知之门被净化，那么，在人类看来，一切将不会改变，永葆无限”。[76]

上述布莱克和温斯坦利之间的相似（后面章节中我们将看到，布莱克把它发展为人类分裂堕落的重要原始神话）不应该让我们感到惊讶。当布莱克热情地宣称“他所知道的一切都在圣经里”时，他立刻补充道，亨利·克拉布·罗宾逊告诉我们，“他通过圣经理解了灵性意义”。[77]而布莱克的“灵性意义”源自英国激进的内在灵光诠释学这一本土传统，该传统吸收了波墨主义与其他深奥学说，在布莱克的年轻时代，伦敦一些持不同政见的极端分子就不断散播这一传统。但请注意，温斯坦利对神性力量的强烈内化也近似于——不是作为明确的信条，而是作为一种思考方式——华兹华斯宣布的自己诗歌的崇高主题：

天才，力量，
创造和神性
是我一贯谈论的话题，因为我的恒常主题是
我内心的经历……
实际上，这是一个具有英雄色彩的主题。

（《序曲》第三卷，第 171–182 行）

Of Genius, Power,
Creation and Divinity itself
I have been speaking, for my theme has been
What pass'd within me. . . .
This is, in truth, heroic argument.

回头看看华兹华斯为自己诗歌撰写的“纲要”，我们会发现，当初这句话乍看很独特，现在听来却似曾相识。诗歌的主要部分是“人的心灵”，但在探索这一内在领域时，诗人会毫无畏惧地超越外化之神。“一切的恐惧……都以人的形式显现”，他是《启示录》中愤怒咆哮的耶和华，坐在九天之上，周围一片“嘹亮高歌的天使的合唱”之声。如果我们调试一下双耳，就会听见华兹华斯诗歌中与《启示录》的呼应之声：

> 我立刻被圣灵震撼，看，天上有一个王座，有一个人坐于其 56
> 上……周围围着二十四个坐席……王座中发出闪电、雷声、喊声……我又听见宝座周围有许多天使之声、猛兽之声和长者之声：他们的数目达到一万的万倍、成千上万倍。[78]

华兹华斯说过，任何被外化的地狱，或任何“借梦境出现的更令人炫目的虚空”，都无法与我们审视人类心灵深处时所感到的恐惧和敬畏相提并论。当诗人穿越心灵的领域，美（用圣经的话说）时刻在他面前“搭起帐篷”，所有这些都指向那个“幸福时刻”。华兹华斯以此描述末世时刻的圣婚，然而，这一事件从不确定的未来转移到经验的当下，从外部干预转化为一种独立的想象行为。其中，人类心灵代替耶稣基督成为新郎，自然代替新耶路撒冷成为新娘。不过，这种“伟大的圆满”足以创造出《启示录》预言的复原的天堂，尽管华兹华斯诗集悬置了最初的天堂“逝去之物的真实历史……还是对从未存在过的事物的纯粹虚构”。此外，一个人通过精神在此时此地就能完成对世界的再造，“进步力量……／所有物种”，也许有一天会普遍实现。同时，对那些听从并相信他的人而言，华兹华斯对未来人类崇高可能性的预言性宣言，将在那些倾听并相信他的人身上实现与末日复活相对应的精神复苏——从“死亡之眠”中苏醒。“这，就是我们的崇高主题。”华兹华斯郑重宣布。

5. 千禧年的替代：进步与革命

1648 年，杰拉德·温斯坦利对未来的预见是，圣灵将在个人心灵中赢
得全面胜利，开创一个新的世界。他还宣称，当时正在进行的清教徒革命 57
标志着英国辉煌时代的开始，而这场蔓延世界的革命将影响《但以理书》和《启示录》预言的宇宙新千禧年，一个新的大卫（即“正义新法”）

> 现在要掌权,地上的海岛和国家,都要归向他。他必安息于各处,因为这恩宠必充满各处,凡受咒诅的造物,全部都将被震动,动摇。(页 152–153)

> 但现在它已完成,已完成,已完成,你不再拥有时间……哦,快乐,快乐,这是上帝万能的旨意在大地上开始的时刻。(页 207–209)

我们发现,十八世纪九十年代早期,华兹华斯、布莱克以及同时代的一些诗人都欢欣地确信,革命将在他们所处时代于人间天堂中展开。这些作家早期的千禧年期望也影响了后来他们那些富于想象的作品的主题。为了说明这些不同事物间的复杂关系,我将暂缓解读《启示录》的精神意义,转而解读千禧年这一上帝允诺事件的文字和历史意义解读。

历史将在一个新的世界中永远消失,这一普遍、长期的想法为犹太基督教文明所独有[79],它在形成世俗和宗教思想方面产生了强大的、不可抗拒的影响。关于末日的预言中,最具爆炸性的元素是千禧年。对天堂之国的期待,只有在世界结束后才能实现,因而对世界的既定秩序不会构成任何威胁。但是,在千禧年(希腊语:*chiliastic*)要素中,圣经文本谴责现世非常邪恶,不可救药,预示上帝将介入,消灭现存的国家和制度,最终在地上而非天上建立自己的王国,这对现状明显造成了威胁。
58 最初被期待立即到来的基督的第二次降临延迟了几个世纪[80],其间教会从一个遭受迫害的小群体发展为占支配地位的统治力量,也正是罗马,即《启示录》中不圣洁、淫秽的巴比伦,成为基督教的首都。五世纪早期,圣奥古斯丁在《上帝之城》中遵循早期的惯例,将圣经对千禧年的预示解释为一个寓言,预示着上帝那无形而属灵的国度,这个天国事实上由基督的第一次降临开创。此后,对现世王国的比喻性解释成为教会的正统教义,而从字面意义上解读千禧年说则被视为异端学说。

但是,最终在人间获得真正的幸福等同于(相当普遍的观点)甚或优于原初失去的乐园,一直是学术评论和艰深算术运算的主题①,也持续活跃于流行思想艺术中,不断地爆发出对基督回归的狂热期待。“文艺复兴”以来,世界日益世俗化,但和早期的基督教时代一样,我们仍然处于相同的思想场域中,它指向“一个万物终将奔赴的遥远的神圣事件”,如丁尼生所言。这种想法深刻而普遍,常常是从圣经原型转换而来,但人们很容易忽视其独特性和来源。千禧年旨归论的强力帮助形塑了西方思想中的重要元素,在希伯来-基督教发展轨道之外的文化中则缺乏类似元素。

其中一个要素是普遍、持续和无限的历史进步论,存在于道德、知识和物质领域,“文艺复兴”后这一思想得以开启,并迅速扩展,J. B. 伯里等历史学家习惯将它归因于科学、技术和实用艺术的重大进步,以及地理发现、海外殖民和商业经济扩张所带来的乐观主义。[81]必然的、全面进步的观念是在基督教愿景主义(prospectivism)的现有框架内发展的,在一种常常期待人世将来必然享有绝对的道德和物质幸福的文化传统中发展起来。[82]近期研究这一进步观点的修正主义历史学家,包括卡尔·贝克尔、罗纳德·S. 克兰以及后来颇具说服力的欧内斯特·图维森,都强调了这一重要事实。显然,现代对普遍进步概念的发展出于多 59
种原因。“文艺复兴”后,科学和应用艺术的发展进入了当时的历史预期框架,但同时极大地改变了这种框架。人类似乎第一次找到了达到预

① 德国数学家大卫·希尔伯特(David Hilbert)在1900年8月8日于巴黎召开的第二届世界数学家大会上的著名演讲中提出了二十三个数学难题。2000年5月24日,千年数学会议在著名的法兰西学院举行,美国克雷数学研究所(Clay Mathematics Institute, CMI)科学顾问委员会选定并公布了七个“千禧年大奖难题”(Millennium Prize Problems),又称“世界七大数学难题”,呼应1900年希尔伯特在巴黎提出的那二十三个。

期中富足和幸福状态的方法——以渐进平和而非突然、灾难性的方式，通过人力和物质手段而非从天而降的空中救援。

在这种背景下，弗朗西斯·培根关于进步的观点尤其重要，他受到华兹华斯、柯尔律治和雪莱的特别推崇。（华兹华斯将培根与弥尔顿和莎士比亚并列，称其为"凡人所能企及的智性神性的至高化身"。[83]）与早期基督教的辩护者一样，培根认为周期性理论是其使命的特定敌人，"迄今为止，科学进步的最大障碍"莫过于因假设而产生的绝望，即"在时间的更新和世时的更迭中，科学……在一个季节……生长、繁荣，在另一个季节枯萎、腐烂，但就这样，当达到一定的节点和条件，它们不再发展"。相反，他以"上帝作为起点"，努力"寄予希望"，如同结局也注定将终于上帝。在他的阐释中，《但以理书》中的预言"触及世界的末世：'必有许多人来往，知识也将积累'"意味着，探索地球与"科学的进步命中注定（也就是说，根据神的旨意）将在同一个时代相遇"。[84]

培根的设想是，通过实验科学，使人类在控制自然和生活的物质条件方面随时可能（或如上引培根所称，上天注定这是必需的和必然的）
60 取得进展。然而，他设想中的基本数据主要源于圣经历史，尽管是对圣经历史中的重要事件、过去和未来做出的特定解读。培根认为，人类的堕落体现在两个方面：一个是道德的堕落，另一个是认知的堕落。因为人类"同时从自己的纯真状态和对世界的统治中堕落，然而，即使在今生，这两种丧失也可以得到某种程度的弥补：前者通过宗教和信仰，后者通过艺术和科学"。[85]人类认知上的堕落是由于失去了"纯粹的、未被侵蚀的自然知识，亚当正是借以根据生物的特性为它们命名"。这种堕落代表了心灵与自然的分离，或者（就所涉及的精神力量而言）经验感觉与理性的分离。培根《伟大的复兴》一书意在研究"人的心灵和事物本质之间的关系是否……可以用任何方法恢复到它原初的完美状态，建立经验和理性之间永远真正的、合法的婚姻，因为两者无情、不幸的离散使人类家庭的所有事务陷入迷乱”。[86]这样的婚姻预示着我们将进入“人类的王国”，与我们进入神在末世时预示的道德王国非常相似，因为通过恢复儿童时期心灵的“纯洁和完整”，人类将回归原初的伊甸园的状态：“知性得以彻底解放和净化，通往建立在科学基础上的人类王国的入口”，“也是通往天国的入口，那里，除了孩子，谁也进不去”。[87]心灵要得以净化，回归完整，需要消除或至少控制那些“偶像或幽灵”，它们或是固有的，或从虚假的哲学中获得，歪曲了心灵和世界的关系。在《伟大的复兴》的高潮部分，培根宣称，他的作品只不过是一首婚礼预祝歌，用以庆祝获得救赎的心灵（也就是在感知上恢复其原初的纯净和完整的心灵）即将与宇宙的联姻，而不是

> 对那些事物的解释，及对事物本质和精神本质真正关系的解释，就像 61
> 心灵与宇宙的新房中的点缀装饰，神恩的帮助让我们从婚姻中获得希望（这就是新娘歌的祈祷词），即会孕育出对人类的助力，以及一系列发明，这些发明能在某种程度上克制人类的需求，克服人类的苦难。[88]

出乎意料的是，在培根的“婚礼歌”中，我们发现了与华兹华斯“纲要”中的“婚诗”相同的形式要素。“纲要”颂扬了人类心灵与“美好宇宙”的联姻，歌颂了将要通过“联合力量”“创造”的天堂世界。我并非试图说明华兹华斯从培根的散文中获得了概念和意象——这些都属于西方文化的公共领域，而是为了表明，在圣经中，人类的堕落和不忠与新郎新娘的分离和离婚之间，以及人类和世界的救赎与新郎新娘的结合之间，长期存在着宗教关联，这种关联孕育了思想家们所使用的、惊人地相似的隐喻。他们关注通往未来人类王国的世俗方式，即使这些方式差异很大，如培根的方式是净化科学理解，华兹华斯的方式则是解放诗歌想

象。无论这两位作家关系如何，培根的类比凸显了一个事实，即在“纲要”中，华兹华斯初步承诺了全人类向伟大圆满逐步迈进的理念：

　　　我发出声音宣告
个人心灵是多么精美地
（成长的力量也许不亚于整个人类）与外部世界
契合在一起……

　　　　　　　　　　my voice proclaims
How exquisitely the individual Mind
(And the progressive powers perhaps no less
Of the whole species) to the external World
Is fitted. . . .

此外，在《伟大的复兴》中宣布他的“新娘之歌”数页后，培根接着描述探
62 索之眼与自然的合理关系。显然，他的用词与华兹华斯相似，后者声明诗人需要一直用眼睛看着它的客体：

> 所有的一切都依赖于眼睛坚定地注视着自然的事实，从而仅仅接受它们原本的样子。我们若靠自己的想象去创造世界的样式，这是神所不容许的；然而，他仁慈地允许我们写下一个启示或真实愿景，即造物主将足迹印在他的造物中……为此，我们若因为你工作而流下汗水，你必使我们参与你的愿景和安息日。[89]

有一种历史思维方式，与普遍的直线式进步论相比更贴近我们的关切，尽管这种思维方式原始得多，但近来得以奠定一个精巧而复杂的、具

有可行性的理论基础。这是对即将到来的革命的信念,这场革命对人类福祉的影响将是突然的、绝对的和普遍的。毫无疑问,对压迫进行反抗的个人、团体或国家,他们的思想和行为在局部地方随时随地都发生过,但特别在近期的西方,发生的却是一场教义的革命,一场全面的革命。众所周知,这场革命具有下列中的多个甚或全部特征:(1)通过爆发一场不可避免的、大清洗的暴力和破坏运动,革命将从基础开始,重建现有的政治、社会和道德秩序,因此(2)会突然或在极短的时间内,把当前这个充满邪恶、苦难和混乱的时代变成一个和平、公正和大众最幸福的时代;(3)它将由英勇的精英领导,这些精英将发现,那些反对力量致力于维护现存的弊端,并联合成一个特定的机构、阶级或种族;(4)虽然它将在特定的、关键的时间和地点发生,但将以不可抗拒之势,蔓延至各处,遍及整个人类;(5)它带来的益处将持续很长时间,也许直至永远,因为人类制度环境的转变和文化氛围的改善将治愈思想和精神疾病,而正是 63
这些疾病使人类陷入目前的困境;(6)它不可避免,因为保障它的不是我们自己,而是一种先验或内在之物,这使得人间的绝对正义、团结和幸福必然取得胜利。

这一学说通常认为,它的预测是基于历史经验的有效推理,呈现出最新的重要形式。但是,历史的进程并没有为未来的大规模确定性提供有效依据。[90]无论如何,如果不幸人类之历史证明了什么的话,那就是,无论是在人的道德本性还是在政治、经济和社会制度方面,我们都没有理由期待终极的完美。绝对革命的学说最终不是以经验而是以神学为基础,其确定性在于对天意的信仰——这种天意被转化为其世俗对等物,即内在目的、辩证必然性或推动历史事件的科学法则,它的原型是西方世界中根深蒂固的、无处不在的期望,即发生一场突如其来的、灾难性的、席卷一切的巨变,经历了必然的、最初的猛烈破坏后,最后为获得救赎的人类带来完美的人间天堂。这种期望有绝对可靠的文本依据,也就是说，它根源于圣经对末世的历史规划。

将圣经预言转化为革命行动是一种反复出现的现象。如诺曼·科恩在《追寻千禧年》中所说，特别是在新教国家，它们处于商业或工业迅速发展时期，有大量受压迫的工人阶级。[91] 十五、十六世纪的北欧所处的时代，即塔博尔派时代、托马斯·闵采尔时代、莱顿的约翰即“末世弥赛亚”时代，为加快神圣王国到来而与传统邪恶势力做斗争的运动风起云涌。[92] 十七世纪的英国也处于这样的时代，那时，内战爆发，国会军队中各种激进派都怀有热切的末世期望。特别是“第五君主国派”①（名字
64 源于《但以理书》中的启示），身为基督军队中的圣徒，为了在人世间建立基督王国，参与了最初的暴力革命。[93] 正如我们所知，杰拉德·温斯坦利呼吁英格兰人欢庆“全能的上帝统治地球的时代开始到来”。奥利弗·克伦威尔本人表达了他的信念：“我的心与其他人一样，受到上帝的鼓励，等待伟大的安排。上帝许以承诺，将来事情一定会成。我不得不认为，上帝已经开始行动了。”[94] 感受到一个即将来临的人间王国也点燃了弥尔顿的想象，他满怀信心地等待着“永恒的、人们期待已久的国王”降临在英格兰绿色宜人的土地上，他将“拨开乌云，对世上的几个王国进行审判……宣称你成为天地万物温和的君主”，那一天，人们将听到“某个人”（无疑是弥尔顿自己）吟唱歌颂这伟大圆满之歌——“用高亢的新调歌唱，歌颂你**神圣的仁慈**，也歌颂古往今来你对这片大地做出的**绝妙审判**”。弥尔顿在《批判》中，以传统的比喻重申了他对天启婚姻的期待：

---

① 又译“第五王国派”，基督教清教徒中最激进的一派，于十七世纪英国共和国时期和护国时期出现。该派宣称：第一王国为亚述-巴比伦，第二王国为波斯，第三王国为希腊，第四王国为罗马；前三者均因偶像崇拜而灭亡，第四王国的继承者神圣罗马帝国也接近末日；第五王国是以基督为王的千年王国，它即将降临人间，只有在此王国里，人压迫人的现象才能被消灭，正义才能得到最后的伸张，但在千年王国到来之前，基督的圣徒代表基督来进行统治。

> 你的王国就在手边,你站在码头。从你的王宫里出来吧,啊,世上万王之王……因为现在你的新娘在呼唤你,万物都在叹息,想要重生。[95]

现在回到我们主要关注的时代。十八世纪后期是另一个末世期待的时代,在那个时代,美国革命的光荣和希望,更主要的是法国革命初期的光荣和希望,复活了英国那些离经叛道者的千禧年激情,包括弥尔顿和其他十七世纪的前辈。在他们早期的生命阶段中,主要的浪漫主义诗人——华兹华斯、布莱克、骚塞、柯尔律治以及雪莱(以他自己的方式)——都把对法国大革命的希望视为普遍幸福的预兆,德国的荷尔德林和其他年轻的激进分子也如此。这些作家虽然很快就对通过暴力革 65
命带来新千禧年失去信心,但并没有放弃早期的理想。在许多重要的哲学家和诗人中,浪漫主义思想和想象仍然是天启的思想和想象,尽管表面内容有所变化。那个时代富有特色的众多作品都在其思想、结构和意象中反映了这一起源,包括华兹华斯的。华兹华斯认为人间天堂可能存在,且人间天堂将是日常生活的简单产物,“纲要”中声明了这一点,这是一种将希望的基础从政治革命向人类意识中固有力量的全面转变,具体细节将在以下章节中加以论述。

6. 自然的超自然主义

本章首先讨论了华兹华斯阐明其预期杰作“构思和范围的‘纲要’”,然后从他的主要范本《失乐园》入手,探讨了圣经历史的结构和意象,以及后人对创世之初到世界末日之间发生的重要事件的不同解读,这似乎不太合理。然而,圣经文本及注解背景常常关乎我们对浪漫主义成就的理解,这一点将得到证实。事实上,那个时代的思想和文学中最鲜明且反复出现的众多元素，都源于神学的概念意象和情节模式，以华兹华斯的语言，就是人类“如同自然力量中的自然存在”，生活在“我们／大家的世界，在这里／我们最终或找到幸福，或一无所获”。(《序曲》，第三卷，第194行；第十卷，第726行以降)这一显著的现象并没有逃过批评家和历史学家的关注。如果我们仍然没有意识到，在很大程度上，浪漫主义哲学和文学中的特有概念和模式是被置换和重构了的神学，或者说是宗教经验的一种世俗形式，那么，这是因为我们生活于其中的文
66 化本质上是一种圣经文化，尽管是衍生的而非直接表现的，而且，我们很容易误以为自己继承的经验组织方式就是现实条件和思想的普遍形式。皮埃尔·蒲鲁东是一位“人道主义无神论”的激进倡导者，他早就意识到自己无法摆脱宗教程式，因为这种程式已经织入我们的语言构造，控制着我们的思想表达：

> [我]不得不继续以唯物主义者的方式观察、体验，然后以一个信徒的语言得出结论，因为没有其他语言；尽管自己研究神学，但不知道表述时应该采取字面的意义还是比喻的意义……我们充满神性，**朱庇特主神遍及一切**(*Jovis omnia plena*)；我们的遗产、传统、法律、思想、语言和科学，一切都渗透着这种迷信，不可磨灭，脱离了它，我们就无法说话或行动，没有了它，我们根本无法思考。[96]

随着基督教的确立，圣经和神学元素逐渐被吸收进世俗或异教思想之中。从“文艺复兴”到十八世纪期间，吸收速度大大加快，尤其到了十八世纪九十年代初期，吸收范围扩大，人为力度增强。在坚持理性与统一的启蒙运动之后，浪漫主义创作呈现出明显的回转趋势，它们回归到基督教故事和教义中的鲜明戏剧性和超自然奥秘，回归到基督教内心生活的激烈冲突与突然逆转，呈现出毁灭与创造、地狱与天堂、流放与重

逢、死亡与重生、沮丧与喜悦、失乐园与复乐园等各种极端情节（卡莱尔讽刺说，看看当代的情形，即使没有魔鬼，人也活不长久）。但是，不可否认的是，既然处于启蒙运动之后，浪漫主义作家复兴这些古老事物的方式也略有差异：他们重构这些事物，使它们暂时在理性上可以被接受，情感上息息相关，以此保存人类历史和命运的概貌、经验范式以及宗教遗产的根本价值。

当时，几乎所有重要的形而上学哲学家和诗人身上都明显表现出这 67
种普遍精神，程度之甚，以至于某位作家自身就是一个基督徒、有神论者、不可知论者或无神论者。席勒、费希特、谢林尤其是黑格尔的早期哲学著作，常常非常明确地保留了神话中的合理要素，或如黑格尔所称，圣经的“图画-再现”叙述，只不过被转化为思辨哲学的概念和图式。洛斯（Los）是威廉·布莱克的原型诗人，在建设想象之城戈尔贡努扎中宣称，他“必须创建一个系统”，否则就会受到基督教信条、制度和现存道德体制的束缚。（《耶路撒冷》第一卷，第10行）德国的现代作家们也宣称，需要创造一个弗里德里希·施莱格尔所称的“新神话”，它源自“精神的最深处”，充当所有现代诗歌的统一基础。哲学唯心主义进行了革命性的转变，它所具有的精神性与现代物理科学带来的诸多启示相结合，使这个神话的发展迫在眉睫，这是施莱格尔的希望所在。[97]他认同在当前时刻“每一个真正有创造力的个体必须为自己创造一个神话”的观点，并在现代**自然哲学**中看到一个宇宙神话的轮廓，它将在希腊神话和看似对立的基督教思想之间进行协调。[98]柯尔律治自成人以来就信奉基督教，努力在具有世俗本质的形而上学体系中拯救不可化约的基督教核心教义，终其一生。雪莱站在自己的立场，声称“《神曲》和《失乐园》赋予了现代神话的系统形式”[99]，着手将神话中的有效知识和道德融入自己的不可知论和怀疑论世界观。约翰·济慈秉持人文自然主义的哲学观，修改了古典神话《许佩里翁》和《海伯利安的陨落》，提出自己的“救赎体

系”。[100]卡莱尔借《旧衣新裁》的主人公之口评论道,“与八世纪不一样,
68 基督教神话不眷顾十八世纪”,他宣称,这个时代迫切需要“在一个新的神话中体现宗教的这种神圣精神”。十九世纪三十年代早期,卡莱尔在声明中明确了前一代人的重大努力,我们可以用《旧衣新裁》中的另一短语——“自然的超自然主义”[101]——来描述其结果,因为一个总的趋势是,使超自然主义以不同的程度和方式得以自然化,从而使神性人性化。

半个世纪以前,T. E. 休姆就意识到了这种趋势,他直率地评价:“那么,我能给浪漫主义下的最好定义,就是它是一种分裂的宗教。”[102]休姆把直接接受教义视为勇敢之举,将浪漫主义的做法斥为胆小懦弱。但是,那个时代的历史学家不必接受这种评价,也不必接受其他正统评论家的评价,后者认为,这不是软弱而是傲慢自负。许多作家认为,浪漫主义事业正是在混乱迫近的时刻为维持传统文化秩序而做出的一种努力。决定放弃曾经笃信的基督教教义基础,保留其可以保留的经验性和价值,在公正的历史学家看来,这种决定无疑表现出了正直和勇气。当然,最伟大的年轻浪漫主义作家大胆冒险,锐意探索,通过艰难的斗争赢得了表达自己观点的权利。华兹华斯在《安家格拉斯米尔》中宣称,他发现自己的使命是“受神的教导……谈论我感受到的 / 人自身的人性或神性”,并认为“这一无所畏惧的追求”使他陷入巨大的挑战和风险之中——

那些
需要与之搏斗的宿敌,待奏响的未竟凯歌,
待跨越的疆界,待刺破的黑暗。[103]

of foes
To wrestle with, and victory to complete,
Bounds to be leapt, darkness to be explored.

在“纲要”的一份手稿中,他把身为“目睹了这一异象转瞬即逝的存在”的自己描述为

既是公民同胞,又是
逃亡之徒,时代的边缘者。

In part a Fellow-citizen, in part
An outlaw, and a borderer of his age.

这些诗句表明,华兹华斯在寻求令人满足之物这一行为中,将自己经常
出没的场所和主要的歌唱之地从天堂、耶和华和地狱转移到了“人的心 69
灵”,他拥有多么巨大的勇气和胆量! 我的最后一句话有意呼应了华莱士·史蒂文斯,以提醒人们,浪漫主义诗人将传统经验和价值与经后世检验的前提结合起来,以此来拯救浪漫主义,这仍然是后浪漫主义诗人的首要关注点。史蒂文斯明确指出,“现代诗歌”的目的,就是将圣经的背景、人物和语言转换成

心灵在探寻
满足之物的诗篇,但它并非
总得去发现: 场景早已设定,只须复诵
脚本中的词句。
　　　　　　　　而后剧场化作
别物。往昔成为纪念品,
它必须鲜活,方能习得此地的言语。[104]

The poem of the mind in the act of finding
What will suffice. It has not always had
To find: the scene was set; it repeated what
Was in the script.
Then the theatre was changed
To something else. Its past was a souvenir.
It has to be living, to learn the speech of the place.

在现代诗人中,没有人比史蒂文斯更接近华兹华斯的一些模式,因此,他与华兹华斯的相悖之处格外引人注目。我们知道,华兹华斯认为《隐士》不是一部史诗,而是一首诗,在这首诗中,他放弃了早期想要吹响"英雄号角"的希望[105],但在接任弥尔顿的角色后,他经常复现弥尔顿的英雄之声和圣经预言中的惯用语,史蒂文斯则努力拒绝先知的立场和史诗的声音:

用人的声音说出超人之事,
是不可能的;用超人之声
说人的事情,那也不可能;
从人的高度或深度以人性讲述
人类的事情,那才是最深刻的言语。[106]

To say more than human things with human voice,
That cannot be; to say human things with more
Than human voice, that, also, cannot be;
To speak humanly from the height or from the depth
Of human things, that is acutest speech.

可见,华兹华斯从弥尔顿那里继承的传统之处,在史蒂文斯身上则表现为一种思想特质，它更近似于自然主义、真实隐退以及更为古老的宇宙诗人卢克莱修的享乐主义（Epicureanism）。但在史蒂文斯不同的思想框架和语气中，仍然明显保留着与华兹华斯的连续性。他询问《星期日早晨》中的主人公，她是否发现

从世上其他的醇香和美丽中， 70
找到弥足珍贵的东西，比如天堂的思想？
神性唯能留存于她心中……
我们的鲜血会白流吗？或许它将成为
乐园的鲜血？这片土地
是否会变成我们想象的乐园？……
这里再也没有预言萦绕不散，
再也没有出没墓地的老妖怪，
再也没有金色的地府或
曼歌的仙岛，精灵们曾在那里聚集，
再也没有幻梦中的南国，在那遥远的仙山
也没有了浓荫如盖的棕榈，那棕榈
已经凋零，像四月的绿叶过了时令；
或许树叶还会泛青，像她对鸟儿的回忆
以及她对六月和黄昏的渴念，
从燕翼绝妙的比画中抖落。[1]

In any balm or beauty of the earth,
Things to be cherished like the thought of heaven?

① 后九行采用了李力的译文。

Divinity must live within herself. . .
Shall our blood fail? Or shall it come to be
The blood of paradise? And shall the earth
Seem all of paradise that we shall know?. . .
There is not any haunt of prophecy,
Nor any old chimera of the grave,
Neither the golden underground, nor isle
Melodious, where spirits gat them home,
Nor visionary south, nor cloudy palm
Remote on heaven's hill, that has endured
As April's green endures; or will endure
Like her remembrance of awakened birds,
Or her desire for June and evening, tipped
By the consummation of the swallow's wings.

史蒂文斯描写了一位现代女性独处时的沉思。她在一片由阳光、地毯、咖啡、橘子和一只绿鹦鹉营造出的金碧辉煌中,品味着周日早餐的奢华,虽然,这种背景绝非华兹华斯式的,但从这些柔和的诗句中,我们可以看出与浪漫主义诗人(而"美——大地鲜活的存在",等待他脚步声的到来)崇高主题的相似之处:华兹华斯曾宣称,通过与尘世大地的"完满"联姻,人类心灵能够创造出另一个同样的"天堂,仙林/极乐世界",而这,除了"仅仅成为我们自己"外,别无所需。

注释

[1] 致托马斯·德·昆西的信,1804 年 3 月 6 日;《威廉·华兹华斯和多萝西·华兹华斯书信集:早期,1787-1805》,E. 德·塞林科特、切斯特·L. 谢弗编(第二版;牛津,1967),页 454。

[2]《漫游》序言,《威廉·华兹华斯诗集》,E. 德·塞林科特、海伦·达比

希尔编（五卷本；牛津，1940–1949），第五卷，页2。关于《漫游》未完成的证据，及计划作品《隐士》拟定的篇幅，见莱昂内尔·史蒂文森，《未完成的哥特式大教堂》，载《多伦多大学季刊》，第三十二卷（1963），页170–183。

[3]《隐士》创作过程概述，见《威廉·华兹华斯诗集》，第五卷，页363–372；见《序曲》，E. 塞林科特、海伦·达比希尔编（第二版；牛津，1959），页xxxiii–xl。关于其复杂问题的详细讨论，见约翰·芬奇的博士学位论文《华兹华斯、柯尔律治及〈隐士〉：1798–1814》（康奈尔大学，1964）。

[4] 见本书附录中华兹华斯“纲要”的不同手稿版本及其创作日期。

[5]《威廉·华兹华斯诗集》，第五卷，页2。在1805年6月3日给乔治·博蒙特爵士的信（《威廉·华兹华斯和多萝西·华兹华斯书信集：早期，1787–1805》，页594）中，华兹华斯将《序曲》描述为“通向《隐士》的一道门廊，与它同属一座建筑”。

[6] 1815年《诗集》“序言”，《威廉·华兹华斯的文学评论》，保罗·M. 扎尔编（内布拉斯加州，林肯，1966），页143。另见页140，在华兹华斯的描述中，他的“短诗”“彼此关联”，“从属”于《隐士》。

[7] 在华兹华斯1837年的《诗歌全集》中，一位匿名评论家很早就发现“纲要”的重要性，他在《纽约评论》第七期（1839）中评论道：“《漫游》序言中的《隐士》片段，也许是对华兹华斯诗歌最完整的阐述。”（页28）华兹华斯1815年的文章《序言补论》发表于前一年，我们将在第七章看到，他对“纲要”中宣布的计划部分做了扩展。

[8] A. C. 布拉德利，《华兹华斯》，《牛津诗歌讲稿》（伦敦，1950年再版），页101。

[9]《安家格拉斯米尔》，《威廉·华兹华斯诗集》，第五卷，页335–338，第664行以降。

[10]《威廉·华兹华斯诗集》，第五卷，页3；页11，第23–24行。我将引用1814年版本的“纲要”，恰好发现了与早期手稿版本存在重大区别。

[11]《失乐园》，第七卷，第23–31行。

[12]《序曲》,德·塞林科特、达比希尔编,第75行,注释。与华兹华斯对吟游诗人和先知诗人的看法相关的是《序曲》(1805)第五卷,第41行("吟游诗人和圣人的神圣作品"),以及第十二卷,第301行以降("诗人,如同先知,彼此相连于一个伟大的真理体系之中")。在颂歌《致威廉·华兹华斯》中,柯尔律治听见华兹华斯朗诵《序曲》,称赞他是"伟大的吟游诗人! ……看见……永恒的人/在吟唱"。

[13]《亨利·克拉布·罗宾逊论书籍及其作者》,伊迪丝·J.莫利编(三卷本;伦敦,1938),第二卷,页776。

[14] 1815年《诗集》"序言",《威廉·华兹华斯的文学评论》,页150–151。

[15]《查尔斯和玛丽·兰姆书信集》,E. V. 卢卡斯编(三卷本;伦敦,1935),第一卷,页246。1800年3月31日,柯尔律治在致托马斯·普尔(Thomas Poole)的信中,将华兹华斯称为"自弥尔顿以来最伟大的诗人",视其为"三十岁"的弥尔顿,见《柯尔律治书信集》,莱斯利·L.格里格斯伯爵编(牛津,1956年以降),第一卷,页584。

[16] 致托马斯·普尔的信,1814年4月28日;《威廉·华兹华斯和多萝西·华兹华斯书信集:中期,1806–1820》,E.德·塞林科特编(两卷本;牛津,1937),第二卷,页596。关于华兹华斯和弥尔顿在生活、观点和诗歌上的相似之处,见莱昂内尔·史蒂文森,《未完成的哥特式大教堂》,载《多伦多大学季刊》,第三十二卷,页174–175;布赖恩·威尔基,《浪漫主义诗人和史诗传统》(麦迪逊和密尔沃基,1965),页67,页240以及注释17。

[17] 1815年5月30日,柯尔律治在给华兹华斯的信中提醒他,《隐士》"实际上在某种意义上确认了人类的堕落",并"指出……一个明显的救赎计划"。(《柯尔律治书信集》,第四卷,页574–575)1832年7月21日,柯尔律治将《隐士》的计划描述为包含"一个正在实施的救赎",见《桌边杂谈》,H. N.柯尔律治编(伦敦,1917),页189。

[18]《失乐园》,第一卷,第6–17行;第七卷,第1–12行,第39–40行;第九卷,第13–43行;另见《复乐园》,第一卷,第8–17行。

［19］弥尔顿使用了圣经短语“天堂中的天堂”（《列王记》8∶27；《诗篇》148∶4），根据奥古斯丁的定义，这是第一个被创造的永恒天堂，是上帝的“居所”，也是“你城市公民的‘居所’，城市所在的天空远远高于我们所见的天空”。

［20］亨利·克拉布·罗宾逊致多萝西·华兹华斯的信，1826 年 2 月，《诗人布莱克、柯尔律治、华兹华斯、兰姆等》，伊迪丝·J. 莫利编（曼彻斯特，1922），页 15；《亨利·克拉布·罗宾逊论书籍及其作者》，第一卷，页 327。另见布莱克对华兹华斯 1815 年《诗集》和“纲要”的页边注，《威廉·布莱克诗歌和散文集》，大卫·厄尔德曼、哈罗德·布鲁姆编（纽约，1965），页 654–656。

［21］亨利·克拉布·罗宾逊，《诗人布莱克、柯尔律治、华兹华斯、兰姆等》，页 6；《亨利·克拉布·罗宾逊论书籍及其作者》，第一卷，页 327。其他同时代诗人则担心华兹华斯的“纲要”段落中表现出的异教徒的傲慢。罗宾逊说，弗拉克斯曼（John Flaxman）对“华兹华斯在前言一个段落中的某些神秘表达感到愤怒，其中华兹华斯谈到自己看到耶和华时没有感到惊恐，称‘如果这是我的兄弟所写，我会说，烧掉它’。但他也承认华兹华斯在这句话中并没有任何不虔诚的意思”。“实际上，”罗宾逊补充道，“我过去不能，现在仍不能解释这一段落。兰姆的解释，即人类心灵的痛苦比任何想象的地狱都还要深，并不令人感到满意。”（《亨利·克拉布·罗宾逊论书籍及其作者》，第一卷，页 156–157）

［22］另见《失乐园》，第一卷，第 249 行：“永别了，快乐的田野／欢乐的永恒家园……”释经者和诗人的一个普遍观点是，黄金时代、极乐世界和幸福之岛的异教寓言是对真正天堂遥远而歪曲的反映。见阿瑟·O. 洛夫乔伊、乔治·博阿斯，《原始主义及古代相关思想》（巴尔的摩，1935），页 290–303；汉斯–约阿希姆·马尔，《诺瓦利斯作品中的黄金时代理念》（海德堡，1965），页 11–145。

［23］在华兹华斯早期作品中，他还把异教寓言和基督教天堂结合起来，以此期待一个复原的黄金时代。例子见《景物素描》（1793），第 774 行以降；《论辛特拉条约》，A. V. 戴西编（伦敦，1915），页 10–11，页 122；参见《漫游》，第三卷，页 752–765。

［24］关于“死亡之眠”，见《诗篇》13∶3–5。

[25] 德·塞林科特标注写于1798-1799年的《序曲》手稿JJ版中的一段话可以补充这一声明:

最初灵犀
将新生命契合万物
在存在的黎明时铸就
生命与欢乐的纽带。

Those first born affinities which fit
Our new existence to existing things
And in our dawn of being constitute
The bond of union betwixt life and joy.

见《序曲》,德·塞林科特、达比希尔编,第636-637行;关于写作日期,见页xxvi。

[26]《序曲》(1805),第三卷,第82-185行。第82-167行的早期版本写于1798年2月,作为《倒塌的村舍》的一部分;《威廉·华兹华斯诗集》,第五卷,页388。

[27] 这一节也构成柯尔律治《致[阿斯拉]的信》一诗第一个版本的一部分,写于1802年4月。

[28] 布莱克,《耶路撒冷》,印版77,印版97-99。

[29]《荷尔德林全集》,弗里德里希·白士纳编(六卷本;斯图加特,1946年以降),第三卷(1957),页89-90。

[30] 诺瓦利斯,《海因里希·冯·奥弗特丁根》,帕尔默·希尔蒂译(纽约,1964),页143-148。

[31]《诺瓦利斯书信和作品集》(三卷本;柏林,1943),第三卷,页375。

[32] F. W. J. 冯·谢林,《世界时代》,小弗雷德里克·德·沃尔夫·博尔曼译(纽约,1942),页84,页90-91。

［33］1815年《诗集》“序言”,《华兹华斯的文学评论》,页150。

［34］布莱克,《弥尔顿》,印版16,第47–50行;印版20,第4–14行,见《弥尔顿的浪漫主义》选集,J. A. 威特里奇编(克利夫兰与伦敦,1970)。

［35］H. C. 罗宾逊,《诗人布莱克、柯尔律治、华兹华斯、兰姆等》,页12;《拉奥孔》,《威廉·布莱克诗歌和散文集》,页271。

［36］致J. H. 雷诺兹的信,1818年5月3日;致乔治和乔治亚娜·济慈的信,1819年2月14日至5月3日,见《约翰·济慈书信集》,海德·E. 罗林斯编(两卷本;马萨诸塞州,坎布里奇,1958),第一卷,页278–279,页282;第二卷,页103。

［37］《解放了的普罗米修斯》“前言”,《雪莱散文集》,大卫·李·克拉克编(新墨西哥州,阿尔伯克基,1954),页328;托马斯·梅德温,《珀西·比希·雪莱的一生》,H. 巴克斯顿·福尔曼编(伦敦,1913),页262。

［38］玛丽·雪莱,《1817年诗集注释》,《雪莱诗歌全集》,托马斯·哈钦森编(伦敦,1948),页551。在《伊斯兰的反叛》的注释(同上书,页156)中,玛丽谈到雪莱“一直在阅读《诗篇》、《约伯记》、《先知以赛亚》和《旧约》其他部分”,“这些崇高的诗歌让他充满喜悦”。关于雪莱在诗歌中运用圣经,见贝内特·韦弗,《理解雪莱》(密歇根州,安娜堡,1932);关于玛丽·雪莱日记和雪莱书信中所记载的雪莱对圣经的深入研究,见《雪莱书信集》,弗雷德里克·L. 琼斯编(两卷本;牛津,1964),附录八“雪莱阅读书目”。

［39］托马斯·梅德温,《珀西·比希·雪莱的一生》,页255。

［40］引自阿瑟·O. 洛夫乔伊、乔治·博阿斯,《原始主义及古代相关思想》,页84。这本书是对希腊罗马原始主义(primitivism)和循环主义(cyclism)的综合分析和选集。另见W. K. C. 古思里,《起源》(纽约州,伊萨卡,1957),第四章。

［41］奥古斯丁,《上帝之城》,第十二卷,页13;另见第十二卷,页14–19。

［42］托马斯·伯内特,《大地的神圣理论》(第六版,两卷本;伦敦,1726),第一卷,页143。这个概念不断再现,其原始文本出自保罗的《罗马书》1:20:“自从造天地以来,神的永能和神性虽眼不能见,但明明可知,借着所造之物,就可以知晓。”(在整本书中,我引用的是英国浪漫主义诗人阅读的《圣经》钦定本。)

[43] 就像弥尔顿在《基督诞生的早晨》中所说,与最后降临相比,道成肉身对人类幸福相对更重要:"时光将倒流、带来黄金时代"之前,新生的婴儿必须在十字架上救赎我们,然后回来接受末日审判——

最后我们的极乐终于
变得充盈、完美,
但是现在开始……

And then at last our bliss
Full and perfect is,
But now begins. . . .

[44] 因此,弥尔顿在《失乐园》开篇说,他的故事始于"伊甸园的丧失",终于"幸福席位"的重新获得。关于基督教著述中过去的天堂和未来的天堂——这些术语也广泛应用来指称亚当和夏娃在地球上的原初住所、千禧年时地球上建立的新王国以及最终的天堂王国。见让·达尼埃卢,《教父的大地和天堂》,载《埃拉诺斯年鉴》,第二十二卷(1953);另见哈里·莱文,《天上的天堂和地上的天堂》,载《亨廷顿图书馆季刊》,第二十九卷(1966),页305-324。

[45] 卡尔·洛维特,《历史中的意义》(芝加哥,1949),页183。

[46] 艾萨克·牛顿,《但以理的预言和圣·约翰启示录评论》,本杰明·史密斯编(两部;伦敦,1733);约瑟夫·普里斯特利,《欧洲现状与古代预言比较》(伦敦,1794);D. H. 劳伦斯,《启示录》(纽约,1932);保尔·克洛岱尔,《保尔·克洛岱尔询问天启》(巴黎,1952)。

[47] D. H. 劳伦斯,《启示录》,页7、10。

[48] 迈克尔·菲克斯勒,《弥尔顿和上帝的王国》(埃文斯顿,1964),页71。关于弥尔顿从《启示录》和《福音书》引用的形象,见西奥多·班克斯,《弥尔顿的意象》(纽约,1950),页176-177。

［49］关于预言向启示的发展以及启示作品的实质性例子，见 F. C. 伯克特，《犹太和基督教启示录》（伦敦，1914）；克里斯托弗·R. 诺斯，《〈旧约〉对历史的解释》（伦敦，1946）；斯坦利·布莱斯·弗罗斯特，《〈旧约〉启示及其起源和发展》（伦敦，1952）；马丁·布伯，《预言、启示录和历史时刻》，见《指明道路》（纽约，1957）；H. H. 罗利，《启示的意义》（第三版；纽约，1964）。

［50］鲁弗斯·M. 琼斯，《永恒的福音》（纽约，1938），页 5。

［51］非圣经启示录《以诺的秘密》写于公元一世纪，它预言新的一天或安息日出现在世界六千年历史结束后的一个新的千年。（32：2–33：2）上帝创世周中的一天等于一千年，这基于《诗篇》（90：4）所言："在你眼中，一千年不过如已过的昨日。"参照《彼得后书》："与主同在，一日如千年，千年如一日。"（3：8）

［52］"新天新地"这个短语出现在各个版本的圣经和伪经的启示中，见 R. H. 查尔斯，《圣约翰启示录评注与释经》（两卷本；爱丁堡，1920），第二卷，页 184、187、193、199、203。

［53］在《基督教教义》第一章第 33 节中，弥尔顿说，无论"最终的大火……是意味着世界物质本身的毁灭，或仅仅是它组成部分的性质发生改变，这不确定，也没有确定的意义……我们的荣耀将伴随着天地的更新，其中一切服务于我们或为我们带来快乐的事物的更新，让它们永远为我们所有"。为了说明对《新约》预言的这种阐释，弥尔顿引用了《以赛亚书》："我创造了一片新天新地。"（65：17）另见《失乐园》，第三卷，第 333–338 行；第十卷，第 638–640 行；第十一卷，第 900–901 行；第十二卷，第 547–551 行。

［54］S. H. 胡克在《危险席》（伦敦，1956）中总结并讨论了这些观点。

［55］关于应许之地和圣城耶路撒冷在末世的变形传统，见让·达尼埃卢，《教父的大地和天堂》，载《埃拉诺斯年鉴》，第二十二卷，页 438 以降。《以斯拉后记》7：26 中第一个世纪的天启与《启示录》中一样，新娘是一座城市："新娘将出现，甚至城市也将出现，她现在从地球上消失了，将会被看见。"奥斯丁·法瑞尔在《意象的重生》（波士顿，1963，页 65–68）中提出，《启示录》中对世界末日的描述，包括神圣的婚姻，是为了重述和实现《创世记》中对世界开始的承诺：正如

“新天新地”在第一天代替并完成了天地的创造,因此,基督和新耶路撒冷,即第二个亚当和夏娃,代替并完成了第六天的工作,当时,“他将他们创造为男人和女人”。(《创世记》1∶27)

[56]《马太福音》9∶15,25∶1–13;《马太福音》22∶2以降;《马可福音》2∶19–20;《路加福音》5∶34–35;《约翰福音》2∶1–3,3∶29;《以弗所书》5∶23–32。见克劳德·查维斯,《基督的新娘》(伦敦,1940)。

[57] 奥古斯丁,《替代的语言》(*Sermo suppositus*),第一二〇卷,页8,见《拉丁神父全集》(*Patrologia Latina*),米涅(Migne)编,第三十九卷,第1986栏以降。将《旧约》中上帝和以色列人再婚的预言跟基督在十字架上与亚当的孩子们完婚的教义联系起来的,可能是保罗在大爱十字架上的布道(《罗马书》5∶6–10),例如,“上帝表明了他对我们的爱,因为基督在我们还是罪人的时候为了我们死去”。另见让·达尼埃卢,《圣经和礼拜仪式》(印第安纳州,圣母大学,1956),页206–207;埃里希·奥尔巴赫,《十字架上向基督复活》,载《现代语言笔记》,第三十四卷(1949)。在考文垂·帕特莫《未知的爱》中,激情象征婚姻圆满的古老观念仍然存在,甚至性别角色的颠倒在释经学上也有先例:

当季之时,你卧于他那甜蜜恐惧交织的床榻,
地震般摇动,以日蚀当帷幕,
你曾共享那锐矛之间的婚盟狂喜
苍白的极乐
为众生恩典,成就夏娃予众生悲苦的逆境。

In season due, on His sweet-fearful bed,
Rock'd by an earthquake, curtain'd by eclipse,
Thou shareds't the spousal rapture of the sharp spear's head
And thy bliss pale
Wrought for our boon what Eve's did for our bale.

［58］弗雷德里克·W. 法勒的《阐释史》（伦敦，1886）列出了关于《颂歌》的十九种讽喻性阐释。（页 32–33）

［59］许多教父建立了一种统一的象征主义传统，根据这一传统，天启婚姻始于亚当和夏娃的创造，由预言、《旧约》中一系列历史事件预示，在《颂歌》中形象地表现出来，在基督道成肉身中实现，激情使之圆满，在圣礼仪式上得到庆祝（不仅是婚姻圣礼，还有洗礼和圣餐圣礼，都被认为是婚礼的奥秘），在世界末日与羔羊的婚礼中等待实现和结果。例子见让·达尼埃卢，《圣经和礼拜仪式》，页 191–220。

［60］根据《启示录》14：1–5，作者看到十四万四千个处女，甚至在基督第二次降临之前，她们已经“从人间被救赎”，与羔羊生活在一起。

［61］《约翰福音》5：24–25，11：25–26。见 C. H. 多德，《第四福音阐释》（英国，剑桥，1953）。

［62］《罗马书》7：1–4；《加拉太书》6：15。见鲁道夫·布尔特曼，《历史与末世论》（纽约，1957），页 40–47。

［63］关于奥古斯丁对阿塔那修斯《圣安东尼传》中角色的转变（奥古斯丁自己也提及），见皮埃尔·库塞尔，《圣奥古斯丁〈忏悔录〉研究》（巴黎，1950），页 181 以降。

［64］埃里希·奥尔巴赫分析了奥古斯丁对阿利皮乌斯在角斗士表演上的诱惑进行描述时的独特心理模式（《忏悔录》，第六卷，页 viii）与此相关。见《摹仿论》（新泽西州，普林斯顿，1953），页 66–72。A. D. 诺克在《皈依》（牛津，1933）中，讨论了基督教皈独特依经验与古代俄尔甫斯教和其他神秘崇拜的复活仪式之间的重要区别。（页 12 以降，页 138 以降）

［65］《圣奥古斯丁〈忏悔录〉》，F. J. 希德译（伦敦，1944），第八卷，页 130、133，页 138–142。

［66］关于圣经多义词的理论，例子参见贝丽尔·斯莫利的《中世纪圣经研究》（牛津，1952）和 H. 弗兰德斯·邓巴的《中世纪思想中的象征主义》（纽约，1961）。

[67] 关于华兹华斯对"神圣斯宾塞"的评价,见马卡姆·L. 皮科克,《威廉·华兹华斯的批评意见》,页360-361。

[68] 在《个人谈话》一诗中(第37-42行),华兹华斯说,在涉及"个人主题"的书中,《奥赛罗》和"天上的乌纳和她乳白色的羔羊"对他来说"最为可爱"。另见华兹华斯对《仙后》第一卷的详细评论,《威廉·华兹华斯诗集》(第三卷,页281-283)中的"《瑞尔斯通的白母鹿》献词"。

[69] 见约瑟芬·沃特斯·贝内特,《〈仙后〉的发展》(芝加哥,1942),页108-122。

[70] 伊夫琳·昂德希尔的《神秘主义》(纽约,1955)提供了纲要,非常方便查阅有关段落;例子见页136-139,页369-379。

[71] 有时,神秘主义者将与上帝精神联姻经历中的暴力描述为对灵魂的强奸,理查德·罗尔写道:"同样,这也被称为强奸,因为它以暴力完成,违背了本性。"见伊夫琳·昂德希尔,《神秘主义》,页369、377。

[72] 弥尔顿之前,也有人称人类的微观世界与地狱有着一致性,关于这些声明,见梅里特·Y. 休斯,《"我自己就是地狱"》,载《现代语言学》,第五十四卷(1956-1957),页80-89;有关与天堂的一致性,见让·达尼埃卢,《教父的大地和天堂》,载《埃拉诺斯年鉴》,页467-468,页470,路易斯·L. 马茨,《内在的天堂》(纽黑文,1964),页35-39。

[73] 见《杰拉德·温斯坦利作品集》,乔治·H. 萨拜因编(纽约州,伊萨卡,1941),"序言",页5-21。

[74] 同上书,页493-494。

[75] 同上书,页214。约翰·多恩表达了当时的核心观点,认为对圣经的精神或寓言解读要受到限制,强调了字面意义和历史意义的首要性,在这一点上,英国国教和主要的清教教派达成一致。"虽然推导圣经许可的各种意义……是合法的,而且往往非常有用,但如果因此而冒险忽视或削弱它本身的字面意义带来的危险,则可能是不允许的。""但是每一处的字面意义是圣灵的主要意图,在那里……"见海伦·加德纳,《文学批评的局限》(伦敦,1956),页47-51。

[76]《致诺伯达蒂》("To Nobodaddy"),以及《天堂与地狱的联姻》,印

版 14。

[77] H. C. 罗宾逊,《诗人布莱克、柯尔律治、华兹华斯、兰姆等》,页 12。布莱克在《永恒》中宣称,“两个人都昼夜阅读圣经 / 但你读到黑暗的地方,我却读到光明”。(《威廉·布莱克诗歌和散文集》,页 516)

[78]《启示录》4-5;10: 1-4;14: 1-3。见《失乐园》,第三卷,第 56-64 行,第 323-349 行。

[79] 希伯来末世论有可能吸收了早期瑣罗亚斯德教神话中善的力量最终战胜恶的力量的元素,见 A. D. 诺克,《皈依》,页 242-244。然而,R. C. 泽纳在《瑣罗亚斯德教的黎明和黄昏》(纽约,1961)页 57-58 中否认有任何确凿的证据证明这种影响。维吉尔在《牧歌》第四首中预言,失去的黄金时代将回归,许多注释家和诗人认为这是异教对基督教真理的预言。最近,一些学者提出,维吉尔的这首牧歌受到了希伯来预言的影响。然而,请注意,维吉尔对黄金时代回归的描述与古典历史观完全一致——事实上,是它的必然结果,即历史是一个无限循环再现的过程:

时代的大轮回又要重新开始
处女星座已经回来,萨图恩的统治亦将复兴

Magnus ab integro saeclorum nascitur ordo.
Iam redit et Virgo, redeunt Saturnia regna—

“时代的伟大进程重新开始了。现在,圣母[即阿斯特来亚]回来了,萨图恩的统治回来了……然后将有第二个提菲斯,有第二艘‘阿尔戈’号船承载被选中的英雄,有第二次战争,伟大的阿喀琉斯将再度被遣往特洛伊。”在其伟大的抒情诗《世界的伟大时代重新开始了》中,雪莱清楚地说明了与圣经预言的区别,与《牧歌》第四首相呼应。雪莱在诗的结尾呼吁(就像布莱克在《经验之歌》“序言”中所说:“别再转身: / 你为什么要转身”),历史在其循环的顶点做好准备,在那里终结：

哦，停下来！仇恨和死亡必须再来吗？
　停下来！人必须杀戮，然后死去吗？
停下来！不要滴尽
　苦难预言的瓮，只剩残渣。
世界厌倦了过去，
哦，愿它终将死去，或安息！

Oh, ceace! must hate and death return?
　Cease! must men kill and die?
Cease! drain not to its dregs the urn
　Of bitter prophecy.
The world is weary of the past,
Oh, might it die or rest at last!

实际上，这些诗人大声疾呼，要求将历史从永恒再现的形态转变为启示预言的形态，在这种形态下，历史达到顶点，然后戛然而止。

[80] 汉斯·康泽尔曼对《圣路加福音》中末世论的阐释基于这样一种观点，即直到遥远而不确定的未来，基督才会降临。见《圣路加的神学》，杰弗里·巴斯韦尔译（伦敦，1960），第二部分"路加末世论"。另见《彼得后书》3：3–4。

[81] J. B. 伯里，《进步的观念》（1920）。例子另见查尔斯·A. 比尔德的伯里多佛再版（纽约，1955）"序言"；阿瑟·O. 洛夫乔伊为路易丝·惠特尼《原始主义与进步的观念》（巴尔的摩，1934）所写的"前言"，页 xvii–xix；《进步的观念》，乔治·H. 希尔德布兰德编（伯克利和洛杉矶，1949），"导言"。

许多希腊和罗马作家提出了过去和未来人类进步的观点，但他们与后文艺复兴理论家不同，在不可避免的历史衰退之前，对人类活动的范围、可能的进步程度和进步可持续的时长进行限制。见路德维希·埃德尔斯坦在《古典时期的进步观念》（巴尔的摩，1967）中收集的例子。

[82] 卡尔·贝克尔，《进步》，收入《社会科学百科全书》（1934），第十二卷；R. S. 克兰，《英国国教护教与进步的观念，1699–1745》，《人文学科思想和其他论文》（两卷本；芝加哥，1967），第一卷，页 214–287；欧内斯特·图维森，《千禧年和乌托邦》（伯克利和洛杉矶，1949）。另见约翰·柏丽，《进步的信仰》（纽约，1951）。早在十二世纪，弗洛拉的约阿希姆将圣经历史和末世论解释成为一种历史阶段理论，改编以符合圣父、圣子和圣灵的统治，每一个都再现一个相似的事件周期，但都在一个连续的更高层次上，直到人类的第三个即最后一个世俗阶段，这是一个无阶级、无制度的阶段，全人类成为纯粹的兄弟。见卡尔·洛维特，《历史中的意义》，第八章；莫顿·布卢姆菲尔德，《弗洛拉的约阿希姆》，载《传统》，第十三卷（1957），页 249–311。我们将在第四章中看到，十八世纪九十年代及以后，伟大的德国哲学家，包括赫尔德、康德、席勒、费希特和黑格尔，仍然明确地将他们对人类进步的特定阐释与圣经的末世论联系在一起，采取一种理性化的神学模式，康德称之为“哲学千禧年”。

[83] 《给马西斯的回信》（“Answer to the Letter of Mathetes”），《威廉·华兹华斯散文集》，亚历山大·B. 格罗萨特编（三卷本；伦敦，1876），第一卷，页 312。另见马卡姆·L. 皮科克，《威廉·华兹华斯的批评意见》，页 179–180，页 314。关于对培根天才论的对比评价，见《柯尔律治论十七世纪》，罗伯塔·弗洛伦斯·布林克利编（北卡罗来纳州，达勒姆，1955），页 5，页 41–58；《雪莱散文集》，页 231、233、251、280、292、318、328。

[84] 弗朗西斯·培根，《新工具》，“箴言集”，第一卷，页 xcii–xciii，见《新工具及相关作品》，富尔顿·H. 安德森编（纽约，1960），页 90–92。

[85] “箴言集”，第二卷，页 lii，同上书，页 267。

[86] 《伟大的复兴》，同上书，页 15、3、14。

[87] “箴言集”，第一卷，页 lxviii，同上书，页 66；另见《哲学的自然史和实验史基础》，《弗朗西斯·培根作品集》，詹姆斯·斯佩丁、罗伯特·莱斯利·埃利斯、道格拉斯·德农·希思编（十五卷本；波士顿，1863），第九卷，页 370–371。

即使在十九世纪,一个自称是无神论者的人,仍然继续用圣经中的堕落和人类在人间天堂中即将到来的救赎来表达历史进步和人类完美的理论,著名的例子见皮埃尔·蒲鲁东,《经济矛盾的体系》,罗杰·皮卡德编(两卷本;巴黎,1923),第一卷,页353以降。

[88]《新工具》中的译文,富尔顿·H.安德森编,页22–23。培根的拉丁文中的关键术语是"人类心灵和宇宙的婚房","但愿婚歌的祝愿是,从这场婚姻中……"在《弗朗西斯·培根》(巴里,1957)中,保罗·罗西认为,培根在经验主义科学中采用了文艺复兴神秘主义中光照派成员提出的控制自然的方法,他将人的堕落解释为心灵力量之间以及心灵与自然之间的一种分裂,将人类的救赎解释为精神力量的重新整合及其与自然的重新统一。在第三章中我们将看到这些看法如何广泛应用于文艺复兴时期的神秘主义。

[89] 同上书,页29。在拉丁语中:"而一切都在其中,如果有人从未让心灵的眼睛从事物本身转译,就能完整地接收它们的形象,正如它们本来的样子。"参照华兹华斯:"我一直在努力持续关注我的主题,因此,希望可以发现这些诗歌中的描写没什么错误","……诗人的双眼一直专注于自己的目标"。见《威廉·华兹华斯的文学评论》,页22、173、140。另见华兹华斯在阿尔卑斯山脉一个峡谷的风景中突然获得的启示,"是那伟大《启示录》中的文字/是代表永恒的字体和符号"。(《序曲》,第六卷,第570–573行)

[90] 见以赛亚·伯林,《历史的必然性》(伦敦,1954);关于"全面革命"的概念,见卡尔·曼海姆,《意识形态和乌托邦》,路易斯·沃思、爱德华·希尔斯译(纽约,1936)。

[91] 诺曼·科恩,《追寻千禧年》(伦敦,1957)。关于犹太弥赛亚运动,见阿巴·希勒尔·西尔弗,《以色列弥赛亚思想史:从一世纪到十七世纪》(波士顿,1959);格肖姆·肖勒姆,《犹太教中的弥赛亚理念》,见《犹太教》(法兰克福,1963)。

[92] 诺曼·科恩,《追寻千禧年》,第十至十二章。维托里奥·兰登纳里在《宗教自由运动和被压迫人民的救赎运动》(米兰,1961)中,以编年史记载了欧

洲文明之外的暴力性千禧年崇拜，由基督教传教士宣传的圣经教义发展而来。

[93] 见路易丝·法戈·布朗，《浸信会教徒和第五君主国派的政治活动》（华盛顿，1912）。关于那个时代的千禧年信仰和运动，另见威廉·哈勒，《清教主义的兴起》（纽约，1938），尤其是页 269–271。

[94]《克拉克档案》，C. H. 费斯编，卡姆登协会，新系列，第四十九卷（1891），页 378–379。另见阿瑟·巴克，《弥尔顿和清教徒的困境：1641–1660》（多伦多，1942），页 197。

[95] 弥尔顿，《英格兰宗教改革》（1641），《弥尔顿散文全集》（三卷本；纽黑文，1953–1962），第一卷，页 616；《批判》（1641），同上书，页 707。关于弥尔顿天启期望和失望的完整描述，见迈克尔·菲克斯勒，《弥尔顿和上帝的王国》（伦敦，1964）。

[96] 皮埃尔·蒲鲁东，《经济矛盾的体系》（1846），第一卷，页 53，页 55–56。

[97] 弗里德里希·施莱格尔，《关于诗的谈话》（1800），见《早期浪漫主义的艺术观》，安德烈亚斯·穆勒编（莱比锡，1931），页 184–190。

[98]《艺术哲学》，《谢林全集》（十四卷本；斯图加特，1856–1861），第一部，第五卷，页 446。关于这一时期德国作家对建立“新神话”的呼吁，见弗里茨·施特里希，《德国文学中的神话》（两卷本；哈雷，1910）。

[99]《为诗一辩》，《雪莱散文集》，页 290。

[100]《约翰·济慈书信集》，第二卷，页 103。

[101] 托马斯·卡莱尔，《旧衣新裁》，查尔斯·弗雷德里克·哈罗德编（纽约，1937），页 194、254；另见“导言”，页 xxiv。

[102] T. E. 休姆，《浪漫主义和古典主义》，《沉思》，赫伯特·里德编（伦敦，1936），页 118。

[103]《安家格拉斯米尔》，第 700–701 行，第 738–740 行。在《致威廉·华兹华斯》第 1–11 行中，柯尔律治宣称，《序曲》中“你敢于说出 / 可以对理解的心灵说出的……主题，难度与高度兼具！”

[104]《论现代诗歌》,《华莱士 · 史蒂文斯诗集》(纽约, 1961),页 239-240。史蒂文斯在散文中对这个概念的解释是:"世界上,诗歌的主要思想一直是,现在仍然是关于上帝的思想,而现代文学的一个明显发展方向就是远离这种思想。创造了上帝观念的诗歌,要么让自身适应我们不同的智识,要么创造出一个替代品,要么使它不再具有必要性,这几种方法可能意味着同样的东西。"见《华莱士 · 史蒂文斯遗作集》,塞缪尔 · 弗伦奇 · 莫尔斯编(纽约,1957),页 xv。

[105]《安家格拉斯米尔》,第 747-750 行。布赖恩 · 威尔基在《浪漫主义诗人和史诗传统》中讨论了《序曲》与这首史诗的关系。

[106]《乔科鲁阿致邻居》,《华莱士 · 史蒂文斯诗集》,页 300。

第二章　华兹华斯的《序曲》与危机-自传

他们在我心中如同造物；
我凝视着过去，如同先知
展望未来……

华兹华斯，“手稿残篇”

在这样的时代，真正的英雄诗篇要用科学的笔墨写就吗？为一个人撰写一部恰当的哲学传记（“哲学”意味着该词所包含的一切）是赞美他的唯一方法吗？真正的历史……就是一部真正的史诗吗？我开始有些认同这些观点了。

托马斯·卡莱尔，《两部笔记》

当一个人书写完自己人生故事的最后一页，还剩下什么可说的呢？我想，他应该会期待出现某种进步，但我不相信，因为我无法将生活安排得井然有序。那么，即使我生活中出现某种进步（这似乎是个无聊的假设），它更可能是由外界事物带来的，绝非我本人有意为之。

埃德温·缪尔，《自传》

They are as a creation in my heart;
I look into past time as prophets look
Into futurity. . . .

— Wordsworth, MS Fragment

Are the true Heroic Poems of these times to be written with the *ink of Science?* Were a correct philosophic Biography of a Man (meaning by philosophic *all* that the name can include) the only method of celebrating him? The true History. . . the true Epic Poem?—I partly begin to surmise so.

Thomas Carlyle, *Two Notebooks*

What is left to say when one has come to the end of writing about one's life? Some kind of development, I suppose, should be expected to emerge, but I am very doubtful of such things, for I cannot bring life into a neat pattern. If there is a development in my life—and that seems an idle supposition—then it has been brought about more by things outside than by any conscious intention of my own.

— Edwin Muir, *An Autobiography*

华兹华斯在“《隐士》纲要”中声明了自己的崇高主题，继而向“先知的神灵”祈祷：

　　　　　　　　　　如果于其中
我混入更多低级的物质；用思想的对象
描绘思考的
人和心灵：他曾经是谁，做过什么——
那转瞬即逝的存在看见了
这异象；他曾在何时、何地，生活得怎样；——
这一切工作并非无为徒劳。

　　　　　　　　　　if with this
I mix more lowly matter; with the thing
Contemplated, describe the Mind and Man
Contemplating; and who, and what he was—
The transitory Being that beheld
This Vision; when and where, and how he lived;—
Be not this labour useless.

通过这种方式，华兹华斯界定并证明了他个人叙事的合理性，包括《隐士》中被称为“安家格拉斯米尔”的那部分，以及后来由他的妻子命名为“序曲”的整部诗歌。他将《序曲》描述为“一条支流”，是“通向《隐士》的一道门廊，与它同属一座建筑”。[1]“纲要”完成于《序曲》创作期间，被视为整个结构的重要组成部分，华兹华斯在这篇诗歌式宣言中明确了它的“构思和范围”。柯尔律治在 1815 年回忆这一构思时说，“这部描述个人心灵成长的诗歌，如同一块平地和根茎，《隐士》从中破土而出，长成了一棵大树”——这是截然不同的两部作品，却构成了“一个完整的**整体**”。[2]正如华兹华斯对自己宏伟设计的描绘，《序曲》旨在描述“一个
74 转瞬即逝的存在”所处的环境及其心灵的成长，他最终实现了“**愿景**”，并认识到自身的使命，即创造一种史无前例的诗歌，以公开、永恒的形式展示这一愿景：

> 我所拥有的一切都只属于我，
> 其中一些还无人分享……
> 我要将它传授，我要将它广泛传播，
> 让它在来世中永恒。[3]

> Possessions have I that are solely mine,
> Something within which yet is shared by none...
> I would impart it, I would spread it wide,
> Immortal in the world which is to come.

1.《序曲》的思想

《序曲》完成于 1805 年。在那个年代，人们不断对文学的内容和形

式进行大幅变革，因而易于忽视《序曲》就当时而言具有重大创新。这首诗充分证明了华兹华斯所称的天才的独创性，即“将一种崭新的元素引入智性世界”，而“人类感性范围的拓宽”则是这个世界“无可指责的标志”。[4]

《序曲》发展得至臻完备，可以说它展现了小说发展中的两次创新，即最早出现于《序曲》创作前十年的德国“成长小说”①（华兹华斯称《序曲》为一首关于“我个人心灵成长”的诗歌[5]）和“艺术家成长小说”（*Künstlerroman*）（华兹华斯也称《序曲》为“一首关于我自己诗歌教育的诗”，它在历史细节处理问题上远超所有德国小说，如华兹华斯所说，自己的“历史”特指“**诗人**心灵”的历史）。[6]整首诗构成与柯尔律治的一场长久对话——“我说出赤裸裸的真理／仿佛是我独自在私下里对你说话”。（第十卷，第 372–373 行）然而，柯尔律治这位听者**并不在场**（*in absentia*），因此，这位孤独的作者常用内心独白来弥补，或与风景长时间对话，对话双方是“我的心灵”和“会说话的天地的面庞”。（第五卷，第 11–12 行）《序曲》的结构完全没有遵循时间顺序，不是从时间意义上的最初开始，而是从结尾处即华兹华斯走向“我选择的山谷”（第一卷，页 100）开始。“走向我选择的山谷”可能指两种甚至多种情况，但主要指 75
华兹华斯去往格拉斯米尔山谷，即在自己生命的那个时期选择的“隐居处”（第一卷，第 115 行），诗歌也以此结尾。[7]在走向山谷的途中，吹来了一缕缕微风，相应地，这“来自天堂的甜蜜气息”在诗人心中激发了“一阵温和的创造之风”，一种先知的**精神**（*spiritus*）或灵感令他确信自己担负着诗歌创作的使命，虽然时断时续，但最终指引着他创作了《序曲》。在诗歌创作过程中，每当诗人遭遇想象力枯竭之际，这股令人重生的微风会再度吹来，成为诗歌表达的主题。[8]

① “成长小说”（*Bildungsroman*），也译为“教育小说”。

华兹华斯并非简单叙述过去的生活,而是立足于现在,追忆着过往岁月。在这种追忆中,形式和感觉"将我们的生活带回"(第一卷,第660–661行),过去的自我被唤醒,与如今改变了的自我共存于一种多重意识之中,即华兹华斯所称的"两种意识","现在的我"和"过去的我"之间存在一个很大的"空缺",

> 在我脑海中有这样一种自我存在
> 有时,当我想到它,我感觉到
> 两种意识,自我的意识
> 和某个他者的意识。

(第二卷,第27–33行)

> Which yet have such self-presence in my mind
> That, sometimes, when I think of them, I seem
> Two consciousnesses, conscious of myself
> And of some other Being.

诗人意识到几乎不可能将"对那个时代直白的回忆"从"事后深思"的浸染中分离(第三卷,第644–648行),对相互渗透的两种意识进行了细致精微的思考。他创造了一个比喻,自己在一艘漂浮于平静水面上的渔船上,弯下身子的时候,难以分辨湖底的真实物体和湖面对周围景物的反射、水流玩弄的花招、水面的折射,以及由于自身闯入带来的不可避免的影像(即他现在的意识)。[9] 因此,诗人必须"在过往时间的表面上义不容辞",寻求两个不同自我间的连续性,以此不懈地探索记忆的本质和意义,探索保持鲜活情感和"原初创造性感觉"的能力,以抵制那些令人窒息的
76 习惯和分析,探索如何在变化和时间领域内展现持久和永恒。[10] 叙述顺序

只是偶尔与事实上的事件发生顺序一致，而与此相反，华兹华斯有时会采用令人困惑的省略句和融合句，以及他所说的时间上的“倒叙”。（第九卷，第 8 行）

学者们早就意识到不应该相信《序曲》具有事实上的可信性，因此指责华兹华斯知识不确切，缺乏艺术天赋，记忆力不好，甚至不虔诚。这首诗之所以遭受质疑，是因为我们对 1798 年至 1805 年间该诗的创作过程太过熟悉：最开始是一个“续补”的组成部分，后来成为《隐士》的“门廊”，最后，华兹华斯决定在其开头和结尾加入之前被撤除的中间部分，即他在伦敦和法国的经历。[11]然而，一部作品应当被视为一个完成的、独立的整体，《序曲》在六年的反复修改后问世，华兹华斯有意将自己生活中的事件进行重大修改和错置，意在使其生活中固有的计划逐渐显现出来。这个计划从一开始就发挥了隐性作用，只显形于成熟的意识之中。换言之，华兹华斯的叙述受到一种思想的支配，在它创造的叙事结构中，主人公得以凸显出来，扮演天启情节中的一个特殊角色。华兹华斯在开篇之辞中便表明自己已走向成熟：面对吹来的急速的微风

向着辽阔的原野，我作出了
一个预言：众多的诗人自发地
到来，披着教士的长袍
然后，我的心灵，恰好被挑选出来，
担任神职。

（第一卷，第 59–63 行）

to the open fields I told
A prophecy: poetic numbers came
Spontaneously, and cloth'd in priestly robe

My spirit, thus singled out, as it might seem,
For holy services.

因此,在诗人的心灵历史中,他确实是一个“转瞬即逝的存在”,但也是一位模范诗人-先知,被挑选出来,在“希望覆灭……令人颓废和沮丧的时代”,给人类带来安慰和欢乐的浪潮,如华兹华斯在“纲要”中所言:

77 我的诗将永存,成为
一盏明灯,悬挂于高空之上,照亮着
人类的未来。[12]

that my verse may live and be
Even as a light hung up in heaven to chear
Mankind in times to come.

华兹华斯采用的诗歌形式具有包容性,可以容纳纷繁杂乱和偶然随意的日常经验。然而,他只根据其中心思想,选择那些对既定结局的发展有重要意义的行为和经历详加叙述[13],并且只围绕一个事件来组织自己的生活经验,即他视为自己及其同代人共同面临的精神危机:英国和欧洲的自由主义知识分子曾赋予法国大革命以人类的热烈忠诚和无限希望,但这些希望现在都已支离破碎。

我发现,不仅在我孤寂的内心,
在所有赤子之心中,
自此刻起,改变与颠覆开始萌生。

(第十卷,第 232–234 行)

Not in my single self alone I found,
But in the minds of all ingenuous Youth,
Change and subversion from this hour.

相应地，《序曲》按照先后顺序分为三个阶段。在第一个阶段，心灵处于发展过程之中，虽然有时停滞，但仍然是连续的。[14]在第二个阶段，令人感到冷漠和绝望的危机产生，暴力地毁坏这一过程。在第三个阶段，心灵随后复元成为一个整体，尽管确有损失，但比最初的那个统一体高一层次，因为成熟了的心灵拥有了力量，意识的范围得以拓宽并加深，敏感性也增强，这些都是它所经历的重要经验的产物。发现这一事实解决了贯穿《序曲》始终的一个隐性的、核心的问题：如何合理化人类所经历的痛苦、损失和苦难？诗人现在能够认识到，自己的生命“最终／皆表现出欢乐，若理解正确”。（第十三卷，第 384–385 行）

华兹华斯的叙述中不断穿插着启示或“时间之点”（spot of time），在经历两次重要启示后达到高潮。第一次是华兹华斯发现自己生来是谁，要做什么。在剑桥时他的人生达到了“一个显赫”阶段，觉得自己是“天选之子”。（第三卷，第 82 行以降，第 169 行）一个夏日的黎明，跳完舞， 78
在回家的路上，他领悟到，自己“虽然罪孽深重／甘于献身”（第四卷，第 343–344 行），但至于自己被选做什么，献身于什么，仍不明晰。如今，投身于法国革命之后，在从绝望的危机中复苏的过程中，他深刻认识到，自己的命运并不如宣称的那样，投身于“躁动／喧嚣的世界”“从浮华辞藻标榜的／权势与作为”之中，而是从行动世界中抽离，对孤独进行沉思：自己在生活中的角色不是要求参与其中，而是要求超然其上。[15]他应该成为“诗人，甚至先知”，诗人和先知都被赋予“感知／过去看不见的东西”的能力，所以要采用一种新颖的诗歌风格创作一种新型诗歌，“我曾说，我要歌唱它们；对它们的赞美之词…… / 我将记载下来”：卑微、遭受苦难的人们与平凡或琐碎的事物组成的平凡的世界 / 宜将转变成为一个尊严、爱和英雄般伟大的“新世界”。（第十二卷，第220–379行）华兹华斯的危机包含了如今所说的身份危机，在发掘“我在世间的职责”中得以解决。（第十卷，第921行）具体而言，这些职责包含在《序曲》第十二卷对创新性诗歌的主题、风格和价值的定义中，这些价值正是诗人生活的既定目标，因此，在《序曲》中，华兹华斯融合了自己的诗歌艺术。

在攀登斯诺登山时，诗人在山顶上获得了第二个启示。他根据自己的主要思想，摘取了1791年的生活这一时间点，在《序曲》结尾处描述，当时他还没有在法国的那些重要经历。[16]诗人穿过云层，月光“洒落在草地上 / 如闪电一般”。在他看来，整个场景正是“一颗伟大心灵的完美形象”，它不断与周围环境进行自由的、创造性的交融，“它愿意劳作，愿意接受改变”，从而“创造 / 一个类似的存在”。（第十三卷，第36–119行）在这幅象征性的风景画中，华兹华斯感悟到的是“纲要”中提到的《隐士》的
79 伟大性所在，即“人类的心灵—— / 这是我常逡巡徘徊之所”和这首诗的“崇高主题”：心灵与外部世界的结合以及由此产生的“创造……由它们的合力共同 / 完成”。华兹华斯在《序曲》中选择的终极启示事件，正是发生在“这个转瞬即逝的**存在**”实现“这一**愿景**”的时刻，而这个存在的生活被描述为《隐士》的一个重要组成部分。

在《序曲》中，诗人反复强调，自己的作品在结构上最终循回到出发点，“我们的赞歌 / 并非始于它们，也不必以它们结束”，经历法国危机之后，他呼唤诗歌“欢快的序曲”（glad preamble）曾经吹拂的“微风暖流”（第十一卷，第1行以降；第七卷，第1行以降），在诗歌快要结尾时声称发现了自我，由此形成了一个富于宗教性的结论（“哈里路亚的狂喜 / 来自一切呼吸的和存在的事物”），同时，如同他初始的计划，这个结论也构成艺术的一个开端：

现在，哦，我的朋友；这段历史
已经到达预定的尾声：
诗人的心灵接受规训，达至完满。
　　　　　　……我们已经到达
这样的时刻（这是贯穿始终的目标）
那时，不带丝毫冒昧，我希望我们可以，
确信我现在已经具有力量，
还有知识，使我能够
构筑一部永恒不朽的作品。

（第十三卷，第 261–278 行）

And now, O Friend; this history is brought
To its appointed close: the discipline
And consummation of the Poet's mind.
　　　　　　　　. . . we have reach'd
The time (which was our object from the first)
When we may, not presumptuously, I hope,
Suppose my powers so far confirmed, and such
My knowledge, as to make me capable
Of building up a work that should endure.

这部作品当然就是《隐士》，《序曲》被设计为其中的一部分，相当于同一建筑中的“一道门廊”，因而构成一首关于它自身起源的复杂诗歌——成为自身的序曲。在结构上，《序曲》的结尾正是它的开头，正如我所指出的，诗歌时间意义上的起点是华兹华斯进入生命的那个阶段，而这个阶段也正是他生命结束的阶段。诗歌在结尾处进一步明确了整首诗的

循环结构,其中,华兹华斯要求柯尔律治“回忆/初创这首诗时的心情”,那时候,

80 我起身
仿佛振翅高飞一般,看见身下延伸着
我曾置身其中的世界的广阔前景;
于是这首歌,我让它像云雀一般
悠长绵延……

(第十三卷,第 370–381 行)

I rose
As if on wings, and saw beneath me stretch'd
Vast prospect of the world which I had been
And was; and hence this Song, which like a lark
I have protracted. . . .

这首描绘了诗人在《序曲》开篇看到的生活愿景的诗歌正是《序曲》,此刻,他正处于创作的收尾阶段。[17]

2. 普鲁斯特的哥特式教堂

华兹华斯诗歌的上述特点使人想到一些最优秀的现代作家,他们在创作中对作品的主题、目的和结构进行了实验。《序曲》是一部“创造性自传”——一部关于诗人自身发展、或多或少存在虚构成分的艺术作品,它专注于记忆、时间以及正在流失的事物与永恒事物之间的关系,其中间插的受启或“顿悟”时刻引发了一场危机,关乎诗人生命的意义及

其遭受苦难的目的。解决危机的途径，是作者发现自己的文学家身份和使命，以及这种身份和使命所提出的要求，即为艺术的超然而不再介入世俗生活。此外，它还包括自己的诗性，有时也包括自身的创作背景。最为重要的是，《序曲》指向了《追寻逝去的时光》——二十世纪最具影响力的文学成就之一。

与华兹华斯诗集一样，普鲁斯特这部伟大小说的序言也始于其生命中的某个时期。在那时，沉睡入眠的叙述者就已经历了自己将要展开的事件，因此，叙事本身始于作者对在贡布雷度过的童年的回忆，中心场景是马塞尔一家招待斯万先生吃过晚饭后等待母亲上楼的情形。然后，时间快速跃至作者中年时期的一次顿悟时刻（品尝着浸于茶中的玛德琳
蛋糕），从这里展开整个“宏大的回忆结构”。所有的过往都不予以直接 81
叙述，而是将过去的自我和经验呈现在当前的自我和意识的语境中，但后者已经得到彻底改变。叙述者令人困惑地在时间中来回穿梭，持续关注着自愿记忆和非自愿记忆的本质、那些看似琐碎而平庸的感知的意义、在自己的多重意识中建立一种单一身份的努力、知识和习惯的“麻木”特性（对生命必不可少，但对新鲜的感知和真实的回忆构成致命伤害），最重要的是，他关注着时间和打破时间束缚的可能性。叙述由反复出现的主题交织在一起，不断出现的启示使之变得清晰。在叙述者经历了一场深刻的精神与身体危机之后，叙述以该巨作所意指的事件结束，而这一事件也正是它的起始事件。

叙述者患了不治之症，感到精疲力竭，对自己的生命和艺术本身的意义深感绝望。他参加了德·盖尔芒特伯爵夫人的招待会，但“有时在似乎失去一切的时候，会有一种意识出现，它可以拯救我们”。[18]在一连串的启示中，过去的事件不由得被当下的印象唤起，他经历了一种“幸福”，一种“狂喜”，这实际上是对艺术宗教的皈依。在他最终的启示中，叙述者领悟到一些早期启迪中包含的意义，终于能够回答自己最初在品

尝玛德琳蛋糕时所获得的启发遗留下来的问题:“这种潜在的欢乐……来自哪里? 意味着什么?”[19]在回想过去的经历时,他不仅可以生活,享受事物“完全超越时间”的本质,也能够从受限于时间的过去的短暂“复活”中创造一个新的世界,即一个永恒的艺术世界。直到现在,他才意识到,那看似随意且被浪费了的过去一直暗地里受到一个隐性计划的安排,所以,“直到那一天,我的整个生命都可以……总括为被赋予的这一‘使命’”。[20]也就是,成为这个时代美学福音的传道者,向世人宣告发现了一种艺术理论,而这部作品正是该理论的典范。“真正的天堂正是
82 我们失去的天堂”,艺术却是“真正的最后的审判”[21],因为通过从时间中提取自身的本质,它能够在一种崭新的创造中将过去复原。这种创造就是那个审美的世界,它构成一个重新获得的天堂,因之净化了不洁,“超越了现世”,超越了时间。在《序曲》结尾,华兹华斯号召柯尔律治和自己一起,为人类创作“一部作品……救赎他们”。(第十三卷,第439–441行)马塞尔的使命也是救赎,不是人类的救赎,而是时间的救赎。

在最终逐渐显现的启示中,作者发现,对于“最终实现了真正使命”的艺术家而言,人生的一切悲苦终究是为了达到艺术的极致,最终都以审美愉悦作为结束,“只有快乐有益于身体,但也只有悲伤才能培养心灵的力量”,“最终,悲伤伤人至死”,但“片刻的悲伤会转变为思想……转变本身则释放了欢乐”。创作必然付出痛苦的代价,收获的却是创造力这一无价的回报。为向着超然获得重生,艺术家必须尽一生之力参与到世界之中。

> 我的疾病就像一位严厉的精神导师,要求我为这个世界献身,这对我有好处,因为一颗麦粒若不落在地里死去,就仍旧是一粒孤零零的麦粒,但如果死去,便能结出丰硕的果实。[22]

但“是时候开始了”,“我必须立即着手这项工作,是时候了”。正如华兹华斯之于《隐士》,普鲁斯特的喜好之一,是将其作品与建筑类比。他将《追寻逝去的时光》比作一座具有复杂结构和承重设计的“教堂”,而且是一座“大教堂”。[23]在精心布置的叙述最后,儿时母亲念给他听的那本《乡村弃儿弗朗索瓦》一直萦绕在马塞尔心头,现在仍然在他耳边回响,“尖利,刺耳,没完没了”,那“小钟的响亮的叮当声告诉我,斯万先生终于走了,妈妈就要上楼来了”[24],这些构成了马塞尔对在贡布雷度过的童年生活的回忆中的主要情景,在这部序曲后,马塞尔立即对逝去时光展开了小说特有的追寻。作者还进一步提炼,证实了整体恰如一个圆的感觉。序曲后正文的第一个单词是“很长一段时间”(*longtemps*),重 83
复了书名中的“逝去的时光”(*temps perdu*),在接下来的两句话中,每句话都以“时间”(*temps*)与之呼应。因此,正如埃德蒙·威尔逊所称,在结尾处,“本书的最后一个长句中,‘时间’这个词开始发声,它以最后的短语‘在时间之中’(dans le Temps)结束了交响乐,正如它开始奏响交响乐一样”。[25]

除了这些相似之外,这两部作品在其他方面则迥然不同。华兹华斯毕竟是弥尔顿和英国清教主义严苛道德的继承者,普鲁斯特尽管对受华兹华斯影响的乔治·艾略特和约翰·罗斯金持有浓厚的兴趣,却表现出受到象征主义、颓废派及“为艺术而艺术”(*l'art pour l'art*)观念的影响。如果我们意识到这两部作品的同源性,即它们的最终来源(两位作家的作品中频繁出现的宗教词汇表明)都不是世俗的,而是神学的,那么,他们之间具有相似性就不那么令人惊讶了。具体而言,两部作品都源自并沿袭了一千五百年间的宗教忏悔写作传统,无论是在信仰天主教的欧洲国家,还是在信仰新教的欧洲国家,最早出现、最伟大、最有影响力的作品,便是圣奥古斯丁的《忏悔录》。

3. 奥古斯丁的“忏悔”艺术

奥古斯丁的《忏悔录》创作于四世纪末，成为个人生活叙事及其辩护这一经典模式发展中取得的最高成就。但另一方面，这种模式又将经典模式进行了转换。在经典模式中，个人被标榜为某种文化理想的代表，在公众舞台上公开表演自己的行为，但在《忏悔录》中是对个人思想中的私人事件进行情境性叙述。[26]因此，这是第一部关于内心生活的持续性历史，理应称为第一部现代作品，如同任何一本如是称呼的书一样。然则，它之所以是现代的，正是因为其彻头彻尾的基督教特性。奥古斯丁非常详细、精微地拓展了（我们发现在《新约》中这一点很明显）对圣经历史模式的个人化和内在化倾向，其中，在流动的经验、随机的事件和
84 短暂的记忆现象之上，他采用了欧洲基督教独特体裁中持久的情节-形式、普通概念和意象，即精神自传。

如同许多后世之作，《忏悔录》呈现个人生活不是为了其内在旨趣，而是从一个特殊视角出发，为了一个特定目的。整部作品是面对上帝的长篇“忏悔”，上帝无意中听到了作者在孤独中的沉思，但以作者与自己、与上帝、与自然造物的对话这样的修辞方式呈现出来。奥古斯丁的目的之一就是更好地了解自己，从而加强个人意志，但他也认为自己承担着公共职责，作为上帝之子，自己的人生已被改变，被赋予为其他基督徒传递福音的使命：

> 我不仅在你面前忏悔……也会在那些人类信徒、与我分享欢乐且分担死亡的伙伴、我的同胞以及共同的朝圣者耳边忏悔……我的兄弟们，他们都是你的仆人，是你所选之子，是你吩咐我要服侍的主人。[27]

《忏悔录》一开始使用的是现在时态,成年后的作家对上帝与创造、上帝与作为其造物的人类之间的关系进行沉思、祈祷,然后开始叙事本身。首先,叙述了作者幼年时期的事件,甚至包括对作者生前状况的猜想。书中存在两个截然不同的自我——"过去的我"和"现在的我",在这两个身份之间存在一个关键时刻,那时,奥古斯丁"过去的罪孽"被"宽恕和掩盖,因而给予我对你的喜悦,以信仰和你的圣礼改变我的生活"。(第十卷,页 iii)在整部作品中,奥古斯丁将其生活展现为现在对过去的回忆,非常清晰,其中,过去的奥古斯丁和现在的奥古斯丁共存:

> 这一切我都在心中进行,在我记忆的巨大庭院里……在记忆
> 中,我也遇见了我自己——我回忆自己做过什么,在何时何地、怀着 85
> 怎样的心情做的……我所能想到的这一切,好像就在眼前。[28]

那些在尚未获得重生的奥古斯丁眼中看似随机的事件,重生的奥古斯丁回看时发现,它们一开始便是上帝天赐计划的无声之作。基督教历史观普遍认为,人类可以观察到的"第二因"与无所不在但不可见的"第一因"之间存在着区别,奥古斯丁指出我们内化了这一区别,从而隐约显现出我们现在所说的无意识动机概念的轮廓。你"那时借着隐藏不宣的旨意在我的身体中行事"(第五卷,页 vi),"你对我行事"不同于我自己行事的"理由"(第五卷,页 viii),你通过我实现了它,但我没有意识到(第五卷,页 vii),因为"人的某些东西是人自身中的精神所不知道的"(第十卷,页 v)。奥古斯丁将最新发现的上帝计划作为中心思想,赋予经验记忆中的原材料以回溯的形式(在《忏悔录》中,他对精神生活中关键事件的描述与事件发生时他的记事之间存在差异,这引发了一场关于奥古斯丁自传"真实性"的辩论,与关于华兹华斯《序曲》真实性的辩论如出一辙[29]),对一切的布局和设计都围绕着他在米兰的一座花园中皈

依的伟大场面进行。在此之前，“我有两种意志，一种是旧的，一种是新的，一种属肉体，一种属灵魂”（第八卷，页 v），两者之间的矛盾令他备受折磨，迫使他在面对这个感性世界的益处时，同时面对超越感性和现世世界的善。在米兰的一座花园里，他经历了旧我毁灭的痛苦和新我诞生的煎熬，“向死而死，向生而生”——自奥古斯丁时代以来，这句话塑造了无数人的经历。然而（正如奥古斯丁自己的评论），论述本身甚至在细节上也仿效了先前传统的惯例，即保罗通过阿塔那修斯的《圣安东尼传》叙述自己皈依的一系列作品。[30]

86 贯穿《忏悔录》的叙述并不主要围绕外在的事件或行为进行，而是围绕奥古斯丁所说的“内部”的“内心生活”，因此，从过去纷繁的**历史记录**中，他只选择、安排并思考少数富于重大精神意义的事件，表明自己在这段艰辛的旅途中发生的转变：最初依恋世间之物，转而超然于世，最终忠于超验王国。例如，他年轻时**无故**偷了一些梨（我们还记得华兹华斯年轻时偷过一只划艇），却呈现为自己参与了伊甸园苹果盗窃事件。（第二卷，页 iv–x）在某个“极度痛苦”的时刻与一个醉醺醺的快乐乞丐偶遇，在他现在看来则是“你的行为让我意识到我的痛苦”。（第六卷，页 vi）在《序曲》中，华兹华斯描述了在一个重要时刻遇到了一个盲人乞丐，自己凝视着这个乞丐，“好像受到来自另一个世界的训诫”。（第七卷，第 621–622 行）这种“好像受到训诫”表明，华兹华斯所经历的类似天命论，是一种被转化了的恩典。在另一首诗中，华兹华斯回忆了自己的实际经历，处于极度沮丧中的他突然遇到一位收集水蛭的老人，可以说，是这位老人拯救了华兹华斯。

奥古斯丁的自身经历与整个人类的历史进程一起，构成了他的中心问题，即“恶何以产生”（*Unde malum*）。“既然是善神创造出善的万物，那么，恶从何而来？”（第七卷，页 v）奥古斯丁发现，无论是在自己的个人生活中，还是在人类的历史上，邪恶都孕育了一种更大的善，正是通过这一发现，他对上述问题进行了解答。通过深刻的自我审视，奥古斯丁获得了一种令人惊讶的敏锐性，能够辨认人类"情感与内心活动"（第四卷，页 xiv）的多样性与细微差别，理解多变的心灵如何影响其感知与感知中接受的内容之间的复杂关系，认识到将记忆中的纯粹事实与记忆主体自我介入的干扰区分开来的困难，以及信念和价值观在缓慢而模糊的发展过程中如何突然在顿悟的瞬间迸发为意识。在这些段落中，奥古斯丁为所有后来关于自我分析、自我形成以及自我身份伪装的讨论确定了与精神有关的词汇。他还以一种亲身经历的哲学模式提出了一些话题， 87
从那时起，这些话题一直得到哲学家们的认真研究，且一直延续到路德维希·维特根斯坦这位《忏悔录》的狂热崇拜者。[31]从卢梭、华兹华斯到普鲁斯特和乔伊斯，这些创作世俗忏悔作品的作家也关注着这些话题。其中包括"记忆那广阔的幽深处和深藏不可寻的洞穴"这一问题，即那"内在之处，却还不是一个地方"。（第十卷，页 viii、ix）最突出、最持久的问题是"时间是什么？"为了解决这个问题，奥古斯丁区分了"三种时间，即过去事物的现在、现在事物的现在以及未来事物的现在"（第十一卷，页 xx），并分析了主观时间与经由外部物体运动测量的时间之间的区别，以及时间变化与永恒不变之间的关系（第十一卷，页 xiii 以降），同时分析了反复出现的顿悟时刻对**战栗一瞥**（*ictu trepidantis aspectus*，第七卷，页 xvii）这一主题的意义——这种顿悟发生在时间中，随后消逝，预示着最终逃离时间，进入永恒。

在《忏悔录》的绪论里，奥古斯丁思考过造物主与万物间的关系，以及永恒与依时间而存在的事物之间的关系。他在最后一卷中阐述了时间最初创造的意义，回到了万物的起源，接着描述了天启末日之时万物的反创造。在结尾处，世界开始敲响丧钟：

> 因为这些美好事物的美妙秩序到达终点后就会消逝：它拥有自

已的清晨,也拥有自己的黄昏。但第七天没有黄昏……

但你,上帝,你永远在行动,也永远在休憩。你不依时间而见,不依时间而动,不依时间而息,然而,你创造了让我们依时间而见的事物,在时间存在时创造了时间,在时间消逝后创造了休息。[32]

4. 心灵与自然的交流

88 《忏悔录》和《序曲》两者间虽有相似性,但也存在巨大差异。为了弄清关键性的差异,我将把两部作品中具有相同词汇和相关主题的段落并置起来。奥古斯丁作品中的段落呈现了他与"天地"的谈话,这常常提醒我们,与风景对话绝非浪漫主义的创新之举。华兹华斯的"天地说话的面庞"直接继承了古代基督教的**自然神韵**(*liber naturae*)概念,其象征展现了作者的特点和意图。[33]

上帝是什么?我问大地。大地回答说:"我不是他。"世间万物都做了同样的回答。我问大海、深渊和昆虫,它们回答说:"我们不是你的上帝,往更高处寻求。"我问天空、太阳、月亮和星辰,它们都回答说:"我们也不是你寻找的上帝。"我询问所有周围能看见的事物:"既然你们都不是我的上帝,请告诉我关于他的一些事情。"它们大声高叫着说:"他创造了我们。"我的问题是我凝视着它们,它们的答案则是自身之美。我转向自己,说:"你呢,你是谁?"我回答:"一个人。"很明显,我有一具肉身和一个灵魂,一个是外在的,一个则是内在的。这两者中,我该向哪一个寻求关于上帝的答案呢?……内在那个人通过外在那个人的神职知晓这些事:内在的我,即灵魂的我,通过身体的感觉来认识它们。

(第十卷,页 vi)

在描述自己居留于剑桥大学这一生命阶段达到的“显赫”时，华兹华斯写道：

来到这里，带着神圣的力量
和想象力，无论是思考还是感觉：
理解一切的激情和感情 89
时间、地点和季节把它们印刻
在物质的宇宙中，依着自己心灵的力量
发挥作用，如同物质宇宙中的变化
　　　　　　　　　　　……我所看到的
一切都带着内在的意义呼吸。
为着唯一的**存在**，和那伟大完整的**生命**
这里，完全可以补充一点，
任何的**恐惧**、**爱**或**美**
都是**大自然**每天的面容上呈现出的
短暂的激情，对此
我保持着清醒，甚或如水之于
天的动静……
我周围有一个世界；那是我自己的世界，
我创造了它；因为它只向我而生，
也向着那注视着我心灵的上帝而生。
　　　　　　　　　　　……**天才**、**力量**、
创造和神性
是我一贯谈论的话题，因为我的恒常主题是
我内心的经历……
哦，天啊！**灵魂**的力量多么可怕，

它们在自身内发挥作用，而
大地的枷锁对它们来说陌生如初……
在我们的灵魂深处有些时刻
所有的人都孑然而立；我感觉到这一点，呼吸着
不可言传的力量
……没有一个人
生活中没有神圣的时刻，
不知道我们也具有威严的力量，
如同自然力量中的自然存在。

（第三卷，第 83–194 行）

For hither I had come with holy powers
And faculties, whether to work or feel:
To apprehend all passions and all moods
Which time, and place, and season do impress
Upon the visible universe, and work
Like changes there by force of my own mind.
. . . All
That I beheld respired with inward meaning.
Thus much for the one Presence, and the Life
Of the great whole; suffice it here to add
That whatsoe'er of Terror or of Love,
Or Beauty, Nature's daily face put on
From transitory passion, unto this
I was as wakeful, even, as waters are
To the sky's motion. . . .
I had a world about me; 'twas my own,
I made it; for it only liv'd to me,
And to the God who look'd into my mind.

. . . Of Genius, Power,
Creation and Divinity itself
I have been speaking, for my theme has been
What pass'd within me. . . .
O Heavens! how awful is the might of Souls,
And what they do within themselves, while yet
The yoke of earth is new to them. . . .
Points have we all of us within our souls,
Where all stand single; this I feel, and make
Breathings for incommunicable powers.
. . . there's not a man
That lives who hath not had his godlike hours,
And knows not what majestic sway we have,
As natural beings in the strength of nature.

奥古斯丁的段落中存在三个参考点,即上帝、大自然的造物和人(或者更确切地说,是人的灵魂,因为人的身体和感觉是自然的一部分),它们构成《忏悔录》的前提和主要的功能术语。在这三者中,上帝(这里通过他的创造物发声)保留了一切主动权,作为自然和灵魂最初的、有效的和最终的原因。在华兹华斯的诗文中,上帝并没有完全退却,只是事后才被提及,除了充当已完成之事的旁观者,没有被分配其他事 90
情——"因为它只为我而生,/为注视着我的心灵的上帝而生"。但如果上帝成为旁观者而不是参与者,便会产生一种特别的效果:上帝的传统特性和功能("神圣的力量"**"创造""神性"**)得以留存,被奥古斯丁三位一体中的其余两部分——自然和人类"灵魂"或"精神"——所继承(伴随一定的好奇和敬畏之心)。

我关心的不是这个有效的自传式问题,即"华兹华斯在这首诗之外还准备提出哪些关于上帝的命题"。[34]在这个意义上,"华兹华斯的信仰是什么？是泛神论，万有神论，抑或基督教？”至于《序曲》的概念性框架，相关的问题是“上帝在诗歌中扮演什么角色”。要回答这个问题，仅仅列出指称上帝的段落是不够的。实质性问题是“上帝在诗中**做**了些什么”。对于这个问题，答案显然是：“他什么重要的事情也没做。”在1805年《序曲》中（华兹华斯后来经过修改和补充，以虔诚之词将这一事实略加掩盖）[35]，华兹华斯虽然有时也郑重其事地指涉上帝，但上帝在其作品中仍是一个偶然的、不起作用的因素。即使将《序曲》中所有关于上帝的指涉抽取出来，这对于《序曲》的主题或发展脉络并不会有实质性的改变。上帝的传统职责实际上已经被三位一体的另外两个要素僭越，所以上帝只是他过去之自我的纯粹形式的残余——用我之前引用的诗人段落中的短语来说，他被“如同自然力量中的自然存在”的人僭越。无论华兹华斯的信仰是什么（似乎是柯尔律治的告诫及朋友和评论家的规劝，才促使华兹华斯开始努力思考正统的问题），有趣的是，他用一个只包含两个互相促生和动态转换的指称框架来描述自己的精神发展过程，即心灵和自然，哈兹里特甚至以其一贯的敏锐来评论华兹华斯后来更为传统的作品《漫游》（1814）：“好像除了他自己和宇宙之外，其他什么都不存在。”[36]

91 《序曲》就以这样的方式展开，卷入浪漫主义哲学运动。[37]这场运动的重要传统是，基督教思想确定了三个要素，即上帝、自然和灵魂，其中，上帝占据绝对优势，是其他两个要素的创造者和操纵者，也是所有自然过程和人类努力的目的或终极目标。革新的浪漫主义思想家大大削弱了关于造物的思想（削弱的程度视这些思想家是否为基督教一神论者而定），这一趋势发展到极端，就会消除上帝的作用，将人与世界、思想与自然、本我与非本我、自我与非自我、精神与他者或主体与客体（后康德派哲学家最喜欢的对立论）保留作为主要的动因。例如，费希特、谢林和黑格尔思想的起点是一种无差别原则，这种原则直接以主体和客体的二元对立模式显现出来，主客体间（在人类个体自我中并通过人类个体自我）的相互作用形成了现象世界，构成了所有个体经验及人类的整个历史。然而，值得注意的是，这个形而上的过程并没有废除，仅仅是同化了上帝的传统力量和行为以及基督教历史的整体模式。其中，主体和客体间长期相互作用等同于形而上的创造，为从堕落、救赎到天启情节最后的圆满启示这一整个故事提供充分阐释。在所有的同代人中，黑格尔最清楚地认识到自己的方式，如他所说："哲学和宗教是同一的，两者之间的区别在于哲学以一种不同于宗教的特殊方式看待事物。"[38]在他的思想中，传统基督教概念和基督教情节得以保留，但被去神秘化、概念化，控制一切的天意被转换成一种控制主体-客体一切互动的"逻辑"或辩证法，赋予我们称之为"浪漫主义哲学"的思想以独到的特点和构思。在这项伟大的事业中，主体、思想或精神才是第一位的，它掌握着主动权，接管上帝曾经拥有的特权，这就是为什么我们可以合理地将形式多 92
样的浪漫主义哲学通称为"唯心主义"。

在接下来的两章中，我们将有机会更仔细地研究后康德哲学体系中的典型情节形式。现在，我们注意一下这种主客体间相互作用的形而上学如何与华兹华斯在《丁登寺》中确立的典范性抒情形式相呼应，这一形式是他在借鉴柯尔律治的《午夜之霜》的基础上发展而来的。诗中，一个人面对自然景色并让它接受自己的询问，整首诗由心灵和自然之间的交流构成，而交流往往带来并解决一场精神危机。[39]同样，在《序曲》的开端，诗人独自站在开阔的景象中，心灵对景观的特点和变化做出回应，随后以重复的段落描述心灵与自然景色达成新的认识，从而意识到自己进入一个新的发展阶段。《序曲》的中间部分呈现了华兹华斯日常生活中的人物、行为和事件，否则，它就称不上一部自传（甚至一部精神自传），而更像是黑格尔的《精神现象学》，后者取得的功绩在于将发展的心灵的文化史完全浓缩在主客体的各种分离、冲突与逐渐和解之中。

在《序曲》中,我们发现诗歌描述的并非诗人本人,而是其他人,包括华兹华斯的父母和他的许多玩伴,“我的老母亲,那么慈祥善良”,还有老乞丐和革命者波普,还对诗人在霍克斯海德、剑桥大学、伦敦和法国时的真实行为和经历进行了描述,尽管描述的次数不多,细节也很少。

然而,通过成功的创造,华兹华斯以一个文学故事讲述了自己在这个斑驳世界中的真实生活,辅之以对心灵成长(作为心灵与自然间的直接交流)的相关描述。例如,在许多段落中,大自然不仅被赋予上帝(或众神)般的特点和力量,还被赋予母亲、父亲、护士、教师、情人般的特点和力量,它寻求、激励、引导和规训那个被它选中的人,将他“塑造为/一个受宠之人,从他还处于婴儿期的最初的黎明开始”(第一卷,第 363-
93 365 行)(在该段落的最早版本中,起初扮演这个角色的不是“大自然”,是“魔鬼”,后来改为“灵魂”,这表明华兹华斯关于自然的“灵魂”和“精神”或“多重精神”的说法并不是要确定一个信条,而是为了构建一种诗意的言说方式,或一种严肃的巧妙构思[40])。在夹杂着真实生活说明的段落中,华兹华斯将《序曲》后几卷作品中难以驾驭的素材成功地融入风景的特性和作用,例如,他写道,在伦敦,“大自然的精神显现在我身上”,这里

> 充盈着孕育之力,恰如
> 哺育我早期情愫的荒野,
> 裸露的山谷遍布岩窟怪石,
> 与耳畔幽静的秘境。
>
> (第七卷,第 735 行;第八卷,第 791-794 行)

> Was throng'd with impregnations, like those wilds
> In which my early feelings had been nurs'd,
> And naked valleys, full of caverns, rocks,

And audible seclusions.

在《序曲》专门谈论“书籍”的章节中，这些人类最伟大的作品同样被自然化，用以献给“亲密接触充满生命的大自然”的读者，因为涌现在他身上的这些作品的力量源自

> 伟大诗人笔端蕴藏的，
> 宏大自然，灵视之力
> 应和着吹动的缕缕清风
> 寄寓于文字的玄秘之中。
>
> （第五卷，第 612–621 行）

> From the great Nature that exists in works
> Of mighty Poets. Visionary Power
> Attends upon the motions of the winds
> Embodied in the mystery of words.

华兹华斯对自身之外的人的生存做出的回应日益强烈，对这些人的认同感日益增强。对于这些情况的描述，他称之为“对自然的爱引致对人类的爱”。表现这一点的重要情节是作为“一种力量／或一个天才，居于大自然和上帝之下／主宰着一切”的牧羊人的突然出现，出现时“光彩闪耀”，样子“如一个空中的十字架”——据华兹华斯分析，这种显灵是薄雾和落日的附带现象。（第八卷，第 393–410 行）诗人不断加深的人类苦难和死亡体验，被系统地转化为一种眼睛与其观察对象间不断变化的关系。自然景象清晰地表达并如实地反映敏锐心灵所产生的最初情
感，因此，他逐渐用“另一只眼睛”来观察人们。与此关联的是，他开始感 94

受到自然之物弥漫着一种不同的光和影,感觉到

> 曙光,即使是另一种意义上的曙光,
> 一种人心之爱
> 洒向我热爱的事物,直到我个体存在的
> 愉悦的空气,再无其他……
> 一种新生的感觉,四处散播;
> 与树木、群山共享,还有小溪……
> 无论死亡的阴影怎样
> 笼罩着这些事物,此前的它们
> 完全不同,丝毫不温柔:强势,
> 深沉,阴郁,严厉;破碎的
> 童年。[41]

> A dawning, even as of another sense,
> A human-heartedness about my love
> For objects hitherto the gladsome air
> Of my own private being, and no more...
> A new-born feeling. It spread far and wide;
> The trees, the mountains shared it, and the brooks....
> Whatever shadings of mortality
> Had fallen upon these objects heretofore
> Were different in kind; not tender: strong,
> Deep, gloomy were they and severe; the scatterings
> Of Childhood.

我们记得,《序曲》用以结束的一系列启示中,第一个是被视为人类心灵的风景的启示,它构成诗歌的主要部分,最后一个是被视为风景的个人

亲身生活的启示，是诗歌的次要部分。

在《序曲》的叙事中，心灵与自然必须共同推动情节的发展，这一层面反复出现。在此过程中，自然被赋予重要的角色，而心灵却被给予更重要的作用，因为在华兹华斯以及德国唯心主义者看来，心灵是第一的、最卓越的力量，"我诗歌的主要领地"不是自然，而是"人的心灵"。在华兹华斯谈到"力量，/ 创造和神性"的段落中，他所说的"不是外在之物"，是"我内心的经历"以及"我年轻的心灵"。[42] 在最后的分析中，《序曲》预示的观点是人文主义而非自然主义，前者认为，人是"所有可见的自然之物之王……/ 因为，他比我们所知道的任何事物都更加 / 充满神性"。（第八卷，第 634–639 行）如果说华兹华斯在《序曲》中发展了哈罗德・布鲁姆所说的"自然神话"，那么，这个神话被融入了一个层次更高、范围更广的心灵神话。

5. 个人生活的神正论

在《隐士》"纲要"及其相关的诗歌中，华兹华斯宣称，自己的目的是 95
"平衡 / 人类的善恶"，这是他对弥尔顿"向人世昭示天道的公正"的另一版本。与弥尔顿的观点一样，华兹华斯也持有一种神学观，他将人类遭受痛苦过程的变化置于天堂失而复得的框架之中，以此说明这种变化的合理性。在弥尔顿看来，"直到一个更伟大的人 / 来拯救我们，重获福祉"之后，天堂才能失而复得，但华兹华斯的天堂可以简单地通过人的心灵与自然的结合来实现，而现在就存在这样的天堂世界，它可以通过"只说明我们现在何所是 / 的那些语词"给予描述。也就是说，既不求助于神灵的介入，也不求助于天国，就可以恢复人类境况中的善恶平衡。

《序曲》是《隐士》的一部自传式序言，在诗中，指引华兹华斯生命过程的终极之善遭到苦难和精神危机的质疑，然后又通过其经验结果得以证实,而这些经验在诗中呈现为其听众的典型经历。无论是关于整个世界还是私人生活,华兹华斯如同所有神学作家一样设想,如果生命值得一活,那么在事物的中心就不可能存在一个空白的、非理性的或纯粹的偶然,相反,这必定意味着(基于一个善的、可理解的目的)存在肉体上和道德上的邪恶。在奥古斯丁《忏悔录》以降的漫长历史中,基督教的私人生活神学对邪恶的主要关注点发生了转移,从之前整个人类的天启历史转移到个体自我的天启历史,将遭受冤屈和苦难、蒙受损失的经历合理化,视之为实现个人救赎这一更重要的善的必要手段。但华兹华斯所持的是一种世俗神学——其中,不存在一位发挥作用的**神**(*theos*)——
96 保留了古代论述的形式,把主宰一切的天意转化成为内在目的,并将这个过程与人类的现世生活紧密关联起来,证明苦难是达到更伟大的善的必要手段,善只不过是至臻成熟的那一个阶段:

啊,我! 一切的
恐惧,一切早期经历的痛苦
悔恨、烦恼、忧伤,所有
思想和情感,融入
我的心灵,构成了
我的平静的存在,这时我
才配得上我自己! 为这个结果而称赞!
也感谢那些卑小的事物!

(第一卷,第 355-362 行)

Ah me! that all
The terrors, all the early miseries
Regrets, vexations, lassitudes, that all

> The thoughts and feelings which have been infus'd
> Into my mind, should ever have made up
> The calm existence that is mine when I
> Am worthy of myself! Praise to the end!
> Thanks likewise for the means!

换句话说,华兹华斯的个人生活神正学(如果想创造一个术语,我们可以称之为“传记神正学”〔biodicy〕)属于独特的浪漫主义“成长史”(*Bildungsgeschichte*)类型,它将基督教痛苦的皈依和救赎过程转化为一个痛苦的自我形构、危机发生和自我认知的过程,最终达到一个自我一致、自我意识和作为自我酬报的肯定的阶段。

在第一个层面上,华兹华斯讲述的故事基于自己所经历的恐惧、痛苦、错误和不幸,在法国大革命失败后产生的怀疑和绝望的危机中,这些恐惧、痛苦、错误和不幸达到了高潮。对此,他进行了合理化阐释,认为这些经历对自己成为一个真正的人、一个真正的诗人,成为一个像他这样的人和诗人,都是“一部分 / 不可或缺的一部分”。《序曲》通篇讲述的是一个故事,即华兹华斯在世界中的生活的故事及与之相关的在自然中的生活的故事。从另一个叙述层面上,华兹华斯将苦难的问题融入他心灵与自然互动的伟大神话;在自然和心灵的互动过程中,自然促使人成长,引导心灵经历一系列成长阶段,并且,可以言说的自然会在心灵积累经验的阶段向它传达与这些经验相对应的自我认识。

6. 风景神正论

华兹华斯最初讲述的是小时候的日常之事,如洗澡、晒太阳、穿过田 97
野和树林,但很快就转而描绘自己的灵魂与大自然直接接触的相关事件，因为这是由外部情景带来的逆向影响引起的：

> 我的灵魂适逢播种良时，遂生长
> 得到美和恐惧的滋养。
>
> （第一卷，第 305-306 行）

> Fair seed-time had my soul, and I grew up
> Foster'd alike by beauty and by fear.

在《序曲》前几卷中，华兹华斯自己的心灵得以反复再现，它与“这两种属性”持续交流，向前发展，“构成[大自然]力量的姊妹角”，其“双重影响……即平静与兴奋”将“激动”与“冷静”、“活力”与“幸福的宁静”统一体灌输到心灵之中。[43]一种是大自然温和而“无畏”的一面，平静有序的景象、小巧的事物、“安静的天堂”、“宁静的景色”、“轻柔的微风”、“布满小径和花丛的花园”等一切都表现出“爱”和“温柔”，产生“快乐和持续的幸福”，通过“愉悦之情”来感动心灵。但是“大自然……当她想要塑造／一个受宠之人”的时候，就一会儿进行“最温和的探访”，一会儿实施“更明显的／更严厉的干预与神职”。与之相反，另一种则是令人敬畏和恐惧的大自然的面目，广袤而威严的荒野、“敬畏”与“宏大”、“喧嚣不已”的风雨、“午夜风暴”、“咆哮的海洋和荒芜的旷野”等让心灵感到“恐惧”、“痛苦与害怕”，它们表现的不是自然的“爱”，而是她的惩罚行为：她“令人印象深刻的、让人恐惧的惩戒”。[44]

三十多年前，塞缪尔·蒙克曾言，自然中存在“美的形式与宏伟的
98 形式”或“崇高的形式与平凡的形式”两极[45]，华兹华斯将这两个主要
范畴——美和崇高——改编为十八世纪早期理论家赋予自然景观的美学品质。[46]大体上而言，美的事物尺度小、有序、宁静，给观察者带来愉

悦，且与爱相关；崇高的事物广阔延展（因而使人联想到无限），喧嚣中显示出狂野，令人敬畏，与痛苦相关，唤起恐惧与钦佩的矛盾感情。但是，在我们所熟悉的十八世纪关于美学的二分法后面，铺陈的是多个世纪以来人们对自然界的思考。这些思考不是美学的，而是神学的和道德的，且事实上构成了一种系统的风景神学，因为根据保罗的观点，即“创世中不可见的上帝之物已经显现”，问题很早就出现了：万能的造物主创造了人的世界，但人的世界中存在的许多事物都并非美丽的、仁慈的，反之，它们是狂野的、荒芜的、丑陋的、危险的、可怕的，那么，该如何解释这一现象？

这正是乔叟《乡绅的故事》中道丽甘（Dorigen）向上帝提的问题。当丈夫离家远航时，她站在大海的悬崖边，惊恐地望着那“可怕而又狰狞的黢黑礁石”，

看上去杂乱又丑陋，怎么会是
全能全知的你创造的东西？
坚定而永恒的主啊，是什么缘故
令你将这不合理的东西造出？……
我知道，学者会随意评说：
这样的安排会有最好的结果——

That semen rather a foul confusion
Of werk than any fair creacion
Of swich a parfit wys God and a stable,
Why han ye wroght this werk unresonable?. . .
I woot wel clerkes wol seyn as hem leste,
By argumentz, that al is for the beste—

因而,神学原初以伊甸园、加略山和新耶路撒冷为背景,面对的是人类的邪恶和苦难,现在置换为本应是物质世界中一切最美好事物的丑陋和可怕之面。关于这一问题的所有争论,道丽甘不得不听从“学者们”,她感到万分无奈,朋友们为了分散她对狂野大海感到的“不安”,把她护送到一个秩序井然、美得令人愉悦的寻常之地:

99 他们陪她去山泉与河川,
陪她去风景宜人的胜地。

(第 856–899 行)

They leden hire by ryveres and by welles,
And eek in othere places delitables.

学者们就这一问题做出各不相同的回答,但标准的答案是,一个完美而明智的上帝最初创造了一个极度平静、有序、有益且美丽的世界,山峦和其他荒凉之地并非上帝仁慈的产物,它们是人类堕落的产物,因为在人类最初堕落的伊甸园中,它们是公正的上帝愤怒的结果,或者(一些评论家补充道)诺亚时代因人类的腐败无所不及,上帝用一场洪灾来惩罚人类,从而造成了这一结果。亨利·沃恩在诗歌《堕落》中表达了这一普遍的观点:当亚当犯下罪恶,

他诅咒这个世界,然后“啪”的一声
  整个世界同他一起堕落。

He drew the Curse upon the world, and Crackt
  The whole frame with his fall.

因此,正如马乔里·尼科尔森所言,山脉和大自然中呈现出的广阔、混乱、可怕的样态,被视为“人类罪孽的象征”,象征着上帝勃然大怒后对人类进行公正惩罚的后果。[47]

托马斯·伯内特《大地的神圣理论》是对这一传统最早的、阐述详尽的文献,它的第一个拉丁文版本出版于 1681 年至 1689 年间。一方面,这本书深受欢迎,它试图证明上帝的存在和特性,尤其突出的是,作者完全从自然现象中进行推理,来证明上帝在造物中对人类行为的合理性,因而促进了“物理-神学”的发展;另一方面,在将神学和道德概念转化为风景美学方面,它成为一种极具影响力的模式。人们经常拿伯内特与弥尔顿相比(柯尔律治把《大地的神圣理论》描述为“一部宏伟的弥尔顿式传奇”[48]),这不仅仅是因为他华丽的巴洛克写作风格。正如该书英文增扩版的副标题对主题的描述,它“描绘了大地的起源,以及大地 100
已经或将要经历的一切变化,直到所有事物达到完美”,作品中从创世到天启的时间跨度正好与《失乐园》中的情节一致。虽然伯内特主要根据受自然法则(或“第二原因”)影响的物理世界的变化来讲述这个故事,但是,“第二原因”的运行与他所称的“第一原因”保持着和谐一致,也就是说,与弥尔顿业已确立的关于上帝的隐在目的和天意保持一致。[49]

伯内特认为,完美无瑕的上帝起初创造了一个美丽无比的世界。根据伯内特的帕拉第奥式(Palladian)审美标准,这个世界“平静、有序、连成一片,没有山川,也没有海洋”(第一卷,页 72),最早的人类在其中的生活非常单纯、轻松,春光常在,世界完美,无处可比。这个地方就是《创世记》中描述的天堂,异教神话中也有大致记载,“乐土,极乐岛,赫斯珀里得斯花园和阿尔喀诺俄斯庭园等”。华兹华斯在“纲要”中写到“天堂、仙林、富饶的乐土”时,完全可能回忆起了这一段文字。[50]在诺亚时代，上帝对“人类的邪恶和堕落”感到愤怒而做出的末日审判，是这个完美世界必遭毁灭的天意，那时，“深渊被打开”，“大地四周断裂，坠入**巨大的深渊**”，接踵而至的洪水和灾难把自然万物都变成如今的模样，且“必须持续不止，直到万物得到救赎和复原”。因此，我们现在栖居的世界仅仅是天堂的残骸余物，虽然的确还残留着它最初的些许美丽，但总体上是“一个巨大废墟的形象或一幅图画……显示了处于废墟中的世界的真实面貌”。（第一卷，页 130、90、223、148）

对于一个成为废墟的现世世界，伯内特表现出复杂的态度，这帮助他形成了十八世纪的新的美学。在那些辽阔的、比例失调的、可怕的、按照传统美学观显得丑陋的风景中，他发现了积极肯定的价值。这些价值
101 既是美学的，也是准神学的，因为在这些风景中，大地会言说的面庞宣示了公正的上帝所拥有的无限、力量，以及感到的愤怒。

> 至于大地目前的形态，我们呼吁大自然都来为我们作证，岩石、山川、河谷、深邃宽广的大海，还有那地下的洞穴，让它们说话，说出自身的起源：大地的躯体是如何被撕裂和毁坏的？
>
> （第二卷，页 331–332）

然而，在伯内特看来，同样的现象，即“大自然最伟大的**目标**”或“**星星**栖息的无垠的**地域**……宽阔的**大海**和**大地**的**群山**”，“最令人赏心悦目”。

> 在围绕这些事物的氛围中，存在一种威严和庄重感，它激发人类心灵产生伟大的思想，迸发最强烈的激情。在这种情况下，我们自然会想到上帝的伟大技艺：任何事物，除了无限的影子和外观，就像所有大得超越我们理解力的事物一样，都以自己的巨大充满并压制着心灵，让它晕眩，充满崇敬，但又令人愉悦。

> 然而,这些山脉……只不过是巨大的废墟,在大自然中却表现出某种宏伟。
>
> (第一卷,页 188–189)

风景中的废墟元素,展现了上帝令人畏惧的愤怒,而内在于这种元素的,正是最高的美学价值,因为它同时表现了上帝的无限力量。因此,伯内特唤起了以前人们对全能上帝所秉持的态度和感情。

伯内特对自然的美丽层面与自然的“伟大”层面所做的区分,被后来的理论家(借助朗吉努斯关于崇高风格的论文中的术语)发展成为“美”与“崇高”之间的区分。即使在后来关于这些范畴的自然主义论述中,我们发现它与早期的神学语境一致,其中,大自然的美丽元素是上帝仁爱的永恒表达,而大自然的广袤混乱则表现了上帝的无限、力量和愤怒,由此引发了高兴与恐惧、愉悦与敬畏这一矛盾的悖论式统一。例如, 102
在影响力巨大的《关于我们崇高与美观念之根源的哲学探讨》中,埃德蒙·伯克将美感建立在爱的激情基础之上,并将美感与快乐联系起来,“任何能够激起痛苦而危险的想法的东西,也就是说,任何可怕的东西……都成为崇高的源泉”。[51]崇高也源于“力量”“广袤”“无限”“壮丽”等相关特性,它对目睹者造成的独特影响,正是严厉公正的上帝拥有无限权力这一概念所引发的传统影响,即“恐惧”“惊讶”“敬畏”“钦佩”“崇敬”。[52]

华兹华斯在早期作品中就表现出对美和崇高这一对立范畴的兴趣[53],且此后兴趣不减,因而继承了在风景的审美品性中寻求道德和神学意义的悠久传统,并以自然界的相反属性为参照,来探究宇宙的善良和正义。通过这些大自然的暗示,他构建了自己的叙事,叙述个体心灵如何发展自己的能力,以回应和阐释“自然的面孔每天展示/的各种恐惧,或爱,或美”(第三卷,第 132–133 行),并取得了巨大成就,以其微妙和深刻的洞察力而论，无论哪一个时代的物理-神学、美学，还是心理学，都无人出其右。

我们在《商贩》中可以厘清华兹华斯采纳的方式。他在1789年版的最伟大的叙事诗《倒塌的村舍》中插入了这部传记，其中，华兹华斯告诉伊莎贝拉·芬威克，《商贩》表现的“**思想**主要是，想象自己处在商贩那种处境之下会变成什么样子”[54]，后来，他又把这段描写中的许多段落移至《序曲》，因此，《商贩》这一传记是第一次简述我所说的《序曲》中心“思想”的作品。在这首共两百五十多行的紧凑诗歌中，华兹华斯描述了商贩心灵的成长：从孩童时期开始，经历了一场精神危机（经历的
103 时候“未满二十岁，精神变得混乱不堪”，于是，他“徒劳地……求助于科学进行治疗，以减轻他内心的狂热”），直到他意识到自己在生活中的角色，“开始从事／这种卑微的职业”。他外在的职业虽是商贩，却也是一个天生沉默的、默默无闻的诗人，因为

　　　　　　他是天选之子
被赋予聆听的双耳，能深触
朦胧风中自然的低语
山峦的回响和溪流的奔涌。
他发现一个秘密的、神秘的灵魂，
一缕芳香，一个奇异的神髓。[55]

　　　　　　he was a chosen son
To him was given an ear which deeply felt
The voice of Nature in the obscure wind
The sounding mountain and the running stream.
　　　　　　. . . In all shapes
He found a secret and mysterious soul,

A fragrance and a spirit of strange meaning.

通过这一简短的传记，华兹华斯发展了一种心灵与自然进行互动的叙述模式，而这在长篇自传《序曲》中是无法实现的。在早期的童年生活中，商贩孤独地体验了自然的崇高带来的恐怖、伟力和伟大，他的心灵因此而成长。

他心灵的基石
在如此交流中铺就，惊惧暗涌。
尚幼之时，未及成年
便已觉知伟大的存在与伟力
深刻情愫将
宏伟万象铭刻心灵。

（第 77–82 行）

So the foundations of his mind were laid
In such communion, not from terror free.
While yet a child, and long before his time
He had perceived the presence and the power
Of greatness, and deep feelings had impressed
Great objects on his mind.

虽然此时风景的面貌呈现出"固定且稳定的轮廓"，他却"发现了心灵衰退和流动的迹象"，但尚未准备好进入下一个自然教诲阶段，"深刻的爱的教训"隐藏在外部风景的柔和之中。

在他的心中

爱,或纯粹的爱的欢乐,
还没有在扩散的声音、呼吸的空气
或快乐事物的沉默表情中表现出来。

In his heart
Love was not yet, nor the pure joy of love,
By sound diffused, or by the breathing air,
Or by the silent looks of happy things.

后来,他学会了理解大自然中爱的真谛。到达这个阶段的时间是完全确
104 定的,发生于"他人生的第九个夏天",当时,他第一次独自一人被派去
照看父亲的羔羊,看到了山上美丽的黎明。

他凝望,
脚下的海洋和大地沐浴着
快乐和深深的喜悦。
云被感动了
在它们静谧的面庞上他读懂了
无言之爱……
心灵化作感恩的祭坛
献给造他的圣能。那是赐福与爱。

(第 106-141 行)

He looked,
The ocean and the earth beneath him lay
In gladness and deep joy. The clouds were touched
And in their silent faces did he read

Unutterable love. . . .
His mind was a thanksgiving to the power
That made him. It was blessedness and love.

这些经历促进了心灵的发展,使他“以公正的、均等的爱”拥有了与人类患难与共的精神力量——“他能够与自己看到的那些受苦之人一起/承受痛苦”。[56]

在一段表达自己观点的文字中,华兹华斯说道,这个男孩上学时“就已经学会阅读/自己的圣经”,后来他才发现,同样的意思用“可见的语言”(verba visibilia)即风景的象征语言写,会更清楚,更令人印象深刻:

在群山中,他感受到了自己的信仰
在那里看到了文字——那里的一切
显得永恒,生命在循环,
伟大在循环,无穷无尽;
……他也不信——他亲睹了。

(第54–56行,第146–155行)

But in the mountains did he *feel* his faith
There did he see the writing—All things there
Looked immortality, revolving life,
And greatness still revolving, infinite;
. . . nor did he *believe*—he saw.

借助于伯内特《大地的神圣理论》中的物理-神学,商贩似乎学会了将圣经中的神圣属性转化到“自然之书”中,他发现,编码在无限凄凉的崇高风景中的启示之一,就是宇宙的报复,它在诺亚时代引发了造山洪水。

> 一座熟悉那被遗忘的岁月的
> 山峰,如同镌刻在沉默的思想中,
> 105 在它暗淡梦幻的山腰,显示出
> 经历的无数寒冬风暴,
> 或复仇的历程,那时大海
> 像巨人般从睡眠中醒来,击打着
> 山丘,天空
> 撒落下一片黑暗,人类都看见了
> 是的,所有活着但不怀希望的人。[57]

> some peak
> Familiar with forgotten years, which shews,
> Inscribed, as with the silence of the thought,
> Upon its bleak and visionary sides,
> The history of many a winter storm,
> Or of the day of vengeance, when the sea
> Rose like a giant from his sleep, and smote
> The hills, and when the firmament of heaven
> Rained darkness which the race of men beheld
> Yea all the men that lived and had no hope.

在《序曲》中(也回应了伯内特的神圣理论[58]以及十八世纪关于风景美学的各种论述),华兹华斯度过了少年时代的乡村生活,随后经历了在剑桥、伦敦和法国多彩的城市生活,之后,在呈现自己的经历时,不得已将其呈现为常常接触到的大自然的景色。心灵在这些景色中发现了自身乐于发现的东西，看到了它自己的样子，正如华兹华斯所说："你必须给予的恰恰来自自己／否则永远无法得到。"（第十一卷，第 333-334 行）在这样的时刻，心灵带给自然的，是自它上次与自然互动以来人类自身经验和世界经验的不成熟产物。

这一策略反复出现，一个重要例证便是《序曲》第六卷中的一段话。值得注意的是，在这段话中，华兹华斯描述了他于 1790 年夏天第一次徒步旅行穿越法国的经历，当时，他兴高采烈地参加了革命的庆祝活动。从法国穿越阿尔卑斯山到意大利的途中，他穿过辛普朗山口，走下冈多河狭窄、阴暗的峡谷，在那里领悟了关于人、自然和人类生活的启示，并把这些启示铭刻在风景的物理属性中。

很早以前，伯内特就把他对跨越阿尔卑斯山这一"伟大废墟"之旅的回忆写入《大地的神圣理论》。[59]对于十八世纪探索令人愉悦的恐怖这一主题的人而言，对阿尔卑斯山崇高的描述已经成为一个普遍主题，包括约翰·丹尼斯、沙夫茨伯里、艾迪生和托马斯·格雷，他们竞相呈现出的风景，如格雷所说："不是陡壁，不是激流，不是悬崖，而是孕育着宗教和诗歌。"[60]因而，华兹华斯笔下的辛普朗山下峡谷的风景，浓缩了整个十八世 106
纪阿尔卑斯山崇拜美学中的宗教意蕴和诗性，经天才诗人熔铸，被赋予了一种震慑性的生命：

　　　　　　　　　　山峰高不可测

树木在凋朽，朽极至永恒：有一个个
瀑布凝止的冲落，
空旷的山谷处处充满
迎面袭来的风，迷乱而绝望，
轰鸣的激流从碧蓝的天空飞下，
岩石在我们耳边喃喃低语，

路边悬挂着细雨飘飘的黑色峭壁
仿佛在发出声音,山溪湍急奔腾,
令人作呕,令人晕眩……

The immeasurable height.
Of woods decaying, never to bedecay'd,
The stationary blasts of water-falls,
And everywhere along the hollow rent
Winds thwarting winds, bewilder'd and forlorn,
The torrents shooting from the clear blue sky,
The rocks that mutter'd close upon our ears,
Black drizzling crags that spake by the way-side
As if a voice were in them, the sick sight
And giddy prospect of the raving stream. . . .

这一场景呈现出来的严酷教训,在手稿的补充中显得更加突出,暗合了伯内特的观点,即山脉和岩石是原初世界被上帝愤怒地摧毁后遗留下来的废墟,也表明这一景象与人类生活中意外的暴力事件之间有着隐性关联:

当我们停下脚步,或缓慢前进,
古老山脉崩裂的巨大碎片
颓然为墟,巨岩高高地
悬于苍穹,将坠未坠
神圣的死亡十字碑,孑然荒野
却常现罹难旅人的遗迹……

And ever as we halted, or crept on,
Huge fragments of primaeval mountain spread

In powerless ruin, blocks as huge aloft
Impending, nor permitted yet to fall,
The sacred Death-cross, monument forlorn
Though frequent of the perish'd Traveller. . . .

然而，与华兹华斯对令人恐怖的崇高的描述构成整体而必不可少的，是与之相反的自然景色的另一面。美赋予了阳光、静谧，表现为“清澈湛蓝的天空”和“无拘无束的白云和天堂的世界”。这种**对立统一**（*coincidentia oppositorum*）在瞬间中表达了一种启示，华兹华斯将其等同于上帝在《启示录》中显现出的对立。在《启示录》中，作为爱的福音，羔羊表明了自己是可怕的**末日**（*dies irae*）之神，而人类大声呼喊：“山川，石头，请降落在我们身上，让我们躲避……羔羊的愤怒：因为它愤怒的伟大日子已经来临。”开头和结尾的章节不断重申，愤怒的 107
上帝与毁灭的上帝是二位一体，与那位最初创世时彰显爱心并救赎人类于末世的上帝永恒并存：“我是阿尔法，也是欧米伽，是开始，也是结束”，“不要害怕，我是第一个，也是最后一个”，“我是阿尔法，也是欧米伽，是开始，也是结束，是第一个，也是最后一个”。[61]在华兹华斯诗集版本中，

喧嚣与安静，黑暗与光明
这一切都来自同一个心灵，
属于同一张面庞，是同一棵树上
绽放的花朵，是那伟大《启示录》中的
字符，是代表永恒的字体和符号，
代表最初、最后、中间、永远。

（第六卷，第551–572行）

Tumult and peace, the darkness and the light
Were all like workings of one mind, the features
Of the same face, blossoms upon one tree,
Characters of the great Apocalypse,
The types and symbols of Eternity,
Of first and last, and midst, and without end.

与华兹华斯的由对立的两个术语构成的指称框架一致,神圣的启示被同化为自然的启示,它的文字是自然界的物体,被解读为变化中永恒的符号和字体;崇高和美的对立性特质同时被看作天地面庞上的共时表情,宣告一个尚未实现的真理——一个关于黑暗与光明、恐怖与和平的真理,以及构成人类存在不可避免的矛盾的真理,景色的明暗对比为有备而来的心灵阐明了这个真理。

然而,达到这种认识只是诗人心灵发展过程中的一个中间阶段,并非终点。《序言》从第九卷开始记录华兹华斯第二次法国之旅及其影响,这一点非常重要。华兹华斯开篇即声明,人类不愿面对成熟的危机,而是循回缠绕,又寻原路折回,如同河流害怕道路“直接通往吞噬一切的大海”。不祥的是,这段话呼应了弥尔顿第九卷的祷文,其中叙述了人类堕落,后被逐出天堂,进入“一个痛苦的世界,/充满罪恶和她的影子死亡,还有不幸”。[62]法国大革命最初的无限希望破灭后,华兹华斯遭遇的内心分裂和冲突体现了这个疯狂世界的逐步分裂和冲突,最终,在这种疯狂中,他心灵发展的统一性被彻底击碎,遭遇了一场卡夫卡式的噩梦,而后开始乞求:

108 在不公正的法庭面前,
努力发出声音,头脑陷入混乱,
在那个我所知道的最神圣的地方,我的灵魂

感受到背叛和离弃。

（第十卷，第 378-381 行）

Before unjust Tribunals, with a voice
Labouring, a brain confounded, and a sense
Of treachery and desertion in the place
The holiest I knew of, my own soul.

他虽然孤注一掷，试图在抽象前提的基础上通过逻辑分析和推理，重新建立自己对生活的自发的信心和对人类的希望，但这种努力导致彻底“对错误或道德义务基础”感到困惑，直到最后彻底崩溃。在我们的言说语境中，重要的是华兹华斯明确地将自己面临的危机描述为解决人类道德状况的善恶问题时所陷入的一种绝望。

　　　　我失去了
一切坚定的信仰，总之，
厌恶、厌倦了矛盾，
在绝望中放弃了道德问题。
这是一场身患重病的危机，
是灵魂最后的、最低的退潮。[63]

　　　　　　　　　　I lost
All feeling of conviction, and, in fine,
Sick, wearied out with contrarieties,
Yielded up moral questions in despair.
This was the crisis of that strong disease,
This the soul's last and lowest ebb.

在华兹华斯的双重叙述中,对灵魂黑暗之夜的描述("我的心和心灵都被蒙蔽")(第十二卷,第21行)与对心灵与自然的早期互动陷入瘫痪的描述直接相关。他的心"由于外界的事故,/背离了自然"(第十卷,第886–887行),"进行合乎逻辑且细致分析"的习惯甚至影响了他的知觉,所以他对大自然给予的一切完全接受,"心灵坐等对自然的'审判'这一态度,我从未想过,哪怕这一荣耀得以实现和满足"。心灵

> 不喜欢这,不喜欢那
> 爱遵循模仿艺术的法则流转
> 至超越艺术之境。
>
> (第十一卷,第126–155行)

> disliking here, and there,
> Liking, by rules of mimic art transferr'd
> To things above all art.

也就是说,他根据从风景绘画艺术的创作原则中抽象出来的固定的、形
109 式的图画美学范畴来评价风景[64],因而,在与自然的协商中,他的心灵不再拥有早期的自由,相反,它遭到了削弱,屈从于"眼睛……/我们感官中最专横的感官"(第十一卷,第171–199行),眼睛却乐于"让内在的官能沉睡",诗人已经屈服于"死亡的/睡眠"。在"纲要"(第60–61行)中,他努力通过获得解放的心灵的创造力,从其死亡的睡眠中"唤醒感官"。

华兹华斯从第十一卷开始系统叙述他的"想象力……复元",再次与《失乐园》的展开方式相似,这一次呼应的是弥尔顿第三卷的祷文,其中对逃离地狱领地进行了描述,"虽然长期被拘留/在那个鲜为人知的

旅居中”。在华兹华斯的版本中，

人的不幸和罪孽由来已久
束缚着人类；他们的外表看来
多么凄惨，内心又是多么压抑……
最后，完全丧失希望本身，
不再对事物怀揣期望。我们的歌唱，
不以这些开始，也不以这些结束：
快乐流淌着，穿过田野
轻轻搅动微风和柔和的空气
它们呼吸着天堂的气息，为你寻找道路
通往灵魂深处！

Long time hath Man's unhappiness and guilt
Detain'd us; with what dismal sights beset
For the outward view, and inwardly oppress'd...
And lastly, utter loss of hope itself,
And things to hope for. Not with these began
Our Song, and not with these our Song must end:
Ye motions of delight, that through the fields
Stir gently, breezes and soft airs that breathe
The breath of Paradise, and find your way
To the recesses of the soul!

穿过个人的炼狱，转向应和的微风，吹奏起他那诗歌欢快的序曲（现在被描述为找到通往“灵魂深处”的道路的“天堂的气息”），帮助他复原了内在的天堂。[65]华兹华斯要么描写自己外在的生活细节（多萝西的影响，柯尔律治的影响，以及“粗野的流浪汉”和“卑微的人”的影响，他在孤独的漫游中与他们交谈），要么“通过人类的爱／帮助”与“自然的自我”私下交流，他习惯在两者之间轮流来讲述内在天堂的复原过程，这最终使得自己的心灵回归到最初的状态，但这一次，意识加深了，视野更宽广，稳定性增强，自然的自我

又把我带到宽阔的天地
唤醒了我早年的情感，
110 赐予我充满安宁的知识和力量，
让我强大，不再受到困扰。

Conducted me again to open day,
Revived the feelings of my earlier life,
Gave me that strength and knowledge full of peace,
Enlarged, and never more to be disturb'd.

在这段文字的手稿版本中，华兹华斯评论道，自己如此说，非常担心“会侵害为诗歌结束所保留的主题”。[66]他为《序曲》最后一卷预留的主题是危机得以最终解决，这一切发生在斯诺登山上获得最重要的启示之后，那时，突然闪现一阵自然之光，诗人目睹风景成为“一颗伟大心灵的完美形象”。就像辛普朗山下的深谷一样，这一景象将喧嚣与宁静、黑暗与光明对立统一起来：裂谷之地显得可怕、黑暗，“深沉而阴暗，喘着气，从中升腾起／水流的咆哮”，头顶的月亮“赤裸裸地挂在天空……散发着唯一的光辉／俯视着这一切”。尤其是月亮和云雾缭绕的景象之间彼此给予，彼此接受，相互影响，展现了人类心灵与自然的交流那种富于创造、赋予生命的根本力量，“既主动雕琢，亦甘愿被雕琢”，这样“他们

就生活在一个具有生命的世界里”,“内在的主权与自主的和平”从这种力量中产生,“道德判断中的真理与喜悦／在外部世界中不会失败”,这与“习惯奴役心灵……以粗俗感官的法则”的倾向相反。华兹华斯最终摆脱了这种倾向,因此

用那个神圣真实的世界
代替一个死寂的宇宙,
即诸界中最虚伪的宇宙。

(第十三卷,第39–143行)

substitute a universe of death,
The falsest of all worlds, in place of that
Which is divine and true.

换言之,他的心灵已经从经验意义上的地狱逃回“生命的世界”。弥尔顿将地狱描述为(华兹华斯用大量语言予以回应)一个“死寂的宇宙,神借着咒诅／创造了邪恶,因为只有恶,／那里所有的生命都死去,只有死亡还活着”。(《失乐园》,第二卷,第622–624行)

紧接着的是华兹华斯解决自己长久以来关于善恶辩证论的第一部分:

这一切要归于恐惧与爱, 111
主要归于爱,因为恐惧在那里终结,
归于早年面对崇高秀美的景物进行的交流,
领教痛苦和欢乐的逆向法则,
而其中的一方被不知所云的人们轻率地

称为邪恶。我们始于爱,也终于爱,
一切持久的辉煌,
一切真理和美,都源自无处不在的爱,
若爱不存,我们无异于泥尘。

To fear and love,
To love as first and chief, for there fear ends,
Be this ascribed; to early intercourse,
In presence of sublime and lovely Forms,
With the adverse principles of pain and joy,
Evil as one is rashly named by those
Who know not what they say. From love, for here
Do we begin and end, all grandeur comes,
All truth and beauty, from pervading love,
That gone, we are as dust.

这是一种“更高层次的爱”,一种“比母爱和性爱更理智的爱”,这种爱“为人类独有”,因为它“更多地产生于/沉思的灵魂,是神圣的”。(第十三卷,第143-165行)显而易见,华兹华斯在论述中运用了基督教神学的传统用语。就其地位和作用而言,这段论述完全等同于弥尔顿最后一卷史诗中亚当的最后声明,听到主天使米迦勒预言基督的诞生、死亡、复活,并重返大地,然后“一切都将成为天堂”,亚当承认上帝对待人类是公平的:

啊,无限的仁慈,无量的仁慈,
由恶而来的善必将使之产生,
恶转变为善,用善创造天地,比起创世

第一次将光明带出黑暗，更加绝妙精彩！
我心顾虑重重，现在我是应该为我
造成的罪孽和引发的罪恶忏悔呢，还是
应该为此喜不自禁？因为产生更多的善，
增加了上帝的荣耀，上帝赐给人类的善
将会增加，给予人类的恩典将胜于愤怒。

（第十二卷，第469–478行）

O goodness infinite, goodness immense!
That all this good of evil shall produce,
And evil turn to good; more wonderful
Than that which by creation first brought forth
Light out of darkness! Full of doubt I stand,
Whether I should repent me now of sin
By me done and occasion'd, or rejoice
Much more, that much more good thereof shall spring,
To God more glory, more good will to Men
From God, and over wrath grace shall abound.

然而，在1805年《序曲》中，没有提及道成肉身、受难或第二次降临，甚至没有提及上帝。华兹华斯所描述的领悟（recognition）是心灵与大自然持续交流的最终产物。在定义领悟的过程中，他集中并解决了自然景观中的矛盾特性——美学、道德和准神学，从他的开篇声明即自己 112
在美和恐惧的共同滋养下长大开始，他就一直用它们编织着自己复杂的神学构思。一面是“崇高”与其近义词“宏伟”，另一面是大自然“秀美的**形式**（Forms）”（在修改过后的第146行诗中，两者完全同一起来，非常突显，“在崇高或美的风景〔forms〕面前”）。“恐惧”和“痛苦”与崇高并置,因此被误认为是“邪恶”,与美并置的是“逆向原则”,即“欢乐”和“爱”。在诗人关于阿尔卑斯峡谷的早期启示中,他设想平静与恐惧的对立物就是“最初、最后、中间、永恒”具有的共存属性,现在,他已经到达更高的境界,认识到爱的“首要性和重要性,因为恐惧就在那里终结”,它不但是最初,也是最后(“爱…… / 我们以之开始,又以之结束”)。所以,最后的叙述证明,不仅美,还有崇高,两者都来自爱:“归于爱……一切持久的辉煌 / 一切真理和美。”如此一来,华兹华斯秉持的就是一种协调心灵与自然的神正学,在自然主义的意义上对等于弥尔顿的信条,即上帝的爱不仅包容一切,提供正义,而且必然让人类承受上帝因愤怒而施加的痛苦和恐惧。当但丁在那可怕地狱的永恒之门上刻下原初之爱造成的后果时,他比弥尔顿更严酷地提出了这一悖论:

> 无上的智慧、为首的大爱,
> 依正义造就了我。[67]

> Fecemi la divina potestate
> La somma sapienza e'l primo amore.

并非关注《序曲》结论之前其他部分的所有读者都同样关注其结论,但对于那些关注的人而言,华兹华斯似乎通过巧妙运用逻辑手法,实现了从痛苦与邪恶向爱与善的转变。约翰·琼斯曾说过,这首诗后半部分的主要任务是“梳理诗人的‘心灵发展历史’,构建最终的论点”。《序曲》的结尾是乐观的,这一点确定无疑,是结束诗歌的必然方式,如同一部蹩脚的戏剧[68],但是华兹华斯并没有通过最后的论点来证明善包含
113 了恶。事实上,他告诉我们,正是试图将“形式证明”应用于道德问题才加速了溃败,而溃败中的他“在绝望中放弃了道德问题”。诗人为之努

力的是为我们呈现一种经验模式，在这种模式中，他从精神危机中复元，大自然的景象因之发生变化。与此相反的另一面是，他在自然中的所见与自身的根本变化相关。[69]弗朗西斯·克里斯坦森曾言，“获得理智的爱是一种世俗的转变”，它标志着“诗人走向成熟”，必须驯服（如华兹华斯接下来详细描述的）“天性中的大胆、狂暴、暴力和任性”。[70]也就是说，它的必然要求是，面对外部自然的崇高样貌，华兹华斯必须驯服自己的本性，因为用他自己的话说，他的“灵魂”在出生时就被设计成为“一块岩石，周围激流咆哮”。（第十三卷，第221-232行）我们可以理解为，这些时代力量的弱化表现了华兹华斯对自己一心所向的东西缺乏绝对的信心，从诗人后来的命运中也可以推断出，他放弃的太多，得到的太少。然而，华兹华斯神学的结论并不是一种即兴而为的观念，它从一开始就奠定了基础。如果这个结论展示了一种“乐观主义”，那么，这种乐观主义并非否认痛苦、恐惧与苦难的现实，相反，它不仅坚持人类不可避免地要经历这些痛苦、恐惧与苦难，而且坚持这些痛苦、恐惧与苦难是我们得以冷静、获得洞察和力量所必不可少的条件，用华兹华斯的话说，只有此时的我们才配得上自己。

在《序曲》中，使貌似的邪恶得以合法化引发了一场危机和内在转换，类似于奥古斯丁在米兰的花园里经历痛苦和皈依，但两者之间存在一个显著的区别。在奥古斯丁的论述中，尽管他在精神上已经做了长期的准备，但是皈依的过程是瞬间的、绝对的，是获得上帝的恩典，发生在某一特定的时间点，在“**精确的时间点**”，然后突然间导致旧物灭亡，新物诞生。在华兹华斯对其心灵“成长”的世俗化描述中，这个过程是逐渐完成的，他用三卷的篇幅才完整讲述了这个过程，以一种新的模式代替 114
了那种向全新事物进行直角式转变的基督教范式（即我们将在下一章讨论的浪漫主义典型模式），其中，发展因循的是一条渐进的曲线，在终点处回到起始阶段，但在一个更高的层次上融合了中间阶段的事物。华兹华斯说,“看哪!那时,我再次出现在大自然面前,就这样复元了”,尽管现在“只留下了对那些被遗漏事物的记忆”。(第十一卷,第393–396行)根据华兹华斯的推演,如果整体的论述中所得大于所失,他并不否认成长就是改变,而改变必会带来损失。他说,对大自然,“我似乎像以前一样热爱”,然而这种激情

已历经沧桑;怎么会不经历
一些沧桑,纵使如此,岁月
流逝,得失
必随,亘古如此。

(第十一卷,第36–41行)

Had suffer'd change; how could there fail to be
Some change, if merely hence, that years of life
Were going on, and with them loss or gain
Inevitable, sure alternative.

根据华兹华斯的精心设计,《序曲》最后一卷保留了人类苦难问题的第二阶段。意识到爱既处于首位也处于末位这一普遍真理后,华兹华斯转而评价自己经历过的那段特别的生活。正如我们所看见和预料的,他将那段生活转变为一道风景,自己则以一种飞行的隐喻翱翔于风景之上。从这个飞行高度,他能够辨别出构成风景的各个部分,它们都以爱为中心,经历一切世俗痛苦,最终都是为了达到圆满,至臻完美:

回想起,
这首诗歌开始的情绪,

朋友！我旅途的终点
现在更近了，近多了；然而即使是这样
在这纷乱和强烈的欲望中，
我对曾经的生活说，
你在哪里？我听不到你的声音
那是责备吗？我立刻上升。
仿佛振翅欲飞，看到身下延展的
世界的广阔前景就是曾经
和过去；于是就有了这首歌，如云雀般
我长眠，于永不疲倦的天空中
歌唱，而且常常以更哀伤的声音
尝试消解世上的哀伤；
然而，所有的一切都弥漫着爱，最终
皆表现出欢乐，若理解正确。[71]

Call back to mind
The mood in which this Poem was begun,
O Friend! the termination of my course
Is nearer now, much nearer; yet even then
In that distraction and intense desire
I said unto the life which I had lived,
Where art thou? Hear I not a voice from thee
Which 'tis reproach to hear? Anon I rose
As if on wings, and saw beneath me stretch'd
Vast prospect of the world which I had been
And was; and hence this Song, which like a lark
I have protracted, in the unwearied Heavens
Singing, and often with more plaintive voice

Attemper'd to the sorrows of the earth;
Yet centring all in love, and in the end
All gratulant if rightly understood.

据华兹华斯所称,尽管现在自己分析的对象是刚刚完成的诗歌(即《序曲》这部艺术作品)本身所描绘的生活,但是,这就是这首诗的开篇被赋予的景象。如果回到这首诗的开头,我们可以在第十五行中发现《失乐园》的典故。这是关于《失乐园》典故的第一个显著例子,由华兹华斯精心挑选并加以安排,非常明显。华兹华斯开篇便呼应了《失乐园》最后的诗行——在悲伤和期待中,亚当和夏娃离开天堂,在我们大家生活的世界里开始他们的旅程:

世界都展现在他们面前,选择那里
作为休息的地方,天意指引着他们:
他们手牵着手,迈着漂泊的脚步,缓步而行,
穿过伊甸园,踏上孤独之路。

The World was all before them, where to choose
Their place of rest, and Providence their guide:
They hand in hand with wand'ring steps and slow,
Through *Eden* took their solitary way.

华兹华斯也曾说过,"大地呈现在我面前",但他怀着愉快且自信的心情,将引导自己的力量寄托给大自然,而不是上帝:

大地呈现在我面前,心情
愉悦,不为自由而恐惧,

我环顾四周，我选择的向导
谁也好不过那一片飘荡的云，
我不会迷失道路

（第一卷，第 15–19 行）

The earth is all before me: with a heart
Joyous, nor scar'd at its own liberty,
I look about, and should the guide I chuse
Be nothing better than a wandering cloud,
I cannot miss my way

一些批评家注意到这种相似之处，他们认为，这种相似意味着《序曲》从整体上构成了《失乐园》的一部续曲。伊丽莎白·休厄尔说过："就好像华兹华斯想把自己的史诗恰好与《失乐园》的结尾处直接衔接起来。"[72]我认为这种观点是错误的（虽然人们很容易犯下这种错误），因为它忽略了一个事实。尽管从结构顺序上看，序言位于《序曲》的开端，但它开启了在时间顺序上处于最后的叙述者的生活阶段，因此，华兹华斯意欲用以衔接《失乐园》中人类失去天堂后踏上复原天堂的朝圣之
旅的，不是《序曲》，而是《序曲》后的叙述，也就是《隐士》正文的开篇，即 116
《安家格拉斯米尔》。其中，诗人所在的地方就是序言结尾时所选择的休憩之地，当"我做出选择／选择了一个甜蜜的峡谷，我的脚步是否该转向"。（第一卷，第 81–82 行）

当他还是一个"四处游荡的学生"，第一次看到这个欢乐的峡谷时，从一个"陡峭的屏障"边缘俯瞰，峡谷就像一个"展现在他面前的天堂"。（《安家格拉斯米尔》，第 1–14 行）现在，他又回到了这个"亲爱的峡谷，／心爱的格拉斯米尔"，对峡谷的描述再度呼应了弥尔顿在《失乐园》中对伊

甸园的描述。(如第126行以降)然而,由于“无边的恩泽”,他的伊甸园比亚当最初的天堂更快乐,因为它拥有的特性“在幸福伊甸园的/树荫中……既不是被给予的/也不是可以被给予的”:这是一种幸福,包含了对幸福缺乏状态的记忆。(第103–109行)最重要的是,他的天堂比弥尔顿的天堂更高,那里住着像他这样的人,表现出“稳固的善/和真正邪恶”的混合状态,也就是说,它拥有超越“黄金时代中所有黄金般幻想”的稳定现实这一优势,不论是位于“所有时代之前”,还是在“时间已不在”的遥远的将来。(第405–406行,第625–632行)华兹华斯在《安家格拉斯米尔》中反复强调的观点是他对真理的亲身体验,在这首诗最后的“纲要”中,他宣称了《隐士》整首诗的主题:现实世界的生活中存在着无法消除的邪恶和痛苦,人们存在的可能性,也是唯一的可能性,就是实现一个天堂,用它帮助自己证明人类道德中存在着邪恶,就像弥尔顿用天堂帮助自己一样。

在《序曲》正文的结尾,华兹华斯为促进心灵成长而经历的痛苦进行辩护,为此,他写道:“最终,皆表现出欢乐。”他已经完成了自己作为“诗人的心灵规训/和完善”的个人“历程”,但是,正如在开篇的序言中所说,自己是一位先知-诗人,“恰好被挑选出来,/担任神职”,也就是说,他扮演着一个公共角色。非常明显的是,最后结尾的整个描写都是
117 以柯尔律治为对象,华兹华斯号召自己的同伴在这个衰弱的时代和自己一起担任起重新救赎的传道者职责,虽然“这个时代又退回到旧的偶像崇拜”,对人类来说,我们却应成为

一项任务的共同完成者
(愿上帝赐予我们恩典)
他们的救赎,一定会到来。
作为大自然的先知,我们要对他们说
一个持久的灵感……

joint-labourers in a work
(Should Providence such grace to us vouchsafe)
Of their redemption, surely yet to come.
Prophets of Nature, we to them will speak
A lasting inspiration. . . .

但自然的先知立刻进入尾声，这是对人类的心灵而不是对自然的**赞美**(*gloria in excelsis*)。我们将

教他懂得，人类的心灵
比其居住的大地美妙千百倍
栖居于其中，以高卓的美超拔于世事体系……
因其本身有着
更加神妙的材质与织体。

(第十三卷，第 431–452 行)

Instruct them how the mind of man becomes
A thousand times more beautiful than the earth
On which he dwells, above this Frame of things. . .
In beauty exalted, as it is itself
Of substance and of fabric more divine.

于是，他宣布，自己为创作这部巨作所做的长期准备终于结束了。在描述准备阶段的过程中，华兹华斯其实已经完成这部巨作本身，可与普鲁斯特并肩媲美。

7. 救赎的想象

这里,我将华兹华斯自然心灵神学中的一个重要因素单列出来讨论。从斯诺登山眺望远方时,心灵在最佳运行中发现了自身,这一发现使主题确定下来。此时,诗人发现“蒸汽中的裂缝……从中/汹涌着咆哮的水流、激流、溪水/数不胜数”。

从那条裂缝中
不知从何而来的水流声音响起
在那条又黑又深的通衢中大自然寄寓着
灵魂,全部的想象

In that breach
Through which the homeless voice of waters rose,
That dark deep thoroughfare had Nature lodg'd
The Soul, the Imagination of the whole.

118 在接下来的段落中,他为恐惧、痛苦和貌似的邪恶辩护,认为它们源自无处不在的爱,并阐述这种爱既不可能存在,也不可能战胜邪恶,除非用想象作为其补充和媒介,“这种更富于理智的爱不可能/如果缺少想象力”。(后来修订中更明确的表述是,“缺少了**想象力**/这种精神上的爱既不产生作用,也不可能存在”。)

这,事实上,
不过是另一个名称,绝对的力量

清晰的洞察力，宽广的思想，
至高无上的理性。

which, in truth,
Is but another name for absolute strength
And clearest insight, amplitude of mind,
And reason in her most exalted mood.

此时，华兹华斯突然透露，在描述心灵与自然之间的交流时，主人公实际上就是心灵的力量，所以，他一直讲述的是想象力的诞生、发展、消失和复元的故事。他把想象这种能力比喻成一条小溪，断断续续地从地上和地下流淌而过：

这种才能一直是促动的灵魂
推动我们长期劳作：我们追寻到那条小溪
它流自黑暗，源泉之地
在它隐蔽的洞穴里，从那里可以隐约听到
水流的声音；流淌到光明之地
重见天日，溪流沿着
大自然的道路，后来
消失不见，迷失、被吞没
然后，它再度升起，充满了力量
我们向它致以问候……
最后，从它的进程中我们感觉到
生命无限，以及我们赖以生存的
伟大思想，即无限与上帝。[73]

This faculty hath been the moving soul
Of our long labour: we have traced the stream
From darkness, and the very place of birth
In its blind cavern, whence is faintly heard
The sound of waters; follow'd it to light
And open day, accompanied its course
Among the ways of Nature, afterwards
Lost sight of it, bewilder'd and engulph'd,
Then given it greeting, as it rose once more
With strength. . .
And lastly, from its progress have we drawn
The feeling of life endless, the great thought
By which we live, Infinity and God.

因此,《序曲》中叙述的危机是一场想象的危机,华兹华斯说:“这段历史主要讲述/智性力量,从一个阶段到另一个阶段/向前发展。”

传授想象的真理
直到天性优雅的心灵
119 俯着于时世的重压
及其灾难性苦果。

(第十一卷,第 42–48 行)

And of imagination teaching truth
Until that natural graciousness of mind
Gave way to over-pressure of the times
And their disastrous issues.

因此,《序曲》第十一、十二卷讲述了华兹华斯面临的危机及其从危机中的复元,这非常重要,他为其命名曰“想象力的损害与复元”(Imagination, How Impaired and Restored)。在最后一卷中,他将想象和理智之爱描述为二位一体、各自不同却又不可分割的实体,以此为自己的自然神论进行了总结:

> 想象一直是我们的主题,
> 理智的爱也是如此,
> 因为它们内在于对方,不能忍受
> 彼此分离。——啊,人类!你必须成为,
> 自己的力量;你在这里无助可求……
>
> (第十三卷,第185-189行)

> Imagination having been our theme,
> So also hath that intellectual love,
> For they are each in each, and cannot stand
> Dividually. —Here must thou be, O Man!
> Strength to thyself; no Helper hast thou here. . . .

如果说我对诗人关于想象力的论述解释得很复杂,那么,部分原因是——无论是出于他不得不加以言说的事物具有的难度,还是出于他选择言说方式时采取的谨慎态度——华兹华斯自己对此的描述就深奥得非同一般。然而,紧接下来的语境,加上《序曲》的整体模式与《失乐园》的关键段落之间具有一致性和连贯性,使得要旨表达得非常清晰。起初想象力诞生,然后转入地下,但最终“再次／伴随着力量”上升。它与智性之爱相互区别,又“相互融合”,后者是“最初的,也是最重要的”,且

“我们在其中开始,也在其中结束”。它也是不可或缺的中介,爱通过它显示自己超过了痛苦与显性之恶,将诗人从“死亡的世界”中拯救出来,并为之打开通往人间天堂的道路。那么,显而易见的是,在诗人与自然长期交流的心灵神话中,想象扮演的角色等同于弥尔顿天赐情节中的救赎者,因为在弥尔顿的神学中,是拯救了人类、使天堂失而复得的基督的诞生、死亡和回归,才证明了“善的无限…… / 这一切恶之善将会产生, / 恶将变成善”。

我并不打算就此提出两者之间存在严格的关联性,只是想指出,在
120 弥尔顿的人类神圣故事和华兹华斯关于个人心灵成长的世俗叙述之间,存在整体上的功能相似性。华兹华斯宣称,自己要作为“大自然的先知”之一,书写一首“关于[人类的]救赎一定会到来”的诗作,但我们无法确定,他在所宣称的事业中是否有意赋予想象力以救赎者的角色。直到 1812 年,华兹华斯才采纳了一些基督教教义,之后告诉亨利 · 克拉布 · 罗宾逊,他不赞同一神论者,这些人的宗教不允许存在想象的任何空间,也不满足灵魂的任何渴望。“我更同情那些需要救赎者的正统教徒。”但他补充道:“我不需要救赎者。”这一声明令一向思想开明的罗宾逊吃惊不小,以至于他将其隐藏在自己私密的速记符号中。[74] 不管怎么说,在 1805 年《序曲》的崇高主题中,外在的救赎者并非必要,因为在这首诗中,人类独立的心灵力量已被赋予救赎功能。接下来,华兹华斯继续阐述,尤其强调且不断重复:

　　啊,人类!在这里你必须成为,
你自己的力量;在这里你无助可求
在这里保持你的个人状态:
没有人能与你分担这一职责,
没有第二个人可以介入

塑造这种能力；这是你的，
最主要的重要的原则
在你天性的幽邃深处，远离
尘世的所有牵系，
否则全然非你所属。

（第十三卷，第188–197行）

Here must thou be, O Man!
Strength to thyself; no Helper hast thou here;
Here keepest thou thy individual state:
No other can divide with thee this work,
No secondary hand can intervene
To fashion this ability; 'tis thine,
The prime and vital principle is thine
In the recesses of thy nature, far
From any reach of outward fellowship,
Else'tis not thine at all.

不过，在这方面无论多么谨小慎微，《序曲》都参与并汇入时代的重
大思想潮流，无论在华兹华斯自己的时代，还是在我们现在的时代。十
七世纪激进的唯心论者杰拉德·温斯坦利曾期待"末日"到来，到那时，
一切都不再将基督想象为存在于外部的虚构，如"羔羊就在远方，他是
我们的救世主"，因为"基督就在心中……将人类从奴役中解救出来；**除
他以外，再无其他救世主**"。[75]威廉·布莱克坚信人类具有神圣创造性
的救赎力量，他在表达《序曲》中一个隐含概念的时候，表达方式非常明 121
确，令人吃惊，显得与众不同："想象力……就是主耶稣的圣体，值得永
远称颂。"[76]在德国，诺瓦利斯谈及艺术时宣称"在他的作品中，在他的

行动中,在他的失败的行动中”,人类“明确显示了自己和自然的福音,自己就是大自然的救世主”。[77]歌德将自己富有想象力的作品看作对自己的救赎,而非对自然的救赎,他在创作《格茨·冯·伯利琴根》及《克拉维戈》时称:“我已经开始进行诗意的忏悔,所以,通过这种自我折磨式的忏悔,我可能获得内心的宽恕。”[78]后来的浪漫主义继承者弗里德里希·尼采宣称:“可悲的是,我们无法相信宗教和形而上学的教条”,却仍然“需要一种最高级别的救赎和安慰方式”,根据严格的经济原则,他取消了大自然和上帝的角色,只留下一个代理人来演绎完古老的精神故事情节:

> 只要再走一步,借着上帝的恩典爱自己,这样你就不再需要上帝,整个堕落和救赎的戏码就在你自己身上上演了。[79]

华莱士·史蒂文斯说,现代诗歌是“处于寻求中的心灵的诗歌,/以找到自足之物”。结果表明,没有什么比早期诗人依靠神的介入来获得重要经验更能令人满足的了。“当一个人放弃了对上帝的信仰之后,诗歌就是那个代之以作为生命救赎的本质之物。”形式上,史蒂文斯得出的结论与布莱克相同:“我们认为,上帝和想象力是同一的。”然而,他对想象力效能的主张比布莱克温和得多:“那根照亮黑暗的最高的蜡烛屹然高耸。”[80] W. B. 叶芝发现,所有现代文学都沿着尼采开辟的道路前进:

> 个人的灵魂以及对未孕出生者的背叛,都是她的重要主题,但还必须更进一步。那个灵魂必须成为自己的背叛者和自己的拯救者,成为一个独立的行动,从镜子转变为灯。[81]

122 在一些诗歌中,叶芝体现了个体灵魂足以演示从堕落到救赎的完整情节，直到“一切仇恨被驱除出去，／灵魂重归于彻底的纯真”。在一首关于自主恩典的重要作品中，叶芝将华兹华斯的两个术语约简为一个，相应地，就不再是自然与心灵间的对话，而是同一心灵中对立面之间的对话：“自我与灵魂的对话。”叶芝的“自我”置灵魂拒斥尘世生活而追求永恒幸福的召唤于不顾，回顾了自己人生中的错误与痛苦，类似于华兹华斯在《序曲》的尾声幻想翱翔于记忆中的人生的情景：

> 我愿意追溯至万物之源，
> 无论在行为或思想中；
> 丈量命数；宽宏自己此生！
> 如此当我抛尽前怨，
> 便有甘泉巨流涌入心田，
> 我们须欢笑，我们须高歌，
> 万物皆赐福于我们，
> 目之所及，俱沾福气。[82]

> I am content to follow to its source,
> Every event in action or in thought;
> Measure the lot; forgive myself the lot!
> When such as I cast out remorse
> So great a sweetness flows into the breast
> We must laugh and we must sing,
> We are blest by everything,
> Everything we look upon is blest.

叶芝认为自己的生活和所注目的世界都令人欣喜，虽然不是以华兹华斯式而是尼采式的英雄行为，即宽恕和自我救赎。

8. 新的神话：华兹华斯、济慈和卡莱尔

相对于我们时代的众多读者而言，无论是对《序曲》的体裁还是其代表人物，维多利亚时代那些富有洞察力的读者更容易理解。1851 年，F. D. 莫里斯牧师在给查尔斯·金斯利的信中写道：

> 我肯定你是对的，在我看来，华兹华斯的《序曲》似乎是我们刚刚经历的半个世纪的临终之语，一种所有关于自我建构过程的表达（至少是英语表达）。拜伦、歌德、华兹华斯、福音派（新教和浪漫主
> 123 义）都根据他们不同的计划和原则参与了这个过程，他们的小说、诗歌、经历、祈祷都做了清楚的阐述。而且，在这个过程中，上帝无论以什么名义或什么面貌出现在他们面前，仍然只是一个让他们成为这个世界的智者、天才、艺术家和圣人的代理人。[83]

《序曲》刚出版一年，莫里斯就写了这封信，他不经意间犯了一个错误：将《序曲》置于所描述（并极力反对）的趋势的结尾，而非开端。但是，他的观点是正确的，即将基督教忏悔说转化为一种**成长史**的形式，这一点具有普遍性，不论表现为宗教的或公开为世俗的，不论长与短，不论诗歌或散文，成长史的形式都指向一个本身包含于生命之中的高潮。浪漫主义时期诗歌的重大创新，如充满描写和沉思的长诗，实际上是自传的一种变形，其中，诗人在人生的重要阶段面对一个特定的场景，参与一场明确现在、唤起过去、预测未来的对话，确定并评价遭受痛苦和老之将至的意义。在一些诗歌中，这种遭遇情景发生在精神危机时期，这种危机被称作“沮丧”（dejection，*acedia*，*deiectio*，或基督教内心生活专家所称的精神贫瘠）。在一种被通称为“欢乐”的意识模式中，最终是心灵在成熟中

恢复与自己和外部世界的统一,那场旨在与被异化的上帝和解,由此而获得幸福的古老斗争,则变成了它的早期阶段。

之后,我们将看到,在篇幅较长的哲学、小说、戏剧和叙事诗中,为邪恶和苦难辩护这一浪漫主义主题非常普遍,展现这个主题的情节形式,是在终结于现世的生命中进行的自我教育、自我发现以及天命的发现,循回曲折,但又不断发展。现在,以华兹华斯《序曲》为背景,我将谈论英语作品中另外两部以虚构形式呈现的危机-自传例作,即济慈的《海伯利安的陨落》和卡莱尔的《旧衣新裁》,因为这三部作品的创作都历时三十多年,它们之间虽有差异,但这些差异将它们在概念和构思上的特点都凸显了出来。

济慈并未读过《序曲》,但他仔细研读了《丁登寺》和《不朽颂》,还研 124
究过与《漫游》共同出版的"纲要"中华兹华斯的计划,以及《漫游》中表面上被基督化的关于"沮丧"与"摆脱沮丧"的长篇辩论。正如其读者所熟知,济慈具有大胆的洞察力,正是凭借这种洞察力,他意识到,华兹华斯持久的关注点在于依据内在于心灵发展成熟过程的目的为遭受的损失和痛苦经历辩护,也意识到正是在弥尔顿摒弃这一点的地方,华兹华斯专门有意提出了这个问题。

济慈将痛苦经历的正当性问题称为"神秘的职责",这是摘自《丁登寺》的一个短语,表明个体在生活中经过体验、洞察的一系列阶段。所以,在 1818 年 5 月的一封信中,济慈努力用个人生活的世俗神学来探讨这一问题。在他人生如同一段旅程这一伟大比喻中,他假设"一幢有许多间屋子的宅邸",我们从"婴儿或无思想的房间"走入"少女思想的房间",但是,后来借助对人心的敏锐观察,"让人勇敢地相信世界充满了苦难和心碎"后,我们到达了一个黑暗的阶段,那时,"我们看不到善恶的平衡","华兹华斯正是在此刻介入的……当他写《丁登寺》的时候"。即便如此,"我还是认为华兹华斯比弥尔顿更深刻",因为他从普遍的

“智性发展”中获益良多。济慈清楚地表达了这一发展是基督教超自然主义转向不可知论人文主义的一种运动,因为弥尔顿在“《失乐园》中的善恶暗示”仍然建立在新教改革存留的“残余教条和迷信”的基础上,“他没有像华兹华斯那样深入地思考人心”。[84]

在一年后写的一封信中,济慈概述了自己证实人类向着更伟大的善而必须承受苦难的计划。那时,他将世界比作“造魂谷”(the vale of Soul-making),其中苦难的结点是使人类天生的“智慧或心灵”服从于知识和压
125 力(非常现代的措辞),而知识和压力逐渐形成自身的“身份或本体”,“难道你看不出,一个充满痛苦和烦恼的世界是多么需要培养一种智慧,使它成为灵魂吗?”从这个意义上说,智慧只是尚未成形、尚未个性化的自我,“直到它们获得本体,直到每个个体都成为个人意义上的自身,才能成为灵魂”。济慈认为,这种地球个体生命神正论描绘了一个“不违背我们理性和人性的救赎体系的粗略轮廓”[85],与基督教观点相对,这种观点认为,世界是一个“我们通过上帝意志的介入得以从中救赎并被带往天堂”的地方。如此一来,虽未读过当代德国哲学家和诗人的作品,但与他们一样,济慈明确地把神学的救赎体系转化为教育发展的世俗体系。

济慈评价了华兹华斯在探索“那些黑暗中的道路”方面与弥尔顿之间的关联,承诺“如果我们要生存,要继续思考,那就要探索它们”。[86]在诗歌《海伯利安》中他正是努力这样做的。在写完著名的两封信中的第一封后五个月或六个月,他便开始创作这首诗。显而易见,华兹华斯旨在“平衡/我们道德状态的善恶”,努力在这方面仿效弥尔顿,并走得更远,因而,济慈根据自己的“善恶平衡”标准,不仅着手效仿并超越弥尔顿,而且仿效“下降得更深的”华兹华斯,且比他走得更深。

《海伯利安》是一部弥尔顿式史诗,但体现的是对希腊-罗马神话中邪恶根由的探究,它以异教中萨图恩黄金时代的丧失这一类似概念取代弥尔顿的“失乐园”。在作品开始之际,天神“萨图恩堕落了”(第一卷,

第234行），在“至高无上的神宽慰自己爱之心／那些行为中”，他发挥了自身“善的影响”，因此，现在“和平与沉睡般平静的日子已一去不复返”（第一卷，第108-112行；第二卷，第335行）。萨图恩一次又一次地问：为什么？是谁干的？如何干的？在事情的发展过程中，通过推翻那些无可厚非的神灵来摧毁黄金时代那安逸的幸福，正当性何在？他绝望地回答，自己“找不到你们应该如此的理由：／不，没有什么可以解开这个谜”。（第一卷，第112行以降，第227行以降；第二卷，第128行以降）奥克诺斯提出了一个符合异教斯多葛主义的解决方案，“我们的坠落遵循自然法则”，即“最美的应该是最强大的”，人们必须面对、接受这一真理，因为“承受一切赤裸裸的真理……一切平静／这是自治的最高境界”。 126
（第二卷，第181-229行）然而，这个答案有效却不够充分。接下来，叙述转向了启示：不仅根据自然法则，而且根据道德原则，痛苦也是可以解释的，哪怕是不应遭受的痛苦。萨图恩和他的伙伴提坦巨神统治着，简单至极，没有感情，“庄严，不受干扰／平静，就像众神”。（第一卷，第330-331行）虽然他们现在和人类一样经历激情和痛苦，但因缺乏济慈在那封关于“一幢有许多间屋子的宅邸”的信中所称的“人类之心”，所以不能像人类那样进行理解。西娅只能握紧自己的手

　　　　那隐痛之地
是人类心脏跳动之处，恰是此地，
纵为不朽神灵，亦尝锥心之痛。

（第一卷，第42-44行）

　　　　upon that aching spot
Where beats the human heart, as if just there,
Though an immortal, she felt cruel pain.

阿波罗后来出现时,透露了为什么自己具有超越海伯利安的优越性,那是因为他虽然也生活"在痛苦的无知中",但感觉自己因无知而"遭受诅咒,受到挫折",对知识的渴望热切而积极。突然,他在记忆女神谟涅摩叙涅——将要成为缪斯之母以及艺术之母——的脸上,读出了提坦巨神不应失败的历史,发现了他所追寻的知识。这是关于善恶的知识,是在意识的发展中突然被认识到的——所有过程都必有损失,只有通过痛苦的毁灭,才能有创造性的进步,不论这种痛苦是多么不值当:

> 浩瀚的知识将我塑为神祇。
> 盛名,伟业,斑驳传奇,灾难事件,反叛,
> 威仪,御者玉言,众生悲苦,
> 创造与毁灭,万物皆于瞬间
> 倾注进我穹谷般的脑海,
> 铸我不朽……
>
> (第三卷,第91–118行)

> Knowledge enormous makes a God of me.
> Names, deeds, gray legends, dire events, rebellions,
> Majesties, sovran voices, agonies,
> Creations and destroyings, all at once
> Pour into the wide hollows of my brain,
> And deify me. . . .

127 阿波罗心甘情愿地以人的形象出现,担负起人类神秘的责任:只有独自经历失去和痛苦,才能从单纯天真的无知上升到一个更包容、更复杂、更完整、更高级的意识层次。正因为如此,阿波罗成了一个真正的神(因

此,由于事物严格的内在理性的正义,无意导致了无辜的海伯利安的覆灭)。该部分结束时,阿波罗在经历严峻的考验中将这一原则应用到自己身上,其中,他通过死亡的无知阶段,以达到再生的成熟知识阶段,就像一个“剧烈抽搐/向死而生”的人。阿波罗是“诗歌之父”(第三卷,第13行),他不仅重生为太阳神,成为海伯利安的继承者,也成为悲剧诗之神,在这首诗中,这种崇高体裁取代了黄金时代简朴的田园诗。

1819年4月,济慈停止创作这部作品,并在同年夏末重拾笔墨。此间,济慈写下第二封信(关于“造魂谷”),阐明了自己的“救赎体系”。他经过了生活的各个阶段,直到最后发现自己的诗人身份和地位,因而,在《海伯利安的陨落》中转换了解开神秘职责之谜的核心:是诗人自身而非诗歌之神在心灵成长过程中所经历的磨难。为此,在这部弥尔顿式的史诗中,济慈同化了早期的神学形式,也就是但丁的梦幻作品《神曲》。《神曲》没有通过第三人称叙述来使邪恶和苦难与上帝进行公正和解,却以寓言的方式讲述了叙述者经过地狱和炼狱后升入天堂的过程。济慈创造性地运用中世纪的传统,在《海伯利安的陨落》开篇用很长的篇幅进行概述,其中,他将自己即叙述者呈现为蕨类植物的感知中心,经历叙述中的双重梦境幻象后发生变形。第一重梦境是一个花园,诗人在花园中享用盛宴,“似乎是天使或我们的母亲夏娃品尝后的残羹”(第一卷,第29–30行),之后开始入睡,然后醒来,进入第二重梦境。在第二重梦境中,花园消失不见了,代之以一座古老的圣所,圣所中有一段楼梯通往莫内塔(他融入并取代了早期诗歌中的提坦女神谟涅摩叙涅)的祭坛。叙述者虽然继续为失乐园辩护,认为它在某种意义上是一种幸运的堕落,但以开启**灵知**(一种秘密知识)的方式,把自己的个人生活神学转化 128
为死亡、重生和救赎这一异教神秘仪式。

当诗人走近、触及最低的楼梯时,他感觉到“在你命中注定的时辰到来之前,/什么是死亡和再生”。接下来,与莫内塔的对话采用戏剧化的形式,概括和影射了诗人内心生活中自我形成、自我分析和自我发现的长期过程。莫内塔以指控诗人的缺陷来不断发起的挑战,以及诗人对这些指控的回应,概括了自己的一个渐进发展过程,表明自己发展了对何谓成为一个诗人的认识:首先,自己要成为的是诗人,而非梦想家;其次,成为一个感受到“世界巨大痛苦”的诗人;最后,成为一个渴望担任“圣人/人道主义者,全人类的医生”角色的诗人,而不是一个简单毁坏自己一生的人。经历了这样的考验,他成功达到一个能够忍受“没有支柱或支撑的/自己微小平凡的生命”阶段,也就是莫内塔最后赋予诗人的一个幻象:一个堕落而无辜受苦的提坦。(第一卷,第145–210行,第388–389行)人类的成长和创造必定会带来相应的损失和痛苦,这是一个悲惨的事实,通过表明自己已经做好准备承受这个事实,叙述者确定了自己的诗人身份,明确了自己属于哪类诗人,因此,尽管他仍然是个凡人(第304行),却获得“如同上帝般观看”的力量,也就是,带着恻隐之心,但保持审美距离。凭借这一事实,他还获得了尝试创作关于悲惨苦难的史诗的权利。[87]

《海伯利安的陨落》的概述比济慈所认为的更接近华兹华斯,因为它就是一个缩略版《序曲》,阐述诗人心灵获得的规训和完善,直接为诗歌主体做铺垫准备。它没有以自传来再现这些事件,而是采用**一种过渡仪式**(*rite de passage*)的虚构形式。然而,与华兹华斯长篇真实的叙述一样,在济慈凝练而仪式化的形式中,诗人的心灵成长呈现出危机。在这场危机中,他实现并认识到自己的诗人身份和使命,接纳了成为一个成年人和一
129 个承受人类苦难的诗人必定要遭受苦难的合理性,意识到必须向自己表明自己的诗歌理论,阐明作为圣人、人道主义者和全人类医生的伟大诗人担负的崇高职责,催生了自己设想的史诗并最终叙述成形。虽然济慈放弃了后一项事业,确信的原因不止一个,但一个合理的推测是,济慈在为他的史诗撰写序言,通过过渡仪式展现诗人思想成长的过程中,发现自己

已经耗尽了史诗核心部分的材料，即阿波罗——所有诗歌之父——成长至悲剧性理解的历程，正如华兹华斯已经将《隐士》的核心材料——他对“目睹这一异象转瞬即逝的存在”的叙述——纳入了作为《隐士》序言的《序曲》中。

卡莱尔在《旧衣新裁》中描述了众多精神之一的“自我构建过程”，为将这些精神与艺术家区别开来，F. D. 莫里斯以反讽的方式称之为“天才之人”。这部作品比华兹华斯的《序曲》虚构性更强，但也更接近他们共有的神学原型，在十七、十八世纪精神史体裁的大量作品以及奥古斯丁的典范之作《忏悔录》中，存在着这些原型。[88]非常明确的是，卡莱尔努力在一个没有传统创造者和救赎者的世界里拯救基督教经验的主要形式。“十八世纪的基督教神话看起来与八世纪的不同”，因此，他必须在铁器时代努力以一个新的神话、采用崭新的方式、以不同的样貌来体现基督教的圣灵，使我们的灵魂得以生存，否则，灵魂很有可能被毁灭而消亡。这个新神话遵循的“唯一圣经”，就是“我自己心中感觉到的”[89]，它没有信条可循，旨在获得救赎，即达到成熟意识的阶段：获得一种对自己及世界的稳固的精神立场，卡莱尔称之为“永恒肯定”（the Everlasting Yea）。

《旧衣新裁》也是一种艺术形式的全新试验，但与《序曲》相比，创新性没有那么引人注目，很容易被忽视。相反，它的古怪之处如此明显，很容易被误认为散文叙事史上的一个畸形怪胎。在文学谱系学中，这部作品 130
处于一个交叉点上，交叉的两者一边是奥古斯丁的《忏悔录》，另一边是作为一切反小说鼻祖斯特恩的《项狄传》，因为它是对精神自传的严肃模仿，尽管接纳了传统，但也戏耍并贬低了传统。奥古斯丁的“两个自我”及华兹华斯的“两个意识”被卡莱尔分割成不同的文学人物，一个是德国作家第欧根尼·托伊费尔斯德勒克，他写了《衣裳，它们的形成与影响》，这是一部谜一般的作品。另一个则是托伊费尔斯德勒克的英国编辑和传记作者，他一开始就知道生活的最后结果，但还是必须努力解读这本书，构建一部连贯的、完整的传记。然而，他实在感到困惑，因为仅可获得的资料是托伊费尔斯德勒克不同时期所写并遗留下来的自传文字，这些文字几乎难以辨认，且资料时间混乱，装在“六个大纸袋里，密封得非常细致，其上用镀金的中国墨水依次标记六个南方黄道带星座”。（页 77–79）如此反常地撰写自反性小说，除了安德烈·纪德的《伪币制造者》之外，之前还没有一部作品可以与《旧衣新裁》相媲美。《伪币制造者》（用哈里·莱文简洁的语言描述）是“一位小说家的日记，写的是一位小说家撰写关于自己正在创作的一部小说的日记”。[90] 弗拉基米尔·纳博科夫是这种体裁更新也更为复杂的实践者，如《微暗的火》叙述的是一位癫狂的编辑在编辑一位诗人的自传体长诗的过程中，离奇地揭示了他自己的生活，作品中，一切都是用镜面映照来完成的——由相互映射、极度扭曲的镜面构成的无限回归。

双重作者身份、作品中的作品及六个大纸袋，为卡莱尔提供了一个文学理由，让他可以打破托伊费尔斯德勒克生命中的日历时间而任意跳跃、回还。然而，看上去任意，实则形成了一种内在的、持续发展的计划。透过视角的转换、时间的摆动和晦涩的修辞，我们从中识别出熟悉的浪漫主义形而上学和生活史。[91] 当“我”面对“非我”，“你独自与宇宙一起，静静地和它交流，就像一个神秘的存在与另一个神秘的存在进行交流”
131 （页 53），在这个主客关系中，心灵占据着主要的、优势的地位，有时被再现为经验的唯一场所，托伊费尔斯德勒克说：“我们的自我是唯一的现实，大自然虽然具有成千倍强的生产力和破坏力，却只是我们内在力量的反射。”（页 55）尽管大自然处于从属地位，它却被描述为“汇集了千言万语”，成为“上帝书写的天启”，通过“象征”对做好准备的精神“发话”。[92] 存在起始于“快乐的童年”阶段，为了它，“善良的大自然……一位慷慨的母亲”在“美丽的生命-花园里”提供了“温柔的爱和充满无限希望的衣裳”。(页 90–91)因其挚爱的布鲁明背信弃义,主人公被赶出这个伊甸园。此后,屈服于十八世纪思想中的分析方法和理性主义怀疑论,他所秉承的一切确定性被瓦解,失去任何传统的支撑,思想进入“永恒的否定”之中,卡莱尔称之为“发烧-危机”(Fever-Crisis)(页 157),精神上遭到打击,程度之猛烈,在基督教漫长的灵魂-危机史中罕见与之匹敌者。“坠落,坠落,坠向深渊”(页 146),主人公“转而朝圣”,开启了“非凡的世界-朝圣”之旅(页 146–147,页 152),外化表现为一场痛苦的内心旅程与探索追求。旅程的第一阶段是通过一个精神的地狱,一个“内心的地狱……”,它将外部世界即“上帝美好的生活世界”相应地转变成“苍白、空虚的地狱和毁灭性的混乱”。(页 148、114)在这样一个毫无生气的世界里,就像在一个“基督殉难所,一个死亡磨坊”里一样,他“行走着,感到非常孤独”(除了我一直吞噬的是我自己的心,而不是别人的心),非常狂暴,如同老虎走在自己的丛林中。(页 164)与同时代的浪漫主义者克尔凯郭尔一样,托伊费尔斯德勒克也经历了存在的**恐惧**(*Angst*),“我生活在一种持续的、不确定的、痛苦的恐惧中……担心我不知道的东西……好像天地只是一个吞噬一切的怪物那无边无际的下颚”。(页 166)同时,他也经历了精神上的厌恶,“被抛弃的灵魂慢慢地陷入厌恶的泥潭!”(页 164)

当反抗的念头“像一股火焰一样从我的整个灵魂中奔涌而出”,“战争 132
的转折点”(页 185)毫无预兆地在“圣托马斯·德·恩弗肮脏的小街”上出现,一下子带来突破,我永远地摆脱了卑鄙的恐惧,“正是从这一刻开始,愿意与我新生的精神”约会。他将这场危机和复元等同于死而后生、回归早期的成熟期:“也许我因此马上开始成为一个人。”(页 166–168,页 185)在经历了一系列“荒野中的诱惑”之后,这一过程在自我毁灭和再创造的精神事件中达到终点,用了类似圣经启示的笔触进行描写。在深沉而治疗性的睡眠中,“自我的毁灭”终于完成了,“我醒来,看到了一片新天新地”。但是，这个新的大地只不过是被人类心灵救赎的旧的大地，继诺瓦利斯之后，卡莱尔称为“大自然的弥赛亚”。（页 186、220）他和其他遵循奥古斯丁忏悔传统的作家一样，自始至终专注于时间与永恒的关系，现在的他能够理解，永恒围绕着我们，只要我们成功穿透“空间和时间”的感知错觉或认知“思维-形态”。（页 260–266）

这些事件引发了“目前被称为罪恶起源”的问题，这个问题一直在反复出现，每个时代都必须重新对它加以回答、解决，“因为人类在每个世纪都变换方言，这是天性，无法改变”。很大程度上，卡莱尔正是运用自己所处时代的方言来解决这个问题的。他将神正论问题转移到个人生活中，认为个人必然要经历悲伤和痛苦，才能获得智慧、顺从和洞察力等精神成熟所应具备的特性，并为这种必要性辩护。但是，华兹华斯为苦难的磨炼所做的辩护植根于基督教的斯多葛主义，卡莱尔的辩护则是“耶稣受难记”这一古老范式的世俗版本。对卡莱尔来说，成熟的智慧基于对苦难的神圣性和“伤痛深刻的神圣性”的认识，也基于对“快乐”和“幸福爱恋”的摒弃，这样做反而是为了通过有益的、自我验证的“**悲伤崇拜**”“寻获**幸福**”。

133 > 把你最喜欢的起源和开端归因于“悲伤崇拜”，它不是已经产生、已经被创造出来了吗？它不是在这里吗？用你的心去感受它，然后说它是否来自上帝！（页 189–194）

尽管卡莱尔很快转向了奥古斯丁式的皈依，但他认为，自己的主人公在总体发展上遵循了浪漫主义从成长到成熟的模式。我们“跟随托伊费尔斯德勒克，依次经历了各种成长状态和阶段……达到了某种更清晰的状态，一种他自认为是皈依的状态”，在这种状态下，他的“精神主体……开始了”。（页 198–199）我们得知，这种精神主体必须在“他的使徒工作……开始之前"实现，结果，他的危机变成了一种身份危机，直到发现一直存在一个不为所见的计划塑造着自己的生活、引领自己走向"作家这一神圣的天职"时，危机才得以解决，用一种"艺术"即一种"祭司的身份""醒来，将你心中的故事讲述出来"，因为正如这位编辑在接近尾声时所说，这种艺术用来带领"幸福的少数！一小圈朋友"，与他一起参与"精神重生这一最崇高的工作"，重生的目的正是获得"社会的新生"。（页 185，页 198–200，页 268–270）

随着编辑越来越多地采用作者的想法和腔调，一切更是如此。这本书在结尾时通过反讽暗示，其中的两个人物，即桀骜不羁的主人公和固执己见的传记作者，实际上可能是同一个人，而且，这一个人甚至可能此时此刻就在伦敦，努力从事着自己救赎人类精神的使徒工作。在 1830 年巴黎革命的"黑暗时期"，托伊费尔斯德勒克从自己经常光顾的位于维斯尼克特沃镇（Weissnichtwo①）的"绿鹅"（*Zur Grünen Gans*）咖啡馆消失了，留下最后的神秘文字"开始了"（"*Es geht an*"）——也就是法国大革命的歌曲《事将成》（*Ça ira*），"又一次消失在世界中，无影无踪！"但是

> 现在几乎可以肯定地说，我们自己私下的猜测是，托伊费尔斯德罗克尽管居于某个最幽暗的地方，但并非总是静止不动，他实际上就是伦敦！（页 292–297）

1830 年至 1831 年，卡莱尔创作了这部名作，比《序曲》完成的时间 134
晚了二十五年，却早于《序曲》二十年出版。在详述这两部作品间的相似之处时，我们一定不能忘记浪漫主义诗人-预言家与维多利亚时代先知之间的巨大鸿沟。作为差异的一种表现，我们可能会注意到华兹华斯

① 德文意为：不知何处。

福音的中心是一种幻想的寂静主义——"一种圣洁怠惰的宁静心境/一种非常明智的被动状态"——而在这一问题上,卡莱尔则体现了一种奋斗的经济行动主义:"起来,工作!""生产!生产!"[93]

9. 作为传道者的华兹华斯

华兹华斯在"纲要"中声称要赞美"苦难中得到祝福的慰藉",祈祷自己的诗句能够"激励/未来的人们"[94],而那些秉持诗歌只作为诗歌而非其他事物这一现代观念的华兹华斯的崇拜者却与之背道而驰。但是,对于华兹华斯去世后的那一代中最敏感的批评家而言,正是华兹华斯的非凡成就给一个"被遗弃和沮丧的时代"带来了慰藉,这种成就赋予他文坛中仅次于莎士比亚和弥尔顿的崇高地位。马修·阿诺德在《纪念诗歌》中问道:

> 未来的欧洲将在何处
> 再次发现华兹华斯的治愈力量?
>
> Where will Europe's latter hour
> Again find Wordsworth's healing power?

莱斯利·斯蒂芬认为,"华兹华斯是唯一在危难之际仍坚持阅读的诗人",他坚持悲伤转化为力量的可能性,对这种可能性的持续关注成为他"唯一的主题……可以称之为慰藉"。约翰·莫利说,诗人所做的是"缓和,和解,巩固……让我们安静下来"。[95]不仅如此,华兹华斯在其"纲要"中致力于"从他们的死亡之眠中/唤醒感官"(与《诗篇》第十三篇遥相呼应,其中从"死亡之眠"中醒来与"救赎"类似)。在《序曲》的开头，华兹华斯称自己“恰好被挑选出来，／担任神职”，最后，他要求柯尔律治与自己一起，作为自然和人类心灵的先知，继续人类“尚未到来 135
但一定会到来的救赎”。华兹华斯担任自然与心灵的传道者，取得了多大的成功？探究这个问题很有趣。

华兹华斯第一次有文字记录的成功，就是与柯尔律治一起获得的，他号召柯尔律治成为自己内心生活朝圣之旅的维吉尔：

我是个旅人，
所有的故事都只是我的独白……
……而你啊，尊贵的朋友！
始终驻守在我心间的同行者，
请一如既往扶持我那羸弱的步伐。[96]

A Traveller I am,
And all my Tale is of myself. . .
. . . And Thou, O honor'd Friend!
Who in my thoughts art ever at my side,
Uphold, as heretofore, my fainting steps.

但是，柯尔律治动摇了——事实上，早在华兹华斯要求柯尔律治扶持他那羸弱的步伐之前，柯尔律治就已开始动摇了。1807 年 1 月，深陷精神麻木的柯尔律治第一次听到华兹华斯诵读整个《序曲》时，就将此事记录在《致威廉·华兹华斯》中。对于在《序曲》创作中发挥了重要作用的人而言，这部叙事诗“超越了历史，具有预言性”，成为一种精彩的总结，柯尔律治称之为“俄耳甫斯之歌”（Orphic song；第 45 行）。鉴于柯尔律治对俄耳甫斯之谜的兴趣及其语言的精确性，斯托尔克内希特教授的观点或许是正确的：这个短语意味着，诗人通过自己的诗歌从精神死亡中复活。[97]不管怎么说，倾听着华兹华斯的诵读，柯尔律治经过了死亡的沉睡，回到了生活，虽短暂，但确凿无误：

啊！我带着一颗绝望的心听着，
我的脉搏重新跳动：
甚至如同被湮没之人死而复生，
生命的欢乐重新燃烧，激起阵阵痛苦——
爱的剧痛像婴儿般苏醒
汹涌不已，在心里大声疾呼。

Ah! as I listened with a heart forlorn,
The pulses of my being beat anew:
And even as Life returns upon the drowned,
Life's joy rekindling roused a throng of pains—
Keen pangs of Love, awakening as a babe
Turbulent, with an outcry in the heart.

柯尔律治写道，当华兹华斯诵读完毕，"我发现自己在祈祷"。

约翰·斯图亚特·穆勒的《自传》是一个非常世俗的版本，叙述了
136 自己精神的发展——卡莱尔称之为"蒸汽机的自传"。第五章的标题是"我精神史上的危机：一个向前的阶段"，说明即使蒸汽机也会坏掉，同时也表明，穆勒和卡莱尔一样，将奥古斯丁的危机-模式应用到当代生活的构思中，构成自我形成的上升阶段。二十岁时，穆勒陷入一种突兀的、全然的冷漠和混乱中，他将这样的状态比作"皈依卫理公会的教徒受到第一次'证明有罪'打击时的惯常状态……我似乎没有留下什么值得一活了"。他用柯尔律治描述危机的诗歌《沮丧颂》中的诗行来说明自己

的处境：“没有刺痛、空虚、黑暗和凄凉的悲伤。”穆勒第一次从“枯燥沉重的沮丧”中解脱出来，是因为阅读到马蒙泰尔《回忆录》中的一个场景，对于受到一位专横父亲控制的儿子，这个场景意义重大。那时，父亲刚刚去世，如穆勒所说，年轻的马蒙泰尔让家人感到自己“将弥补他们所有失去的一切”。但是，对他的恢复更为关键的是他首次接触到了华兹华斯的1815年《诗集》。穆勒说，对于我的精神状态而言，那些诗是“一剂良药”，因为它们再现了大自然与心灵之间的交流，或者用穆勒联想主义的术语来说，因为“它们表达的不仅是外在的美，而且还有在美的刺激下产生的情感状态和富于情感色彩的思想状态”。尤其重要的是《不朽颂》，从中穆勒认识到，从青年到成年的成长过程一直伴随着危机、丧失和补偿性收获，而且是早有计划和安排的。在颂歌中，

> 我发现他和我有相似的经历，他也感受到生命中青春快乐的新鲜感不会持久，但他曾寻求并得到补偿，如今他教我以同样的方式去寻求补偿。最后，我渐渐完全地从惯有的抑郁中走了出来，再也不受它支配了。[98]

华兹华斯诗集也影响了维多利亚时代关于绝望与复元、皈依与反皈
依的忏悔作品体裁。《马克·卢瑟福自传》是威廉·黑尔·怀特对自己
生活的半虚构作品。在他那个时代，众多的人采取一种与福音虔敬派至 137
关重要的皈依经验相反的形式，来摆脱福音主义或思想，威廉·黑尔·
怀特就是其中之一。与穆勒的《自传》相同，《马克·卢瑟福自传》创作
于《序曲》出版之前，对怀特经历产生影响的直接促动因素是他与华兹
华斯《抒情歌谣集》的邂逅。在我们看来，这些诗歌几乎算不上激进，
只是因为华兹华斯诗歌的革命计划全面成功了。例如，在威廉·库伦·
布莱恩特看来，《抒情歌谣集》产生了某些华兹华斯意欲达到的效果，将

读者从死亡的沉睡中唤醒,并揭示了一个新的天地。1833 年,理查德·亨利·达纳写道:“我永远不会忘记,几年前我的朋友布莱恩特向我描述了他[年轻时]第一次接触华兹华斯诗歌时受到影响的感情。他说,翻开华兹华斯的《抒情歌谣集》,顷刻间,千万股清泉从心中奔涌而出,大自然的面貌一下子发生了变化,呈现出一种从未见过的清新与生机。”[99]受这些诗歌的影响,威廉·黑尔·怀特对自己从小就信仰的基督教的观念发生了转变。对这一转变的经历,他采用了基督教的皈依原型加以说明:“它没有给我传递新的教义,但给我带来的变化巨大,只有保罗在前往大马士革的路上圣灵给他带来的变化才堪比。”他认为,在华兹华斯的诗中,“上帝绝没有被正式废黜”,但是,以个人形式存在的神消失不见了,只有他的特性被留存下来,被自然同化,然后,自然以一种经过恰当转变了的风格面对人的心灵:

> 上帝并非一个完全人造的、遥远的崇拜对象,他从书卷中的天堂里被带出来,栖居于远方的山丘上,栖息在飘游过山谷的每一片云影里。华兹华斯没有意识到,他为我做了一件每一个宗教改革家都做过的事,即重新创造了我至高无上的神性。[100]

我们都知道,华兹华斯宣称自己的全部诗歌都与“纲要”中提出的崇高主题相关,那么,哪一部作品真正地服务于他作为一个先知的事业
138 呢?对于这个问题,读者的脾性和需求不同,阅读的作品不同,答案也就不同。当穆勒“研读《漫游》”时,“发现其中几乎没有什么”[101],但当威廉·詹姆斯陷入精神危机时,是“华兹华斯不朽的《漫游》”[102]帮助拯救了他。詹姆斯在 1869 年秋开始出现精神病症状,对此我们都很熟悉——“厌恶生活”,完全丧失信念,活下去的意志衰退,厌倦了诱使他在绝望中放弃道德探求的神秘职责,“现在我几乎触摸到了人生的谷

底,清楚地认识到我必须睁大眼睛面对选择：是应该**坦率地**抛弃道德事业,认为它并不适合我的内在禀赋,还是应该遵循道德且只遵循道德……?”“一个知识渊博的人是否能够真诚地让自我认同宇宙的所有过程,以至于由衷地承认内在于宇宙万物的邪恶?”然而,到了 1873 年 3 月,詹姆斯的父亲已经可以向亨利·詹姆斯报告说,他的哥哥威廉的精神获得了再生：

> 那天下午我一个人坐着,他走进来,然后……大声说“哎呀！现在的我和去年春天的我完全不同……这是生与死的区别”。……我冒昧地问他,觉得是什么特别的东西带来了这样的变化,他说了几件事：阅读雷努维叶的作品(尤其是他对意志自由的辩护),还有华兹华斯的作品,他阅读华兹华斯的作品已经很长一段时间了。[103]

二十世纪五十年代,比德·格里菲斯出版的自传《金色琴弦》表明,华兹华斯福音的力量在我们这个时代还没有消耗殆尽。作者在书的开场白中告诉我们,“我生命中的一个决定性事件”发生在学校最后一个学期的一个夜晚,那时,群鸟齐唱,山楂花盛开,云雀展翅歌唱,这让他大吃一惊,就像自己“突然被带到了天堂花园的树丛中”,“就好像我是第一次看见、闻到和听到一样。在我看来,这个世界就像华兹华斯所描述的,带着‘梦的荣耀和清新’”,大自然“在我眼里开始具有神圣的品格”。 139

> 随着时间的推移,这种对自然的崇拜逐渐开始取代任何其他宗教……我开始阅读浪漫派诗人华兹华斯、雪莱和济慈的作品,仿佛在他们身上看到了自己经验的记录,他们成了我的老师、我的向导,我逐渐放弃了对任何形式的基督教的信仰。[104]

后来,华兹华斯明确表示,浪漫主义是一种“新宗教”,而他则是“新宗教”浪漫主义“先知”中的佼佼者,“我发现,《序曲》和《丁登寺》中表现的华兹华斯的宗教,比我所知道的任何事情都具有更深刻的意义,因为它更接近我个人的经历”。但是,在他后来发展中的某个时刻,“圣奥古斯丁的《忏悔录》以其辉煌震撼了我”,并“渗透进我的灵魂深处”。

> 直到三十年后的今天,我才明白那天在学校里对我的启示具有的全部意义。我在自然界的一切形式中感受到的那种神秘存在,已逐渐显露为一种无限的、永恒的存在,自然界的一切形式都不过是对它的美转瞬即逝的映像……我现在才懂得圣奥古斯丁那句话的含义:“啊,美呀,你那么古老,又那么新颖,我爱你已太晚,我爱你已太晚。”……我曾在大自然的孤寂中、在心灵苦思中寻找过它,但在它的教会团体中、在慈善精神中找到了它。对我来说,这一切的到来与其说是一个发现,不如说是一种认可。[105]

浪漫派思想家认为,所有的过程都是前进的,也都是循回的。在与一种神圣化了的心灵交流中,华兹华斯将个人的上帝融入神圣的自然中,这解决了他自己的危机,也帮助别人解决了他们的危机:让穆勒放
140 弃了功利主义,也让怀特放弃了奥古斯丁主义,如今,也帮助格里菲斯回到了心灵与大自然进行宗教对话的原型中。你会回忆起奥古斯丁文中的一段话,是让自己对着会说话的天地的面庞说的:

> 我对一切聚集在感官之门的事物说:“既然你不是我的上帝,就给我讲讲他。”……它们声音洪亮,大声叫喊:“他造了我们。”我的问题是,我凝视着它们,它们则应之以自身的美。

注释

［1］致德·昆西的信,1804 年 3 月 6 日;《威廉·华兹华斯和多萝西·华兹华斯书信集:早期,1787–1805》,页 454。致博蒙特的信,1805 年 6 月 3 日;同上书,页 594。

［2］致华兹华斯的信,1815 年 5 月 30 日;《柯尔律治书信集》,第四卷,页 573。

［3］《安家格拉斯米尔》,第 686–691 行,在“纲要”之前。

［4］《1815 年版序言补论》,《华兹华斯的文学评论》,页 184。另见《序曲》,第十二卷,第 298–312 行。柯尔律治第一次听到完整的《序曲》后,明确指出“你第一次正确歌颂的崇高主题”大胆而新颖,构成了“人类精神的/根基和支柱”。(《致威廉·华兹华斯》,第 4–8 行)

［5］致博蒙特的信,1804 年 12 月 25 日,《威廉·华兹华斯和多萝西·华兹华斯书信集:早期,1787–1805》,页 518;伊莎贝拉·芬威克的《诺曼男孩》注释,《威廉·华兹华斯诗集》,第一卷,页 365。

［6］伊莎贝拉·芬威克对《有一个男孩》的注释,以及《序曲》,第十三卷,第 408 行;我用斜体表示。K. P. 莫里茨的《安东·莱泽尔》出版于 1785 年,J. J. 威廉·海因斯的《阿丁赫洛》出版于 1789 年,歌德的《威廉·迈斯特的学徒生涯》出版于 1795–1796 年,荷尔德林的《许佩里翁》出版于 1797–1799 年。后来关于艺术家发展的小说的演化,见莫里斯·毕比,《象牙塔和神圣喷泉》(纽约,1964)。

［7］虽然没有确凿证据,但是人们普遍认为,《序曲》开篇的“序言”描写的是华兹华斯 1795 年 9 月从布里斯托尔到雷斯当(Racedown)的漫步。然而,约翰·芬奇提供了令人信服的证据,证明华兹华斯生活中的主要原型是 1799 年秋天的格拉斯米尔之行,见《华兹华斯的双手引擎》,载《华兹华斯二百年诞辰研究:纪念约翰·阿尔班·芬奇》,乔纳森·华兹华斯编(纽约州,伊萨卡,1970)。如塞林科特和达比希尔所说,这可能暗示了(《序曲》,页 512)华兹华斯故意混淆自己到达雷斯当的事情和后来步行到格拉斯米尔河谷的事件,旨在使《序曲》引

言成为地点转变类型的实例,标志着自己的精神历史进入一个新的阶段。玛丽·林恩·伍利认为华兹华斯将不同的地方和事件融合成一个典型的山谷,见《华兹华斯的山谷象征在〈序曲〉中的作用》,载《浪漫主义研究》,第七期(1968),页176–189。另见马克·L.里德,《华兹华斯早期生活年表》(马萨诸塞州,坎布里奇,1967),页30,页170–171。《序曲》以华兹华斯在格拉斯米尔居住下来结束,见第十三卷,第338–339行。

[8] 例如,《序曲》,第七卷,第1–56行;第十一卷,第1–12行。

[9] 同上书,第四卷,第247–264行。关于"回忆起来的时光"中"看得见的风景","在我们逝去时光/无法抵达的深处中的岛屿",另见早期手稿JJ,《序曲》,页641。

[10] 在《朋友》收录的一篇文章(第五篇,1809年8月10日)中,柯尔律治描绘了人们能够"在现在中思考过去",从而产生"自我意识的连续性",如果没有这种连续性,"他们的存在就会支离破碎"。他引用了华兹华斯的《我心跳跃》来说明这个概念;《朋友》,芭芭拉·E.鲁克编(三卷本;伦敦,1969),第一卷,页40。赫伯特·林登伯格在《论华兹华斯的〈序曲〉》(普林斯顿,1963)第五章中,强调了华兹华斯的"时间意识",认为《序曲》是现代"时间与书"的鼻祖。

[11] 关于《序曲》整体框架和其中构成段落发展的详细描述,见约翰·芬奇,《华兹华斯、柯尔律治及〈隐士〉:1789–1814》,第四、六章。

[12] "手稿B",《威廉·华兹华斯诗集》,第五卷,第339行;关于遗弃和沮丧的年代,见《序曲》,第二卷,第448–457行。

[13] 《序曲》,第十三卷,第269–279行:尽管"根据需要,很多内容被省略了",但"在一切最凸显的事物中/诗人心灵的规训和完善/都如实地描绘出来了"。

[14] 例如,在剑桥大学,它偏离了自己真实的发展路线,"心灵/没有消沉;在那儿又回到自身,/迅速恢复过来,精力充沛,一如既往"。(1850年版;第三卷,第95–98行)

[15] 《序曲》,第十二卷,第44–76行,第112–116行。参见《安家格拉斯米

尔》,第 664–752 行。

[16] 关于华兹华斯攀登斯诺登山峰的时间,见雷蒙德·德克斯特·黑文斯,《一位诗人的心灵》(两卷本;巴尔的摩,1941),第二卷,页 607–608。华兹华斯删除了《序曲》"手稿 W"中的致歉声明,即"我必须假设,经过数年后/这件事才发生"。(《序曲》,页 478)

[17]《序曲》有时被认为——即使是那些对其构成部分表达出深刻见解的崇拜者——整体上结构欠缺,不集中,结尾也很敷衍,其中没有得出任何结论,这令人惊讶。华兹华斯是创造复杂诗歌结构的大师之一,如《丁登寺》——在结尾处(预见自己妹妹未来对当下的回忆)回到自身,同化了整首诗的元素,以呼应开篇来描述结束——具有的循环结构与《序曲》的相似,在较小的层面上看,同样复杂。而且,正如华兹华斯对芬威克小姐所说,《丁登寺》尚未落笔,就已全部完成。比起抒情诗的简洁,史诗般篇幅的自传篇幅大,允许也要求一些偏离和详细描写,这就会隐藏它的结构;但我们没有理由认为,在创造力处于巅峰期,对这座将成为自己诗人丰碑的伟大"哥特式教堂"的"前礼拜堂",华兹华斯的塑造技巧会丧失。

[18]《追寻逝去的时光》(三卷本;巴黎,七星文库,1954),第三卷,页 866。

[19] 同上书,第一卷,页 45;见第三卷,页 866–867。

[20] 同上书,第三卷,页 899。

[21] 同上书,第三卷,页 870、880。

[22] 同上书,第三卷,页 904–906,页 1044。

[23] 同上书,第三卷,页 1032–1033,页 1035、1040。

[24] 同上书,第三卷,页 1044–1046。

[25] 埃德蒙·威尔逊,《阿克瑟尔的城堡》(纽约,1936),页 163。

[26] 关于《忏悔录》与古典传统的关系,见格奥尔格·米施,《古代自传史》(两卷本;马萨诸塞州,坎布里奇,1951),尤其是第三部,第三章。

[27] 奥古斯丁,《忏悔录》,F. J. 希德译本,第十卷,页 iii–iv。

[28] 同上书,第十卷,页 iii–iv,第十一卷,页 xviii:"因而,例如,我的童年已

不复存在，当我回忆和谈论起童年的时候，我在现在的时间中看到了童年的肖像，因为它仍然存在于我的记忆中。"另见约翰·弗雷切罗关于但丁叙述中两个自我角色的讨论，通过深刻的皈依体验，但丁的旧生活已经转变为"新生活"。新生活中的"但丁讲述了**过去**但丁的故事"，《神曲》"重述了回忆中的诗人的全部生活"——在这种生活中，基督教和诗歌是"不可分离的事业"。见《但丁：批评文集》（普伦蒂斯-霍尔，1965），"导言"，页4–5。

［29］见皮埃尔·库塞尔，《圣奥古斯丁〈忏悔录〉研究》，页7–12，页257–258。另见皮埃尔·库塞尔，《文学传统中圣奥古斯丁的〈忏悔录〉》（巴黎，1963）。

［30］奥古斯丁，《忏悔录》，第八卷，页vi–xii。关于奥古斯丁皈依中的传统元素，见皮埃尔·库塞尔，《圣奥古斯丁〈忏悔录〉研究》，页181以降。

［31］诺曼·马尔科姆，《路德维希·维特根斯坦回忆录》（伦敦，1958），页71：维特根斯坦"崇敬圣奥古斯丁的著作"，决定引用《忏悔录》的一段话来开始自己的《哲学研究》，因为"如果一个如此伟大的头脑持有这个概念，那么，这个概念**一定**非常重要"。

［32］奥古斯丁，《忏悔录》，第十三卷，页xxxv、xxxvii。奥古斯丁用一种从结尾循回到开头的微妙的修辞转折，在导言开篇就呼吁，"那些寻找之人将会找到……主啊，让我借着你的帮助，找到你"，结尾段落的最后几个字呼应并完成了这一请求："只能向你要求，向你追寻，向你叩门：唯有如此，才能获致，才能找到，才能为我洞开户牖。"关于奥古斯丁和其他现代作家的时间概念，见乔治·普莱，《人类时间研究》（巴尔的摩，1956）。

［33］这个概念基于《诗篇》——"众天述说神的荣耀，苍穹显示他的杰作"——这是保罗书信中奥古斯丁最喜欢引用的一句话（《罗马书》1∶20）："从创世以来，神的永能和神性是明明可知的，虽是眼不能见，但借着所造之物，就可以明白。"关于奥古斯丁在《忏悔录》中对这段话的呼应，例子见第七卷，页x、xvii、xx（在与自然的对话之后，我引用原文）及第十卷，页vi。

［34］关于华兹华斯的宗教信仰，最详细的讨论是霍克西·N. 费尔柴尔德的

《英语诗歌中的宗教思想》(四卷本;纽约,1939–1957),第三卷(1949),第四章。

[35] 华兹华斯对有关上帝的段落进行了重大修改,相关讨论见德·塞林科特、达比希尔编,《序曲》,页 lxxi–lxxiv;海伦·达比希尔,《诗人华兹华斯》(牛津,1950),页 133–143。同样,当华兹华斯 1814 年在《漫游》的序言中发表"《隐士》纲要"的早期版本时,表达了对"纲要"的虔诚之意,例如,他补充了第 20–22 行:"只屈身服从于/良知,和支配一切理智的/至高的律令。"

[36] 威廉·哈兹里特,《漫游》评论,《威廉·哈兹里特全集》,P. P. 豪编(二十一卷本;伦敦,1930–1934),第四卷,页 113。

[37] 亨利·克拉布·罗宾逊精通德国哲学,也非常了解华兹华斯及其诗歌。他认识到一种普遍的趋势,就是将基督教与世俗进行类比:"我认为,德国形而上学者的宗教是一种感性的、形而上的神秘主义,其中使用了基督教的语言,成为一种诗性和哲性宗教,[华兹华斯的]宗教就与此类似。"(《亨利·克拉布·罗宾逊论书籍及其作者》,1815 年 1 月 3 日,第一卷,页 158)

[38] 黑格尔,《宗教哲学讲演录》,E. B. 斯皮尔斯、J. B. 桑德森译(三卷本;纽约,1962),第一卷,页 20。正如弗雷德里克·科普勒斯顿在其《哲学史》(第七卷〔伦敦,1963〕,页 241)中所说:在黑格尔看来,"绝对唯心主义呈现为神秘的基督教,而基督教则呈现为通俗的黑格尔主义"。

[39] 关于这类抒情诗歌的本质和历史,以及柯尔律治为它提供的主体-客体哲学理论基础,见 M. H. 艾布拉姆斯,《浪漫主义抒情长诗的结构与风格》,收入《从感性到浪漫主义》,弗雷德里克·W. 希尔斯、哈罗德·布鲁姆编(纽约,1965)。

[40] "手稿 JJ(1798–1799)",《序曲》,页 638、640。布赖恩·威尔基认为,华兹华斯赋予自然的神力和力量等同于传统史诗的"机制"。(《浪漫主义诗人和史诗传统》,页 80 以降)华兹华斯有时称自然的"灵魂"和"众多灵魂",有时称自然的"精神"和"众多精神",如果将它们解读为他自然宗教的命题式声明,无论如何都是一种误导——好像诗人自己无法确定自己是自然的一神论者,还是自然的多神论者。实际上,这些段落基于柯尔律治所说的"心灵的事实"——诗

人深切感受到与一个鲜活的、交互的宇宙之间存在着交流。然而,它们的作用并不是去确认一个信条,而是成为一种具有非常古老渊源的文学方式,从某个层面上来说,这有助于华兹华斯将他的诗歌作为自己的心灵与“天地会说话的面庞”之间的一种持续对话。

[41]《序曲》,第四卷,第200–244行。因此,在《丁登寺》(第88行以降)中,自从诗人最初到访同一地方后,诗人心灵的成长就表现为一种音乐和弦,一种“宁静的、悲伤的人类音乐”,在他注视“自然”的时候,为它伴奏;在《不朽颂》中,心灵在苦难和死亡中积累的经验转化为充满自然世界的光彩和色彩的变化。

[42]《序曲》,第三卷,第171–177行。另见第四卷,第156–158行:“有着神一般力量的不朽的灵魂/熟知、创造和融化时间尽可能堆压在她身上的/最深沉的睡眠。”以及第二卷,第379–380行。

[43]《序曲》,第七卷,第3–4行,第571行。

[44] 同上书,第一卷,第362–371行,第439–441行,第490–501行,第630–640行;第二卷,第320–326行,第341–348行,第389–393行;第三卷,第131–136行;第十二卷,第1–14行;手稿中的文段,第572行,第577–578行。

[45] 同上书,第一卷,第573行;1850年版,第一卷,第546行。**另见**第一卷第635–636行,“景色……美丽而雄伟”;第578行,“熟悉的和可怕的,细微的/和宏大的”;第六卷,第672–676行:“一切事物/我所看到、听到或感觉到……确实赋予了/宏伟和温柔。”

[46] 塞缪尔·H.蒙克,《论崇高:十八世纪英国批评理论研究》(纽约,1935),页227–232。另见赫伯特·林登伯格,《论华兹华斯的〈序曲〉》(普林斯顿,1963),页23–39。

[47] 马乔里·霍普·尼科尔森,《高山的忧郁与高山的荣耀》(纽约州,伊萨卡,1959),页83;另见第二章。

[48] 柯尔律治在《皮普斯日记》中的注解,见《柯尔律治论十七世纪》,页492。他将伯内特的《大地的神圣理论》与柏拉图和泰勒主教的著作一同归类为“无可否认的证据,证明最高境界的诗歌可以没有韵律而存在”。(《文学传

记》,第二卷,页 11)关于十八世纪九十年代柯尔律治对伯内特的高度赞赏,见 J. L. 洛斯,《仙那度之路》(波士顿和纽约,1927),页 16;索引条“伯内特”。

[49] 托马斯·伯内特,《大地的神圣理论》,第一卷,页 142–144。

[50] 同上书,第一卷,页 240;另见第一卷,页 349。“纲要”手稿一个版本中的一个改变的地方甚至更接近伯内特:“天堂、仙林/富饶的极乐岛,就像那些/深邃海洋中的……”

[51] 埃德蒙·伯克,《关于我们崇高与美观念之根源的哲学探讨》,J. T. 博尔顿编(伦敦,1958),第一部,第 6–18 节。

[52] 同上书,第二部,第 1–13 节。

[53] 早在 1793 年的《景物素描》中,华兹华斯对崇高的属性做了很长的注解:《威廉·华兹华斯诗集》,第一卷,页 62。华兹华斯在《湖区指南》中对美丽和崇高的风景详加辨别,见欧内斯特·德·塞林科特编(伦敦,1906),页 21–26,页 36、69、99、102。

[54]《威廉·华兹华斯诗集》,第五卷,页 373[斜体由我标记]。

[55]《倒塌的村舍》,“手稿 B”,《威廉·华兹华斯诗集》,第五卷,页 384–388(第 220–281 行)。

[56] 同上书,页 386–387。像商贩一样,华兹华斯在《序曲》中也经历了自然恐怖的规训,“在我看到/九个夏天之前”。(第一卷,第 310–311 行)

[57] 同上书,页 384。这篇文章的最后五行写在手稿页背面。

[58] 例子见《序曲》,页 53(手稿 B 做了改动);编辑注释,页 522;另见页 77(手稿 A 做了改动)——这显然是在回忆伯内特的观点:人类堕落后所生活的毁灭的世界中仍然保留着它全盛时期的美的痕迹。

[59] 托马斯·伯内特,《大地的神圣理论》,第一卷,页 190–192。伯内特邀请读者想象一下他在阿尔卑斯山上看到的景象:“一群庞大的物体杂乱地挤在一起……自己周围裸露的山石兀立着,下面空旷的山谷裂开着”,倾听着“山谷下传来的雷声轰鸣”。关于华兹华斯穿过辛普朗山口和冈多峡谷的路线,以及他在《景物素描》和《序曲》中对这些经历的讨论,见马克斯·威尔迪,《华兹华斯

和辛普朗山口》,载《英语研究》,第四十卷(1959),页224–232,第四十三卷(1962),页359–377。

[60]《托马斯·格雷作品集》,埃蒙德·戈斯编(四卷本;纽约,1885),第二卷,页45。关于十八世纪阿尔卑斯山游记的记述,见马乔里·尼科尔森,《高山的忧郁与高山的荣耀》,页276–279,页289–290,页304–307,页354–358。实际上,华兹华斯后来根据《序曲》思想重新创作的过程中,给妹妹写了一封信,信中用自然崇高的标准神学美学语言提到了辛普朗山口:"在阿尔卑斯山更令人敬畏的景色中……我整个灵魂都转向他,他将那可怕的威严呈现在我面前。"(《威廉·华兹华斯和多萝西·华兹华斯书信集:早期,1787—1805》,页34)

[61] 见《启示录》1:8,11,17–18;1:6;22:13。华兹华斯可能也回想起亚当和夏娃的清晨赞美诗,他们赞美创造那"超越想象的善和神圣力量"的品质,以及"他是黑夜的最后一员,是白昼的先驱,万古长存"。(《失乐园》,第五卷,第153–165行)

[62] 参照《失乐园》,第九卷,第1–12行;《序曲》,第九卷,第1–17行;手稿版本,第314–315行。塞林科特和达比希尔评论了《序曲》中这一重要的相似点。(页584)

[63]《序曲》,第十卷,第873–902行;1850年版,第十一卷,第306–307行。

[64] 见马丁·普赖斯,《风景如画的时刻》,收入《从感性到浪漫主义》,页288–289。

[65] 这与弥尔顿在《失乐园》第三卷的祈祷暗含相似之处,在弥尔顿对自己失明的悲叹中得以延续,因为失明使他不再能够从上帝的自然之书中理解白昼到来和四季循环的象征意义。在华兹华斯的叙述中,"晨光照耀/不理会人类的无常;春回大地,/我看见春天回来了,那时我已绝望/不再报更大的希望",因此,与弥尔顿不同的是,因为能够看到,华兹华斯在大自然的符号中找到了"一种平衡……/当邪恶的精神势头正盛/它为我保留了一种神秘的幸福"。参照《失乐园》,第三卷,第40–50行;《序曲》,第十一卷,第22–34行;《失乐园》,第三卷,第26–38行;《序曲》,第十一卷,第12–22行。

［66］《序曲》,第十卷,第922–927行;手稿版本,第420行。

［67］但丁,《地狱篇》,第三卷,第5–6行。T. S. 艾略特在总结《四个四重奏》的神正论时更加简洁地阐述道:"那么是谁谋划了这场磨难? 是爱。"(《小吉丁》,第四卷)

［68］约翰·琼斯,《自负的崇高》(伦敦,1954),页126–129。

［69］乔纳森·爱德华兹的宗教经历与华兹华斯世俗经验形式之间存在着惊人的相似,对此他在精神史《皈依叙事》中描述过。他说,从孩提时代起,"上帝拥有权力"预选出自己喜欢的人,让他"永远灭亡,永远在地狱里受折磨","在我看来,这教义非常可怕"。但后来他偶然读了《提摩太前书》1∶17,让他"不但确信,而且**心甘情愿地**相信"上帝的绝对主权。这种内在的转变引致外部世界的相应转变:"一切事物的样子被改变了,几乎一切事物和整个自然,似乎都显得平静、甜蜜,或显出一种神圣的荣耀。"早在华兹华斯之前七十五年,爱德华兹就在风景中感受到了荣耀,让自己能够独自与大自然会说话的面庞进行交流。见《乔纳森·爱德华兹:代表性选集》,克拉伦斯·H. 福斯特、托马斯·H. 约翰逊编(纽约,1935),页58–60。

［70］弗朗西斯·克里斯坦森,《智性的爱:〈序曲〉的第二个主题》,载《美国现代语言学协会会刊》,第八十期(1965),页70。

［71］《序曲》,第十三卷,第370–385行。华兹华斯称自己背了蒲柏几百行诗歌,在此,他或许能够回忆起《人论》中神正论的核心声明:

> 一切纷争皆因和谐未被理解;
> 一切分裂之恶皆因至善未被觉知。
>
> (第一卷,第291–292行)

> All Discord, Harmony not understood;
> All partial Evil, universal Good.

[72] 伊丽莎白·休厄尔,《俄耳甫斯之声：诗歌与自然史》(纽黑文,1960),页342。

[73]《序曲》,第八卷,第166–180行,另见第289–290行:“沿循着主要的根本力量/想象,一路升华。”

[74]《亨利·克拉布·罗宾逊论书籍及其作者》。在第一卷页87和页158中,我将罗宾逊关于同一对话的两份记录的详情结合起来。尽管克里斯托弗·华兹华斯牧师措辞谨慎,但提出了同样的观点,认为伯父处于《序曲》中描述的危机时期时并没有感到需要救赎者:“他有着对自己巨大的坚忍克己的自负,还夹杂着不少贝拉基式的自信。因为对神性善的必要性认知不足,所以他把希望寄托在了不可能实现的地方。”见《威廉·华兹华斯回忆录》(伦敦,1851),第一卷,页89。

[75]《正义新法》,《杰拉德·温斯坦利作品集》,页162,页214–215。

[76] 布莱克,《耶路撒冷》,第五章,第58–59行;另见第二十四章,第23行;第六十章,第57行;第七十四章,第13行;《弥尔顿》,第三卷,第4–5行。

[77]《诺瓦利斯书信和作品集》,第三卷,页265–266。

[78]《诗与真》,第三卷,页xii,《歌德全集》(魏玛版),第一部分,第二十八卷(1890),页120。

[79] 正如伯特兰·罗素《西方哲学史》(第二版;伦敦,1961)页719所引;另见《朝霞》,第79则,《尼采全集》,卡尔·施莱赫特编(三卷本;慕尼黑,1954),第一卷,页1066。

[80]《论现代诗歌》,《华莱士·史蒂文斯诗集》,页239;《华莱士·史蒂文斯遗作集》,页158;《心上人的最后独白》,《华莱士·史蒂文斯诗集》,页524。

[81]“导言”,《牛津现代诗集》,W. B. 叶芝编(牛津,1936),页xxxiii。

[82]《为我的女儿祈祷》《自我与灵魂的对话》,《叶芝诗集》(纽约,1945),页218,页272–273。

[83]《弗雷德里克·丹尼森·莫里斯的一生》,弗雷德里克·莫里斯编(两卷本;纽约,1884),第二卷,页59。约翰·林登伯格在《论华兹华斯的〈序曲〉》

页276中引用了这段话。

[84] 致J. H. 雷诺兹的信,1818年5月3日;《约翰·济慈书信集》,第一卷,页278-282。

[85] 致乔治和乔治安娜·济慈的信,1819年4月21日;同上书,第二卷,页101-103。

[86] 致J. H. 雷诺兹的信;同上书,第一卷,页281。

[87] 早在《睡眠与诗歌》(1816)中,济慈宣称自己具有一种使命感,绘制了自己的诗歌计划,先从"花神和潘神"的王国开始,十年内实现悲剧诗"更高尚的生活","那里我发现痛苦,人心的挣扎"。就像《序曲》和其他发展中艺术家的各种情形一样,《睡眠与诗歌》在结尾采用了它开始的情景:

> 我起床了,神采奕奕,满心欢喜,
> 决心当天就开始写下
> 这些诗行……

> And up I rose refresh'd, and glad, and gay,
> Resolving to begin yhat very day
> These lines. . . .

《睡眠与诗歌》引用了《花和叶》(济慈认为这是乔叟的诗歌)的诗行作为题词,循环设计充分反映了这首诗的形式,结尾时作者决定把"我在写作中看到的一切都写下来"。乔叟在《公爵夫人之书》的结尾也写道,做梦的人醒来了,决定把自己的梦写成韵文"这就是我的梦,现在一切都结束了"。关于《海伯利安的陨落》,应当注意的是,诗人用最伟大的忏悔的梦境来作为诗歌的总结。因为在但丁的想象中,卡冶圭达指控但丁在一首诗中公开他的想象:"你一切愿景都显现出来。"(《天堂篇》,第十七章,第128行)

[88] 关于基督教的忏悔在十七世纪及以后的盛行,见L. D. 勒纳,《清教主

义和精神自传》,载《希伯特季刊》,第二十五卷(1956–1957),页 373–386;G. A. 斯塔尔,《笛福和精神自传》(普林斯顿,1965);约翰·N. 莫里斯,《自我的不同版本》(纽约,1966)。在“导言”中,莫里斯将《序曲》《旧衣新裁》与班扬的《丰盛的恩典》及考珀《回忆录》中的宗教忏悔相结合。然而,从内容和结构上看,这两部十九世纪的作品都更接近奥古斯丁复杂而巧妙的哲学著作《忏悔录》,而非清教徒和福音派作家那种充满活力而刻意简单的自传形式。

[89] 托马斯·卡莱尔,《旧衣新裁》,页 194。

[90] 哈里·莱文,《詹姆斯·乔伊斯》(康涅狄格州,诺福克,1941),页 42。G. B. 丁尼生《叫“重裁”的“裁缝”》(普林斯顿,1965)是对卡莱尔著作结构的详细分析。在卡莱尔之前,威廉·布莱克就已经是一个自我反思的半戏仿作品的作者。例如,在《天堂与地狱的联姻》(将斯威登堡预言性想象颠倒过来)中,他描述了自己对“魔性”自我的映像,它被投射在布莱克正在用腐蚀性酸液蚀刻的铜板上,下面这段话呈现了这个映像:

> 在五感的深渊上,一片平坦的峭壁呈现在
> 眼前的世界,我看见一个强大的魔鬼
> 被乌云包裹着,盘旋在岩石的两侧;他用腐蚀的火
> 写下了这句话,如今人们的心灵能够看到,
> 地上的人能够读到……

> On the abyss of the five senses, where a flat sided steep frowns over the present world, I saw a mighty Devil folded in black clouds, hovering on the sides of the rock; with corroding fires he wrote the following sentence now perceived by the minds of men, & read by them on earth. . . .

(印版 6–7;另见印版 14–15)

[91] 正如奥古斯丁的《忏悔录》和华兹华斯的《序曲》一样,特费尔斯德吕克叙述的皈依与卡莱尔对自己精神危机的描述之间存在分歧,这种分歧引发了人们

对《旧衣新裁》作为自传的真实性的争论,例子见卡莱尔·摩尔,《〈旧衣新裁〉和卡莱尔的"皈依问题"》,载《美国现代语言学协会会刊》,第七十卷(1955)。卡莱尔充分意识到,这场个人危机-自传的主要经历受到文化的制约——"皈依"是"现代[即基督教]时代特有的精神成就"(页198)——并且,自己正在改编基督教传统,以适应自己的世俗"神话"。

[92] 托马斯·卡莱尔,《旧衣新裁》,页53、188、217、258。

[93] "手稿残篇",《序曲》,页566;参照第六卷,第543–548行和抒情诗《反驳与答复》。华兹华斯的长篇叙事诗《瑞尔斯通的白母鹿》(1807–1808)是对其寂静主义的极端表述。《旧衣新裁》的引文在页183、197。

[94] "纲要"手稿1,第16行,"纲要"手稿2,第87行以降的改编版。华兹华斯在1808年致乔治·博蒙特爵士的信中写道:"每个伟大的诗人都是布道者;我要么当布道者,要么什么都不做。"(《威廉·华兹华斯和多萝西·华兹华斯书信集:中期,1806–1820》,第一卷,页170)

[95] 莱斯利·斯蒂芬,《华兹华斯的伦理》,《图书馆时光》,第三辑(伦敦,1879),页218–219;《威廉·华兹华斯诗歌全集》,约翰·莫利编(伦敦,1895),"导言",页lxvi–lxvii。

[96]《序曲》,第三卷,第196–201行。

[97] 牛顿·P. 斯托尔克内希特,《奇异的思想海洋》(第二版;布卢明顿,1962),页xi。

[98]《约翰·斯图亚特·穆勒自传》,约翰·雅各布·科斯编(纽约,1924),页93–105。

[99]《懒汉》(*The Idle Man*)"序言",《理查德·亨利·达纳诗歌散文集》(两卷本;纽约,1850),第一卷,页150–151。

[100] 威廉·黑尔·怀特,《马克·卢瑟福自传》(伦敦,1923),页18–19。德国作家卡尔·古茨科在他的演讲中也同样证明黑格尔演讲对自己的影响。黑格尔有意地将基督教故事转化为形而上学的辩证法,这些讲座"蹩脚,拖拖拉拉……被没完没了的重复和无关的填充词打断……但说实话,我承认,黑格尔演

讲中的大马士革奇迹(反过来,我会说:从神学的保罗转变为哲学的扫罗),我在冬天的公园里经历过,每小时都在我面前重演”。见《生活图像》(*Lebensbilder*,1870),沃尔特·考夫曼曾加以引用,《黑格尔:再诠释、文本和评论》,沃尔特·考夫曼译(纽约,1965),页360。

[101]《约翰·斯图亚特·穆勒自传》,页103。

[102] 拉尔夫·巴顿·佩里,《威廉·詹姆斯的思想和性格》(两卷本;波士顿,1935),第一卷,页337。关于对詹姆斯努力寻求自己身份和使命的危机的分析,见库欣·斯特劳特,《威廉·詹姆斯和历经再生的病体灵魂》,载《代达罗斯》(1968),页1062–1079。

[103] 拉尔夫·巴顿·佩里,《威廉·詹姆斯的思想和性格》,第一卷,页320、322、339;关于华兹华斯的《漫游》,另见页355。

[104] 比德·格里菲斯,《金色琴弦》(纽约,1954),页9–10,页31。

[105] 同上书,页30、52,页15–16。

第三章　循回的旅程：朝圣者和浪荡子

圆周上，起点和终点是同一点。 141

赫拉克利特

注意，现在要提醒你的是，整个神学是如何形成一个圆圈的。

库萨的尼古拉，《论有学识的无知》

真理本身就是一个不断形成的圆，既将终点预设为目的，又以之为起点。

黑格尔，《精神现象学》“序言”

所有叙事的共同目的，不，所有诗歌的共同目的是……让那些在真实或想象的历史中沿着一条直线发展的事件，在我们的理解中呈现出一种循环运动——像一条衔尾蛇。

柯尔律治，《致约瑟夫·科特尔的信》，1815 年

In the circumference of a circle beginning and end coincide.

— Heraclitus

Hoc tantum notantum esse admoneo, quomodo omnis theologia circularis et in circulo posita existit.

— Nicholas of Cusa, *De docta ignorantia*

The true is its own becoming, the circle that presupposes its end as its aim and thus has it for its beginning.

— Hegel, Preface, *Phenomenology of the Spirit*

The common end of all *narrative*, nay, of *all*, Poems is. . . to make those events, which in real or imagined History move on in a *strait* Line, assume to our Understandings a *circular* motion—the snake with its Tail in its Mouth.

— Coleridge, Letter to Joseph Cottle, 1815

无论是华兹华斯的时代还是我们的时代，都有人以戏谑的语气评论华兹华斯为赤裸裸的“无性”诗人。哈兹里特说：“看他的题材主旨，难免会想，在这个世界上，人们也不嫁也不娶。”[1] 在《彼得·贝尔三世》中，雪莱对华兹华斯美德的评论恰如其分，但也有几分恶毒，他指出：

> 从一开始，彼得便持执念
> 做一个道德上的太监，
> 他轻触自然女神的裙裾，
> 便感到晕眩——从不敢掀开
> 那层最里面的，遮掩万物的圣袍
>
> （第四卷，页 xi）

> from the first't was Peter's drift
> To be a kind of moral eunuch,
> He touched the hem of Nature's shift,
> Felt faint—and never dared uplift
> The closest, all-concealing tunic

值得注意的是，如此禁欲的一个诗人，竟用一个充满激情的婚姻意象来阐述诗歌的“崇高主题”——

人类富有洞察力的心灵
充满爱和神圣的激情
与这美好的宇宙联姻

　　the discerning intellect of Man
When wedded to this goodly universe
In love and holy passion

——这一事实证明，圣经中使用婚姻作为救赎的象征，对于个人和整个人类来说都具有极大的、持续的影响。然而，华兹华斯在以其雄辩之辞重述这种传统意象时，提出了一个新的情景。具体而言，他将“伟大的
144 圆满”描绘成心灵与自然的联姻——“个人心灵／（进步的力量也许不亚于／整个人类）”和“外部世界”的结合。华兹华斯想通过心灵与自然的终极结合（无论是个体的还是整个人类的）来表达什么呢？

1815 年 5 月，柯尔律治给华兹华斯写了一封信，该信提供了一条重要线索。当时，他读完华兹华斯的《漫游》及包括在序言中的“《隐士》纲要”，颇感失望，认为与《序曲》相比，《漫游》相形见绌，他提醒华兹华斯，在之前两人的讨论中，他了解到《隐士》整体要表达的论点：

我认为你首先……通过消除洛克站不住脚的诡辩论及机械教条主义，为“这座宏伟的建筑”奠定了坚不可摧的基础……接下来，我明白了你会从具象的人类种族出发……在某种意义上肯定了一种堕落，事实上，这种堕落的可能性不能从意志的本质去理解，但其

> 现实性经由经验和良知得以证实……然而，要指明一个明显的计划，从奴役中获得救赎，与自然消除敌意达成和解……简而言之，在发展和训练人类心灵模式方面，有必要进行一场全面的革命，代之以生命和智慧……因为在每一件最值得人类发挥智慧的事情上，机械论哲学都给以死神般的打击。[2]

整段文字就其抽象性和系统性而论，显然是形而上学者柯尔律治的特有笔法，但与华兹华斯撰写的“纲要”中一些存疑的陈述相似，并为解释这些疑问指明了方向。按照柯尔律治的阐释，华兹华斯诗歌的构思即人类的堕落，这一“某种意义上……被经验证实”的教条，意味着人与自然失和或存在“敌对”关系，他致力于“从他们的死亡之眠中”[3]唤醒的“感官”，是指那些因受到洛克式感觉主义及其“机械论哲学”（就像人类的堕落，带来“**死神般的**打击”）的奴役而与自然分裂并发生冲突的人；而华兹华斯宣称天堂在心灵和自然的结合中得以实现，相当于柯尔律治 145
所说的“从奴役中获得救赎，与自然消除敌意达成和解”的计划。信中的许多段落，柯尔律治都表达了类似理念，其中一段指出，两者间的根本差别在于对事物的直觉与经验模式之间的差异：前者“产生于我们占有自身之时，个人与整体结合起来”，它构成生活的圆满和快乐；后者指我们视自己为分离的个体，将自然与心灵、客体与主体、事物与思想、死亡与生命对立起来。[4]

在本章和接下来的两章中，我希望能够阐明，作为诗人的华兹华斯与作为形而上学者兼诗人的柯尔律治共有的一个根本关注点：促进与自然的和谐相处，以此拯救人类，因为人类已经割断早期与自然的统一，使自然成为一个异己和有害力量。我将进一步表明，这一点构成了一系列相互关联的概念中的一个要素，这些概念在华兹华斯和柯尔律治时代广泛流行——它们已经演变成我们这个焦虑时代的主流症状：声称曾经健康的人类现在生病了，现代疾病的核心是人的碎片化、分裂、疏离，或者（用这些近义词中最强烈的一个词）“异化”。个体（如我们所熟悉的分析）主要在三个方面发生了根本的分裂：自己内部的分裂，与他人的分裂，与环境的分裂。让他康复的唯一希望（对于那些抱有希望的作家来说）是寻求重新融入的方式，恢复他与自己的统一，与同胞的交流，与一个异己的、充满敌意的外部世界的关系。我们时代的神学家、哲学家、经济学家、社会学家、心理学家、艺术家、作家、评论家以及《生活》杂志和《读者文摘》的读者都有这样的想法，关于这个主题的大量著述已汇成选集，得到广泛阅读。[5]

这种对现代人困境的看法，是许多浪漫主义哲学家和文人所认同的整体历史观中不可分割的一部分。然而，浪漫主义作家不过是阐释并改
146 编了一个关于善恶的最古老的根本论题，以及一种人类试图用以与自己本性和命运达成和谐的秩序设计——这设计对文明的错误进行解释，为可行的生活准则提供依持，并指出恢复的可能途径。这种思维方式植根于异教和圣经文化，以神话和概念的形式存在。从十八世纪九十年代开始的数十年构成了思想史和文化史的真正时代，不是因为绝对的创新，而是因为回归到一种传统智慧模式，且这种模式被重新定义、扩展，并应用于不断发生政治、工业和社会革命与混乱的新世界，也就是我们今天生活的世界。

在开始这项具有高度选择性的研究之前，我想说明的是，类似的观念模式在其他著述中也能找到，这些著述范围很广，既有近乎疯狂的离奇立场，也有些深思熟虑的评价，试图理解对人类及其在自然和历史进程中所处的地位，因此，这种观念模式的存在本身并不表明它所属的世界观是否优劣、是否充分。此外，“分裂和异化的人”这个概念是常见观念中最古老的一个，但这并不妨碍它与人类状况的普遍相关性，也不妨碍它的特殊用途，即作为一种思辨工具考察我们这个陷入极大困境的时

代。这个时代由十七世纪的新科学和新哲学开启，并在我们通常称为浪漫主义的时代经历第一次严重危机。但是，正如我们将要看到的，问题在于不同的诊断者对人类疾病的病因和疗法提出的观点完全相反，尽管他们在描述这些疾病的症状时，都使用根本的善与恶，人类健康与失序等普遍范畴。

1. 伟大的循环：异教徒和基督教新柏拉图主义

既然在哲学史上这种思维方式很大程度上是对普罗提诺的一系列
注脚，我们可以先从《九章集》开始，然后讨论后来的一些发展，这些发 147
展对浪漫主义关于自然、社会现状和人类命运的独特观点格外重要。

普罗提诺提出了一种激进的一元论，认为第一原则就是太一（the One），而太一就是善[6]，因此，在他的思想中，绝对统一既是一切存在的本源和最高方式，又是一切价值的所在和标准。既然如此，可世界上明显存在着多样性和罪恶，它们又是从何而来呢？普罗提诺对这个问题的解决方法沿袭了传统上被称为“流溢”（emanation）的概念——这可能是形而上学思维中最具开创性的一个极端隐喻。流溢的概念源于同溢出泉水的类比，或与放射出热和光的火焰的类比，或类比于（在雪莱对普罗提诺两个形象的融合中）“燃烧的喷泉”，万物从中流出，是“所有人都渴望的火”。根据普罗提诺的观点，由于其完美的完满性，未分化的太一通过一系列等级或“实体”流溢出来（自身没有减损），进入另一物，持续不断，最后进入所有存在物——首先是心灵（包括柏拉图的全部永恒型相），然后是灵魂（包括各个层次的个体灵魂），最后是最远的可能的极限，即物质宇宙。这些实体离太一越远，下降得就越低，**事实上**，降得越低，分裂和多样性就随之加剧。

邪恶出现在最后和最远的物质等级，但不同于摩尼教和诺斯替派

（普罗提诺斯曾轻蔑地抨击他们）的理论，后两者认为，物质本身就是一种具有肯定意义的邪恶[7]，与所有其他存在物一样，来源于最初的善。在普罗提诺看来，由于邪恶在实体级别中所处的特殊位置，它是一种否定的属性：邪恶离“太一”和“善”最远，因而与之完全对立，“物体完全分裂，毫无相同之处，处于最远的一个极端，在本质上是对立的”。（第一卷，第八章，第 3–6 节；第二卷，第四章，第 16 节）也就是说，物质上的邪恶实际上等同于处于最遥远之处的分裂、分离和多样性状态，或统一
148 的最终“丧失”；道德上的邪恶是“堕落”，表现为灵魂禁锢在身体里，被认为是“堕落”或“坠落”的结果，其中，处于割裂和局部状态中的个人灵魂将欲望从太一转向多样的物质，以自我为中心，关注自我，寻求自足，由此而产生一种状态，在这种状态中，个体灵魂

> 变得片面，且以自我为中心，在追求分离的令人厌倦的欲望中，他们寻求着途径，想要各自的处所。这种状态长期保持着，灵魂便成了脱离一切的逃兵，它的分化切断了它，眼光不再安于智慧，成为一个部分，孤立、虚弱，自我关切，专注于碎片，从整体中割裂……它以一种存在的形式栖息。为此，它放弃了其他的一切，只进入、关注着一个事物，一个被满世界到处冲撞的事物……它堕落了。（第四卷，第八章，第 4 节）

这是一个从太一转向无尽“序列”（procession）的过程，但普罗提诺反对一种逆向的“回归”，或回到源头，“我们回到实存，即我们所拥有的和所是的，回到那里，如同我们从那里来”。（第六卷，第五章，第 7 节）这样的回归在今生今世中可以实现，前提是一个人要通过长期的训练，能够成功地从外部世界向内转，然后获得稍纵即逝的统一的狂喜，此时，所有的分裂都将消失。（第六卷，第九章，第 9 节）普罗提诺有时用图形

来表达分离部分对其源头的渴望，将灵魂描画成爱人的形状，将太一描画成被爱之人。（第六卷，第五章，第 10 节）人们将这一比喻阐述为妓女那误入歧途的灵魂（将自己的欲望寄托在物质世界的事物上）和圣洁的阿佛洛狄忒那忠实的灵魂之间的差别：

> 只要它在那里，它就拥有神圣的爱。在这里，它的爱是卑劣的；在那里，灵魂是天上的阿佛洛狄忒；在这里，灵魂成为堕落的妓女，是公共的阿佛洛狄忒：然而，灵魂始终是一个阿佛洛狄忒。（第六卷，第九章，第 9 节）

与分离的灵魂和太一之间的色欲比喻交替出现的，是一个家庭比喻。其
中，灵魂是一个女儿，她"爱上了另一个凡人，就是她的父亲，然后堕落了。 149
但有一天，她感到羞耻，开始憎恨自己，并放下世上的邪恶，再一次寻找圣父，寻得安宁"。（第六卷，第九章，第 9 节；另见第五卷，第一章，第 2 节）把个体灵魂比作孩子，它的来源比作父亲，如果将这种比喻拓展，则成为一个寻找失落家园的内在精神旅程的寓言。（第六卷，第五章，第 3 节）以此类比，普罗提诺对在欧洲思想界一直享有悠久而丰富生命的荷马史诗叙事进行了寓言式解读。"我们必须做什么？路怎样走？怎样才能看到那不可企及的美？"他引用了《伊利亚特》（第二卷，第 140 行）：

> "那么，让我们逃回亲爱的乡园"，这是最合理的建议，但什么是逃避？我们怎样才能战胜那广阔的海洋？奥德修斯命令逃离喀耳刻或卡利普索的魔法，他对我们来说无疑是一个寓言——不满足于留恋眼前所见的所有欢乐，不满足于充满感官享乐的所有日子。
>
> 乡园于我们而言就是我们来的**那里**（There），有圣父于此。
>
> （第一卷，第六章，第 8 节；另见第五卷，第九章，第 1 节）

五世纪时，普罗克洛斯在极具影响力的著作《神学要素论》中，把普罗提诺的思想简化成系统的形式。他将序列和回归呈现为一种循环运动，其中，物体离开最初的统一体，产生分离，然后回到出发点重新聚合。为加强理解，他把较小的流溢圈以及向其次级源地的回归置于一个囊括万物的大圆内：

> 一切从任何源地出发并回归到原点的事物都进行着一个循环运动。如果它退回到它所来自的那个源地，它就把终点与起点连接起来，运动就成为一体的、连续的，从静止开始，又回到静止状态。因此，所有事物都在一个循环中运动，从起点再回到起点。有较大的循环，也有较小的循环，因为有些回到它们直接的源地，有些则回到更高一级的起点，甚至回到万物的起源，因万物出自起源，并朝它回归……
>
> 150 在任何神圣的运行中，终点与起点同一，通过回归，保持一个没有起点和终点的循环……这种终点回到起点的逆转使得整个秩序具有统一性，从而具有决定性，聚合于本身，通过聚合展示出多样性中的统一。[8]

正式呈现在这里的一幅画面，是一种关于人类与宇宙的重要的、根深蒂固的形而上学（和隐喻）观念。为便于讨论，我们称它为“伟大的循环”：万物的发展路线就像一个圆圈，它的终点也是起点；运动从统一向外扩展，逐渐多样化，最后再回归到统一，这种进入分裂又超越分裂的运动，被视为等同于从善堕落到恶又回到善的过程。[9]需要注意的是，普罗克洛斯将这个圆圈看作是一个封闭、持续、永恒的循环。同样，后来在亚略巴古的狄奥尼修斯的伟大循环中，“善将一切事物都吸引向自身，是一种强大的吸引力，把一切分裂的事物联结起来”：

> 在这里，神圣的热望特别表现出它无始无终的本性，在永恒的循环中旋转着，以善为因，以善为源，处于善之中，向善而去，准确无误，从不改变其中心或方向，不断前进、停留，回到自身。[10]

无论人们身在何处，也无论他们如何得知这种世界体系，它都对希伯来和基督教神学家产生了深刻的吸引力，在许多方面以及不同程度上改变了从圣经启示中得出的信条。当然，圣经中许多章节为新柏拉图主义的阐释和发展提供了**支持**。例如，其中重复出现的一个比喻，是以色列人与唯一的上帝分离，被流放，但被允诺在未来可以团聚，耶稣祷告："他们是一个整体，如同我们也是一个整体……他们能够完美地合而为一。"（《约翰福音》17：21–23）又如，《启示录》中重复出现的"我是阿尔法，也是欧米伽，是开始，也是结束"。但是，总的说来，新柏拉图主义坚 151
持抽象和客观的首要原则，以及序列和回归的无限循环，这迥异于基督教的**救赎史**（*Heilsgeschichte*），后者信奉人性化的上帝及其故事情节，发生在时间中，且只有一次，始于造物，历经堕落、道成肉身、耶稣受难和第二次降临，在天启中到达终点。新柏拉图主义的影响表现在破坏了基督教的基本概念，因为它将历史宗教融入无历史的异教的形而上学，从而修正甚至更改了这些概念。关于新柏拉图主义化基督教与当前话题最为相关的特点，我概括为以下三个方面：

第一，人性化的上帝即圣父往往成为一种客观的首要原则或绝对原则，其完美性在于他的自足性和无差别的统一性。相应地，恶从根本上被视为与统一的分离，或是与太一的分割、分裂、疏远，表现为人性的分裂，正如莱昂·埃布里奥在其著名的《爱的对话》中所写：

> 实际上，罪恶造成人的分裂，将人的本性劈为两半，正如正义使

> 人成为单个个体，并保持他本性的统一……人身的罪与分裂几乎是同一件事，或至少是两件不可分开的事，一方总是暗示着另一方。[11]

第二，人类的堕落主要指坠落，从太一中掉落出来，远离唯一，进入一种远离本源的状态，处于与本源异化的境况。同样，人类的原罪就是以自我为中心或追求自我，即试图将一个部分作为一个自足的整体。堕落的主要后果就是死亡，被描述为与存在的分离状态。一些思想家完全认为一切分离都是罪恶，他们将堕落从伊甸园移回到创造这一事件本身，从而将这一观点追索到其终极含义。创造是原初统一最早的、灾难性的分裂，开创了物质世界，造成了人类分裂。在关于从统一中坠落出
152 来而堕落的所有叙述中，救赎被认为是一个重新一体化的过程，这种观点的极端形式表现为"复元"（apocatastasis）的异端邪说，认为所有的生物和造物都将参与到神圣统一的回归之中，获得救赎，因而世上没有永恒的毁灭。《启示录》中，圣婚常常象征着最后的事件——现在被用作比喻，意指所有破碎的分离体与最初未分化状态的重新统一。

第三，最能广泛体现新柏拉图主义的流溢与回归循环的是"精神回路"（circuitus spiritualis）概念。它是一股强大的"爱"的电流，或是一种凝聚的、持续的超自然能量，不断地从上帝那里流下，依次通过一层层离上帝越来越远的存在物，然后回归上帝。这股力量将宇宙连在一起，在人类意识中表现为回到一种不可分割的状态的渴望。[12]然而，我们还发现了对这种循环构思更彻底的、更全面的应用。一些思想家认为，基督教的历史模式（有限的、线性的、直角式的突然逆转，上帝起初创造的天堂与最后复原的天堂在平衡中的对称）被调整成为新柏拉图主义的循环模式，但新柏拉图主义的循环本身因此而被基督教历史同化，进而被时间化，赋予一个特定的历史起点和终点。也就是说，永恒的循环变成了单一的循环，始于统一和完美，然后，在一段特定的时间内，运动进入

分裂和邪恶状态，之后展开运动，最后向上回到统一和完美，运动停止下来。这种处于时间之内的、有限的循环构思不仅被用于世界和全人类（认为它的历史是通向起源的漫长的曲折道路），而且用于每个被救赎的人的生活（当一个人从一个运动转出进入另一个运动，然后回归到曾经失去的完整状态，便认为这是一个发生转变的时刻）。

早在三世纪，奥利金就将堕落描述为从神圣的“一”中分散出来
的过程。他将天启和创世关联起来，将万物的“终结或完满”解释为 153
向最初统一的回转，很明显，这是将基督教的历史体系新柏拉图主义化了，“因为结局总和开始一样”，在未来的世界里，“从同一个开端的分散、分离”将经历“一个复原到同一终点或类似事物的过程”。[13]新柏拉图主义世界观的元素被融入西方许多正统的主流理论范畴，如奥古斯丁、阿奎那和但丁的理论。然而，由于这些作家严格区分经文的字面意义及其寓意，新柏拉图主义仅限于构成一种形而上学的上层建筑，作为基础的教义在故事的字面意义中固定不变。另一方面，九世纪的思想家约翰·司各特·爱留根纳通过独立的智性探索建立了一个规模宏大的形而上学体系，其著述展现的是如何通过流溢循环说的大量应用，将基督教历史故事戏剧性地改写为对圣经故事的自由讽喻性解读。

爱留根纳在《论自然的区分》中，把圣经历史上的重大事件（从创世到末日）归纳为**流溢**、**分化**、**回归**、**合一**（*processio*，*divisio*，*reditus*，*adunatio*）几大类——前进也是一种分化，回归也是一种重聚。上帝是万物的“源头、起因和目的”[14]，是一体的、不可分割的。最初上帝按自己形象创造出人类，人类也是不可分割的，因此没有性别的分化。自然界的一切分割都是人类堕落的结果，这种堕落在创世之后几乎没有或根本没有时间间隔（第四卷，页 xv），导致了人与上帝的分离，原初人也分为男性和女性。由于人是所有造物的缩影，他的堕落意味着天空与大地、人世与天堂的分离，

导致永恒分裂为质与量、空间与时间的现世世界。（第二卷，页 vii）基督使救赎成为可能，他以复活的形式，就像人在堕落之前一样，“在一个人身上将男性和女性特征统一起来”。（第二卷，页 x）邪恶是分裂的根源，因而，救赎是融合的根源，救赎的过程是一种回归，在逐渐融合男性和女
154 性、天堂和人世、天空和大地中，逆转了堕落的结果，直到人类在自己身上重新统一了自然的全部分裂，并再次具有灵性，最终在永恒中与上帝完美地结合在一起。然而，在复原的统一体中，差异和个性并没有消失，尽管它们存在于自身的本质中，而非存在于物质具象中。（第五卷，页 xiii）

这一过程构成了一个巨大的循环，天体的旋转说明了这一点，并反映在（根据爱留根纳的元黑格尔体系）辩证法、数学和其他艺术的结构中，全都体现了一个从统一开始经过分裂又回归统一的设计。整个宇宙的过程也是如此：

> 因为整个运动的终点即起点，没有其他终点，就在起点结束，在此它开始运动，又不停地努力回到这里，为停下来找到停歇之地。对于感性世界中的个体与部分，乃至整个世界，都可以作此理解。因为它的终点就是起点，它努力奔向这个终点，当它再次找到这个终点时，将停息下来，不是以一种消灭其实质的方式，而是以返回其源头的方式。（第五卷，页 iii）

爱留根纳采用了天启联姻的形象，象征人类回到自身原始的统一体。正如《论自然的区分》中上帝对其神圣计划的概述，这是“我的神性和人性最亲密和秘密的结合，在世界开始前，我只是在思想上已经做好准备，当世界末日到来时，我将带你们去往那里”。（第五卷，页 xxxviii）

2. 分裂与统一的人类：神秘主义传统

爱留根纳是令人印象深刻的形而上学者，他认为原初人作为万物的缩影，身上“包含了来自神的一切”，因此，所有上帝创造的自然都参与 155
了人类堕入两性分裂及其他形式分裂的过程，也将参与人类注定回归统一的过程。[15]在他的观点中，我们发现了一个只被部分概念化了的神话。在西方，这个神话源于柏拉图的《会饮篇》（阿里斯托芬关于双性人分裂的故事）、诺斯替主义、俄耳甫斯神话和其他神秘学说[16]，非常形象，成为体现和支撑爱留根纳观点的重要方式。根据这个神话，原初人是宇宙中的雌雄同体，分解为物质世界和双性世界中异化的、互相冲突的部分，但仍有能力复原其失去的整体性；完美就是简单的统一，宇宙最初为一和善，然后进入众和恶，最后回归到一，遵循的这一进程展现出非凡的持久性，一直延续到了我们所处的时代，仍然构成神秘的**永恒哲学**（*philosophia perennis*）中的核心部分。[17]这种传统智慧的两种形式非常普遍，影响深远，值得特别加以评论。它们都具有双重起源，即圣经以及各种形式的新柏拉图主义、诺斯替主义和异教神话。一个传统形式是希伯来人的卡巴拉（Kabbala），另一个则是赫尔墨斯主义（Hermetic）的基督教版本。

我们可以回想一下《旧约》中反复出现的以色列形象，它被比成一个女人，是上帝的新娘，受到上帝的喜爱却对上帝不忠，因此上帝与其离婚并将其流放，承诺在她忏悔之时，将让她与新郎团聚。这个比喻——以及其他一些段落中的比喻，比如《箴言》第八章中暗指的一个女神，“曾被上帝拥有……或是曾经的大地”，“是上帝每日的快乐，在上帝面前欢乐无比”——将女性要素引入希伯来神学严格的男性一神论中。经过后圣经时代，犹太人的阐释得以发展，将这些隐含的观点与一些非圣经哲学和神话思想编织在一起,并进行详细阐述,使它们成为一种对《旧约》文字的极端"神秘"或比喻性重释。到十三世纪,这种阐释被命名为"卡巴拉",即"传统"。[18] 在这些深奥的教义中,经过汇编而成的
156 《光辉之书》(*Sefer Ha-Zohar*)写成于十三世纪后期,是非常成熟的阐释,一段时间后,成为许多犹太人眼中的经典文本,堪与圣经和《塔木德》等量齐观,一直持续了数个世纪。

在这些复杂、无序的圣经释经中,有两条基本原则与我们的目标特别相关。第一,犹太人最大的、反复发生的悲剧是**流散**(*Galut*)——先是从圣城和圣地,而后从众多寄居地流放、驱散。对于这个民族,原初的、本质的邪恶就是人类和人类世界从神圣存在的统一中被驱逐的根本原因,这是可以理解的。第二,在《光辉之书》中,性成为上帝的本性,圣婚成为一个重要而普遍的象征,解释了所有生命的起源和持续方式,这种婚姻的起伏变迁被解释为历史的进程,从创世开始,历经多种形式和长久的分裂、分散,直到时间穷尽之时,万物才得以永恒地团聚。

因此,在恩-索弗①这个无限的、隐藏的太一内,流溢出十个天体,即塞弗罗斯,它们构成了"统一的世界",神话上体现为原初人亚当·卡德蒙身体的构成器官。内在于这些天体中的是舍金纳(Shekhinah),即"神在",它是一种女性特质,是神圣统一中男性特质的对立物和补充物,被比作"王妃""女主""女王""新娘"。[19] 起初,上帝与舍金纳的结合完美、持久,把所有造物的世界与上帝的生命统一在一起。亚当犯下的罪恶破坏了这个统一,在神圣统一中造成了破裂,这个事件被描述为"舍金纳的流放"。结果,最初纯粹的精神整体分裂成"分离的世界",成为物质宇宙中分散的部分,包括人类个体的肉身形式,它们彼此隔绝,也与

---

① 卡巴拉主义者假定宇宙中有一种类似原动力的无量无极的神,他们命名为"恩-索弗"(En-Sof),字面意思为"无限的一"。恩-索弗先于造物主-上帝而存在,其形式为十个天体,即"塞弗罗斯"(*Sefiroth*),可比作为上帝体内的精神器官。

上帝隔绝，试图保持自足，却又渴望回到自己的唯一源头，正如格肖姆·
肖勒姆所说：“《光辉之书》中，道德上的邪恶，事物要么总是被分离、孤 157
立，要么总是进入一种关系性存在，而这种关系并非为事物自身而设，罪
恶总是破坏统一……”[20]在当今世界，虽然这种分裂可以通过个人的虔诚行为被部分治愈，但在神秘主义者的精神想象中，只有再度统一才有可能完全愈合。神圣意志的最终救赎目标，是将所有分离的事物完全地、永久地恢复到它们在原始统一中的起始位置——这种圆满被比喻为最初永久婚姻的恢复，将原初孤立的男与女、女王与国王或上帝与舍金纳联结起来。[21]

> 因此，摩西是世界的一个新的起点。如果你问，终点又是谁？那么，答案是弥赛亚王，因为到那时，世界上的人将达到史无前例的、空前的完美，因为到那时，天和地都将完整如一，全部世界将被联合在一起[也就是，“将会通过婚姻结合成为一体”（阿拉米语 *ziwwūgā*，译为“结合”，“婚姻”）]，如书中所记：“到那日，主耶和华必为一，他的名必归一。”（《撒迦利亚书》14：9）……
>
> 将来，上帝要将舍金纳重新安置于原处，将有一个完整的联结（“整体将存在于一个联结中”），如书中所记：“到那日，耶和华必为一，他的名必归一。”（《撒迦利亚书》14：9）也许有人会问：他现在不是整体吗？答案是，不是的，因为如今借着罪人，他不是真正的一，因为当女主与国王分开，他们没有统一[结合]……因此，可以说，他不是一。但当女主回到圣殿，国王将和她结婚[“和她结合为一”]，从此，万物将联结起来，不再分离。[22]

欧洲赫尔墨斯主义指人们经过许多世纪的思索演变而成的一批著述，既是一种独立的深奥哲学，同时构成炼金术的形而上学基础。虽然

卡巴拉致力于阐释经文的神秘含义，赫尔墨斯主义阐述的是一种神秘实践，但两者拥有共同的原则。在许多神秘教派和光照派中，这些原则也
158 常常可见，而这些教派是在圣经文化的氛围中从东方神秘主义、新柏拉图主义和诺斯替主义等源头发展而来的。

关于赫尔墨斯主义的文献庞大、杂多，以奇异的象征手法写成，旨在向外行人隐藏其伟大的奥秘。然而，我们仍然能够辨识出一种重复的概念模式。[23] 作为其基础的本体论大都与生物相关，尤其被加以人格化。也就是说，赫尔墨斯主义并没有在有生命与无生命之间做出现代性的截然划分，它将生命物体的范畴应用于整个自然界，还假定了人与非人之间的对应关系，但采用的是一种将人作为典范形式的方式。因此，关于赫尔墨斯主义，更确切的说法是，它将宇宙比作一个巨人而非一个小宇宙。这个模式强调建立在性别对立模式上的极性，这种极性被认为是推动一切自然进程的一种力量。此外，事物的整个过程被想象成一个从统一到多样化、最终回到统一的循环运动。因此，赫尔墨斯主义文集收纳的第一本著作《赫尔墨斯总集节选》（追溯到公元二、三世纪）阐述的教义是，第一意识"即生命和光"是双性的，当他"生下一个像他自己一样的人"时，这个人也是双性的，后来人类爱上了自然和物质，并在那里定居下来，于是与所有生物一样，被区分为两种性别，并按其种类开始繁殖。然而，如果人们得知他们起源时的状态，那么，身体死后，他们的意识将重新攀越星球，"进入上帝，这是善；对于那些有**灵知**的人来说，这就是圆满"。[24]

大约一千三百年后，赫尔墨斯主义哲学著述在文艺复兴时期达到全盛，当时的帕拉塞尔苏斯提出了一种详尽的、基督教化的学说。我们在这种学说中发现了一种类似的宇宙构思[25]，世界是第一原则的发散物
159 或扩展物，而第一原则被视为一个简单的、永恒的统一，有时也被认为是一种"大奥秘"（*Mysterium Magnum*）。**分离**原则引起了物的创造，一种

对立力量之间的创造性冲突促进了一系列显形或道成肉身，并引发硫、汞和盐三种基本元素的出现，结果致使全部事物分离，包括人的分离。根据帕拉塞尔苏斯的说法，既然从统一中分离出来构成了路西法的堕落，那么，创世就与堕落同时发生，“整个自然的创造就是自然的堕落，以及因之而来的诅咒”。[26]第一个人亚当本身就代表宇宙，他最初造出来时有一个非物质的身体，是雌雄同体，因罪孽被投入一个粗鄙的物质世界，其中充满了互相分离的、互相重复的物质和性别元素，每个个体都试图自足。与宇宙坠入分裂的运动相应的，是一种返回源头的补足性运动，以实现从肉体到精神的回转。同时，又由分离回归统一，由作为神-人的基督为人类实现。相应地，在金属性质的领域里，回归到唯一本源的内在倾向由魔法石促发，魔法石是转化与统一的原理，炼金术士的任务便是将其分离并提纯。在终极转变中，人类将与所有以人为缩影的造物一起被转变，回到他的出发点，因为“凡受造之物，都想要重新回到受造之前的样子，这是很自然的事，这是我们一切哲学的基础”。“所有的事物都会回到它们的起源，只有在‘大奥秘’之前存在的事物才会保留下来，才会永恒……我们出自‘大奥秘’，而非**创造者**（*procreato*）。”[27]

F. S. 泰勒说，在其全盛时期，炼金术“既是一种技艺，又是一种信条”。[28]与帕拉塞尔苏斯不同，新加入的人是一个实操的炼金术士而非神秘主义哲学家，他的**杰作**（*magnum opus*）是在实验室里通过物理方法制造出“魔法石”。“魔法石”能够将金属变成它们完美的原初形态即黄 160
金，以此来加速自然的缓慢进程。因为人们认为物质和精神是通过一种对应系统相互关联，并且，所有炼金术的目的是要把每一样事物，无论是物质还是人，都炼回自身本质的完美状态，所以，物理炼金术和精神炼金术的语言是相通的，对实验操作的描述也成为人类宗教救赎方法的客观对应物。此外，在这个堕落的物质世界中存在既互相对立又具有再生性的力量，这一构思的基础是两性的对立模式，那么，化学的结合就等同于性别的耦合，整个物理实验的终点经常被形象化，成为原初互相对立的男女的“合并”或“化学婚礼”——在炼金术的符号中，则相当于硫和汞、太阳和月亮或国王和王后。[29]这个引起新炼金术诞生的**神秘合体**（*mysterium coniunctionis*），就是精神领域中的精神死亡和重生，在炼金主义文献中经常被描绘成性结合中的男人和女人。[30]（值得注意的是，在炼金术中，由于对立的男性和女性为同一起源，合并通常被描述为兄弟姐妹间乱伦的结合，这表明了浪漫主义关于兄妹间象征性爱情的一个来源。）“魔法石”从化学婚礼中产生，被比喻为“莱比斯”（*rebis*），或称为“双性同体”，它将两性重新统一为分离之前的双性一体形式。在基督教炼金术中，“魔法石”与自然的救世主即基督相对应，它能够启示，使堕落、分裂的人类和宇宙恢复到最初统一的完美状态。早期的神秘主义哲学就认为，从起点出发并回归到起点的宇宙构思有时被形象地描述成乌洛波洛斯（Ouroboros），即一条咬住自己尾巴转圈的蛇。

近几十年来，许多学者让我们意识到，甚至在欧洲文艺复兴时期重要的思想家中，赫尔墨斯主义和基督教化的卡巴拉学说是多么盛行。[31]
161 这种神秘的传统反过来又被许多理论家传播给后来的思想家，包括乔尔丹诺·布鲁诺，最重要的是雅各布·波墨。[32]例如，在波墨的理论中，我们仍然能够发现关于原始属灵之人的古老神话。他是微观宇宙中的雌雄同体人，陷入了性、物质与心理的分裂，是基督实现了他的救赎，即复原失去的统一，基督则像未堕落的亚当，将两性的特征联结于己身。[33]这个神话在波墨的理论中属于形而上学体系的一部分，尽管表述语言十分古怪，但对于基督教式新柏拉图主义从流溢到回归的循环说，是一个非常巧妙的、极具影响力的创新。波墨在解释《创世记》中的创世故事时，把原初的开端设定为一个永恒的统一，这种统一因缺乏绝对的规定性或差异，实则为一种虚无，或**永恒的虚无**，或一个**未成年人**。这个**未成年人**拥有一种内在的动力，在努力实现自我的过程中，从自身内部引发了一种对抗力量，因而树立了原动力与反动力两者之间的对立。对立使得原本处于静止状态的统一像轮子一样转动，将虚无转变为有，实际上转变为所有现存事物的源头。[34]两个对立面碰巧出现在作为唯一的上帝身上，本身就表现了构成整个自然的力量中存在的正反两种力量的对立，因为

> 世上只有一个上帝，他本身就是一切的存在。他是恶，也是善；是天堂，也是地狱；是光明，也是黑暗；是永恒，也是时间；是开始，也是结束。对于存在物而言，他的爱隐藏在哪里，他的愤怒就显示在哪里。[35]

宇宙之恶源于路西法的堕落，产生之时正是我们现在所居住的物质世界得以创造之时。事后，出现了自我原则引发的亚当的堕落，更准确地说，是亚当的一系列堕落，也就是亚当背离上帝，转向自然，试图寻求自足自立。这一系列的堕落导致的结果便是，人类在物质世界和动物世界中越陷越深，就这样与统一渐行渐远，走向分裂，直到成为一个**碎片** 162
(*Bruchstück*)，在孤立状态中完全与上帝隔绝，只有凭借给予他救世主的恩典才可以得救。

波墨为哲学留存下来的是一个首要原则，它生成自己的对立面，继而又与自己和解，从而富有了创造性。同时，他也留下了令人信服的宇宙堕落图景，即整个宇宙充满了类似的两性矛盾的对立，这些对立物既相互吸引，又相互排斥，经过短暂的和解后，争夺控制权或主动权的斗争再起。这场悲剧性的冲突不但提供了必要的条件，维持了回到原初平衡中弥足珍贵的和平的可能性，而且构成了生命和创造性的本质。[36]所有事物都被迫进入一种循环运动，运动构成的图形就像一条衔尾蛇，“因为所有的生命都在前进，直到终点找到起点，然后起点又吞噬终点，现在所是也就是过去所是，永恒不变，无任何样式可留存”。波墨称，《创世

记》中描述的造物源于成年人中原初力量的分离，其形状显示为圆形，因为“永久的休息就是造物的开始，在第六日的下午”，安息日就于此开始，“然后，起点和终点恢复统一，其中，上帝在这期间所造之物得以显现”。[37] 创造世界的时间进程注定要重复《创世记》中所描绘的圆形结构，频率是每一千年一个创造日，因为就像造物一样，最初开始时只有一个序列（种类），“但是将自己分成……时间上的众多，同样地，这些众多都努力想要回归统一”。[38] 此外，波墨宣称，原初统一的天堂重新统一后，圆形即将封闭，此时，新郎正准备在历史的安息日举行神圣的婚礼：

> 现在，终点又找到了起点，诞生于上帝之手的你们都将会看到、感觉到并发现什么是天堂，因为那个天堂已经重生……在精神和灵
> 163 魂中向上帝之子显现……因为终点已经找到起点，没有什么能阻止它，力量和谎言都被粉碎，剩下的只有等待新郎的到来。[39]

这位杰出的格利茨鞋匠提出的各种学说很快就发展成为激进的基督教神学，特别是在德国的虔敬派及十七世纪英格兰的一些内在灵光清教派中。你们可能还记得，我在第一章将杰拉德·温斯坦利作为极端案例来说明圣经完全是一个精神寓言。温斯坦利在《正义新法》（1648）的一些段落中，以通俗的方式呈现了一个关于亚当的流行神话：亚当最初在一个微观宇宙中，雌雄同体，而后陷入分裂，从而导致物质的创造。他们也表达了与此相关的观点，即宇宙的历史和每个堕落及获得救赎的个体的历史，都描述了一个从统一到分裂再回归统一的循环运动。

> 太初之时，万物在人之内，人在造物主之内……他和地上的走兽、飞禽、飞鱼和一切昆虫都没有区别，所以，整个造物在人之内，是内部的……人在造物者即圣灵之内，不喜欢别的……这是真的。

然而，人类“受到引导的力量来自肉体的诅咒力量，这种力量属于**女性**部分，而非正义的圣灵，即代表**男性**力量的基督”。

> 人类开始从**造物主**里面坠落出来……在造物和外部事物中寻求满足，然后，丧失了自己的领地，造物与他分开，成为他的敌人及反对者，再然后，山川、峡谷、丘陵出现了，人的内心和行动都失去平衡，人类变得自私，野兽和其他生物也变得自私……
>
> 这就是诅咒：人离开了自己的**造物主**，靠物体活着，而生物也离开了人……
>
> 但如今时候将到，圣灵要将万物再度引至人中，居于其身体中，并在其中得享安息……这样，人就回到他的**造物主**那里去，只在他身上安息……一切束缚、诅咒和眼泪都将被消除、抹掉。[40]

3. 浪荡子回头

根据神学家著作中示范的程序，人类生命中体现的神学设计很容易 164
转化为基督教文学作品中的人物和故事情节。正如我们所见，普罗提诺通过对荷马史诗的讽喻性解读，阐述了自己关于灵魂循环过程的抽象学说。荷马史诗中，阿伽门农建议说，“那么，让我们逃回亲爱的乡园”，这条建议也适用于人类。奥德修斯返回故土的寓言被解读为一则众归于一的寓言，在《上帝之城》中，奥古斯丁毫不犹豫地把这个异教徒形象应用到基督教生活中：

> 人们已经忘记普罗提诺的这种观点了吗？——“我们必须逃回亲爱的乡园，那里有圣父，有我们的一切。怎样才能逃到那里呢？我们的方法是：变得像上帝一样”。[41]

奥古斯丁在圣经文本中也发现了另一种比喻。生活被比喻为寻找一个遥远地方的旅程，主要是在《希伯来书》第十一章第 8–16 节的段落中。其中，保罗说，亚伯拉罕寄居在“应许之地，好像在一个陌生的国度”，因为他生活中坚信那座城是上帝建造和制造的，因而，他的后裔最后“都怀着信仰死去”，

> 他们没有得到应许，却从远处望见它，被说服相信它，拥抱它，承认自己是大地上的陌生人和朝圣者。说出这些话的人，明确地表示自己要建立一个国家。其实他们若想念家乡，仍有机会回去。然而他们渴盼一个更美的地方，那就是天堂，他们因此称上帝为他们的神，且不以为耻，因为上帝已经给他们预备了一座城。[42]

奥古斯丁和许多其他作家都受到这个段落的启发，创造了一个激进
165 的基督形象（以凝练的形式用作说教主题，发展成文学情节）。其中，后亚当时代的人成为**异旅人**（*peregrinatio*），他的一生就是在另一个国土上艰难跋涉，寻找一个真正属于自己的更加美好的地方。[43] 比如在《希伯来书》开始的段落中，这一意象常常呈直线型，与奥德修斯的圆形旅程不同。无论是个人的还是普遍的，基督的生活模式都有起有落，有灾难挫折，沿循着从此处到彼处的路线，但都指向一个最终的目的地，这确是一个比起点更高的地方，尽管自己生来就有权到达这个地方。这种视人生为朝圣之旅的核心比喻具有强烈的吸引力，《旧约》中许多流亡的流浪者叙事都采纳了这种模式，尤其是关于上帝选民逃脱埃及奴役的叙事，以及进入应许之地之前在旷野中长期流浪的故事。旅程的目的地通常被描述为新耶路撒冷，它既是一座城市又是一个女人。《启示录》在第二十二章第 17 节后，经常把对这一目的地的渴望表现为坚持不懈地邀请人来参加婚礼：“圣灵和新妇都说，来吧。让听见的人也说，来吧，

让口渴的人也来。”

圣经中还有一种贴切、详细、生动的比喻。人生被比作一场环形而非线性的旅程，通过耶稣自己权威的声音，这场旅程被明确地表达为一则关于人的罪孽和救赎的寓言，这就是浪荡子的故事。（《路加福音》15：11–32）浪荡子收拾了自己的财产，“往远方的国度去了，在那里挥霍财物，放荡生活”，然后，深感懊悔，回到了家乡，回到了父亲家里。父亲很高兴地接纳了他，给他穿上最好的长袍，戴上戒指，穿上鞋子，吩咐以肥牛犊“飨食，感到非常快乐，因为我这个儿子是死而复活、失而又得的”。这个抛物线形式的旅程提供了一个比较详细的类比：浪荡子陷入一种“与妓女”在一起的放浪形骸的生活，类比于《旧约》中违背与上帝的婚约而破坏伦常、放荡不羁；宽容的父亲送给儿子的戒指，类比于人类 166
历史接近胜利尾声时上帝与悔过的以色列人再婚的誓言。[44]评论家对这些类比进行了探究。

新柏拉图派神学家特别喜欢“浪荡子寓言”。例如，爱留根纳将历史想象成一场从太一分裂、再回归太一的运动，将这个故事拓展为对一个堕落之人的描述，他“游离了自己的创造者”，但“一段时间后，将回到圣父身边”。[45]许多评论家将这则寓言作为对《希伯来书》中佩雷格里努斯形象的补充。这也是奥古斯丁在《忏悔录》中最喜欢的一个典故。罗伊·巴滕豪斯认为：“奥古斯丁从浪荡子回头的寓言中看到了自己的生活。”[46]奥古斯丁说，“我堕入名利场中，离你——我的上帝那样遥远”，就像“你的浪荡子”去“那遥远的国度”，从那里，“他又回来，一贫如洗，身无所有”。（第一卷，页 xviii）背离上帝，便是寻求淫乱，因为“当灵魂离开你，去寻找她在任何地方都找不到的东西时，灵魂便犯下了淫乱罪，除非“她回到你的身边”。（第二卷，页 vi）同时，它又是一个从丧失统一到分裂和分散的过程，因为只有“通过自制”，“我们才能集中结成一个自身的整体，而我们一直广泛分散在多样性之中”。（第十卷，页

xxix)事实上,我们在现世的生活都不可避免地经历分裂和冲突,只有在我们重聚成一个统一体时,这种分裂和冲突才会停止。"我在时间中被分裂……我的思想和灵魂最深处被各种各样的骚动撕裂,直到你爱的火焰将我净化、熔化,我与你完全联结在一起。"(第十一卷,页 xxix)奥古斯丁称,人生信仰的历程将在起点终结,在与流浪中分离的新郎的婚姻中终结,我们"听到新郎的声音欢欣不已,回归我们存在的源头,因此,他就是起点。若不是他在我们离开时留下,否则,我们便没有永久的回归之所"。(第十一卷,页 viii)

象征同一事物的图像彼此是可以互换的,这是圣经类型学不言而喻
167 的一个规则,因此,隐喻在基督教信仰文学中发生了强烈的凝结和位移。例如,在以下两个相关的段落中,奥古斯丁将自己的人生描述为一段从分散、邪恶到统一、善的旅程。将《希伯来书》的朝圣之旅、"浪荡子回头"的循环之旅、《启示录》的高潮及《雅歌》的意象融合在一起,这趟综合之旅的目的地是一个国家、一座城市和一个家园,它既是一个地点,也是一个人,既是男人,也是女人,既是一位父亲,也是一位母亲,既是新郎,也是新娘:

> 让我进入我的房间,将情歌唱与你听,朝圣之路上我难以言说我的苦衷,想起耶路撒冷,我便心生渴望,向上升起。耶路撒冷,我的祖国,也是我的母亲。记得你是它的统治者,是光亮,是它的父亲、导师和配偶……所有不可言说的善,因为你是唯一至高无上的真正的善。这样,我必不得离开,而是回到我那平和的母亲耶路撒冷处,我的心灵在那里第一次结出果实……在那里,你将把处于分散和畸形中的我统一起来,将我重塑,使我坚定到永恒……
>
> 新郎的朋友为那座城市叹息……等待着收养,救赎他的身体。他为此叹息,因为他是基督的配偶之一;他也心生嫉妒,因为他是新

> 郎的朋友。
>
> （第十二卷，页 xvi；第十三卷，页 xiii）

奥古斯丁《忏悔录》中的这些段落开创了文学精神史这一经久不衰的体裁，也为基督教小说发展丰富的形式指明了道路。基督教小说的含义不在字面，它是一种寓言，故事的情节是一段寻找一片土地或一个城市的旅程，那里住着一位性魅力不可抗拒的女人，结局则通常表示为订婚或结婚。故事的主人公通常被称作基督徒、朝圣者、普通人或人类，而非一个特定的个人。这种朝圣-追寻情节的最伟大之处在于，它开篇就介绍了关于“我们的人生旅途”（*cammin di nostra vita*）的一个根隐喻，将精神自传与一般寓言统一起来。因为但丁既是他的个人自我，又是成功 168
的基督教朝圣者，因此，他下至地狱、上达炼狱、最后升入天堂的过程，也成为**最终正义**（*all' ultima giustizia*）中所有被救赎者的经历。（《天堂篇》，第三十章，第 45 行）这首诗还将前文艺复兴时期新柏拉图主义的爱欲观与《旧约》和《新约》中的婚礼象征融合在一起，将造物般的贝雅特丽齐转化为一切欲望的女性焦点，她的美丽吸引着朝圣者逐渐返回所有爱、光明和欢乐的**本源**（*fons et origo*）。（第三章，第 28–42 行；第三十一章，第 79–87 行）在“真正的王国”即“我们的城市”里，但丁也将在预定的时间在婚宴上共进晚餐，他既是新郎的朋友，也是新郎的配偶之一。（第三十章，第 98 行，第 130–135 行；第三十一章，第 1–3 行）

中世纪骑士传奇的标准情节是真正的旅行、探索、接受战争和道德诱惑的考验，这很容易改变成为基督教的“寓言或黑暗的奇想”，斯宾塞的《仙后》便是后来的一个复杂例子。这首诗总体上讲述了亚瑟寻找仙后的旅程。在故事开始前，亚瑟曾在一个幻境中见到过仙后，被她的“美惊得黯然魂销”，所以，醒来后“决心要找到她”。[47]第一章的结尾处，红十字骑士与乌纳在允诺的伊甸园举行隆重的订婚仪式，预示了这是一场成功的追寻。作为对马背上的骑士进行追寻这个贵族式寓言的补充，人们发展了一个无产的朝圣者的故事，他扛着背包，坚定地跋涉在石阶和泥沼之间，寻找着天国。约翰·班扬在《丰盛的恩典》中创造了一个十七世纪的奥古斯丁文学精神史的最生动案例[48]，他也在《天路历程》中写下了一则关于平凡者的追求的不朽寓言。即使在这个清教徒和无产者版本中，所向往的土地或城市也被虚张声势地渲染为一种性欲的语言。

> 现在，我在梦中见到，此时的清教徒们……到了比乌拉，那里的
> 169 空气甘甜宜人……在那里，他们可以看见他们要去的城市了。由于这座城市本来的荣耀，以及照耀着城市的阳光，基督因为欲望染上了疾病，霍普也曾因为这种病发作过一两次，他们就在旁边躺卧片刻，因疼痛而大喊，**你们若遇见我的良人，请告诉他，我因爱生病。**
>
> 但是，感到有了一点力气，也更能忍受病痛之后，他们便又上路了……[49]

4. 浪漫主义想象的形式

新柏拉图派形而上学和新柏拉图派神学都主张一种进程与回归，神秘思想的核心主张是一个性别分裂、对立及重新结合的神话，基督教一以贯之地将生活比作一场流浪者回家与新娘团聚的朝圣之旅，所有这些与浪漫主义哲学和文学有着什么关系呢？

首先，如果我们允许进行全面、初步的概括，不妨回答说，后康德主义哲学典型的基本范畴以及许多具有哲思的诗人的观念，可以视为对新柏拉图主义范式的高度发展和复杂变体：最初存在统一和善，然后流溢出来，产生**实则**为坠入邪恶和痛苦之中的多样性，最后又回到统一与善。保罗·雷夫称："如果我们称有一个人能够成为理解浪漫主义的'钥

匙’，那么，只有一个人配得上这种称呼，这个人就是普罗提诺。”[50]这种说法可以接受，但只是作为初步的粗略说法，而且前提条件是，除了普罗提诺，还包括基督教思想家流溢-形而上学说的各种变体，并适当允许各个浪漫主义思想家用其不同的前提和操作概念改变固有范式。其次，众多德国思想家及少数几位英国思想家认真研究了乔尔丹诺·布鲁诺及 170
其他文艺复兴时期的哲学家、雅各布·波墨、德国虔敬派和英国内在灵光神学家的作品中发现的神秘概念。黑格尔在《哲学史讲演录》中注意到了新柏拉图主义哲学家、乔尔丹诺·布鲁诺和波墨，对他们进行了详细描述，并充满敬意。他还在题为“现代哲学第一声明”这一章节中，专门将波墨与培根并置讨论。谢林说，波墨“是人类历史上一个奇迹般的现象……如科学到来前民间流行的神话和神学一样，他为我们描述的上帝的诞生也先于现代哲学的全部科学体系”。[51]柯尔律治的全体学生都知道，他对新柏拉图主义、文艺复兴时期的神秘思想家以及雅各布·波墨的思想具有浓厚的兴趣，这种兴趣强烈但受到谨慎的限制，因为正如他对波墨的看法，“神学家”有时“被蒙骗，误将他那混乱的神经感觉和同存的幻想幽灵当作向他敞开的真理的一部分或象征”。[52]

认为衍生于这些神秘传统的元素在本质上是偏离正轨的，从而贬低包含这些元素的著作，这是一种错误。从菲奇诺开始贯穿于整个文艺复兴时期的赫尔墨斯主义——不是因其金匠、执业魔法师和精神自由者等狂热分子，而是因其中心前提和观点——在知识界享有盛誉，实际上几乎得到普遍认可。在十七世纪，这种思维方式被以新科学为基础的哲学取代。它的操作理论极为有效，立刻从一种权宜之计的虚构变成了现实世界的一个蓝图。十八世纪八十年代之后的几十年里，许多最为敏锐且敏感的思想家发现，启蒙运动的知识环境根本不能满足人类的直接经验和基本需求，因为正如他们所认为的，启蒙运动的世界观非常机械，它采取分裂性的分析方法（将所有物质和精神现象分解为不可化简的部分，

171 将所有的整体看作是这些基础部分的组合),还认为人类的心灵具有高度多样性,与非精神环境完全不同。相反,文艺复兴时期的活力论想象这个宇宙是完整的,没有绝对的划分,其中的一切事物都通过一套相应的系统相互关联,有生命的事物与无生命的事物之间、自然与人之间以及物质与心灵之间是连续的。此外,相互对立的力量之间的运动促生了宇宙,这种力量不仅维持了宇宙目前的存在,而且让它保持运行,回到统一的起源。凭借这种思维方式,一些浪漫主义哲学家发现了一些线索,表明存在一种可行的反形而上学,以抵制现代机械主义、本原主义和二元论,条件是(正如在我刚刚引用的段落中谢林关于波墨的论述一样)将神话元素转化为哲学概念,并组合成一个"科学的"即连贯的概念体系。年轻时,柯尔律治在自己的哲学圈子中阐释了这种神秘传统对于自己的重要性:

> 这些神秘主义作品……有助于在头脑中保持心的活力,它们给了我一种模糊但令人激动的、有效的感觉,即所有纯粹反思官能的产物都参与了死亡……对我而言,如果说白天它们是一团移动频繁的云雾,那么,当我在疑惑的旷野中徘徊之时,它们则是通宵燃烧的火柱。[53]

顺便说一下,显而易见的是,这种认为宇宙中充满了相互对立却又相互吸引的类似两性之力的神秘思想(笛卡尔和牛顿机械主义对这种观点持质疑态度并加以置换,但在德国谢林及英国柯尔律治的"自然哲学"中又以一种精炼的形式复活了),通过一种思想史的突变,将十九世纪和现代物理学中一些富有成效的假说反馈到科学思想中。[54]

早期还有另一个观点。正如我们将看到的,浪漫主义时期的一些伟大诗人在自己的作品中融入了神话和意象,这些神话和意象源自神秘的

起源。然而,诗人们是为了便于象征,即“诗歌隐喻”,而采用了它们。 172
旧有的世界观有助于他们明确那个时代的隐忧,他们有时也利用那个时代的神话来影射并戏剧化自身的感受,觉得在那个充满压制、危机四伏的时代,处于那样的知识、社会及政治环境中,自己毫无归属感。人感觉成为一个世界的局外人,而这个世界是由人类自己永不知足的智力创造的,一个流亡者为了寻找真正属于自己的地方而四处游荡这一传统情节形式得以复兴和广泛传播,也体现了作为一个异乡人的感受。尽管我们将看到,浪漫主义的种种寻求、普罗提诺式的奥德赛历险及基督徒朝圣之旅之间,也存在着显而易见的差异。

在接下来的两章中,我将研究一些突出的发展模式及与之相关的概念。十八世纪九十年代之后的四十年里,无论是在形而上体系的结构中,还是在文学作品的设计上,德国及英国的主要作家都广泛表现了这些模式和概念。在对这大量的、丰富多样的材料概述中,为有助于保持不偏离方向,我在这一章的最后就这个时代的典型哲学以及哲学与文学的关系进行总体评论,因为了解哲学和文学之间的关系,有助于解释这些浪漫主义思想和想象之间惊人的相似之处。

一、**自我运动与自我维持系统**。后康德时代的哲学家们将他们组织有序的思想称作是一个自我生成、自我决定、包罗万象又自成一体的“系统”。也就是说,它的首要前提是由一种内在必然性演变成宇宙中一切必不可少的东西,甚至包括自身。这基于这样一个事实,即它的结论返回并包含了这个前提,所以,一个完备的系统不依赖于它自身以外的任何原则。该体系从本质上区别于大多数伟大前辈的形而上学结构,不管他们所描述的世界性质如何,从理论上讲,这个世界都是由一些固
定的概念构成,这些概念通过合理的关系被组织成一个稳定的、永恒的 173

真理结构。值得注意的是，由费希特提出、谢林发展并由黑格尔终结的浪漫主义哲学体系，本身就呈现为一个**运动**的系统，一个动态的过程，由内部的运动源驱动直至完成。谢林明确指出斯宾诺莎哲学思想中的缺陷，但仍然承认斯宾诺莎是自己的“老师和前辈”。

> 斯宾诺莎知道原始力量之间强大的平衡能力，他让这两种发展的、思考的力量彼此对立……但是他只知道二者的平衡，却不知道它们的平衡引起了冲突，认为这两种力量相邻，但处于静止状态，不会相互刺激或互相强化[*Steigerung*]……因此，他哲学体系的缺点就在于缺乏生命和发展。

谢林说，因为“矛盾是生命的主要源泉和核心……如果只有统一，如果一切都是和平的，那么确实没有什么会促动，一切都会陷入倦怠”。[55]这句话表明，谢林认为宇宙的驱动力尼苏斯(nisus)是一种内在于相互对立的、相反的、矛盾的两极中的固有能量，表现为排斥和吸引、离心力和向心力之间的张力。但哲学所描述的不只是宇宙显现出一种永恒的运动，人们认为，哲学体系本身作为一个内在驱动并不断发展的过程，从对立到和解再到重新对立，通往最后阶段，那里所有对立面终将得到调和。

柯尔律治称，费希特的《知识论》“从一个**行为**而非一个事件或**物质**开始……提供了一个真正的形而上学系统**思想**……(即它有自身内在的起源和原则)”。[56]费希特的“知识科学”始于自我概念，这是一种纯粹的活动，为自己设定一个非我，非我可以在一个领域中实现自己，通过“无限奋斗”反抗一个对抗的非我，努力达到一个可以接近但不可达到的目标——绝对自由。自我与非我间的对立与冲突关系是费希特宇宙
174 中的生成能量。提出一个命题，然后提出一个反命题来反驳它，而后在

一个综合体中解决这种对立，这个综合体反过来又成为一个命题，与一个反命题相对。费希特就是用这种一致的方式发展了自己的概念体系。

柯尔律治接着说，谢林是“动态系统最成功的**改进者**”。举一个早期的例子，谢林建立和维持**先验唯心主义体系**的方式是通过消除主客体概念间的基本对立。这种原始的对立包括理智与自然、意识与无意识、自由与必然之间的对立。“如果一切知识实际上都有两极，它们相互设定，相互需求，那么，在所有的科学中，这两极必须找到彼此。因此，必然存在两门基础科学，不可能从一极出发而不被驱使到另一极。”[57]在自然将客体转化为主体、将自然转化为理智这些过程中的冲动，对应于他自己哲学概念体系中的动态的冲动，这种冲动试图解决主客体间的矛盾。在**先验唯心主义**中，谢林提出的解决方式在于富有创造力的艺术家的“想象力”概念。想象力是一种官能，通过它我们能够“思考、调和矛盾”，它把一切统一在一个单一的活动和作品中，以此来消除自然与知识、意识与无意识、主体与客体之间的终极矛盾，这种矛盾作为“艺术家全部存在的根基”发挥效用。[58]

这一自我启动、不断发展、包罗万象、自给自足的哲学体系在黑格尔的辩证法中达到了顶点。无论在何处接触到黑格尔的思想，你都会发现自己立刻运动起来。黑格尔体系的基本单位“概念”[*Begriffe*]本身就是“自我运动、循环……精神实体”，“概念就是客体自身，客体自身表现为它的成为……它自己运动，把自身的规定性带回到自己”，并过渡到自身的补充物或对立物。[59]在科学中，概念是自身发展出来的，它只是自身规定性的一种内在发展和产物，“概念的这个运动原则……我称作辩 175
证”。就像在哲学家的系统思想中一样，物体的、人的和制度的现象世界里也表现出了这种辩证，它是一种内在的、自发的运动，每一个要素过渡到自身的相反面和对立面，这些相反和对立反过来推动和解或综合的达成。

> 任何地方，只要有运动，有生命，在现实世界做任何事情，辩证法都会发生作用……我们周围的一切都可以看作是辩证法的实例……通过辩证，有限作为自身以外的潜在的东西，被迫超出自己直接的、自然的存在，突然变成自身的对立面。[60]

作为组成部分的概念，其整个运动就构成了哲学或“科学”。在这个富有活力的完整的哲学体系中，真理并不存在于任何与整体分离的命题中（因为真理一旦与整体分离，便立刻变得“呆板、肯定”），它存在于动态过程本身的整体中，“整个运动构成了肯定和真理”。在这种辩证法中，没有一个部分是静止的，它的整体构成了真理，而真理是永恒的，因而也是静止的。黑格尔用了一个著名的矛盾修饰法来描述这种辩证法：“因此，真理是一个狂欢的旋涡，其中，没有哪个成员不醉，因为任何成员一旦将自身分离出来，就会立即溶解——旋涡仍旧那么透明，处于纯粹的静止状态。”[61]

不论是定义其系统的性质，还是为自己系统建立优越于其他哲学的真理，黑格尔和谢林在著作中都一直坚持认为真理是“活的”而非“死的”。黑格尔论述中反复出现的这一隐喻表明，他的范畴得以产生的范式是一种生物性的，他的形而上学体系实际上是系统的，被类比为一个有机体的成长。有机体的各个部分处于自我不断生成的运动之中，一旦脱离了它们的有机环境就会死亡，并且通过一种内在能量发展成自身的完整形式，从而构成一个整体。黑格尔说：“理念就像一朵花，是叶子、
176 形状、颜色、气味的一个统一体，某种有生命的、生长的东西。”相应地，“真理具有**发展**的动力……理念本身是具体的、发展的，因此是一个有机的系统”。[62]

在这个包罗万象的生物学观点中，动态原则（对立事物产生创造力

的原则,对立的双方互相排斥,但又相辅相成,表现出排斥且相吸的张力,并结合成一个统一体,产生一个新的存在)在最后的分析中似乎是通过与两性生殖进行类比获得其属性的。有时,对这种辩证法的阐释表现出与性别分裂、对立和夫妻团圆这一原型(早期神秘思想的核心)密切相关。为了明确"世界-体系原初得以产生"背后的极性本质,谢林提到了人类的繁衍,"它是唯一的例子,在某种程度上我们被允许作为原初创造的见证人"。[63]柯尔律治在给 C. A. 塔尔克的信中写道:"自然有主要的两极,即两个相应的、相关的对立面,统一因之呈现,并在其中呈现,这两极是(借用你最高兴、最具有表现力的象征)时间世界中的男性和女性,在他们的追求、退隐和婚姻和解中,所有其他的结合和诞生全部得到热烈的庆祝。"[64]

黑格尔在早期关于爱的手稿中认为,爱是能够克服对立的一个原则。他提出了一个更复杂的类比,探究现象中存在的可能的观念,即男女爱人的结合生产出单一性别孩子,孩子又在这个持续的结合和繁衍的系谱链中重复着父母的功能。

> 在情侣的接触和联系中,最初个体身上大部分自身的东西被统一进一个整体。如果一个独立的自我意识消失,情侣间的一切区别也都会消失。这个世俗的元素,即人类的身体,已经失去了可分离的特性。一个有生命的孩子、一颗不朽的种子、一个永远自我发展与自我产生的[种族],已经诞生了。[在孩子身上]的统一,不再分离;上帝[在爱中并通过爱]行动和创造……
>
> 一切赋予新生孩子多样性生命和特定存在的事物,都必须将其
> 吸引到自身中,与自己对立,并与自己统一。这颗种子从原初的统 177
> 一中挣脱出来,逐渐走向对立,并开始发展。发展的每一阶段都是一种分离,每一阶段的目的都是为自身重新获得[父母所享有的]

> 生命的全部财富。因此,这个过程就是:统一,然后分离成对立的两极,最后重新统一。在结合之后,恋人们又分开了,但在孩子身上,又结合起来,不再分离。
>
> 这种爱中的结合是完整的,若要如此,只有……每一个分离的情侣都须成为有机生命整体中的一个部分。[65]

在黑格尔晦涩难懂的著述片段中,我们发现在孩子生产过程中存在一种结构性的相似,这属于他成熟辩证法的基本范畴。父母双方之间的两性对立和结合,继承了互补对立的概念,通过相互吸引,这种对立被引入一个综合体,其中,"一切区别……被取消了"。融合了父母双方特点的孩子生产的下一代,开始独立发展成一个新的单性个体,继续寻找与自身对立的性别,并与其结合。在这一代中,我们看到一个新的综合体概念,它转变为一个新的对立,对立又生成一个新的综合体,最后,在"永恒自我发展和自我生成的[种族]"中的个体,作为一个综合体的部分而彼此结合,形成一种累积性的谱系遗传。从这一事实中,我们发现黑格尔辩证法的重要创新来源于两个发端点:第一是费希特关于命题与反命题之间既连续又截然分割的方式;第二是谢林的多极概念,即一个单一的、连续的、包含一切的综合体链条,它自我更新,不断累积,处于不断发展之中。如黑格尔对这个过程的描述,所有相继产生的对立都会相继**扬弃**(*aufgehoben*,一个具有三重意义的德语双关语,黑格尔使之成为最具影响力的形而上学思想之一),也就是说,在同一时刻,这些对立被消除、保留并提升到一个更高的层次。

二、**内在目的论**。在后康德思想体系中,内在运动绝不是随机的,
178 也不允许用其他要素替代形而上的自主性。这些系统被展现为朝着一个内置目标或终极状态不断运动,在运动过程中,每个阶段都从前一个

阶段开始，按照一种自决的顺序，由此构成哲学家有时称之为“演绎”的顺序。换言之，正如在哲学家的系统思维中所表现出来的那样，这一过程根据一种内在目的论运动。因此，永恒哲学体系内的辩证运动构成了一种预定的情节，而类似的情节通过分布在时间及外部世界的代理人和事件表现出来。黑格尔充分发展了这种思维方式，其中哲学系统理性的辩证发展，在物质世界的发展过程中和人类一切经验和历史的发展过程中，都具有现象性和时间性的关联。黑格尔说，世界是“客观的思想”，或者反过来说，“理性在世界中，这就是说，理性是……它的内在原则，它的内在本性，它的普遍性”。因此，同样地，在整个哲学体系（科学）中实现自身自我发展的“精神”，也将自己呈现为“自然”。在另一层面，当它成为“交付给时间的精神”时，就把自身表现为历史。[66]

不可避免的是，必须从系统性思想、自然界、人类行为和意识的历史中制订一个隐性的计划，这种观念与神学观念非常相似。后者认为，神圣旨意普遍存在但隐性地发挥作用，起初是作为计划者和控制者的外在的个人即上帝，后转化为“狡黠的理性”的内在运作（以黑格尔常用的话语）。事实上，我们发现，正如诺瓦利斯在谈到费希特哲学时说的那样，这些哲学体系“也许就是基督教的应用而已，除此再没有别的了”。[67]也就是，他们在自己的整体设计和概念细节中融入圣经历史的情节模式及关键事件，包括从创世纪（转换成哲学术语后，创世不是发生在时间里，而是发生在那个具有无限性和概念优先的“时刻”，在这个“时刻”，自我、绝对或精神将自己从客体转变成主体）到最后遥远的神圣事件，这一事件正是沉思的精神和宇宙的运动拥有的必然目的。[68]毫无疑问，在某种程度上，这种做法无疑是无意识地保留了哲学思想中继承的文化偏 179
见的结果。在很大程度上，后康德主义思想家（用哲学史学家弗雷德里克·科普勒斯顿的话来说）一直倾向于将“基督教教义去神话化，并在此过程中把它们变成一种思辨的哲学”。[69]这是一种有意识的计划，它基于这样一种规定的假设：基督教在它的历史计划及特殊寓言和教义中，体现了真理发展过程中一个虽不完善但更高级的阶段。黑格尔反复将自己的哲学描述为知识，它超越了基督教神学，但采取的方式只是把基督教神学融入一个更高的概念性阐释和系统性真理的秩序之中。黑格尔说，“虽然哲学不必受到宗教的威慑或接受一种勉强存在的地位，但她不能忽视这些流行观念”和“宗教故事与寓言”。[70]在下一章中，我们将看到，在费希特、谢林和黑格尔明确将之转入自己哲学的流行观念中，最突出的便是堕落的故事以及人类救赎的预言。

三、**统一的丧失与重新统一**。神学计划经转变进入德国唯心主义者的形而上学系统，成为一个异常复杂，但仍可识别的新柏拉图式基督教的大循环版本。据此，流溢的过程在开始时就结束了，“太一”就是开始和结束。费希特说，康德“假设的出发点是，多样性是一种给予的东西，被汇集起来纳入统一的意识”。但真正“必须包含人类精神整个系统的知识学”必须采取相反的方式，从绝对自我的统一性出发，绝对自我在自身中设定非我，然后以一种综合各种具体的序列发展，“直到我们得到最高的理论事实，据此，自我有意识地通过非我将自身设定为规定性。因此，理论知识学根据其首要原则封闭起来，返回自身，并凭借自
180 己的能动完全封闭起来”。[71]费希特在《全部知识学的基础》的结论中写道：

> 循环已经完成……保证我们对自我主要冲动进行完善演绎的，是它圆满结束并关闭了那些冲动的系统这一事实。[72]

在早期的一篇论文中，谢林反对康德的非系统方法，他提出：

> 只要哲学的首要原则恰好也是它的最后原则，一切科学就一定能实现至高的完美和统一，包括理论哲学在内的一切哲学都以此为出发点。理论哲学自身也是实践哲学的最后结果，在实践哲学中，一切知识都获得结论。

谢林开创其**先验唯心主义**的前提是主客体的绝对统一——“同一性”或“无差异性”（完全缺乏差异）。这种“原初的、永恒的统一”被“思想的过程分裂”，在自然领域与精神领域表现为主客体分离的形式。但是“当一个系统回到它的起点时，也就完成了”。谢林的体系也是如此，体系的论证过程最终又回到“主观和客观完全和谐的最初状态，处于原初一致性中的这种状态，只能通过理智的直观[*Anschauung*]来表现”。[73]

黑格尔说：“真理是自我成为的，是一个以终点为目标，又以目标为起点的圆圈。”[74]他声称，费希特和谢林与他们的前辈康德一样，都没有成功实现他们所宣称的目标，即将他们的哲学体系从分离状态恢复到最初“主体与客体，或自我与非我完美的、真实的统一”。[75]黑格尔努力在自己的体系中弥补了这一缺陷，正如他在《小逻辑》一书中对自己哲学构思的总结：

> 这个观点最初只是建立在自证基础之上，但在科学的发展过程 181
> 中必须转化成一种结果——哲学回归其自身并回到出发点这一最终结果。这样，哲学就呈现为一个自我封闭的圆形，像其他科学一样，没有开端。[76]

因此，在黑格尔哲学体系中，产生了一切的哲学体系最终又折回来，吞没自己的生成前提，在自身之外什么也没留下。

人类的历史被设想为一个体现在时间中的圆形图画，那么，基督教关于失乐园和未来乐园的观点就呈现出统一,失去统一,又恢复统一的形式。在浪漫主义和新柏拉图思想中,分裂、分离、外在与孤立等同于邪恶,也是圣经中人类堕落的另一个后果,即死亡。谢林说:“只要我自身与自然**认同**,我就能充分理解什么是有生命的自然,就像我充分理解我自己的生命一样……然而,一旦脱离……自然,所剩下的就只是一个失去生命的物体,别无他物。”[77]黑格尔说,依据理解“进行差异化的行为”带来了被肢解分割的“非现实性”,我们称之为“死亡”,而“通过死亡存留并保全自己的生命即是精神的生命”。[78]诺瓦利斯总结道,浪漫主义有一个共同点,即“一切罪恶与邪恶都是孤立的(这是分离的原则)”。[79]

与这个观念一致,浪漫主义思想家认为,哲学反思即进行思考这一行为本身中的行为(因为它必然采用将一划分为多的分析方法进行理解)是自在的,用谢林的话来说,就是一种“人类的精神疾病……邪恶”,因为一旦开始,它就会继续无情地分裂“大自然本来永久统一起来”的一切。人类最根本、最主要的隐忧是意识与思想开始产生的分离,这种分离既是人类邪恶和痛苦的根源,又是它的持续表现,发生在“人类将自己与外部世界对立起来之时”[80],正如各种表述所示,这时,自我与非
182 我、主体与客体、精神与他者、自然与心灵都产生了分裂。人们通常认为,当人开始反思,因而开始哲学化时,引发的第一个断裂具有两个维度:一个是认知层面的,另一个是道德层面的;第一种表现为心灵和外在自然之间的分裂,第二种表现为人类自身本性的分裂。在认知层面上,这种分裂在于心灵与自然最初统一的丧失,人类开始意识到作为认知的主体与作为被认知的客体或“自然”的分离。在道德层面上,这种分裂在于心灵失去了与自己的最初统一(冲动与行动最初的和谐),人类开始意识到作为自己人性基础的“自然”(构成“必然性”领域之人的自然本能、欲望和冲动)与主观“理性”(区分不同对错选择的能力)和主观“自由”领域(选择对、拒绝错的能力)之间的对立和冲突。因此,人的

自我意识使他与世界疏远，并被赋予在善恶知识中进行自由选择的责任。心灵与外部自然、与自身本能冲动之间最初的、产生两个对立面的分裂，尽管本身就是一种罪恶，却正是这种分离释放出思辨哲学的启动能量。这种哲学的根本目的（如所引用谢林的段落中所述）是为了在复原的、持久的统一中消除一切认知上及道德上的分离和对立，没有了“最初的分离……我们就不需要进行哲学化”，“真正的哲学”从原初的分离出发，“以便永远地消除、扬弃[*aufzuheben*]这种分离”。

因此，浪漫主义哲学主要是一种综合的形而上学，其关键原则是“和解”原则，或对所有分裂、对立和冲突的事物进行综合。在这种背景下，我们才会理解谢林的主张，“所有的哲思都在于回忆我们曾在其中与自然合而为一的情况”。[81] 正是在这种哲学传统中，我们才能够理解 183
本章早前提及的柯尔律治对“纯粹知性”行为的强烈批判。他认为，通过这种行为，“我们认为自己是独立的存在，将自然与心灵对立起来，如同主体与客体、事物与思想，死亡与生存的对立一样”。[82] 在黑格尔看来，人类思维过程表现了精神的整个过程，这个过程的内在目标就是最终彻底为意识恢复一个完整的世界，正是从这个世界中意识被最初的行为异化出来，在这种行为中成为意识：

> 处于运动中的精神成为其他事物而非它自身即自为的物体，而后将这种他性升华……[它]被疏离，然后从疏离中回到自身……成为意识本身。[83]

四、逆转式发展：浪漫主义的回旋。典型的浪漫主义设想与新柏拉图主义循环一元论之间的差异极其重要，因为其中包含了一种与新柏拉图典型哲学价值观完全相反的人生观和价值观。这些重要的差异主要表现在两个方面。首先，早期的后康德哲学体系中，统一性既作为全部过程的起点与终点，又作为最终价值与核心的统一性发生了转移，从普罗提诺的他者-领域（other-realm）转移到人、自然以及人类经验的世界。作为一个目标，这种统一在浪漫主义哲学家看来也许可以实现，或者（如费希特）具有无限的退隐性，因而人类只能逐步地接近。但是，在任意一种情况下，种族和个人的历史（在新柏拉图主义中，这种历史是幸福的短暂缺失，是坠入现世存在的令人遗憾的偏离）成了人类在其中要么最终找到幸福、要么一无所获的唯一领域，我们在现世世界中生活，无非是想提高那种生活本身的质量。其次，普罗提诺学派所说的统一是简单的、无差别的原初统一，而在浪漫主义最具代表性的流溢与回归学说
184 中，当过程回归到起点时，这种复原的统一是更高层次的统一，因为它融合了介入其间的差异。在《逻辑学》一书的结论中，黑格尔补充评论道，“现在我们回到开始的理念概念”，但“这种向起点的回归也是一种前进”。[84]换句话说，这个自我运动的圆圈沿着第三个垂直的维度旋转，在它开始的地方封闭，是在一个更高价值层面上的思想闭合，因此，它融合了循环回归和线性进步的思想，来描述一幅浪漫主义思想和想象的独特画面——上升的圆圈或螺旋。后来，胡戈·冯·霍夫曼斯塔尔对这种设计给予了简洁、完美的描述：“每一段发展都是螺旋式运动，不遗漏任何东西，都回到同一点，但比原来的层次更高。”[85]

根据这一观点，分裂成对立事物后产生的统一或综合体，包含一个比原初统一更高的“第三事物”，因为它保留了自己已经克服的差别。对于这个结果，歌德用一个炼金术术语“强化”（*Steigerung*）来描述，称之为“螺旋式”发展：“一切自然的两大驱动轮”是“极和强化的概念”。每一种现象都必须自我分离，以便将自身表现成一种现象，“被分离的再次寻找自身”，如果“被分离的先强化自己，那么它通过被强化部分的统一，形成第三个新的、更高层面的、完全意想不到的东西”。[86]正如柯尔律治对这个概念的解释，“在生活中，以一种重要的哲学观点来看，这两

个互相对立的构成力量其实是相互渗透的，产生出第三个更高级的事物，它包含了前两者，‘以这样的方式得到最高级的东西’”。[87]据黑格尔的观点，在系统知识的过程中，“丰富的内容简化成确定的东西，回到其本身……然后发展成更高级的真理”，结果，“哲学的最后阶段成为全部前期哲学的产物，没有任何东西丢失，一切原则都被保留下来”。[88]

新柏拉图思想传统的中心观点是，绝对无差别的太一是绝对的善，是完美本身，是**一切的起源**（*primum exemplar omnium*），也是一切存在向往的终点。相反，根据上述浪漫主义独特的、创新的观点，真、善、美的标 185
准不仅仅是原初的简单统一，也是一种逐步分离与重新整合过程的终点的复杂统一。威廉·詹姆斯曾这样评价新柏拉图主义的太一：“如果绝对感到自身完美而处于停滞不前的自适状态，那么，它会对我无动于衷，正如我会对它无动于衷一样。”[89]詹姆斯远离对静止、统一和自足进行简单神化的传统，从而超越了我们这个时代的大多数思想家，后者承认存在的原初统一具有强大的吸引力，但是，我们将看到，他们将这种吸引力看作是对失去情景的绝望的怀念，文明之人永远回不到这种情景，即使能回归，也不应该回归，因为使人变得文明、成为一个人的，是对远比自己所失去的统一层次高得多的和谐与完整的向往。这些思想家指出，原初的统一之所以更高级，不仅因为它保留了多样性与个体性，也因为它不是简单地给予人类怀念的情景，而是人类必须努力沿着一条倾斜的、曲折的道路通过不断奋斗才能获得。典型的浪漫主义理想绝不是一种文化原始主义，它是一种在文化和文明的艰难道路上进行艰苦奋斗的理想。

阿瑟·O. 洛夫乔伊说，“在七十年代到九十年代成熟的那一代德国作家”中出现了从“均一主义”向“多元主义”的转变，即从早期倾向于统一、简单及普遍向相反的方向转变，倾向于最大程度的多样性、最完满的个性及特殊性，这种多元主义构成了“浪漫主义革命最重要、最独特的特征”。[90]这是一个事实，但不全面。还必须指出，浪漫主义思想最独特之处在于，它的规范性强调的不是丰富性本身，而是一种有序的统一，用柯尔律治的话说，这种统一性中所有的个性化和多样性都以一种没有分离的差别存在，在抽象知识中发挥作用的“理解”最好“相互区别而不分裂”，从而在“永恒的理性”中为“一切智性再度统一为一”铺平道路。[91]因此，最高的善的规范从简单的统一转移到最具有包容性的整体，不是
186 纯粹的多样性。席勒说，在文化发展的顶点，“人类将把最伟大、最完满的存在与最高度的自主和自由结合起来，他们不是迷失在世界中，而是将世界上各种无限的现象都吸引到自身，使之服从于自身理性的统一”。不仅在生活中，也在艺术中，美的统一性和确定性“并不存在于对某些现实的排斥，相反是对所有现实的绝对包容”。柯尔律治把这种复杂的属性称为“统一中的多样性”（multeity in unity），如同席勒一样，对于柯尔律治来说，它是生活和美的准则。他和同时代的德国哲学家一样，往往根据包容性和结构性的双重标准，来对所有生物和人类成就排序，无论是道德上还是美学上：组成成分的多样性和差异性，以及它们整合成一个统一整体的程度。[92]

将最高真理和最高价值的所在从简单的起点转移到一个拓展过程的复杂终点，就是将普罗提诺的流溢转变成发展，因此，普罗提诺将从“太一”到“多样”的过程贬低为从完美到堕落，浪漫主义者却将这一过程视为升至完美的必经阶段，给予赞誉。在雅各比的传统观点中，我们据之推断任何事物的“基础”，必然比据之推断出来的事物具有更高的现实和价值。对此，谢林在1812年的一篇文章中反驳道：“真正的哲学思想方法是上升，不是下降”，“万物据之进行演变的基础总是且必然低于根据这种基础发展而来的事物”。或者用传统神学话语话来说，因为上帝将进化为一个包含所有多样性的统一体，位于螺旋式发展尽头的唯一的上帝，比起这个过程开始之前处于无差别化统一中的上帝来，更加

伟大，无法衡量。

> 我认定上帝是第一的，也是最后的，是阿尔法，也是欧米伽，但作为阿尔法的他并不是作为欧米伽的他。既然他是第一个……严格说来，他不能被称为上帝，除非有人特意说"隐含的上帝"，因为作为欧米伽，他是**呈现的上帝**……[93]

同样，黑格尔坚持哲学的绝对"不是这样一种原初的统一，也不是这种直接的统一"，它"本身就……与自身纯粹同一和统一"，因此，"对他者性、疏离及克服这种疏离并不看重"。作为哲学真理与价值的标准-准则，绝对不是出现在发展过程的起点而是在终点："从本质上理解，绝对就是结果。"像往常一样，黑格尔毫不犹豫地阐述了这种思维方式所指向的极端立场，表明真理只不过是成为的整个循环（the entire circle of becoming）获得现实化。 187

> 真理就是整体，但整体只是通过自身的发展来完善自己的本质。关于绝对，我们可以说它在本质上就是结果，真理只存在于终点，正是在终点才构成了它的本质：成为现实、主体，或者成为自己的那个东西。[94]

黑格尔的精神辩证法及其异化的他者在绝对中达到顶点，这种绝对是一个全合一的事物，是一个不可分割的统一体，克服但仍然保持着原来所有的个体性，在自身中融纳一切。

五、**救赎作为一种渐进的自我教育**。我之前提到过，后康德哲学思想在多大程度上将基督教历史计划概念化了。在这个过程中，人类历史的救赎目标从人与超然上帝间的和解与统一，转向克服自我与非我的对立，或主客体的和解，或精神与自身的他者的统一，其结果表现为生活在这个世界上的人类充分发展的意识：人类经历磨难的正当性存在于经验本身之中。因此，人类历史及个人反思的历史不是对一个异质世界即天堂的考验，而是一个自我形成的过程，或者说，是人类从产生意识到完
188 全成熟这一阶段中心灵和道德进行自我教育的一个过程。人类的心灵，无论是普遍的还是个人的，都受到痛苦的磨炼，在经历分裂、冲突、和解等一系列阶段并通往最后的阶段中，都要经历这种痛苦。在最后的阶段，一切对立都被克服，心灵将充分地、成功地认识到自己的身份、过往的重要性以及已完成的使命。如此，人类的生命历程（用德语合成词来表达可能更经济一些）将不再是**救赎史**（*Heilsgeschichte*），而是**教育史**（*Bildungsgeschichte*），或者更准确地说，是将**救赎史**转变成**教育史**的世俗模式。

在后康德哲学中，首要且主导的东西是心灵原则，在西方传统中，“意识”是心灵独特的属性，“认识”是心灵独特的活动，因此，这些形而上学体系（尽管致力于解释宇宙的整体性）在很大程度上主要是认识和认知体系，所有存在及发生的事物在本质上最终都指向人类意识“成为”的历史，即发展的历史。谢林在其**先验唯心主义**中将“整个哲学”定义为“自我意识进步的历史”，黑格尔把**精神现象学**描述为“知识形成”或“将意识培育[*Bildung*]至科学水平的详尽历史”。[95] 在这种哲学背景下，基督教关于创造、堕落和救赎的历史被转变成人类知识发展中人类意识领域经历的各个阶段或“时刻”。在最初的自我意识中，区分认知者与被认知者的知识由两部分构成：一是外在于认知意识的世界的创造，二是人类从自己最初的天真（等同于自我统一）堕落到对邪恶的认知（等同于自我分裂和冲突）。但是，如果知识最初是分析性的且是分裂的，那么在它更高的表现形式中，则是统一的、整合的，因为当心灵彻

底成功地把握、理解它所知道的事物时，就会同化这个事物，让它成为自
己的东西。结果，人类生命的救赎目标被预设为人类集体意识的终极阶 189
段，这时，自身具备了有序认知力量的完满性和完美性，它将彻底重新占
有一切，而在它处于早期尚不完美、认知片面的阶段时，这一切作为客体
被分离和异化出来，与作为主体的自己相对，如谢林所说，只有在“我们
所认识的世界与自然的世界完全一致”的时刻，“思想的世界变成了自
然的世界……认知才获得最终的平息和补偿，也只有在此中才能实现道
德的诉求”。[96]

对于神学历史向人类教育过程的转变，甚至在十八世纪后期许多关于“普遍历史”的著作的标题中都有所体现，包括莱辛的《论人类的教育》（1780）和席勒的《论人的审美教育》（1795）。黑格尔明确指出，自己认为历史的情节就是精神的自我实现和自我教育，这个过程的结果构成了上帝对待人类方式的理据。正是在这个意义上，作为“精神发展过程和实现”的“世界历史”是“真正的神正论，证明上帝处于历史之中”。[97]黑格尔在《精神现象学》中宣称：“必须在教育［*Bildung*］中考虑普遍的个体，即自我意识的精神，教育的目的在于培养精神对构成知识的事物的洞察力。”[98]谢林在1803年写道，当希腊的异教信仰被基督教取代时，“人类的普遍堕落”就开始了，“人从自然中分离”，“意识到这件事则使得人类不再纯真”。相应地，之后从堕落中获得救赎，发生在“意识的和解之中，这种和解不仅取代了人与命运的分离，也取代了人与自然［原初的］无意识认同，而后在一个更高层次上恢复统一”，“表现在天启观念中的”，正是对这一过程的认识，即从天真的堕落将会引导至一个更高的层次。[99]

这是一种关于进步的理论，更确切地说，是人类心灵进步的教育理 190
论，并非一种乐观主义哲学，除非基督教的历史观本身是乐观的，认为最
好的尚未实现，人类历史的终结证明天启方式的合理性。这些哲学家并

不将邪恶设想为(用谢林的话来说)“一种必然的恶”来否认其存在[100],也未将人类处境的痛苦最小化。相反,谢林和黑格尔认为,疏离、冲突和死亡在发展过程的每一个相继阶段中都起着根本的作用,这种作用高度凸显了人类生活和历史中苦难、损失和破坏的不可避免性。谢林在《世界时代》(1811)中写道,身体和道德上的痛苦和恐惧是“一切生命中普遍存在且必须经受的”,因为上帝自身是通过历史发展的,所以,他经历了“发展”和人类意识进步教育中必然会产生的苦难。

> 上帝引导人类本性走的,正是他自己的本性必须走的路。为了将自己提升到最高意识,人类就必须参与上帝本性中的一切茫然、黑暗和苦难。[101]

考虑到人类视界的“弊病、邪恶、毁灭”和“无法形容的痛苦”,黑格尔认为,历史总体上是一个巨大的“屠宰场”。在《精神现象学》中,他一直用圣经类比模式,将普遍人类心灵教育过程中的各个阶段描述为“车站”,它们相当于基督的“苦路”(Stations of the Cross)。在书的结尾,他采用一直使用的圣经类比模式,将之前所讲述的人类意识走向“绝对知识”这一目标所经历的苦难,描述为耶稣受难故事的概念性呈现——“绝对精神的回忆和受难所(Golgotha)”。[102]

六、**螺旋式回家之旅**。因此,在黑格尔和谢林的著作中,随着历史模式通过时间的演进,永恒的形而上学体系呈现出一个明确的情节:意识主体努力回到一个比与自我的原初统一更高的模式,当初正是从这种原初统一中,它通过原初的意识行为不可避免地将自己分离。在这个痛
191 苦的教育过程中,主体的知识不断拓展(但直到获得之前,不能明确认识自己所需要的东西),如果用形而上学的术语来描述,正如我们所看

到的，这个过程的基本范畴往往是从生物起源、生长和发育的模式中衍生出来的。这一过程反过来又被解释为对反复出现的矛盾的相继调和，或一个发展到极端模式的概念与自身的和解，用黑格尔的话说，这个概念在极端处“过渡到”自身的对立面或“否定”。此外，这些哲学家常常用寓言或图画的形式来描述历史的进程，对于这种想象模式，最恰当和最有效的方式就是一种传统方式，即将人类历史比作一段循回的归家之旅。在这种描述中，主人公是人类的集体心灵或人类意识，踏上一程艰辛的朝圣之旅，其间历经困苦，追寻的目标就是回到最初出发时被弃于身后的地方。当他重新回到这个地方时，结果比开始时甚至更好，而这一切都是事先没有意识到的。因此，即使在救赎被转化为历史及人类普遍心灵的自我教育后，在基督教对生活的重要比喻中，救赎仍是一次朝圣、一种追求，浪漫主义意识哲学的**教育史**往往被构想为一个**成长**故事，它的结束就是它的开始。

谢林最喜欢用以描述所有事物发展过程的比喻之一，就是普罗提诺关于荷马史诗英雄的环形旅程的比喻。他说，人类历程由分离与回归两部史诗构成，其中，“第一部是历史的《伊利亚特》，第二部是历史的《奥德赛》”。[103]柯尔律治在谈论“**历史哲学**”时说，如果我们看到“人类的培育和进化是最终目标”，我们就会认识到它的过程就是一段循回旅程：“人向前，走向自然”，最终才知道“自己所**寻求的**正是自己当初所**放弃的**”。[104]黑格尔作品中经常出现的意识自我教育过程，无论是集体的还是个人的，都采用了**道路**（*Weg*）这一意象：一条公路或一段旅程。 192
“要成为真正的知识”，精神“必须经历一段漫长的旅程［道路］”，每一个“个体还必须通过普遍精神的教育阶段，但是……是一条已为自己铺平的道路的各个阶段”。[105]莱辛系统地将基督教的救赎过程转化成人类历史进程，他称之为“人类的教育”。之前，他将这个由内在天意所决定的过程描述为整个人类的**道路**或**轨道**（*Bahn*），每一个人都必须踏过这条道路:“正是在这条道路上,人类达到完美,每个人(或早或晚)都必须先从中走过。”[106]莱辛的道路显示了启蒙运动进程的线性设计,可能会有曲折,但仍然稳步向前、向上。另一方面,黑格尔的道路是浪漫主义式的道路,沿着一个斜面回到原点。我们看到,在其他浪漫主义哲学家看来,这种向家而行的循回旅程的比喻是一种虽然反复出现但转瞬即逝的暗指,但黑格尔将其发展成《精神现象学》中一个稳定持续的方式,它描述了在艰苦的自我教育的重要阶段中精神的曲折经历:从精神离开那被异化的自我开始,环行、上升、回到出发点,直到发现自己“就在家中,与他者性中的自己一起”。[107]

七、**哲学体系和文学情节**。在德国,从康德时代起,文学与技术哲学之间的紧密关联是其他时代、其他地方无法比拟的。德国的重要诗人和小说家(以及英国的柯尔律治和后来的卡莱尔)贪婪地吸收着哲学著作中的东西(他们当中很多人也撰写了哲学文章),都将盛行的哲学概念和方法融入自己主要的想象作品的主题和结构中。哲学家们也与文学保持着密切的联系,谢林和黑格尔自己就写诗。这些史学家也都强调
193 文学和艺术在自己形而上学体系中占有的重要地位,如在其重要时期,谢林将文学和艺术置于自己形而上学体系中最重要的位置。[108]之所以这个时代哲学和文学作品在思想、结构甚至比喻的细节方面都呈现出明显的相似之处,绝非出于偶然,或受到神秘的、非因果主义的**时代思潮**的影响,而是因为文学与哲学都参与到相同的历史和知识环境,借鉴了宗教和文化传统中相似的程序,并且二者之间交流频繁。

伯纳德·布莱克斯通曾说过,英国浪漫主义文学中有很多都是“行动的文学”(a literature of movement)[109],主人公是一个冲动的流浪者。这种归纳也适用于德国文学。在这些流浪者中,有些是受罪恶驱使的罪人,以该隐或流浪的犹太人为原型;有些人就像以实玛利,生下来就是一

个异族人，甚至在自己的祖国都被流放。然而，最常见的故事形式是朝圣和探索，即寻找未知的或无法表达的事物的一段旅程，流浪者渐渐被带回自己的出发点。

接下来的两章将讨论哲学和文学中一些著名的例子，这些例子有关浪漫主义圆形或螺旋式追寻的故事情节，也将讨论那些将这种虚构形式作为其想象的对应物和载体的概念。这些情节或许是实际的、真实的，每一个朝圣者的进程代表了全体艺术家、哲学思想或人类，或者被投射在一种寓言和象征模式之中，或者是一个结合了生命和历史哲学的虚构的神话，德国人称之为**童话**（*Märchen*）。无论如何，它们都体现了一种含蓄的神正论，因为这是一条即将穿过邪恶和苦难的精神之路，被证明是实现更大的善的必经之路。通常，这一过程或显或隐地被认为是一种堕落，从统一堕入分裂，陷入与对立面的冲突，这些对立面反过来迫使他返回一个更高级的统一中。

这种叙述形式遵循的主要传统是基督教对生命之旅的寓言。然而，在迈向天堂避难所的艰苦的朝圣之旅中，这位基督徒旅行者却转化成一位英雄，他的旅程是通过意识阶段的经验教育，最终智力达到成熟阶段。 194
这是一个获得完整性、力量和自由的阶段，那时，主人公终于明白自己所生为何，也明白自己一路走来所忍受的一切的隐含意义何在。在许多浪漫主义版本的内在循环式追求中，我们可以发现古代基督教**朝圣**循环之旅这一主要原型。也就是说，按照这种阐释，浪荡子回头的寓言构成全人类离开并回归最初家园的一种旅程。与基督教文学一样，在浪漫主义文学中，这则寓言经常与《启示录》中预示重返伊甸园的天启联姻相提并论。因此，渴望实现有时被表述为**乡愁**（*Heimweh*），即对父亲或母亲的思念以及对失去的庇护地的思念[110]，或者被描述为对一个女性的渴望，最后她却是我们曾经丢弃的爱，或者是对父亲、母亲、家庭和新娘合而为一的渴望，它令人不安和窘迫。

然而,我们还发现,在许多浪漫主义作家的作品中,人类能力受到有限世界条件的限制,永远不能达到目标,因而目标是无限的,这为追求尘世圆满的旅途设置了限制。席勒在其优美的抒情诗《朝圣》中表达了人类的这一困境。这位浪荡子诗人在生命的春天,离开了自己父亲的住所,抛下了遗产,拿起朝圣者的手杖,满怀信心地踏上了通往金门的上升之路,它是远在他处的某个地方,那里,世俗和天堂没什么差别——

因为那里,尘世的一切亦是
天堂,永恒不朽

Denn das Irdische wird dorten
Himmlisch, unvergänglich sein.

但他的朝圣之旅却只得出一个结论,即那里从来不是这里:

唉,去那里无路可寻,
哦,苍天高悬头上
永不愿碰触尘寰大地,
那彼岸永非此乡。

Ach, kein Steg will dahin führen,
Ach, der Himmel über mir
Will die Erde nie berühren,
Und das dort ist niemals hier.

195 有些诗人采取的做法就像席勒一样,用"接近"目标代替"实现"目标,以此来解决人类需要与人类能力之间的矛盾。这样，人生若要成功，取决于人在有限的生存过程中始终保持自己无限的渴望。其他诗人（布莱克最典型）的作品中，生活的目标是可以达到的，但只能通过意识突然的、彻底的改变才可达到。对布莱克来说，“山脚下迷失的旅人的梦想”是愿望实现的幻想，是一种浪漫主义的渴望。而他赋予向日葵的浪漫渴望，“追寻那甜美的黄金之地／旅行者旅程的终点”[111]，则是一种绝望的怀旧。人类必须凭借想象力的成功，打破自己目前所在的循环，进入一个完整的、完全属于人类世界的永恒愿景，只有这个世界才能满足人类实现自己的欲望。

在《断片》的一个章节中，诺瓦利斯将哲学类比为浪漫主义追寻的文学情节：“哲学实际上是乡愁-本能，无处不在。”关于哲学上的目标，他也提供了一种不同的描述：“更高级的哲学探讨自然与精神的联姻。”[112]从寻找失落的精神家园的比喻，到心灵与自然联姻的比喻，这是一种简单的转变，非常典型，十分有益。这也让人想起，我们自己曲折的朝圣之旅的起点，正是我开始分析华兹华斯通过何种方式、在何种意义上将其诗歌的崇高主题阐述为人类心灵能够与“这个美好宇宙”联姻，但是，我最终还将回归那个起点。

注释

[1] 引自托马斯·德·昆西，《论华兹华斯诗集》，《托马斯·德·昆西文集》，戴维·马森编（十四卷本；爱丁堡，1889–1890），第十一卷，页300。

[2] 1815年5月30日；《柯尔律治书信集》，第四卷，页574–575。在1832年7月21日《桌边杂谈》中，柯尔律治说，正如自己对华兹华斯所说，《隐士》的计划是要展示“整个人类和社会都要经历并显示出在一个在运行中的救赎过程，表明这种思想如何调和了所有异常，确保了未来的荣耀和复原”。然后补充说：“这实际上是我此生在自己的哲学体系中一直在做的事情。”我们还记得，华

兹华斯在《序曲》的结尾,呼吁柯尔律治与自己一起,成为一名合作者,“参与到/必将到来的[人类]的救赎事业”。(第十三卷,第439–441行)

[3] 柯尔律治用“肉体”来指代一个知识和价值仅限于感官见证的人,例如,《咏法兰西》中:“肉体和黑暗的反叛都是徒劳的。”

[4]《朋友》,第一卷,页520。

[5] 例如,《孤独的人:现代社会的异化》,埃里克和玛丽·约瑟夫森编(纽约,1962);《异化:我们这个时代的文化氛围》,杰拉德·赛克斯编(两卷本;纽约,1964)。

[6] 普罗提诺,《九章集》,史蒂芬·麦肯纳、B. S. 佩奇译(芝加哥,1952),第二卷,第九章,第1节。

[7]《九章集》第二卷第九章针对的是“反诺斯替派”或者“那些说造物主本败坏、世界本邪恶的人”。关于诺斯替主义观点,尤其是诺斯替关于“异邦生活”和“异邦人”的概念,认为人完全与本质上邪恶的世界疏离,不可根除,而人发现自己就在这个世界中,见汉斯·乔纳斯,《诺斯替宗教》(波士顿,1958)。

[8] 普罗克洛斯,《神学要素论》,E. R. 多兹编译(牛津,1933),第33、146条概要。关于每个灵魂不断地、无尽地向外循环,进入时间秩序,然后返回存在之中,见第199、206条概要。

[9] 同上书,第13条概要:“……不合格的善与不合格的‘太一’合并在同一个原则中,该原则使事物成为‘太一’,并在这个过程中使它们成为善,因此,在某种程度上丧失了其善的事物,同时也失去了一;同样地,那些失去在‘太一’中存在的事物,由于受到分裂,也被剥夺了善。”圆是一种不同的宇宙中的形式,其中,一既是开始也是结束,它不是圆周上的一个点,圆周上一切事物都从这个点出发然后再旋转回来,而是圆心上的一个点,向外震动到圆周,然后又收缩成一个点。见约翰·弗莱克鲁,《多恩的〈离别辞:莫伤悲〉》,载《英国文学史杂志》季刊,第三十卷(1963),页335–341。乔治·普莱在《圆的变形》(巴黎,1961)中提供了一部详尽的历史,展现了神学和形而上学对一种殊异圆形的各种应用——那是一种奇特的圆,圆心无处不在,圆周却没有。另见汉斯·莱泽冈在

《思维形式》(第二版;柏林,1951)中对循环的思想形式的分析。

[10] 亚略巴古的狄奥尼修斯,《论圣名》,C. E. 罗尔特译(纽约,1920),页92、107(第四章,第 iv 节;第五章,第 xiv 节)。“存在大循环”的概念与“历史循环”的概念是有区别的。在这个世界不断从更好到更坏再到更好的无尽变化过程中,当时间的流逝把世界带回周期排列上的特定位置时,相同的人类福祉阶段和相同类型的事件将重演,从这个意义上说,周期理论是一种时间理论。然而,这个大循环是非时间性的。流溢永恒循环、回归到无差别的“太一”所经历的各个阶段,以及因此而达到真实、善和幸福的各种程度,都同时存在于现存事物的宇宙中。

[11] 莱昂・埃布里奥,《爱的哲学》,F. 弗里德伯格-西利、琼・H. 巴恩斯译(伦敦,1937),页 351。

[12] 例如,波爱修,《哲学的慰藉》,第四卷,第 vi 章;H. F. 斯图尔特、E. K. 兰特译(洛布古典丛书;伦敦,1962),页 356:

这种强大的爱
万物皆享,
因着对善的渴望,回到
它们最初从中坠落的源泉。
俗世之物
不能长久,
除非爱再次将它带回
那最初赋予其本质的源头。

This powerful love
Is common unto all,
Which for desire of good do move
Back to the springs from whence they first did fall.
No worldly thing

> Can a continuance have,
> Unless love back again it bring
> Unto the cause which first the essence gave.

马奇里奥·斐奇诺在《为人人所爱》第二卷第二章中的说法是:"有一种吸引力持续不断,它从上帝那儿出发,走向世界,最后在上帝那里结束,回到与自己开始的同一个地方,就像在一个圆中。"

[13]《原则论》(*De Principiis*),第一卷,第 vi 章,第 1-4 节,见《奥利金作品集》,弗雷德里克·克龙比译(爱丁堡,1869),页 53-59。另见第二卷,第 i 章,第 1-3 节,第三卷,第 vi 章,第 4-6、72-74、266-270 节。大卫·休谟在写作中假设了一个"柏拉图主义者"角色,巧妙地总结了人类的循环历程:"神性是一个无边无际的幸福与荣耀的大海:人类的心灵是更小的溪流,它们最初从这大海中流出来,经历众多循回曲折后,仍然努力回到大海,最后消失在那巨大的完美之中。"见《柏拉图主义者》,收入《〈论趣味的标准〉等论文集》,约翰·W. 伦茨编(印第安纳波利斯,1965),页 115。

[14] 约翰·司各特·爱留根纳,《论自然的区分》,第二卷,第 2 节;《拉丁神父全集》,第一二二卷,页 528,B 条。

[15] 例子同上,第五卷,页 20;页 893,B-C 条:"显然,从人中一切有形和无形的造物被创造出来,因此,**一切**在神之后的事物都包含着……分裂与统一。人最初处于统一之中,然后开始分裂为男性和女性,当复活的时候,在与自然的统一中,男性与女性真正结合……"

[16] 例子见 G. 奎斯佩尔,《诺斯替派的"人"类人猿和犹太传统》,载《埃拉诺斯年鉴》,第二十二卷(1953)。

[17] 恩斯特·本茨的《亚当:原初人神话》(慕尼黑,1955)收录了从莱昂·埃布里奥到尼古拉·别尔嘉耶夫关于原初双性同体分裂与重新融合的文本,该文集提供了极大的方便。安德烈·纪德的《纳喀索斯解说》(1891)再现了这一古老故事。近来关于双性同体神话有效理论基础的观点,参照苏珊娜·利拉尔,《夫

妻》（巴黎，1963），该书被乔纳森·格里芬译作《西方社会爱情面面观》（伦敦，1965），被诺曼·O. 布朗译作《爱的身体》（纽约，1966）。

［18］格肖姆·G. 肖勒姆的《犹太神秘主义的主要思想》（纽约，1961）是对卡巴拉主义的经典评论。关于卡巴拉主义中的新柏拉图主义和诺斯替主义元素，另见肖勒姆教授的《卡巴拉的起源和萌芽》（柏林，1962）。

［19］人最初也是双性的："发现，在创造亚当时，圣者得到祝福，让亚当成为男性与女性的合体，女性在后，男性在前。后来，他把他们锯开，把女人骗出来，带到亚当面前。"见《光辉之书》，哈里·斯珀林、莫里斯·西蒙等译（五卷本；伦敦和伯恩茅斯，1949），第四卷，页 288。

［20］格肖姆·肖勒姆，《犹太神秘主义的主要思想》，页 236。

［21］同上书，页 232–235。

［22］《光辉之书》，第三卷，页 260，b 条，页 77，b 条；第五卷，页 343–344，页 83–84。括号中插入部分的文字翻译是我的同事艾萨克·拉比诺维茨提供的。

［23］例子见 F. 舍伍德·泰勒的《炼金术士》（纽约，1962）、亚历山大·科瓦雷的《神秘主义者、性灵者和炼金术士》（巴黎，1955）、提图斯·伯克哈特的《炼金术、意义和世界观》（奥尔滕和弗莱堡，1960）、C. G. 荣格的《心理学和炼金术》（伯林根书系；伦敦，1953），虽然围绕一个特定主题，但收集了许多炼金术文本引文和插图说明，非常实用。

［24］《赫尔墨斯秘籍》，沃尔特·斯科特编译（四卷本；牛津，1924–1936），第一卷，页 117–129。另见《阿斯克勒皮乌斯》（*Asclepius*），同上书，页 327 以降。

［25］关于帕拉塞尔苏斯的宇宙论，见亚历山大·科瓦雷，《神秘主义者、性灵者和炼金术士》，页 61–77；沃尔特·帕格尔，《帕拉塞尔苏斯：文艺复兴时期哲学医学导论》（巴塞尔和纽约，1958），页 50–125。

［26］帕拉塞尔苏斯，《伟大的奥秘》（*Secretum magicum*），见《歌剧、书籍和著作》，约翰·霍瑟编（两卷本；斯特拉斯堡，1603），第二卷，页 677。

［27］亚历山大·科瓦雷，《神秘主义者、性灵者和炼金术士》，页 76–77。

［28］F. S. 泰勒，《炼金术士》，页 116。

[29] 同上书,页 119–120;提图斯·伯克哈特,《炼金术、意义和世界观》,页 166 以降。

[30] C. G. 荣格的《心理学和炼金术》复现了对这种婚姻关系的诸多图解。关于这个概念的流行性和重要性,见 C. G. 荣格,《神秘合体》,R. G. C. 赫尔译(伯林根书系;纽约,1963)。

[31] 关于卡巴拉主义在基督教欧洲的传播,见弗朗索瓦·塞克雷,《文艺复兴时期基督教卡巴拉主义中的〈光辉之书〉》(巴黎,1958);关于文艺复兴时期神智思想的盛行,见弗朗西斯·A. 耶茨,《乔尔丹诺·布鲁诺和神智学传统》(芝加哥,1964),作者回顾了这一领域的最新学术成果(页 9)。

[32] 关于布鲁诺,见弗朗西斯·耶茨,《乔尔丹诺·布鲁诺和神智学传统》。关于波墨,见亚历山大·科瓦雷清晰而详细的评论《雅各布·波墨的哲学》(巴黎,1929)。赫伯特·戴纳特著有《波墨神秘主义杰作中邪恶的发展》,载《美国现代语言学协会会刊》,第七十九卷(1964),页 401–410,该文是对波墨 1623 年创作的最后一部主要著作的精彩评论。

[33] 波墨关于双性同体的诸多文本,见恩斯特·本茨,《亚当:原初人神话》,页 51–77。

[34] 例如《论天地之秘》(*Mysterium Pansophicum*, 1620),《雅各布·波墨全集》,K. W. 席伯勒编(七卷本;莱比锡,1823–1864),第六卷,页 413:"'无底'(Ungrund)①是一种永恒的'无',但它作为一种'渴求'而成为永恒的开端,因为'无'是一种对'有'的渴求,然而也存在'无'给予'有'……因此,如果在'无'中有一种渴求,那么'无'本身就是对'有'的意愿,同样的意愿是一种精神,作为源自'渴求'的思想,它是'渴求'的渴求者。"另见《大奥秘》(*Mysterium Magnum*, 1623)中对创造的概述,同上书,第五卷,页 701–704。

[35]《大奥秘》,第八卷,页 24,《雅各布·波墨全集》,第五卷,页 38。

[36] 例如,《通神学问题》(*Theosophische Fragen*, 1624),第三卷,页 2–3;同

① 波墨创造的哲学概念,也译作"深渊"或"非根据"。

上书，第六卷，页 597–598："读者应该知道，一切事物都存在于'是'与'非'之中，无论这些事物是神圣的、邪恶的、尘世的或其他一切可能提及的样子……'非'是'是'或真理的对立面，旨在让真理变得明晰……除了这两个始终处于不断冲突中的事物之外，其他一切事物都微不足道，保持静止，一动不动。"简而言之，没有对立就没有发展或进步。

[37]《灵魂四十问》(*Psychologia Vera*, 1620)，页 74–78；同上书，第六卷，页 18–19。

[38]《论天地之秘》，第六卷，页 4；同上书，第六卷，页 418；《大奥秘》，第五卷，页 703："任何事物都不能停留在自身，除非它返回到它所来自的那个世界。"

[39]《灵魂四十问》，页 83；同上书，第六卷，页 20。

[40]《杰拉德·温斯坦利作品集》，页 155–157。关于 1645 年后波墨作品英译本的流通，见鲁弗斯·M. 琼斯，《十六世纪和十七世纪的宗教改革者》(伦敦，1914)。

[41]《上帝之城》，第九卷，页 xvii；马库斯·多兹译(纽约，1950)，页 296。编辑认为，奥古斯丁显然凭记忆引用，合并了"《九章集》第一卷第六章第 8 节和第二章第 3 节"。

[42] 在这一段中，保罗可能呼应了《利未记》25：23 和《诗篇》39：12。

[43] 关于教会传统中异旅人的形象，见莫顿·W. 布卢姆菲尔德，《十四世纪启示录〈农夫皮尔斯〉》(新泽西州，新不伦瑞克，1962)，页 194，注释 43；G. V. 史密斯，《〈航海者〉与〈漫步者〉的意义》，载《中世纪》，第二十六至二十七卷(1957–1958)，页 145–151。在《神秘主义》(第十二版；纽约，1955)页 129 以降，伊夫琳·昂德希尔论述了这一意象在灵魂神秘之旅中的应用。塞缪尔·丘在《生命的朝圣》(纽黑文和伦敦，1962)中描述了文艺复兴时期文学和其他艺术中盛行的隐喻式朝圣。G. R. 奥斯特在《中世纪英格兰文学与布道》(第二版；纽约，1961)中引用了对这个人物具体应用的例子，页 102–108。

[44] 引自理查德·谢文尼克斯·特伦奇，《上帝寓言的注释》(纽约，1867)，页 322–335。

[45] 爱留根纳,《论自然的区分》,第四卷,页 xxxviii。

[46]《圣奥古斯丁研究指南》,罗伊·巴滕豪斯编(纽约,1955),页 15。

[47] 斯宾塞,致沃尔特·雷利爵士的序言信。

[48] 见上文第二章,注释 88。在《奥罗拉》第十九章中,波墨借一场以情人相会为结尾的旅行再现了自己的精神追求、危机和皈依:在经受深深的沮丧和痛苦的挣扎后,他的灵魂下降,"通过地狱之门,到达神最秘密的诞生地,在那里,他被爱围绕,如同未婚夫拥抱自己心爱的人"——他说,狂喜的经验"就像在死亡中生命的诞生"。

[49] 约翰·班扬,《天路历程》(伦敦,1902),页 151–152。

[50] 保罗·F. 赖夫,《早期德国浪漫主义美学》,载《伊利诺伊语言与文学研究》,第三十一卷(1946),页 61。

[51]《启示哲学》,《谢林全集》,第二部,第三卷,页 123。

[52] 柯尔律治,《文学传记》,J. 肖克罗斯编(两卷本;牛津,1907),第一卷,页 95、97。

[53] 同上书,第一卷,页 98。关于普里斯特利、伊拉斯谟·达尔文和十八世纪后期的其他科学家继续奉行的反机械论观点,即一切物质都具有生命,并充满内在力量,见 H. W. 派珀,《活跃的宇宙:英国浪漫主义诗人的泛神论与想象概念》(伦敦,1962),第一、二章。

[54] 例如,L. 皮尔斯·威廉斯在《迈克尔·法拉第》(纽约,1954)中表明,法拉第和其他电磁理论的先驱从自然哲学中获益,发展了极性、力线和力场的概念,以此反对十八世纪牛顿主义遗留下来的机械论观点,从而构成现代场论的历史起点。

[55] 谢林,《世界时代》,页 230、210。弗里德里希·施莱格尔说:"真正的哲学绝不认为存在一种恒常的物质,静止不动,保持不变。相反,它发现自己的存在只在于物质永久的成为中,在于永久生活和运动的行动中,这种行动在不断变化的形式和样态下,从自身中产生出无限的丰满性和多样性。"见《弗里德里希·施莱格尔一八〇四年至一八〇六年哲学讲稿》,C. J. H. 温迪施曼编(波恩,

1846)，第一卷，页 112。

[56]《文学传记》，第一卷，页 101。

[57]《先验唯心主义》(1800)，《谢林全集》，第一部，第三卷，页 340。

[58] 同上书，页 615–629。

[59]《精神现象学》“序言”，《黑格尔：再诠释、文本和评论》，页 410、442；《逻辑学》，W. H. 约翰斯顿、L. G. 斯特拉瑟斯译(两卷本；伦敦，1929)，第二卷，页 468：“方法不过是概念[*Begriff*]本身的运动……它的运动是……自我决定和自我实现的运动。”

[60]《法哲学原理》，格奥尔格·拉森编(第三版；莱比锡，1930)，页 44；《黑格尔的逻辑学》，威廉·华莱士译(第二版；牛津，1892)，页 148–150。

[61]《精神现象学》“序言”，第 13 节，《黑格尔：再诠释、文本和评论》，页 424。参照柯尔律治对有机植物自我生成式发展的静止中运动的描述：“瞧！——它如何通过在整体最深沉的安息中仍然让各部分保持永恒的灵活运动，成为自然绝对静止或本质生命的可见有机体”但同时充当存在量表上那对立的一端的对应物和象征，“理性更高生活的自然象征，其中整个序列……得到完善”。《政治家手册》，附录 B，见《平信徒讲道集》，德文特·柯尔律治编(第三版，伦敦，1852)，页 77–78。

[62] 黑格尔，《导论：哲学的体系和历史》，约翰内斯·霍夫迈斯特编(莱比锡，1940)，页 31–32。

[63] 谢林，《世界时代》，页 212。谢林明确地将性吸引力、结合和生成的生理和心理细节转化为哲学概念，另见页 213–217。H. J. 梅尔说，对于诺瓦利斯而言，“两性极性是所有极性的原型”：对立面统一的显性模型是男女的“拥抱”，对立面综合的模型则是这个拥抱中孕育出来的孩子。见《诺瓦利斯作品中黄金时代思想的理念》，页 365–366。

[64] 柯尔律治致 C. A. 塔尔克的信，1818 年 1 月 12 日；《柯尔律治书信集》，第四卷(1959)，页 806。

[65] 黑格尔，《爱》(1797 或 1798)，见《论基督教：早期神学著作》，

T. M. 诺克斯、理查德 · 克朗编译(纽约,1961),页 307-308。另见《精神现象学》,页 535-536。关于作为尼采创造性对立辩证法理论基础的双性原型,见第五章,第 6 节。

[66]《黑格尔的逻辑学》,第 24 节,页 46;《精神现象学》,页 561-563。

[67]《诺瓦利斯书信和作品集》,第三卷,页 702。

[68] 正如黑格尔所言,当"纯粹的外在的或抽象的精神成为自身的一个他者,或进入存在…… 它便**创造**了一个世界。这种'创造'是一种形象化的**表述**[*Vorstellung*]字眼",用来描述纯粹思维成为"与自己或他者对立"的过程。他接着以类似方式分析了圣经中人类堕落、道成肉身、激情与复活以及普世救赎等重大事件,认为它们以"从自然"获取的有限比喻语言这一有限模式,再现了精神与自身进行持续交流中的"众瞬间"。见《精神现象学》,页 536-544。

[69] S. J. 弗雷德里克 · 科普勒斯顿,《哲学史》(伦敦),第七卷(1963),页 12。

[70]《黑格尔的逻辑学》,第 24 节,页 54;《逻辑学》,第二卷,页 466:"哲学的内容和目的与艺术和宗教相同,但哲学是理解绝对理念的最高方式,因为它采取的是最高的方式——概念[*Begriff*,"concept"]。"关于这个话题,见 J. N. 芬德利,《黑格尔再考》(纽约,1962),页 130-132,页 141-142。

[71]《知识学的特殊性概述》,《费希特全集》,J. H. 费希特编(八卷本;柏林,1845),第一卷,页 332-333。

[72] 同上书,第一卷,页 326-327。

[73]《谢林全集》,第一部,第一卷,页 54;第一部,第三卷,页 349、628。另见《自然哲学概念》(1797),同上书,第一部,第二卷,页 56-61。

[74]《精神现象学》"序言",《黑格尔:再诠释、文本和评论》,页 388。黑格尔在《哲学史讲演录》(赫尔曼 · 格洛克纳编:《黑格尔全集》)黑格尔引用了文艺复兴时期新柏拉图主义者布鲁诺的话:"'因此,存在存在于一切之中,那个向下的过程就是返回的过程',它形成了一个圆。"

[75] 关于黑格尔对谢林不完美辩证法的"形式主义"的批判,见《精神现象

学》“序言”，《黑格尔：再诠释、文本和评论》，页 384–386。

［76］《黑格尔的逻辑学》，第 17 节，页 27–28。黑格尔在强调概念系统的循环运动是固有于概念本身的声明中说：“知识存在于表面的静止中，只观察不同的要素如何按自身本性运动并再度返回到自身的统一中。”（《精神现象学》，页 561）

［77］《自然哲学概念》，《谢林全集》，第一部，第二卷，页 57–58。

［78］《精神现象学》“序言”，《黑格尔：再诠释、文本和评论》，页 406–408。另见黑格尔，《论基督教：早期神学著作》，页 309–311；《费希特和谢林哲学体系的差异》，《黑格尔：再诠释、文本和评论》，页 74。

［79］《诺瓦利斯书信和作品集》，第三卷，页 630。

［80］《自然哲学概念》，《谢林全集》，第一部，第二卷，页 13–14。比较黑格尔，见《黑格尔：再诠释、文本和评论》，页 74。

［81］《动态过程的普遍推论》，《谢林全集》，第一部，第四卷，页 77。

［82］《朋友》，第一卷，页 520。

［83］《精神现象学》“序言”，《黑格尔：再诠释、文本和评论》，页 412。W. T. 斯泰斯说过，在黑格尔哲学中，“从最初阶段起，精神的一切发展都受到这一推动力的推动——如桥梁弥合主体与客体之间的鸿沟”，在绝对理念的最后阶段，这个过程“现在完成了，精神的发展也完成了，主体和客体现在是同一的，最终达成了绝对的和解”。见《黑格尔哲学》（多佛出版社，1955），页 516。另见让·伊波利特，《黑格尔精神现象学的产生和结构》（巴黎，1946），页 67 以降。

［84］《黑格尔的逻辑学》，页 379。

［85］正如罗伯特·L. 卡恩所引用的，《德国浪漫主义的一些最新定义》，载《赖斯大学研究》，第二十卷（1964），页 8。

［86］《论自然科学》，《歌德全集》（魏玛版），第二部，第十一卷（1893），页 11、166。马泰斯·约勒斯在《歌德的艺术观》（伯尔尼，1957）第四章表明了这一概念在歌德整体思想、文学创作构思和科学研究中得以应用的程度。关于歌德观点与双性同体和双性极性的分裂与统一这一神秘概念的关系的说明，见《论

形态学》,《歌德全集》(魏玛版),第二部,第七卷,页67–68。诺瓦利斯说:“你不是化学家,否则你就会知道,通过真正的结合,随之而来的是第三个事物,它同时是,但不仅仅是前两个事物。”(《诺瓦利斯书信和作品集》,第三卷,页20)关于席勒对既调解又保留区别和对立的“第三个事物”概念的复杂运用,见席勒,《审美教育书简》,伊丽莎白·M.威尔金森、L.威洛比编译(牛津,1967);例子见页li–lii,页xciii–xciv,页349–350。

[87]《关于一个更全面的生命理论形成的建议》,塞思·B.沃森编(伦敦,1848),页63。

[88]《精神现象学》“序言”,《黑格尔:再诠释、文本和评论》,页434;《哲学史讲演录》,《黑格尔全集》,第十九卷,页685。

[89]《关于激进经验主义和一个多元宇宙的论文集》,拉尔夫·巴顿·佩里编(纽约,1943),第二卷,页48。

[90]阿瑟·O.洛夫乔伊,《存在的伟大链条》(马萨诸塞州,坎布里奇,1936),页293–298。无独有偶,这段话表明,把洛夫乔伊关于“浪漫主义”的立场简化为一种简单的“唯名主义”,否认这个术语在人类思想和文化的一切应用具有有效性,是一个巨大的错误。

[91]《朋友》,第一卷,页522。比较黑格尔,见《黑格尔:再诠释、文本和评论》,页74:“必要的分裂[*Entzweiung*]是生命的一个因素,它通过永恒对立来形成自身,只有通过最大程度分离后的复原,整体才有可能形成于最大程度的生命力之中。理性只反对通过分析理解把分裂绝对固定化。”

[92]席勒,《审美教育书简》,页87–89,页125。关于这个概念,见M.H.艾布拉姆斯,《镜与灯》(纽约,1953),页220–222。

[93]《F.H.雅各比先生……的著作纪念碑》,《谢林全集》,第一部,第八卷,页59、81。

[94]《精神现象学》“序言”,《黑格尔:再诠释、文本和评论》,页388–390。黑格尔再次提出一种生物类比:“虽然自在的胚胎的确是人,但自为的它还没有成为人:自为的人只是受过教化的理性,这种理性使自在的自己成为自己。”(页

392）

［95］见黑格尔，《精神现象学》，约翰内斯·霍夫迈斯特编（第六版；汉堡，1952），页 xxiv、xxxvii、67。

［96］《谢林全集》，第一部，第七卷，页 32。

［97］《历史哲学》，格奥尔格·拉森编（两卷本；莱比锡，1920），第二卷，页 936。另见《历史中的理性》，约翰内斯·霍夫迈斯特编（第五版；汉堡，1955），页 48，页 61–62。

［98］《精神现象学》“序言”，《黑格尔：再诠释、文本和评论》，页 402–404。

［99］《谢林全集》，第一部，第五卷，页 290。

［100］同上书，第一部，第一卷，页 38。

［101］谢林，《世界时代》，页 225–226。

［102］《历史中的理性》，页 79–80；《精神现象学》，页 67、564。

［103］《谢林全集》，第一部，第六卷，页 57；另见第三卷，页 628。

［104］《朋友》，第一卷，页 508–509。

［105］《精神现象学》“序言”，《黑格尔：再诠释、文本和评论》，页 400–402。

［106］莱辛，《论人类的教育》，卡尔·拉赫曼、弗朗茨·蒙克编（莱比锡），第十三卷（1897），第 93 节；另见第 91–92 节。

［107］《精神现象学》，页 549。歌德说：“人类必须通过的循环已经十分确定，而且……它已经不止一次走过了自己的生活道路。如果我们想要把一种螺旋式运动归于人类，它仍然回到它曾经经过的那个地方。”汉斯·莱泽冈引用，见《思维形式》，页 140。

［108］伯纳德·布莱克斯通：《迷失的旅者》（伦敦，1962），页 106。关于追寻情节，另见格奥尔格·罗彭、理查德·索默，《陌生人和朝圣者》（挪威大学出版社，1964）；诺思罗普·弗莱，《英国浪漫主义研究》（纽约，1968）。

［109］诺瓦利斯的观点适用于他一生中的许多哲学和文学：“每一种科学都变成了诗歌——当它变成哲学之后”；“诗是哲学的主人公，哲学将诗歌提升为自己的基本原则”。见《诺瓦利斯书信和作品集》，第三卷，页 173–174。

[110] 德国虔敬派文学中流行的朝圣者回家的形象,以及父亲和父地(家乡)"乡愁"的形象,见奥古斯特·朗根,《德国虔敬派的语汇》(图宾根,1954),页138-139。关于浪漫主义的乡愁,见W.雷姆,《俄耳甫斯:诗人与死者》(杜塞尔多夫,1950),页20。

[111] 布莱克,《致控诉者——这世界之神》和《啊!向日葵》。

[112]《诺瓦利斯书信和作品集》,第三卷,页172、375。

第四章　循回的旅程：从异化到重新融合

“我们究竟去哪里?”

“一直往家回。”

诺瓦利斯,《海因里希·冯·奥弗特丁根》

一方面……[意识]异化自身,把自己设定为客体;另一方面,在这一过程中的另外某个时刻,[自我意识]同样超越了这种异化和客体化,把它带回自身之中,回到处于自己他者性中的自身。这,就是意识的运动。

黑格尔,《精神现象学》

一切的“家”都处于有限经验之中,而有限经验本身是无家可归的。流体之外没有什么能够阻止它的流动,它只能期望从自身固有的承诺和潜力中得到救赎。

威廉·詹姆斯,《实用主义》

"Wo gehn wir denn hin?"
"Immer nach Hause."

Novalis, *Heinrich von Ofterdingen*

On the one hand... [consciousness] alienates itself and in this alienation sets itself off as object.... On the other hand there is in this very process the other moment in which [self-consciousness] has equally transcended this alienation and objectification and taken it back into itself, and so is at home with itself in its otherness as such. —This is the movement of consciousness....

— Hegel, *Phenomenology of the Spirit*

All "homes" are in finite experience; finite experience as such is homeless. Nothing outside the flux secures the issue of it. It can hope salvation only from its own intrinsic promises and potencies.

— William James, *Pragmatism*

对于现代疾病的诊断,对于主导这种诊断的人类善恶观念,对于诊 199
断成为其中一个必要部分的人类历史和命运总体观,弗里德里希·席勒
做了富有浪漫主义特色的阐述,意义重大,没有哪位思想家可与之相提
并论。关于这些问题,他的思想中融合了许多前人和同代人的观点,发
展得非常成熟。例如,他表明自己早期曾热衷于虔敬派神学,当时,该学
派盛行于他的家乡施瓦本,强调解决世界的弊端当适得其时,这对他后
来的思想产生了深远影响。另外还有波墨主义者 F. C. 厄廷格的理论,
他将原初人堕落的复杂神话发展成一种彼此斗争的对立面,双方都努力
朝着在**万物复原**中的最终统一发展。[1] 与同时代的大多数知识分子一
样,席勒也强烈感受到卢梭文明悖论思想的力量,即在早期的最佳发展
阶段之后,人类在知识、科学、艺术和社会制度方面的进步必然导致人类
的幸福减弱,因为这些进步会带来越来越多的复杂性、冲突、压迫和天性
的丧失等负担。席勒完全理解卢梭对统一生活的向往,在这种生活中,
人与自己或他人处于完全和谐的状态。康德的伦理学对席勒的思想也
产生了重大影响。康德伦理学中,“人”这一基本概念“分属于两个世
界”,即本体的世界和现象的世界,据此,康德认为,文明化导致的必然
结果是,本体自我(或要求绝对自由的道德意志)的绝对要求与现象自 200
我(也是人作为自然的那一部分)的必然限制之间产生持续张力,永远

无法彻底解决，因此，二者都屈从于本能和感官驱动，并受到严格的因果律支配。[2]另外，我们也发现赫尔德的思想对席勒的作品产生了影响。赫尔德的主要原则是，整个人是一个有机社会整体的一部分，正如以赛亚·伯林所言，他对“什么是属于”一个时间、一个地点和一个群体进行了划时代的探索，并阐述了在一个社会整体中即一个社区中的“在家的概念”。[3]

无论席勒的思想来源如何丰富，对于我来说至关重要的是，他早期对个人和种族发展模式的阐释（这些阐释为他后期对这些事件更加精细的思考保留了框架），都基于对圣经中人类堕落与获得应许这一故事（《关于第一个人类社会：根据摩西记录指南》〔1790〕）具有的象征意义进行探讨的释经模式。这样，他将天意历史的轮廓与世俗的**普遍历史**（*Universalgeschichte*）联系起来，使人类不受超自然的干扰而决定自己的命运。在席勒的时代，大部分哲学家认为，圣经的叙述构成一种对人类本质和历史洞见的神话式或比喻式再现，席勒完全赞成这种观点。我们往往拒斥这种做法，把它视为**形式上**对正统和权威的屈服，或将其看作一种神学类比，以阐明独立于圣经叙述而发展起来的历史观点。当这些哲学家声称发现自己的哲学真理体现在宗教的形象思维中，研究神性计划在多大程度上不仅仅是说明性的，而且是一种结构性类比，有助于浪漫主义历史哲学形成其独特的形式，此时，如果我们认真对待他们的这种观点，则非常具有教益。

在第一章，我提出基督教思想的千年愿景主义促进了关于历史进步的世俗理论的发展，科学的巨大进步提供了世俗进步的概念模型，此时，
201 世俗进步理论应运而生，新技术似乎为其提供了物质的方式，洛克学派的新心理学则为其提供了教育的方式，以实现人们期待已久的目标。十八世纪末十九世纪初的德国思想家认为，详细地复现圣经模式中的人类历史，正好发生在人类发展过程中戏剧性地出现问题之时，即科学、理性

和文化的发展是否可能要求付出更高代价？分裂的思想是否事实上本身就可能是一种恶，并且是一切恶的根源，而非善本身，不能保证完美即将到来？这个问题详细再现了人类历史及语言的圣经模式。许多思想家将失乐园及复乐园的寓言改编成一种理论，巧妙地融合了人类历史或衰落或进步的不同观点。为了做到这一点，他们采取的方法是让人类从幸福的统一中堕落，坠入日益分裂和痛苦的邪恶，这是回到原初失去的统一和幸福的必经阶段，但是，他将沿着一个上升的、让他无限远离的平面，到达终点时，将比在遥远的起点时更好。

1. 幸运分离的悖论：席勒与普遍历史

G. E. 莱辛的短文《论人类的教育》(1780)是德国人称为**普遍历史**体裁的力作。布莱兹·帕斯卡尔称，这种形式的基本理念是，“在整个时代的整个过程中，整个人类可视为一个个体，他永生不灭，不断学习”。[4]莱辛把圣经中关于人类堕落和救赎的启示转换成人类理性和道德进步教育的世俗历史，将外在的天意理解为固有的历史原则，将文明的阶段等同于个人成熟的阶段，将教育过程比喻成通向完美的漫长道路 202
上恒久、艰辛的旅程，这种完美将是圣经中所预言的天国在人世间的实现，它将有助于证明人类理应具有不足和缺陷，须在人生途中经历坎坷和苦痛。

“教育对于个体的意义如同启示之于整个人类。”[5]圣经启示给人类带来真理，但是，人类需要运用自己独立的理性去发现这些真理。圣经中用以体现这些理性真理的故事形式，被改编为人性在特定时代所达到的教育发展阶段，从古希伯来时代的幼稚阶段，到贯穿整个《新约》时期人类的青年时代。只有在我们这个时代，我们才达到了早期成熟阶段，此时，我们才逐渐“开始能够摆脱《新约》的教条”，的确，“如果人类想要靠这些真理帮助发展自己，那么就必须将已揭示的真理发展成理性的真理”。（第73、76节）人类从理性中获得的最重要的一条真理，就是人的本性中存在一种教育进步的内在目的论，这必然会创造一个“完美的时代”，人类将“因善而为善”。这是“一个**永恒的新福音**时代”或“世界的第三纪元”，莱辛说，“十三、十四世纪的一些灵视者”早就捕捉到这个时代（第85-87节，第89节）的曙光，也就是弗洛拉的约阿希姆及其追随者在其所宣称的地球千年理论中提及的那个时代。他命令内在的天意：“向前迈出难以觉察的一步！……在你永恒的道路上，你有很多需要带上！须穿越这么多条小道！”因为“人类达到自身完美的道路，必须由每一个个体……都走过”。（第91-93节）

四年前，赫尔德在《人类最古老的文献》（1776）第二卷中，就把圣经中关于伊甸园、堕落和复原的论述转化成了普遍历史，声称圣经的故事
203 虽然简单易懂，但反映了整个人类和每个个体的真实历史。[6]在伊甸园，人类纯真无罪，这意味着在神的绝对诫命下，人类曾经拥有过一段时间的自由与和平。但是，后来，他吃下能够让人分辨善恶的知识树果实，第一次意识到自己能在更好和更坏之间做选择。这样看来，这种堕落正好与关于人类发展的哲学思想的开端相吻合，在人类的那个发展阶段，“孩子不再是孩子，而是一个哲学家、一个形而上学者，甚至可能是个无赖”。（第七卷，页25）最初的堕落也是从纯真到自然状态的堕落，在自然状态中，人类的自由和动物的自由没有什么分别，也就是说，人成了“欲望的奴隶和感官的奴隶”（第七卷，页113，页126-128），但“上帝正是从这种毒药中提取出蜂蜜”，因为上帝所有的“惩罚都是受益”。在亚当的过失中，神也引导、教育、发展着……整个人类的福祉，总有一天，一系列的延续事件会终止，“可怜的毛毛虫命中注定将在更美好的天堂里再次变成蝴蝶”。（第七卷，页118、132）

莱辛的文章发表后，赫尔德创作了《关于人类历史哲学的思想》

(1784–1785),改变并拓展了人类历史模式中的细节。在人类历史发展模式中,人的双重堕落(受感性欲望和本能的支配,也受理性的支配)是通向更高的善的必经之路,那时,人类的自由、人性和智性力量得到充分发展。人类的历史被具体化为一段**教育史**,“我们在世间存在的目的”是“人性教育”,在这个过程中,“我们的推理能力将被塑造成理性,我们的敏锐感觉将被塑造成艺术,我们的本能将被塑造成真正的自由和美,我们的自然冲动将被塑造成对人类的爱”。[7]目前的情景中,人生活“在两个交叉的创造系统中”,因为他既是自然的又是理性的,既是奴隶又是自由人,既是动物又是人,在“存在的双重性”中,他是一种分裂的生物,“与自己和世界相互矛盾”,但人命定“通过实践,为自己赢得一些光明和确定性,在上帝的指引下,以此种方式通过自身努力,可以成为一个高贵的自由人,也 204
将成为一个整体”。(第十三卷,页 189–191,页 194–196)

1785 年,伊曼努尔·康德回顾了赫尔德的《关于人类历史哲学的思想》,并于次年发表了《人类历史起源猜想》,警告我们,这种历史猜想因其固有的不确定性,必须基于充满想象的沉思和人类经验的推理两者之间的结合。他宣称将把《创世记》中的故事作为“图表”,让我们遵循圣经文本,“一步一步”看看“哲学据其概念所采取的方式是否与圣经中的叙述相一致”。[8]正如圣经所说,人最初确实是纯真的,但在概念事实上,这是一种无知的纯真,一种对“本能即上帝声音”的绝对服从,“只要纯真的人类服从自然的召唤,他的一切都是安然无恙的”。但是,人类的理性很快觉醒了,让他可以在无限的选项中自由选择,“一旦尝到自由的滋味,他就不可能再回到受本能支配的奴役状态了”。理性也向人打开了一扇窗,让人看到了超越当下的未来,从而期待未来、规划未来,这要求他必须劳作,不仅赋予他善恶的知识(从概念上的对等物来阐释,就是人类意识到他可以在善恶之间自由选择),还有关于死亡的知识。在康德看来,伊甸园和失乐园的故事成为一个比喻性阐释,以想象的形式阐述历史的可能事实：人类理性能力的发展，将人类“从被哺育的孩子所处的那种无害且安全的环境中赶出来，就像离开一个自己无须努力就能得到满足的花园，把他推入广阔的世界，等待他的是巨大的悲哀、辛劳和未知的邪恶”。在未来，人类会常常渴望“一个天堂，即一个他想象的产物”，但是，就像圣经中守护城门的天使一样，他和“那个想象中的幸福之地”之间的地方“已
205 经被占领”，存在着“无法抗拒的、令人信服的理性，不允许他回到那个原初、简单的状态，而他正是被理性从这个状态中拖离出来”。（第八卷，页111–115）

因此，圣经故事中被“表现”的“人类……离开天堂”，在历史事实中乃是他“从本能的监护到自由状态……的过渡”（第八卷，页115），即在善恶知识中自由选择的负担。直面卢梭提出的问题，即历史发展是得是失，是进步还是衰退，康德的答案十分明确，但是构成典型的自相矛盾：它既是得也是失，完全取决于人们看待问题的视角（康德认为，卢梭正是因为没有说明这两种观点之间的转换，才使他将自然作为文化对立面的许多评价显得自相矛盾）。从个人的角度来看，理性思维取代本能行为，开启了自由意志的可能性，也开启了道德义务和道德禁忌，这必然会导致“恶，甚至更糟糕的是，导致与精妙理性相伴的恶习，这些在无知状态中是完全不存在的，因而也是与无辜状态格格不入的”，那么，对个人来说，

> 要摆脱这种状态，第一步是道德上的堕落，从物质方面来看，这种堕落导致生活中许多见所未见的罪恶（因此也是一种惩罚方式）。

但是，如果站在整个人类的立场上，从自然和本能状态发展到文化和理性状态就是一种得，而非失，因为人类的“命运无非是朝向完美的进步”，其中，人对理性的僭越是必不可少的第一步。

> 因此，[个人]有理由把他所遭受的一切恶、所作的一切恶都归咎于自己的罪过，但同时，作为人类整体的一分子，他也有理由钦佩和颂扬那些为了完成整个安排而应用的智慧和方式。（第八卷，页115–116）

因而，康德世俗的神正论是一种个人罪恶即公共利益的理论。在其 206
他场合，他以“哲学千禧年”这种思维方式为人类遭受邪恶和苦难进行辩护。也就是说，康德以纯粹经验和理性为基础进行预测，视其为人类发展到最终的高级文明阶段的一个必然条件，认为这相当于每隔一千年上帝就进行干预的基督教信仰在人世的对等物。[9]在不经意的一个句子中，康德用指向历史过程的辩证法来说明这个问题，却很快被更年轻的同时代人发展起来，用卢梭的话来说，历史的进程就是从自然状态发展到文化或“艺术”状态。康德说，在现阶段，自然与文化对立，存在于这种对立产生的“断裂”[*Abbruch*]和“冲突”状态之中，然而，在更高的第三阶段，这种分裂和对立总有一天会消失，此时（这个术语暗示），将回归到自然的初始状态，但不会失去中间阶段的艺术价值，用康德的话来说，“直到完美的艺术再次成为自然[*bis vollkommene Kunst wieder Natur wird*]，这是人类道德命运的最终目标”。（第八卷，页117–118）

1790年，席勒作为历史学教授在耶拿大学讲学，他在《关于第一个人类社会：根据摩西记录指南》中对历史做猜测性论述时，已有充分而出色的先例了。他的文章没有多少实质性创新，甚至其副标题“人类向自由和人性的转变”也与康德和赫尔德的主要观点一致。但是，在简短的引言部分，通过明确且详细阐述他的前辈们含蓄暗示的内容，席勒改革了普遍历史的模式，并重新阐述了普遍历史的进程。席勒称，自己被

带入这个世界时,人类就像“没有理性的动物”一样,完全是本能的产
207 物,置于温和而硕果累累的气候中,用“快乐的眼睛”带着“快乐的精神”注视着一切,但是人类必须将本能行为(其中他的爱好立即转化为行为)转化为“自由和道德的行为”,在道德法则的统治下思考并做出选择,才能完成自己的使命。人类对“伊甸园里上帝禁止人类触碰知识树的声音”的反抗,用自然主义的术语可以解释为“人类从本能中的堕落[*Abfall*],人类因此而第一次表现出的自主行为,人类理性的第一次冒险,人类道德存在的开始”。在一种自身没有意识到的内在力量的驱使下,人类“将自己从大自然束缚的绳索中挣脱出来……投身于生活的狂野游戏,踏上了通往道德自由的危险之路”。

席勒表明,历史的整体进程是一个离开天堂又重回天堂的循回之旅,也就是说,在未来,基于道德法则采取的自由理性行为本身已经变成一种自发行为,因此等同于人类原初的、不可分割状态下自发的本能行为:

> 人类注定要学会用自己的理性去寻找他现在所失去的那种纯真状态,回到最初作为一种本能的植物和生物的地方,成为自由而理性的人:从一个无知的、受到束缚的天堂堕落,然后振作起来,即使要经过数千年才能到达一个充满智慧的、自由的天堂,在那里,他始终服从内心的道德法则,如同他从一开始服从本能一样,植物和动物仍然服从本能。

此外,在席勒的作品中,“堕落”或“历史的衰落”概念与“进步”的概念交叉在一起,让历史呈现出螺旋形,达到与自己的统一。与自己已经丧失的统一相比,这种统一不是一样好,而是优胜得多。席勒说:“人类教导者将这件事当作原初人的堕落,是完全正确的……因为人从一个无辜的造物变成了一个有罪的造物,从自然的一个完美学生变成一个不完美的

道德存在，从一个幸福的工具变成一个不幸的艺术家。”但“哲学家为普 208
遍人性向着完美踏出重要的一步而祝福，这完全正确”，尽管与宗教教导者相对。之所以把它称为“人性的一大步”，是因为人类由这一步“开始踏上台阶，经历数千年的历程，这个台阶将引导他成为自己的主人”。[10]

席勒的作品表明，这个预示性概念将新柏拉图式的基督教循环回归转变成一种螺旋式上升，转换成自己传统神学概念的哲学术语，即幸福错误（*felix culpa*）悖论。根据这个古老悠久的学说，亚当的原罪是一种幸运的堕落，因为从这种罪恶中出现了更大的善：“幸福的堕落，”如圣安布罗斯所称的，“将会复原得更好！”[11]《失乐园》中亚当用简洁话语表达出来的这一悖论表现在，亚当的堕落不仅成为其道成肉身，因而展示上帝巨大恩典的必要条件，也是天堂的选民最终回归的必要条件。回归后的天堂与亚当原初失去的天堂相比，获得大大改善，因为主天使米迦勒第二次降临时告诉亚当：基督必将奖赏

> 他的信徒，让他们得到幸福，
> 不管在天堂还是在大地，因为那时人间
> 处处都变成天堂，远比这伊甸园
> 更幸福，日子也远比这里快乐。

> His faithful, and receive them into bliss,
> Whether in Heav'n or Earth, for then the Earth
> Shall all be Paradise, far happier place
> Than this of *Eden*, and far happier days.

这里，亚当和康德一样，在判断从本能到理性的转变是人类的损失还是

收获时,也陷于一种悖论,其观点相互矛盾:

我心顾虑重重,
现在我是该为我
造成的罪孽和引发的罪恶忏悔呢,还是
应该为此喜不自禁?因为产生更多的善,
增加了上帝的荣耀,上帝赐给人类的善
将会增加,给予人类的恩典将胜于愤怒。[12]

Full of doubt I stand,
Whether I should repent me now of sin
By mee done or occasion'd, or rejoice
Much more, that much more good thereof shall spring,
To God more glory, more good will to Men
From God, and over wrath grace shall abound.

在席勒世俗版的幸福的堕落中,所有这些疑虑都烟消云散:“人从
209 本能的堕落[*Abfall*],无疑把道德的恶引入万物之中,但只是为了使道德的善于此成为可能,因而,这种堕落是人类历史上最幸运、最伟大的事件,没有任何矛盾可言。”[13]

尽管在后来的作品中席勒进行了更多区别,阐述也更加辩证,对作为一种循环回归的发展模式做了一些改变,但这种构思在席勒特有的思维方式中仍然显而易见,在他设想的整个人类历史和每个个体生命进程中也清晰地体现出来,即“总体而论,运动……是循环的而非线性的”[14],如威尔金森教授和威洛比教授在他们精编的版本《审美教育书简》中的评论。在《关于第一个人类社会》中,除了这种构思外,席勒还清楚、详细地描述了人类最初拥有的简单统一状态,而后陷入多样、分裂

和对立状态，这种分裂状态中包含着一种内在辩证法，它努力向更高的统一发展，这种统一又将包含带来干扰的多样性，解决一切冲突。

席勒在1795年出版《审美教育书简》一书，其结构非常复杂。著作的开头是一系列关于对立及其解决方式的不完整的陈述，而后，这些陈述被纳入一连串更全面的陈述之中，最后融入一个包含所有不完全综合体的整体。然而，在他将其作为人类教育过程的文化史中，我们发现了一些熟悉的特点。人类最初是自然的臣民，处于“盲目必然性”的统治之下，运用分析智力和行使选择权后摆脱了统治，走向自由，因为“在文明的进程中”，所有的人“必然因滥用理性而从自然堕落，然后才通过运用理性回归自然”。在回归过程中，理性“须小心翼翼，不破坏自然的多样性[*Mannigfaltigkeit*]”，因为它必须在“人格整体”[*Totalität des Charakters*]的模式中形成一种更高的统一。[15] 在人性最初的分裂后，人类迄今为止所达到的最高统一模式是古希腊文化，如果“统一一切的自然”赋予希腊以特有的形式，那么，正是“分裂一切的智性”赋予现代人 210
以分裂的本性。（页31–33）

随着时代的工业化和商业化日益增强，经济和社会计划中固有的分裂性凸显出来，席勒对这种分裂性做出精辟而详细的阐述。十八世纪中叶，苏格兰哲学家、社会学家先驱亚当·弗格森在佩思郡的一个地区长大，那里，他的家乡苏格兰高地上完整的部族与苏格兰低地中发达的商业社会相隔不过几英里。早在1767年，弗格森在著名的《论文明社会史》中就指出，利润动机的运作以及制造业和商业经济中日益明显的劳动分工和职能专业化，为人类社会带来了效率和财富，但文明化的人类和社会必须为此付出代价（产生分裂、孤立、冲突和心理扭曲）。弗格森说，与原始社会中完整的社群相反，现代“商业国家”中

人有时是一种超然、孤独的存在。他发现了一个让自己与同类竞争

> 的目标，自己对待同类如同对待自己的牲畜和土地，因为它们给自己带来利益。我们所认为的构成社会的强大动力，往往只是让社会成员产生分歧，或让他们在感情纽带破裂后继续交往。[16]

虽然经济角色的划分必定会提高社会效率，但也导致少数精英和大量经济困难的工人之间的社会阶层划分。（页 186）劳动分工虽然大大提高了生产力，却使工人成了没有思想的机器，“相应地，制造业最繁荣的地方，是人最不动脑筋的地方，那里的车间如同一台发动机，人则是构成这台发动机的零件”。（页 182–183）在特定的社会阶层进行主要的社会功能划分，就等同于分裂个体的心灵，“将塑造公民与政治家的技艺——
211 政治与战争的技艺——分割开来，就是企图肢解人性，并破坏我们意欲发展的那些艺术”。（页 230）

席勒了解且非常欣赏弗格森的作品。[17] 在《审美教育书简》第六封信中，他将弗格森的社会学分析及卢梭和赫尔德的相关论述纳入自己对人类历史的复杂辩证观，将其发展成为对现代社会种种弊病的经典诊断，这些弊病包括分裂、碎片化、孤立、冲突和扭曲。他把这种分析应用于个人精神中，应用于个体间关系以及阶级间关系，也应用于每一个社会、工业和政治机构中。在我们的社会，个体是整体的“碎片”，“一个人可能会忍不住断言，在实践中不同的功能似乎被分开，正如心理学家在理论中对它们的区分那样，我们看到……一切阶级中的人只开发了自己潜能的一部分”，“各科学间更尖锐的分裂”和“更严格的等级和职业划分……人性的内在统一也被切断了，一场灾难性的冲突使其和谐的力量之间发生了冲突”。“精巧的时钟装置”取代了“有机的”统治系统，“这个装置由无数个没有生命的部分拼凑起来，一种机械的集体生活随之产生”。“国家和教会、法律和习俗现在都被摧毁了，快乐与劳动分离，手段与目的分离，努力与回报分离”，然而，“人自身总是被束缚在整体中一个叮当作响的小碎片上，发展到最后什么都不是，仅仅成为一个碎片”。“国家对公民来说永远是陌生的”，最后“积极的社会开始解体，进入一种原始的道德状态”，商业精神已经习惯于“用一个特定的经验片段来判断所有的一切经验”，试图“使自己的职业规则不加区别地适用于一切其他领域”。（页 33–39）

席勒明确宣称：“正是文明[*Kultur*]本身给现代人造成了创伤。”（页33）然而（哦，幸福的分裂！〔*O felix divisio*〕），“让个人……在这个宇宙
目的咒语下而痛苦不堪”的自我分裂及“专业化导致的人类力量碎片 212
化”，却是实现更大共同利益不可或缺的方法，因为“个体尽管可能从自己存在的分裂中获益甚少，但作为一个整体的物种，人类没有其他方式可以进化”。如果我们追求这条文明人唯一的发展之路，那么，文化的下行之路就会变成回归和上升之路，“我们必须通过一种更高层次的艺术[*eine höhere Kunst*]，来恢复我们被各种艺术摧毁了的[*welche die Kunst zerstört hat*]我们天性的完整性”。（页 39–43）

这种更高层次的艺术就是美的艺术，或称美术。因此，席勒引入了艺术的主要作用和产生艺术的想象力的概念，认为在充满异化和战争断片的分裂的精神世界和社会中，艺术成为一种协调和统一的动力。这个概念后来成为浪漫主义信仰的核心原则，体现在谢林、诺瓦利斯、布莱克、柯尔律治、华兹华斯和雪莱等思想家的观念中。他通过复杂的推理过程来阐述艺术的这种统一功能，其中涉及**形式冲动**（*Formtrieb*）与**感性冲动**（*Stofftrieb*）的最初对立，二者在第三个事物中得到的统一和调和（根据席勒对当时辩证过程的独特阐释），而这第三个事物就是**游戏冲动**（*Spieltrieb*），与之对应的现象就是美。美将“自由”和“至高无上的内在需要”统一在“有规律的和谐”中，不是通过“排除某些现实，而是绝对包含一切现实”，美也是一种“中间状态”，它将“截然对立”的物质与形式、被动与主动统一了起来。

> 美把这两个对立状态联合起来,从而破坏了对立。但是,因为这两种状态永远相互对立,所以,除了消灭它们之外,没有别的办法可以把它们联合起来……这两种情况在第三个事物中完全消失,在创造的新整体中没有留下任何分裂的痕迹。(页 123–125)

席勒在这篇文章中介绍了“扬弃”(*aufheben*)在多重辩证意义上的使用
213 (黑格尔后来进行了补充),它意味着消除和保留,也意味着在综合体或第三个事物中矛盾的提升。

在《审美教育书简》中,席勒将漫长的文明史看作人类的教育之旅,每个人都必须通过这一旅程,才能完成教育,走向成熟。这段旅程经过了三个主要阶段,从自然的阶段开始,经过美学的阶段,最后到达第三个阶段,即保留自然和审美价值的一种道德状态:

> 因此,我们可以区分出三个不同的发展时刻或阶段,个人及整个人类如果要完成命运的整个循环[*Kreis ihrer Bestimmung*],就必然要按照一定的顺序通过[*durchlaufen müssen*]这三个阶段……人在他的肉体状态中,只受自然的支配;在审美之国(*aesthetic state*)中将自己从这种统治中解放出来,在道德状态中获得了掌控权。(页 171)

席勒极为重要且产生广泛影响的是他关于美学的第二篇论文《论素朴的诗与感伤的诗》(1795),该论文也主要体现了类似的观点。其中,他对人类发展与命运的构思一样,只不过做了一些改变。我们对无生命的世界、风景以及对儿童、乡民和土著人怀着强烈的感情,揭示了“素朴”的自然对我们具有很大的吸引力,也表达了我们的如是观点:所有这些例子都表明,“存在自有其规律,有自身的内在必然性以及与自身的永恒统一”。这里是人类开始踏上漫长文明之路的起点,也是将来某一天他将回归的地方：

> 他们，就是曾经的我们；他们，就是我们将再次成为的样子。和他们一样，曾经的我们、自然和我们的文化将引领我们，沿着理性和自由的道路[*Weg*]，再次回归自然。[18]

在这篇文章中，席勒强调的是心灵与自身统一的最初分裂，它导致非自我意识转化为自我意识，即意识到自我作为一个主体有别于它所感知的客体，以及在本能与行动之间反思和选择。因此，“素朴”的诗人是“纯 214
粹的自然”，不是由反思和规律构成，而是由一种内在必然性构成，如同“一种不可分割的感觉统一体，一种和谐的整体”。（页 504）另一方面，“感伤”的诗人，或典型的现代诗人，则是自我分裂的，他有自我意识，因而构成了多重选择意识，明显的是，他体现的不是客体本身，而是主体中的客体，他总是面对着“两种相互冲突的思想和感情，认为现实受到限制，自己的思想则是无限的”。阅读感伤诗人的诗歌，我们的思想“处于紧张状态，在相互冲突的感受之间摇摆不定”。（页 509、543）

如果把文明和文化的道路想象成通往自我分裂和内心冲突的痛苦之旅，旅行者的不满就很容易唤起流亡和思乡的意象，席勒把这些意象融入浪荡子寓言这一不同形式之中。在可以理解的压抑情绪中，

> 在非理性的本性中，我们看到的只是一位更幸运的姐妹，她还待在母亲家中，正是从那里，我们带着自由的傲慢，冲进一个陌生的国度。当我们开始感受到文化的压迫时，我们就怀着痛苦的渴望，渴望回到故乡，在遥远陌生的艺术国度听到母亲动人的声音。只要我们曾是大自然的孩子，我们就曾经是幸福的、完美的。我们获得了自由，同时失去了幸福和完美。

但是,席勒说,你不能再回去了。我们必须为最终的统一而奋斗,这种统一不是简单的,而是复杂的,不是我们先天继承而来的条件,而是通过自己努力赢得的。

> 争取统一,但不是在一致中寻求统一;争取安宁,但要通过平衡,而非停止活动。你羡慕的非理性中的本性,并不值得你尊敬或渴望,它就静静地在你身后,必须永远处在你的身后。(页 494–495)

就像在基督教传统中一样,在席勒的文章中,旅人思乡的形象与人们对
215 “天堂、纯真状态、黄金时代”的怀念相互置换。此外,将生命和文明比作旅程,与将二者比作通向成熟的教育过程完全不谋而合。席勒告诫现代诗人“不要把我们带回童年”,要“引导我们走向成年,以便让我们感受一种更高级的和谐,这种和谐是对战士的奖赏,是对征服者的祝福。让他担负起田园诗歌的任务吧……它将引导人类朝前走向极乐世界,对于人类,返回阿卡迪亚的道路已被永远封闭”。(页 537–542)

因此,诗人、个体和整个人类的道路,都被描绘成一段从自我统一经多重自我意识、回归自我统一的曲折旅程。我们最后所寻求的统一,比我们最初所抛弃的统一更高级,它高得无限,以至于人类虽然可以不断接近它,却永远不可能完全达到它:

> 现代诗人所踏上的这条路[*Weg*],也是整个人类及每个个体必须踏上的路。自然使人与自身统一,艺术则将他一分为二。通过理想,他回归统一,但由于理想是一种他永远无法企及的无限,文明之人就永远不能以自己的方式变得完美,而自然之人却能够……然而,人类通过文化方式达到的目标比通过自然方式达到的目标要高得多,后

> 者通过一个有限体的绝对成就来实现自己的价值，前者则是通过接近无限伟大来实现自己的价值……只要人类通过这种进步而非别的什么来达到最终目标，[自然之人和自然的艺术家]也正是通过教化自己而最终成为另一种人来获得发展，那么，就这一最终目标而言，就不存在这两种方式在地位上孰高孰低的问题。（页505–506）

就像基督教旅行者的天堂之城一样，人类世俗之旅的目标仍然在这个世界的另一端，然而，有一种观点认为，人类在这个有限世界中的可能性受
到限制，所以这一目标已经永远无法实现了。席勒吸收了康德的道德形 216
而上学观点，称人的本体自我的无限需求驱使他“从低级阶段到高级阶段的无限进步”，但不可避免的是，现象自我的有限界限将他与所朝向的终点切断开来，或者用费希特在《论学者的使命》中的话说，“人类的终极目标……是完全不可达到的”，所以，“他的道路必定绵延无尽”，也就是说，人类只能“无限接近这个目标”。这种思考方式的结果是将人生旅途的目标定位在旅途本身的体验中，正如席勒在《审美教育书简》中所述：“在无限理性的眼中，方向同时也是目的地，从踏上的那一刻起，道路就已经走完。”

继续信任无法被任何世俗目标满足的人类抱负，同时又怀疑超越这些目标之外的人类抱负的真实性，这一个悖论后来成为浪漫主义一个显著原则和观点的基础：无限高于有限，人类真正的目标应设定为追求无限（*Streben nach dem Unendlichen*），衡量人类尊严和伟大的标准在于人类的无限能力和有限理解间的差异。在《许佩里翁》的早期手稿中，荷尔德林称：“没有任何行动、任何思想可以达到你想要达到的程度，这就是人的荣耀，没有什么东西是充分足够的。”在华兹华斯的《序曲》中，人类灵魂的“荣耀”是“我们的家／与无限同在”，因此也就有了“永远将到来的某事”。布莱克在《没有自然宗教》中将这一个概念的应用发挥到了

极致,“有限之物为其拥有者所憎恶……一切都不能令人满意”。正如席勒在《论素朴的诗与感伤的诗》中一样,这一准则不仅适用于道德领域,也适用于美学领域,与成功达到一个因为有限而可以达到的目标相比,更多地倾向于努力尝试达到超越人类能力的艺术目标。柯尔律治说,这是对古典理想的逆转:比如,在索福克勒斯作品中,“有一种圆满、一种满足、一种卓越,我们的心灵借之得以休息”,而在莎士比亚作品
217 中,存在一种“不满或不完美,但也对进步充满希望,所以我们不会拿它去换取心灵的安宁,让心灵沉浸于完美对称的形式,安歇于对优美的默然赞美”。[19]

2. 浪漫主义哲学与浪漫主义的崇高主题

继康德和席勒之后,德国主要哲学家采取的普遍做法是证明人类的世俗历史和命运与圣经中失乐园及其后来的复原一致。在他们的阐释中,人类脱离无知和自我统一的幸福状态,进入由自我意识、自由决定和分析能力所带来的多重自我分裂和冲突状态,这个故事是一种神话再现。按照这样的解释,“堕落”就等同于思辨哲学本身的开始,是一种幸福的自我分裂,因为它是教育之旅中必不可少的第一步,通过这一旅程,人类通过思考和奋斗赢回了自己已经丧失的完整性,因循的道路看似是一种回归,实则是一种前进。

1795 年,费希特写信给雅各比讨论自己的《知识学》时说,人们设定存在于所有个体之外的“绝对”或“纯粹的自我”,就相当于传统上被称之为的“上帝”,当他把特殊的自我或经验的个体与“绝对的”或“纯粹的自我”加以区别时,人类唯一关注的实践思维就让位给了思辨哲学,思辨哲学的开端就是人类形而上学的堕落:

> 如果人类从来没有尝过这禁果，那么全部哲学也就不复存在了。［但人的内在意志使这一步不可避免］第一个提出关于上帝存在问题的人，打破了界限，撼动了存在于人类最深处的根基，使他陷入一场与自己的冲突之中。这种冲突一直悬而未决，且人类只有勇敢地向最高点前进才能得以解决。在最高境界中，思辨之物与实际事物似乎已合二为一。我们在自傲中进行哲学思考，从而摧毁了我 218
> 们的纯真，发现了自己赤裸着，从那以后，我们出于救赎的需要而进行哲学思考。[20]

大约十年后，费希特从“第一原则的统一性”出发，以一个“纯粹哲学家”的身份继续努力，推导出一部完整的世界发展史，它“不关注任何经验，完全是**先验的**（*a priori*）”。他的出发点是提出“世界计划”的概念，即“人类在世界上的生活目标”是达到一个“最终状态”，那时，他们将“按照理性来安排自身与自由的一切关系”。从这个前提出发，他推导出人类历史上必须经历的五个时代，从“本能对理性的无条件支配”阶段，发展到最终的“理性艺术［*Vernunftkunst*］时代”。但这部按逻辑演绎历史的五幕剧，结果却与基督教神学的五个阶段不谋而合，即从“人类的纯真状态”到“实现正义和成圣状态”，而且，这几个阶段构成了人类从天赐的天堂到应得的天堂这段曲折旅程的中转站：

> 但是，按照这种观点，整个人类在人世凡间的集体旅程［*Weg*］，只不过是回到他最初所在之地的一段旅程，这段旅程的目的只有一个，那就是回到它的起点。人类必须亲自完成这段旅程，必须凭借自己的力量，只有这样，才能成为自己最初曾不费吹灰之力所是的那个样子。正是为了这个目的，他离开了那里……在天堂（用一个众所周知的形象）中，在正义的行动和存在的天堂中，没有知识、劳

> 动或艺术，人为生命而觉醒。但是，当人类刚刚鼓起勇气敢于过上自己的生活，天使就挥舞着正义激情的熊熊火剑，将人类从纯真与和平的宝座上赶下来……直到人类通过自己的努力和知识，按照自己失去的天堂的模样，建造了自己的天堂。[21]

谢林十七岁时，用拉丁文撰写了硕士学位论文《对〈创世记〉第三章人类罪恶起源的古老哲学命题的批判和哲学分析的尝试》(1792)，以此
219 开启了哲学生涯。他多次援引莱辛、赫尔德和康德关于文化起源的作品，揭示自己所遵循的传统。圣经中关于人类堕落的描述是一个神话，在历史叙述的伪装下体现了哲学真理。从哲学上讲，伊甸园如同黄金时代的异教神话，代表了自然对人类(他的感官、本能和必然性规则)的统治。从这种自然状态出发，人类受到其理性迫切性的驱使，通过区分善恶，建立了自由意志的可能性。从天真的无知到获得知识，从快乐地屈从于本能到面临多重道德选择的痛苦，这就是人类的堕落。这种**感性人类**(*homo sensibilis*)的冲动和**理性人类**(*homo intelligibilis*)的需求之间的原始区分，使人类“陷入奇怪的不和谐状态”，其中，“人类与自己发生了内在的争执”。[22]但是，即使我们能够回到伊甸园，也不会选择这样做(页 32)，因为从哲学上看，人类所处境况中的罪恶将带来巨大的好处，通过这些罪恶，“人类可以受到教育”，以实现自己的最终目标，“用一句话来说，就是时间将回到最美好的黄金时代……但只是在理智的引导和看护下”。[23]在席勒出版《审美教育书简》和《论素朴的诗与感伤的诗》的五年后，谢林提出，恶本质上是分裂和冲突这一概念，既存在于人类的内部，也存在于人与自然之间。人类最初的分裂是一种幸运的堕落，它让人类运动起来，沿着自己后来才明确的一条螺旋式道路，向理应的统一这一更大的善前进。这种统一是一个综合体，其中，一切的分裂都**被消除**(*aufgehoben*)。为了努力使自己获得自由，人类离开了“自然的(哲

学）状态”，在这种状态中，“他仍然与自己和周围的世界统一”。这种最初的分离导致“完整的人”逐渐分裂，因而，“纯粹的思考是一种精神疾病……它是一种恶”，然而，从“真正的哲学”观点来看，它是“一种必然的恶”，人类“作为征服者，凭借自己的功绩”，以一种必然的方式，可以有意识地返回到自己所丢失的，但原本无知的，与自己和外在自然统一的状态，因为哲学思考

> 从最初的分离开始，为了再次通过自由统一那些最初必然在人类精 220
> 神中结合起来的东西，那就是，为了永远消除分离。[24]

黑格尔在讲稿中详尽阐述了圣经关于人类堕落的描述与哲学视角下智识和文化发展之间存在的一致性，用这些讲稿补充了《哲学科学全书纲要》的逻辑大纲。他声称，在确定真理的三种方式中，单纯的“经验”或“直接知识”包括“一切道德家称为天真的东西”，但另外两种方法，即“反思”和“哲学认知，必须抛弃那种未经寻求而得到的自然的和谐”。

> 这［两］种方式都声称可以通过思想来认识真理，那么，只要存在这种共同之处，它［们］自然就可以被视为人类自负的核心所在。自负使人类相信自己具有认识真理的力量，这必然导致一种彻底的混乱，因而被视为一切罪恶和邪恶的可能性根源，即原初的僭越。因此，显而易见，达成和解、恢复和平的唯一方法就是放弃，即不再要求思考及如何思考。[25]

黑格尔评论道，“关于人类堕落的摩西传说”“保存了一幅古老的画面［*Vorstellung*］，体现了这种分裂的起源和后果”，即一种“神话的胜利”，

它能够延续数千年,意味着包含了哲学家“不能忽视”的东西。接着,他继续对堕落的神话详尽解释,中心观点是“人离开纯粹自然存在之路的时刻,标志着自身作为具有自我意识的主体与自然界的差别化的开始”。意识的自我与自然间的对立是通向“人的最终目标”的必要阶段,不仅在整个人类中,也在“亚当的每个孩子”中。文化史所追寻的道路是一个以本能的自我统一开始的循环,这种统一是“自然之手赠予的礼
221 物”,通过自我对立和自我分裂,最后达到一种“必须从精神的劳动和文化中产生”的更高和谐。

> 在本能的和自然的阶段,精神生活在表面上显得天真、纯朴,但精神在本质上却意味着将这种直接的条件吸收到更高层次中去。精神……努力割裂自己以实现自我,这种被割裂[*Entzweiung*]的生命又会受到压制[*aufzuheben*],精神必须以它自己的行动来争取重新达到和谐[*zur Einigkeit zurückführen*]。

黑格尔说:“复原的原则存在且只存在于思想之中,造成创伤的手也正是医治创伤的手。”这明显呼应了席勒的说法,即“正是文明本身给现代人造成了创伤”。[26]

1810年,海因里希·冯·克莱斯特在著述中阐述了他那著名的意象:返回天堂的伟大循环之路。他只不过是概括了最为人所知的哲学常识之一,利用这一意象来支撑自己的悖论(源于席勒)。[27]因为人类舞者不可避免地产生自我分裂和自我意识,因此,木偶表演纯粹出于需要,它能够展现出人类舞者所无法企及的优雅。克莱斯特说,木偶和舞者之间的关键差异在于对《创世记》第三章的正确理解:

> 我们吞下了知识树的果实,现在,天堂之门闩上了,天使就站在

> 我们身后，我们必须周游世界，看看世界另一边某个地方的门是否还会再次敞开……
>
> “那我们必须再次吃下知识树的果实，才能再次回到纯真状态吗？”
>
> 他回答：“当然，这是世界历史的最后篇章。”[28]

1806年谢林写道，作为“绝对”或“上帝”的自我显现，自然是统一和多元、有限和无限的鲜活的同一，对自然作如是观，“是唯一可以被称 222
为清醒的东西”，任何其他对它的认知方式“都是梦、画面或彻底的死亡之眠[*Todesschlaf*]”。一些哲学家认为，在他们的意识中，自然似乎是“一些无生命的、有限的、绝对的具体事物的组合”，那么，我们如何解释这些哲学家的看法？

> 之所以有限世界为人类而存在，根本原因不是人类的知识[*Wissenschaft*]使然，完全是因为人类的罪过，这种罪过只能归结于他们自己的意志，意志为了自给自足而背离了统一……[这是]一个真正的柏拉图式的人类堕落，在这种场景中，人类原本认为是一个死的、绝对多样的、分裂的世界，实际上却是一个真实的、现实的世界。正是这个时候，他发现了自我。我们已经表明，人类的意识中存在这样一个世界，这个事实完全如罪恶事实一样普遍——事实上，正是罪恶本身这一事实——正如我们可以从罪恶中被救赎一样，那种既不具有绝对必要性和不可解决性，也不具有永恒性的意识模式，也一样普遍如常。[29]

从教会元老延续到德国唯心主义者的新柏拉图主义传统，将人类从天堂的坠落等同于原始统一的分裂，这种传统构成了谢林著名观点的基础。

对一个异化的、无生命力的自然（在感知者思想中相当于〔*Zwiespalt*〕）（页95）的感知是人类堕落的结果，并且构成了罪恶本身的本质。与此相应，谢林认为**救赎**（*Versöhnung*）——“认知的最后和至高和解与补救”，是一种意识的重新统一状态。在这种状态下，“思想的世界变成了自然的世界”。（页32）谢林的声明与华兹华斯随后的设想非常接近，后者在“《隐士》纲要”中宣称，心灵与自然的结合将复原一个经验的天堂，以此“从他们的死亡之眠中／唤醒感官”（与谢林的“死亡之眠”对应）。柯尔律治也从中受到启发，认为，华兹华斯的计划是确认“从某种意义上来
223 说堕落是一个事实”，然后提出“救赎计划”，即“与自然消除敌意达成和解”。[30]

谢林对德国文学运动产生了巨大影响，其影响力经由柯尔律治传播到英国。他用其他方式让我们看到，华兹华斯诗集角色和主题与他那个时代的普遍思想倾向之间存在着密切的关联。如许多同时代人一样，谢林认为，救赎，即人类回归到失去的统一，如同一段回家旅程。然而，谢林所喜爱的这个循回之旅的比喻，并非出自圣经，而是来自异教思想。我们记得，普罗提诺曾把分裂的灵魂寻找原初的统一比作奥德修斯的远航，前往伊利昂，然后回到“乡园（父地）……我们来的那里，有圣父于此”。谢林在《先验唯心主义》（1800）中称，自然“是一首诗”，如果我们能够解开它的密语，它将展现为“精神上的奥德赛，这种精神在寻找自己时，被奇妙地蒙蔽了，逃离了自己”，只有在“完全回归自身”时，它才能达到自己的目的地，这时，它作为一个主体认识到，自己就是自己的客体，是自己最高级的产物，即人类心灵。[31] 四年后，谢林在创作《哲学与宗教》时，吸收了大量神秘的神学观，尤其从波墨到先前形而上学体系中的神学。他假设，在浑然一体、毫无区别的主客体中存在绝对的、永恒的宇宙堕落（堕落〔*Abfall*〕或中止〔*Abbrechen*〕），这种堕落等同于形而上学中分裂的现象界的创造，它在人类有限的“自我”［*Ichheit*］中达到了自

身极限，“这是与上帝疏离[*Entfernung*]的最极端点”，但就在这离上帝最远的点上，人类开启了救赎的过程，或者说寻找源头的过程。谢林因此而设想了人类历史的一般进程，它是一个循回旅程，构成了双重荷马史诗式情节：

> 历史是上帝心中谱写的史诗，有两个主要部分。第一部分再现
> 人类离开自己的中心，到离中心最远的地方，第二部分则再现回归。 224
> 第一部分可以说是历史的《伊利亚特》，第二部分则是历史的《奥德赛》。第一部分的运动是离心的，第二部分则是向心的……思想和精神必须离开它们的中心，自身进入自然中的分离状态，即进入普遍堕落的世界，以便以后可以从分离的状态回到无差异的世界中，与它和解后，留在那里而不去扰乱它。[32]

谢林在《世界时代》中写道，现在人类等待着新的荷马，他将再次用神话的统一语言，一个包含现代哲学发现的更高的神话，来吟唱统一时代的新史诗。“当真理再次成为寓言及寓言成为真理时，是什么阻碍了我们翘首以待的黄金时代的到来?”如同一个黑暗中的形象，每个灵魂中都有“事物最原始开端”的“原型”沉睡其中，诗人和哲学家定期“通过感受自己本性的统一……来恢复自己的活力”。迄今为止，人类还不能维持“这种视觉状态”，因为“本源中原初紧密结合的事物，在现世生活中一点点展开，并扩展开来”。但是，现在

> 经过长期的游荡，[系统的哲学科学]已恢复自然的记忆，恢复了自然与知识先前的统一……最富于超感官性的思想现在获得了肉体的力量和生命。反过来，自然也逐渐成为最抽象概念的可见印记。在很短的时间内……思想的世界和现实的世界将不再有任何区别，

> 将只存在一个世界,人们也将首次在全部科学的和谐统一中发现黄金时代中的和平与宁静……
>
> 也许唱出最伟大英雄诗篇的人尚未到来,他将从精神上综合古代预言家创作的那类诗篇曾经所是、现在正是及将要成为的样子……这一时刻还未到来,探索的目标还未达到。[33]

谢林成为诗人-先知的先驱,他们将吟唱出所有史诗中最伟大的诗
225 篇,主题将是回归失去的天堂或黄金时代,即恢复人类智慧与自己、与自然之间失去的统一。这很像华兹华斯在“纲要”和《序曲》中所扮演的先知角色,与超越英雄的诗篇中具有的“崇高主题”相似:作为上帝选中的儿子,被赋予这种“灵视”,令他觉得创造是自己命定的职责。谢林认为,创作这首诗的时机还没有完全成熟,这也许说明他最初写的是一首自然史诗,但后来又放弃了。[34]我们将要看到的是,华兹华斯并非唯一以吟游诗人的角色看到现在、过去和未来的诗人,也并非唯一以探索人类回归精神家园的旅程为主题的诗人,这个家园既是冲突之后的天堂及和平的黄金时代,也是分离后统一的天堂及和平的黄金时代。

3. 黑格尔《精神现象学》:形而上学结构与叙事情节

在第二章中,我讨论了英国浪漫主义文学中的一种独特体裁,即诗人或创造性精神在痛苦中成长并最终获得诗性力量的生命故事,接着又指出,这种文学形式与主体-客体哲学的自我生成系统以及当代形式的“普遍历史”一致,后者认为,人类历史是一个教育过程,在这个过程中,统一的自我陷入痛苦的自我意识之中,沿着一条曲折的道路将分裂的存在统一起来。黑格尔的《精神现象学》(1807)明确地融合了循环和自我蕴含的**教育传记**(*Bildungsbiographie*)模式、**系统哲学**模式和**普遍历史**

(*Universalgeschichte*)模式,因而正好站在这些不同却又相互关联的思想流派形成的交叉点上。如果思考它与黑格尔形而上学体系整体结构之间的关系,那么,**现象学**的复杂性可以得到阐明。

我们还记得黑格尔在较短的《逻辑学》中提出的论断:"哲学的外形
显示为一个自我封闭的圆圈。"[35]就像黑格尔常说的,事实证明,事情并 226
没有那么简单。他还说:

> 哲学的每一部分都是一个哲学整体,是一个自身环绕和完整的圆。但在每一个圆里,哲学的理念都存在于特殊的规定性或媒介中,因为这个圆是一个真正的整体,它突破了其特殊媒介施加的限制,生成了一个更大的圆。这样,整个哲学就像一个圆中圆。[36]

总的来说,这就是黑格尔明确凿然的思想。这个理念(或者换种说法,每个人通过哲学进行的思考)通过它的组成部分即"流动的"思想或"概念"[*Begriffe*]得以发展。它必定突破自身,走向与自己对立的一端,只有在更高的层次上回归自我,才能构成"自我运动即循环"。[37]黑格尔告诉我们,自己的整个哲学体系可分为三个主要部分:逻辑学、自然哲学和精神哲学。逻辑学从"存在"这个概念开始,通过概念连续的、辩证的、螺旋式的发展,到达其对立面,然后再回到更高级的概念,直至达到最高的、最后的概念形式,即"绝对理念"。这种形式呈现了"一种对理念[概念]的回归",黑格尔的逻辑部分正始于此。但是,这种回归是一种完成了的"与自我的统一",这种统一比简单"存在"**本身**最初的统一更高级,因为它保留且包含了所有的自我分裂或差异,概念通过这些自我分裂或差异才得以以辩证的方式发展。因此,"回到起点也是一种进步,我们从存在或抽象的存在开始:我们现在所处的地方,也是我们曾拥有作为存在的理念的地方,而作为存在的理念就是自然"。[38]这样,我们便从黑格尔体系中的第一个圆过渡到第二个圆，即自然哲学的圆，“他者性中的理念的科学”。通过类似的辩证过程，我们继续前进，向上进入一个“更高的圆”，这是黑格尔哲学系统的第三个领域，即精神哲学，“从他者性中出来回到自身的理念的科学”。最后，这个辩证的圆圈
227 始于从自然中出现的主观精神，终于“绝对精神”，这最后阶段是恢复了的精神与自身的统一，它“综合”（具有包含和系统理解双重意义）了在这三个循回阶段中发展出来的差异性整体，因此，在更高的层次中绕回来，超越那个整个系统存在的原初概念，是“哲学回归自身并回到起点的最终结果”。[39]黑格尔庞大哲学体系的总体设计错综复杂，因此，我们需要把它想象成一个个辩证小圆圈受到内力驱动而进行的运动，这些小圆圈在三个大的圆圈中组成一个连续体，螺旋上升并向外扩展，直到组成一个综合一切的**循环的圆**，到达的终点（虽然只是隐含的）就是起点，回到的起点（现在变得非常明确、具有“综合性”，因而也很“具体”）就是终点。[40]

这就是科学，一个完整的、自我生成的、自我参与的系统哲学的“圆圈”，作为真正知识的永久的、永远有效的辩证法。但是，黑格尔思想的辩证法也是历史的辩证法及人类意识的辩证法，因为精神不仅仅是在作为“理念”的“纯粹思想”中永久地展开自己，它也在整个人类和每个个体的发展意识中，并以“整个人类和每个个体的发展意识”来展开自己，以构成人类的一切经验，后者的展现构成了《精神现象学》的主题：**未来知识**（*das werdende Wissen*）的发展，即人类意识经过不同阶段或“形式”，是朝着最终实现科学整体系统的发展。（《精神现象学》，页 xxxvii–xxxviii）

《精神现象学》是有史以来最具原创性和影响力，同时也是最令人困惑的著作之一。常常有人错误地将这本书当作一部系统哲学著作，这有悖于黑格尔提供给我们的明确提示：这不是哲学——或者确切地说，它是哲学，又不是哲学。尽管黑格尔的系统思想贯穿全书，但他有意识

采用了文学叙事的方式而非哲学阐述或论证的方式进行创作，表现人类 228
意识在发现“科学”或永恒的系统性真理过程中的成长，正如黑格尔所言，“精神现象学所呈现的，就是这种普遍科学或知识的生成”。由于“自我教育的精神慢慢地、静静地走向成熟，走向[它]新的形式”，所以，叙事模式是一种逐渐走向成熟阶段的自我教育模式，黑格尔以教育之旅(Bildungsweg)这个普遍的隐喻体现了人类精神和思想的历史：“要成为真正的知识……[精神]必须经历漫长的旅程。”[41]

然而，《精神现象学》绝不是一种抽象的**普遍历史**，即那种人类教育之旅的标准历史，这种历史在黑格尔时代非常盛行。相反，该书的序言和导言都表明，《精神现象学》主要按照文学的结构原则加以组织，并坚持使用典型的文学手法。黑格尔的叙事中，主人公被命名为“普遍的个体”(*das allgemeine Individuum*)或“普遍精神”(*der allgemeine Geist*)，也就是说，他将人类的集体意识描绘成一个单一的主体。他的故事也适用于特定的个体，因为每个思考的个体都能在自己的意识中概括出教育之旅，直到在自己的人生中达到一般人类意识的那个阶段：

> 将个体从未受教育的阶段引导到获得知识的阶段，这个任务必须从一般意义上加以考虑，普遍的个人即自我意识的精神，必须在其教育中加以考虑……
>
> [特殊的]个体也必须学习普遍精神各个教育阶段的内容，这是……为他准备并铺就的道路上的各个阶段……在男孩的教育发展中，我们发现了世界教育的历史……
>
> 科学在细节和必要性方面都表现了这种教育运动……目的是使精神了解知识的构成……
>
> 在漫长的时间中，世界精神耐心地经由这些形式，承担起世界历 229
> 史的艰巨工作。[42]

黑格尔在序言中说，因为叙述的对象只有发展中的现象知识（*das erscheinende Wissen*），因而并没有展示出系统哲学的永恒结构（“只属于科学的完全自由的、自我运动的形式”），而是旅程和追寻的结构：“向着真正知识努力的自然意识的道路。”他也指出，这相当于基督徒通过受苦来寻求救赎和重生的精神之旅：

> 或者它可以被认为是灵魂的道路，灵魂穿过一系列的形式，就像车站［*Stationen*］以其自身的特征来为自己标记，目的在于通过自己的完整经验认识到灵魂在自身中之所是，以此使自己净化为纯粹精神。[43]

在关于《精神现象学》的一则报纸新闻公告中，黑格尔使用了“途中之站”（*Stationen des Weges*）这个短语[44]，而且，隐含在这些段落中的对**苦路**（*Leidenstationen*）的暗指——“苦路十字站”——在序言后的一段话中浮现出来。既然这条**道路**因为“自然意识”必然涉及自身的否定和毁灭，“因此，我们可以把它看作一条怀疑之路，或更恰当地说，一条绝望之路”。但是，在哲学反思中，精神的死亡与重生之旅反而成为成功实现教育探索之路。毋宁说，它的一系列形式是一部意识本身的教育史达到科学层面的详细历史，意识正是通过这些形式在这条道路上旅行。

半个世纪前，乔赛亚·罗伊斯曾顺带评论，认为黑格尔的《精神现象学》与同时代的**成长小说**极其相似[45]。我们不妨将这一点说得更精确、更详细一些。黑格尔的《精神现象学》是伟大的创作，他将这部作品写成一部**教育传记**，从字面意义上讲，这是一部精神历史。换句话说，它
230 是一部“普遍精神”的传记，呈现了每个人和普遍的人的意识。每个人

的人生历程是一个痛苦的自我教育过程，表现为一个循回旅程的情节形式：从最初的自我分裂和分离开始，经历各种和解以及不断产生的疏离、冲突、逆转、精神死亡和重生的危机，最后发现，故事情节就是精神的无意识追寻，通过重新拥有自己失去的、破裂的自我来救赎自己，最终认识到自己的身份，如黑格尔在他的结语部分所说，那时，他可以"在他者性中与自身同在"。（页 549；贝利译文版，页 790）

这可以作为黑格尔构思的初步轮廓，但是，越是仔细观察，我们就越会发现作品在细节方面不同寻常。一直以来，它都无可比拟，精细地完成了一项不可能完成的艺术事业，即使是在能够从容接受《芬尼根的守灵夜》的时代，这都是不可比拟的。像乔伊斯一样，黑格尔必须创造一种语言来适应其人类历史的独特视角。由于黑格尔的指涉一直具有多样性，这种语言因而是暗示性的，不是明确的，许多操作性术语都模棱两可。其中，关键的辩证法术语 *aufheben*（消除、保存和超越）是自基督说"你是彼得，我要把我的教会建造在这磐石上"以来最重要的一个双关语。《精神现象学》是黑格尔的第一部长篇大作，他用笔生动，非常幽默，完全意识到自己努力讲述的这个非凡故事具有讽刺性以及偶尔产生的喜剧性。作品充满了隐秘的玩笑和叙事的陷阱，但对于不那么细心的读者来说，它造成一种长篇大论、严肃认真的假象。

例如，故事的主人公即精神，没有一个明确的身份，变换为各种不同的形式，令人迷惑。它或呈现为可见物体和现象事件的形式，或呈现为"意识的形态"［*Gestalten des Bewusstseins*］和多重人物角色，或"特定的精神"——"精神的缓慢发展和序列，如同一个绘画艺术馆，其中每一幅画都被赋予精神的全部丰满性"。（页 562–563；贝利译文版，页 805–807）主人公精神也是自己的对手，以各种相互关联却不同的伪装出现，所以，这个演员在剧中扮演了所有的角色，正如黑格尔在谈到进化的一个阶段 231
时所说："我就是我们，我们就是我。"（页 140；贝利译文版，页 227）事实上,这个故事的结局是,这一个精神就是故事中的一切,它不仅构成所有的主体,而且构成自然和社会现象世界中不断变化的环境,它把这个现象界设定为客体,与作为意识主体的自身对立。既然精神的存在包含了自身的不断发展,所以它也构成了整个情节。然而,具有强烈讽刺意味的是,这种精神完全不知不觉地进行着惊人的表演,我们有幸看到了这个过程,正如黑格尔所说,在这个过程中,“意识不知道自己发生了什么”,似乎“可以说一切都是在背后进行的”。(页 74;贝利译文版,页 144)换言之,直到这个过程以它自己最新的表现方式,向意识自身即哲学家黑格尔的思考持续地展现出来,而我们的意识在阅读时有幸参与了这一展示过程。因为与《精神现象学》的作者与主题一样,读者都是其中的一个精神,精神在其中继续显现自身。结果,**教育传记**就是一种隐含的第一人称叙事(从该词一切可能的意义上来说,是一部自传),它以双重意识的模式得以明确地讲述。在《精神现象学》叙述过程的末尾,精神经历了再生,获得一个“新的身份”[*das neue Dasein*],“保存”了其原来“被升华了的身份”[*dies aufgehobene Dasein*]——这是它“原来的身份,但刚从知识中诞生”。(页 563–564;贝利译文版,页 807)精神利用新的、受到启蒙的自我的优势,继续忆念自己,并在自己面前展现自己,就像在它的早期发展阶段一样,最初完全无知,然后逐渐了解自己的身份和命运。

精神通过变形进入自己的诸多客体和人物中,黑格尔详细讲述了这些变形,使用了许多术语来描述意识与他者之间的“分裂”(*Trennung*)过程,其中最具有预见性的是“疏离”或“异化”[*Entfremdung*],它从黑
232 格尔开始就成为分析人类状况不可或缺的术语。精神开始所处的“直接知识”状态,是一种简单感知的单一行为,不受一切概念的影响,因此也不受主体-客体区别的影响。然后,思考切断[*entzweit*]了这种状态,思考中,意识成为“自我意识”经验中自身的客体,或“在他者性中自身的意识”(页 128;贝利译文版,页 211),到后一个阶段(我只选择了历史上的一些

关键点)，各自拥有独立的自我意识的两个人，在一场争夺统治权的生死斗争中相互对抗，这种关系发展成为征服者与被征服者之间的主仆关系，结果通过辩证的必然性，发生讽刺性逆转，仆人在其中成为自身主人的主人。在一个内化为单一意识的更高层面上，主仆的对立又以“不幸的意识”或“自我作为一个双重的、全然矛盾的意识”的形式出现，中世纪的基督教就是历史上的一个主要例证。(页 158；贝利译文版，页 251)在接下来的意识生活阶段即伦理领域中，精神再次分裂，成为“自我异化的精神”(*der sich entfremdete Geist*)(在这一节中，黑格尔受益于狄德罗对《拉摩的侄儿》中无序性格的卓越研究，他在创作《精神现象学》时读了歌德翻译的该小说的德语版)。这种“自我异化状态”尤其体现了十八世纪欧洲那些处于复杂和分裂状态中的思想家的特征。对这些思想家来说，艺术和文化与一切自然的东西对立，意识在认识到“一切关系的自我分裂本质”后得到发展，知道“自己破碎的状态”，获得了这种认识之后，意识便“将自己提升到那个状态”。(页 347、376；贝利译文版，页 509，页 547–548)这个阶段在“绝对自由与恐怖”中演变为异化的极端点(历史上最极端的例子是法国大革命)，只能产生一种纯粹的“否定行为”，因而也“仅仅是毁灭的愤怒”。(页 414、418；贝利译文版，页 599、604)

这些变形过程呈现出意识周期性的反复，或讽刺性的逆转[*Umkehrung des Bewusstseins*](页 74)，意识的特定形态在这个过程中必然被驱使到一个极端，将它转化为与之冲突的对立面。但是，每场冲突都朝向大团圆 233
即发现场景中的暂时和解，黑格尔(用出自其抽象概念之舞的一个简单用语)将其解释为，“每一个绝对的对立都在对立物中发现自己，这种发现突然产生，表现为在两个极端之间的‘是的！’”(页 547；贝利译文版，页 782–783)

结果，人们发现，不断产生的分裂、冲突和精神流浪的痛苦就是那些罪恶，它们的存在具有合理性，因为它们将带来更大的善，并且是产生这种善的必要条件。在精神自我教育的倒数第二个阶段,就已经预示会发现这个真理,那时,启示基督教显现,以堕落、道成肉身和救赎的"客观形式"(页 549;贝利译文版,页 789)形象地表现出来。直到最后阶段,即真正哲学实现的阶段,真理才能被理性地把握或"理解"。真正哲学在保持其实质的同时,也取代了启示基督教的形象思维。精神从这个终极优势中意识到,宗教的所有神秘都是自身固有的,是其自身教育发展的时刻[46]:人类的意识发现,自己既背叛了自己,也能成为自己的救赎者。正是在这一点上,黑格尔讲述的故事,也就是黑格尔所说的在系统哲学层面被"综合"的历史的最终结果,就是耶稣受难的对等物——同为"绝对精神的回忆和受难所"。(页 564;贝利译文版,页 808)

在黑格尔的描述中,意识不断进行探索(与亚里士多德描述中完整的文学情节非常相似),在其历史的情节形式中,结尾必然要接续开头和中间部分,但只要求从自身而不是从任何其他东西中产生满足:

> 知识的目的是为自己设定的,其必要性如同自己需要经历一系列发展。一旦达到目的,就不再被迫超越自身,这时,它发现了自我……因此,朝向目的的运动既不能停止,也不能在前面的任一站得到满足[*Befriedigung*]。(页 68–69;贝利译文版,页 137–138)

234 黑格尔将叙事的结尾称作"绝对知识"阶段,将这个阶段描绘成一个高潮的发现场景。此时,精神在每一个人和每一件已经发生和正在发生的事情中发现自己、理解自己,然后重新完全拥有被异化的自我,以此精神成为完全"自我意识的精神"。精神进行探索但事先并不知晓的目标(在黑格尔关于人生朝圣的传统隐喻中),是为了回到它最初离开的家园,然则这个家园原来就是它一直所在之处,精神却毫不知晓。回归发生在意识过程中的最终"时刻",其中,"它消除并超越[*aufgehoben*],并将这种疏离[*Entäusserung*]和客体化带回自身，因而在其他者性中与其自身同在[*bei sich ist*]"（页 549–550；贝利译文版，页 789–790），或者如黑格尔在《哲学史讲演录》中再度描述的，精神探索的终结是团聚——回到自身，与自身团聚：

> 这样，精神与其自身同在[*Beisichsein*]，精神回归自身，可以说是精神最高的、绝对的目标，这是它唯一想要的东西，除此以外再无他物。天堂和大地发生的一切（永远发生的一切），即上帝的生命以及在时间的进程中所做的一切，没有别的，不过就是努力达到目的，这个目的就是精神可以认识自己，使自身成为自己的目标，发现自己，成为自己，让自己与自己统一[*sich mit sich zusammenschliesse*]。它是分裂、异化[*Verdoppelung*, *Entfremdung*]，但只有这样，它才能找到自己，以便回归自己。[47]

黑格尔认为，在作为绝对知识的终极"精神形态"中，精神最终以客观的形式向它自身的意识呈现，这个最终"精神形态"就是科学。虽然这种**科学**永远有效，但是"直到精神达到关于自身的意识的那一刻，它才在时间和现实中显现自己"。（页 556–557；贝利译文版，页 797–798）现在，科学不过是黑格尔哲学体系中体现的真理的全部辩证法，因此，曲折的精神成长之旅的终点，就是它最初指向的事件，对此，它丝毫不知： 235
在哲学家黑格尔的意识中实现了的形态。但黑格尔也说，意识借以达到完全自我认知（self-knowledge）的目的或"[客体]作为自身的知识"，是回忆、再次经历，因而"理解"它自身从开始直到现在的时间上的过去，"以思想意识的形式"。（页 550；贝利译文版，页 790–791）（"回忆"〔*Er-Innerung*〕，页 564，这个词第一次出现时，黑格尔用连字符连接起来，目的是引出"记忆"和"内化"的双重含义）意识回忆、再次参与、吸收，因而逐渐在自己的过去中综合自己身份的这一过程,正是《精神现象学》中回忆并叙述的、以精神旅程模式发展的意识的历史。黑格尔在自己整本书的结尾处重复了这一点。他在结论中说,“因此,”

> 目标即绝对知识或精神认识到自己就是精神,将精神[*Geister*]的回忆[*Erinnerung*]作为自己的道路[*Weg*],因为这些精神就在自我之中,自己对自己的领域进行组织。(页 564;贝利译文版,页 808)

然而,悖论在于,意识要“回忆”过去的阶段,不仅将这些阶段看作时间上连续的事件,而且将它们视为“被综合的历史”——包含在意识之中,因而在其必要的辩证结构中得以理解——只有在到达教育之旅的终点后,才能从起点出发踏上这趟旅程。黑格尔在引言中说:“通往**科学**的道路本身就是**科学**,就其内容的性质而言,它就是意识经验的科学。”(页 74;贝利译文版,页 144)因此,普遍意识的教育之旅必然是循回的,“这是一个回归自身的圆,将其起点设为前提,只有在终点才达到自己的开端”(页 559;贝利译文版,页 801),那个终点——“认识到自身的精神”实现了与自身的统一,是“我们出发的起点”,虽然现在是“在一
236 个更高的层次上”——正如该书最后一个句子告诉我们的,是精神以“其综合结构……不断发展的现象知识科学[*die Wissenschaft des erscheinenden Wissens*]”模式“对自身历史的回忆”。(页 563–564;贝利译文版,页 806–809)也就是说,《精神现象学》的结尾就是构成了《精神现象学》自身结构化回忆的开端。

我们知道,黑格尔系统**科学**的三个主要阶段是逻辑学、自然哲学和精神哲学,而《精神现象学》的结尾不仅是自身的开始,也是黑格尔对系统**科学**书面阐述的开始,这使得本书的结构更加复杂。身为黑格尔的评注者,G. R. 莫雷描述了《精神现象学》与黑格尔哲学著作主体之间的复

杂关系：

> 作为人类哲学的自我教育历史,《精神现象学》构成了黑格尔哲学体系的序曲。但黑格尔的辩证观不允许将序曲与表演完全分离。哲学是一个包含并保存整个自我教育过程的结果,它取消,但又包含并加冕这个过程,因此,**现象学**也是这个系统不可分割的一部分……[形式上的区别在于]一个是生成性的,另一个则是已经得以全面发展的科学体系。[48]

因此,如果将《精神现象学》视为一种文学形式,那么,它将是复杂的现代想象作品中出现得最早,同时也是最复杂、最极端的一部著作,构成了一部自成一体、自我支撑且自我暗示的字谜书。它整体看来神秘莫测,每个部分和顺带而过的典故都故意显得模糊不清,但显而易见,从总体内容和整体构思上看,这部作品与同时代华兹华斯关于自己心灵成长的诗歌十分相似(1805 年,华兹华斯完成了《序曲》,翌年,黑格尔完成了《精神现象学》)。也就是说,通过两种意识模式下的明确讲述(现在受到启蒙的精神对过去事物的当下回忆),这部作品构成了一部典型的精神教育自传,它将邪恶和痛苦合理化,视之为达到成熟、认识自身、发现目标的必要条件,高潮部分则是发现支配自身结构的隐性原则,最终,作 237
品既发展成为自身的起源,也发展成为一部杰作,自己则成为这部杰作的序曲。最后达到的时间中的阶段,正是《精神现象学》实际上开始的阶段——"意识发展经验的那一刻",如同黑格尔在导言最后一句话中所指出的,在这一刻,"它的阐述[*Darstellung*]……与真正的精神**科学**不谋而合"。(页 75;贝利译文版,页 145)

4. 其他教育旅行者：荷尔德林的《许佩里翁》、歌德的《浮士德》以及诺瓦利斯的传奇

当诗人荷尔德林还是图宾根神学院的一名学生时，他是谢林和黑格尔的密友，对哲学表现出的浓厚兴趣和敏锐度，不亚于两位同窗。1795年末，他为正在创作的小说《许佩里翁》写了一篇序言，概述了当时这部作品的创作意图，其中心思想正是我们前面一直讨论的论题：对于个体和整个人类，教育必然要经历一个过程，即最初存在处于天堂般的统一状态，然后堕落到自我与外部世界的分裂和冲突之中，而事实上，这种堕落是通往与疏离的自然在更高层次上重新统一的必然出发点。荷尔德林将人生的曲折旅程比喻成一条**离心之路**(*eine exzentrische Bahn*)：

> 从童年到完满[*Vollendung*]，我们都要走一条离心之路，没有别的路可走。
>
> 我们失去了神圣的统一，即存在(这个词的唯一意义)。但是如果我们想通过奋斗和斗争重新获得它，我们就必须失去它。我们把自己从世界安宁的“合一”(en kai pan)中脱离出来，为了用自己的力量来恢复它。我们已从自然分离出来，我们相信，曾经是一体的东西现在与自己发生了冲突，每一方都在支配和奴役的角色之间转换……许佩里翁也分裂成这样两个极端。[49]

238 关于隐喻性短语“离心之路”具有的字面意义，引发了很多讨论。“偏心圆”曾是托勒密天文学中的一个技术术语，用来指行星围绕地球运动的轨道，其中心已偏离地球自身的中心，因此，行星的离心轨道首先靠近其真正的中心，然后远离这个中心。[50]荷尔德林似乎有意将生命的

历程表现为：在存在的最初统一中，运动向生命中心靠近，而后向外转动，产生自我与自然之间的疏离、冲突，进入一种主仆关系。[51]然而，从荷尔德林的观点中可以明显看出，"通过奋斗和斗争"争取回到的统一，比我们最初失去的统一层次更高一筹。接着，序言中说道：

> 结束自己与世界之间的永恒冲突，恢复超越一切理解的和平，将自身与自然统一起来形成一个永恒整体，这就是我们奋斗的目标。

但是，与席勒一样，荷尔德林的作品中，自我与分裂的自然间的绝对统一是一个无限的目标，对于人类有限的努力而言，这个目标只能不断接近，因此，只能越来越靠近，不可能完全实现这个目标：

> 然而，在存在的任何时期，我们的知识或行动都无法达到一切冲突都停止、一切都合而为一的那一点：确定线和不确定线只能处于无限接近之中……
>
> [但人与自然的无限统一]其实就在眼前，以美的形式呈现，用许佩里翁的话说，一个新的王国在等待着我们，那里，美就是女王——
>
> 我相信，我们最终都将会说：神圣的柏拉图，原谅我们吧！对你我们犯下了罪孽，悲痛不已。

在1797年至1799年间完成的最终版本中，《许佩里翁》成为一部成长小说，采用的是书信体形式，由十八世纪一位年轻的希腊人写给朋友贝拉明。最初几封信由这位年轻人在生活中一些大事件结束后不久写的，应贝拉明的要求，他继续在第三封信中叙述这些事件。许佩里翁写 239

道:“感谢你让我告诉你我的事情,感谢你让我回忆起过去的时光。”[52]这句话体现了作品内容由回忆起来的过去事件构成,因此,他以双重意识来呈现自己:当下所是的自我以及曾经所是的自我,后者尚未受到现在所回忆的经历的引导。(然而,许佩里翁在一封书信中附上了早期与心爱的狄奥提玛的通信,在这封信中,我们发现他保持着他曾经所是的样子,独立于他当下的意识之外。)

在他叙述的从婴儿期到成年的生命历程中,许佩里翁经历了几个阶段。在这些阶段中,他似乎会周期性地达到与自己和外部世界已丧失的平衡,然而,在每一个阶段,这种平衡很不稳定,会立即分裂为对立双方,对立双方转而又朝向新的统一前进。在孩子“开始与自己发生冲突”前的平静和幸福中,许佩里翁经历了童年时期伊甸园似的自我统一,然后,“大自然将他赶出了天堂”,接下来,在老师亚当的帮助下,他经历了古希腊时期的和谐世界,在那里,他与阿拉班达结成最崇高的男性友谊,随后爱上了一位双性人狄奥提玛。狄奥提玛是一位世俗女人,被比喻为“我们安置在星空之外并推迟到时间尽头的一种圆满”,本身就是“美”,角色相当于但丁朝圣旅程中的贝雅特丽齐,因为她“为他指明了道路”,通向人间的天堂之城,“新神的新王国”。(第三卷,页 52–53)

狄奥提玛鼓励许佩里翁,将理想转化为饱受外来压迫的希腊本土人的行动,以此达到自己的目标。此时,许佩里翁唤起了一个受启的新世界,呈现在人与自然联姻这一比喻中:“让新世界从人类的根须中生长出来!……一个再生的民族也会使你再一次年轻,你将成为它的新娘。”(第三卷,页 89–90)阿拉班达突然提出请求,使许佩里翁过早投身
240 于希腊人反对土耳其人的政治革命暴力之中,革命中他的希望破灭了。接着,他的父亲又抛弃了他,狄奥提玛也死了,许佩里翁陷入了绝望的危机,被禁止进入自己原初的花园,感到自己与早期的自己分裂了,与自然和人类疏离了。

> 但我回来的世界已不再是原来的世界了，这个世界中，我是一个外人[*Fremdling*]，像是从地狱出现的未被埋葬的死人。即使我回到我的故乡，在我年轻时的花园中，父亲将在那里把我封锁起来，哦！即使那时，即使那时，在这个世界上我还是一个陌生人，没有上帝会再把我和我的过去捆绑在一起。
>
> 是的，一切都结束了！

在德国短居的日子让他彻底幻灭了，那里，他在现代知识和哲学的家园中寻求安慰，却发现人类是不完整的，只是一个满是野蛮、“支离破碎”的人的民族，他们不是人，只是工人、思想家、牧师、主人、奴隶，“就像一个被丢弃的罐子的碎片”，或者“就像在战场上被砍断的手和胳膊，所有身体的部分都堆在一起，生命的血液倾泻而出，消失在沙土中”。（第三卷，页150、153）

正是在这一离心轨道上的最远点上，许佩里翁得以扭转。在最后一封信描述的经历中，他受到春天复苏景象的启示，认识到苦难使自己能够更深刻地洞察事物的生命，接受死亡作为生命不断更新的必要条件，“新的喜悦涌上心头，那时，他坚持下来，熬过午夜的痛苦，并且……只有在那时，在我们深切的痛苦中，世界的生命之歌向着我们神圣响起”，“大自然啊，人从你那里坠落，像腐烂的果实，哦，让他们灭亡吧，因为这样，他们将回到你的根。生命之树啊，我也要如此，好叫我与你一同返青”。[53]在这伟大的再生浪潮中，那时死去的、陌生的山丘、太阳、自然的生物和流动的空气不仅复活了，而且还以人的形式出现，他可以与它们连接成为一体，成为一个回到家园、回到家人身边的人：

> “太阳啊，微风啊，”我大声说道，“只有在你们之中，我的心才　241

> 能像在同胞中一样跳动。”……啊，你们这些爱人、远离的人、死去的人、活着的人，我们曾经多么亲密无间！……
>
> 甜美的微风吹过……光在以太即自己的家中，默默地微笑……
>
> 你是大地的泉水，你是花朵，你是森林，你是雄鹰，你是兄弟般的光明！我们的爱多么古老，又多么新鲜！……因为我们都爱以太，在我们存在的最深处，我们都一样。[54]

因此，以一种华兹华斯的方式，在经历了一场精神危机、发现表面上的邪恶有其根本原因之后，《许佩里翁》以被异化的心灵与重新人性化的自然之间的统一结束。与《序曲》的结构惊人地相似，《许佩里翁》的结尾也正是它的源起之处，也就是许佩里翁从德国回到故土希腊的时候。正如他在第一封信第一句话中所说，他刚刚到达自己“亲爱的祖国”，“再一次给我带来欢乐和悲伤”。劳伦斯·瑞安在其长篇评论中写道：“从这个意义上说”，小说构成一个圆形，“又回到了它的起点”[55]，这个起点就是许佩里翁当初离开的家园和祖国。在按照时间顺序叙述自己回忆起来的生活之前，还有两封引言性质的信件，其中我们还发现，许佩里翁再次与人性化的自然统一，就像他将在结束语中叙述的早期经历一样，因为依旧是那个春天，“在一切富于生机的世界的丰盛”中，许佩里翁含着渴望的泪水站在那里，“在爱人面前”，她“与我兴趣相投，向我张开了双臂，仿佛孤独的痛苦消融于神性的生命之中”。（第三卷，页8–9）曾经是家庭一样的大自然，现在呈现出女性的形态，因为这种久别重逢的比喻有着悠久的传统，回家的隐喻很容易转化为性爱拥抱的隐喻。

但是，《许佩里翁》开始时主人公的状态与《序曲》开始时华兹华斯
242 的状态之间存在一个重要区别。许佩里翁犯下的错误就是在重新实现“唯一的生命”，努力恢复婴儿期天真的宁静、婴儿与自身和自然的无意识

统一，在此过程中，他试图拒绝通往成熟、漫长而痛苦的成长过程。在最后一封信中，他写道：

> 我多么希望自己重新成为一个孩子，这样才能更接近大自然！我多么希望自己重新成为一个孩子啊！为了更接近［大自然］，我多么希望自己知道得更少一些，多么希望自己能像纯洁的阳光一样！啊，要是我能有片刻时间去感受她的平和与美丽，这对我的意义，比起那些年的深思熟虑，比人类的一切努力要大得多！我学到的一切，一生所做的一切，都像冰一样融化了，我年轻时的一切计划都在心中消逝了。[56]

席勒曾说，文明人再也回不去了，“你所嫉妒的无理性中的那种自然……在你身后，必须永远在你身后”。或者用荷尔德林在前言中的话来说，回去的路就是前进的路，因为重新获得失去的统一的方法是“通过奋斗和斗争”，这也是唯一、持久的方法。因此，许佩里翁试图走捷径，回到与自然原始的和谐，这种方法不稳定，也不持久。他在最初第二封信中说，他（作为成年人和文明人，不可避免地）再次开始思考的时候，花园枯死了，他再次陷入自我分裂、自我疏离，成为放逐者亚当和浪荡子：

> 我的贝拉明，我常站在这高处，但瞬间的思考将我击倒。我思考，并发现自己还是原来的独自的我，带着所有死亡的痛苦；而我心灵的避难所，永恒统一中的世界，消失了。大自然缩回了双臂，我站在她面前，像个外人［*Fremdling*］，不能理解她。
>
> 啊！我从没去过你们的学校！在你们中间，我变得非常理性，彻底地学会把自己与周围的一切区分开来，因此，现在，在这个美丽

> 的世界中,我是孤独的,我也是被大自然的花园所抛弃的人,可我曾经在那里生长、开花……[人]站在那里,像被父亲赶出家门的无用的儿子,盯着这个他上路时怜悯施舍给自己的可怜的便士。(第三卷,页 9)

243 这段话是两封引言性质的信件中后一封的结束语,尽管出自许佩里翁在小说叙述中最后一个时间点上所说,但并不是小说本身的结尾,因为他在叙事性书信中所体现的生活中的时间,与他生活中创作这些书信的时间并不一致。在写这两封引言性质的信件和完成回忆过往的最后一封信期间,他还创作了一部完整的自传性叙事,在创作过程中,正如瑞安所言[57],许佩里翁回忆、直面,并在一定程度上理解了自己的过去。因此,创作《许佩里翁》这一行为本身就是这部自传功能的一部分,自传也以此作结。最后一封信中的最后五个短句中,前三句表达了许佩里翁在回忆过去事物的过程中对类似性对立的冲突与调和的洞察力,这种冲突和调和迫使人类沿着曲折的道路,从童年阶段走向重新统一的成熟阶段。

> 世间的不和谐就像情侣间的争吵,在矛盾中和解,所有分离的事物都能重新找到彼此。
>
> 血液离开并返回心脏,这一切都是一个永恒发光的生命。

小说结束后,许佩里翁的生活还将继续,将进入一个崭新的阶段,这个阶段包含他之前经历的一切。瑞安的说法可能是正确的,这个阶段将是许佩里翁完成艺术家使命的阶段,因为他不是刚刚完成了第一部艺术作品——书信体小说《许佩里翁》吗?如果是这样,**成长小说**最后就转变为**艺术家成长小说**。但作为艺术家,许佩里翁必须继续经历并阐释生活境况中不可避免的不和谐，正如荷尔德林在前言中所说，我们只能接近但永远不会达到“一切冲突都停止、一切都统一”的那一点。因此，如同所体现的人类的生活历程一样，小说的形式循回曲折，结局呈现开放性，尾声恰好终于一个尚未完结的和弦：“我是这么想的，未完待续。” 244

歌德在《威廉·迈斯特的学徒生涯》中创作了**成长小说**的一个著名案例，在《浮士德》中也创造了**成长之诗**的杰作。我们所见过的大部分浪漫主义教育之旅包含了一种发生了位移的神正论，其中，犯下错误、遭受痛苦具有合理性，这是成熟个体在自我塑造和自我实现过程中不可缺少的，与他在这个世界上的生活息息相关。《浮士德》中有两个部分特别有趣，因为它们没有将基督教的超自然现象融入自然主义叙述中，而是采用了基督教的超自然现象本身，目的是从根本上重新解释。从“天堂中的序幕”到最后的“升天”，歌德采用了传统的框架，但只是作为一个叙述主题，阐明一个完全世俗的拯救计划。对于浮士德而言，一切神都存在于人的心中：

> 上帝居住在我心里……
> 不能出去。
>
> （第一部，第 1566–1569 行）
>
> Der Gott, der mir im Busen wohnt...
> Er kann nach aussen nichts bewegen.

浮士德精神和地理旅行的强烈冲动被物化为一个人，再现为**极化**（*Polarität*）和**强化**（*Steigerung*）两个“伟大的驱动轮”，体现了歌德对同时代哲学家辩证法中对立性和升华的看法。显然，靡菲斯特是“真理之神”。在我们看来,对他的否定表现在他是“罪恶、毁灭,简而言之是邪恶”,事实上,这些否定却有助于推动人向前行动,否则他“会轻而易举地选择无条件地休息”。因此,靡菲斯特“在他的魔鬼本性中激发、工作,且必须创造”,如他自己悲哀地承认的,这是一种喜剧性的反讽,使他成为自己并不愿意成为的神正论的代理人,作为“那种力量的一部分/它总是期望坏的事情,影响好的事情”。(第一部,第338-344行,第1335-1344行)

格雷琴背叛浮士德后死去,第二部以浮士德自我净化的睡眠开始,
245 之后“生命产生心跳”,醒来时发现世界已经变成一个真正的人间天堂。(第二部,第4679-4694行)这种精神上的再生对应于春天万物复苏的自然生命,从中浮士德呈现为一个世俗中获得新生的亚当,重新开始无意识的朝圣之旅,寻找今生今世中的救赎。他的目标,也即诗剧最后几行中出现的一个女性形象象征,“永恒的女性吸引着我们”,是一个无法到达的无限。因此,他的成功仅仅是保持住自己的欲望,绝不使之松懈而陷入一种有限性满足带来的停滞状态。

荷尔德林以无可比拟的简洁表达了无限渴望的浪漫主义理想:“这是人类的荣耀,你却侮辱了它。”[58]这种人类的荣耀呈现在歌德对人类救赎的阐释中,在结束场景中,天使说道:

> 凡人不断努力,
> 我们才能济度。

> Wer immer strebend sich bemüht,
> Den können wir erlösen.

救赎概念是实现了的对无限性上帝的渴望,歌德采用了这一概念,但有所改变。他剪除了基督教的超自然主义,重新评估基督教道德价值观。

浮士德最终升上了天，这并不意味着他为了实现另一个世界的善而拒绝这个世界的可能性，而是他在错误、痛苦的争斗中成功保持了对经验整体的渴望，而这渴望是这个世界无法满足的，争斗本身就是回报，因为是它成就了现在的他，否则是不可能的。浮士德的救赎是对于他已过生活的审判。

我想引用一位作家来结束对十九世纪末德国文学中反复出现的模式的概述，正好这位作家为我提供了方便，将我详细叙述的内容集中起来，包括圣经中的伊甸园故事和启示录故事，异教神话和神秘崇拜，普罗提诺、神秘主义文学与波墨，席勒、费希特、谢林的哲学历史学说和当代**自然哲学**、《威廉·迈斯特的学徒时代》这一教育小说典范，我将这些要 246
素都融入这位作家全部重要作品的主题中。在诺瓦利斯的幻想中，那遥远而变幻莫测的半个世界是独一无二的，他所谓的“借喻之语和谜之语”（*Tropen-und-Rätselsprache*）背后，我们看到的是一个由思想、意象和构思组成的熟悉的综合体。在诺瓦利斯的传奇中，典型的人类历程是从自我统一和共同体中堕入分裂的过程，从满足到渴望救赎的过程，包含自我意识复原在更高层次上的统一。表现这一过程的情节是追寻一个女性他者的教育之旅，她那神秘的魅力迫使主人公抛弃了青梅竹马的恋人，抛弃了家和家人那淳朴的安全感（如同婴儿期、异教徒的黄金时代和圣经中的天堂），前往异国他乡流浪，这条流浪之路不知不觉又折回了家乡，他回到家人身边，但获得了洞察力（途中经历的产物），使他能够发现，在他抛弃的女孩的身后，有一位难以捉摸的女性形象，她一直是自己渴望追求的对象，因此，主人公回家正好就是与心爱的新娘完美结合。

《塞斯的学徒》（创作于1798年至1799年间）讲述的是一群正在学习、了解蒙面纱的女神伊西斯神话的学徒，女神的圣所位于古埃及城市塞斯。开篇部分的第一句话是“人的行为方式[*Wege*]多种多样”,最后的结尾是,这些学徒的老师即圣人,要求“每个人都走自己的道路,因为每条新的道路都要经过新的国家,每条路最终都要回到这些居所,回到这个神圣的家园”。“我也要铭记自己的形象”,作为学徒的叙述者宣称,他寻找的是那条“通往沉睡中的少女的居所之路,而这少女正是自己的灵魂梦寐以求的”。[59]

接下来是老师和学徒的沉思和独白,根据每个讲话者的生活方式和洞察力程度不同而不同。它们围绕一个主题,即已经丧失但还会重新获得的人与自己及自然之间、个人与他人之间那种统一的关系。在完整之
247 人“古老、简单和自然的状态”中,“每件事必然显得富有人性、熟悉且友善”,但是,后来人们想到“用一个共同的名称来表示自己感觉到的各种事物,将自己和这些事物对立”,这就是为什么“我们的内在逐渐分裂成如此多样的力量,随着这一过程的继续,这种分裂甚至会加剧”。人类进行分析、理解,导致分裂产生,自然因此而变成了一个“陌生、冰冷的存在”,对某些人来说,甚至变成了“可怕的死亡磨坊”,一架“巨大无比的机器”。然而,艺术家、农业和文明实用艺术的实践者,逐渐教会了异化的自然“更友好的方式”,于是她恢复了与人类古老的对话和统一,“她又变得随和了,而且很乐意回答这个友好的提问者,所以,黄金时代似乎又渐渐回来了。在这个时代,她是人类的朋友、安慰者、女祭司及奇迹创造者”。实际上,在那时,“世界上所有种族在长期分离之后,将会再次相聚”。[60]

一个学徒把诗人获得的与自然的交流描述为“我-你”关系的一种实现。“悬崖不是在我向它说话的那一刻变成一个具体的‘你’吗?”[61]一位更疯狂的狂热者将诗人与自然的和解描述为性爱的拥抱:“在语言中,这种强大的情感除了爱和性之外,没有别的名称可称呼,当它在他体内像一股强大的、溶解一切的蒸汽蔓延,在甜蜜的恐惧中颤抖时,他陷入

自然那黑暗而迷人的子宫，他那可怜的个体性在强烈的欲望浪潮中将自己吞噬，只剩下一个生育力大得不可估量的一个点和一个在浩瀚海洋中吞没一切的旋涡。”在更深沉的情绪中，诗人“将自己与一切自然生物融合在一起，仿佛感觉自己融入其中[*sich gleichsam in sie hineinfühlt*]”。这位学徒将灵魂与基督的神秘联姻转变成诗人与自然的联姻，“在自然中，他感觉如在自己谦虚的新娘怀中”，她允许他“看到她的双重性，既是一种生成和孕育的力量，又在其统一性中看到一场无限而永恒的婚姻”。[62]

在这样的沉思中，诺瓦利斯插入一个轻松愉快的神话故事，成为整 248
个浪漫传奇的一个类型。这个故事讲述的是，海兹因斯受到一个“来自异土”的陌生人的诱惑，抛弃了自己的家乡和青梅竹马的恋人罗森布吕特，“前往异乡”寻找“万物之母，那个蒙着面纱的少女，因我的内心为了她热烈燃烧”。长期流浪后，他到达了神龛，在沉沉睡梦中，梦见自己进入了圣所，即伊西斯的住所。

> 一切似乎都那么熟悉，却有一种他从未见过的光彩。大地上最后一丝痕迹消失得无影无踪，似乎被空气吸收了。他站在这位仙女面前，然后，掀起了轻盈、闪闪发光的面纱，罗森布吕特投入他的怀抱。远处的音乐将这秘密的爱人重逢、倾涌的渴望之情隔绝开来，将一切与这迷人的地方格格不入的东西都排除在外。后来，与快乐的父母和伙伴一起，海兹因斯和罗森布吕特一直生活在一起……[63]

虽然诺瓦利斯没有完成《塞斯的学徒》，但一些零碎的笔记表明了可能的结果。这个故事是一个自然神话：“伊西斯-少女-面纱-自然科学的神秘。”一份笔记中写道，一位“幸运的宠儿”走进伊西斯的神庙，结果，在那里发现“他的新娘，她微笑着接待了他”。而另一份笔记中写道：

> 一个人成功了——他掀开了塞斯女神的面纱——但是看到了什么？他看到了——奇迹中的奇迹——他自己。

环形之旅的终点是重新拥有自然，同时也重新拥有人类异化了的自我。诺瓦利斯在笔记中还指出，自己最终的模式是《启示录》中基督与新耶路撒冷的结合，标志着一片新天新地的出现。诺瓦利斯暗示，人既是自己福音的传道者，也是自己的救赎者，他“表明自身和自然的福音，是大自然的救世主”。因此，伊西斯最终与自然的弥赛亚一起，呈现出自己的面貌。之后，笔记中写道：“《新约》——以及新的自然——就是**新耶路撒冷**。”[64]

249 诺瓦利斯的《海因里希·冯·奥弗特丁根》（创作于1799年至1800年间）是关于诗人心灵成长的象征性叙事，以经历的一段漫长旅行为载体呈现出来。激励海因里希踏上旅程的，是他对梦中见到的一朵蓝色花朵“难以言表的渴望”，这朵花的花冠是一个女孩的脸庞。从一开始，他就预感到自己的探索被内在设计为一个圆形：

> 亨利①带着悲伤，离开了父亲和故乡之城。现在，他第一次明白了分离的意味……熟悉的世界从身边撕裂，他被冲上了岸，就像在异国的海岸上一样……
>
> 那朵神奇的花就在自己面前，他凝视着图林根这个刚刚离开的地方，产生一种奇怪的预感，长途跋涉之后，他将会从现在要去的遥远的地方回到自己的故土［*Vaterland*］，因此，他觉得自己正走向一个真正的故乡。[65]

① 即海因里希。在这个英译本中被译为亨利。

作品中反复被暗示的主题是，人类从“原始的黄金时代及其统治者——爱和诗”中堕落，随后“大自然得以复兴，永恒的黄金时代得以回归”。海因里希被劝告说：“如果你坚定地把目光投向天堂，就永远不会错过回家的路。”[66]

另外，这个传奇的核心是大诗人克林索尔讲述的**童话**（*Märchen*）。它是一个非常复杂的故事，运用了启示、圣歌、当时冶金术和电疗术的意象，以及对魔法石的神秘探索，并将它们融入唤醒沉睡公主的王子的故事，最后，将我们熟悉的童话变成了一个宇宙神话。在他为目的论诗学（an intended poetics）所写的笔记中，诺瓦利斯指出，对于自己关于诗歌本质和功能的神示性概念，这种形式至关重要，“神话本身构成诗歌的标准——一切有诗意的东西都必须有如**童话**（*märchenhaft*）”。**童话**作者是一位能看到现在、过去和将来的诗人，他认为未来是向变得更美好的过去的回归：

> 未来世界中的一切和以前世界中的一切一样——然而，一切又大不相同，未来的世界一片混乱，却是理性化的混乱[*das vernünftige Chaos*]…… 250
>
> 真正的神话必须同时也是一种先知般的再现——理想的再现——绝对必要的再现，真正的童话创作者是能够预见未来的预言家……
>
> 随着时间的流逝，历史一定会变成一个**童话**——又成为它一开始的样子。[67]

秋天过后，克林索尔的故事马上展开。“漫漫长夜才刚刚开始”，大自然已经变成冰天冻地、寒风呼啸的世界，其中，所有的树木、花朵和果实都是纯人工仿制品。厄洛斯被吉尼斯坦（Ginnistan，**幻想**）诱惑，以神话、炼金术和现代精神分析中常见的乱伦方式，装扮成自己母亲的样子。在他们不在的时候，斯科莱布（Scribe，诺瓦利斯在信中称其为“僵化的理性”）[68]接管了这个家庭，通过自己分裂的力量，让事物在分裂、冲突和死亡中陷入极端的邪恶。但是费伯尔（Fable，**诗歌精神**）通过存在的三个领域，即下界、中界（地球、家庭和人类的活动范围）和上界，开启了救赎之旅。她降入下界时，解出了斯芬克斯之谜——“什么是永恒的神秘？”“爱。”结局立刻在异教、秘教、科学和末世论意象的大融合中开始了。巨人阿特拉斯（Atlas）被一阵强烈的电流冲击复活，能够再次承受大地的重担。“古老的时代在回归”，不久，赫斯珀里得斯花园“将再次百花盛放，金色的果实散发出馥郁芬芳”。在经过一系列准炼金术操作后，堕落的世界得到了救赎：“新世界在痛苦中诞生，灰烬在泪水中溶入永恒生命的琼浆。”在这包容一切的统一中，斯科莱布即分裂原则不再有一席之地，消失殆尽，“伟大的春天在大地蔓延开来”。在宇宙的再生中，万物都“升起、运动”，变为人形，即使在“尘土的旋风中……似乎也
251 出现了熟悉的身影”。“在这个和平的国度里”，动物们“走近被唤醒的人类，友好地向他们点头致意”，“植物给他们提供水果和芳香”。厄洛斯借助电流唤醒了沉睡的弗雷娅公主（Freya，**和平**），“她睁开了黝黑的大眼睛，认出了心爱的人”，“用一个深吻封缄了永恒的统一”。苏菲（Sophie，**智慧**）告诉这对幸福的夫妻，“将象征着你们联结的手环抛向空中，这样，人们和世界才能与你们保持统一”。接着，“星星和自然之神”进行一个寓言式的游行，之后，“旧时的月亮带着他奇妙的随从进来了”，带领着新娘的队伍，庆祝吉尼斯坦与父亲的联姻。

即使在上述零落片段式的简述中，也能体现出这个小小的神话与布莱克、雪莱和济慈象征性创造之间存在着相似之处，就像一个剧作家把《耶路撒冷》《解放了的普罗米修斯》《恩底弥翁》的元素融入沃尔特·迪斯尼的幻想曲中。与《解放了的普罗米修斯》一样，**童话经过适当修改**，

结局为国王和王后（阿克图拉斯〔Arcturus〕和苏菲）的联姻，这种联姻流传开来，为天下人所效仿：

> 与此同时，不知不觉中，王座成了一张华丽的婚床，菲利克斯（Phoenix）带着小费伯尔在床的顶篷上盘旋……国王拥抱了脸蛋羞红的爱人。人们效仿国王，互相拥抱。除了亲昵的话语和低声的亲吻，什么也听不见。[69]

诺瓦利斯只完成了《海因里希·冯·奥弗特丁根》第二部分的开头，不久便去世了。其中，海因里希在心爱的玛蒂尔达去世后，又开始了流浪生活，实实在在成为"朝圣者"，但这仍然是一条回到最初的漫长而循回的道路。当海因里希问道，"我们究竟去哪里？"他听到这样的回答："一直往家回。"诺瓦利斯在续篇的笔记中指出，当自然再次拥有人性，并恢复与人类的交流时，他的朝圣者将会在眼前这个陌生的世界里找到家园：

> 这本书的结尾恰好与**童话**相反——只有一个简单的家庭。 252
> 到最后，一切都变得更安静，更简单，更人性化。
> 这最终就是原初的世界，是黄金时代。
> 最终，人、野兽、植物、石头和星星、火焰、音调、颜色须如同单个家庭或社会，作为单个种族一般行动或说话。[70]

诺瓦利斯的第三部重要作品《夜颂》（1800），是伟大的创作，为十九世纪法国的象征主义开辟了道路。我们可以识别出构成作品的许多要素：寻找已经消失在死亡黑暗中的爱人的精神之旅；把失去心爱之人比作一种堕落，从一个"河流、树木、花朵和野兽都拥有人类感觉"的幸福世界坠入一个“了无生机、孤独的自然”;将相爱之人的联姻比喻为一切事物都达到完美。在**赞美诗**(*Hymns*)的结尾,当爱人成为一个**女性化的耶稣基督**时,坦率地说,循回的探寻又回到了基督徒流亡后踏上回归家园的朝圣之旅这一古老原型,那里,一个人既是父亲、新郎,也是站在那里等待的新娘。

陌生的欲望把我们耗尽,
我们要回家,看望亲人……

我们必须回到家园,
把永恒的时间凝视……

回到那甜美的新娘,
回到耶稣,心爱的人……
梦打碎我们的枷锁
把我们送到天父的怀抱。

Die Lust der Fremde ging uns aus,
Zum Vater wollen wir nach Haus. . . .

Wir müssen nach der Heimat gehn,
Um diese heilge Zeit zu sehn. . . .

Hinunter zu der süssen Braut,
Zu Jesus, dem Geliebten. . .
Ein Traum bricht unsre Banden los
Und senkt uns in des Vaters Schooss.

所以，奥古斯丁早就说过，“新郎的朋友”“在朝圣之旅中”怀着对“我的故土耶路撒冷”、对“它的父亲、导师和配偶”的渴望而呻吟，“为那座城深深叹息……因为他就是基督的配偶之一”。[71]

注释

［1］关于席勒年轻时的符腾堡虔敬派神学家，见本诺·冯·威斯，《弗里德里希·席勒》（斯图加特，1959），尤其是第四章。关于厄廷格可能产生的影响，见席勒，《审美教育书简》，页 lxxxi、254、315。厄廷格关于原初双性同体的评论的重印文本，见恩斯特·本茨，《亚当：原初人神话》，页 22，页 163–170。

［2］康德，《实践理性批判》，刘易斯·怀特·贝克译（纽约，1956），页 90，页 126–127。

［3］以赛亚·伯林，《赫尔德与启蒙运动》，《十八世纪面面观》，厄尔·R. 沃瑟曼编（巴尔的摩，1965），页 87–89。

［4］布莱兹·帕斯卡尔，《真空论，散文和书信集》“序言”，路易·拉菲马编（蒙田版，1955），页 54。

［5］莱辛，《论人类的教育》，第 1 节。R. S. 克兰的《英国国教护教与进步的观念，1699–1745》（《人文学科思想和其他论文》，第一卷，页 214–287）揭示了十八世纪莱辛大部分重要思想在英国的传播。上帝使宗教真理和道德真理的启示（用技术术语来说）“适应”（accommadate）人类从婴儿期到成熟期的知识成长阶段，历史体现了人类的进步神学教育，德尔图良在三世纪就提出这些观点，后来许多神父和经院神学家对这些思想进行了拓展。见 R. S. 克兰，同上书，第一卷，页 216–221。

［6］《赫尔德全集》，伯恩哈德·苏潘编（三十三卷本；柏林，1877–1913），第七卷，页 5、130。另见《关于人类教育的历史哲学》（1774），同上书，第五卷。

［7］同上书，第八卷，页 189–192。

［8］《康德文集》（学院版；柏林，1902 年以降），第八卷，页 109–110。另见康德，《世界公民观点之下的普遍历史观念》（1784）。

[9] 关于康德论“哲学狂热”,见《康德文集》,第六卷,页 34,页 134-136;第八卷,页 27。

[10]《席勒全集》,奥托·君特、乔治·维特科夫斯基编(二十卷本;莱比锡,无日期),第十六卷,页 142-144。

[11]《拉丁神父全集》,第十四卷,页 1065;阿瑟·O. 洛夫乔伊在其经典研究《弥尔顿与幸运堕落悖论》中引用,见《思想史文集》(巴尔的摩,1948),页 288。

[12]《失乐园》,第七卷,第 458-478 行。另见《复乐园》,第四卷,第 612 行以降:

> 纵使人间极乐已逝,
> 一个更美好的乐园如今矗立
> 为亚当与蒙选之子。

> For though that seat of earthly bliss be fail'd,
> A fairer Paradise is founded now
> For *Adam* and his chosen Sons. . . .

[13]《席勒全集》,第十六卷,页 144。

[14] 席勒,《审美教育书简》,“引言”,页 li。这篇引言深入分析席勒思想的结构和辩证过程。非常感谢威尔金森教授允许我读这篇导论的样稿。

[15] 同上书,页 11、31、23。

[16] 亚当·弗格森,《论文明社会史》(1767),邓肯·福布斯编(爱丁堡,1966),页 19。这本书在出版的第二年被译成德语(莱比锡,1768)。弗格森的朋友亚当·斯密早些时候,在 1763 年格拉斯哥大学的演讲上,分析了发达经济体的“商业精神”和工业生产为提高效率而必然导致劳动逐渐分工,并且指出这些事件的“不利之处”,它使工人的思想“收缩”,挫伤了勇气和奋斗精神。然而,直

到 1896 年，这些讲稿才从一个学生的笔记中公开；见亚当·斯密，《关于法律、警察、岁入及军备的演讲》，埃德温·坎南编（纽约，1896），页 255–259。斯密后来把自己的分析写入《国富论》（1776），见埃德温·坎南所编的版本（纽约，1937），页 3–21，页 734–740。在席勒的《审美教育书简》页 231–233，威尔金森和威洛比引用了与席勒对赫尔德《人类灵魂的认知和感知》（1778）和卢梭《第一论》《第二论》（1750–1754）中碎片化人的描述相似的元素。

［17］关于席勒早期对亚当·弗格森的细致研究，见本诺·冯·威斯，《弗里德里希·席勒》，页 76–82；关于弗格森的《论文明社会史》对席勒、赫尔德及其他德国思想家的影响，见罗伊·帕斯卡，《文化和劳动分工》，收入《献给沃尔特·霍勒斯·布鲁福德的德国研究报告》（伦敦，1962），页 14–28，以及他的《赫尔德和苏格兰历史学派》，载《英国歌德学会出版物》，新系列，第十六卷（1938–1939），页 23–42。

［18］《席勒全集》，第十七卷，页 479–481。

［19］康德，《实践理性批判》，页 126–127；《费希特全集》，第六卷，页 299–300；席勒，《论人的审美教育》，页 59；《许佩里翁的青年时代》，《荷尔德林全集》，第三卷，页 204；《序曲》，第六卷，第 531–542 行；柯尔律治，《莎士比亚批评》，T. M. 雷泽编（两卷本；马萨诸塞州，坎布里奇，1930），第二卷，页 262–263。

［20］1795 年 8 月 30 日；《弗里德里希·海因里希·雅克比书信选集》（两卷本；莱比锡，1825–1827），第二卷，页 208–210。费希特在讲演《论学者的使命》（1794）中说："卢梭以自然状态的名义"，"古代诗人……借黄金时代的名义"，两者都把事实上"摆在我们面前的东西"置于"我们身后"。人不可避免地要离开自己平静的动物状态，"他不顾一切危险摘取知识之果，因为要成为像上帝那样的冲动植根于内心，不可根除"，尽管"走出这种状态的第一步就会使他陷入悲伤和辛劳"。（《费希特全集》，第六卷，页 342–343）

［21］《现时代的根本特点》（1804–1805），《费希特全集》，第七卷，页 5–12。这些讲稿和那些关于学者使命的讲稿，都可以在威廉·史密斯的译本《J. G. 费希特名作集》（两卷本；伦敦，1889）中找到。

[22]《对〈创世记〉第三章人类罪恶起源的古老哲学命题的批判和哲学分析的尝试》(*De prima malorum humanorum origine*),《谢林全集》,第一部,第一卷,页 32–33。

[23] 同上书,页 38–39。

[24]《自然哲学概念》,《谢林全集》,第一部,第二卷,页 12–14。

[25]《黑格尔的逻辑学》,第 24 节,页 52–54。关于黑格尔对席勒思想的深入研究,见《黑格尔:再诠释、文本和评论》,页 48–58。

[26]《黑格尔的逻辑学》,页 54–57。另见《谢林全集》,第一部,第三卷,页 364–365:"哲学的最高目标是修复意识的裂缝……哲学家……是一位医生,他再次包扎伤口,用温柔、轻缓的手试图治愈人类意识的深层创伤。"黑格尔早期对圣经中关于人被逐出天堂的故事进行了讨论,认为这是精神自我分裂行为的"形象"再现,通过这种精神分裂,精神成为"自身的他者"。见《精神现象学》,霍夫迈斯特编,页 536 以降。

[27] 例如,席勒曾说过,一种纯粹自愿的人类行为"永远不会表现出优美"。见《秀美与尊严》(1793),《席勒全集》,第十七卷,页 329。

[28]《论木偶戏》,《海因里希·冯·克莱斯特作品集》,威廉·韦措尔特编(共六部;柏林,无日期),第五部,页 76–79。见《克莱斯特论木偶戏的文章:研究与阐释》,赫尔穆特·森博德纳编(柏林,1967)。

[29]《阐述自然哲学与改良过的费希特学说之真正关系》(1806),《谢林全集》,第一部,第七卷,页 58–59,页 81–82。

[30] 关于谢林哲学和华兹华斯诗歌的相似之处,见小 E. D. 赫希,《华兹华斯与谢林:浪漫主义类型学研究》(纽黑文,1960)。

[31]《谢林全集》,第一部,第三卷,页 628、341。

[32] 同上书,第六卷,页 42、57。

[33] 谢林,《世界时代》,页 84–85,页 88,页 90–92。参照《向印度航行》第 5 节中,沃尔特·惠特曼所说的诗人-先知的期待,他将拯救一切分裂,包括人与自然之间的原初分裂:

所有裂隙与鸿沟终将被弥合勾连，
这冰冷无情的缄默大地终获承认与证实，
神圣三位一体借上帝忠诚之子——诗人之手……
自然与人类将不再离析分散，
上帝忠诚之子必将二者彻底相融。

All these separations and gaps shall be taken up and hook'd and linked together,
The whole earth, this cold, impassive, voiceless earth, shall be completely justified,
Trinitas divine shall be gloriously accomplish'd and compacted by the true son of God, the poet...
Nature and Man shall be disjoin'd and diffused no more,
The true son of God shall absolutely fuse them.

［34］关于谢林流产的史诗，见弗里茨·施特里希，《德国文学中的神话：从克洛普施托克到瓦格纳》（两卷本；哈雷，1910），第二卷，页31-39。

［35］《黑格尔的逻辑学》，第17节，页28。

［36］同上书，第15节，页24。参照普罗克洛斯，《神学要素论》，第33、146条概要。正如黑格尔在他的“篇幅更长的逻辑学作品”中所述（《逻辑学》，约翰斯顿、斯特拉瑟斯译〔两卷本；伦敦，1929〕，第二卷，页483-484）：

每一步都更加确定地从不确定的起点出发，这同时也是朝不确定性开端倒退的一步……科学［*Wissenschaft*］是一个自身旋绕的圆，因为中介将终点弯曲，折回它的起点或原初的基础。进一步说，这是一个圆中之圆；每个圆……都是一种内反射，它回到了起点的同时，也是一个新圆的开始。

同样，在《哲学史讲演录》（《黑格尔全集》，第十七卷，页56）中：

> 这个活动……它不能表现为一条延伸到抽象无限的直线,而应表现为一个回归到自身的圆。这个圆之外存在很多圆;整体是一个倒退回自身的发展过程。

[37]《精神现象学》"序言",《黑格尔:再诠释、文本和评论》,页 410;另见页 434、444。

[38]《黑格尔的逻辑学》,第 244 节,页 379。参照《逻辑学》第二卷,页 484–486,页 483:"概念在辩证发展过程中,不仅不会失去任何东西,不会留下任何东西,而且会携带自己所获得的一切。"

[39] 同上书,第 17–18 节,页 27–29。参照《逻辑学》,第二卷,页 485–486。

[40] 例子见《精神现象学》,霍夫迈斯特编,页 558–559;J. B. 贝利译本《精神现象学》(哈珀"火炬丛书";纽约,1967),页 800–801。(黑格尔的《精神现象学》"序言",我引自考夫曼在《黑格尔:再诠释、文本和评论》一书中的精准译文。《精神现象学》正文中引用的句子是我自己翻译的,页码参考了霍夫迈斯特的德文版本。为了方便英语读者,我在后面括号里加上了贝利不太准确的译文的参考页码,以字母"B."[中文译为贝利译文版]表示)

[41]《精神现象学》"序言",《黑格尔:再诠释、文本和评论》,页 380–400。

[42] 同上书,页 402–404。另见页 452:"教育及运动的漫长道路,丰富而深刻,精神通过这条道路获得知识……"

[43]《精神现象学》,页 66–67(贝利译文版,页 135–136)。

[44] 同上书,页 xxxviii。

[45] 乔赛亚·罗伊斯,《现代唯心主义讲稿》(康涅狄格州,纽黑文,1919),页 147 以降。关于与成长小说的类比,见《黑格尔:再诠释、文本和评论》,页 158、381。

[46]《精神现象学》,页 549(贝利译文版,页 789–790)。正如黑格尔在《精神现象学》的宣传中所总结的:连续的"精神的显现中……不完美的精神消解,

过渡到构成其更高真理的更高的精神。他们首先在宗教中找到自己的最终真理，然后在科学中发现这些真理，作为整体的结果”。见《精神现象学》，页xxxviii。

[47]《哲学史讲演录》，《黑格尔全集》，第十七卷，页51–52。另见《精神现象学》，页557：在绝对知识中，“我在我自身的他者中”。

[48] G. R. G. 缪尔，《黑格尔哲学》（伦敦，1965），页62–63。

[49]“倒数第二版”“前言”，《荷尔德林全集》，第三卷，页236。1794年，“前言”的更早期版本与《许佩里翁》的一些片段一同出版于席勒的期刊《新塔利亚》（*Neue Thalia*）中，更接近席勒对个人和人类教育过程的阐述，因为它把这一过程描述为一种运动，始于自然的简单统一，然后向上循回到复杂的文化统一：

> 我们有两种理想的存在：一种是简单至极的状态，在这种状态中，我们的需求——仅靠自然的组织，我们不提供任何帮助——互相和谐一致，与我们的能力一致，与我们与一切有关的东西都一致；另一种是一种完美文化[*Bildung*]状态，此时，同样的事情也会发生，我们的需求和力量会永远不断增加、加强，通过我们有能力为自己实现的组织。无论是整体还是个体，人所要踏过的古怪道路，从（或多或少纯粹简单的）一个点到另一个点（或多或少得以完善的文化），在其本质趋势上似乎总是相同的。（同上书，第三卷，页163）

荷尔德林把从简单到分离的堕落与圣经中失乐园和复乐园的故事等同，《新塔利亚》中的片段也使这一点非常明显。

> 原初时代的纯朴和天真已经消失，以便它在一个得以完美的文化[*Bildung*]中回归，天堂里的神圣和平被破坏了，以便那原本只是大自然礼物的东西作为人类应得的财产再次繁荣起来……
>
> 墨利忒说：“但是，完美只有在遥远的地方才能实现……那里青春永

驻……那里我们也会在所有被切断的事物的伟大统一中,再次找到彼此。”

(同上书,第三卷,页 180–181)

［50］沃尔夫冈·沙德瓦尔德在《荷尔德林的离心之路图像》中讨论了这个术语可能的天文学起源。(《荷尔德林年鉴》〔1952〕,页 1–16)关于托勒密天文学的“偏心圆”,见托马斯·S. 库恩,《哥白尼革命》(纽约,1959),页 69–70;关于与《许佩里翁》写作同时代的术语探讨,见查尔斯·赫顿,《数学和哲学词典》(伦敦,1796),第一卷,页 454。在《荷尔德林的〈许佩里翁〉:离心之路与诗歌》(斯图加特,1965)中,劳伦斯·瑞安提出另一种观点:“离心”是指曲折道路的中心在大全一体的世界中自身之外一个真正统一点的偏离,是到达个人自我身内的一个点。(页 12–15)对这种阐释的反对观点,参考乌尔里希·盖尔在《德国季刊》第三十九卷(1966)页 244–249 对瑞安作品的评论。关于《许佩里翁》终版中的循环结构,见保罗·德曼,《济慈和荷尔德林》,载《比较文学》,第八卷(1956),页 28–45。

［51］关于浪漫主义对自我与自然之间“支配与奴役”关系的广泛关注,见第六章,第 4 节。

［52］《荷尔德林全集》,第三卷,页 10。《许佩里翁》现在有了很好的英译本,威拉德·R. 查斯克译(企鹅纹章经典版;纽约,1965)。

［53］同上书,第三卷,页 157、159。参照荷尔德林抒情诗《生命的历程》中关于人生的苦难和曲折历程:

你也曾想有所作为,爱却迫使
我们一一就范,痛苦更让人屈从,
而我们生命的弧线,却不会
徒然返回到它的起点。

Grössers wolltest auch du, aber die Liebe zwingt

All uns nieder, das Laid beuget gewaltiger,
Doch es kehret umsonst nicht
Unser Bogen, woher er kommt.

[54] 同上书,第三卷,页 158–159。参照《序曲》(1805)第十一卷,第 1 行以降的段落,很多细节相似,华兹华斯在其中宣告,在春天复苏的春景中,自己开始从绝望的危机中复元。

[55] 劳伦斯·瑞安,《荷尔德林的〈许佩里翁〉：离心之路与诗歌》,页 215–216。

[56]《荷尔德林全集》,第三卷,页 158。参照页 51:"但愿我们能再次成为孩子,以便纯真的黄金时代回归,和平与自由的时代回归,大地上存在一片欢乐,享有一片休憩之地!"

[57] 劳伦斯·瑞安,《荷尔德林的〈许佩里翁〉：离心之路与诗歌》,页 223 以降。

[58]《许佩里翁的青年时代》,《荷尔德林全集》,第三卷,页 204。

[59]《诺瓦利斯文集》,保罗·克拉克洪、理查德·塞缪尔、海因茨·里特尔、格哈德·舒尔茨编(斯图加特),第一卷(1960),页 79–82。英译本出自拉尔夫·曼海姆,《塞斯的学徒》(纽约,1949)。诺瓦利斯认为"人们踏过很多路","最后回到这个神圣的家园"呼应了一个与人类精神旅程有关的古老主题,基于《耶利米书》6:16。在乔叟的版本中,《牧师的故事》开头是这样写的:"有众多精神的道路把人们带到我们的主耶稣基督和荣耀的王国,这些道路中,有一条……耶路撒冷天国的正确之路。"

[60]《诺瓦利斯文集》,第一卷,页 82–88。诺瓦利斯在他计划创作的《百科全书》的注释中写道:"一切不善的、邪恶的事物都是孤立的(这是分离的原则)……"见《诺瓦利斯书信和作品集》,第三卷,页 630。

[61] 同上书,第一卷,页 100;另见页 101:"你与我之间的新纽带。"

[62] 同上书,第一卷,页 104–106。

[63] 同上书,第一卷,页 93–95。

[64] 同上书,第一卷,页 110–111。

[65]《亨利·冯·奥弗特丁根》,帕尔默·希尔蒂译,页 26–27。

[66] 同上书,页 48、92;另见页 75。

[67]《诺瓦利斯书信和作品集》,《断片》,第三卷,页 632。

[68] 致弗里德里希·施莱格尔的信,1800 年 6 月 18 日;同上书,第一卷,页 455。

[69]《亨利·冯·奥弗特丁根》,页 120–148。

[70]《诺瓦利斯文集》,第一卷,页 345、347。

[71] 奥古斯丁,《忏悔录》,第十二卷,页 xvi;第十三卷,页 xiii。

第五章　循回的旅程：从布莱克到 D. H. 劳伦斯

灵魂哟，不受约束，我同你和你同我，
开始你的世界周游，
对于人类，这是他心灵的复归，

回到理性早期的天国，
返回去，返回天真的直觉，到智慧的诞生地，
再次同美好的宇宙在一起。

惠特曼，《向印度航行》（楚图南、李野光译）

一个人类的害虫在骑自行车（跑道！），反复转圈（过去！），街道满是雪橇。这儿，他又来了（让开！）！

乔伊斯，《芬尼根的守灵夜》

我们将不停探索
而我们一切探索的终点
将是到达我们出发的地方
并且是生平第一遭知道这地方。

艾略特，《小吉丁》

O soul, repressless, I with thee and thou with me,
Thy circumnavigation of the world begin,
Of man, the voyage of his mind's return.

To reason's early paradise,
Back, back to wisdom's birth, to innocent intuitions,
Again with fair creation.

— Whitman, *Passage to India*

A human pest cycling (pist!) and recycling (past!) about the sledgy streets, here he was (pust!) again!

— Joyce, *Finnegans Wake*

We shall not cease from exploration
And the end of all our exploring
Will be to arrive where we started
And know the place for the first time.

— Eliot, *Little Gidding*

总的来说,在 1790 年后的三十年里,很多德国诗人、浪漫主义作家 255
和哲学家共用了以下这些相互关联的概念和意象,或整体运用,或运用其中主要部分。作为人类普遍意识的先驱,诗人或哲学家拥有一种远见,那就是历史即将到达终点,如同天堂的恢复或黄金时代的到来。朝向这个目标的运动是一段循回的旅程和探索,最终获得自我认识、智慧和力量。这是一段教育之旅,从原初的统一堕落到自我分裂、自我矛盾及自我冲突中,但在走向更高级统一的道路上,这种堕落反被视为不可或缺的第一步,证明了途中必定受苦受难的合理性。推动这一过程的动力是为了结束分歧、对立或“矛盾”本身的张力。旅程的起点和终点都是人类祖居的家园,往往与一位对立的女性相关,而他出发时与这个女人分离。内在追寻之旅道路漫长,目标将通过逐渐上升,或通过想象力或认知突破达到。在两种情况中,目标的实现都被描绘成一个发现与和解的场景,通常采用的象征是与另一位女性的爱的结合,人类据此发现自己与自身、与周围环境、与家人完全融为一体。

在当时英国主要文学作品中,也盛行相似的元素和构思。柯尔律治
和卡莱尔对德国模式非常熟悉,但布莱克、华兹华斯和雪莱对这些模式 256
知之甚少,甚至一无所知。他们在主题和构思上存在相似性,与其说是彼此之间相互影响的结果,不如说是他们在后革命时代的社会、思想和

情感氛围中拥有共同的经历,基于大量共同的材料,其中最重要的是圣经材料,尤其是那些激进的新教预言者的阐释,他们中的许多人吸收了一些新柏拉图主义思想。

1. 统一的丧失与整体的复原:布莱克和柯尔律治

1811年,谢林写道:“唱出最伟大的英雄诗篇,在精神上综合过去、现在和未来,这样的人还未到来。”[1]威廉·布莱克以“能够看到现在、过去和未来”的诗人形象或他所称的“声音”(voice),创作了史诗,实现了谢林的预言。后来,布莱克在《耶路撒冷》中宣布:“这就是我可怕的幻象……我看到过去、现在和未来同时/在我面前。”[2]谢林还提出了一条相关的主张:“每个真正有创造力的人都必须为自己创造神话。”同样,布莱克笔下的艺术家原型洛斯边工作边大喊:“我必须创造一个体系,否则就会受到他人体系的束缚。”[3]

布莱克直截了当地说:“能让白痴明白的事,不值得我关注。”[4]他创造了一个复杂而神秘的神话系统,并不断修改系统中的细节,及其与人类世界历史、与自己生活及时代中个人和公共事务间的多重关联。在最早的长篇史诗《四天神》中,他描述了神话系统的框架,范围广阔,时间持久,且明确地将其作为史诗的主题:

> 每个人身上都有四天神:完美的统一
> 只能来自伊甸园中那普在的兄弟情谊,
> 那个全人。愿赐予他更大的荣耀,阿门……
> 洛斯曾是第四个不朽之神,闪闪发光,与大地
> 灿烂的宇宙王国日夜相伴,
> 257 日夜欢乐不断;在伊甸园中

他曾叫乌尔索纳；在人类生命的听觉神经中，
那是伊甸园的大地，他撒播着流溢
他们是阿尔比恩仙女，后来成为异教徒之神；
比乌拉的女儿歌唱着
他坠入分裂，又复归于统一。

（第一卷，页 3–4）

Four Mighty Ones are in every man: a Perfect Unity
Cannot Exist but from the Universal Brotherhood of Eden,
The Universal Man. To Whom be Glory Evermore Amen. . . .
Los was the fourth immortal starry one, & in the Earth
Of a bright Universe Empery attended day & night,
Days and nights of revolving joy; Urthona was his name
In Eden; in the Auricular Nerves of Human Life,
Which is the Earth of Eden, he his Emanations propagated,
Fairies of Albion, afterwards Gods of the Heathen; Daughter of Beulah Sing
His fall into Division & his Resurrection to Unity.

对布莱克来说，“《旧约》和《新约》构成伟大的艺术法典”[5]，所以，他全部的预言史诗（每一部都有不同的重点和主要参照领域）都体现了圣经的整个故事情节，从造物和人类的堕落，到人类在堕落世界中的历史，再到人类即将在复原的伊甸园中得到救赎。然而，就像普遍历史的德国作者一样，布莱克用自己的方式解释了这个古老的寓言。他的神话前提或基础形象不是超验的上帝，是“全人”，这个人作为“神的人形”（Human Form Divine），在自己身上注入神性。正如我们所看到的，在许多德国作家的描述中，过去、现在和预测中的未来就是他们称之为“人类”（代表个人的集体经验）的普遍存在的行动和经历，这些人“陷入”自我分裂,能够通过自我的重新整合得到救赎。在其预言式著作中,布莱克用类似方式描述了全人经历分裂和重新统一的各个阶段,这种人生经历是“每个人”即每个人类个体的历史和潜在未来的集中呈现。然而,布莱克并不是在书写哲学史,他在书写富有想象力的神话,因此,他称之为“巨人”的有形代理者将历史进程表演出来,体现了这些概念。那么,布莱克的全人就不是作为权宜之计的语法策略、一个集合名词(*Mensch*〔人〕, *Menschheit*〔人类〕),而是在其他地方称为“阿尔比恩”的这一特定戏剧人物。

就其复杂的主旨和惊人的创造力而言,布莱克的神话既没有原型也没有平行的相似之作,但他的基础形象明显与那个古老的神秘存在有相似之处,即那个陷入分裂的原初人或原初亚当。[6]他的基本前提与遵循这一传统的其他作家的观点一致,认为根本的善就是统一,根本的恶就
258 是分离。布莱克笔下的伊甸园是“完美的统一”的理想精神状态(对应彼此结成“普在的兄弟情谊”的人类理想共同体),在这种原始状态下,这个全人和前人笔下的原初亚当一样,不分性别,将整个人类和宇宙结合在一起。人类的堕落是一种分崩离析,是“坠入分裂”,因为这种分裂是统一的人碎片化为孤立的个体,分裂进入一个陌生的外部世界,所以,人类堕落与上帝创造人类和自然偶合,正如我们日常对实体的经验。在传统方式中,堕落的原罪是布莱克在其他地方所说的“自我”(Selfhood),即整体中的一部分,它自负高傲,试图自给自足,让其他部分服从自己的欲望和目的。

从这一点上讲,布莱克的故事是他自己神话想象力的产物。他认为,这种“可怕的分离”[7]过程是将人类的集体心理分裂成相互异化的、各自冲突的部分,其中每个部分都在争取统治地位,不过,这是一种进步的分裂。在神话图式中,全人分化为“四天神”,即构成统一心灵的主要官能和力量,它们继而从其女性“流溢”(emanation)中分化出来,再从男

性残余或幽灵中分化。这些巨大形象以及那些进一步分裂的产物，被描绘成穿越世代和无尽历史循环的精神旅行者，他们忍受着缺陷、孤立和不断重复的冲突的折磨，不断寻求想象的满足——“那甜美的黄金之地／旅行者旅程的终点”，他们支离破碎的状况却不能提供这种满足。

人类的堕落是“坠入分裂”和死亡，同样，人类的救赎，即这一过程的逆转，是“复归于统一”。耶稣是统一的根本力量，在布莱克的心灵神话中，耶稣就是人类的想象力，它保留了救赎原始统一的愿景，以及再次创造原始统一的可能性，无论多么渺茫，即使堕入最边缘之地（乌罗地，即布莱克的人间地狱，是分裂的理性、暴政和孤立自我的终极状态）。布莱克说：“一切事物都被综合在救世主圣体的永恒形式中……即人类 259
的想象力。”[8]这一愿景促使洛斯——乌尔索纳（想象力）堕落后的形式——努力在艺术模式中实现自己的形式，艺术从而将成为一个消灭一切自我、使分裂人类重新团结在一起的福音。普遍的重新结合构成了表现在《四天神》第九夜中的欢乐天启，预示着它到来的，是人类开始认识到，即使是外在的自然，也是自己与之疏离了的、非人化的自我：

> 全部人类在树、草、鱼、鸟、兽中寻找
> 收集自己不朽身躯分散的部分。
> ……一切草儿生长之处
> 或叶儿发芽之处，永恒之人被看到、被听到、被感觉到。

> So Man looks out in tree & herb & fish & bird & beast
> Collecting up the scatterd portions of his immortal body.
> . . . wherever a grass grows
> Or a leaf buds The Eternal Man is seen is heard is felt.

传统中,这种对重新统一"永恒之人"(Eternal Man)的分散部分的重新收集,也表现在另一种联姻的神话形式中,其中,分裂的男性和女性得以统一:

这样,男性和女性将过着永恒的生活
因为上帝的羔羊为自己创造了新娘和妻子
我们,他永远的儿女,可住在耶路撒冷
它现在从天而降,既是一座城也是一个女人

Thus shall the male & female live the life of Eternity
Because the Lamb of God Creates himself a bride & wife
That we his Children evermore may live in Jerusalem
Which now descendeth out of heaven a City yet a woman.

如同所有关于人与自己、与他人、与所在环境重新统一的浪漫想象一样,世界上冬天的死寂突然迸发出永恒春天的欢乐生命:

我将脱下死亡之衣,再次拥抱萨马斯
因为远山上冬天已经融化
黑黝黝的尘土歌唱着……
欢乐震荡着萨马斯的所有狂暴形态,赋予他人性
轻轻地拥抱他一直追寻着的她。[9]

I shall cast off my death clothes & Embrace Tharmas again
For Lo the winter melted away upon the distant hills
And all the black mould sings. . . .
Joy thrilld thro all the Furious form of Tharmas humanizing
Mild he Embracd her whom he sought.

诺思罗普·弗莱指出，在布莱克的神话中，“一切事物都源自一个神圣的人……并将再次与他融为一体……生活的整体愿景必须是一个循环的形式”[10]，因此，布莱克把救赎描述为一个人分裂后回到自己最 260
初完整形式的环形过程，冲破了他所谓“命运轮回”[11]（异教历史中周期性重现）中无休止的环形的流浪，“又复归于统一”，也就是基督教历史计划完整的、最后的闭合，这个过程的动力来自从统一中分裂出来两个独立的、类似于两性的对立面为努力寻求闭合而产生的能力。布莱克的这种看法成为浪漫主义的普遍观点，如他在《天堂与地狱的联姻》开篇详细阐述的：“没有矛盾就没有发展，吸引与排斥、理性与激情、爱与恨都是人类生存所必需的。”这些对立富有积极意义，不同于布莱克称之为“否定”（negations）的那些分裂的人工制品，因为后者不是真正的对立，它们是惰性的，不能重新组合成更高的结构。洛斯说，从自己身上分离出来的自己的幽灵是一种否定，

> 否定并非对立：对立二元相互依存：
> 而否定是非存在：排斥、异议和虚妄
> 都是非存在，永远不会成为一体。

> Negations are not Contraries: Contraries mutually Exist:
> But Negations Exist Not: Exceptions & Objections & Unbeliefs
> Exist not: nor shall they ever be Organized for ever & ever.

洛斯补充道，“唉，我的流溢，将成为／我的对立面。”[12]对立的主要类型是被切断的女性流溢，在布莱克的作品中，一切对立都作为相对但互补的男女力量发挥作用。在他们充满活力的爱恨关系中，这种力量对一切发展、组织、创造或生育模式都必不可少。

与同时代的人一样，布莱克也认为，人类的历史进程和普遍的个人生活是一种回归，这种回归也是一种“发展”。只有那种极端的历史正义观才认为，浪漫主义是一种对高贵野蛮人的崇拜，是一种回归到简单、舒适“自然”早期阶段的文化理念，这个阶段缺乏差异性和复杂性，因此也没有冲突。与此相反，所有伟大的浪漫主义作家（最重要的是布莱克）设定的目标，都是通过不断努力实现重新统一，用布莱克的话说，这种统一是一种“结构化”了的统一，是一种对立力量的平衡，在平衡中保
261 留着所有思想文化的产物和力量。布莱克和同时代的人都认识到，文明人渴望婴儿和本能生物具有的那种简单、自我统一的力量，他在心灵的领域中为它创造了一个地方，一个他称为“比乌拉”的地方，一个处于更低地方的天堂，那里的纯真保持着原初状态，没有被结构化，“也没有争吵产生”。不过，比乌拉只是在缺少矛盾对立面这个否定意义上的一个和平王国，其居民享有的只是那种原初的安全感，如“挚爱的婴儿环抱在母亲怀中／手臂充满了爱、怜悯和甜蜜之情”。对伊甸园之子来说，这种精神状态极具价值，因为伊甸园是一个度假胜地，在那里可以获得“温和愉快的休憩”；然而这种状态因其倦怠性和贫瘠性而具有危险，可能变成对“智识的战争”的一种习惯性逃避，即对立面在智识和想象的艰苦生活中进行的创造性斗争。[13]

我们还记得，席勒曾经说过：“你在非理性中所嫉妒的自然，不值得你尊敬和渴望”，唯一可行的道路不是“回到阿卡迪亚”，而是“前往极乐世界”，我们必须继续奋斗，直到“通过一种更高层次的艺术——诗歌和美术富有想象力的创造——来复原被艺术破坏的我们本性的统一”。这种观点在形式上与布莱克的神话学说非常接近。布莱克通过其神话描绘了人类通过能量（energy）这一核心美德，从单纯的天真状态出发，经过努力和行动，最终回归并上升到一种更高层次的“有组织的天真”（organized innocence）的天堂。在这个过程中，与席勒一样，布莱克赋予

想象和艺术以至关重要的功能。洛斯为了建造哥贡诺扎城（Golgonooza），用铁锤和铁砧在熔炉里辛勤劳作。诺思罗普·弗莱简洁地阐释了布莱克对艺术社会角色的形象再现："这个结构完成后，自然，即它的脚手架，将被拆除，人类将生活在其中。届时，哥贡诺扎将成为上帝之城，即新耶路撒冷，它是人类一切文化和文明的总体形式。"[14]

读者回想一下便会发现，实际上，《四天神》的中心主题是：人类的想象力堕落，通过人生经验的规训，发展到一个能创造出最高、最全面的人类艺术的阶段。既然洛斯作为所有富有想象力的艺术家的典范（包括布莱克在内），那么，主题也是规训和完善布莱克自身的心灵和诗歌 262
力量。因此，正如这部作品史诗般的宣告，乌尔索纳以洛斯的形式"坠入分裂"，以洛斯获得"科学"后恢复自我统一作为结束：

> 乌尔索纳强大起来，现在不再
> 与埃尼瑟蒙分离，不再与幽灵洛斯分离
> ……乌尔索纳从断墙残垣上拔地而起
> 以他一切古老的力量造成科学的金甲
> 为了智识的战争。刀光剑影的战争现在离去了
> 黑暗的宗教离去了，甜蜜的科学统治了一切。[15]

> Urthona is arisen in his strength no longer now
> Divided from Enitharmon no longer the Spectre Los
> . . . Urthona rises from the ruinous walls
> In all his ancient strength to form the golden armour of science
> For intellectual War. The war of swords departed now
> The dark Religions are departed & sweet Science reigns.

因此，布莱克在救赎过程结束时描写的这种统一，保留了途中获得的经

验成果。“刀光剑影的战争”(堕落世界的冲突)虽然已经结束,却仍然以一种更高的形式,作为“智识的战争”中对立力量的一种平衡而存在,用布莱克伟大赞美诗的话说,也就是“精神斗争”必须存在于诗人在“英格兰宜人的绿色土地上”建造耶路撒冷的行动之中,无知的天真被训练成为“科学”。布莱克的“科学”取代了“黑暗的宗教”,并不如最初显现得那样多样化,无论是从“审美之国”中的统一“知识”来看(席勒的《审美教育书简》以这种“审美之国”结束),还是从黑格尔《精神现象学》中的科学来看。在通过思想文化发展的精神教育之旅的终点上,这种科学保留但超越了正统宗教。因为乌尔索纳(布莱克得以救赎的想象力)来到自己祖先的家乡,不仅意味着回到伊甸园,也意味着进入一个富有文明、智慧和艺术的伟大城市中至臻完美的人类共同体。

布莱克的最后一首史诗《耶路撒冷》也是他最伟大的史诗,最后一章的序言是赋予“想象的神圣艺术”“精神探索与实践”“艺术与科学劳动”的一首赞歌,因为“地狱的痛苦”不过是“无知”,“苦苦寻求知识,就是建造耶路撒冷”。在序言最后,他对英国说:

263 英格兰！醒来！醒来！醒来！
　你的姐妹耶路撒冷在召唤！
你为何在死亡之眠中沉睡?
　把她关在你古老的城墙外边?

England! awake! awake! awake!
　Jerusalem thy Sister calls!
Why wilt thou sleep the sleep of death?
　And close her from thy ancient walls.

华兹华斯在“《隐士》纲要”中，让自己“从他们的死亡之眠中／唤醒感官”。同样，布莱克承诺，通过婚姻的使者让英格兰（或阿尔比恩）从精神死亡中复活。然而，华兹华斯的“婚诗”（spousal verse）却歌颂了人类心灵与自然的联姻。他在“纲要”中写道，自然世界的“美——大地鲜活的存在”胜过了人类最伟大的艺术：

> 胜过世间最美妙的理想的形式，
> 它们由心灵采用大地的材质
> 用精巧的手艺织就。

> Surpassing the most fair ideal Forms
> Which craft of delicate Spirits hath composed
> From earth's materials.

这句话表明了华兹华斯与布莱克之间存在的本质区别，也就是布莱克在读华兹华斯的“纲要”时，感觉“肠胃不适，几乎要了自己的命”的原因（布莱克愉快地用这种滑稽而夸张的语气，让亨利·克拉布·罗宾逊感到困惑）。[16]这种差异集中体现在《耶路撒冷》的章节中，其中，阿尔比恩即堕落的全人被瓦拉诱惑，后者是堕落的、被疏离的自然世界中一个虚幻的美人。阿尔比恩只是在错觉中拥抱了瓦拉，被后者的谎言欺骗，瓦拉谎称“阿尔比恩伟大永恒的新娘和妻子”是她而不是耶路撒冷，还自称“大自然、万物之母”，不仅是想象形式的物质来源，而且还比它更美：

> 现在认识我吧，阿尔比恩：看看我吧，只有我才是美
> 富有想象力的人类不过是瓦拉的呼吸。[17]

Know me now Albion: look upon me I alone am Beauty
The Imaginative Human Form is but a breathing of Vala.

只有当重生的瓦拉与耶路撒冷(它是真正的美,是人类富于想象性创造力的女性的补充,而自然美,即"瓦拉",只不过是它的"影子"[18])重聚时,她才能在与全人圆满的天启联姻中发挥最根本却又辅助性的作用。

264 在这个伟大的结局中,人类心灵的力量(其自我性湮灭了)又重新凝聚为统一的四重阿尔比恩,对立面的冲突(既毁灭又保留)升华为富有创造性的、加强生命力的"爱的战争",周围的整个世界与人类分离时是石化的、无生命的、陌生的,现在则显现出了生命和人性。从概念上说,世界是一个让人类于其经历中认识到自己的人性并感到完全舒适自在的环境。在观点的前提、表现形式和术语方面,布莱克虽与同时代许多人不同,但他们关于人类经验发展至最高点的看法是一致的:华兹华斯的天堂产生于人和外部世界的联姻;谢林的主体经过长途跋涉后在客体中找到自己;黑格尔提出意识的终极形态,其中意识在他者性中重返自身并与之融为一体;在荷尔德林笔下至高的时刻(预示着人类潜在的持久状态),许佩里翁意识到自己处于一个迄今为止陌生、了无生命的环境;诺瓦利斯的愿景是在婚礼仪式中实现对黄金时代的憧憬,其中"人、野兽、植物、石头和星星……如同单个家庭或社会……行动或说话";在布莱克的神话再现中,一切自然之物不仅变成了人本身,而且在不丧失个性化的情况下,重新统一为神圣的人的形式,正是从这里,经验之初的人类堕落,陷入一种分裂状态:

甚至树木、金属、泥土和石头都确定为人类形态,一切都确定为人类形态,富有生命,向前发展,然后回归,在行星上度过数年、数

> 月、数日、数小时，疲惫不堪，然后休憩，最后在永恒生命的怀中醒来。我听见他们流溢的名字，叫耶路撒冷。[19]

在《耶路撒冷》的最后一页，布莱克将圆满的象征设立为原初的对立面，即阿尔比恩及其流溢物耶路撒冷，蚀刻在新婚的拥抱中。

1818 年，柯尔律治（相当具有洞察力，除非他不仅仅知道布莱克这一部著作）读到布莱克的《天真与经验之歌》时，称赞布莱克是“一个天 265
才（在我看来，是个斯威登堡式的人物），当然也是一个神秘主义者。你也许会笑话我称别的诗人是**神秘主义者**，但是，与布莱克先生相比，我的确陷入了普通常识的泥潭。布莱克先生是一位启示性（apocalyptic）诗人，更确切地说，是一位揭示性（anacalyptic）诗人和画家！”[20] 柯尔律治所说的“神秘主义者”通常指的是一个接受神秘教义的人，他自己过去和现在都是这样的人。兰姆告诉我们，当柯尔律治还是蓝衣学校（Bluecoat School）的一个学生时，就曾讲述亚布力库斯和普罗提诺的神秘学说，极具雄辩力。我们知道，从那以后不久，他就满怀（尽管非常谨慎的）崇敬研究了乔尔丹诺・布鲁诺、约翰・司各特・爱留根纳、波墨以及其他新柏拉图主义和神秘主义哲学家的著作。

柯尔律治的第一首无韵长诗《宗教沉思》写于 1794 年圣诞夜，与布莱克的《欧洲：一个预言》几乎同一时代。这两部作品都以弥尔顿的颂歌《基督诞生的早晨》为蓝本，致力于将弥尔顿对基督第一次和第二次降临的庆祝，改写为当前时代的革命和反革命暴力。《宗教沉思》在风格上虽然浮华、雄辩，但也是一首趣味诗，为柯尔律治研读德国形而上学之前对堕落和救赎进行阐释提供了指引，也显示出柯尔律治在早期的弥尔顿式创作中对诗歌人物形象和想象力的总体设想与布莱克具有相似之处。

身为作家,柯尔律治渴望获得“哲学家-诗人”的地位,能够“用可塑的力量”将正在分崩离析的、混乱的文化“塑造成完美的形式”,就像他们在“白天的美好愿景”中所看到的那样。[21]柯尔律治本身就是一个有灵视的诗人——“我在沉思中,/看到愿景聚集于我的灵魂”——能看到现在、过去和未来,将人类从原始的过去到现在的革命、再到未来千禧年的历史,叙述为一个简短的神正论,其中,“一切痛苦的邪恶”都成为“更伟大的善的/直接源泉”。[22]柯尔律治根据统一、分裂和重新统一的形而上学,以新柏拉图主义基督教与哈特莱哲学的一种奇怪结合,对这
266 些事件进行了阐释。人的最高阶段,是自己作为家庭成员参与到太一之中:

人类的崇高
和我们最高的威严是,能够认识自己成为
一个奇妙整体的各个部分!
这让人产生博爱……但是神
分散在万物中,使万物成为一个整体。

(第127-131行)

'Tis the sublime of man,
Our noontide Majesty, to know ourselves
Parts and proportions of one wondrous whole!
This fraternises man. . . . But 'tis God
Diffused through all, that doth make all one whole.

根本的邪恶在于人类试图自给自足,它将整体粉碎成一种谱系断裂的、孤独的、肉欲的、相互异化的自我的混乱,丧失了“道德世界的凝聚力”,

　　　　　　我们沦为
精神失序者！迷恋于玩物，
因贪目盲，灵魂无继，
不知共轭之轴和同源之脉！
一个卑污孤独之物，
身处亿万同类间却孑然而立
这个圆滑的野蛮人游荡于宫阙市井间
觉得自己，那个卑微的自我，就是整体。

（第 143–152 行）

　　　　　　we become
An Anarchy of Spirits! Toy-bewitched,
Made blind by lusts, disherited of soul,
No common centre Man, no common sire
Knoweth! A sordid solitary thing,
Mid countless brethren with a lonely heart
Through courts and cities the smooth savage roams
Feeling himself, his own low self the whole.

反之，当一个"完全湮灭自我"的人在包容一切的同情行为中重新拥有那些被异化的部分时，他就会实现基督"第二次降临"时所预言的救赎。

当[人]借神圣交感而融为
一我！一个无外物窥视的我！……
此我继续延展！虽忘其自身，
却囊括万物！这就是信仰！

这是弥赛亚注定的胜利!

(第43行,第153–158行)

When [man] by sacred sympathy might make
The whole one Self! Self, that no alien knows! . . .
Self, spreading still! Oblivious of its own,
Yet all of all possessing! This is Faith!
This the Messiah's destined victory!

按照这种统一和分裂的哲学,当"幸福的未来在我的视野中奔涌"时,诗人对"新生大地"的千禧年愿景,就是一个生活在共产主义经济中的家庭社会,其中

267 浩瀚的爱的家庭
自平凡大地以平凡劳动培育而生
享受着同等的成果。

(第340–343行,第356–366行)

the vast family of Love
Raised from the common earth by common toil
Enjoy the equal produce.

从青年到老年,柯尔律治始终是忠实的一元论者,正如他所说,自己的心灵"仿佛痛心于发现、了解某种**伟大**的东西——某种**不可分割的整体**"。[23]对他而言,无法忍受的是感觉到与他人、与外部世界孤立、疏离——"被背叛,陷入分裂的悲惨境地"。他多次将一切分裂描述为死亡交易,始于智识上的原初错误,因为这种错误,我们不是"拥有我们自

身，与整体融为一体……我们认为自己是分离的存在，把自然与心灵作为客体与主体、事物与思想、死亡与生命这样的对立面对立起来”。因此，对唯物主义者来说，自然是“他们否定眼光下的自然异类”，机械哲学则把现象从有生命的思想中分离出来，“在一切可见和不可见的事物中敲响了死亡的丧钟”。[24]

但是，如果无法挽回的分裂是本质上的恶，那么，柯尔律治所说的“区别”不仅可以得到弥补，而且还是进步发展的必要条件，因为“相互区别而不分裂”，是“为一切智性再度统一为一做好准备”的唯一途径。[25]针对致命的分裂，在人类感知、思想和想象力的一切领域，柯尔律治确立了“生命”的概念。对他而言，与歌德、谢林、黑格尔和布莱克一样，“生命的胜利或斗争是必要的”[26]，因此，生物中“最普遍的法则”是“**极性**（*polarity*），或自然的本质二元论”，表现在“既个体化又相互关联”的倾向中，经历一个“正题和反题、正论和反论”必然“联合成一个综合体”的过程。

> 生命存在于这两种对立力量的同一性中，构成于它们的斗争中，消亡并以一种新形式重生于它们的和解中。[27]

柯尔律治设置的根本对立是一种无效的并置，一方是分裂的，因而也是死亡的、无生命力的元素（相当于布莱克的“否定”），另一方是生命 268
过程，其中真正的两极（相当于布莱克的“对立面”）彼此分离，却只是为了再次联结，从而产生一个新的实体，在这个实体中，两个部分都留存下来，处于一个更高的结构层面上。例如，机械哲学只知“构成……和分解”，

> 无生产性粒子间相互关联……在生活中，更多地在精神上，以及在

> 生命精神哲学中，构成整体的两种相互对立的力量实际上相互渗透，并产生了更高的第三种力量，融合了前两种力量，只是不同于它们，且更大。[28]

这是贯穿柯尔律治思想的一条根本原则：一切自我驱使的运动、进步和生产，以及因此产生的一切新奇事物或"创造力"，都源于两极力量之间既吸引又冲突，从而具有生产性，在存在的更高层面上将部分统一为整体，从简单的统一进化或"发展"成"统一中的多样性"，构成一个结构化的整体。柯尔律治就是以这种方式构思宇宙的进程（"在无限的我在中具有的永恒的创造"）、认识过程（"原初想象"中对这种创造的重复，或每一个心灵的感知行为）以及由次级想象实现诗歌创作的过程（是"原初想象"的"回声"，与那种能力一样，是一种"综合的……力量"，在平衡或调和对立或不和谐的特性中展现自身）。[29]

对于柯尔律治和许多同时代的德国人来说，思考必然导致原初意识中原本一体的东西分离，这样一来，人类理性的起源可以说相当于圣经中关于人类堕落的描述。

> 因此，如果从抽象的角度看待，或持一种不平衡观，理性的本能自身（你将像神一样，《创世记》3:5）及其结果……构成了人类的原始诱惑，人类正是在这些诱惑中堕落了：在所有时代，都是这样的起源，甚至从我们堕落其中的亚当开始。[30]

柯尔律治最关心的是加速"与自然消除敌意达成和解"。哲学，尤其是
269 当代机械哲学，用主体与客体、心灵与异化自然之间绝对的、不可避免的划分，取代重要的、有生产性的对立，从而堕入这种敌意之中。[31]按照这种思维方式，他在环形教育之旅中反复呈现的浪漫主义寓言，呈现了一

部人类的文化史：人类对心灵与自然统一的追寻，最终发现追寻的目标就是自己的出发点：

> 在那里……最终目的是人类的培育和进化，很快就会出现一种普遍的趋势和真诚的追求，朝向世界和人类共同的某个地方……受到难以名状的、不断加快的心灵重生的困扰……人类向外突围进入自然之中——在自然中，就像在一条清澈河流的影子和倒影中，人类发现了自己的思想向自己呈现出原初的形象，对于这些影子……像那喀索斯一样，他留恋着，感到非常快乐……直到最后才知道，自己所追寻的就是自己最初所抛弃的，但因为拖延了追寻，也就延长了距离。[32]

对于柯尔律治来说，艺术的根本价值在于使自然人性化，从而帮助心灵再度拥有自然，因为之前自然从心灵中异化了出去。他说，艺术“是自然与人之间的媒介，是人与自然的和解者，因此，这种力量使自然人性化，将人类的思想和激情注入每一件成为他思考对象的事物中”，“使外在成为内在、内在成为外在，使自然成为思想、思想成为自然，这就是美术天才的奥秘”。[33]

因此，柯尔律治是哲学一元论者，不过是一个多元化的一元论者。对他来说，人类思想的、文化的和道德的目标不是回到发展之初无差异的统一，而是朝着最终的多元性统一努力。在这一点上，他与席勒（以及布莱克）一致，并在一个精彩的段落中清晰地表现出来。在这个段落中，与席勒在《论素朴的诗与感伤的诗》中一样，柯尔律治强烈赞扬了文明的、自我分裂的人类对那种无意识天真和简单自我和谐状态的怀念， 270
婴儿身上以及有机生长的非人类世界中都存在这种状态。怀旧之情最终导致人们向往一种更高级的完整，只有在充分发挥一切使之成为文明人和成年人的才能后,他们才可能获得这种完整。

> 此时此刻,在我眼前这片鲜花盛开的草地上,我的目光停留于此,这是[大自然]最令人心旷神怡的篇章,这里,没有……罪孽、苦闷,因为每当我观察和思考植物的创造时,我总有一种熟悉的感觉,就像我们注视一个美丽的婴儿,吃饱了,睡在母亲的怀里……同样的温柔和亲切的快乐占据了我的身心,同样的痛苦的惆怅,同样的耳语式的规劝,压抑了这种愉快的心情,让它向内转,同样的渴望的冲动使得它烦躁不安。灵魂仿佛在对自己说:你是从这种状态堕落的!你会变得这样,你自己也会变得更神圣!……但植物之所是的样子,不是通过它自身,是一种无意识——你必须使自己成为……

"你必须**使**自己成为。"柯尔律治接着说,在无意识的活动中,植物将外部元素加以同化,也让这些元素互相同化,因此实现了"它自己的秘密生长"。在生物学量表的最低端,我们发现与另一个对立端"未被分裂的理性"的对应物。在量表末端,人类的最高理性重新实现了最初的统一,但以一种融合了所有差异化的中间阶段的功能,"瞧!"对于这些生长之物,柯尔律治说,

> 它如何……成为可见的**有机体**,承载自然界整个寂静的或基本的生命,因而,在融合中一个极端成为另一个极端的象征,自然成为理性更高级生活的象征,整个系列……得以完善,一切从属的等级都重新出现,**在更加丰厚的荣耀中**被重新授予圣秩……我们……现在意识到它们都存在于一个更高形态的统一中,世俗……序列得以加冕,获得圆满。[34]

柯尔律治假定，无论是在心灵领域还是在自然领域，所有的生命过 271
程都是沿着一个循环的、上升的过程前进。他说，一切重要的、非单纯机械的事物都是有结构的，通过其固有的反力产生的作用，这个结构“具有的意义就在于，它能够围绕自身做圆周运动，而不是像机械那样做直线运动”。[35]对于柯尔律治和当时的德国哲学家来说，统治一切有效思维的“方法科学”显示出同样的螺旋式进程。柯尔律治的观点是，推理过程始于基于自身的一个命题，只有到最后它才达到、证实这个命题，从而构成一个包容一切且自我维持的整体：

> 我们从这个整体开始（或者说似乎从这里开始，因为它作为一种无形的守卫和向导，仍然在我们面前活动），而且，也正是这个整体的再次出现，宣告了我们循回旅程的结束，并在我们达到目的地时欢迎我们。[36]

同样，想象的过程（因为这种能力“本质上至关重要”，与机械的“幻想”相反，后者“除了固定性和确定性，没有其他可供玩弄的筹码”[37]）描述了一个在起点结束的过程。哈兹里特以讽刺和赞赏都适中的口吻，引用柯尔律治的话说：“想象原则类似于蛇的意象……有着起伏的褶皱……永远流入自身——呈循环状，没有起点也没有终点。”[38]诗人想象的产物就重要性而言不亚于其过程，具有**衔尾蛇**的形状。通过这种方式，柯尔律治凭借一种整体的形而上学观，为终点即起点的循环型诗歌提供了合理性。

> 所有叙事的共同目的，不，所有诗歌的共同目的，是将一系列变成一个整体：让那些在真实或虚构的历史中沿着一条直线发展的事件，在我们的理解中呈现出一种循环运动——像一条衔尾蛇。[39]

接着,柯尔律治解释道,不论是整个人类还是每个个体的历史,一切历史272 对于目光短浅的人来说是线性的,但是对那些能看到现在、过去和未来的人来说,则显示出一个巨大的循环。在这些人的灵视中,历史是一个从一出发、通过众多又回到一的大圆。一首诗歌要实现完美的形式,须通过对想象的线性历史片段进行组织,构成一个小型的循环戏剧设计,就如在永恒的视角下看起来的样子:

> 毫无疑问,在他的眼中,只有在永恒的现在中综合一切过去和一切未来,那么,我们以短浅的目光看来显得狭隘的事物,其实是伟大循环中的一部分……地球在地理学中的作用是缩显,目的在于显现真理,诗歌之于上帝形象,亦是如此。我们被创造为上帝的形象,一直在寻求那种统一,或在多样性中并通过多样性揭示那个一。这提醒人们,虽然为了成为一个个体,他必须离开上帝,然而,远离上帝就是走向虚无和贫乏,因此,他必须走每一步时都回转向他,仅仅为了存在——此时沿着一条直线,不断回缩,必然形成环形轨道的形状。[40]

柯尔律治认为,人以分裂和孤立而堕落,在和解中获得救赎,另外,富于结构性的想象呈现出一种循回运动,有机的诗歌呈现出一种循环设计。这些想法都与他许多作品的主题、意象和构思一致。例如,柯尔律治在超自然诗歌和日常生活诗歌两个重要诗歌类别中取得了最高成就。《古舟子咏》既不是讽喻性的寓言,也不是象征主义诗歌,然而,无论是在文本中,还是在柯尔律治为帮助困惑的读者理解第一版而添加的注释中,都不断出现宗教和道德典故,这些典故让我们把水手的经历作为基督故事情节的一个实例,即,犯下道德错误,接受苦难训诫,最终内心发生改变。那么,字面上的水手航行也是一场心灵之旅,且是一场环形旅程，水手在旅程中离开自己的故土——

船在欢呼声中驶出海港，
趁着落潮我们愉快出航，
驶过教堂，驶过山岗， 273
消失在灯塔的远方。

The ship was cheered, the harbour cleared,
Merrily did we drop
Below the kirk, below the hill,
Below the lighthouse top

——在结尾时回来，正如诗歌论点所强调的，“回到他自己的国度”。这个故事的背景被置于基督教圣礼的框架内，是一种伟大的终极圆满形式：婚礼庆典。老水手从三名被“邀请”参加“婚礼宴会”的客人中选择一名（如圣经寓言一样）作为新郎的亲戚，但他的直觉告诉自己（第 587–590 行），要让这个人知道爱与联姻的全部意义，这就是老水手接下来要讲述的故事的主旨。

一只孤独的信天翁出现在冰雪覆盖、荒无人烟的地方，“那里看不到任何生物”。水手们赞扬它“仿佛是基督徒的灵魂”，按照古老的家庭接纳仪式给它食物。但是老水手“蔑视好客的规则”，杀死了信天翁。杀死“曾经热爱人类的鸟”，这一行为表现了老水手傲慢的自给自足感，他准备把自己从生活和爱的普遍共同体中切断。结果，受到了惩罚，全部同伴都死去，自然对他而言变得陌生、有害，在这样的一个世界中，遭受自己所选择的最大程度的孤立。

孤独呵，孤独，彻底的孤独，
独自一人，在那辽阔无际的海面。[41]

Alone, alone, all, all alone,
Alone on a wide wide sea!

这句话后来被重复使用，已经成为经历心灵旅程的一个隐喻：

婚礼的嘉宾啊！这个灵魂曾经
独自彷徨在辽阔的大海上。

O Wedding-Guest! this soul hath been
Alone on a wide wide sea.

注释中说：只有“万千浊物／仍活着，我也还在苟延残喘”，“他鄙视安静的造物”。

逆转在字里行间得以昭示：“月亮慢慢升上天空，／一刻不停。”在对这几句诗句无比精彩的注释中，柯尔律治说道，之前一直感到陌生的
274 月亮和星星都被赋予了人性。对这场循回旅程进行深刻描述时的节奏表明老水手已深刻意识到，归属于一个地方、一片故土、一个家庭和一个家园具有什么样的含义：

老水手在孤独和静止中，渴望那旅行的月亮，也渴望短暂逗留却仍在移动的星星。在任何地方蓝天都属于他们，是他们约定的安息之地，是他们的故土，是他们的自然家园，他们不用打招呼就能进去，就像理所当然的领主，他们的到来总会受到无声的欢迎。

接受了一切处于一个共同体之中这一教训，水手从同样航行的月亮中认识到生命之美，与曾经令自己感到厌恶的水蛇共享生命之美，在一阵突如其来的友爱中，他祝福它们。

哦，幸福的生灵！没有语言
可以描述它们的美。
一股爱泉从心底涌出，
我暗暗地祝福他们！

O happy living things! no tongue
Their beauty might declare:
A spring of love gushed from my heart,
And I blessed them unaware.

可怕的咒语一响，死去的自然之物“突然复活”，又恢复了善良，老水手沿着环形旅程前进，暗怀思乡之情，间接但持续地流露出这种情怀。航行发出的“声音宛如隐秘的溪水，／流淌在六月茂密的树丛中”，风吹拂着他的脸颊

它如草原上的春风，
与我的恐惧奇怪地交织，
却又像在欢迎我。

Like a meadow-gale of spring—
It mingled strangely with my fears,
Yet it felt like a welcoming.

老水手完成了自己实际的和心灵的环球旅行，在原初的起点，即“他的祖国”的港口，结束了航行。他出发时看到的三种事物——教堂、小山和灯塔——现在又出现了，但顺序颠倒了过来。

哦！快乐的梦！莫非是
那灯塔的塔尖又在远处出现？
275 这是那座山吗？这是那教堂吗？
莫非我又重返我的家园？

现在，我又回到了故乡，
双脚站在这坚实的大地之上！

Oh! dream of joy! is this indeed
The light-house top I see?
Is this the hill? Is this the kirk?
Is this mine own contree?...

And now, all in my own countree,
I stood on the firm land!

——但只是为了践行注释中所说的“生命的苦修”，“像黑夜一样”经过“一片片土地”，不停地说着，说着，说着。

柯尔律治的《沮丧颂》是循回旅程的另一个例子，令人印象深刻，在《风弦琴》中开启，在《午夜之霜》中得以完善，在另外几首“会话诗”中重复出现。[42]这种类型的抒情诗一般以风景描写开始，接着围绕言说者的过去、现在和未来进行持续沉思，最后回到外部场景，获得更高层次的洞察力。在《沮丧颂》中，这种沉思构成了一部简短的危机-自传，与华兹华斯《序曲》中关于“想象力，如何被削弱又复元”的两卷相似。不同的是，柯尔律治在开始和结束时都处于想象力削弱的状态，且没有预见到从孤立、冷漠和创造力缺乏的个人危机中复元的可能性。

在开篇的描述中，诗人表明自己是静态的、自我封闭的（如老水手在赤道上航行），因为他没有任何“天然渠道”，与天空、云朵、星星和“固定”静止的月亮等自然界没有任何情感交流。

> 我一直凝视着——多么呆滞的眼神！……
> 我看到它们都那么美丽，
> 我看到，而非觉得，它们是那么美丽！

> And still I gaze—and with how blank an eye! . . .
> I see them all so excellently fair,
> I see, not feel, how beautiful they are!

他对自己的生活做了简要回顾，认为这种情况归因于反复出现的痛苦，这些痛苦迫使他转向“深奥的研究”，试图“把一切自然性从自己本性中割断开来”。现在，这种根深蒂固的、分裂性的分析“几乎已成为我灵魂的习惯”，把心灵与其客体分离开来，让诗人处于孤立状态，内心中“激情与生命”的源泉枯竭殆尽，“想象力的塑造精神被悬置起来”，这样的 276
一种自然——既然

> 我们得到的只是我们给予的，
> 大自然只存在于我们的生活中

we receive but what we give,
And in our life alone does nature live

——已经变得陌生而呆板,就像"那个没有生命的冰冷世界留给/那些可怜的、没有爱的、永远焦虑的人群"。

克服这种自身与外部世界的致命的分裂,其必要条件就是他所谓的"欢乐"状态,

从未被给予过的欢乐,
只施与纯洁之人,在他们至纯的时刻,
生命之流涌现……

Joy that ne'er was given,
Save to the pure, and in their purest hour,
Life, and Life's effluence. . . .

"欢乐"是浪漫主义词汇中反复出现的一个核心术语,通常有专门的含义。在柯尔律治关于一与多的哲学中,最重要的关注点是主、客体在感知行为中的协调,"欢乐"是心智活动有意识的伴随物,而这种活动充满活力,富于整合性。正如《哲学讲演录》对这个词的界定,它是一种富于活力的状态——天才创造力的发挥就必须处于这样的状态——通过打破孤立意识的界限,将自我与他人、与外在无生气的自然联系起来,从而与自身相融:

所有的天才都参与到一个共同的灵魂之中。在欢乐中,个性丧失了,因此欢乐在年轻时最为活跃……[之前]迫使一个人陷入他

那小小的、不加思考的、可鄙的自我之中的状况，削弱了他普遍存在的力量……拥有天赋，就是要活在普遍性中，不是认识自己，而是认识我们周围的人以及同胞脸上反映出来的事物，也要认识花、树、野兽甚至从[水和]沙漠中沙子的表面所反射出来的事物。一个天才会找到对自身的反映，哪怕它存在于神秘中。[43]

因此，在《沮丧颂》中，欢乐这一“想象的塑造性精神”的必要条件， 277
被描述为一种内在力量，它将一个有机的自我与一个有机的外部世界统一起来。和荷尔德林、诺瓦利斯及华兹华斯一样，柯尔律治用婚姻来比喻这种统一和联结，也显示出自己意识到这个形象在圣经中的意义。在他的归因中，心灵与自然的结合是因为旧世界得以救赎与取代——他用一个词呼应了《以赛亚书》和《启示录》——一片“新天新地”

欢乐女神就是那灵与能，
它让我们与自然结合，
　再将新天新地作为嫁妆赐予我们，
那世俗狂傲的人所不曾梦想——
欢乐就是这甜蜜的声音，欢乐是这明亮的云彩——
　我们在我们自身中找到欢乐！
那儿涌现的一切让我们的耳目迷恋不已，
　所有旋律都是此音的回响，
万般色彩皆是此光的流溢。

Joy, Lady! is the spirit and the power,
Which, wedding Nature to us, gives in dower
　A new Earth and new Heaven,

Undreamt of by the sensual and the proud—
Joy is the sweet voice, Joy the luminous cloud—
  We in ourselves rejoice!
And thence flows all that charms or ear or sight,
  All melodies the echoes of that voice,
All colours a suffusion from that light.

在暂回开篇所描述的自然场景后,《沮丧颂》在结尾以一段话表达了诗人战胜自己,排斥一切的自我关注,以期一位不在身边的朋友(这首诗正是为这位朋友所写)能够永远保留诗歌中言说者已经永远失去了的欢乐,因而维系与外部世界的交流,这个世界也因此变得与人融洽起来。对这种交流的描述采用了新柏拉图主义关于流溢与回归循环的比喻[44],在柯尔律治的绝妙版本中,它是一个终点与起点融合在一起的旋涡的隐喻,处于心灵和自然两个基本极性之间的共同生命之流中。

  欢乐使她精神振奋,欢乐使她声音悦耳;
于她,万物都有了生命,从天之极到地之维,
它们的生命成为她生灵的涡流!
  噢,纯粹的心灵,在上苍的指引下,
亲爱的女士,我最虔诚的朋友,
唯愿你永远,永远欢乐。

  Joy lift her spirit, joy attune her voice;
To her may all things live, from pole to pole,
Their life the eddying of her living soul!
  O simple spirit, guided from above,
Dear Lady, friend devoutest of my choice,
Thus mayst thou ever, evermore rejoice.

2. 华兹华斯：漫漫回家路

华兹华斯在给亨利·克拉布·罗宾逊的信中说道，我“从来没有读 278
过德国形而上学的只言片语，感谢上帝！”[45]这种说法无疑是符合实际的，然而，正如罗宾逊多次指出的那样，华兹华斯的思想与同时代的德国哲学家常有相似之处。例如，华兹华斯的作品中，最突出的就是他对那个时代伟大的平凡所作的诠释：与自己和世界的统一是人类原初的、正常的状态，这个状态的标志就是处于共享生活的充实和快乐状况；分析思维把心灵从自然中分离出来，把物体与物体区分开来，这种分离一旦被绝对化，就会杀死它所分离的客体，并以心灵的死亡威胁着它所割离的心灵。在《序曲》第二卷中，华兹华斯称赞柯尔律治是一个“万物的统一性”在其身上“得以彰显”的人，因此摆脱了“那种虚假的次要力量”的奴役，“凭借这种次要力量，/在软弱时，我们创造出了区别”，我们却误认为这是真正的分裂。接着，他继续反对“分析工作”，反对自己“在对普通人而言/没有友爱的事物中/的关系进行观察”，最终结果是，“在所有事物中/我看到了一个生命，感觉它过去曾是快乐的”。在一篇手稿中，他补充道，“通过这种交流”，自己“很早就得到教导”，那些在被动感知中显而易见的分离的“形式和形象”，以及主动地“进行思考/做出预见，发展智性，实现意志”的分裂过程，似乎只是一种“退回”——也就是一种脱离——脱离了自我与自然无差别的统一，以及自我与上帝、自然与上帝的无差别统一：

这些意识看似偶然的碎片
不过是从那统摄万物的内在生命里
脱落的部分。众生曾与上帝共居于

那原初的合一之中，如今却迷失在
神性与自然交融的宏伟整体里
浑然莫辨，尤如万里无云的东方天穹
279 与同样澄澈的西方天际在正午时分
融为一篇完整的蔚蓝。[46]

Such consciousnesses seemed but accidents
Relapses from the one interior life
Which is in all things, from that unity
In which all beings live with God, are lost
In god and nature, in one mighty whole
As undistinguishable as the cloudless east
At noon is from the cloudless west when all
The hemisphere is one cerulean blue.

大约两年前，在计划为《倒塌的村舍》所写的一个段落中，华兹华斯塑造的小贩谴责了那种伪“科学”，它不是服务于“创立秩序，维持差异的／事业”（即不产生分裂的差异），而是通过斩断连接，来谋杀作为被观看者的客体和作为观看者的自我：

难道天命注定
我们应该专研，在专研中日渐枯槁……
反复凝视孤立的客体
只见支离破碎的死物，灵性尽失，
在不断分裂，分裂再分裂
消解了万物的华彩……
如此这般

向自己灵魂的生命力本源
发动一场渎神之战？

　　　　　　　　　　For was it meant
That we should pore, and dwindle as we pore...
On solitary objects, still beheld
In disconnection dead and spiritless,
And still dividing and dividing still,
Break down all grandeur...
　　　　　　　　　　waging thus
An impious warfare with the very life
Of our own souls?

他大喊道，“让我们从这种浑然不觉的睡眠中醒来”——很明显，这就是华兹华斯在“纲要”中试图唤醒“感观”从中醒来的“死亡之眠”——重新在复活的交流中统一分离的部分，其中（正如柯尔律治在《沮丧颂》一诗中的用语），万物的生命成为我们生灵的涡流：

　　　　　　　　受到如此训导
万物将存于我们心中，而我们亦将
融于周遭万物之中……
因为感官和智识就是这样
彼此提供帮助……
形态和情感如这般相互作用
又彼此反哺，终将使万物获得
一种鲜活的精神与独特品性
——在那之前从未被感知过的特质。[47]

Thus disciplined
All things shall live in us and we shall live
In all things that surround us. . . .
For thus the senses and the intellect
Shall each to each supply a mutual aid. . .
And forms and feelings acting thus, and thus
Reacting, they shall each acquire
A living spirit and a character
Till then unfelt.

华兹华斯在《泉》(1799)中面对老人马修的陈述令人难忘：人是自
280 我分裂的，明白自己终将死去，这种意识令人不快，而那些没有记忆或期
待、依靠本能行动的造物却是自我统一的，这令人欣悦：

乌鸫在夏日的树林里，
云雀在山坡，
自得地唱着动听的歌曲，
愿沉默时，便沉默。

它们从不无谓地抗拒自然，
与之搏斗，
它们欢度青春，它们的暮年，
美丽且自由。

The blackbird amid leafy trees,
The lark above the hill,
Let loose their carols when they please,

Are quiet when they will.

With Nature never do *they* wage
A foolish strife; they see
A happy youth, and their old age
Is beautiful and free.

与席勒和柯尔律治一样，华兹华斯在这里通过一个虚构角色，表达了人对人类和文明的不满。当他以自己的身份说话时，认为成熟的心灵是不同元素的统一，是成长的产物，这种成长必然包含自我分裂和冲突。他的一般准则是保持个体身份的统一性，其特有的生活理想（如约翰·琼斯所说）[48]是在关系中保持孤独。因此，华兹华斯在"纲要"的一个版本中如此宣称：

我歌颂那独守其退隐
并与无限的宇宙生命
融为一个伟大生命的
个体心灵。[49]

Of the individual mind that keeps its own
Inviolate retirement, and consists
With being limitless, the one great Life
I sing.

华兹华斯的《序曲》在那个年代最大的特点是，它并非（如柯尔律治试图做的那样）一首哲学诗，不是一个拓展了的宇宙神话，也不是一个象征或讽喻的寓言，而是展现了一个特定人物，独特而又具有人类典型性,他通过与自然、与他人以及与他所处时代重大公共事件的经历,从婴儿期发展到成熟阶段。华兹华斯宣称自己的诗歌拥有一个系统的思想基础,正如他在谈到《隐士》(《序曲》是其一部分)时说的那样,“作者的
281 本意并非正式宣布一个体系……读者自己不难提炼出这一体系”。[50]他或许对读者太有信心,但凭借我们现在的优势,确实发现《序曲》中存在一个连贯一致的思想基础和不断发展的形象,这表明,在思想和构思方面,它与诸多其他截然不同的浪漫主义文学和哲学作品之间存在着一致性。

我在第二章中提到,华兹华斯在反复的叙述中,着力表现诗人心灵的成长——正如德国哲学家致力于构建普遍意识和个体意识的发展一样——将其限定于一个由两个对立的术语构成的指称框架(a two-term scheme of reference)中:主体与客体、心灵与自然之间的互动。然而,与德国唯心主义者不同,他没有设定一个原初的太一或绝对概念,这个概念下分为认知的心灵和被认知的客体。如“纲要”中所说,它反而始于适应“外部世界”的“心灵”和适应“心灵”的“外部世界”。在《序曲》前几卷,华兹华斯开始展示“那些原生的/让我们新的生存适应现存事物”的“原生关系”所具有的缓慢而复杂的作用。(第一卷,第582-583行)在这个过程中,儿童的心灵通过感官的调节发展起来,与周围世界合为一个共同体,自然客体进入其中,产生流动,然后被接受,下沉到心灵之中,而心灵则与外界事物共处,以之为食、为饮,与其交融,与之交织、缠绕、紧扣、捆绑在一起,直到两者合而为一。这些都是华兹华斯反复使用的比喻,是他创造出来的基本词汇,让他能够表达人的认知和情感与自己生于其间的环境之间的关系及其发展,这是前人没有明确表达过的,其精妙之处至今无人超越。“婴儿”是这个隐喻体系中的最高形象,在母亲安全的怀抱中,他逐渐意识到一个彻底人性化了的世界,以至于地心引力被体验为一种家庭关系。“在心爱的人面前,”

存在这样一种本质力量
它通过感官交流 282
辉映并升华一切感知物体
他并非弃儿，陷入困惑和沮丧；
沿着他新生的血脉交织着
自然的引力和家庭纽带，
将他与世界紧密相连。

（第二卷，第 255–264 行）

there exists
A virtue which irradiates and exalts
All objects through all intercourse of sense.
No outcast he, bewilder'd and depress'd;
Along his infant veins are interfus'd
The gravitation and filial bond
Of nature, that connect him with the world.

心灵在自然中成长的动因是两极的相互作用，在华兹华斯看来，这种作用并不是一种系统的辩证法，而是像查尔斯·J. 史密斯所说，是"一种按照成对对立的方式进行思维的强烈习惯。在自然界的任何地方，不论是个人还是社会之中，[华兹华斯]都发现对立力量之间存在永恒的相互作用"。[51]我们知道，自然中最主要的对立，就是华兹华斯在开场白中介绍自己与自然场景间的相互关系时所说的对立："我成长／同时得到美和恐惧的滋养"。（第一卷，第 305–306 行）与美的激励和恐惧的训导这对矛盾相关的，还有其他矛盾，它们构成处于美与恐惧两极之间对立的两极，流淌着"这个活跃宇宙"的力量，如"冷静"与"激动"、"宁静与兴奋”、“安静”与“活力”——“这些对立的两种属性/是构成力量的姊妹角”。

在华兹华斯的描述中,他与自然环境的统一先于并推动与他人统一的发展:“对自然的爱”引致“对人类的爱”。在他第一次短暂访问伦敦时,自己已经完成的心灵统一受到第一次严格考验。当时,他的“内心和灵魂都震惊于/这个大城市的第一次出现”(1850 年版;第七卷,第 66–67 行),后来居住于伦敦期间,他也受到了这种考验。大都市中“茫然的困惑”对他感觉到的统一与个性的整体构成了双重威胁,令华兹华斯感到十分恐惧:将统一体分割成互不相关的部分,陷入一种混乱状态;同时,又将各个部分同化到一个统一体,其中,个体性丝毫无存,

被溶解和缩减为
同一本质,经由
没有法则,没有意义,没有目的的差异。

melted and reduced
To one identity, by differences
That have no law, no meaning, and no end.

283 但是,早年在自然中所受的教育使他形成了完整的意识结构,这种优势让他能够成为一个“把部分视为/部分,但又具有一种整体感受”的人,从而处理这种“难以驾驭的情景”,“古老山丘经年历久的/形态”,是“它们面容多变语言中”不变的事物。华兹华斯提供了一种“通过秩序和关系”,协调“多样性”的模式,现在,“大自然的精神”仍然“作为一种习惯存在”发挥着作用,传播着

宁静和令人高贵的和谐
经由那自我毁灭的转瞬即逝之物。

（第七卷，第 695–740 行）

the press
Of self-destroying, transitory things
Composure and ennobling harmony.

“时世的重压／及其灾难性苦果”粉碎了“智性力量，从一个阶段到另一个阶段”的“向前发展，伴随着爱和欢乐，／还有想象力”。（第十一卷，第 42–48 行）华兹华斯曾这样描述自己崩溃的过程：最初为一个整体，然后其中的要素逐渐分裂，相互冲突。他借助抽象的理由来为自己破碎的希望提供支撑，但结果引起了一种分裂性的内在的“反对自我的战争”，以试图“切断我的心／与她以前力量的一切来源”，用逻辑来揭开“那些激情的秘密，它们塑造了……／人类的兄弟情谊”。（第十一卷，第 74–88 行）分析理性造成分裂，却不能统一，因为它会产生一种无法解决的惰性矛盾：“我病了，矛盾使我疲惫不堪”，我“绝望地放弃了道德问题。这就是那种严重疾病的危机”。（1850 年版；第十一卷，第 304–306 行）与此同时，“自然的生命”本应支撑和引导他，却也让自己屈服于同样的“逻辑和细微分析”工作。迄今为止，他一直为自然的激情和生命而欢欣，而他之所以参与其中，是因为他以统一、合作的能力与感受面对大自然，

现在一切都用眼睛
一切都用耳朵；但曾经
用心，还有非凡的智识。

now all eye
And now all ear; but ever with the heart
Employ'd, and the majestic intellect.

284 内心的分裂变成内心的冲突,导致"视觉凌驾于心灵之上"、"常将心灵置于绝对的霸权中"的状态。(第十一卷,第 96–180 行)心灵与自然分离的结果,以及由此导致的心灵被"粗俗感官的法则"所奴役,将会摧毁"生命的世界",把它变成"一个死寂的宇宙"。(第十三卷,第 102–103 行,第 138–141 行)

相应地,诗人的复元表现为被分裂的一切逐渐重新统一起来:他的官能、感觉和感情得以统一,过去的自我和现在的自我得以统一,心灵和外在自然得以统一。华兹华斯说,我的妹妹"为我保持了一种拯救性的交流/与真实的自我之间",但是,"自然的自我……把我带回到"之前"理智与情感之间的平衡状态"(1850 年版;第十一卷,第 335–354 行),记忆中"时间之点"(spots of time)的留存帮他在现在的自我和过去的自我之间重建连续性,尽管他现在的意识水平保留了曾经的重要经验,终于还是重获曾经失去的完整的存在。

看我
重新存在于大自然中,得以复元
或以其他形态,重获力量
(带着对被遗忘事物的残留记忆)。[52]

Behold me then
Once more in Nature's presence, thus restored

Or otherwise, and strengthened once again
(With memory left of what had been escaped).

此时，我们注意到，正如许多评论家所说，华兹华斯对实现、失去和重新获得的统一的描述，与反复出现的旅行比喻结合在一起。和同时代的许多作品一样，在华兹华斯“关于我的诗学教育的诗歌”[53]中，一场奥古斯丁式精神之旅中的基督徒旅行者，变成了浪漫教育之旅中的自我塑造的旅行者。伊丽莎白·休厄尔说，诗歌开篇描写的是一位“在一片广阔风景中和开阔天空下的诗人”，他实际的漫步构成“关于一段旅程的伟大的、全面的诗性比喻或转喻，而他即将踏上这一旅程”。[54]在这一章节中，漫无目的的流浪者变成了“坚决的”“朝圣者”，踏上了“指向被选 285
择的山谷之路”。在第一卷结尾，这条路变成了一个人生命朝圣之路的隐喻：

即将在后世中流传
我生平的故事。
前方的道路清晰展现在眼前……

（1850；第一卷，第 91-93 行，第 638-640 行）

Forthwith shall be brought down
Through later years the story of my life.
The road lies plain before me. . . .

《序曲》中充满了“地球上的流浪者”。[55]童年之后，《序曲》的主要故事情节是华兹华斯自己在英国乡村、阿尔卑斯山区、意大利、法国和威尔士的漫游——穿越真实之地的真正意义上的旅行，很容易被转换成象征性的风景，一位隐喻的旅者从中走过。这个比喻将诗歌结构贯连起来，在两个方面发挥了作用。第一，在诗人的叙述中，《序曲》呈现的生活是一场自我教育的旅行，“从一个阶段到另一个阶段／向前发展”，其中的早期发展中，他“沿着自身同一的道路前进”，法国大革命以后，危机出现了，“立即大踏步／进入另一个地区”，到达终点时，在“诗人心灵的规训和完善”中达到成熟。[56]第二，诗人反复将自己的想象性事业，即创作《序曲》这一行为，比喻为对自身心灵这一陌生领域的一场追寻，其中充满危险。

有时，表达后一种诗歌旅行的方式是海上航行，含义是奥德修斯的寻家之旅：

> 当咒语禁止航人靠岸，
> 那不时随海风飘来的芬芳
> 纵然提醒着陆地的方向
> 又有何用？……
> 我注定漂泊于荒芜的海上，
> 航向未知的彼岸是我的宿命。[57]

> What avail'd,
> When Spells forbade the Voyager to land,
> The fragrance which did ever and anon
> Give notice of the Shore? . . .
> My business was upon the barren sea,
> My errand was to sail to other coasts.

在其他某些方面，华兹华斯与但丁相似，但比较隐晦。但丁“在我们的人生旅途中”被允许踏上一段神示的旅程，在向导的指引下，通过地狱和人间天堂，到达天国：

我是个旅人， 286
所有的故事都是我的独白；即便如此，
若心灵纯净者愿
随我前行，便如此吧；而你啊，尊贵的朋友！
始终驻守在我心间的同行者，
请一如既往扶持我那羸弱的步伐。

（第三卷，第 196–201 行）

A Traveller I am,
And all my Tale is of myself; even so,
So be it, if the pure in heart delight
To follow me; and Thou, O honor'd Friend!
Who in my thoughts art ever at my side,
Uphold, as heretofore, my fainting steps.

在第九卷开头，“作为一个旅行者，感到垂头丧气”，“忍不住回看 / 那些走过的地方”，华兹华斯回到自己的年轻时代，然后，非常不情愿地阐述始于法国旅居期间出现的不和谐“主题”——“哦，与过去多么不一样啊！”[58]第十一卷叙述了华兹华斯的复元过程，开篇与弥尔顿描述自己从地狱回到光明王国史诗般的旅程相似。（第十一卷，第 1–7 行；参阅《失乐园》，第三卷，第 13–20 行）在游经所有这些地区的过程中，想象中在场的柯尔律治既作为听者，又作为向导，鼓舞着疲惫不已的诗人在朝圣和追寻中前行：

我的朋友啊，你不会在这里萎靡消沉，

我跋涉于晦暗不明的路途
你将以一个朝圣者的姿态与我同行
追寻那至高的真理。

（第十一卷，第390–393行）

Thou wilt not languish here, O Friend, for whom
I travel in these dim uncertain ways
Thou wilt assist me as a Pilgrim gone
In quest of highest truth.

与第一卷相对应，《序曲》最后一卷也以真正的漫步开篇，这种漫步转变成一个隐喻，喻指生命旅程和想象力旅程（即诗歌本身）的最后阶段。这一次，诗人不是沿着开阔的平原行走，而是攀登一座高山，即传统中获得清晰灵视的地方，因为摩西就爬上了西奈山。黑格尔的《精神现象学》中，精神在教育之旅的结尾于自己的他者性中认识到自己，同样，华兹华斯的心灵在面对自然时，在其得以完备的力量中发现了它自己：

那晚，在孤寂的山巅
沉思涌上我的心间……
一个宏伟心灵的完美具象
向我显现。

A meditation rose in me that night
Upon the lonely Mountain. . .
and it appear'd to me
The perfect image of a mighty Mind.

在其发展的最初阶段，华兹华斯的“婴儿，/ 抚育在他母亲的怀抱里”， 287
不仅获得“自然的引力和家庭纽带，/ 将他与世界紧密相连”，并且，作为“这个活跃宇宙的居住者”，开动相互作用的力量，以此

这心灵……
既是造物者，也是受礼者，
在与所观万物的共鸣中运转
——诚然，此乃人类生命
最初的诗性精神。

（第二卷，第 265–276 行）

his mind...
Creates, creator and receiver both,
Working but in alliance with the works
Which it beholds. —Such, verily, is the first
Poetic spirit of our human life.

斯诺登山上，在明显是对早期篇章的呼应和补充中，他的心灵在自身形象中认识到，“由大自然 / 投射于感官”，赋予其同样的力量，这种力量现在已经发展到“最充沛状态”。迷雾和月光改变了自然景色，同样，更高的心灵通过类似的“力量”

能够迸发
蜕变的能量，为自己孕育
同类，而每当
造物降临，便凭直觉攫取……

既主动雕琢,亦甘愿被雕琢

can send abroad
Like transformation, for themselves create
A like existence, and, whene'er it is
Created for them, catch it by an instinct...
Willing to work and to be wrought upon

然而,一个根本的改变是,成熟的诗人心灵在婴儿期的感知还是一种未分化的意识状态,现在却已获得自我意识,能够保持对自身身份的意识,即作为一个与所感知的客体相统一中的个体的意识。在华兹华斯简洁的阐释中,

因而至乐之境
唯他们知晓,意识
恒常浸润其中
流经万象,穿过思想,
渗透所有心印。

(第十三卷,第 84–111 行)

hence the highest bliss
That can be known is theirs, the consciousness
Of whom they are habitually infused
Through every image, and through every thought,
And all impressions.

我已经说过(第二章第一节),《序曲》中存在一种循环结构。我们

现在看到，这种形式的循环性反映了主题的循环性。《序曲》开篇中，叙述者证实了自己作为先知-诗人的天职，为了回应来自秋天树林的冲动，他选择作为自己目的地的，是“一个为人所知的山谷，我的脚步应该转向那里”，以保证“这荣耀之作马上从那里开始”，“像逃学者或逃犯一样敏锐，/但也像朝圣者一样坚决”，并且（在一个相互补充的行人比喻中）“就像一个回家的工人”，继续走自己的路，直到走了三天，“我被带到了我的隐居之处”。（1850；第一卷，第 71–80 行，第 90–107 行）在《序曲》结尾，华兹华斯开始在这个隐居处“永久居住下来”（第十三卷，第 338 行），那时，他“回忆起”它开始的时刻。但是《序曲》的功能很复杂，它本身不仅被设计为一首诗，而且作为通往《隐士》的一道“门廊”。因此，心灵的旅程在结束时绕回到它开始的真正旅行，但这个开头马上就转变成华兹华斯“荣耀之作”的第一卷，即《隐士》。该作描述了他在所选山谷中的生活方式[59]，直到现在，他才认清山谷的面貌，而这一直是他踏上那趟充满曲折艰难的旅程的目标，一场实际的、精神的和诗歌的旅程。就像古代各种循回的朝圣之旅一样，这个目标就是家乡——《安家格拉斯米尔》。 288

《安家格拉斯米尔》的第一段明确表示，诗人回到的家并不是他实际的家，而是他精神上的家。当他还是“漂泊漫游的学生”时，他一个人偶然经过一个山谷，在第一眼看到“下面的山谷”时，就认出这就是自己的精神家园，“那个地方很完美……令精神振奋”，立刻感到“这里/一定是自己的家，这个山谷是自己的世界”。在他的整个青年时代，山谷都在他的记忆中徘徊，“充满欢乐/一种更光明的欢乐”。现在，他想象中的家变成了自己真正的家（这个词在第一段一直回响着）：

> 此刻终得归属，此生永驻，亲爱的山谷，
> 挚爱的格拉斯米尔（让那游荡的溪涧

传唱你的芳名,云雾覆盖的群峦回响你的呼唤),
你的一处素朴屋檐,便是我心灵的归所。[60]

And now 'tis mine, perchance for life, dear Vale,
Beloved Grasmere (let the Wandering Streams
Take up, the cloud-capt hills repeat, the Name),
One of thy lowly Dwellings is my Home.

289 华兹华斯"受大自然之邀"(第 71 行),结束了字面意义和隐喻意义上的漫游,而这个地方,按古老的说法,被认定为"家",也即一个复原的天堂。在学生时代从毗斯迦山上眺望峡谷时,他就把这里看作一个"眼前的天堂"。(第 14 行)在此定居下来之后,这里仍然是天堂"在人世的对等物"(第 642 行),这呼应了弥尔顿对伊甸园的描述。并且,在这里,华兹华斯和多萝西这"孤独的一对"(第 255 行)就是亚当和夏娃,虽然有些不那么协调。通往这个终极阶段的旅程让他经历了"如此冰冷的现实生活",但这是一次跌入现实经验的坠落,却是一次幸运的坠落,自己早期生活阶段中失去东西的"代价",被"我所保留下来的、已经得到的/将要得到的东西"远远超越,因此

童年时我尚未全然
成为自然之心,更未达到在万物中与万物交融,
纵有所失,终不抵此刻。

in my day of Childhood I was less
The mind of Nature, less, take all in all,
Whatever may be lost, than I am now.

对他来说，人类古老的幸福梦想是从超然的天堂带下来的，置于现世之中——

　　　　　那飘渺的心思
被从其栖居的天国攫取下来。
无主的极乐终于找到了
归属，而归属正是我自身。
这欢愉的主宰既存于尘寰
亦归于灵台。[61]

　　　　　　　　the distant thought
Is fetch'd out of the heaven in which it was.
The unappropriated bliss hath found
An owner, and that owner I am he.
The Lord of this enjoyment is on Earth
And in my breast.

因此，他住在这里，如同第二个亚当，但更为幸运，因为与他的前辈不同，他拥有一个已经复原了的伊甸园：

这恩典绝对纯粹；超凡圣宠
已沛然降临于我；纵使极乐伊甸
亦未曾赐予，更无从施与
那令古贤长叹的至善终得拥有
悠远哲思在此圆满
珍贵想象得以实现 290
且臻至巅峰，达到前所未有的高度。[62]

The boon is absolute; surpassing grace
To me hath been vouchsafed; among the bowers
Of blissful Eden this was neither given,
Nor could be given, possession of the good
Which had been sighed for, ancient thought fulfilled
And dear Imaginations realized
Up to their highest measure, yea and more.

在荷尔德林和诺瓦利斯类似的段落中（在布莱克看来，比起比乌拉，这与新耶路撒冷更为相似），一切的自然场景都变得鲜活、人性化、女性化，将诗人包围在爱的怀抱中：

此刻群山请拥我入怀……
而我愿称你为至美，因为你那
轻盈，欢欣，本身具足的美，
亲爱的山谷，你面容荡漾着微笑
虽静谧，却充满欢悦。

（第 110–117 行）

Embrace me then, ye Hills, and close me in. . . .
But I would call thee beautiful, for mild
And soft, and gay, and beautiful thou art,
Dear Valley, having in thy face a smile
Though peaceful, full of gladness.

华兹华斯和多萝西这孤独的一对在冬天第一次一起走进山谷，此时，山谷里的一切已经把他们当作同类，对他们说：

骤雨叩问，
“逍遥客，你何往？穿越我幽暗的疆域你意欲何为？”
阳光轻语：“愿你欢愉！”
当我们踏入山谷，迎面是璀璨而庄严的天穹，
以炽烈相迎的盛情，
将我们引至归栖之门

“What would ye,” said the shower,
“Wild Wanderers, whither through my dark domain?”
The sunbeam said, “be happy.” When this Vale
We entered, bright and solemn was the sky
That faced us with a passionate welcoming,
And led us to our threshold

——在早期版本中，这个入口是“一个家／那个即将成为的家中”。（第168-173 行及脚注）

这是诗人旅行的终点，不仅是一个家、一个天堂，而且是复原了的统一和完整，除了“它在童年时期／进入我的内心”之外，在其他地方都没有经历过这种统一和完整，因为这种“天地融合的圣洁”就是

此处即是终点与归栖，
心所向处皆为圆心，
自足自满，无待无缺
自成宇宙；其乐融融，
完美自足，浑然一体。

（第 135-151 行）

A termination, and a last retreat,
A Centre, come from wheresoe'er you will,
A Whole without dependence or defect,
Made for itself; and happy in itself,
Perfect Contentment, Unity entire.

291 只有在这里,他才找到一个真正的人类共同体。只有在“大都市”中,人类才是真正孤独的,在那里,他“注定/拥有一种空虚的商业……/物体缺乏生命,对爱排斥”,“邻里互相分裂/而不团结”。相反,在这个乡村地区中,一切都置于人性的尺度上,即统一中的多样性,其中,个体性得以保留,而保留的社会就是一个大家庭,并且,这种多样性发现,自己一直就在位于自然环境中的家里。

此处社会已成
真正的共同体,一个
融众为一的真正架构……
同属一个屋檐,在上帝之下,无论尊卑,
皆是家人,共享这座圣殿……
拥有这一方清幽的
秘境……他们光辉的栖居之地。

(第592-624行)

Society is here
A true Community, a genuine frame
Of many into one incorporate. . . .
One household, under God, for high and low,

One family, and one mansion...
　　　　　　　　　　　　　possessors undisturbed
Of this Recess... their glorious Dwelling-place.

然而，不可避免的是，诗人的精神家园仍然是人间的天堂，因为在山谷里，人“与其他地方的人没有什么差别”，都表现出“自私、嫉妒、报复……/ 奉承、两面三刀、斗争和不公”这些普遍特点。（第 347–357 行）他问道，难道就没有一句话充当“公认的生命之音”，因而在一种比纯粹田园幻想更高的诗意和谐中说出“坚实的善 / 和真正的恶”——

比最轻柔的笛声更令人心醉，更和谐，
笛声的悠游气息应和着
田园牧歌的遐思？

（第 401–409 行）

More grateful, more harmonious than the breath,
The idle breath of softest pipe attuned
To pastoral fancies?

为了这种现实生活诗歌，他摒弃了实现愿望的诗歌，即人类“想要告别 / 对不和谐世界的所有回忆”所产生的“一切田园式的梦想 / 所有黄金时代的幻想”。（第 625–632 行）怀着对“内心光明”的信心，他承担起作为一个成熟艺术家的“自己的职责”，宣布了自己的宣言：在这个“和平的山谷…… / 有一个声音要说话，主题是什么呢？”（第 660–690 行，第 751–753 行）

《安家格拉斯米尔》在结尾处回答了这个问题，答案所在的那段话就 292

是“纲要”，华兹华斯后来将其摘录下来，作为《隐士》及其所有相关诗歌的主题和论点。实际上，这一声明浓缩了诗人从止于格拉斯米尔山谷漫长而艰苦的人生旅途中的所获，声称对其他人也同样有效。他告诉我们，诗歌主题将把那段生活本身的叙述融入对“一个瞬间存在”（the transitory Being）的叙述中，这个“瞬间存在”看到了构成诗人身份的“愿景”，而传播这种愿景是他的独特使命。这个愿景就是“人的心灵”，通过它，诗人将开展一段诗歌之旅，旅程必须比弥尔顿的天堂升得更高，比弥尔顿的地狱降得更深。这项伟大诗歌事业的崇高主题将是，我们可以重新创造经历过的世界，这个新世界中尽管存在无法逃避的邪恶和痛苦——在“田野和树丛”的孤独中，与“被困在…… / 城墙里”一样明显——但将为我们提供一个可以直接到达的丰足天堂。这里，我们回到了华兹华斯的核心比喻，它谱系复杂，广泛流行，意义阐释具有个人性，这一点在前面两章中已有阐释。只有让一个人成功恢复他失去的完整性，让心灵和自然圆满统一起来（在之前感官的死亡之眠中，这种统一变成一个分裂的、异化的现实），他才能发现“天堂，仙林……只不过就是日常生活的产物”。

3. 浪漫主义之爱

提到浪漫主义分裂及重新统一的主题，就必须谈及《解放了的普罗米修斯》。雪莱的这部杰作让我们有机会具体阐明，是怎样的状况促进了这种盛行的激进善恶观。浪漫主义时代是技术、政治和社会革命及反
293 革命的时代：工业化、城市化和工业贫民窟日益增加的时代；第一次全面战争和战后经济崩溃的时代；职业逐步专业化，经济、政治权力发生变化并导致阶级结构错位的时代；思想冲突和社会混乱一触即发的时代。在这样一个充满剧变、分裂、冲突和混乱的世界，人类继承的关于虔诚和整合性神话似乎不足以再将文明维系在一起。古老的观点认为，邪恶是

曾经和谐的整体分裂成异化的、相互战争的部分，在浪漫主义时代，这种观点得到提炼，加以拓展，用以表达一种普遍的意义：

> 世界正分崩离析；中心再难维系；
> 纯粹的混乱如洪水般肆虐人间。

> Things fall apart; the center cannot hold;
> Mere anarchy is loosed upon the world.

正如我们所知，早在叶芝在《第二次降临》中分析现代状况之前，席勒就将他那个时代的弊病描述为个人、行动和机构分裂成孤立、相互冲突的碎片，荷尔德林将他那个年代的德国人描述为完整人类的**碎片**（*disjecta membra*），黑格尔将他那个时代的知识、经济和文化状况描述为“自我异化的精神”和人类日益发展的意识，“就其本质而言，所有关系都在自我分裂”，英国的柯尔律治将那个时代称为“精神失序的时代！……灵魂无继”，缺乏“共轭之轴”，华兹华斯哀叹“这恐惧的时代”“冷淡且冷漠的时代”，“善良的人／全面堕入……自私”，“这个时代的／失职和沮丧”，布莱克用一个神话来展现自己的时代：人类分裂成部分的、以自我为中心的存在，困于野蛮的冲突之中，雪莱（叶芝在创作《第二次降临》时回忆起的一段话中）对社会进行诊断，认为它患了精神分裂症，其精神力量各部分彼此分离：

> 善良的人缺乏力量，只会流淌毫无用处的眼泪；
> 没有强大的善：人们更需要它。
> 智慧的人缺乏爱；有爱的人缺乏智慧；
> 一切最好的事物都因此被混淆成为恶。[63]

The good want power, but to weep barren tears.
The powerful goodness want: worse need for them.
The wise want love; and those who love want wisdom;
And all best things are thus confused to ill.

294 如果本质的恶是导致分裂之物的集合,那么本质的善就是将分裂的部分凝聚在一起之物的集合,最合适这种向心力的总称是“爱”。新柏拉图主义者的一贯做法,是将这个术语广泛应用于人类和非人类宇宙中一切的凝聚之力中,因为对他们而言,分散与统一曾是形而上学的基本范畴。安德斯·虞格仁在《圣爱与欲爱》中指出,在普罗克洛斯身上,“**欲爱(*Eros*)是存在中结合的纽带**”,“这个词在最全面意义上指**普遍的凝聚力**”,对于(伪)狄奥尼修斯来说,它同样是普遍的“统一和凝聚力”。[64]约翰·司各特·爱留根纳宣称:“爱是连接宇宙万物的纽带和链条,让它们处于一种不可言喻的友谊和不可溶解的统一之中。”[65]

许多浪漫主义作家采用了这个术语的延展意义。雪莱说:“爱是一种纽带和约束,它不仅连接人与人,而且连接一切存在的事物。”[66]席勒和黑格尔像雪莱一样,早期也写过关于“爱”的文章,都认可“爱”这个词广泛应用的含义。黑格尔说,“真正的爱排除一切对立”,认为所有的发展都是一个螺旋式运动,从统一经过逐渐分裂和对立,最后达到更高的统一。根据这个观点,他对这个概念进行了扩展:

在这里,生命经历了从不成熟到完全成熟的循环发展。统一还未成熟时,世界仍是它的对立面,并且有可能与世界分离。随着不断地发展,思想产生了越来越多的对立……直到它使人的整个生活陷入[与客观的]对立。最后,爱彻底摧毁了客观性,从而抹杀和超

> 越了反思，消除了人的对立物中存在的一切异质特点……在爱中，分离仍然存在，只是成为统一的东西，不再是分离的东西。[67]

在这种意义上，用阿奎那的话来说，爱是**统一的德行**（*virtus unitiva*），不仅是雪莱，其他所有重要的浪漫主义者，首先都是关于爱的诗人。即使 295
是华兹华斯，也更像是这样一位诗人，而非自然诗人——无论如何，从词汇统计结果来看就是如此：H. J. C. 格里尔森计算过，在华兹华斯作品中，“爱”一词与“自然”一词出现的比例是 13∶8。[68]对华兹华斯来说，诗歌最主要的功能是维系并传播联系，也就是爱。他在《抒情歌谣集》的序言中说：“它是捍卫人性的磐石，是维护者和保护者，无论到哪里，都携带着关系和爱。”[69]

在这种思维方式发展的漫长历史中，统一性的爱一直以自爱、自我和自我中心作为其对应物和对立面——普罗提诺“以自我为中心”的灵魂状态，将参照中心从整体转移到个体的、具有强烈占有欲的自我。文艺复兴时期的人文主义者比韦斯非常清晰地总结了新柏拉图式基督教的观点，即爱是统一的力量，自爱是分离的力量：

> 我们必须回到[上帝]那里，就像我们从他那里被创造出来一样。因为爱，我们被创造……因为爱自己，我们与爱分离了……也就是，借着对神的爱，我们将回到我们的本源，这也是我们的目的，因为没有什么能将精神上的东西捆绑在一起，也没有什么能使多人成为一，除了爱，但知识必须先于爱。[70]

这种分离的根本原因，也就是罪恶的根源，波墨称为“自我”（*Selbheit*），温斯坦利称为堕落的碎片化的人“自私”的一面，谢林称为有限的“自我”（*Ichheit*），即“离上帝最远的疏离点”，黑格尔说，当恶被表达为概念而不是宗教的形象思维时,“一般来说,恶是以自我为中心的自为存在[*das insichseiende Fürsichsein*],善是无自我的单纯[*das selbstlose Einfache*]”。[71] 对布莱克来说,消除“自我”(Selfhood)是人类得到救赎或重新统一的基本行为,为了完成他的“伟大任务”,他向救世主祈祷——统一愿景储存于其中的“人类想象”——“消灭我身中的自我,愿你伴随我一生!”因为“人不是单靠自我而活”,是“靠兄弟情谊和博爱”,
296 在“将自我奉献给他人”时,耶稣表明“这是友谊和兄弟情谊,没有它,人就不成其为人”。[72] 对柯尔律治来说,当一个人觉得“自己卑微的自我就是一个整体”,其相反的前提是“融为一我! 一个无外物窥视的我! ……虽忘其自身”;如果后一个前提得以普遍化,就会实现普世救赎。[73]

在雪莱成熟的思想中,他称之为“对自我的黑暗崇拜”,以及与之对立,同样具有破坏性的极端,是令人麻痹的自我蔑视,这种精神状态构成了唯一的地域——“自爱或自我蔑视”铭刻在人类的额头上,“就像越过地狱之门/‘进入这里的人,放弃一切希望’”。雪莱将自爱的对立面称为“爱”和“诗”(“诗歌和自我原则……是上帝和人世的玛门”),因为他在《为诗一辩》中称,诗歌是“想象力的表达”。雪莱的想象力是一种能力,通过它,人们可以超越个体自我,将参照中心转移到他人身上,简单地说,将自爱转化为爱:

> 道德的最大秘密是爱,或者说爱是走出我们自己的本性,是一种对存在于思想、行动或个人中的美的认同。一个人要想成为伟大的善者,就必须深刻而全面地展开想象,必须设身处地为另一个人及许多其他人着想,必须将同类的痛苦和快乐变为自己的痛苦和快乐。创造道德的伟大工具是想象力……而诗歌扩大了想象力的范围。[74]

济慈甚至在《恩底弥翁》中将爱称为“一种快乐温度计”,它用“幸福等级”即一种柏拉图式的爱的阶梯来测量。然而，济慈所称的上升并不是逃离这个世界，进入柏拉图式的沉思，而是在“与本质的和谐共处”中消除自我的局限。“与本质的和谐共处”的最后阶段是友谊，然后是无私的爱。通过与外部感官对象的认同，我们从自我中解脱出来，从而开始这个过程。但存在

那些自我焚毁的迷障， 297
它们层层攀向
终极：至高的冠冕
由爱和友谊铸就，
高悬在人类的眉宇之上。
　　　　　……而在峰顶，
悬垂着无形薄膜的浑圆光滴
那便是爱……
融化于这璀璨中，我们相融，
交汇，终成其一部分。[75]

　　　　　　　　　　enthralments far
More self-destroying, leading, by degrees,
To the chief intensity: the crown of these
Is made of love and friendship, and sits high
Upon the forehead of humanity.
　　　　　　　　. . . But at the tip-top,
There hangs by unseen film, an orbèd drop
Of light, and that is love. . .
Melting into its radiance, we blend,
Mingle, and so become a part of it.

浪漫主义者对“爱”这个词应用广泛。与近期的“深度心理学”一样,他们认为,人类一切情感模式都具有同样的性质,从爱人间的关系、孩子与父母的关系到兄弟与姐妹的关系、朋友与朋友的关系,再到个体与整个人类的关系,都属于同一类关系,只是对象和程度不同。爱的轨道也常常扩大,将人与自然的关系纳入进来。谢林说,死寂的自然实际上是有生命的,之所以产生这种感知,是因为“内心之爱富有的吸引力,而且,自己的精神与生活在自然中的精神之间具有关联”,或者如华兹华斯所写:

爱正以普世新生,
在心与心跳间悄然蔓延。
从大地到人类,从人类到大地……[76]

Love, now a universal birth,
From heart to heart is stealing.
From earth to man, from man to earth. . . .

此外,在**自然哲学**的概念框架及一些诗人富有想象的运用中,“爱”超越了人类领域的一切宇宙关系模式,包含了自然界的万有引力和电磁力。

尽管浪漫主义诗人都用“爱”来表示情感和关系范畴,但他们对特定关系类型的选择明显不同,而这些特定类型构成所有其他关系类型的范例。例如,在柯尔律治的作品中,友谊是一种范例形式,他把性爱描绘成一种特别强烈的亲密关系;华兹华斯喜欢母爱这种模式,《序曲》中的
298 关系是从母亲怀抱里的婴儿发展到包容一切的“更具智慧的爱”,它比任何“仅仅是人类”的爱都要崇高;在荷尔德林的作品中,所有的人际关系,包括性爱,在很大程度上都归为**灵性之爱**(*agape*),或作为基本形式

的原始基督之爱。罗纳德·皮科克曾说，“荷尔德林的诗歌中经常出现的一个意象”是“一个共同体，一个拥有共同纽带和共同话语的民族，聚集在一起，以诗意的节日为神庆祝”。[77] 同时，正如荷尔德林在诗歌《爱》中所说，他所预见的得以救赎的世界是“一个更有生命力／盛开的世界”，在这个世界中，

爱人的絮语
当化作故土的呢喃，
灵魂应和着万民的声响！

Sprache der Liebenden
Sei die Sprache des Landes,
Ihre Seele der Laut des Volks!

让全部的亲密关系融汇成那种雪莱作品中尤其凸显的爱（就像在德国诗人诺瓦利斯的作品中）[78] 的，就是他一直坚持的性爱模式，因此，雪莱的诗歌中，一切人类和非人类的情感——所有将身体的、精神的、道德的和社会的世界联系在一起的力量——都明显源自情爱的吸引和性的结合，不论是在神话中还是在隐喻中。维多利亚时代的人认为这是一种耻辱，也让近代的批评家们认为雪莱的很多诗歌都是一种退化的性幻想，他对范式关系的选择（以及他同代人的其他选择）完全根植于自己个人的专注点和情感情结。但是，无论雪莱的动机是什么，这个过程都绝不是无意识的，因为他知道，自己是在一个自己认为突出但相对较小的部分中来将它表现为整体：

我们称之为爱的那种深刻而复杂的感情……更确切地说，是一

> 种普遍的渴求，不仅渴求感官的交流，而且渴求我们整个天性的交流，包括智识的、想象的和感觉的……随着我们的天性在文明中得
> 299 到发展，这种渴求变得越来越强烈，因为人始终是一种社会存在。性冲动只是这些渴求中的一个，而且常常只是其中一小部分，从其显著的外在本质上说，它构成其余渴求的一种典型类型或表现，成为一个共同的基础，即一种公认的、可见的关系。[79]

雪莱也意识到这种做法会给自己的诗歌带来风险：

> 在人类世界中，表达爱最常见的方式之一就是性交，在描述抽象之爱的至深影响时，作者难免会冒风险，激发一些与这种表达方式有关的想法，引发一些荒唐或武断随意的印象。[80]

4. 雪莱的《解放了的普罗米修斯》

人类需要用爱来实现尚不完全的东西，重新统一那些已经分裂的东西，包括个人心理和社会秩序，这是雪莱的一个主题，他的长诗都与这个主题相关。但在这里我只讨论《解放了的普罗米修斯》，因为这首诗对这一主题表达得最为详尽，且最为成功。与同时代济慈的《海伯利安》一样，雪莱在这首诗中声称，当朱庇特取代萨图恩时，黄金时代便逝去了。他运用这个经典神话，探讨了邪恶和苦难的问题。（见第二幕，第二场，第 32 行以降）雪莱和许多同时代的人一样，将逝去的黄金时代这个异教神话，与圣经中堕落、救赎和在千禧年回归失去的幸福这一情节融合在一起，特别突出了新娘的流放、回归和联姻这一圣经比喻。雪莱在序言中告诉我们，自己选择提坦普罗米修斯作为主角，而不是《失乐园》主角撒旦，是因为普罗米修斯具有撒旦所拥有的英雄气概——勇气

和“对抗全能力量”的决心，同时道德完美，没有缺陷，而在弥尔顿的“宏伟虚构”中，道德缺陷“在思想上导致一种诡辩，把他的过错和他的冤屈相提并论，常因他受的冤屈太多而原谅了他的过错”。[81]那么，《解放了 300
的普罗米修斯》就和华兹华斯的《序曲》《安家格拉斯米尔》，就和布莱克的《弥尔顿》以及济慈的《海伯利安》一样，可以视为浪漫主义的弥尔顿式的刻意尝试——雪莱在序言中，称他的前辈为“神圣的弥尔顿”——修正了弥尔顿伟大但不再具有足够想象力的自然概念，对罪恶与人类痛苦经验的合理性进行辩护，从而弱化这些罪恶和痛苦经验。

虽然雪莱诗歌的许多批评家都认为普罗米修斯是一个寓言式的人物，但针对普罗米修斯的人物寓意存在不同看法。例如，厄尔・沃瑟曼在最近出版的一部颇具启发意义的专著中指出，“普罗米修斯是对雪莱统一心灵(the One Mind)概念的拟人化”，正如雪莱的形而上学体系中所体现的，并且，这部诗剧就是“一部统一心灵进化至完美的历史”。[82]然而，雪莱在序言中断言，普罗米修斯“过去和现在都是道德和智慧方面至高无上的完美典型”，因此，雪莱笔下的英雄与十八世纪盛行的普遍历史中的主角“人”或“人类”关系密切——这种体裁的读物，无论是英语或法语，都是雪莱的最爱。在普遍历史中，“人”是人类中知识分子和道德先驱集体的代表(雪莱称之为“类型”〔the type〕)，在历史的长河中，他们不断向完善的人类境况发展。在《解放了的普罗米修斯》中，雪莱对想象的人物及其行为进行戏剧化，以这种形式将人类的普遍历史呈现出来。在他的描绘中，人类进入人间天堂(回归圣经的历史设计)，是一个从痛苦到幸福的突然的、直角式的突破，而非(按照惯常的十八世纪模式)渐进的漫长过程。

在雪莱戏剧性虚构的框架内，普罗米修斯和布莱克笔下的阿尔比恩一样，都是人们熟悉的神话人物的后裔：一个曾经完整的人，陷入分裂，并开始弥补自己失去的统一。然而，在整部作品中，雪莱坚持让普罗米

修斯在身体上与阿西亚分离,而阿西亚就是自己被分裂的女性化补充
301 物,他们的重新统一并不是原初人的重新融合,而是最终的婚姻。此外,在戏剧中,雪莱清楚地区分了戏剧人物本身——表演神话情节的普罗米修斯和其他"巨人"(Giant Forms,布莱克这样称呼他们)——与这些虚构人物及其行为喻指的世界,即普通男性和女性的现实世界,这些男人和女人从来不直接出现在诗剧的表演中,但在第三幕,通过大地之灵和时辰之灵,将他们的经验呈现给我们,精神发生改变并进入原初的人间乐园,这与普罗米修斯的转变和他与阿西亚的重聚相关。

戏剧开始时,普罗米修斯已经陷入分裂和冲突之中。由于他所犯下的道德错误,他屈服于暴政和不公,屈服于分裂的仇恨激情,结果,阿西亚从他身边被驱逐。阿西亚是灵魂的对应物,雪莱在《论爱》一文中称之为"反型"(anti-type)。[83] 在剧中,阿西亚被描绘成阿佛洛狄忒式的形象,体现了普遍融合和恢复生命的力量,雪莱称之为"爱"。"除了爱,一切希望都是徒然的;阿西亚,在远方!"——在"那遥远的印度山谷",就像潘希亚解释的那样,

> 她流徙的苦境
> 曾嶙峋如冰谷;
> 而今去缀满繁华与芳草
> ……这蜕变源自她周身萦绕的星辉,
> 若未与你交融,光华终将消弭。
>
> (第一幕,第 808-809 行,第 826-833 行)

> The scene of her sad exile; rugged once
> And desolate and frozen, like this ravine;
> But now invested with fair flowers and herbs

. . . from the aether
Of her transforming presence, which would fade
If it were mingled not with thine.

她的分离使他只剩下男性物质，以抵抗和忍耐的最高男性美德展现了意志的力量，但仍然是一个"在仇恨中目盲"的人，一个孤立的、失去行动的参孙，处于一个对他来说已经变得陌生且毫无生气的自然环境：

钉在这连飞鹰都折翼的绝壁上，
漆黑，苦寒，死寂，无垠；无草木之息，
无虫兽之迹，更无生命的形状或声息。

（第一幕，第 9–22 行）

Nailed to this wall of eagle-baffling mountain,
Black, wintry, dead, unmeasured; without herb,
Insect, or beast, or shape or sound of life.

普罗米修斯被朱庇特囚禁、折磨，然而，我们很快就知道，朱庇特的 302
全部力量都是普罗米修斯赋予的，这意味着朱庇特拥有人类自身最坏的潜能——从属之爱堕落为自爱，随之而来的是统治和暴政的欲望——这是通过一个残酷的暴政之神的幻想投射出来的人类心灵。这个神住在遥远的天堂。但是，如果朱庇特是一个拟人，他的心理仍然具有心理真实性和有效性："他所有的一切 / 都是我的赠予；他却反将我锁在这里"。（第一幕，第 381–382 行）此外，文本中有很多线索，让我们把全部戏剧人物都看作是普罗米修斯遭受分裂和冲突的自我的力量、特征和行为的外在对应物，甚至把变化的自然环境也看作是普罗米修斯精神状态的投射。[84]狄摩高根(Demogorgon),即“强大的黑暗”和无形之形(第二幕,第四场,第2–7行),是唯一明显的例外,他是支配全部过程的原则或力量。事物的终极原因不仅超越了人的思想及其活动,雪莱也一直怀疑它甚至超出了人类的知识或经验范围,不可补救。因此,狄摩高根被简单地定义为——如同雪莱的伟大诗歌《勃朗峰》中无法认知的“像阿尔夫(Arve)一样的力量”——事件的进程,其本身是无目的和非道德的,执行人类决定或行为带来的不可避免的后果。结果是好是坏取决于人类的意志状况,这种意志使非道德的事件进程成为实现其自身道德目的的工具。如果用这样的方式解读《解放了的普罗米修斯》,那么,它就像布莱克的预言诗一样,成为一部心理剧,讲述的是分裂的人格通过自我毁灭而重新融合。毁灭将分裂的仇恨转化为统一的爱,其中的行为同样与我们每个人的心灵相关。如果有效解读雪莱的神话,很明显的是,人最终是他自己堕落的促动者,自己的暴君,自己的复仇者,自己潜在的救世主,正如H. N. 费尔柴尔德对雪莱意图虽不赞成却也公正的描述,“人的心灵只有通过自己才能从黑暗的幻想中解放出来”。[85]

303 《解放了的普罗米修斯》的情节在结构上非常不对称,这一点史无前例。它不是从问题的实质开始,而是从结局开始。在开篇的独白中,普罗米修斯在忍受了长期的折磨之后,傲慢突然消失了,他用一种统一的感情代替了分离的感情:怜悯代替了憎恨。此时事情才发生逆转(正如布莱克所说,“他们因愤怒而分裂,他们必须因/怜悯而团结……在自我湮灭的恐惧中”[86]),普罗米修斯立刻开始“回忆”——这是一种双重意义,既带入意识的全然光明之中,同时通过这个事实撤销——自己施以朱庇特的诅咒的含义。在剧中这成为他道德缺陷的象征。他对朱庇特喊道:这些脚,将会踩踏在你的身上,

若他们不曾鄙弃这俯首称臣的奴仆。

轻蔑！不！我竟怜悯你……
　　此刻我吐露的是悲音，
而非狂喜，因苦难令我开悟，
早不复旧日仇怨。曾降于你的那道诅咒
我愿收回……
纵然我蜕变成这般，恶念
已绝迹于心；连憎恨的痕迹
都已模糊……

（第一幕，第 51–72 行）

If they disdained not such a prostrate slave.
Disdain! Ah no! I pity thee. . . .
　　　　　　　I speak in grief,
Not exultation, for I hate no more,
As then ere misery made me wise. The curse
Once breathed on thee I would recall. . . .
Though I am changed so that aught evil wish
Is dead within; although no memory be
Of what is hate. . . .

除了不屈服于朱庇特持续要求的妥协之外，这是普罗米修斯通过逆转自己孤独无助的男性意志能够做的唯一一件事情。但是，他用同情代替了仇恨，以此将自身的女性化补充物，即爱的丰满力量，从她的长期流放中释放出来，尽管是在不知不觉之中。

从第一幕末尾开始，整个情节几乎都在描述阿西亚与普罗米修斯的重聚之旅。她和潘希亚（她的妹妹，也是更低级的自我，通过她，阿西亚与被放逐的普罗米修斯保持着某种联系）听从“跟着！跟着！”的呼唤。

这种呼唤声反复出现，表达了普罗米修斯改变主意后产生的甜蜜而不可
304 抗拒的冲动，是雪莱对《启示录》中天启婚姻的向往："圣灵和新妇都说，来。听见的人说，来吧。"阿西亚与普罗米修斯的重聚之旅是一场精神之旅，这和浪漫主义的伟大比喻一致，是一种特殊的**成长之旅**（*Bildungsreise*），她从中获得了重要知识，彻底改变了自己。普罗米修斯最初心怀仇恨，最后心生怜悯，这种态度的转变是毫无准备、出于本能的，在他完成改革并稳定下来之前，必须将道德行为中隐含的这种原则作为有意识的知识加以揭示。但是，雪莱的故事具有承袭性，据此，普罗米修斯必须仍然固定在悬崖边上，他的自我教育这一任务就交给了他的另一个自我，即阿西亚。由于内心的冲动，阿西亚落入狄摩高根的地下世界，这个世界建立在存在的黑暗基础之上。她问了狄摩高根一个终极问题，即事情"为什么"如此——人类历史和经验的根本原因。在济慈《海伯利安的陨落》的引言中，诗人爬上阶梯时，莫奈塔的指控和评论引发了诗人自身意识的发展。同样，在《解放了的普罗米修斯》中，雪莱以对话的形式影射了阿西亚洞察力的发展，并加以戏剧化。狄摩高根只是做自己必须做的事，并不知道原因，他用谜一般的语言回答她的问题，只是为了刺激她，让她回答问题，以此将她已经拥有的模糊预感确定为知识。

因此，不是狄摩高根，而是阿西亚告诉我们这个戏剧的前史。在萨图恩统治下的黄金时代，人类曾生活在幸福之中，这是一种无知的幸福。后来，人类在朱庇特的暴政下受苦受难，但普罗米修斯给人类带来了科学、文化和艺术，使人类得以解脱。然而，因为这种仁慈，普罗米修斯被铁链束缚，受尽折磨，文明人变成了"自己意志的牺牲品，被大地鄙视的人／被遗弃的人，孤独的人"。此时，阿西亚提出了浪漫主义的一个核心问题，就像早期的基督教精神之旅一样："恶从何处来"，"但谁抛洒下／邪恶，无法治愈的瘟疫？"对雪莱的怀疑论经验主义来说，这个问题超越

了人类可能的经验，狄摩高根不知道答案，阿西亚也不知道，任何人都不 305
知道，因为正如狄摩高根所说，“深藏的真相是没有形象的”。他能给予她的，只是她已经拥有的、低于明显意识水平的知识，事实却证明，这些知识正是我们所需要的——对于“命运、时间、场合、机会和改变…… / 万物皆臣民，除了永恒之爱”。阿西亚对此回应

> 我曾这般追问，心已
> 作答，道出真理；这些真理
> 每个自身便是神谕。
>
> （第二幕，第四场，第 32–123 行）

> So much I asked before, and my heart gave
> The response thou hast given; and of such truths
> Each to itself must be the oracle.

因此，阿西亚的教育之旅就像华兹华斯在《序曲》中的旅程，以“爱是首要的，也是最重要的”教导而告终，这是人类社会善恶问题唯一可行的解决方案。在阿西亚发现这一现象时，狄摩高根只通过一个手势，就能够明确而清晰地回答这唯一的问题：“命定的时辰何时来临？”“看哪！”因为命定的时辰就在那一刻到来了。

阿西亚乘坐时辰之灵驱赶的车，开启了自己与普罗米修斯的重聚之旅。在一首伟大的抒情诗中，阿西亚描述了与精神相关的内心旅程。她的灵魂像一只被施了魔法的船，在老年、成年、青年、婴幼儿时期之间来回穿梭，“经历死亡和出生，到达一个神圣的日子； / 一个拱形山丘的天堂”。（第二幕，第五场，第 72–110 行）在神话层面上，这种精神上的死而复生，对应于她以阿佛洛狄忒的身份从海上升起时显示出来的可见的

外在变化,“爱……充满生命的世界,/从你身上爆发”。她的转变和普罗米修斯回到自己原初形态的转变一致,那一刻,他被锁在悬崖上,已经消除了心中的仇恨。(第二幕,第一场,第56行以降)朱庇特被狄摩高根投入“黑暗的虚空之中”(第二幕,第二场,第10行),也就是说,从作为人类自我孤立和专横的投射,回到人类精神中潜在的原初状态,在那里,如果人类不再用爱的凝聚力来维系统一,那么,它将重新进行整合,
306 再次显现。人类重新统一的条件就是普罗米修斯和阿西亚团聚,与此同时,朱庇特遭受毁灭。玛丽·雪莱对这个事件的解释过于专断,因此也不够充分,但她突出了雪莱神话的结尾与华兹华斯及其他浪漫主义作家以婚姻作结具有的相似之处。雪莱夫人称,阿西亚在某些神话阐释中

> 与维纳斯及自然一样。人类的恩人获得解放时,大自然恢复了她的美丽,并与自己的丈夫,即人类这一象征,完美而幸福地结合在一起。[87]

夫妻结合之时,时辰之灵也吹响了海螺(雪莱版本中,这是《启示录》中最后的小号声),“一切……摆脱了它们邪恶的本性”,人类成为自己本来可能一直所是的模样,“把大地造得像天堂一样”,“平等,无阶级,无部落,无国籍”,居住在自己实现的天堂里。格拉斯米尔的山谷是华兹华斯笔下天堂“在人世的对等物”,那里的居民“与其他地方的人几乎没有差别”,犯有罪孽,遭受痛苦,雪莱设想的天堂则不一样,它是这样一种状态:人们“从罪恶和痛苦中解脱出来……因为人类的意志造就或容忍了它们”。然而,与华兹华斯的天堂相同,雪莱的天堂是一个人间天堂,这里,人们难免受到激情、“偶然、死亡和无常”的制约,否则他就不是凡夫俗子,而是柏拉图式天堂里一个没有实体化的理念:这些致命的情况成为

那本该凌越的障碍
禁锢着未登至天之至高的星辰，
如尖碑朦胧矗立于无垠深空。

（第三幕，第四场，第 54–204 行）

The clogs of that which else might oversoar
The loftiest star of unascended heaven,
Pinnacled dim in the intense inane.

在《解放了的普罗米修斯》中，雪莱用婚礼假面剧的传统形式添加了第四幕。这一幕构成一篇伟大的颂歌，人类心灵和外部宇宙都参与进来，庆祝爱的胜利，一起歌唱、跳舞，举行模拟庆典，参加幕后举行的普罗米修斯和阿西亚的婚礼。

男性化地球和女性化月亮之间求爱和联姻，这个奇妙而美丽的情节 307
体现了主题词"统一！"及其概念。雪莱改编了炼金术中男性和女性对立面的结合（象征性地表现为太阳和月亮、国王和王后），完成了炼金术士对让万物变成黄金、让人类进入黄金时代的原理的探索。在大地的拥抱下，寒冷贫瘠的月亮在绕行中突然恢复了生命力和繁殖力，因为地球能量增强，在电磁力和自身辐射的光和热中展现出来——在雪莱的精神物理学中，这些属性是宇宙之爱具有吸引力和生命赋予力的物质对应物。然而，这些戏剧性的情节仅仅是最初统一的象征，其中，所有的人都被爱同化为一个统一的人类。雪莱在一份声明中描述了这种统一，这份声明就是他从形而上学意义上来阐释的**全人**得以重新统一的神话：

人类啊，并非众生！而是环环相扣的思维锁链，爱和力浑然难分……

人类，是万千灵魂熔铸的和谐魂魄，

其本性即自身的神圣法则，

万物奔涌交汇，如百川归海。

（第四幕，第 394–402 行）

Man, oh, not men! A chain of linkèd thought,
Of love and might to be divided not. . . .
Man, one harmonious soul of many a soul,
Whose nature is its own divine control,
Where all things flow to all, as rivers to the sea.

5. 卡莱尔及其同代人

托马斯·卡莱尔相继撰写的几部作品，标志着英国对异化和统一的关注从浪漫主义式过渡到维多利亚式。卡莱尔在《特征》(1831)一文中主要基于德国文化史观点（尤其体现在关于席勒的作品中，他在 1825 年出版了席勒的传记），论述了自己大部分成熟作品的重要主题。人类原
308 初的幸福和心灵健全在于与自身本性的统一，“意识”区分了认知的自我及其碎片化的客体、思考的自我及其活动，因而无异于邪恶和疾病。在哲学和科学的第一阶段，自我意识模式取代了“无意识”，这是亚当失乐园寓言所体现的历史真理：

开始探究，就是患上疾病，一切科学……现在和将来都只是分裂、肢解和对错误的局部治疗。如圣经所记，知识树产生于邪恶之根，结出善恶果实。如果亚当还在天堂，就不会有解剖学，也没有形

> 而上学……对最初那种自由状态和天堂般的无意识状态的记忆，已逐渐消失在一个理想的诗意梦境中。我们站在这里，意识到太多的事物。[88]

人的内在统一也是社会统一的前提，因此，“从这两种意义上来说，只有人类社会的早期阶段，我们才能称之为**整体**。个体的人本身就是一个整体或完整的统一，可以作为活着的成员，和自己的同伴结合成为一个更大的整体”。（页 15）不幸的是，现在这个时代已经走到分裂的尽头，因为“从时间一开始就从来没有……一个具有如此强烈自我意识的社会”。（页 18–19）卡莱尔认为必须治愈造成这一创伤的文化，这呼应了席勒的观点。并且，卡莱尔和席勒一样，认为“人类的堕落是一种幸福的分裂，它将带来更大的福祉”。难道“宇宙的病症不也是恢复和治愈的征兆和唯一手段吗？难道不是大自然运用她的治疗力量来驱除外来的障碍，再次统一为一个整体吗？”“如果说形而上学思想是一种必要的恶，那么，它便是至善的先驱。”（页 32、40）

卡莱尔在其当代作品《旧衣新裁》的传记部分，融入了这种失去和复原统一的主题。托伊费尔斯德勒克是一个弃儿，被“神秘陌生人”——好心的法特尔斯夫妇收留，年轻时，被心爱的布卢米娜拒绝，因
为她有一个更有利的婚姻，所以，“他悄悄地拿起朝圣的物什……开始了 309
漫游和环绕水陆地球之旅！”从那时起，托伊费尔斯德勒克环形的朝圣之旅就成为哲学家心灵成长的持久隐喻，正如卡莱尔所说：“在他疯狂的朝圣中，以及因目的不明而常常陷入的停滞中，他的精神本质上是不断进步、不断成长的。”[89]痛苦流浪中的他时常被比作那些饱受内疚之苦的罪人，“因此，他必须像古代的该隐或现代流浪的犹太人那样，漫无目的地徘徊，只是他感觉自己没有罪孽，却在遭受罪孽的痛苦”。[90]然而，这看似漫无目的的流浪，在追求精神真理的深刻意义上，却是一场弃儿寻找未知父

亲和家园的朝圣之旅。

> 在我的痛苦和孤独中，充满渴望的(*sehnsuchtsvoll*)幻想曾经转向那位不知名的父亲，他也许离我很远，也许很近，但不管怎样都看不到他，他可能把我揽进自己的怀抱，将我从众多苦难中拯救出来。(页85)

那么，托伊费尔斯德勒克的传记结构看似混乱，却建立在我们熟知的浪漫主义模式之上：踏上一段自我形成的教育之旅，经过分裂、流放和孤独，目标是家庭统一及复原家庭关系。

在早期的流浪中，托伊费尔斯德勒克是一位典型的浪漫主义诗人，他“飞进了大自然的荒野，仿佛要在母亲的怀抱里寻求医治似的”，与华兹华斯(以及荷尔德林)一样，他爬上一座高山时获得启示，人类与女性化和母性化风景成为一个共同体。

> 直到这时，他才认识到大自然，认识到她是一体的，是他的母亲，是神……他觉得死亡和生命是一体的，大地仿佛还没有死，在那光辉中，大地之灵仿佛坐在它的宝座之上，而他自己的灵魂也在那里与之交流。

但在《旧衣新裁》中，这种生活经历是不成熟、不稳定的。与托古德先生
310 度蜜月时，布卢米娜驾着“一辆欢快的四轮大马车”经过，破坏了气氛，将他“独自留在身后，和夜晚一起”。(页149–151)然后，托伊费尔斯德勒克开启了人生的“世界朝圣之旅”，走过十八世纪的理性主义和分析阶段，就像华兹华斯(以及黑格尔《精神现象学》主角)一样，这导致了一场危机，他发现自己在其中被分成三部分：自身、他人和自然。卡莱尔

关于这种精神状态的描述成为对社会和宇宙异化的一种经典描述："他这个曾经美丽的世界，如今成为一片荒凉的沙漠，在这里，听到……绝望、充满仇恨的人发出的尖叫……他的探究精神已经让自己达到这种程度。"他成为

> 处在无边危险之中的一个虚弱个体……一堵无形而又无法穿透的墙，就像魔法一样，把我和一切生命隔开了……我当时住在一个奇怪的、与世隔绝的地方……在他们拥挤的街道和集会中，我独自走着……对我来说，宇宙完全没有生命，没有目的，没有意志，甚至没有敌意，它只是一台巨大的、死寂的、不可估量的蒸汽引擎。（页 161，页 163–164）

"永恒否定（The Everlasting No）之神曾说：'听着，你没有父亲，是被遗弃了的。'"但突然，"我精神重生"的日子到来了，这次重生标志着他越过成熟的门槛，"也许我马上就成为人了"。这种转变标志着他的"朝圣"从只关注自我转向"非我，以获取更健康的食物"。只有在他的自我完全消除之后，他才能在被称为"永恒肯定"的成熟阶段，达到他一生追求的目标。"第一个初步的道德**行为即自我毁灭**（*Selbst-tödtung*），已经愉快地完成了，我的心灵之眼现在被打开。"（页 167–170，页 186）他获得的启示是，意识到家就是自己一直所在的地方，自己却对此一无所知。分裂性的自我关注让位于从属性的爱，死亡和陌生的世界在他的自然居所中恢复了生命，在那里（《启示录》中对新耶路撒冷描述的世俗版本），他是人类大家庭中的一员：

> 啊，就像母亲对迷途的孩子说话的声音……是福音。宇宙没有 311
> 死去，不是妖魔，不是鬼怪出没的藏骨屋，它是神圣的，是我父的！

> 现在我也可以用另一双眼睛来看待我的同伴了：用无限的爱，无限的怜悯……呵，我的兄弟，我的兄弟，我为什么不能把你藏在怀里，擦去你眼中的每一滴泪水？……可怜的大地，带着可怜的快乐，如今成为我可怜的母亲，而非我残忍的继母。人类……对我来说更加亲切，甚至因为他所受的苦难，他所犯下的罪孽，我现在第一次称他为兄弟。[91]

十年后，在《过去与现在》(1843)中，卡莱尔对工业化和自由放任经济中人类的状况进行详细诊断时，运用了异化和回归统一这两个浪漫主义范畴。早在1767年，卡莱尔的同胞亚当·弗格森就曾警告说，在一个“商业化的国家……人们有时会发现，人是相互分离的孤立的存在”，仅仅“因为他人会带来利益”而与之打交道。[92]卡莱尔将这种经济洞察力融入自己早期关于失去统一和恢复统一的范式之中。《过去与现在》中概念的基础结构是，最高的善依赖于爱的力量的统一，最本质的恶是分裂且孤立的，这是爱转向“利己主义”导致的结果。在“我们目前个人拜金主义和放任自由的政府体制”中，人们只是半生不死地活着，与已经变成一个毫无生气的他者的世界分离，也与处于“现金交易……成为人与人之间唯一纽带”的这种社会秩序中的他人分离。但是，他与同伴和周围的世界之间，曾经存在一种统一的家庭关系，这个世界曾经为人类拥有，通过一场兼具心理、道德和经济的改革，人类可以在不牺牲其工业发展的情况下恢复这种关系。

> 人类的爱是不能用现金买到的。没有爱，人类无法在一起……
> 312 你们英勇的战士和工人，与其他人一样……必须并且将……与你联
> 合在真正兄弟般、儿子般的关系之中，通过其他更加深厚的纽带，而

非那一时的日薪和工资！……孤立是人类苦难的总和，与世隔绝，孤身一人：世界是陌生的，它不是你的世界。一切都是你的敌营，根本不是你的家，里面的心和面庞都不是你的，你的心和面庞根本不在里面！这最可怕的魔咒正是邪恶之神的杰作。既没有把比自己高的，也没有把比自己低的，或与自己平等的事物以人的方式统一起来。没有父亲，没有孩子，也没有兄弟。人类没有比这更悲惨的命运了。[93]

这种维多利亚时代的哀叹，"孤独，孤独，彻底的孤独"，在佩特的感觉唯我论和阿诺德的文化人文主义中，与在卡莱尔的经济集体主义中同样显著。佩特在《文艺复兴》的结论中说，经验"给我们每个人都围上了一堵厚厚的个人之墙，真正的声音从未穿透这堵墙"，每一种印象"都是孤立的个体的印象，每颗心灵都像一个孤独的囚徒，囚禁着自己对世界的梦想"。对马修·阿诺德来说，现代生活是一种"怪病"，带着"病态的匆忙，分裂的目标"，除了在"破碎世界可怜的碎片"之上，人们没有其他地方可以搭起帐篷。他反复描绘的现代人是一个迷失方向的航海家，没有避风港，"仍然一心要去某个自己不知道在哪里的港口"，或者是一个无家可归的旅行者，

徘徊于两个世界之间，一个已然死去，
另一个尚未诞生，
我仍然无处安枕。

Wandering between two worlds, one dead,
The other powerless to be born,
With nowhere yet to rest my head.

最让人难以忍受的是,“我们凡人千百万**独自**生活”。我们曾经都是大陆的一部分,但现在已经支离破碎,每个人都变成了岛屿。

当人们终于察觉,我们曾
同属一片大陆的碎片!……

神明啊,正是神明主宰这割裂!
命两岸之间永隔着
这深不可测的、咸涩的疏离之海。[94]

For surely once, they feel, we were
Parts of a single continent! . . .

A God, a God their severance ruled!
And bade betwixt their shores to be
The unplumb'd, salt, estranging sea.

6. 循环回归的四个版本:马克思、尼采、艾略特和劳伦斯

313 因此,在我们这个时代,我们成为古老而不断发展的传统的继承者——异教和基督教、神话和形而上学、宗教和世俗——人类的命运注定是支离破碎的、中断的,在流亡和孤独中,人类总预感到自己将丧失完整性和群体状态。在一个非人的宇宙及支离破碎的社会秩序中被异化的英雄或反英雄,残缺的、被剥夺继承权的心灵对精神父亲、母亲或家庭的追寻,孤独的、自我分裂的意识感到的**恐惧**,在微弱的希望、绝望或荒谬的坚持中对联系、共同体甚至交流的寻求——自第一次世界大战以

来，这些主题一直在我们的文学中占据主导地位，在过去的二三十年，哲学家、诗人、小说家和剧作家都沉迷于此。

不仅是概念，旧的形象和结构模式也得以保留下来。我将引用四位作者著述中的一些段落来结束这一章，以表明我所描述的生命和历史愿景具有持久性和广泛性，也表明其应用的多样性：从基督教正统的回归，到具有爆炸性的社会和政治后果的世俗形式，范围很广。

对卡尔·马克思来说，历史的进程从来都是一场不可避免的运动，起点阶段是史前的原始共产主义，其后经历几个进步的阶段，生产方式的改变、阶级的分裂和冲突成为这些进步阶段的决定因素。运动的终点（在资本主义这个倒数第二个阶段之后，这种运动将会在全面革命中完成自己的命运）是回到共产主义，但以一种成熟的形式，这种形式将保留中间发展阶段所获得的生产价值。这一抽象的设计（虽然不是对生产方式的“物质性”强调）是浪漫主义式的。具体而言，是黑格尔式的历
史螺旋运动，由内在的辩证法推动，但存在以下差异：马克思回到了圣 314
经版本中历史的终点，其中，最后阶段将突然开启，末日的暴力是最后、最美好的事物到来的必然前提。[95]

马克思的早期作品《一八四四年经济学哲学手稿》揭示了马克思成熟的社会理论的基本思想。这本著作比卡莱尔的《过去与现在》晚一年，两者都表明，在那个时候，现代社会中人类的分裂和孤立概念已经普遍流行。[96]马克思的《一八四四年经济学哲学手稿》中人类观和历史观主要是道德的，而不是经济的，他关于人类的理想体现了浪漫主义人文观的基本价值，历史的运动是为了实现个人的最高善。马克思定义的善与席勒的定义非常相似，即善是“全人”富有创造性的自我实现，“全人”通过“所有人类品质和感官的彻底**解放**”，实现“他的全部存在”，并作为一个共同体不可分割的一部分生活。在这个共同体中，爱取代了个人之间贪婪的“利己主义”和纯粹的金钱关系，成为人类关系的自然形式。[97]

根本的恶不是私有财产或资本主义本身,就像这个传统中其他思想家一样,对马克思来说,恶本质上是分离,是将完整的人和社会分裂为以自我为中心的、孤立的、敌对的部分。无论资本主义的生产收益如何,资本主义的根本弊病在于,它将导致一种日益加剧的、多维度的**疏离**和**异化**,这是资本主义生产方式不可避免的、普遍的后果。要成为全面的人就要劳动,而劳动就是把自然事物("人的无机体")转化为具有人性的事物,从而通过心理延伸,使整个自然人性化,使物质自然与人的自然融为一体。在资本主义中,工人只有在受他人奴役下从事专门的生产性工作,才得以生存,劳动产品是在别人的胁迫下制造出来的。因此,现代人与自己的劳动产品疏远了,对现代人来说,产品成了"支配自己的外来物品"。
315 不可避免的是,这种态度从被制造的物体扩散到整个客观宇宙,整个由"自然物体"构成的"感性外部世界"都被变成"一个陌生而敌对的世界",人也觉得"生产行为本身"是"一种陌生的、不属于自己的东西","在工作中感到无家可归",与"自己、自己的积极作用、自己的生命活动"疏远开来。人类对自然和自身疏离的同时,也"与他人疏离",与他人的关系不是客体与客体的关系,就是仆人与主人的关系。[98]马克思说,与此相反,共产主义即使在其"粗糙"的形式中,也"已经意识到人的重新统一,人向自身的回归,人对自我异化的超越"。

在元马克思主义(proto-Marxist)时期,马克思将完美的共产主义国家描述为人类和社会重新统一的最终阶段,在这个阶段,将会彻底"废除**私有财产**,消除**人类的自我异化**":

> 因此,这是人自身作为社会的人,即真正之人的回归,这是一种完整而有意识的回归,它吸收了过去发展的所有财富。共产主义作为一种充分发展的自然主义,是人文主义;而作为一种充分发展的人文主义,它又是自然主义。它是人与自然、人与人对立关系的最

> 终解决方法……它是历史之谜的答案，它知道自己就是这个答案……
>
> 自然的**人类**意义只对**社会的**人才存在，因为只有在这种情况下，自然才成为与其他**人**的**纽带**……只有这样，自然才成为**人类**自身经验的**基础**和人类现实的至关重要的因素。只有在社会中，人的自然存在才变成了他的人类存在，对他来说，大自然本身已经变成了人。因此，**社会**是人与自然的实现了的统一，是自然的真正复活，是人类实现了的自然主义和自然的实现了的人文主义。[99]

这是马克思说的话，但这种人文主义的自然主义主旨和话语，我们以前也常常听到。对解开“历史之谜”的未来国家的期待，这是一种世俗的神正论，用其现世结局的美好来证明人类历史的苦难是合理的，目的就 316
是“回归”起点，但是是在更高层次上的回归，它将所有之前阶段实现的价值转换为一种“有意识的”知识，并保留下来。在最后阶段，每个曾经分离的人又再一次统一，人与他人重新结合，也与自然重新统一起来，这个自然不再是死亡的、陌生的，而是复活了的、非常友善的人类形式。

如果我们把马克思最后两句话与柯尔律治二十五年前写的声明放在一起，那么，他与这位浪漫主义前辈的观点之间存在的一致性就会变得更加清晰。柯尔律治说过：艺术是“自然与人之间的调和者，因而是使自然人性化的力量……［它是］自然与人类的统一和调和”。[100]不同之处在于，席勒、谢林、黑格尔、柯尔律治、华兹华斯和布莱克采取不同的方式，将这种协调和统一的角色赋予了艺术家富有想象力的作品，而马克思进行了拓展，将人类的一切手工产品都包括进来，只要这项产品是在自由公共事业的社会环境中生产的。

尼采在《悲剧的诞生》(1872)中表达了对马克思主义观点的蔑视，

即那种“对人类本身表达出乐观的赞誉”，构成“现代社会主义运动”建立其“天堂般愿景”的基础。与此相反，他重申了浪漫主义信念：“艺术是现世生活中的最高任务和真正的形而上活动。”[101]艺术的历史过程证实了阿波罗原则和狄俄尼索斯原则两极间的相互作用。甚至比自己的浪漫主义前辈更明显，尼采将生成性矛盾辩证法建立在性别对立、冲突和生育结合的原型上：

> 艺术得以持续发展，与阿波罗和狄俄尼索斯的二元性密切相关。就像生育依赖于两性的二元性，必然产生永久的冲突，只有定
> 317 期介入，进行调和……这两种截然不同的趋势……最后，由于希腊人意志创造的一个超自然奇迹……出现了彼此间的相互结合，通过这种结合，最终产生了阿提卡悲剧艺术品，其中，狄俄尼索斯和阿波罗的二元性不分轩轾。

他宣称，这两种敌对原则在“这个孩子身上的”“神秘结合”与“辉煌的完满”，构成了作为希腊艺术“发展和过程**最终目标**”的内在目的论。（页167-168，页189）

归根到底，尼采的阿波罗-狄俄尼索斯二元性就是分裂的多样性与原始统一之间的差异。阿波罗代表了感官现象世界和表象世界的**个体化原则**（*principium individuationis*），狄俄尼索斯代表的是“神秘的原始统一”，它是每个现象“神秘的基础”，是“一切现象的自在之物”，因此，这两个原则之间的对立也就是人具有的内在矛盾，即维持分裂个性的欲望与回归作为人类基础的生命统一冲动之间的矛盾。（页171-174，页178、185，页271-272）尼采认为悲剧是狄俄尼索斯神话的再现，他用宇宙神话的模式来解释狄俄尼索斯神话：全人的分裂构成了原初的罪恶，创造了个体的世界，人类统一的复原标志着一切事物得以圆满。他说，悲剧

中的主人公个体是真正的英雄类型,永远都是

> 受苦受难的神秘的狄俄尼索斯,那位在自身中遭受个性化之痛的神,关于他的奇妙神话让我们知道,他小时候被提坦们撕成碎片,在这种状态下被崇拜,尊为宙斯之子扎格列欧斯。由此可见,狄俄尼索斯遭受的这种肢解,就如同转化成空气、水、土和火。因此,我们应当把个体化状态看作一切痛苦的源泉和主要原因,看作一种本身令人讨厌的东西。

他所希望的“狄俄尼索斯的重生”意指“个体化的终结”,是“给这个支离
破碎的世界带来一丝欢乐”的事物,它“放射出一丝欢乐之光,照射在被 318
撕裂、碎片化成个体的世界的面庞上”。“悲剧的神秘学说”是“对存在的万物具有的统一性的基本认识,将个性化视为罪恶的首要原因,将艺术视为一种欢乐的希望,它可以打破个性化的约束,预示复原的统一”。(页 230–231)

尼采引用席勒关于人的自我分裂和艺术的再整合功能的观点,并不比引用叔本华(尼采形而上学的直接导师)少,但尼采是原型神话批评家,在这一方面,他的艺术理论更接近布莱克和雪莱,而不是席勒。他认为,在真正的希腊悲剧中,“狄俄尼索斯悲剧英雄的身份从未中止”,因为所有悲剧主角都“不过是这位原初英雄的假面”。(页 229)诗人创造悲剧,演员表演悲剧,观众观看悲剧,全部的人都在狄俄尼索斯–阿波罗的综合体中丧失了自己的身份,经历“个体的瓦解及其与原初经验的统一”,这也是“表面上”对个人的“救赎”。(页 216;另见页 279,页 321–322)但正是狄俄尼索斯在那种终极状态中的陶醉,再度成为统一神话的核心。这种状态不像马克思所说的是一种社会状态,而是一种精神状态,在这种状态中,人不仅与他人,而且与异化的自然统一在“一个更高级的共同体中”,而且(再一次以熟悉的比喻)以浪荡子的身份回归这种状态:

> 在酒神的魅力之下，不仅人与人的结合得到了肯定，而且已经异化[*entfremdete*]、敌对或被征服的自然，也重新和她的浪荡子——人——和好如初了……现在，奴隶是自由的；现在，必要性、任性或“无耻的风尚”在人与人之间建立起来的一切顽固的、敌对的障碍都被打破了；现在，因为宇宙和谐的福音，每个人都觉得，自己不仅与邻居是统一的、和解的，也与自己合而为一……在唱歌和跳舞中，人类表达了自己成为一个更高层次的共同体的成员。（页 172–173；另见页 208）

319 即使过了二十五年，T. S. 艾略特的《四个四重奏》仍然不失其作为引人注目的“现代”诗歌的地位。诗歌中不断演变的冥想，也不过是对浪漫主义关于诗人教育之旅的构思和主题做了一些复杂的改变而已。这些冥想以《焚毁的诺顿》中的脚步声开启，它们

> 在记忆中回响，
> 沿着我们没有走过的道路，
> 通向我们从未打开的
> 通往玫瑰园的大门。

> echo in the memory
> Down the passage which we did not take
> Towards the door we never opened
> Into the rose-garden.

如华兹华斯《序曲》中，“过去的时间”以双重意识的方式呈现，因为它妨碍了诗人在“现在时间”中的成熟意识[102]，玫瑰园总是让人联想到孩子

们的笑声和鸟鸣，人们一直恳求着，要进去，进去，

　　　　穿过第一道门，
踏入我们初生的世界，追随画眉鸟的
诱惑？归返原初的天地[103]

　　　　Through the first gate,
Into our first world, shall we follow
The deception of the thrush? Into our first world

——那个花园世界，充满我们个体和人类婴儿期的宁静、天真和欢乐，然后，堕落的成年人开始分裂，产生不快乐的意识。《四个四重奏》的其余部分对这个令人困扰的意象的多重意义进行了探索，这种探索被喻为一种精神追求，穿越陆地、海洋和地下寻求那虽已失落却未被遗忘的花园。

《焚毁的诺顿》在第二章中揭示，这一追求也是为了调和分裂、斗争的对立面，它们构成了在时间中运动的世界。这些对立面（如题词和各种典故所示）得以再现出来，是基于二元对立的形而上学始祖赫拉克利特提出的统一的观点，即统一既因冲突而分裂，也因冲突而统一。大蒜和蓝宝石混在泥里；“在永不消失的伤疤下”，颤音的弦“安抚那被遗忘的战争”；“猎犬和野猪”的冲突“在群星中归于和解”；在两个对立的联
合中，“在转动不息的世界的静止点上”，我们发现了新世界，它和旧世 320
界没什么区别，我们完全理解了——

新旧世界交叠呈现
旧日残篇在此澄明

残缺的狂喜在此圆满，
零散的恐惧在此消解。

both a new world
And the old made explicit, understood
In the completion of its partial ecstasy,
The resolution of its partial horror.

第一个四重奏的第五乐章与后面三个四重奏中相应的乐章一样，探讨了诗人自身的艺术，揭示了诗人的精神追求与诗歌本身的写作是一致的，即要在一个时间的、多变的媒介中，让作为完美艺术作品的“形式、模式”处于永恒静止中的运动状态，这似乎是一个无望实现的追求。因此，整首诗的结构和主题一样，是在寻找一种情形，其中，时间经验中的对立面在一种永恒经验中得到调和，在消失了的但永远存在的花园的重现中，我们预感到了，当

枝叶间孩童
隐秘的笑声升起
倏忽即逝，此刻，此处，此时，永恒……

There rises the hidden laughter
Of children in the foliage
Quick now, here, now, always. . . .

第二重奏《东科克》开篇的第一句话“我的开始就是结束”，揭示了诗人的朝圣之旅是一个循环的旅程。我们很快得知，这段旅程的目的地就是家。“家是一个人的起点”——这是诗人真正的也是象征意义上的

旅程，因为诗人现在回到了东科克，那里是艾略特在英国的祖籍，那里的印迹在他**成长之旅**中甚至比他的前辈诗人更为明显。《东科克》体现了他的叙述模式（在柯尔律治的诗中，这个完美的形状便是一条“衔尾蛇”），因为它以陈述自己所取得的成就作结。结尾句重复了第一句，但句子成分颠倒了过来：“我的结束就是我的开始。”

然而，在更大程度上，“前进的路就是后退的路”（页 134），四重奏的整体结构也体现了它的声明。四重奏的最后一首诗《小吉丁》详细说明 321
了最终“动机的净化”，即人类从分裂的、富于占有欲的自我中解放出来。这发生在一种普遍的爱之中，这种爱（正如华兹华斯所说的“更理智的爱”，于其中“我们开始和结束”）不仅仅是人类的爱，这种道德上的胜利与艺术家对世俗事物的必然超脱不谋而合。艾略特说，从“对自我、对事物、对人的依恋”中“解放”，取决于一种爱，它“不仅是爱，而且是超越欲望的爱”，到那时，“一切都会好起来”，所有那些曾经“在让他们于产生分裂的斗争中统一起来”的人，就像内战中的英国人一样，将“叠合成一个党派”。（页 142–143）在《焚毁的诺顿》开篇对玫瑰花园的描述中，有人说过：“可能发生的事情和已经发生的事情／都指向一个永存的终点”，这是人类救赎的结局，是诗人回归家园的精神旅程的终点，简单地说，是诗歌的结局，正如艾略特在最后乐章中所说，

> 终点即是我们启程之处。每个妥帖的词语
> 每个安适其位的语句……
> 每个词语与句子都是终点亦是起点，
> 每首诗都是一方墓志铭。[104]

> The end is where we start from. And every phrase
> And sentence that is right (where every word is at home)...

Every phrase and every sentence is an end and a beginning,
Every poem an epitaph.

因此,按其发展的循环模式,第四重奏的最后乐章又回到了第一重奏开头的玫瑰园。玫瑰园第一次被当作家园,一种统一中的单纯,从一开始诗人就迷失在其中。对过去一直存在的事物的认识,如今已得到三倍的回报:诗人的生命之旅,诗人在沉思中探索生命的意义,诗人创作诗歌本身的想象。

我们永不止息地探索
直到
所有跋涉的终点
抵达出发之地
穿过那未知却似曾相识的门扉……
隐秘瀑布的潺潺
322 与苹果树间孩童的笑语,
未曾察觉,因未曾寻访
即在寂静中隐约听闻……
倏忽即逝,此刻,此地,此时,永恒——
一种全然简朴的状态
(须倾尽所有方能抵达)
而后万物皆得其所。

(页 145)

We shall not cease from exploration
And the end of all our exploring

Will be to arrive where we started
And know the place for the first time.
Through the unknown, remembered gate...
The voice of the hidden waterfall
And the children in the apple-tree
Not known, because not looked for
But heard, half-heard, in the stillness....
Quick now, here, now, always—
A condition of complete simplicity
(Costing not less than everything)
And all shall be well.

艾略特说："地球上最后一个有待发现的地方，就是那个开始的地方。"（页 145）我们知道，在克莱斯特于 1810 年写下"现在天堂之门已经闩上了，天使就站在我们身后。我们必须环游世界，看看世界另一边某个地方的门是否重新开启"时，这个比喻早已司空见惯。艾略特的这首诗通过诗人对过去的回忆，创造性地再现了诗人的曲折旅程这一套式和**传统主题**（*topoi*）。旅程最终以诗人找到出发时的家园结束，他以双重意识的形式进行讲述，其中充满了在流逝的时间中存在的永恒之物，包含了对自己诗歌的探讨，以及（通过回到它的开端）自己的创作过程。当然，明显的区别在于，艾略特对浪漫主义体裁艺术家自我形成进程的描述，也是对其基督教原型即奥古斯丁式**生命之旅**的回归[105]，因此，在《小吉丁》关于诗歌艺术的最后乐章中，诗人发现并承认自己承担的天职——"带着这种**爱**的牵引，这种**天职**的呼唤"——"天职"（Calling）这个词（双关语，暗示随之进入玫瑰园的鸟儿的鸣叫）融合了艺术家职业的衍生意义和它最初的宗教意义。我们在最初的花园世界中处于完全和解的单纯状态，一种在"时间中和时间外的时刻"的顿悟中被瞥见为"暗示和猜测"的状态，开启了时间中唯一的事件，对艾略特来说（犹如

辛普朗山口下的风景对华兹华斯的象征意义),这意味着一切对立的重合:

> 半悟的启示,半解的恩典,那是道成肉身。
> 存在之境本难相融,
> 却在此刻实现融为一体,
> 323 往昔与来日终被驯服
> 于此达成和解。
>
> (页 136)

> The hint half guessed, the gift half understood, is Incarnation.
> Here the impossible union
> Of spheres of existence is actual,
> Here the past and future
> Are conquered, and reconciled.

我想要列举的最后一个关于循环回归的例子,是近代诗人-先知 D. H. 劳伦斯提出来的,我从他的著作《启示录》中提取其观点,因此,在这个附注的结尾采用华兹华斯关于心灵与自然联姻的比喻,并说明这个比喻的主要来源,即《启示录》本身。

劳伦斯称:“我们和宇宙,是一体的。宇宙是个巨大的生命体,我们仍是其中的一部分……这一切千真万确,是人们从伟大的过去所得知的,而且他们将会再一次知晓。”[106] 劳伦斯在异教徒的残余中发现这种历史循环模式(他以此反对我们关于现代“时间是一条永恒直线的延续的观念”),认为正是从犹太教和基督教编订者对《启示录》原文的许多曲解中可以显示出这一点:

> 过去，天启的方法是设定意象，创造一个世界，然后在一个时间、运动和事件的循环中突然离开这个世界，这即**史诗**（*epos*）；最后再回到一个和原来不太一样的世界，但此时是在另一层面。（页 87–88）

圣经中关于人类堕落的寓言象征着一个历史真理。人类脱离了与宇宙万物的原始统一，这发生在人类知识和自我意识开始分裂之时，“直到个体开始感受到分离，直到他意识到自我，进入分离；直到在神话意义上，人类吞下了知识树的果实，而非生命树的果实，意识到自我的**分裂**和孤立，上帝的概念才产生，介入人类和宇宙之间”。（页 160）这种分离的代价是构成人的各个部分的死亡，这个过程在宗教改革后遇到了危机。那时，新教徒和科学“取代了由力量和机械秩序组成的非生命的宇宙……人类漫长而缓慢的死亡开始了”。（页 48）在这个主要由金钱关系维系的社会中，现代的、民主的、经济的只是“**碎片化的**存在”，在追求个人成就的过程中难免失败，这使人们心生“嫉妒、怨恨和恶意”。文明 324
弊病的根源在于我们不顾一切执着于自我原则，它挫败了统一这一救赎原则，即劳伦斯及其浪漫主义前辈们称之为“爱”的东西。“个体**不能爱**”，因为无论是**欲爱**（*eros*）还是**博爱**（*caritas*），“完全屈服于爱就等于被爱所吸收，这是个体的死亡”，“我们**不能承受彼此间的关联**，这就是我们的弊病”。但是，我们无法摆脱对复活不可抑制的渴望，即回归到与自我、与他人、与自然世界的完全统一。

> 人最强烈地希望生存的完整和生存的和谐……我们应该欢舞雀跃，因为我们活着，有血有肉地活着，因为我们是生机勃勃的宇宙的一部分。我是太阳的一部分，如同我的眼睛是我的一部分。我的脚完全知道我是大地的一部分，我的血是大海的一部分，我的灵魂

知道我是人类的一部分……

我们想要摧毁虚假的、无机的联系，尤其是那些与金钱有关的联系，重新建立与宇宙、太阳和地球、人类、国家和家庭的有机联系。先从太阳开始，其他的联系则会慢慢地、慢慢地建立起来。（页190，页196–200）

在独特而令人难忘的修辞中，劳伦斯修改了圣经中关于堕落和启示的描述，如他之前的布莱克所做的那样，将这个神话作为想象中的真实事件，即原初人经过灾难性的分裂，曾经将天与地、上帝与人类合而为一，并且，他将再一次这样做。从这个神话中，衍生出了一种异化的形而上学、心理学、美学、经济学和社会学等，这种异化学说非常繁复，但就人类历史进程而言，也算是新近才出现的派生物。

注释

[1] 谢林，《世界时代》，页91。

[2]《经验之歌》“引言”；《耶路撒冷》，印版15，第5–9行。引用的布莱克文本全部来自《威廉·布莱克诗歌和散文集》；在一些例子中，为便于理解，我修改了布莱克的标点符号。

[3]《艺术哲学》，《谢林全集》，第一部，第五卷，页446；布莱克，《耶路撒冷》，印版10，第20行。

[4] 致特鲁斯勒博士的信，1799年8月23日；《威廉·布莱克诗歌和散文集》，页676。

[5] [《拉奥孔》]，《威廉·布莱克诗歌和散文集》，页271。

[6] 布莱克在《耶路撒冷》印版27对“犹太人”说话时，指出卡巴拉主义中关于亚当·卡达蒙的真理：“你们的一个传统是人在古代将天地万物容纳在自己强

有力的四肢中，是从德鲁伊人那里继承的……阿尔比恩是德鲁伊人的先祖。”

[7]《四天神》，第七卷[A]，页 87，第 33–34 行。

[8]《末日审判视像》，《威廉·布莱克诗歌和散文集》，页 545。正如布莱克在《耶路撒冷》印版 95 第 18–20 行中所说，洛斯即使处于堕落的形态即“乌尔索纳幽灵”时，也“在困境中一直保持了神圣的愿景”。

[9]《四天神》，第八卷，页 110，第 6–7 行，第 26–27 行；第九卷，页 122，第 16–18 行；页 132，第 23–28 行。

[10] 诺思罗普·弗莱，《可怕的对称》(普林斯顿，1947)，页 386。

[11] 例如，《四天神》，第一卷，页 5，第 8–12 行。

[12]《耶路撒冷》，印版 17，第 33–44 行。

[13]《弥尔顿》，第三十卷，第 1–14 行；关于布莱克的“比乌拉”，见哈罗德·布鲁姆，《布莱克的启示》(纽约，1963)，页 341–347。

[14] 诺思罗普·弗莱，《可怕的对称》，页 91。

[15]《四天神》，第九卷，页 139，第 4–10 行。

[16] 见第一章，第 1 节。

[17]《耶路撒冷》，第 29–30 行。

[18] 如《耶路撒冷》，印版 32，第 28–29 行；印版 39，第 38–40 行。

[19]《耶路撒冷》，印版 99，第 1–5 行。在这首诗的前面章节(印版 34，第 46–48 行)，当布莱克自己突然看到“阿尔比恩异象”时，他停止叙述，大声喊道：

　　　　　　　　　　因为城市
就是人，是众多之父，河流和山脉
也是人；一切都有了人性，强大！崇高！

　　　　　　　　　　　　　　　for Cities
Are Men, fathers of multitudes, and Rivers & mountains
Are also Men; everything is Human, mighty! sublime!

[20] 致 H. F. 卡里的信,1818 年 2 月 6 日;《柯尔律治书信集》,第四卷,页 833–834。关于柯尔律治对《天真与经验之歌》中个别诗歌和插图说明,见致 C. A. 塔尔克的信,1818 年 2 月 12 日,同上书,页 836–838。

[21]《宗教沉思》,《柯尔律治诗歌全集》,E. H. 柯尔律治编(两卷本;牛津,1912),第一卷,页 108–125,第 226–248 行。

[22] 同上书,第 66–67 行(有改动),第 215–218 行。

[23] 致约翰·西尔沃尔的信,1797 年 10 月 14 日;《柯尔律治书信集》,第一卷,页 349。正如荷兰德林在《许佩里翁》中所说:"我们在哪里能找到能给予我们和平的人?"见《荷尔德林全集》,第三卷,页 164。

[24]《诗人的灵魂》,E. H. 柯尔律治编(波士顿,1895),页 156;《朋友》,第一卷,页 494、520;《政治家手册》,附录 D,见《平信徒讲道集》,页 105。"他们用否定之眼将自然视为异类"出自柯尔律治自己的诗歌《地狱》,见《柯尔律治诗歌全集》,第一卷,页 429–430。柯尔律治说:"成为一颗没有灵魂的、固定不变的星星,在自己的存在中不接受光线或受到影响",就是"一种孤独,令自己战栗,以至于不能把它归因于神圣的自然"。见《探究的精神》,凯瑟琳·科伯恩编(伦敦,1951),页 34。

[25]《朋友》,第三卷,页 263。

[26]《论诗歌或艺术》("On Poesy or Art"),《文学传记》,第二卷,页 262。

[27]《关于一个更全面的生命理论形成的建议》,页 50–52。另见《朋友》,第一卷,页 94 注释,柯尔律治认为赫拉克利特是第一个论述"极性的普遍规律"的人,布鲁诺则将它发展为"逻辑学、物理学和形而上学的基础"。

[28]《政治家手册》,附录 B,见《平信徒讲道集》,页 94–95。

[29]《文学传记》,第一卷,页 183–185,页 196–198,页 202;第二卷,页 12。

[30]《政治家手册》,附录 B,见《平信徒讲道集》,页 64。

[31]《柯尔律治书信集》,第四卷,页 575;例子见《文学传记》,第一卷,页 183–185。

[32]《朋友》,第一卷,页 508–509。

[33]《论诗歌或艺术》,《文学传记》,第二卷,页 253、258。柯尔律治的文章很大程度上基于谢林《论造型艺术与自然的关系》中的观点,但对其加以阐述和深化。

[34]《政治家手册》,附录 B,见《平信徒讲道集》,页 75–76,页 77–78。

[35]《哲学讲演录》,凯瑟琳·科伯恩编(纽约,1949),页 358;另见《柯尔律治书信集》,第四卷,页 769。

[36]《朋友》,第三卷,页 263。

[37]《文学传记》,第一卷,页 202。

[38]《戏剧：十一》("The Drama：XI",1820 年 10 月),《威廉·哈兹里特全集》,第十八卷(1933),页 371。关于柯尔律治将蛇作为象征,见 J. B. 比尔,《柯尔律治：一位灵视者》(纽约,1962),页 74–76。

[39] 致约瑟夫·卡特的信,1815 年 3 月 7 日;《柯尔律治书信集》,第四卷,页 545。

[40] 同上书。

[41] 与荷尔德林的《恩培多克勒》具有相似之处。荷尔德林曾表明自己有能力独立于自然和自然之神,为自己而活,他也感受到自己骄傲地选择的孤独："痛！孤独！孤独！孤独！"见《荷尔德林全集》,第四卷,第一部分,页 103。

[42] 关于柯尔律治在这种抒情形式发展中所起的作用,及其这种抒情形式与他的主客体调和的哲学的关系,见 M. H. 艾布拉姆斯,《浪漫主义抒情长诗的结构与风格》,收入《从感性到浪漫主义》。

[43]《哲学讲演录》,页 179。

[44] 新柏拉图主义从灵魂出发、又回归灵魂的循环"将起点和终点连接起来",因此"这个运动是一个连续的、整体的运动",例子见普罗克洛斯,《神学要素论》,第 33、199、206 条概要。柯尔律治在《论温和批评的原则》(*On the Principle of Genial Criticism*)中指出,普罗提诺的哲学与自己在《沮丧颂》中阐述的心灵与自然的分裂和统一有相似之处。柯尔律治认为自己关于美的理论"将多样融合为整体",他从《沮丧颂》的手稿版本中引用了一长段,("我看到了,但

没有感觉到,它们是多么的美丽”、“欢乐……我们与自然的婚礼”),以表明从《九章集》第一卷第六章第 3 节中引用的一段话的相关性。其中,普罗提诺将美描述为一种感觉,将破碎的外部世界的各个部分统一起来,使它们和谐、和睦、易于被心灵吸收:

> 所以,利用感知能力:洞察存在于具体物体中的理念形态,它具有受到约束和控制的无形物质……将仍然残存的、零碎的东西整合起来,抓住它,带入自身内,不再成为事物的部分,而是作为一个和谐的、适宜的整体,一个自然的朋友,呈现在理念原则的面前。

(《文学传记》,第二卷,页 239–241,我列出了柯尔律治引用的希腊文以及由史蒂芬·麦肯纳翻译的英文段落。)

[45]《亨利·克拉布·罗宾逊与华兹华斯圈子通信集》,伊迪丝·J. 莫利编(两卷本;牛津,1927),第一卷,页 401。

[46]《序曲》,第二卷,第 220–206 行,第 395–434 行;“手稿 RV 版”,页 525。

[47]《倒塌的村舍》改动版,《威廉·华兹华斯诗集》,第五卷,页 402。华兹华斯又将部分段落写入《漫游》,第四卷,页 957 以降。

[48] 约翰·琼斯,《自负的崇高》,第二章。

[49]《威廉·华兹华斯诗集》,第五卷,页 338。

[50] 同上书,页 2。

[51] 查尔斯·J. 史密斯,《矛盾:华兹华斯的二元论意象》,载《美国现代语言学协会会刊》,第六十九卷(1954),页 1181。

[52]《序曲》,第十一卷,第 393–396 行。在一个值得注意的段落中,华兹华斯描述了他这样一个本身不完整的人,是如何在与自身女性力量的结合后达到完美状态的。(《序曲》,第十三卷,第 200–210 行)这里,华兹华斯明显用隐喻表达了诺瓦利斯、布莱克和雪莱以神话形式提出的与女性对立面的统一。

[53] 华兹华斯这样对伊莎贝拉·芬威克描述了《序曲》;见她对《有一个男

孩》的注释。之前我把华兹华斯的《序曲》和《追寻逝去的时光》做了比较，这里我要补充一点，哈里·莱文关于玛德琳蛋糕的看法，它唤起了马塞尔过去的全部生活："普鲁斯特不会让我们忘记，那块小茶饼的名字和形状，可以追溯到朝圣者帽子上作为职业标志的贝壳。让我们不要弄错；我们正处于一场宗教朝圣的开端。"见哈里·莱文，《号角的大门》（纽约，1966），页 390。

［54］伊丽莎白·休厄尔，《俄耳甫斯之声：诗歌与自然史》，页 338–339。关于华兹华斯在《序曲》中将旅途作为结构上的隐喻，例子另见 R. A. 福克斯，《浪漫主义的断言》（伦敦，1958），第四章；格奥尔格·罗彭、理查德·索默，《陌生人和朝圣者》（挪威，奥斯陆，1964），第二部，第一章。

［55］《序曲》，第十二卷，第 156 行；在文本中，华兹华斯描述了孤独的道路和穿越这些道路的旅人持久而"超乎我想象的力量"。

［56］同上书，第十一卷，第 43–44 行；第十卷，第 239–242 行；第十三卷，第 270–271 行。

［57］同上书，第十一卷，第 48–56 行；另见第一卷，第 35–38 行。

［58］同上书（1850），第九卷，第 1–22 行；另见改动版，页 314–315，及脚注，页 584。

［59］正如塞林科特所说（《威廉·华兹华斯诗集》，第五卷，页 365），《隐士》的开篇"实际上是他诗歌自传的续篇，以《序曲》为始"。这里，正如我们所看到的，也是《序曲》开始的地方。

［60］《安家格拉斯米尔》，《威廉·华兹华斯诗集》，第五卷，页 313–314，第 1–59 行。

［61］同上书，第 60 行以降，手稿改动版，页 315–316。

［62］同上书，第 103–109 行。后来，在 1811 年的一首诗中，华兹华斯将自己"离开格拉斯米尔山谷"比作一个旅客离开"欢乐的平原"或"天堂"，抛开幸福快乐，有足够时间做环形旅行，到一个较低的地方，也让自己惬意。

哦，欣然辞别格拉斯米尔

这般幸福的田野,宁静的家园……

归途永不会困顿或荒凉

蜿蜒曲折处,待甜蜜归来。

(《威廉·华兹华斯诗集》,第三卷,页 64)

O pleasant transit, Grasmere! to resign
Such happy fields, abodes so calm as thine. . . .
Ne'er can the way be irksome or forlorn
That winds into itself for sweet return.

[63] 《精神现象学》,页 347、376;柯尔律治,《宗教沉思》,第 146–149 行;《序曲》,第二卷,第 448–457 行;雪莱,《解放了的普罗米修斯》,第一幕,第 625–628 行。

[64] 安德斯·虞格仁,《圣爱与欲爱》,菲利普·沃森译(伦敦,1953),页 574、578。具有普遍的凝聚力和统一力量的“爱”,与前苏格拉底哲学一样古老。例如,恩培多克勒将事物描述为:“在某一时刻,一切事物都因爱而聚在一起,进入一体,然后彼此因冲突而分离。”见柯克和雷文,《前苏格拉底哲学家》,页 326–327。

[65] 爱留根纳,《自然的区分》,第一卷,页 lxxiv。“爱”仍然代表着神秘哲学中普遍的综合力量。关于波墨的“爱”(Amour)的作用,见亚历山大·科瓦雷,《雅各布·波墨的哲学》,页 139–142。

[66] 《论爱》,《雪莱散文集》,页 170。

[67] 黑格尔,《爱》(“Love”),《论基督教早期神学著作》,页 304–305;席勒,《爱》(“Liebe”),见《哲学书简》,《席勒全集》,第十七卷,页 198 以降。

[68] H. J. C. 格里尔森,《弥尔顿和华兹华斯》(纽约和剑桥,1937),页 176。

[69] 1802 年版,见《威廉·华兹华斯的文学评论》,页 52。

[70] 胡安·路易斯·韦弗斯,《论教育》,福斯特·沃森译(剑桥,1913),页 28。感谢卡洛琳·布卢姆菲尔德夫人为我提供这段话。

［71］《精神现象学》，页 541。关于我对普罗提诺、波墨、温斯坦利和谢林的参考，见第三章，第 1、2 节，第四章，第 2 节。

［72］《耶路撒冷》，印版 5，第 21 行；《四天神》，第九卷，页 133，第 22–25 行；《耶路撒冷》，印版 96，第 14–21 行。杰拉德·温斯坦利曾说过，在每个人心中，堕落的亚当都是“自私的力量”或“自爱”，但让“爱的法则在你心中流淌的是基督”。《杰拉德·温斯坦利作品集》，页 157，页 174–175。

［73］《宗教沉思》，第 148–156 行。另见柯尔律治，《政治家手册》，收入《平信徒讲道集》，页 95–96。

［74］《伊斯兰的反叛》，第八章，第 xxii 节；《解放了的普罗米修斯》，第三幕，第四场，第 134–136 行；《为诗一辩》，《雪莱散文集》，页 293、277，页 282–283。

［75］《恩底弥翁》，第一卷，第 777–811 行。另见致约翰·泰勒的信，1818 年 1 月 30 日，济慈在信中谈到这段从自我上升到无私之爱的过程：“我写下这篇论述，我做过的一切事情中它对我的帮助可能是最大的。”

［76］《谢林全集》，第一部，第七卷，页 62；华兹华斯，《致我的妹妹》。《倒塌的村舍》（《威廉·华兹华斯诗集》，第五卷，页 382）的一个版本中，华兹华斯描述了

> 爱的纯粹欢乐，
> 通过声音的传播，或通过呼吸的空气……
> 或从大地与天空广阔的脸庞上
> 流淌出来。

> the pure joy of love,
> By sound diffused, or by the breathing air...
> Or flowing from the universal face
> Of earth and sky.

［77］罗纳德·皮科克，《荷尔德林》（伦敦，1938），页 46。

[78] 关于诺瓦利斯以情爱比喻一切宇宙关系的例子,见第四章,第4节。

[79]《古希腊人的礼仪》("On the Manners of the Ancient Greeks"),《雪莱散文集》,页220。

[80] 厄尔·沃瑟曼引自牛津大学博德利图书馆中的一份手稿,见《雪莱的〈解放了的普罗米修斯〉》(巴尔的摩,1965),注90。

[81]《雪莱散文集》,页327。

[82] 厄尔·沃瑟曼,《雪莱的〈解放了的普罗米修斯〉》,页195,页30–31。

[83]《雪莱散文集》,页170。

[84] 见哈罗德·布鲁姆在《灵视一族》页298以降中对分裂的普罗米修斯的深刻讨论。沃瑟曼也认为,雪莱的《解放了的普罗米修斯》中,戏剧中的各种人物和事件是"精神行为和力量的象征性外化"。(《雪莱的〈解放了的普罗米修斯〉》,页2–3)

[85] 霍克西·N.费尔柴尔德,《英语诗歌中的宗教思想》,第三卷,页350。

[86]《耶路撒冷》,印版7,第57–61行。

[87]《P.B.雪莱诗歌全集》,托马斯·哈钦森编(伦敦,1939),页272。

[88]《托马斯·卡莱尔作品集》,第二十八卷,页2–3。

[89] 托马斯·卡莱尔,《旧衣新裁》,页81、147,页157–158。

[90] 同上书,页156。关于永世流浪的犹太人的主题,见G.B.坦尼森,《叫"重裁"的裁缝》(新泽西州,普林斯顿,1965),页201–212。

[91] 同上书,页188–189。在《启示录》21∶4中,上帝"擦去他们所有的眼泪;不再有死亡,也不再有痛苦"。在《旧衣新裁》靠后名为"有机纤维"的一文中,卡莱尔的比喻明显反映了原初人神话:"是的,真的,如果自然是一个整体,一个有生命的不可分割的整体,那么人类就更重要了,人类是反映和创造自然的形象,没有人类就没有自然。在这个奇妙的人类身上流淌着可感知的生命……"(页246–247)霍桑的《玉石雕像》(1860)展现了一个有趣的循环形式的例子。见库欣·斯特劳特,《霍桑的国际小说》,载《十九世纪小说》,第二十四卷(1969),页169–181。斯特劳特认为这部作品是一部自我形成小说,它的结构模

仿了它的主题：从家和无知开始，然后经历流放的规训和邪恶的体验，最后又回到家中，呈现出一种螺旋形。

[92] 亚当·弗格森，《论文明社会史》，页 19；参见第四章，第 1 节。

[93]《过去与现在》，《托马斯·卡莱尔作品集》（百年纪念版），第一卷，页 257、186，页 272–274。

[94] 阿诺德，《吉卜赛学者》《又见奥伯曼》《夏夜》《写自查尔特勒修道院的诗章》《再致玛格丽特》。参考阿诺德的《又见奥伯曼》（他为塞南库尔《奥伯曼》还写过另一首诗和一篇文章），让我有机会想起这个早期的例子，它体现了法国本土传统中存在的孤立、厌恶和虚无的含义。1804 年，塞南库尔写了一本书信体半自传书《奥伯曼》，其中有个相关段落：

> 我独自一人……在这个世界上，孤独地流浪在人群中，这对我来说毫无意义，就像一个失聪的人……在世界的喧闹声中，听到了普遍的寂静；在芸芸众生中，他是个缺席者。

见罗伯特·M. 亚当斯，《虚无》（纽约，1966），页 23–24。

[95] 然而，在《精神现象学》中（对马克思思想影响最大的黑格尔著作），显然，“不过是毁灭性狂怒的”“绝对自由与恐怖”（精神发展的阶段在历史上表现为法国大革命时期，以“绝对知识”为高潮）是黑格尔对圣经启示“形象再现”中的死亡的概念化。见《精神现象学》，霍夫迈斯特编，页 414–422。

[96] 如法国社会主义者皮埃尔-约瑟夫·蒲鲁东 1846 年出版了一本书，展示了德国思想和圣西门社会主义理论对其作品的影响。在这本书中，他描述了“社会的敌对情绪……人类一直生活在现在的一种分离、孤立、敌视同类的状态中，总之，一直生活在自身内心的异化之中”。他用爱疗愈了个人和社会的分裂：“只有当人类不再把邻居和大自然视为敌对力量时，他才会爱……然后，爱[将成为]事实上没有分裂的人类法则。”见皮埃尔·蒲鲁东，《经济矛盾的体系》，第一卷，页 367–368。

[97]《一八四四年经济学哲学手稿》,T. B. 博托摩尔译,见埃里希·弗洛姆,《马克思关于人的概念》(纽约,1961),页131–132,页135。他说,“男人与女人的关系,是人与人之间最自然的关系”,它的质性特征在任何时候都揭示出“人已经变成了……一个物种,一个人类”,“在他以个体存在的同时,他也作为一个社会存在而存在”。

[98] 同上书,页98–105。

[99] 同上书,页127、129。将人的分裂和统一的神话(为圣经的历史构思所吸收)转换为经济学术语,尤其是转换为公产主义术语,至少可以追溯到杰拉德·温斯坦利的思想。温斯坦利是英国内战时期一个“发掘者”团体的宗教哲学家,曾说,当“人开始脱离他的创造者、从造物和外部事物中寻求满足”之后,这些事物“从他身上脱离”,结果都变得“自私”。这种对自我的诅咒,或者说“贪婪”,是“特殊利益或私人财产的起源”,人们“从一个特定的人手中买卖土地,说,土地是我的,通过他自己制定的政府法律来维护这个特殊的权利”。这样将公有财产分割为私有财产的结果,是破坏了普世自由,整个造物都被置于“奴役、悲伤和眼泪的诅咒之下”。但是,即使是现在,人类身上普遍的爱的救赎力量,正在使地球复原,成为它“最初所是的一个共同宝藏……地球变成一个储仓,每个男人和女人都遵守公义和平的律法,成为一个家庭的成员”。在家庭工作和财产平等中,在人类共同生活这一最高阶段,将实现“新天新地,正义居于其间”的启示预言。见《正义新法》(1649),《杰拉德·温斯坦利作品集》,页156,页158–159,页184。

[100]《论诗歌或艺术》,《文学传记》,第二卷,页253–255。在黑格尔看来,艺术帮助精神认识并重新占有它被异化的自我。例如,《美学讲演录》,《黑格尔全集》,第十二卷,页34:艺术作品是“陌生化”的思想和概念进入“感性”,在其中,精神再次表现出自身的力量,能够“在自身被外化到感觉中认识自己,在自身的他者中把握自己,因而,把被异化者转化为思想,从而引导它回归自身”。

[101]《悲剧的诞生》,克利夫顿·法第曼译,《尼采哲学》(纽约,现代文库),页296–297,页166。

［102］正如罗伯特·D. 瓦格纳所说，“从两个角度”说明了这一事件，一个是孩子的单纯视觉，另一个是“诗人的叠加视觉，对诗人来说，这种经历已经成为一种被‘成熟的反思’修改的记忆”。见《艾略特玫瑰园的意义》，载《美国现代语言学协会会刊》，第六十九卷（1954），页 24；另见伦纳德·昂格，《T. S. 艾略特的玫瑰园》，收入《T. S. 艾略特：评论选集》，昂格编（纽约，1948），页 374–394。

［103］《T. S. 艾略特：诗歌与戏剧全集》（纽约，1952），页 117–118。

［104］同上书，页 145。比较奥古斯丁在《忏悔录》（第十一卷，页 xxviii）中的分析：在吟诵赞美诗过程中，期待和记忆交替发挥作用，过去、现在和将来产生的作用也在变化，“人的一生也是如此……整个人类的历史亦如此”。

［105］比德·格里菲斯最近的自传《金色琴弦》（1954），在描述自己生命的心灵旅程时，他转向奥古斯丁循环回归的主要类型，即浪荡子回头的寓言：“我们向前走的每一步都是向起点迈进，直到回到起点，才能理解它的真面目，认识到它既是旅程的起点，也是旅程的终点。我们都像浪荡子一样，寻找着我们的家，等待着传来父亲的声音。”（页 15）

［106］D. H. 劳伦斯，《启示录》，页 45。弗兰克·克莫德讨论了劳伦斯小说中世界末日的结构、情节和意象，见《劳伦斯与启示录类型》，收入《沙漠中的文字》，C. B. 科克斯、A. E. 戴森编（伦敦，1968），页 14–38。

第六章　启示、革命、想象和认知

长久以来，我一直相信，心灵是万能的，最终将支配物质；一切事物都具有适当的、充足的动机，在我的黄金时代，当下的潜能转化为全能：这将是基督教的千禧年，那时，“狮子将与羔羊躺在一起”，虽然它既不可能以兑现预言来实现，也不能通过奇迹的干预来实现。 325

雪莱（十九岁），致伊丽莎白·希钦娜的信

当然，不难看出，我们的时代是新时期诞生和过渡的时代。精神已与它迄今为止存在和想象的世界决裂了……这是一种渐近的崩塌，并没有改变整体的面貌，但黎明的曙光打断了它，像闪电一样，一下子就显露出新世界的大厦。

黑格尔，《精神现象学》“序言”

我回答，我们看到的一切，皆因你的形而上学。

布莱克，《天堂与地狱的联姻》

天体的光芒和雪莱式的光辉并不会改变自然的结构。苹果永远是苹果，现在的农夫将来也永远是过去一直所是的农夫。尽管如此，天体的光芒和雪莱式的光辉还是会改变世界。

华莱士·史蒂文斯，1940 年 8 月 27 日

I have long been convinced of the eventual omnipotence of mind over matter; adequacy of motive is sufficient to anything, & *my* golden age is when the present potence will become omnipotence: this will be the millenium of Xtians "when lion shall lay down with the lamb" tho' neither will it be accomplished to complete a prophesy, or by the intervention of a *miracle*.

Shelley (aged 19) to Elizabeth Hitchener

It is surely not difficult to see that our time is a time of birth and transition to a new period. The spirit has broken with what was hitherto the world of its existence and imagination.... This gradual crumbling which did not alter the physiognomy of the whole is interrupted by the break of day that, like lightning, all at once reveals the edifice of the new world.

— Hegel, Preface, *Phenomenology of the Spirit*

I answered. All that we saw was owing to your metaphysics.

Blake, *The Marriage of Heaven and Hell*

The astral and Shelleyan lights are not going to alter the structure of nature. Apples will always be apples, and whoever is a ploughman hereafter will be what the ploughman has always been. For all that, the astral and the Shelleyan will have transformed the world.

— Wallace Stevens, 27 August 1940

“《隐士》纲要”的第二段，展现出华兹华斯诗歌计划的一个重要方面，即歌唱

> 真理、伟大、美、爱和希望，
> 被信念征服的忧伤的恐惧
> 苦难中得到祝福的慰藉……

> Of truth, of Grandeur, Beauty, Love, and Hope,
> And melancholy Fear subdued by Faith;
> Of blessèd consolations in distress. . . .

“恐惧”与“希望”、“苦难”与“慰藉”这两组反义词对华兹华斯有着特殊的历史意义。1799 年 9 月，也就是差不多在华兹华斯撰写“纲要”的前一年，柯尔律治给华兹华斯写信，信中体现了这两对反义词对他那个时代的核心问题产生的影响：

> 我亲爱的朋友……我希望你能写一首无韵诗，写给那些法国大革命彻底失败后抛弃了改善人类的所有希望的人，他们都陷入了近乎享乐主义的自私自利之中，并借着家庭情感和对空想哲学的蔑视

> 这两个温和名义来掩饰。这将大有裨益,并可能成为《隐士》的一部分。[1]

华兹华斯听取了柯尔律治的意见,1804 年,他重新修改并大幅扩充了《序曲》的手稿。这部诗围绕他在法国大革命中的经历展开,以展示他作为一个典范诗人在“这个充满恐惧的时代,/ 希望被毁作忧伤的废
328 墟”,如何在想象中恢复希望,重建希望的根基。(第二卷,第 448 行以降)他将《漫游》设计为《隐士》的主要部分,以便借由一个孤独者的例子,向那个消沉的年代展示——那些因为革命失败而陷入沮丧和冷漠的典型浪漫主义知识分子——从“沮丧”到“摆脱沮丧”的方式。

不仅对柯尔律治和华兹华斯来说,而且对他们同时代的大多数诗人、哲学家、社会和政治思想家来说,法国大革命的希望及悲剧成为主要甚至难以释怀的关注点——雪莱称之为“我们生活时代的母题”。[2] 在以恐怖统治为开端的一连串灾难之后,许多作家都致力于为人类崇高理想的希望建立一个替代基础,因为这希望在法国大革命的进程中被粉碎了。雪莱在《伊斯兰的反叛》(1817)的序言中,将之前的几十年描述为“绝望的时代”。革命在“每个人心中”激起了“不可能实现的完美期望”,法国的荒淫、暴行和接连不断的暴政引发的反感是“可怕的”,“许多最热心的……公众福祉的崇拜者遭受道德上的摧残”,因此,“忧郁和厌世”“污染了这个时代的文学”(包括“形而上学和对道德与政治科学的探究”以及“我们的小说和诗歌作品”),“流淌出心灵绝望的色彩”。雪莱就在这种绝望的气氛中写作,他赋予伊斯兰反叛的目的,与二十年前柯尔律治所指责的华兹华斯的目的非常相似。雪莱说:“这是对公众心灵状态的一场实验,在动摇了我们生活时代的启蒙和精英化风暴中,对一个更幸福的道德和政治社会的渴望还能持续多久?”[3]

1. 通过革命的天启

柯尔律治在第一次听到华兹华斯写完的《序曲》后，这样描述了诗 329
人对法国大革命事件的反应：

> 从人类的平凡之心
> 希望迸发出来，像一位完全新生的神！

> When from the general heart of human kind
> Hope sprang forth like a full-born Deity!

接着，它讲述了“真诚的希望被折磨、摧毁”，然后讲述了“吟游诗人”被召回到“人类绝对自我的可怕瞭望塔”后，如何重获“行动与快乐”的力量。[4]“希望”与“绝望”、“快乐”与“沮丧”是浪漫主义诗歌中经常出现的核心矛盾，经常直接或间接地指代法国大革命的希望和失败。我们需要理解革命唤起的希望具有的特殊性，即正如柯尔律治所描述的，革命是突然的、普遍的、绝对的，以便能够理解在十八世纪九十年代中期和后期，这种希望的破碎是一场多么大的灾难。托马斯·努恩·塔尔福德在《对当代天才诗人的评价》(1815)一文中，重申了一个普遍现象——这与哈兹里特、雪莱、弗朗西斯·杰弗里、德·昆西以及其他当代评论家的观点非常相似——声称法国大革命不仅是一场政治社会危机，而且是一场知识、道德和想象力的危机，它渗透并塑造了那个时代伟大的新文学：

> 心灵的每一种力量都被唤醒，每一种感觉都被提升为一种强烈的兴趣，每一种原则和激情都被召唤，进行超人般的努力。在一瞬

> 间，一切都是希望、欢乐和狂喜；时代的腐朽和罪恶像梦似的消失了；晴朗的天空似乎又一次响起了欢欣的合唱，歌颂大地的和平和
> 330 人类的善意；一个强劲的民族精神……似乎正带着本土的威严崛起，从欣喜的天空中汲取着新的灵感。人们怀着最辉煌的希望……新的前景每天都在展现，它们……让我们充满痛苦的喜悦，以及令人眼花缭乱的狂喜。

但是，“突然之间，一切都变了”，“这种庄严景象产生了可怕的变化”，“崇高的期望被一扫而空”。“这种道德的飓风、社会表层的破裂、大众心灵的撕裂”产生的一个直接影响，便是“既提升了想象力，也使之变得黑暗”，因而“有助于形成现在我们周围繁盛发展的伟大的诗歌时代”。塔尔福德说，革命“实现了我们诗歌的重生”。[5]

美国革命刚结束，法国大革命就爆发，起初，成功轻而易举，势如破竹，打破了人类所能达到的极限，燃起了希望：人类在经过长期痛苦之后，即将进入焕然一新的世界，享受永恒的幸福。[6]骚塞在中年时期是顽固的保守主义者，严格信奉托利主义，但回顾自己激进的青年时代，他声称革命中“除了那些经历过的人，很少有人能想象或理解……一个幻想的世界给那些刚刚进入这个世界的人展现了什么。旧事物似乎在消逝，人类的再生成为唯一的期望”。[7]与塔尔福德一样，骚塞也采用神学措辞，揭示了革命早期的激情与宗教运动的相似之处，并指出其中明显存在的千禧年希望成分。在信奉天主教的法国，主要基于启蒙运动的理性主义构想的革命，建立在据称是历史和人的经验科学之上，结果，对当代事件的启示性解释大部分都限于光照派，人类和世界即将发生变革，他们成为这一神秘传统的继承者。[8]即使在法国，沃尔内的《废墟》(1791)和孔多塞的《人类精神进步史表纲要》(1795)也表达了对即将到来的、突然的、
331 全面的向完美回归的信心和期待。另一方面，大多数英国激进分子都是

非国教徒的新教徒(Protestant Nonconformist),对他们来说,革命的预兆重新激起了自己左翼清教徒前辈们信奉的千禧年说。在英国内战时期,这些人期待着一个即将到来的王国,就连温和派奥利弗·克伦威尔和约翰·弥尔顿也曾一度抱有这种期待。一神论领袖理查德·普赖斯和约瑟夫·普里斯特利(将化学家和传教士的职业结合起来)带领一群先知,为法国的政治事件注入宏大的西方启示神话具有的爆发力,从而将一个局部现象扩展为一种狂热的期望,即世界各地的人都将踏入复原的人间天堂,正如哈兹里特对十八世纪九十年代早期人们精神状态的描述,在反复出现的时代隐喻中,那是"自由的太阳和星星迎来的快乐黎明,那是世界的春天,其中,人类的希望和愿望之花在快乐的事业中与我们的期望一齐盛开绽放"。[9]

《漫游》中,华兹华斯描述了一个孤独者(一种革命旅行者)的早期生活,其原型是极有名的激进分子约瑟夫·福塞特。他既是一神论的传教士,又是诗人。在表达孤独者对法国"这个充满希望的新世界""这个未曾料想的黎明"的反应时,华兹华斯阐述了当时英国激进分子(也包括自己在内)心中涌动的期望(融入了《以赛亚书》、《启示录》和维吉尔《牧歌》第四首的元素):

这强有力的震撼
我感觉到了:蜕变昭然眼前。
　　　　　　……我目睹
超越一切的荣光,
天地混沌无限,
耀彻灵魂。此刻,先知的竖琴
在每片林间齐鸣:"战火将熄。"
　　　　　……对歌谣之力

我不曾辜负，
在幽谧树林深处
虔信者拨动冥思之曲，
咏叹恩典与期冀。我追随
他们的信仰，亦歌咏萨图恩盛世
重临，——黄金时代
332 允诺降临，亦福祉泽苍生。
——正如希伯来经卷满载应许
……以古时灵感的炽烈辞章
我也预言，——以无畏的信念
添祷文于先知之声。

（第二卷，第 210–218 行；第三卷，第 716–765 行）

The potent shock
I felt: the transformation I perceived.
. . . I beheld
Glory—beyond all glory ever seen,
Confusion infinite of heaven and earth,
Dazzling the soul. Meanwhile, prophetic harps
In every grove were ringing, "War shall cease."
. . . The powers of song
I left not uninvoked; and, in still groves,
Where mild enthusiasts tuned a pensive lay
Of thanks and expectation, in accord
With their belief, I sang Saturnian rule
Returned, —a progeny of golden years
Permitted to descend, and bless mankind.
—With promises the Hebrew Scriptures teem:
. . . the glowing phrase

Of ancient inspiration serving me,
I promised also, —with undaunted trust
Foretold, and added prayer to prophecy.

如果看看其他温和的狂热者，可以发现，十八世纪九十年代开启职业生涯的许多英国诗人身上也体现了这种狂躁的情绪。一代人之后，年轻的珀西·雪莱再一次有力地重现了这一点。德国人也表现出类似的情绪，尤其是荷尔德林。他是神学院学生，生活在一个信奉新教的国家，它拥有强大而持久的千禧年革命传统，当时的虔敬派神学强调末世论的暴力和革新。[10]这些诗人在相似的思想和神学观点氛围中，以明显相似的方式，对共同的革命经历做出富有想象的回应。布莱克的《法国革命》《自由之歌》《美洲》《欧洲》，骚塞的《圣女贞德》，柯尔律治的《民族的命运》《宗教沉思》，华兹华斯《景物素描》的最后一章，雪莱的《麦布女王》和荷尔德林的许多早期诗歌，在主题、构思、人物和许多象征细节上都非常相似，都是以能看到现在、过去、未来且富有想象的诗人-先知形象即“吟游诗人”身份写成。诗人们将当时的重大政治事件融入宏大的文学形式，尤其是史诗和“大颂歌”，在宇宙的背景下呈现历史全景，其中，人一部分是历史的，一部分是寓言或神话的，总体构思是天启的。他们想象一个布满黑暗的过去、一个充满暴力的现在和一个即将到达的未来，这个未来通过到达绝对善的终点来证明人类苦难历史的合理性；将法国大革命(或一场即将到来的、在法国革命模式上进行了提升的革命)再现为一个重要事件，这一事件标志着一个再生人类的出现，将居住在崭新的世界，一个将回归的天堂和复原的黄金时代的特征统一起来的世界。

法国、英国和欧洲一连串事件带来的巨大冲击导致的结果是，除了 333
少数最顽固的激进分子之外，所有人都改变了看法，或者至少让他们的希望幻灭，感到日益疲惫，甚至连约瑟夫·普里斯特利也畏缩了："通过政治革命来改善人类，确实是个值得思考的崇高主题……但是，对我来说，剩下的只有**愿望——信心**已没有了。"[11] 对大多数诗人和知识分子来说，产生这种巨大的情感反应，与早期怀抱的巨大希望有关。在《序曲》中，华兹华斯描述了早年令人陶醉的"希望与欢乐"，那时，"幸福就是在那样的黎明中生活"，

> 法国站在黄金时刻的顶端，
> 人性似乎又重生了。
>
> （第十卷，第 690–693 行；第六卷，第 353–354 行）

> France standing on the top of golden hours,
> And human nature seeming born again.

但是，当这一切"俯首于时世的重压／及其灾难性苦果"，他的精神状态变成了

> 思想混乱，热情消退
> 最后，完全失去了希望本身，
> 以及所希望的事物。
>
> （第十一卷，第 47–48 行，第 5–8 行）

> Confusion of opinion, zeal decay'd
> And lastly, utter loss of hope itself,
> And things to hope for.

W. H. 奥登在他的《新年书简》中对事态发展做了评论，虽语带讥讽，实则是准确的：

于是华兹华斯在法国久居时
堕入迷途，
望见巴士底狱颠覆的烟尘里
自由如圣灵降世般呈现……
一位自由派的同路人
曾与激进党为伍，
未察自身陷入的旋涡，
结局正如魔鬼预判
诚挚的英国人
终在拿破仑背弃后
转而撑起圣公会的穹顶。

Thus WORDSWORTH fell into temptation
In France during a long vacation,
Saw in the fall of the Bastille
The Parousia of liberty. . .
A liberal fellow-traveller ran
With Sans-culotte and Jacobin,
Nor guessed what circles he was in,
But ended as the Devil knew
An earnest Englishman would do,
Left by Napoleon in the lurch
Supporting the Established Church.

赫歇尔·贝克曾说过，华兹华斯的《序曲》是记录“他那一代人的精神传

334 记”,的确如此。奥登在1940年的作品中提醒我们,显而易见,《序曲》也预期了奥登的同代人和我的同代人的精神传记:

我们曾殷切等候那一天
国家终将彻底枯朽,
渴望理论允诺的
千禧盛世将降临,
它却永未到来。[12]

We hoped; we waited for the day
The State would wither clean away,
Expecting the Millennium
That theory promised us would come,
It didn't.

对华兹华斯及其同时代人来说,千禧年并未到来,然而,千禧年的思维模式仍然存在,只存在一点差异:改变世界的内部手段取代了外部手段。这种替代早在基督教时代就有先例。人们对基督即将再临的确信受挫后,圣经解经者将真正千禧年到来的日期推迟到不确定的未来,并将大地王国的预言解释为一种隐喻,喻指虔诚的信徒当前在精神上发生的根本转变。1600年后,弥尔顿的希望,即通过清教徒革命建立真正的上帝之国遭受挫败,之后他转而相信在一个不同的世界中存在人间天堂的可能性——“一个在你心中的天堂,一种更加幸福”的可能性。[13]然而,浪漫主义文学不同于这些神学上的先例,在于它依靠的是一种世俗手段,将这个世界改造成另一个世界。如果采取极简的方式,这一点可以更加明确、清晰:起初,通过启示的天启信仰被通过革命的天启取代,而现在,后者又让位于通过想象或认知的天启信仰。在浪漫主义由两个对立的术语构成的占主导地位的思想框架中,人的心灵面对着旧的天地,拥有内在的力量,只要它愿意承认并利用自己的力量,就可以通过意识的彻底革命,把旧的天地转变成新天新地。我们知道,这是浪漫主义的崇高主题,它形成于革命时代绝非偶然。

2. 通过想象的天启

一位匿名的评论家指控雪莱《伊斯兰的反叛》模仿了华兹华斯的作 335
品,雪莱在1819年的一封信中回应了这一指控,宣称在他那个时代,很多伟大的作家都

> 从涌现出来的新思想和新情感中获得相似的情感、意象和表达。我们自己时代的重大事件已把这些思想和感情暴露并显示出来。任何特定时代的所有优秀作家都难免具有某种相似性,因为时代精神影响着所有人。[14]

雪莱和许多同时代的人一样,在当时的文学中发现了一种独特的"精神",并将这种共同品质主要归因于法国大革命的普遍影响。这场革命作为一种文化影响,它的一个基本属性是它是一场失败的革命。伟大的浪漫主义作品并不是在革命达到希望的巅峰时写成的,而是源自对革命承诺完全或部分失望的经历。一个令人惊异的事实是,许多作品仍保留了处于千禧年兴奋情绪中的作者不太成熟作品中的构思、思想和意象,但转化成了一个不同的经验维度。

1793年,华兹华斯出版了《景物素描》,描述了自己第一次在法国和阿尔卑斯山的徒步旅行,最后以一幅神谕般的景象结束了旅程,那是一

个将从法国大革命的暴力和火焰中诞生的新世界。与《漫游》中归因于年轻孤独者的诗歌十分类似，华兹华斯在这个段落中融合了维吉尔的《牧歌》第四首、《启示录》的回声和《彼得后书》3：10–13 的启示预言，即那一天“大地……必将烧尽”，让位于“新天新地”。

纵使自由将愤然擎起赤色烽火
如彗星灼燃山巅……
且欢庆吧！纵使傲慢的邪怒
336 召来地狱之火吞噬群峦。
看啊！无害烈焰中孕生出新世界！
携本真美德破土而出：
自然重焕青春，如处子初临
爱与真理缀满她的裙裾；
凝息之正义垂下凝定之手，
以不倦的凝眸审视静默辉光：
再不见苍白马匹驮着瘟神
逡巡于你的葡萄山谷……[15]

Tho' Liberty shall soon, indignant, raise
Red on his hills his beacon's comet blaze...
Yet, yet rejoice, tho' Pride's perverted ire
Rouze Hell's own aid, and wrap thy hills in fire.
Lo! from th' innocuous flames, a lovely birth!
With it's own Virtues springs another earth:
Nature, as in her prime, her virgin reign
Begins, and Love and Truth compose her train;
With pulseless hand, and fix'd unwearied gaze,

Unbreathing Justice her still beam surveys:
No more, along thy vales and viny groves...
On his pale horse shall fell Consumption go.

直到1808年,西班牙人民起义反抗拿破仑的消息重新点燃了华兹华斯的千禧年想象,即使是借助政治小册子这种严肃的载体,这些想象也表达为圣经和异教含义的结合——保罗在《哥林多前书》15∶52–53对"最后的号角"事件的预言,以及维吉尔对萨图恩统治回归的期待:

有一个巨大的变化……从那一刻起,这场斗争就获得了一种尊严,除了希望以外,没有任何东西能赋予它这种尊严……从那时候起,"这必朽的,变成不朽的,这必死的,变成不死的"……

是的!……亮丽的外表……让智者壮着胆子说——我们相信重生就在眼前:这是复原了的纯真和智慧的作品:

时代的大轮回又要重新开始;
处女星座已经回来,萨图恩的统治亦将复兴;
从高高的天上新的一代已经降临。①[16]

我下一个例子是《序曲》中的一个段落。其中,华兹华斯描述了他在1792年第二次旅居法国时的经历。当时,他非常急切地转而参与"公民政体的争论"和"国家管理"计划,也就是说,为革命后的政治和社会秩序绘制蓝图。他告诉我们,自己和其他计划者把即将到来的秩序视为现世生活和世界中的现实,而在早些时候它被当作人类幸福的一种神话

① 末三行引自维吉尔《牧歌》第四首,原文为:

Magnus ab integro seclorum nascitur ordo;
Jam redit et Virgo, redeunt Saturnia regna;
Jam nova progenies coelo demittitur alto.

和幻想。“啊,令人愉快的希望和欢乐之旅!”那时,“整个地球/带着美丽的希望”,计划者们发现

手边之物足够柔韧,任其雕琢
人们被召来施展技艺,
337 不在乌托邦,不在幽暗的地界,
也不在天晓得的什么隐秘岛屿,
而就在这众生共有的尘世
最终我们觅得欢愉所在
或永无所获。

(第十卷,第 660–728 行)

Stuff at hand, plastic as they could wish,
Were call'd upon to exercise their skill,
Not in Utopia, subterraneous Fields,
Or some secreted Island, Heaven knows where,
But in the very world which is the world
Of all of us, the place in which, in the end,
We find our happiness, or not at all.

华兹华斯继续讲述了革命的进程与英国的战争,为这些灾难寻找借口而做出的不惜一切的努力,以及最后“希望的彻底丧失”等,它们如何“削弱了”自身的想象力。但在想象力“复元”后,他似乎又“看到了/一个新的世界”。这既不是对即将到来的人间天堂的憧憬,也并非对等同于极乐世界神话的政治秩序的憧憬,这个“新的世界”仅仅是“表现日常生活”的普通世界,它通过心灵与自然在感知行为本身中的相互作用而得到更新——用华兹华斯的话来说,就是在“所见之物和观察之眼”之间

“发自内部和外部的行为间的交流”。（第十二卷，第 368–379 行）

从这个角度，当我们重新审视华兹华斯在“纲要”中对成为他伟大诗歌事业中心思想的“愿景”做出的声明时，可以发现，这份华兹华斯诗歌成熟的宣言，概括但彻底改变了华兹华斯早期的千禧年思想。《安家格拉斯米尔》中有一段是向“纲要”的过渡，其中，他曾把那些“先于任何时代或在任何时代结束之前”的“一切田园牧歌式的梦想、一切黄金时代的幻想”都当作一厢情愿的幻想加以摒弃。（第 625–632 行）在“纲要”中，一场轰轰烈烈的“雷霆，天使嘹亮的／吟唱，和至高无上的王座”（呼应了神在《失乐园》中关于基督第二次降临的宣告，那时，“世界将焚烧，从灰烬中重生／新天新地”[17]），华兹华斯重新提出黄金时代可以复原的希望，无论是在异教还是基督教的语言中：

　　　　　　天堂，仙林
极乐世界，富饶的乐土……
人类富有洞察力的思维，
充满爱和神圣的激情 338
与这个美好的宇宙联姻，就会发现
这些只不过就是日常生活的产物。

　　　　　　Paradise, and groves
Elysian, Fortunate Fields. . . .
For the discerning intellect of Man,
When wedded to this goodly universe
In love and holy passion, shall find these
A simple produce of the common day.

很明显，华兹华斯从政治革命和乌托邦式的社会规划，转变为“纲要”中所说的,可以让“个体心灵保持自己/不受侵扰的隐退”的过程。通过这种方式,他挽救了自己早期的千年希望,不再参与群体行动,转而追求个人的宁静,从外部革命转向一种革命性的想象感知模式,后者就是要“创造”一个新世界,随着时间的推移,“整个人类……的进步力量”也许可以获得这种再创造性的观看方式。在《序曲》的最后一段中,华兹华斯呼吁柯尔律治作为“人类救赎的共同努力者与自己一起宣示这一发现”,在一个道德败坏的时代,他们将共同传授“人类心灵”和“他所栖居的/大地”两者统一力量的福音,这(此处这个比喻很有分量)“在人类感到希望和恐惧的所有**革命**中,始终保持着,从未改变”。(第十三卷,第431–450行)

华兹华斯和同时代的诗人一样,对焕然一新的世界的迷恋之情从青年时期延续到了成熟时期。与此同时,实现这个世界的力量也发生了变化。例如,我们可以在柯尔律治的颂歌序列中看到这种转变。他的预言诗《宗教沉思》首创于1794年,呈现了整个人类历史的“愿景”:穿越邪恶走向可与“天堂”的喜悦媲美的“幸福的未来”。柯尔律治在自己的散文论述中详细说明了会带来这种圆满的事件:“社会现状,法国大革命,千禧年,普遍救赎,终结。”在文本及其冗长的脚注中,革命的细节都表现为实现圣约翰启示中的暴力预言。这首诗在宣告新的大地到
339 来的号角声中达到高潮,是先知诗人弥尔顿当着三位后来《启示录》的诠释者(艾萨克·牛顿、大卫·哈特莱和约瑟夫·普里斯特利)吹响的这个号角:

> 弥尔顿的号角响彻云霄
> 让大地的巍峨树林焕然一新
> 吐露他们欢愉的回响。[18]

To Milton's trump
The high groves of the renovated Earth
Unbosom their glad echoes.

四年后，法国入侵瑞士，粉碎了柯尔律治在大革命中留存的希望，他创作了《咏法兰西》，一首最初名为“弃绝”（*The Recantation*）的颂歌。“得救的法国”所带来的希望和欢乐，已经引发人们对普遍改变的一种期待，其中，“爱和欢乐环顾四周，称地球属于自己”。但这是一个虚幻的梦，现在，他得到了残酷的教训：自由不是“通过人类力量的形式”获得的，只能在个人心灵与自然界的“大地、海洋和空气”的交流中获得。[19]四年后，像华兹华斯在“纲要”中一样，柯尔律治在《沮丧颂》（1802）中采用了《启示录》中象征着新天新地的联姻比喻，但将革新大地的力量转化为富于想象力的创造性感知行为，沮丧和“希望”的挫败中止了他“塑造性的想象精神”，但如果我们想看到比“无生命的冰冷世界”更高级的东西，我们就需要保持“欢乐”的状态，因为欢乐

是灵与力，
它让我们与自然结合，
再将新天新地作为嫁妆赐予我们。

is the spirit and the power,
Which, wedding Nature to us, gives in dower
A new Earth and new Heaven.

在十八世纪九十年代早期写就的关于革命的诗歌中，威廉·布莱克对美国和法国的重大事件进行了千禧年式的解读，与他那个时代的宗教

激进分子、华兹华斯、柯尔律治和骚塞等诗人同行都有共同之处。这些诗宣告了即将到来的黎明，那时，“快乐的大地”将“在它的进程中歌唱，/温和宁静的国家将向天堂敞开，人们与自己的父亲在幸福中散步”。奥克(Orc)，即人类欲望的精灵，在无法忍受的压迫下爆发出革命
340 的暴力，宣告着大结局即将到来(“时代结束了……黎明即将来临”)，以赛亚的新大地即将出现，“帝国已经不复存在，现在狮子和狼将不复存在”。[20]或者，正如他在《天堂与地狱的联姻》(印版3)中提到的，圣经经文预言了“主复仇的日子”，以及将随之而来的得以救赎的世界(以东代表革命的法国)：

> 一个新的天堂被开启……现在以东(Eodm)成为统治者，亚当回到了乐园。(见《以赛亚书》第三十四、三十五章)

直到1801年，与拿破仑达成的短暂和平似乎让布莱克重燃建立一个人间王国的希望。

> 现世的王国现在成为上帝和他的基督的王国，我们要和他一同统治，直到永远。文学和艺术的统治开始了。[21]

但随后发生的灾难性事件迅速摧毁了他的全部信心，哪怕是字面上的千禧年期待。在《末日审判视像》(1810)中，他写道：

> ……我们将生活在天堂和自由之中，但只可能在心灵中如此，在肉身中不可，就像你假装的那样，直到末日审判结束……在凡人的世界，我们必须遭难。

然而，在同一份文献中他宣称，自己仍然相信世界的再生中存在复原的黄金时代，要完成这些事，不是靠革命，是靠救赎性的想象——这不是革命奥克的事业，是洛斯的使命。洛斯是这个堕落世界中代表想象的力量，形象升华后成为乌尔索纳，即完全解放的想象的力量：

> 我的职责的性质是灵视或想象，是复原古人所说的黄金时代的努力。……
>
> 那旧的天和地在消逝，新天新地在降临…… 341
>
> 错误或造物将被烧毁，直到那时，真理或永恒才会出现。

和早期《景物素描》中的华兹华斯一样，布莱克在这里暗指《彼得书》中关于最后一场大火的预言，这场大火将毁灭旧的大地，并让它焕然一新。但是，布莱克接着说，这种转变仅仅是由想象的根本改变导致的："当人们不再看到它的时候，它就燃烧殆尽。"[22] 紧接着的叙述表明了布莱克与华兹华斯之间的分歧，在布莱克看来，华兹华斯的视野模式概念过于自然化，由心灵与一个特定世界的统一产生：

> 我对自己断言，我没有看见外在的创造，对我来说，它是障碍，不是行动，就像我脚上的污垢，不属于我。[23]

我们知道，在布莱克的《四天神》和其他预言中，基本的神话是"全人"的神话，他已经陷入分裂的存在和一个孤立的物质世界，但将恢复到他原初的统一。然而，布莱克自由地对神话的形式和事件进行置换，将人类的堕落描述为人类感知能力的灾难性转变，从一个灵活的，"扩张的"，或富于想象性的视野模式中——既能把一看成多，又能把多看成一，把一切都看作人——人类已经陷入一种只凭肉眼的固定的、"狭隘”的、“单一的视野”模式，把现实看成一个非人性化世界中一群孤立的个体，如罗伯特·格拉克纳的阐释，“碎片化的视野产生碎片化的人性”。[24]在人类尚未堕落的伊甸园中，救世主在《耶路撒冷》中向洛斯宣告：

我们如一人般共生；收缩无限的感官
便见众生相；舒张开来，则万物归一，
这至一者即是普世大家庭；
我们称他为耶稣。

We live as One Man; for contracting our infinite senses
We behold multitude; or expanding: we behold as one,
As One Man all the Universal Family; and that One Man
We call Jesus the Christ.

342 后来，我们被告知“耶路撒冷被抛弃，与阿尔比恩分离”，或者在布莱克对人类堕落的另一种描述中，人类的视野收缩，产生分裂，

永恒的图景，因感知狭窄，
逐渐衰弱为时空的残影，深嵌于死亡的沟壑……
而人之眼，不过是一个紧闭而晦暗的狭小圆球。

The Visions of Eternity, by reason of narrowed perceptions,
Are become weak Visions of Time & Space, fix'd into furrows of death. . . .
The Eye of Man, a little narrow orb, clos'd up & dark.

同样，在《耶路撒冷》最后的一个启示中，人在神话中复原了自己的四重统一，也就是说，每个人恢复了自己灵活的、想象的、创造的、统一的愿景力量，通过这种愿景，整个世界将再一次被视为“确定的人类形态”，能够再一次相互区别而不分裂，既将多感知为统一中的多样性，也将一感知为多样性的统一，“每个人都是四重的存在”，

> 欢欣于统一
> 在四觉中，在轮廓、周界与形体内……
> 他们以生动的幻视形态进行交谈……
> 依据人类想象的神迹
> 创造空间，创造时间。
> 　　　　　……每个字符与词句
> 都具有人性，随神经脉络的剔透或晦暗
> 而延展或蜷缩，时空便如此流转
> 随感知器官的更迭而变幻。他们
> 如一人在永恒中往复行走，彼此映照，
> 清晰地照见
> 与被照见：依循着和谐与秩序。[25]

> 　　　　　　　　　　　　　　　　　　　　rejoicing in Unity
> In the Four Senses in the Outline the Circumference & Form....
> And they conversed together in Visionary forms dramatic...
> Creating Space, Creating Time according to the wonders Divine
> Of Human Imagination.
> 　　　　　　　... & every Word & Every Character
> Was Human according to the Expansion or Contraction, the
> 　Translucence or

> Opakeness of Nervous fibres, such was the variation of Time & Space
> Which vary according as the Organs of Perception vary, & they walked
> To & fro in Eternity as One Man reflecting each in each & clearly seen
> And seeing: according to fitness & order.

诗人的思想随着其诗歌发展而发展,雪莱的诗歌生涯是一个延迟的例子。在第一部长诗《麦布女王》中,他对人类过去和现在的罪恶进行了全面回顾,结束时预先展现了“超越传说中伊甸园的/一座花
343 园……”,花园必定存在,且即将显现,显示出圣经末世论中人间天堂的特征,“万物都被重新创造”,狮子栖居“在阳光下/在毫不惊惧的孩子身边”,“在快乐的大地上,在真实的天堂中”,这就是“人世最圆满的希望”。[26]《麦布女王》是诗人二十来岁时的作品,雪莱在思考他所谓“法国大革命失败的原因”[27]时得出结论:考虑到人类目前的道德和智力状况,政治革命只会带回许多旧有的罪恶,同时还会增添新的罪恶。雪莱的公开作品(与他的许多个人抒情诗不同)继续凸显人类及其世界将彻底而持久转变的愿景。在这种意义上,他坚持自己天启的想象,显得非常顽固。但是,他把转变的主动性和能动性从外部革命转变为人的道德、智力和想象力的内在革命,并且把转变后的观点(越来越不确定它是否会一定到来)写进了受后来欧洲革命浪潮激发而创作的长诗中,包括《伊斯兰的反叛》(1817)和《希腊》(1821)。作为“吟游诗人”群体中的一员,他将《希腊》描述为《以赛亚书》和《维吉尔》预言的等同物,声称这些预言并非冒昧地预言不可避免的未来,只是要在人类面前将“再生和幸福时刻”塑造成一种愿景,即“一个‘**狮子与羔羊躺在一起**’、‘土地生产一切所需’的社会可能到来,并且也许即将到来”。[28]

雪莱的作品中,取得这种吟游风格最高成就、发展得最为完善的是《解放了的普罗米修斯》(1818)。这部戏剧将希腊神话和基督教的千禧年说(chiliasm)结合起来,但将千禧年或黄金时代的到来转为人类在精神上蜕变为新生命的过程,如保罗所说,对新生命来说,旧的事物变成了新的事物。戏剧的高潮是普罗米修斯和阿西亚的变形和重聚,这是一个象征着旧世界向新世界转变的神话事件。雪莱以双重视角呈现了这种转变本身,从因果历史角度而言,雪莱清楚地表明,人的道德从自我关注与憎恨转向富于想象的同胞之情和爱,它将解放人类 344
科学、技术和艺术的全部创造力,从而,随着时间的推移,人类将改造自己的物质和社会环境,使之成为一种适合人类需要的形式。(第三幕,第三场,第 47-56 行;第四幕,第 164-165 行,第 412-423 行)对这个即将更新的世界,雪莱采用的主导比喻是转瞬即逝的、彻底改变的景物比喻。人的想象力突然得到解放,穿透人类及人类世界的内在形态,这个世界一直在那儿,就在面纱之下。当时辰之灵(即世界末日的时刻)吹响最后的号角时,"邪恶的面具"脱落下来,"一些丑陋的面具脱落后/从其身旁经过的那些人显出温和可爱的样子"。(第三幕,第四场,第 44-69 行)圣灵报告说,"我的视像变得清晰了",他可以看到男人和女人都很"温柔、明艳的样子",变化如此之大,以至于"大地变得像天堂一样"(第三幕,第四场,第 104-160 行),"绘制的面纱……被撕掉了/可恶的面具掉落了"(第三幕,第四场,第 190-193 行)。[29]像布莱克一样,雪莱以一种戏剧性的形式来表达柯尔律治和华兹华斯通过创造性感知比喻所表达的东西:人的视野不仅反映而且改变了自己的世界,所以,这是人恢复"人类之爱"后的精神状态,它"创造了人类在天堂中所凝视的一切"(第四幕,第 127-128 行),正如它一直是人类道德和想象力的散光,扭曲了看待那美好世界的双眼:

人……是一面多面镜，
将这真实美丽的世界、一片反射着爱的海洋，
扭曲成许多错误的形状。

（第四幕，第 382–384 行）

Man... was a many-sided mirror,
Which could distort to many a shape of error,
This true fair world of things, a sea reflecting love.

在对法国前景感到激动不已的强烈情绪中，与柯尔律治一样，荷尔德林在颂歌中扮演了一个神谕人物的角色。这些颂歌将古典的和圣经的意象与十八世纪崇高文体中的伟大典型结合起来，以宣告革命性的历史圆满即将到来。1791 年，荷尔德林在《人类颂》中写道：

最终，取得了
长久以来无人企及的成就——
345 古代的父辈们从坟墓里醒来……
人类进入了自身的圆满

Endlich ist gelungen,
Was in Aeonen keiner Kraft gelang—
Vom Grab' ersteh'n der alten Väter Heere...
Und zur Vollendung geht die Menschheit ein.

[Finally there has been achieved,
What through aeons no power achieved before—
The hosts of the ancient fathers arise from the grave...
And mankind erters upon its consummation.]

《自由颂》(1792)中,诗人在喜悦的鼓舞下,吟诵着对爱、天真以及原初自由“天堂”的憧憬,而“天堂”很早以前就被“诅咒”毁灭,处在自由女神(就像失去黄金时代的异教神话中的阿斯泰亚一样)救赎的边缘,女神也曾抛弃大地,现在却被不可抗拒的爱的力量拉了回来。现在,“新造物的时刻开始了”,它就是那期待已久的“圆满”,其中,那“古老的耻辱被洗刷”,“伟大的收获之日到来了”。[30]

荷尔德林创作于十八世纪九十年代末的传奇《许佩里翁》,反映了作者受到法国大革命影响后从无限的希望转向痛苦的失望这一经历。狄奥提玛向她年轻的情人许佩里翁揭示,他满腔热情追逐的对象都是一些替代物,象征着他最终渴望的那个目标,即一片将成为复原的黄金时代的新的大地。

> “那么,你知道吗?”她继续大声说道,“你知道你渴望什么吗?你缺少的东西是什么?……你们追求的是一个更美好的时代,一个更美好的世界,它曾经就是你拥抱朋友的那个世界……你曾经想要的,不是人;相信我,你要的是一个世界。所有逝去的黄金时代……一个更好世界所有精神中的精神——你曾经想要一个单独的人,一个人,替你占据他们的位置。”[31]

狄奥提玛劝说许佩里翁,让他代表在“可耻权力的压迫下”受苦的家乡希腊人,这时,许佩里翁点燃了一个重生大地的愿景,隐含在《以赛亚
书》人类和大地联姻的比喻之中:“因为耶和华喜悦你,你的地也必归 346
他。少年人怎样娶处子之女,你的众子也要照样娶你。”(62:4–5;另见65:17)在荷尔德林的版本中,这个预言变成重生之人与自然的联姻:

> 让一切从根本上改变吧！让一个新的世界从人性之根发芽！
>
> 你呼唤人类，大自然？……他们会来的，你的人类，大自然！恢复青春的民族也会使你重新年轻起来，你就像他们的新娘，古老的众灵的统一也会恢复与你的统一。
>
> 只有一种美，人与自然将统一在包罗万象的神性中。
>
> （第三卷，页 88–90）

许佩里翁试图通过武力生成这样一个世界，投身于反抗土耳其人的希腊革命，相当于荷尔德林的法国大革命。他自己的革命队伍犯下谋杀、劫掠和掠夺之罪，这个残酷的现实粉碎了自己的千禧年希望，心爱的狄奥提玛也死去了，留下他孤身一人，这时，许佩里翁陷入绝望的冷漠。后来的经历让他从这种状态中恢复过来，在这些经历中，他面对着自然场景，能够摆脱孤独自我的束缚，以新娘的身份与自然结合。改变作为感知者的心灵与其客体间的关系，可以实现这种存在状态，而只有在这种状态下，人类才能实现和平美丽的统一世界的复兴，这正是他目前仍然在徒劳寻求的。

> 哦，万福的大自然啊！我不知道当我在你的美色面前举目仰望时是怎样的心情……在他心爱的人之前……迷失在广阔的蓝色中，我常抬头仰望苍穹，又望向神圣的海洋，似乎有一个志趣相投的灵魂正向我张开双臂……
>
> 与所有人合一，那是神性的生命，那是人类的天堂。与所有生命合而为一，在幸福的自我遗忘中回归大自然，这是思想和欢乐的巅峰……永远安息的地方……死亡从众生的结合中消失，不可分割性和永恒的青春为这个世界祝福，让这个世界充满着美。（第三卷，页 8–9）

许佩里翁无法维持这些巅峰时刻，但荷尔德林暗示，这些时刻给予他发展 347
的希望，让他永远接近一个经验中的天堂，这个天堂就是日常生活的产物。

诺瓦利斯对法国大革命的热情没有荷尔德林那么强烈，持续的时间也更短，但他的作品仍近乎执迷地关注着“新世界”的形成，它将是一个复苏的黄金时代。诺瓦利斯在《断片》中表示，诗人-先知的远见预示着全人类未来的经历，显示想象通过他称为“神奇理想主义”或“想象的魔力”[32]的过程来产生一种感性启示的力量——这些用语表明，诺瓦利斯融合了当时的形而上学和光照派神秘主义术士的做法。人类有力量凭借富有想象力的愿景的实现，来救赎普通的经验世界，我们正是从这种意义上来阐释他的观点，即人“宣告自身，也宣告大自然的福音，是大自然的救世主”。[33]

我们可以以卡莱尔来结束本章的概述。卡莱尔读过英国前辈和许多德国人的著作。在《旧衣新裁》中，主人公突然爆发的精神危机表现为一种内心启示，其中，卡莱尔呼应了诺瓦利斯，重生之人本身就发挥着“大自然救世主”的作用。托伊费尔斯德勒克说：“我一觉醒来，发现了新天新地。”[34]但是，那新的大地就是那旧的大地，而那旧的大地是通过“我们的逻辑、测量能力”或“理解”取代了“想象”能力后被重新创造出来的。他喊道：“如果你打开视野，就会看到这个美丽的宇宙……的确是一座星形穹顶的上帝之城。”[35]为让我们大家的世界保留对新耶路撒冷的希望，整整一代人付出不懈的努力。卡莱尔在十九世纪三十年代的早期著作中对此进行了总结和概括，同时提出，要实现这种希望，不是通过改变世界，而是通过改变自己的世界观。后来写的一篇文章中，他体现了浪漫主义崇高主题中存在的最基本的共同点：卡莱尔说，“凡底士诗人”(the Vates Poet)的成就，就是获得了“愉悦的自然天启”。[36]

3. 通过认知的天启

348 与年轻诗人的想象力相比，德国的年轻哲学家毫不逊色。这个世界将来不会存在，所以他们对新世界里的新人类愿景具有强烈的兴趣，和其他诗人一样，他们把这种期望转换到心灵领域，用康德的话来说，他们所采用的是我们可称之为“哲学千禧年说”的一种模式，“人们可以看到，哲学也有自己的千禧年……这完全是一种想象”。[37] 理查德·克罗纳曾评论后康德唯心主义发展“速度惊人”，具有“爆炸性”，这在哲学史上是无与伦比的，“那个时代渗透了一种基督教兴起时代的末世论希望气息，真理的太阳要么现在就破晓而出，要么永远不会出现。这一天已经迫近了，我们受到召唤去实现它”。[38] 当时的哲学家们意识到，自己的哲学事业和天启期望之间存在着相似性，而且，这种哲学千禧年说氛围同他们那个时代的革命精神密切相关。

巴士底狱沦陷一年后，哲学家 C. L. 赖因霍尔德宣称：“我们这个时代的精神[*von dem Geiste unsers Zeitalters*]最引人注目的、最独特的一点是，迄今为止一切已知的系统、理论和观念模式都受到震撼，覆面之广，程度之深，人类精神史上前所未有。”剧烈的变革精神体现在各个方面，可谓“引发了一场有史以来爆发的最伟大、最有益的革命，知识和道德领域亦都如此”。[39]“这种震撼延伸至整个欧洲文化”，当时所有重大政治和精神事件，包括“北美革命、法国革命和荷兰革命……”，“都是同一个起因”。（页 14–16）随着时间的流逝，它们受影响的程度将会显现出来，正如革命几十年后，雪莱、哈兹里特和其他英国人将把伟大的新文学
349 描述为“时代精神”的表现，认为这种精神主要是对革命时代的回应。因此，赖因霍尔德描述并解释了康德开启的哲学革命。在德国，当时“观念方式上的震撼”不是以外部革命的形式表现出来，而是很明显

> 在知识领域[*auf den Feldern der Wissenschaften*],在这些领域,知识起源于思维的力量,因此从最严格的意义上来讲,它是一种精神现象。这么说就不那么含糊了,[因为]所有欧洲国家中,德国最倾向于精神革命,而最不倾向于政治革命。(页16)

四年后,费希特的《知识论》(1794)问世了,这是第一部后康德唯心主义的重要著作。费希特创作这部作品前不久才出版两部作品,为法国大革命辩护,并反对大革命的过激行为引发的反动。在1795年的一封信中,他以自己的证词表明,这场革命为他提供了思想模型和精神能量,自己得以构想出自己的体系。事实上,这只不过相当于形而上学领域的政治革命:

> 我的体系是第一个自由的体系,正如那个国家[法国]将人从外部的锁链中解放出来,我的体系也将人从**物自身**(*Ding an sich*)的束缚中解放,从所有外部的影响中解放出来,使得人类在第一原则中成为一个自主的存在。[法国人]在那些年里通过外部力量争取政治自由,我的体系的产生是通过与自己内心的斗争,反对所有根深蒂固的偏见,当然,离不开这些偏见的共同作用——正是它们的作用(*valeur*),我的目标才定得更高,我内心实现这一目标所需的能量才得以释放。在书写那场革命的过程中,我第一次得到对这个体系的暗示,产生了预感,仿佛是一种奖赏。[40]

渐渐地,且非常不情愿地,费希特不再对法国人民的功绩及其革命事业
的前景抱有信念,转而把在新世界创造新生活的重任交给了精神领域, 350
主张人类通过意志和认知的胜利来争取自由的斗争。他在1806年的演

讲中说道:“真正的生活及幸福”在于获得“我们面前升起的新世界”和“始于我们内心的新生活”。这个新生活和新世界“包含不变者与永恒者的结合,但是,永恒只能用思想来领会,除此之外,我们无法通过其他方式得到……因此,幸福的教义只能是知识的教义”。[41]

1793年,席勒在恐怖统治时期写下书信集《审美教育书简》的第一版,以助于解决他眼中的现代文明危机。在整部著作中,法国大革命及其给欧洲政治文化带来的激烈尖锐的问题,构成席勒参照体系的显性和隐性框架。这个体系采用的程序是,将政治概念、理想以及革命的千禧年希望转化为精神、道德和认知术语,以此来内化它们。对此,席勒解释道:“如果人类要在实践中解决政治问题,就不得不通过审美来解决,因为只有通过美,人类才能走向自由。”[42]他的首要任务是将当前的危机置于人类本性和进化的大背景下,以此来证明,虽然人类在教育方面的进步还不足以通过暴力手段实现最高政治价值,但是,“审美之国”为他提供了另一个领域,其中,他甚至可以实现自由、平等和博爱的伟大革命目标。他还论证了这样的审美之国(因为包含了道德和政治规范)是一个必要的教育阶段,人类必须通过这个阶段才能在政治领域实现同样的目标。席勒在这部著作中巧妙运用了不断扩展的参照范围,与雪莱的《为诗一辩》一道,综合陈述了艺术和想象在实现生活、文明、现代政治和经济状态的最高价值中所起的不可或缺的作用,成为我们关于艺术和想象的最伟大概述。

351 席勒说:“人已从长期的懒惰和自欺欺人中苏醒过来……要求归还他不可剥夺的权利。”

> 但他不仅要求这么做,在那里,在这里[即在美国和法国革命中],人类正行动起来,以武力夺取自认为被不公地剥夺了的东西……徒劳的希望!这缺乏道德上的可能性,一个富于良机的时

刻，却发现一代人没有做好接受它的准备。（页 25）

席勒在结束语中说，在这个世界的两个王国中间，即“力的王国”和“法的王国”，审美的冲动正悄悄地“建造第三个欢乐的游戏王国和现象王国，在这个王国里，人……从所谓的约束中解脱出来”。（页 215）正如威尔金森教授和威洛比教授所指出的（页 296），席勒的**第三王国**（*drittes Reich*），无疑是暗示弗洛拉的约阿希姆预言的“第三王国”（third kingdom），即人类将在地球上实现的充分自由、团结、欢乐和智慧的“新时代”。席勒将他的第三王国称为“审美之国”，在很大程度上，为明确它的构成——它既是一种精神状态（人类一切能力的组织和自由发挥），又是一种新的社会秩序模式——席勒一直采取一种严肃的双关语策略，用词字面意义上是政治的，隐喻意义上则是美学的。人类必须通过一场意识革命来开启这种审美之国，此后才能把审美表象从附属于自身的功利目标中解放出来，让它“自主地存在……需要一场感受方式的彻底革命[*Revolution*]”。（页 205）当这个王国完全建成时，“通过自由的方式赋予自由是这个王国的基本法则”，“任何特权，任何形式的独裁统治，在以趣味为主宰的领域中都是不能容忍的，美学现象王国延伸了自己的影响力”。这种审美之国是一种真正的博爱（因为“所有其他形式的交流使社会分裂……只有美学的交流方式才能让社会统一起来”），一种真正的自由和平等。它既成为一部前奏，也成为一种典范， 352
在人类漫长的教育旅程中为实现人类存在的一切实践领域中的共同理想而奋斗：

缺乏生气的人和活着的人身上，奴役的锁链都脱落了，在审美之国，一切——甚至服务的工具——都是自由的公民，与最高贵的人享有同样的权利，想要将病恹恹的大众置于其目的枷锁之下的精

> 神,必须首先得到它的赞同。因此,在审美现象领域,我们发现平等的理想实现了,狂热者也乐于看到这种理想实质上得到了实现。(页 215–219)

谢林和荷尔德林是黑格尔在图宾根大学的同学,他们都热情地迎接了早期的法国大革命。晚期的黑格尔变得保守,回顾过去时,他用启示录的语言描述了这一“世界历史”事件所激起的兴奋之情:

> 这是一个灿烂的黎明,全部有思想的人都在欢庆这个时代,一种崇高的情感主宰着那个时代,一种精神的热情震撼着整个世界,仿佛上帝与世界真正和解的时刻已经到来。[43]

早在 1807 年写《精神现象学》之前,黑格尔就放弃了这种千禧年希望。在他的描述中,革命对精神自我教育发展所起的作用,与它在那个时代其他精神历史中所起的作用大致相同,也包括荷尔德林的《许佩里翁》和华兹华斯的《序曲》,以及柯尔律治对诗人-评论家心灵成长的描述,即《文学传记》。[44]也就是说,在《精神现象学》中,黑格尔将革命和恐怖统治事件进行了转化,使之成为个体和人类集体心灵面临的**良心危机**(*crise de conscience*)。这些事件构成黑格尔精神的漫漫黑夜,从中复原后,精神将踏上成功寻求自己全部身份和命运的道路。黑格尔说,革命
353 的阶段是“绝对自由的精神”,是“意识与自身相互作用”的极端点。他采用并极大地扩展了席勒在《审美教育书简》中发展的严肃的双关语手法。从我们所发现的黑格尔对这一精神阶段的描述中,法国大革命的政治和社会理想被转换成自己那套特殊术语和辩证法,融合了圣经启示录中对**震怒之日**(*dies irae*)的描述和奥古斯丁对两个对立自我之间内心战争的描述,“在这种绝对自由中,社会各阶层……被消灭了”,此后,将毁

灭性的愤怒转向自己,因为,黑格尔宣称,在这个阶段留给精神的“只有消极的行为,这仅仅是一种毁灭性的愤怒”,“因此,普遍自由完成的唯一任务和行动就是死亡”,“自我在绝对自由中受损,一切决定性的元素消失了,它的否定是无意义的死亡,是对否定纯粹的恐惧”。但这种死亡同时也是一种重生,此时,灵魂突破“必然的循环”,否则,在这种循环中它将被迫“不断地重复和穿越”经验永恒的重复的循环。相反,在这场发展危机中,“自我异化的精神被推到其对立面的顶点后……将那种对立还原到自己的透明形式,并在其中找到自己”。[45]

在《精神现象学》的结尾,黑格尔将不断发展的精神所达到的阶段描述为精神的“前存在”得以“升华”的阶段,它“从知识中诞生”,所以成为一个“新的存在,一个新的世界和精神的形态[*eine neue Welt und Geistesgestalt*]”。(页564)在该书序言中,他明确地将自己的**新世界**(*neue Welt*)比喻为自己的革命时代:

> 当然,不难看出,我们的时代是新时期诞生并过渡的时代。精神已经与它迄今为止存在和想象的世界决裂了……正努力为自己创造一个新形式……一个接一个地消融着构成它之前那个世界大
> 厦的粒子……这是一种渐近的崩塌……黎明的曙光打断了它,像闪 354
> 电一样,一下子显露出新世界的大厦。[46]

但是,这个突然取代了旧世界的新世界拥有的快乐黎明,不是革命的启示,而是认知的启示,因为它就是黑格尔时代的哲学,在黑格尔的**科学**(*Wissenschaft*)中达到顶点,其中不断进化的意识最终承认自己所知道的一切就是它的绝对自我。黑格尔在《哲学史讲演录》的结尾,以其特有的隐晦暗指方式,将这种圆满描述为启示王国所体现的历史真理,这个王国是以圣经末世论的意象化语言来预示的:

> 世界上出现了一个新时代，看来世界精神已经成功地把一切异己的客观存在从自身中剥离出来，并最终将自己理解为绝对精神……在有限的自我意识看来，绝对的自我意识存在于自身之外，有限的自我意识和绝对的自我意识之间的战争，现在结束了……现在看来，它似乎已经完成自己的目标……这就是到目前为止的总的世界历史，尤其是哲学史，哲学史的唯一目的就是阐述这场战争。
>
> 我已经试图将哲学发展过程中的一系列精神形式带到你们的思想中，并指出它们之间的联系。这一系列精神形式就是真正的精神王国［*Geisterreich*］，存在的唯一的精神王国（*Kingdom of Spiries*）。[47]

唯一的王国是这个世界的认知王国，它是一个和平的王国，在绝对知识的胜利中结束了意识的一切战争。黑格尔劝诫自己的读者，“我希望这部哲学史能给你们提出一个挑战，让你们把握‘时代精神’（Geist der Zeit）……并且让每个人都处在自己的位置，有意识地把它带到白天的光照下”。我们发现，赖因霍尔德、雪莱和哈兹里特也认同革命的“时代精神”，但是，革命已从战斗的战场，转移到布莱克在《四天神》的结语中
355 所称的“知识战争”战场，这里，宗教的统治让位给终极知识的王国：“现在刀剑之战结束了／黑暗宗教结束了，甜美的科学开始统治。”

年轻的谢林在其专著《论自我作为哲学的本原》（1795）的序言中宣称，自己的哲学目标“不仅是对知识进行革命，而且是对知识原则的彻底逆转，也就是说，它旨在进行一场知识革命［*Revolution*］”。这种革命不会限于对哲学产生影响，它将改变人类的生活和行为状况，因为认知革命所做的正是“解放人类，消除对客观世界的恐惧”，它“树立的首要原则，是人的本质完全存在于绝对自由之中”。如果“时代精神”是一种

胆怯的精神，那么，这样一种哲学不希望取得什么进展。

> 但是，哲学正迈步于新的大道，如果它不借此希望为人类精神指明一条新的道路……赋予那些伤痕累累、受到重创的精神以勇气和内在的力量，以自由的预言来震撼那些被客观真理奴役的人，并教导人类……他只能通过统一的行动方式、严格遵循自己的原则来拯救自己，那么，它就未免令人绝望，不配为哲学。

人类的历史进程在开始时以统一作为“规定性”观念，在结束时以统一作为“构成性法则”。这是一个循回的过程，其中，分裂的人将重新统一：“人类迄今为止走过的各条大道和小径，最终将在一个点上汇合，在此，人类将自身统一起来，成为一个单一、完美的人，且将再次遵守同样的自由法则。”根据谢林的暗示，这是崭新的一天，令人欣喜，解放了的、重新整合的、完美的人等待着哲学弥赛亚，他自己就是哲学施洗约翰，受命于弥赛亚：

> 如果有一束黎明之光，太阳就不会离我们很远，获得知识
> [*Wissenschaft*]之日定将美好无比，但只有少数几个人拥有真正实现 356
> 的机会——也许就只为一个人，那个预感这一天终将到来并期待为
> 之欢欣的人，也许会获得这个机会。

1804年，谢林在一段话中区别了自己的历史进步理论和千禧年历史理论中所指的完善：

> 经过长时间的摸索，一个人突然认识到自身中存在着永恒，这种认识就像意识得以突然澄清和阐明，我们只能通过参照永恒来解

> 释它,也就是参照上帝**本身**……比其他一切更偏离这种思维方式的是,这么多人在永不停歇地努力……希望加速人类的进步……
>
> 从这个角度来看,未来黄金时代、永久和平等博爱思想大都失去了意义。黄金时代……并非通过无休无止的发展和外在活动来寻求,而是通过返回到与绝对的内在同一之处,正是从那里出发,我们每个人开始寻求……这不会是一个渐进的过程,它将是真正的革命[*Revolution*],其理念与之前自称革命的东西完全不同。[48]

也就是说,人类的朝圣和追求已经内化,我们将突然而不是逐渐进入黄金时代,也不是通过外部的政治行动而是通过意识的彻底转变来实现黄金时代。正是在这种意义上,我们说这一过程是一种“革命”,是一种意识的循环式回归,即回到自身最初离开的统一愿景。

4. 视觉政治:主宰、奴役与自由

华兹华斯在《序曲》里一直关注的一个中心问题,是探讨他称为“真
357 正自由”的基本价值。他将自由的对立面设为主宰、暴政、束缚和奴役状态——肉眼与其物质客体进行掌控,令感知的心灵处于奴役状态。探讨华兹华斯这个**传统主题**产生的背景和理论基础,引发了一个重要问题:浪漫主义思想和想象在当代政治问题中发挥了什么作用?在长时间关于浪漫主义文学的民间传说中,经常有这样的说法:浪漫主义作家为了逃避所处时代的政治和社会危机,要么忽略这些危机,要么逃进幻想世界。事实上,华兹华斯坚称,自己“花了十二个小时思考社会状况和前景,一个小时思考诗歌”[49],当然,此话略有夸张。与其他大多数同时代诗人一样,他在散文和诗歌中对当时的重大事件直接评论,提出劝诫。此外,许多重要的哲学性和想象性作品都充满了政治和社会问题,

只不过这些问题往往被掩盖，只通过间接和暗示的方式呈现出来，从而使得这一事实显得比较隐晦。举一个显著的例子，启蒙运动政治理论中的关键概念、法国大革命中爆发的事件，以及平等、博爱和（最重要的）自由等理念，在很大程度上都被转移到非政治领域，成为一种心灵隐喻，充满关于知觉、知识和想象的讨论。

我已经指出，席勒在《审美教育书简》中对待政治状态和人类心灵状态的措辞一直模棱两可。这一时期许多其他作品，无论是文学的还是哲学的，都表现出类似的双重隐喻性，这种做法与席勒的《审美教育书简》性质相同，只是程度有异。这一主题涉及范围很广，我只论述政治力量——隐喻在感知的主要认知行为中发挥的作用，浪漫主义在描述主体与客体、心灵与自然间的关系时采用了这种隐喻。在浪漫主义作家看来，视觉是最主要的感觉，成为其他感觉感知方式的范例。这一节中，我借用了马克·肖勒的“视觉政治”概念，这是他为关于威廉·布莱克的著作拟定的副标题，十分恰当。

在这个发展阶段，值得关注的文献是费希特的《知识论》。我刚刚 358
提到了费希特 1795 年写的一封信，这封信证明，在为法国大革命辩护时，他萌生了自己的基本哲学思想，也证实了他的体系是“第一个自由的体系”，等同于认识论的一场外部革命，因为它使人“从**物自身**的束缚中解放，从所有外部的影响中解放出来，使得人类在第一原则中成为一个自主的存在”。根据费希特的观点，心灵原初可以认知，任何外在的、独立于心灵自身结构和活动的实体或状况，甚至康德精简假设中不可知的**物自身**，都构成一种难以容忍的限制，如果人要最终获得其本质自由，这种限制就必须从形而上学上加以消除。

正如费希特所说，他的体系“从头到尾都是对自由概念的分析”。[50]绝对自我（通过所有的个体自我或意识来表现自己）的“行为”产生非自我，后者可以成为一种对立的限制和力量，来反抗、对抗自我，因此，主客体之间的"对立"(opposition)[Widerstand]不仅是逻辑上的对立,而且是动态的对立。费希特说,"客体"[*Gegenstand*]是指与我们对立的事物,对抗我们的事物就是与我们对立[*Widerstand*]。在他的系统中,自我与非自我的关系隐含在**权力政治**(*Machtpolitik*)的隐喻之中——一种关于权力的语言,表明挑战、冲突以及两股敌对力量间为争夺掌控权的斗争。在这些隐喻中,自我在征服及消灭自己建立起来的对手时,因没有获得绝对自由,不能停歇下来自己感到满足。此时,自我为了完全战胜非我并且实现自我,就必须消除非我,这便使自我陷入困境。费希特解决了这种困境,他将自我的活动描述成一种对抗非我或"自然"的**无尽追求**(*unendliches Streben*),向着可接近但永远无法实现的目标迈进,在《论学者的使命》中他总结了自己的观点:

359 使一切非理性的自然屈从[*unterwerfen*]于自己,按照自己的法则自由地支配[*es zu beherrschen*]它,这就是人类的最终目标,但是是一个完全无法达到的终极目标……他迈向这个目标的道路一定是无止境的……因此,一个理性但有限、感性但自由的人的真正使命,就是接近这一朝向无限的目标。[51]

主人与仆人、自由与奴役等术语在圣经中都很常见,无论是精神层面的应用,还是实际层面的应用。柏拉图早在《理想国》一书中就将人的思想类比为一种政治组织,正如柯尔律治所说,"人的完美结构就如同国家的完美结构"。[52]在柏拉图的道德论述中,他经常以隐喻的方式使用"主人"和"仆人"两个术语,将灵魂或心灵比作主宰和主人,理应像统治奴隶一样统治肉体,因为肉体是激情和感官享乐的场所,它们使灵魂远离善。[53]根据圣经和经典例子,将自由和服从、支配和奴役的矛盾从社会引入经验的道德秩序中,这完全是西方道德哲学的一种传统,指代人的意志在善恶之间进行抉择的行为，以及人的心灵和理性与其对立力量（人的“自然”激情、欲望以及身体感官的诱惑）之间的关系。此外，文艺复兴时期新科学开始出现，人们开始普遍认为，人或人的心灵要努力学习科学知识和技术，以“控制”或“主宰”自然，如培根所说，人必须学会顺从自然，才能成为自然的主人。费希特在表现自我和他者之间的主仆关系时，结合了道德和智力上的各种观点，但走得更远，因为他将这个概念扩展到人在世界上的整体立场，包括心灵开始认识外部世界的重要行为。在费希特看来，即使在感知自然时，心灵与自然的基本关系也是一种残酷的冲突关系，即努力战胜对手，获得主宰权。柯尔律治在 360
《文学传记》中将费希特的体系描述为“一种粗暴的利己主义，对**自然**充满夸张而又过度克制的敌意，以为自然毫无生气，没有神灵，一点儿也不神圣”，此时，他持一种形而上学态度。[54]

费希特 1793 年发表的关于法国大革命的论文，研究了“对一般财产的基本权利，特别是对土地财产的基本权利”，并将研究建立在这样一个原则之上：

> 本来我们是自己的财产，我们没有主人，也没有人能成为我们的主人［*Herr*］。我们将上帝赋予并封印的自由宪章深深地藏在我们心中，他亲自释放了我们，并且说：“从今以后，谁也不要做谁的奴仆［*Sklave*］。”[55]

费希特在之后的形而上学著作中，将这种主人和奴隶的社会阶级关系转化为一种隐喻的主体-客体、人与自然之间的规范性关系。与基于人的意志和行为完全服从于陌生的自然法则之上的逻辑论证相反，他提出自我的要求，以此奠定一个相反论点的基础：“我将是自然的主人，她必成为我的仆人［*Diener*］，我将用我的力量影响她，但她不能影响我。”即使我们都实现了“我们在人世间的目标”,在未来普遍持久的和平状态中,“自私不再具有分裂人类的力量,也不再能让他们在相互冲突中耗尽自身力量”,人们将联合起来,“用团结起来的力量来对抗剩下的唯一共同对手[*Gegner*],即野蛮的、对抗的自然”。[56]

荷尔德林和许多同时代的年轻学者一样,热衷于研究费希特大胆创建的绝对唯心主义。他效仿费希特,运用冲突、社会阶级关系的隐喻(荷尔德林称之为“主宰与奴役”)来比喻心灵与外部世界的认知关系。然而,荷尔德林彻底改变了费希特关于心灵与自然之间存在的理想的权
361 力关系概念。在1795年创作的《许佩里翁》的序言中,人类永远无法达到的最高目标不是征服自然,而是在更高层次上回归自我与自然的统一,可文明之人已经脱离这种统一。因此,正如荷尔德林所描绘的,冲突后持久和平的最终状态是一种具有本体地位的平等物之间的统一:

> 我们已经和大自然闹翻了,曾经我们是一体的……现在发生了冲突,每一方都轮流变换角色,要么主宰[*Herrschaft*],要么被奴役[*Knechtschaft*]。我们常常会认为,世界是万物,我们是虚无,好像我们也是万物,世界是虚无……
>
> 结束我们自身与世界之间的永恒冲突,恢复超越一切理解力的和平,使我们与大自然结合成一个永无止境的整体,这就是我们奋斗的目标……虽然我们只能无限接近这个目标。[57]

心灵与自然之间不仅存在实践和道德关系,还存在感知和认知关系。在《许佩里翁》另一个早期版本中,荷尔德林运用大量的社会政治隐喻和权力术语来描述心灵在对自然的感知与认知、与自然的实际关系和道德关系方面所患的疾病和健康情况。例如:

> 命运和习惯教会我对自然采取不公且专横的态度，尽管这并非出于有意。对从她手中得到的一切，我完全不信任，这使得我的心中没有爱之花盛开。我相信，纯粹的自由心灵［*Geist*］永远无法与感官和它们的世界调和，除了胜利的欢乐，不可能产生其他欢乐。我常愤愤然，要求命运将我们存在的原初自由归还于我，常常从理性与非理性发生的冲突中获取欢乐，因为私下对我而言，在胜利中赢得优越感，比把统一之美传授给那扰乱人类心胸的没有法则的力量更为重要……自然随时准备向理性伸出手来，我却不接受，因为我想做她的主人［*sie beherrschen*］。

他写道，“正是在美丽的世界为我们形成的那一刻，我们获得意识，也就 362
变得有限了”，结果，“我们深深感受到存在的束缚，被束缚的力量已失去耐心，放弃了与枷锁的斗争”。他非常含蓄地修正了费希特根本的形而上学态度，指出其危险在于，“我们因大自然的抵抗而痛苦，我们与她斗争不是为了在大自然中建立和平与统一，进而在自然与我们自身的神圣元素之间实现和平与统一，而是为了消灭它。就这样，我们撕裂了把自己和他人联系在一起的美好纽带，把我们周围的世界变成了沙漠”。[58]那么，与此相反的精神行动必然会将自我与自然作为平等物，让它们统一起来达到和解，把全部心灵联结成一个社会团体，在感知上将沙漠转变成花园。

黑格尔的《精神现象学》中关于“主人与奴隶”的著名章节，一部分源于费希特，另一部分无疑源自黑格尔的朋友荷尔德林。在意识进化的一个阶段，两个自我意识的存在相互对抗，“通过生死搏斗来证实自己和对方”。目的较弱、胆量较小的一方会屈服，因此“一方成为主人，另一方成为奴隶”。但是，一个天生依赖于奴仆的主人并不是真正自由的，在事物的发展过程中，必然会出现一种具有讽刺意味的关系的逆转，其中,“奴役的境况一旦完结”,就会“逆转自身,进入真正独立的状态,以此过渡到它本身所是的对立面之中”。也就是说,奴隶之所以成为自由人,是因为他与无所事事的主人不同,能够发挥作用,努力抵抗外部世界并将其塑造成永恒的客体,在客体中他认识到自己的影子:“努力的意识通过这种方式认识到独立的自为的存在。”[59]

在这一节中,黑格尔参照的主要是社会经济秩序中个人之间以及主人阶层和奴隶阶层之间的关系模式。他辩证地看待这些关系,为马克思
363 提出了唯物辩证法的中心思想。《共产党宣言》开篇写道:“至今一切社会的历史都是阶级斗争的历史。自由民和奴隶、贵族和平民、领主和农奴……压迫者和被压迫者。”黑格尔的《精神现象学》在语义上一直具有多重性,内在与外在指涉保持一致。因此,主仆关系的改变也明确了,在通向意识完善的漫长教育之旅中,这是人类集体心灵和个体心灵在认知和道德发展中的一个必要阶段。黑格尔指出,这一精神过程实际上是走向完美自由理念实现的过程。他首先论述了法国人试图通过外部暴力革命获得自由的失败尝试,然后阐述了在那富于思想和感知的心灵的绝对自我认识中来实现真正的自由,并以此作为《历史哲学》的结束语:

> 哲学关注的只是在世界历史中反映自己观念的光束……它的旨趣在于认识自我实现观念的进化过程,这实际上是自由的观念,亦即自由的意识。世界历史就是精神的进化过程和逐渐实现过程……这是真正的神正论,是为上帝在历史中的辩护。[60]

文学史上有一个引人注目的现象:英国作家以及同时代的德国作家,将诸如“冲突”“支配”“暴政”“服从”“奴役”“平等”“自由”等大量关于社会的术语引入认知领域,以表达感知行为中心灵与自然界或心灵与生理感官之间的关系。布莱克的《自由之歌》就是他对法国大革命带

来的千禧年的最高期望,但在失去这种信念之后,他将革命事件及战争结果、反动和暴政等融入《先知书》的神话形式和行动中。布莱克将自由和奴役的概念应用于人类经验的各个方面,尤其是视觉(sight)和幻象 364
(vision)领域。人类心灵开始分裂,在它的各种官能间立刻引发了一场争夺支配地位的持久斗争。乌里森(Urizen),即孤立的和以自我为中心的理性,代表自然科学家的立场,对洛斯说,“看这些星星的主人/他们是自己的仆人,如果你愿意遵守我令人敬畏的法律”。对于此,洛斯这个堕落的想象力量,回答说:“如果你是这样,看!我也是这样。/一个人必将成为主人。试试你的手艺吧,我也要试试我的。”[61]乌里森成为主人,相应地,人类的感知产生剧烈变化——“广袤的大自然……/在他们皱缩的眼睛前”缩小,人们受到“束缚”,“越来越贴近大地:封闭起来,给予限制”,直到人类完全屈从于“五感哲学”。[62]正如我们所知,思想具有重新融合与组建和谐秩序的能力,标志着把自由扩张或“多重”视觉解放出来。这种视觉为人类意识带来一个心灵自由的新世界,布莱克称之为新耶路撒冷。“在伟大的永恒中,”布莱克说,“形式就是神圣的愿景……在每个人心中的耶路撒冷……/阿尔比恩的子民将耶路撒冷称为自由。”[63]同样,雪莱《解放了的普罗米修斯》中的核心神话展现了暴君权力与其受害者之间的思想冲突,作为奴役的结果,现实不再是感知的对象,取而代之的是被扭曲的幻象,因此,普罗米修斯对自我的胜利同时表现为消除了仇恨和报复的分裂情绪,将人类的视觉从强加给世界的扭曲中解放出来。

柯尔律治和华兹华斯在描述人类与所见世界的关系时采用了隐喻,其中体现了自己的政治愿景。两位诗人都认为,法国革命目标的失败导致对自由的探索发生了改变,从革命和解放的战争转向心灵的感知经验。这种根本转变本身就是柯尔律治《咏法兰西》(写于1798年初,当时他尚未读过德国哲学)的主题,即对自己的革命热情[64]“弃绝”或“翻

365 案”。只要我们认识到这首诗将政治概念即奴役和自由转换成心灵与自然关系的隐喻,它的结尾便很容易理解了。

这首颂歌的开头是对云彩、波浪、森林、太阳和天空等自然景象中那些“盛气凌人”的元素的祈求,它们“只服从永恒法则”,不受自身存在之外的一切“控制”的影响,成为一种“现在和将来都是自由的一切事物”,因此有资格“见证”诗人对“最神圣的自由的精神”的崇拜,且经久不衰。“当法国勃然大怒,立起巨大的四肢/……称她将得到自由”,他把自己对普遍自由的希望寄托在她和她那支“镇压暴君的长矛”上,甚至在英法战争和恐怖统治期间,他仍然坚信一个自由、爱和欢乐的新世界即将到来。“很快,”我说,

> 法兰西将用她的幸福来征服,
> 让国家获得自由,
> 直到爱和欢乐环顾四周,称大地归自己所有。

> Conquering by her happiness alone,
> Shall France compel the nations to be free,
> Till Love and Joy look round, and call the Earth their own.

但是,现在法国自己也入侵了瑞士,对“山地人不流血的自由”发动了一场征服战争,这一事件使他终于认识到,自由不是靠外部力量赢得或强加的,感知到奴役的人,即思想被自己的肉体感官限制的人,他们所发起的革命只不过是用一种奴役代替另一种奴役。

> 欲望和黑暗进行徒劳的反抗,
> 成为自己冲动的奴隶!疯狂的游戏中

他们挣脱了枷锁，冠上了自由之名，
将它刻在更沉重的锁链上！
哦！自由……
你既不随声应和胜利者的高歌，亦未将
灵魂铸入凡俗伟力的形骸。

The Sensual and the Dark rebel in vain,
Slaves by their own compulsion! In mad game
They burst their manacles and wear the name
Of Freedom, graven on a heavier chain!
O Liberty! . . .
But thou nor swell'st the victor's strain, nor ever
Didst breath thy soul in forms of human power.

这首诗的结尾是一个典型的浪漫主义场景：言说者独自站在迎风吹拂
的悬崖上，面对着广阔的风景，在一种解放了的感知行为，也是一种自发
的爱的行为中，体验到自己的存在能够与眼前的景物统一，因而重新拥 366
有存在的本质的自由：

我在那里感知到你！——在那海崖之畔……
是的，当我伫立凝望，额发飞扬，
灵魂穿透地海云天，
以炽爱拥万物入怀，
自由啊！我的灵在此与你共振。

And there I felt thee! —on that sea-cliff's verge. . .
Yes, while I stood and gazed, my temples bare,

And shot my being through earth, sea, and air,
Possessing all things with intensest love,
O Liberty! My spirit felt thee there.

柯尔律治后来的作品和布莱克一样,都认识到心灵是奴隶,眼睛是主人——他称之为“眼睛的专制”,或“外在印象的专制”,或“心灵被眼睛和视觉想象或幻想奴役”[65]——这是后洛克式感觉主义哲学在知识、道德、政治和审美上的错误表征及根本原因。柯尔律治认为费希特对自然怀有“过度克制的敌意”,与这个立场全然不同,他的目标不是心灵统治自然,而是统治最小的物体,这些物体从自然的有机整体中抽取出来,成为感官之眼所能感知到的一切,不断威胁着要奴役心灵,要抑制想象力和其他官能的自由发挥。人类的“理解力和想象力”在“经验和知识发展”中发挥着必要作用,但受到适当限制。由于滥用“自己理解力和想象力”的抽象功能,人类受到诱惑,“将神圣而不可见的自然生命打破分散成无数的感官偶像”,“自己被感官化,成为物体的奴隶,而自己原本被塑造为这些物体的征服者和统治者”。眼睛对心灵的主宰,导致了“自私、憎恨和奴役”。因此,真正的自由始于从眼睛的专制中挣脱出来,“将心灵从眼睛的专制中解放出来,是它从感官、感觉和激情的影响和侵扰中解放出来的第一步”。[66]

我们回到华兹华斯关于自由和奴役的辩证法。华兹华斯在自己主
367 要诗歌的“纲要”中宣称,心灵和外部世界“合力/完成”了创造,召唤“先知之灵”“在真正的自由之中/呵护滋养我的心”。自由在华兹华斯的《序曲》中所起的作用,如同形而上学在德国唯心主义中所起的作用,十分凸显,因为作为诗人,华兹华斯在教育中接受的重要主题便是自由:他早期获得了自由,在普及自由时因采取了错误的方式犯下错误,而后陷入奴役之中,再后来逐渐恢复自由,最终发现何为真正的自由。[67]实

际上，与柯尔律治的《咏法兰西》一样，《序曲》的结尾处，诗人独自在一片开阔的风景中，感受着风的吹动，吟唱着一首重获自由的赞歌：

一位囚徒向你致意，他刚
从牢笼中脱身，挣脱远方城墙的枷锁，
那困他多年的囹圄。
此刻我自由无拘，自由徜徉
　　　　　　　　……以雀跃之心
无畏这突如其来的自由，
我环顾四周……
我自由了，这足够了。

（第一卷，第 6–33 行）

A captive greets thee, coming from a house
Of bondage, from yon City's walls set free,
A prison where he hath been long immured.
Now I am free, enfrancis'd and at large.
　　　　　　　　. . . With a heart
Joyous, nor scar'd at its own liberty,
I look about. . . .
Enough that I am free.

这种“束缚”的一种比喻就是无名之城，是心灵的而不是物质的——“‘它摆脱了 / 不自然的自我的束缚’”——获得解放的心灵现在能对吹来的微风做出回应，吹起“一股应和的温和创造之风”，即灵感，诗人的创造力。

在整部《序曲》中，华兹华斯叙述其心灵通过感知发展成长时采用的两个关键词是“自由”和“束缚”(以及各种同义词或相关词),用来表现心灵与感官外部世界之间关系的复杂演变,而这些得以建立的基础是母亲怀抱中的婴儿所具有的“婴儿感性”。婴儿感知的世界是一个被母爱的普遍意识改变了的世界,他居住在一个“积极的宇宙”中,某种程度上,他的心灵在内在力量和外在力量感知的统一中创造了这个宇宙,也就是,他的心灵

368 既是造物者,也是受礼者,
在与所观万物的共鸣中运转
——诚然,此乃人类生命
最初的诗性精神。

(第二卷,第 255–276 行)

Creates, creator and receiver both,
Working but in alliance with the works
Which it beholds. —Such, verily, is the first
Poetic spirit of our human life.

他在青年时代的后期,保留了这种“最初的创造性情感”,因此,灵魂不受“世界常规活动”的支配,在知觉活动中,思想和外部事物轮流充当主人和仆人角色,十分自由。华兹华斯说道,尽管自己的“可塑性力量”有时是“叛逆的”,很大程度上却“严格服从于它与之交流的外部事物”,外部事物也转而受到心灵所放射出的“辅助之光”的照射,“服从/类似的统治”。(第二卷,第 377–392 行)华兹华斯在描述大学期间就保持的这种情感时,认为维持心灵和世界之间的统一和相互作用的力量,从本质上来说,等同于自由:

我带着神圣的力量来到这里……
理解一切的激情和感情
时间、地点和季节将它们印记
在物质的宇宙上,依着我心灵的力量
发挥作用,如同物质宇宙中的变化。
我是一个自由之人;在最纯粹的意义上
曾是自由的,也曾为实现崇高的目标坚强过。

(第三卷,第83-90行)

For hither I had come with holy powers...
To apprehend all passions and all moods
Which time, and place, and season do impress
Upon the visible universe, and work
Like changes there by force of my own mind.
I was a Freeman; in the purest sense
Was free, and to majestic ends was strong.

后来,感知中心灵的自由和创造性作用被粉碎,这种遭遇在于他错误地将实现普遍自由和平等的希望建立在外部政治手段即法国大革命上。外部事件的灾难性发展,特别是英法战争的爆发,在他的心灵之境中以"改变""颠覆""震击""革命""战争"的隐喻方式重演:

我发现,不仅在我孤寂的内心,
在所有赤子之心中,
自此刻起,改变与颠覆开始萌生。我的道德本性 369
未曾经历如此震荡,
直至此刻;除这唯一契机

心绪既无溃散亦无转向成为革命，
余者皆为同一条道路上的行旅。

（第十卷，第 232–239 行）

Not in my single self alone I found,
But in the minds of all ingenuous Youth,
Change and subversion from this hour. No shock
Given to my moral nature had I known
Down to that very moment; neither lapse
Nor turn of sentiment that might be nam'd
A revolution, save at this one time,
All else was progress on the self-same path.

后来他总结道，“我就这样奇怪地与自己开战了”。（第十一卷，第 74 行）当他“天性优雅的心灵”——“智性力量”“爱”“欢乐”“想象力”之间的和谐秩序和相互作用——“俯首于时世的重压／及其灾难性苦果”，这种崩溃产生的直接结果是官能之间的冲突，其中眼睛占了上风，在顺从的心灵面前承担起暴君角色：

我此刻所指的状态
是视觉凌驾于心灵之上，
在生命的每个阶段
这最专制的感官
在我体内积聚了力量，常将心灵
置于绝对的霸权中。

（第十一卷，第 42–48 行，第 171–175 行）

The state to which I now allude was one
In which the eye was master of the heart,
When that which is in every stage of life
The most despotic of our senses gain'd
Such strength in me as often held my mind
In absolute dominion.

华兹华斯和柯尔律治一样，非常谨慎地区分“自然”与我们用肉眼所感知的世界。自然远不止组成它的物质客体，奴役心灵的是物质的东西，是仅仅经过肉眼过滤后留下的自然的残留物。事实上，“自然”试图“挫败／眼睛的这种暴政”，通过召唤所有的感官来“相互抵消”，并让所有的感觉和它们的外在对象“轮流屈从于／伟大的目的”，明确地说，就是屈从于“自由和权力”，而引诱我们转向视觉“这般奴役”的快乐，是“外在感觉的／而非心灵的”。（第十一卷，第 176–198 行）[68]令人高兴的是，对他来说，这种奴役只是一个短暂的阶段，因为

　　　　我曾感觉 370
如此强烈，早在我人生之初，
想象力屡屡造访
为让它持久：我曾完全地、永远地
摆脱了习惯，再一次
站在大自然的面前，就像此时站在这里：
一个敏感的、有创造力的灵魂。

（第十一卷，第 251–257 行）

　　　　I had felt
Too forcibly, too early in my life,

Visitings of imaginative power
For this to last: I shook the habit off
Entirely and for ever, and again
In Nature's presence stood, as I stand now
A sensitive, and a creative Soul.

正是在这个关键时刻,华兹华斯为了解释自己恢复自由的方式,引入了对"时间之点"的讨论,那时,"我们的思想/被滋养,无形地修复",因为时间之点证明了早期的知觉经验,在这种经验中,现存的生理感觉和心灵之间的主仆关系已经逆转。在这一点上,华兹华斯说得非常清楚明了:

这强大的灵气总潜伏在
生命的某些章节
那时我们最深切地觉知
心灵方为君主,而外显的感官
不过是它意志的恭顺奴仆。

(第十一卷,第258–277行)

This efficacious spirit chiefly lurks
Among those passages of life in which
We have had deepest feeling that the mind
Is lord and master, and that outward sense
Is but the obedient servant of her will.

《序曲》的大意表明,华兹华斯旨在阐明心灵对外在感觉的绝对统治不是理想的感知经验,只是一个偶然的极端,帮助他从灾难性的极端对立中解脱出来。理想的感知经验将在下一卷中描述，其中，他将自己“对新世界的看法”描述为相同力量之间制衡的产物，这种制衡（在他一贯坚持采用的政治类比中）使眼睛和可见物体都变得崇高——

平衡，即内外交汇的高尚
行为，源于自身亦来自外界，
卓越，纯粹精神与至伟之力
同属所见之物与凝视之眸。[69]

A balance, an ennobling interchange
Of action from within and from without,
The excellence, pure spirit, and best power
Both of the object seen, and eye that sees.

对华兹华斯来说，这是感知力量的规范性平衡，尽管他认为，只能在被赋 371
予特权的和不可持续的经验时刻，才能实现这种状态。

就像《序曲》中的许多重要主题一样，华兹华斯的视觉政治在最后一卷中得到浓缩和凝练，并得以解决。在斯诺登山上，他意识到风景就是“一颗伟大心灵的完美形象”，篡夺像国王一般的大海的统治权——月光照耀下的迷雾投射出海角和地岬的影子

延伸进大海，真正的海
正消退，威尽失，
被蚕食至目力穷极的边际——

Into the sea, the real Sea, that seem'd

To dwindle and give up its majesty,
Usurp'd upon as far as sight could reach—

诗人认识到表现心灵具有支配一切可见事物之力量的象征：

首先的是，
自然在此显化
心灵的这般伟力……
她常对万物表象施以
绝对统治。

Above all
One function of such mind had Nature there
Exhibited by putting forth. . .
That domination which she oftentimes
Exerts upon the outward face of things.

这种"力量……由大自然 / 投射于感官，恰似 / 一幅逼真的肖像"以及"更高心灵"的"粲然才能"的"真正对等物"，也就是人类想象力的创造性感知力量。（第十三卷，第 47–51 行，第 73–90 行）

后来，华兹华斯修改了"统治"一词，以此表明自己旨在解读的心灵与外在事物之间的"相互支配"关系，是以一种"互换至高地位"的方式来表现的。但是，即使是最初版本也清楚地表明，心灵和非心灵之间的权力关系既是相互的，也是互换的，正如这一绝佳例子中所表现的那样。崇高的想象力的心灵"可以派遣一切宇宙物体，/ 让他们发生改变"，而且，"每当造物 / 降临，便凭本能攫取"，它愿意"主动雕琢，亦甘愿被雕琢"。（第十三卷，第 93–100 行）而后，他又补充说，屈服于"习惯奴役心灵的潜在倾向，我的意思是／以粗俗感观的法则压制它”带来的后果，是产生“一个死寂的宇宙”。（第十三卷，第138–141行）如果心灵与外部事 372
物相互作用，其中任何一方都不丧失自主权，那么，这种相互作用的产物将是一个有生命力的、积极的宇宙：

在生机勃发的世间栖居，
不为感官印记所囚，
反被唤醒，愈显昂扬。

In a world of life they live,
By sensible impressions not enthrall'd,
But quicken'd, rouz'd.

“因此，”华兹华斯宣称，“内在的主权和自主的和平。”这种主权与和平从政治状态转化为感知的心灵的状态，是人类最基本的自由：

哦，谁能毕生
守护并扩展这存于己身的自由？
唯此方为真正的自由。

（第十三卷，第102–123行）

Oh! who is he that hath his whole life long
Preserved, enlarged this freedom in himself?
For this alone is genuine Liberty.

终于，我们谈到了华兹华斯在诗歌“纲要”中提出的“真正的自由”概念。

这个结论也是众多主题要素之一,把《序曲》的结尾折回到其开端。华兹华斯用了一生的全部经历,在宁静中回忆,以完满诗歌的艺术形式进行阐释,以阐明他现在才完全确定的情况。他曾在作为诗人心灵成长叙述的"欢快序曲"中,为这个状态得以复原而庆祝:"现在我自由了……我自由了,这足够了。"

注释

[1] 1799 年 9 月 10 日前后;《柯尔律治书信集》,第一卷,页 527。

[2] 致拜伦勋爵的信,1816 年 9 月 8 日;《珀西·比希·雪莱书信集》,第一卷,页 504。

[3]《拉昂与塞瑟娜》"序言",1817 年(1818 年以《伊斯兰的反叛》为名重新发行),《雪莱散文集》,页 315–317。

[4]《致威廉·华兹华斯》,第 38–45 行。

[5] 托马斯·努恩·塔尔福德,《对当代天才诗人的评价》,《小册子作者》,第五卷(1815),页 432–433。参《威廉·哈兹里特全集》,第五卷,页 161,第十一卷,页 86–87;《雪莱散文集》,页 239–240。弗朗西斯·杰弗里,《爱丁堡评论文稿》(四卷本;伦敦,1844),第一卷,页 158–167;《托马斯·德·昆西文集》,第二卷,页 273–274。

[6] 见 M. H. 艾布拉姆斯,《英国浪漫主义:时代精神》,收入《浪漫主义再考》,诺思罗普·弗莱编(纽约,1963),页 26–53。

[7]《罗伯特·骚塞和卡洛琳·鲍尔斯书信集》,爱德华·道登编(都柏林,1881),页 52。

[8] 例子见奥古斯特·维亚特,《浪漫主义的神秘根源》(两卷本;巴黎,1928),特别是第一卷,页 41,页 98–103,页 128–129,页 232–269;第二卷,页 83–85,页 199–201。

[9]《威廉·哈兹里特全集》,第四卷,页 119–120。

[10] 关于德国末世革命运动,见诺曼·科恩,《追寻千禧年》。正如亚历山

大·科瓦雷(《雅各布·波墨的哲学》,页7-9)所说,他身处一个对末世论充满期待的时代,他自己也预见到,在剧烈的灾难之后,一个幸福的新时代即将来临。关于十八世纪德国虔敬主义对末日的关注,见汉斯-约阿希姆·马尔《诺瓦利斯作品中黄金时代的理念》(海德堡,1965),页232-245。赫尔德在法国大革命初期写道:“你对现在和未来时代有何看法? ……我们不是生活在一个陌生的时代吗? 我们不是不得不相信世界末日吗? 为着什么目的更高度发达的物质经济社会要展现这些事件?”致格莱姆(Gleim)的信,1792年11月12日;《赫尔德往来书信集》,海因里希·丁策尔、费迪南德·戈特弗里德·冯·赫尔德编(三卷本;莱比锡,1861),第一卷,页152。

同样,与此相关的是,正如格肖姆·肖勒姆所指出的,对革命无限希望的信仰在十七世纪后期激进教派的后裔中最为流行,他们将萨巴泰·泽维当作弥赛亚。在法国大革命爆发时,肖勒姆说,“他们不需要进行重大变革,就能成为无限政治天启的传道者”。其中一个犹太人朱尼厄斯·弗雷和丹东一起被送上了断头台。见格肖姆·肖勒姆,《犹太神秘主义的主要思想》,页287以降,尤其是页320。

[11] 正如杰弗里·卡纳尔在《罗伯特·骚塞及其时代》(牛津,1960)页41所引,托马斯·霍尔克罗夫特仍是坚定的共和党人,但他于1798年承认:“政治革命并不像我和欧洲所有思想家在某一时期所认为的那样,意在改善人类状况。”见《托马斯·霍尔克罗夫特回忆录》(伦敦,1926),页269。

[12] 赫歇尔·贝克,《威廉·哈兹里特》(马萨诸塞州,坎布里奇,1962),页66;《W. H. 奥登诗集》(纽约,1945),页284-285,页288。

[13] 《失乐园》,第十二卷。关于弥尔顿对人间天堂的内化,见迈克尔·菲克斯勒,《弥尔顿和上帝的王国》(伦敦,1964);诺思罗普·弗莱,《重返伊甸园》(多伦多,1965),第四章。

[14] 致查尔斯·奥利尔的信,1819年10月15日;《珀西·比希·雪莱书信集》,第二卷,页127。关于雪莱认为“时代精神”是革命时代产物的观点,见《雪莱散文集》,页239-240,页296-297,页327-328;《时代精神》(*The Spirit of the*

Age, 1825),《威廉·哈兹里特全集》,第十一卷(1932)。

[15]《景物素描》,第774–791行,《威廉·华兹华斯诗集》,第一卷,页88。在1849年的修订版中,华兹华斯更明确地呼应了圣经中"新天新地"的预言,同时,他撤销了早先关于人间天堂即将通过政治革命到来的断言。然而,需要注意的是,即使在很晚才确信一种实用的价值,但他曾经怀抱有这些不可能实现的希望:

> 看哪,伟大和光荣从火焰中诞生;
> 仿佛新造的天堂为大地的新生欢呼!
> ——然终非全功;这应许太过完美
> 对注定呼吸尘世之气的生灵;
> 但清醒的理智不会因此对你的承诺,
> 皱起眉头,希望也不会放弃;
> 她知道,只有崇高的目标才会带来
> 丰厚的报酬,这才是它们的荣耀。

> Lo, from the flames a great and glorious birth;
> As if a new-made heaven were hailing a new earth!
> —All cannot be; the promise is too fair
> For creatures doomed to breathe terrestrial air:
> Yet not for this will sober reason frown
> Upon that promise, nor the hope disown;
> She knows that only from high aims ensue
> Rich guerdons, and to them alone are due.

在1805年《序曲》中,华兹华斯说,自己甚至可以以"古代先知"的"部分精神",将恐怖统治的"罪恶"和"暴行"视为死亡罪有应得的、清洗净化的暴力——"天堂的愤怒的终结"。(第十卷,第371–414行)

[16] 华兹华斯,《论辛特拉条约》,页10、122。

[17] 见《失乐园》,第三卷,第56-58行,第323-349行。

[18]《柯尔律治诗歌全集》,第一卷,页108-123。另见1796年柯尔律治笔记中的启示录典故;《柯尔律治笔记》,凯瑟琳·科伯恩编(纽约,1957年以降),第一卷,页273。

[19] 同上书,页243-247。关于《咏法兰西》的背景,见卡尔·伍德林,《柯尔律治诗歌中的政治》(麦迪逊,1961),页80-87。

[20]《法国大革命》,页11-12,见《威廉·布莱克诗歌和散文集》,页292-293;《美洲》,印版6-8(页52);另见《自由之歌》,印版25(页43-44)。

[21] 致约翰·弗拉克斯曼的信,1801年10月19日,《威廉·布莱克诗歌和散文集》,页686。

[22]《末日审判视像》,同上书,页554、545、555。

[23] 同上书,页555。布莱克在早期的《天堂与地狱的联姻》中,用感官力量的升华来解释《启示录》中的大火:

> 一切造物将被烧毁,显出无限和神圣,而现在却显得有限且腐朽。
> 这将通过感官享受的改善来实现……
> 如果感官之门被清除,一切事物在人看来就会是它本来的样子,变成无限的。
>
> (印版14;同上书,页38-39)

> The whole creation will be consumed, and appear infinite and holy whereas it now appears finite & corrupt.
> This will come to pass by an improvement of sensual enjoyment. . . .
> If the doors of perception were cleansed everything would appear to man as it is, infinite.

[24] 罗伯特·格莱克纳,《布莱克和感官》,载《浪漫主义研究》,第五卷(1965),页14。

［25］《耶路撒冷》，印版 33，印版 49，印版 98–99，见《威廉 · 布莱克诗歌和散文集》，页 178、196，页 254–256。另见《四天神》，第 21 行，《威廉 · 布莱克诗歌和散文集》，页 306。1800 年 10 月 2 日，布莱克写给巴茨（Butts）一封信，并将这封信附于一首诗中，其中，布莱克描述了他的“第一次灵视之光”，即第一次经历（发生在费尔法姆海滩上散步时）视觉逐渐扩展到视像的终极状态，在这种状态下，他把全部事物都看成是人，看作一个整体，正如布莱克所言，“我的眼睛确实扩张了”，把所有的自然物体 / 岩石、山丘、喷泉、海洋、星星——都当作人来看待（“因为每一个都是人 / 人的形态”）；在他变化的感知中，他也看到了一个女人“在她美丽的臂弯 / 拥抱着我的影子…… / 还有我妻子的影子 / 还有我的妹妹和朋友的影子”。此后，“我的双眼不断越来越……扩大”，所有这些人“看起来是一个人”，把布莱克本人经过净化的形象环抱进他的光芒。见《威廉 · 布莱克诗歌和散文集》，页 683–684。

［26］《麦布女王》，第四章，第 88–89 行；第八章，第 107 行，第 124–126 行，第 238 行；第九章，第 1、4 行。

［27］雪莱对法国大革命失败的关注，见罗斯 · 伍德曼，《雪莱诗歌中的天启预言》（多伦多，1964），页 ix、4、24。

［28］《希腊》注释，《雪莱诗歌全集》，页 479–480。

［29］雪莱作品中对但丁《天堂篇》的呼应很明显，他将传统基督教对精神启示的诠释理解成世俗的语言。贝雅特丽齐告诉但丁，他所看到的事物——河流、光的火花、花朵——只是“对它们真相的模糊预言，并不是这些事物本身存在缺陷，缺陷存在于你自己身上，你的视觉还没有升华”。然而，当但丁俯身让自己的眼睛“饱览”恩典之河的景色时，“然后，就像那些戴着面具的人，如果把不是自己的面具脱下来，看上去就和以前不一样了，鲜花和火星在我眼里变成了更盛大的节日，我看见天上两个庭院都显示出……真正王国的伟大胜利”。（《天堂篇》，第三十章，第 77–99 行，J. D. 辛克莱〔Sinclair〕译）

［30］《荷尔德林全集》，第一卷，页 i、148，页 139–142。

［31］《许佩里翁》，同上书，第三卷，第 66–67 行。荷尔德林对法国大革命

态度的转变，见莫里斯·德洛姆，《荷尔德林和法国大革命》（摩纳哥，1959）。

[32] 如《诺瓦利斯文集》，克拉克洪、塞缪尔编（四卷本；莱比锡，1929），第二卷，页338；第三卷，页123、147、159、288。见汉斯-约阿希姆·马尔，《诺瓦利斯作品中黄金时代的理念》，第二部。维尔弗里德·马尔施的《〈欧洲〉：诺瓦利斯的诗意演讲》（斯图加特，1965），讨论了法国大革命对诺瓦利斯创作《基督教或欧洲》（1799）的启发作用。

[33] 《诺瓦利斯文集》，第一卷（1960），页110–111。

[34] 托马斯·卡莱尔，《旧衣新裁》，页220、186。

[35] 同上书，页222、264。

[36] 《论英雄、英雄崇拜以及历史上的英雄》，《托马斯·卡莱尔作品集》，第五卷，页84。

[37] 《康德文集》（学院版），第八卷，页27；另见第六卷，页34，页134–136。

[38] 理查德·克罗纳，《从康德到黑格尔》（第二版，两卷本；图宾根，1961），第一卷，页1–2。

[39] 卡尔·莱昂哈德·赖因霍尔德，《康德哲学书信集》（两卷本；莱比锡，1790），第一卷，页12、9。关于赖因霍尔德后来对当代政治革命和形而上学的比较，见他的文章《关于德国人对法国大革命的评判》，载《德意志信使》（1793年4月），特别是页396。

[40] 致巴格森（Baggesen）的信，1795年4月；《费希特书信集》，汉斯·舒尔茨编（两卷本；莱比锡，1925），第一卷，页449–450。费希特对大革命的评判，见M.格罗尔特，《费希特和法国大革命》，载《哲学评论》（1939年9月至10月），页226–320。弗里德里希·施莱格尔在《雅典娜神庙》（1798）中说："法国大革命、费希特的《知识论》和歌德的《威廉·迈斯特》是这个时代的最大趋势。如果有人因为我将这二者相提并论而感到不快，认为没有一场革命在他看来是重要的，那他就没有站到人类历史的高度上。"（施莱格尔，《批评著作》，沃尔夫迪特里希·拉希编〔慕尼黑，1964〕，页48）1804年，施莱格尔宣称，法国大革命"远不如另一场同时在人类精神深处发生的更大、更迅速、更全面的革命重要"——

“创造[哲学]唯心主义”的革命。(《莱辛作品中的精神》,同上书,页444-445)

[41]《通往幸福生活之路》,见《J. G. 费希特名作集》,第二卷,页306、309。另见《论人类的使命》,同上书,第一卷,页441-442,页470。

[42] 席勒,《审美教育书简》,页9。

[43]《历史哲学》,格奥尔格·拉森编(莱比锡,1919),第二卷,页926。

[44]《文学传记》第十章平静地叙述了作者对法国大革命的反应,最初“怀抱极大的希望”,最后“思想陷入彻底的厌恶和沮丧的状态”。就像华兹华斯在《序曲》中一样,柯尔律治告诉我们,在那之后,他“便将自己的思想和研究投入到宗教和道德基础的构建之中”,结果,却发现自己“完全漂浮着,怀疑开始涌进来,‘从巨大深渊的泉源中’向我袭来”,“很久以后,我的方舟才抵达阿勒山,停了下来”。(《文学传记》,第一卷,页132-133)

[45]《精神现象学》,页415-418,页420-422;贝利英译本,页600-601,页603-605,页607-608。

[46]《精神现象学》“序言”,《黑格尔:再诠释、文本和评论》,页380。另见伊波利特,《法国大革命对黑格尔〈精神现象学〉的意义》,载《哲学评论》(1939),页321-352。

[47]《哲学史讲演录》,《黑格尔全集》,第十九卷,页689-691。

[48]《论自我作为哲学的本原》,《谢林全集》,第一部,第一卷,页156-159;《总体哲学体系与作为特体的自然哲学体系》,同上书,第一部,第六卷,页562-564。

[49] 引自F. M. 托德,《政治与诗人:华兹华斯研究》(伦敦,1957),页11。

[50] 致赖因霍尔德的信,引自《费希特的自由说》,西奥多·巴鲁夫、伊格纳茨·克莱因编(杜塞尔多夫,1956),页9。我已经引用了谢林在1795年提出的类似主张,坚持“知识革命”确立了“人的本质完全存在于绝对自由之中”的首要原则。正如埃米尔·布雷耶所言,“唯心主义革命,就像法国革命一样,宣告了自由”,但是是一种“本质上自治”的内在自由,也就是说,心灵只服从它自己生成的律令。见埃米尔·布雷耶,《谢林》(巴黎,1912),页17。

[51]《费希特全集》,第六卷,页299-300。

[52]《政治家手册》,附录B,见《平信徒讲道集》,页66。

[53] 见格雷戈里·弗拉斯托斯,《柏拉图思想中的奴隶制度》,载《哲学评论》,第五十卷(1941);尤其是页294-295,页301,柏拉图将术语"主人"和"奴隶"应用于经验道德维度上的身体-灵魂关系中。在讨论灵魂对真理而非美德的认知探求时,柏拉图也将灵魂程序呈现为与肉体相互冲突,因为"身体的感觉是不准确、不可靠的,而且通过侵袭的欲望、恐惧和幻想分散了灵魂对真理的追求"。然而,柏拉图具体指出,认知的理想不是让灵魂实施对身体的控制,而是把灵魂从充满错误的、分散精神的身体中获得最大可能的超脱。例子见柏拉图的《斐多篇》,R.哈克福斯译(英国,剑桥,1955),64C-67B及其评论,页48-51。

[54] 柯尔律治,《文学传记》,第一卷,页101-102。

[55]《纠正公众对于法国革命的评论》,《费希特全集》,第六卷,页117。

[56]《人类命运》(1800),同上书,第二卷,页191-193,页277。

[57]"倒数第二版""前言",《荷尔德林全集》,第三卷,页236。在早期《〈许佩里翁〉节选》的序言中,荷尔德林提出了人类精神与自然对立的两种倾向:贪婪的欲望,他称之为"需求",以及权力的欲望,他称之为"力量"。当某一倾向过度时,人就会展现出自己"危险的一面",即要么渴望一切,要么奴役一切。然而,人在"最高的自我发展"阶段,以"无限扩大和加强的形式"把这些敌对力量"组织起来"。(同上书,页163)荷尔德林对这一概念的探讨,见乌尔里希·盖尔,《瑞安的荷尔德林〈许佩里翁〉评论》,载《德国季刊》,第三十九卷(1966),页246。

[58] 诗歌《许佩里翁》的小说版本(1794-1795),《荷尔德林全集》,第三卷,页186-194。另见《许佩里翁的青年时代》(1795),同上书,页199-205。荷尔德林在当时的书信中对费希特的评论,证实了我所引用的段落与费希特学说之间的关系;例子见致黑格尔的信,1795年1月26日;致弟弟的信,1795年4月13日,1798年12月24日。

[59]《精神现象学》,页141-150;贝利英译本,页228-240。

[60] 黑格尔,《历史哲学》,页 938。黑格尔的《哲学史讲演录》导言中也是如此:精神经历了“分裂”和“异化”,“但只有这样它才能找到自己,才能回到自身,才能得到自由,因为它是自由的,既不与他人相连,也不依赖他人。……只有通过思想,精神才能获得这种自由。……只有在思想中,所有的外在物质才会变得透明。在这里,思想绝对自由”。见《黑格尔全集》,第十七卷,页 52。

[61]《四天神》,印版 12,第 16–20 行;《威廉·布莱克诗歌和散文集》,页 302–303。参见阿西亚对魔神的反复询问,见雪莱对可逆性精神力量关系的辩证观,《解放了的普罗米修斯》,第二幕,第六场,第 106–114 行:“谁是奴隶的主人?”

[62]《洛斯之歌》,印版 4,第 11–16 行;同上书,页 66。

[63]《耶路撒冷》,印版 54,第 1–5 行;同上书,页 201。

[64]《柯尔律治诗歌全集》,第一卷,页 168、243,注释;另见柯尔律治同时期写给弟弟乔治的书信,1798 年 3 月 10 日前后,《柯尔律治书信集》,第一卷,页 394–398。

[65]《文学传记》,第一卷,页 74、77;《哲学讲演录》,页 434。

[66]《朋友》,第一卷,页 517–518;爱丽丝·D. 斯奈德,《柯尔律治论逻辑与学问》(纽黑文,1929),页 126–127。

[67] 近年来,许多评论家都在讨论华兹华斯的自由主题;例子见卡尔·R. 伍德林,《论华兹华斯诗歌中的自由》,载《美国现代语言学协会会刊》,第七十卷(1955),页 1033–1048;卡尔·克罗伯,《永恒的艺术》(麦迪逊和密尔沃基,1964),第二章;理查德·斯唐,《虚假的黎明:华兹华斯〈序曲〉开篇研究》,载《英国文学史杂志》,第三十三卷(1966),页 58–65。

[68] 华兹华斯在他的散文批评中称,写作时眼睛关注物体,这很必要,因为写作是一种感知方式,在这种方式中,看得见的物体是心灵的主宰,但还不够:这是一种“力量,虽然对一个诗人来说不可缺少……然而,只有在感到必要时,才会使用这种方式,且从不长期持续使用,因为会让心灵的崇高品性处于被动境地,陷入对外在物体的屈从状态之中”。见 1815 年《诗集》“序言”,《威廉·华兹

华斯的文学评论》，页 140；另见页 160、173。在《个人谈话（二）》这首诗中，华兹华斯说，“一个人的心灵只是自己眼睛的心灵，/ 那他就是一个受奴役者”；在《漫游》中，他提到了那种假科学，它那“呆滞的眼睛耷拉着”将“物体束缚在残忍的奴役之中”。见《威廉・华兹华斯诗集》，第四卷，页 74；第五卷，页 149。

［69］《序曲》，第十二卷，第 370–379 行。在一份手稿中，华兹华斯将自己的“重生”描述为从“屈服和奴役的世界”中获得“心灵的救赎”，心灵和外部宇宙被呈现为对等之物，因为心灵的渴望与宇宙的可能性相匹配：

> 他觉得，心灵的渴望无论多么宏大
> 他生活的宇宙
> 就是他的心灵，彼此
> 相称；如果一方的
> 渴望无限，另一方也会取之不尽。

> He feels that, be his mind however great
> In aspiration, the universe in which
> He lives is equal to his mind, that each
> Is worthy of the other; if the one
> Be insatiate, the other is inexhaustible.

《序曲》，德・塞林科特、达比希尔编，第 575–576 行。

第七章　诗人的灵视：新旧大地

将孩子的好奇心和新奇感与四十年来每天都被认为是 373
司空见惯的景象结合起来……这是天才的性格和特权。

柯尔律治，《文学传记》

要以一种全新的方式看待事物，那真的很困难，因为一切事物，包括习惯、教育、日常生活、理性、日常生活需求、懒惰，都为人设置了阻碍。事实上，世界上的天才如凤毛麟角。

格特鲁德·斯泰因，《毕加索》

伏尔泰、雪莱、华兹华斯、拜伦、卢梭……他们在人类和宇宙之间建立了一种新的联系，结果，释放了巨大能量，太阳向着人类得以重生，月亮向着人类得以重生。对人类而言，正是那个太阳陈腐僵滞，习以为常。后来，来了一个救世主，一个先知，也还是那个太阳在天上翩翩起舞，焕然一新。

D. H. 劳伦斯，《贵族》

如果我把心灵集中在绝对或伦理价值的意义上……眼前就会呈现一种特别的经验……我认为，描述这种经验的最好方式，就是说当我拥有它时，我会对世界的存在感到惊奇不已……这种经验就是，将世界视为一个奇迹。

路德维希·维特根斯坦，《伦理学讲稿》

To combine the child's sense of wonder and novelty with the appearances, which every day for perhaps forty years had rendered familiar... this is the character and privilege of genius.

Coleridge, *Biographia Literaria*

To see the things in a new way that is really difficult, everything prevents one, habits, schools, daily life, reason, necessities of daily life, indolence, everything prevents one, in fact there are very few geniuses in the world.

— Gertrude Stein, *Picasso*

Voltaire, Shelley, Wordsworth, Byron, Rousseau ... established a *new* connection between mankind and the universe, and the result was a vast release of energy. The *sun* was reborn to man and so was the moon. To man, the very sun goes stale, becomes a habit. Comes a saviour, a seer, and the very sun dances new in heaven.

— D. H. Lawrence, *Aristocracy*

If I want to fix my mind on what I mean by absolute or ethical value... oneparticular experience presents itself to me.... I believe the best way of describing it is to say that when I have it *I wonder at the existence of the world*.... It is the experience of seeing the world as a miracle.

— Ludwig Wittgenstein, *Lecture on Ethics*

一个人继续过他的旧生活,还是开始崭新的生活?是在一个死亡的宇宙,还是在一个充满生命的宇宙?是被割裂孤立,还是有所归属居于家中?是处于奴役状态,还是处于真正自由的状态?对浪漫主义诗人来说,这一切都取决于他的心灵在感知行为中如何看待世界。因此,整个浪漫主义时代,对眼睛和客体以及二者之间的关系的强调异常突出。那些重要的诗人关于存在和表象的哲学观点尽管不同,但都与布莱克的观点相吻合,即"人之为人,如其所见","眼睛看到的,即客体所是","眼睛若改变,一切皆改变"。[1]那么,用错误的方式看待世界,便看到了错误的世界,而以对的方式看世界,就创造了一片新天新地。

卡莱尔关于"作为诗人的英雄"的讨论,主要是对拉丁术语"凡底士"作为诗人、先知和预言家的三重意义的扩展,"难道我们不可以说,智力完全凭借辨别对象是什么的力量来表现的吗?""平静观看的眼睛,简而言之,一个伟大的智者","**观看**(*Seeing*)之眼!对诗人,就像对其他人一样,我们首先说,**去观看**(*See*)"。但是,因为重新审视这个世界就等于创造一个新世界,因此,拉丁语 *vates*(凡底士诗人)和希腊语 *poeta*(制造者)合而为一,"我们说,富有创造性:诗人的创造,除了充分地**看见**(*seeing*)事物,还能是什么呢?""凡底士诗人"为我们呈现了一种"愉悦的自然天启"。[2]罗斯金(在这方面是卡莱尔的门徒)说道:"人类灵魂在

这个世界上所做的最伟大的事情，就是**看到**(*see*)某样东西，并将它
376 **所看到**(*saw*)的直白地表达出来……看得清楚，就是诗歌、预言和宗教
三者集于一身”，就是成为一个“先知”(Seer)。[3]

如我之前讨论过的那些篇幅较长、富有想象力的启示作品一样，一些较短的诗歌也开始采用视觉意象。在面对世界时，诗人看到自己以前未曾看到的东西，或者不再看到曾经看到的东西，或者以全新方式看到曾经看到的东西。在《不朽颂》的开端，华兹华斯极为不安地发现，“我曾经看到的东西，现在再也看不见了”，结尾时，他可以用新的眼光看待旧的事物，通过一只“眼睛／它一直守望着人类的死亡”，从而得到安慰。柯尔律治在《沮丧颂》中用以阐明倦怠的事实是：当凝视天空、云彩、星星和月亮时，“我看到，而不是感觉到，它们如此美丽！”雪莱在《智性美颂歌》中称，这种看不见的力量在世界上散发出一种正在变化却不稳定的光和色，在《祖卡》中，它成为一种“我不知道”的东西，出现又消失“在花朵和叶子中，在刚修剪过的草地上”。在华兹华斯的诗中，彼得·贝尔内心堕落的标志则是视觉的缺陷——

> 河边的报春花
> 在他眼里就是一株黄色的报春花，
> 仅此而已。

> A primrose by a river's brim
> A yellow primrose was to him,
> And it was nothing more.

另一方面，柯尔律治笔下的水手通过视觉上的跳跃完成了自己的精神转变。此前，他一直认为水蛇是令人讨厌的，但现在认为它们美丽无比：

“哦，幸福的生灵！没有语言／可以描述它们的美。”最近从华兹华斯手稿中发现了《倒塌的村舍》，在这一伟大作品中，商贩最终与人类要遭受本不应遭受的、不可理喻的伤痛苦难这一残酷事达成和解，就是通过商贩的眼睛发生类似的变化来表现的。这首诗的开头，商贩把被遗弃和倒塌的小屋看作是为遮风挡风提供的“一堵冰冷的光秃秃的墙，满是泥土的顶部长满了／杂草和蔓生的针茅”。但是，他在结尾说：

那些杂草，还有那墙上高高的针茅，
透过薄雾和寂静的雨珠闪着银光，
我经过时，向我的心灵展示
一个如此宁静的形象， 377
如此平静，如此安静，看起来如此美丽。
　　　　……我转过身
幸福地走在自己的路上。[4]

Those weeds, and the high spear grass on that wall,
By mist and silent raindrops silvered o'er,
As once I passed, did to my mind convey
So still an image of tranquility,
So calm and still, and looked so beautiful.
　　　　. . . I turned away
And walked along my road in happiness.

重点在于，要以一种根本对立的方式看待世界，并且，必须从一种方式转向另一种方式，这虽然非常困难，却能创造奇迹。“单一的视觉”依赖“身体的”“物质的”“植物的”“肉体的”或“外部的眼睛”，导致心灵被纯粹的物质所奴役，陷入死亡之眠，感官虽生犹死。与这种看待方式相对立的,是诗人设置的被解放的、创造性的、复活的视觉模式,“通过眼睛,不是用眼睛”,或者通过“内在之眼”“智慧之眼”“想象之眼”,或者简单地说,通过“想象”,从物理光学转变到卡莱尔为一篇文章所命名的“精神光学”(Spiritual Optics)[5],或者转变到布莱克和其他人通常称之为“灵视”(Vision)的东西。

因为对新世界的感知是人生成功的标准——保留传统词汇的作家称这种体验状态为“救赎”——找出据说是视觉战胜光学的主要表现方式,会有所裨益。在前面的章节中,我讨论了主要的融合方式,将离散的、死亡的、陌生的环境转变为人性的、完整的、友好的环境,在这个环境中,人类发现自己一直就在家园。此外,还有其他一些补充方式,根据这些方式,眼睛一旦改变,据说可以产生一个重新创造的世界,至少是暂时产生。无论在理论上还是在实践中,这些方式并不总是泾渭分明,为方便起见,我将分别讨论三种革新的知觉模式:新奇感、启示“时刻”以及视觉价值重估。

1. 新奇感

378 文学史家一直都关注的是,华兹华斯在《抒情歌谣集》序言中声称,自己记录下的是人类真正说出的语言,以至于忽视了柯尔律治的证词,后者称华兹华斯的主要动机实际上是例证一种感知世界的新方式,即赋予它“富于修正的想象力色彩”。在《文学传记》中,柯尔律治宣称,华兹华斯写这些诗歌意在

> 赋予日常事物以新奇的魅力,激发一种类似于超自然的感觉,通过将心灵的注意力从沉闷的习惯中唤醒,引导它看到我们眼前世界的可爱和奇迹。这是取之不尽、用之不竭的财富,但由于隔着一层熟

> 悉感和自我关注的隔膜，我们有眼睛却看不见，有耳朵却听不见，有心灵却感受不到、理解不了。

柯尔律治补充道，华兹华斯只是在发表的时候才把这些歌谣（在 1798 年的宣传中）呈现“为一种实验……尝试用日常生活的语言”。[6] 1802 年扩展版的序言中，华兹华斯对自己先前的说法做了补充，阐明实际的“主旨”在某种程度上是要给普通事件和情景蒙上“一层想象的色彩，以此让普通的事情以一种不寻常的方式呈现在心灵中”。[7]

在上述《文学传记》中说明华兹华斯诗歌创作目的章节之前的一章，柯尔律治告诉我们，1796 年，当他第一次听到华兹华斯大声朗读其中一首诗歌时，让自己印象最深刻的、最生动的，恰恰是诗歌展示了一种观看方法，这种方法既能改变现实，又不扭曲现实——“观察中真理的微妙平衡，与想象力在修饰被观察对象时的结合”，以及将“理想世界的**光辉**”投射到“众多形式、事件和情景上，而这些对于普通视角来说，习惯早已使这个世界的光彩黯然失色”。

> 在新旧的结合中不存在矛盾，怀着新鲜的感情去思考远古时代和自己的全部作品，仿佛一切都是在第一次创造的命令下迸发出来，心灵的特点是能感知世界之谜，并帮助解开谜底。将童年的情
> 感延续到成年的力量之中，将孩子的好奇心和新奇感与四十年来每 379
> 天都被认为是司空见惯的景象结合起来……这是天才的性格和特权……因此，也是天才最大的优点……将熟悉的事物呈现出来，以至于唤醒别人的心灵……新奇感总是伴随着心灵的恢复，与身体的恢复一样。[8]

柯尔律治接着说，对华兹华斯独特力量的思考，使他最初认识到想象和

幻想之间是有区别的，并最终将想象力定义为一种平衡或调和的能力，将“新奇感和新鲜感同旧的、熟悉的事物相协调”，作为整体运作的一部分，从原初的、普通的感知材料中创造一个新世界。想象“溶解，扩散，消散，为了再创造”。华兹华斯在别处说道，想象力“在这个词在最高意义上，是一种**修正的**力量……其中，它隐隐约约类似于创造……是我们关于创造所能**设想**的一切”。[9]

在《文学传记》中，柯尔律治以精确的总结将关键术语纳入创造性感知的浪漫主义词汇。他所一直坚持的，不是通过扭曲旧世界来更新旧世界，而是以全新看待世界的方式使熟悉的事物陌生化。最主要的对手-力量是“惯例”——华兹华斯在《序曲》中反复谴责的“习惯”“自觉和惯例”“世界的常规行为”[10]——它不知不觉地、无情地将独特的存在物同化到普遍的感知范畴。柯尔律治称，克服这种“习惯的倦怠”，结果就是将“奇迹”从“熟悉”中解禁，或者用华兹华斯的另一种说法，是在事物的单纯存在中揭示出奇迹：

> 世界的自然产物，如果遇上
> 那不再具有惯性思维的感官，
> 就会被认为是一个奇迹。[11]

> And the world's native produce, as it meets
> The sense with less habitual stretch of mind,
> Is ponder'd as a miracle.

这种新奇感的标准就是“孩子的好奇心和新鲜感”。人们认为，一个孩
380 子现在所看到的，就是所有人在童年时期所看到的。在华兹华斯略带嘲
讽的自我描述中，“环顾你的大地母亲”，

仿佛你是她初诞之子，
在你之前万物皆未生息！[12]

As if you were her first-born birth,
And none had lived before you!

诺瓦利斯说，在早期人类中，“他们所有的感知都是新颖和原创性的”，“除了先人之外，孩子还能是什么？”孩子新奇的目光比最不容置疑的预言家的预知更有意义。[13]通常，我们也会发现，个人的婴儿期等同于亚当在伊甸园的状况，无论是隐性或显性的，因此，恢复孩子新奇的眼光，就是恢复天堂的原初体验。柯尔律治阐释说：“就好像在接到第一个创造命令时，一切东西都涌现出来。”

彼得·柯文尼在《儿童意象》中认为，在布莱克和华兹华斯的时代，“孩子从相对不重要的地位开始成为文学兴趣的焦点，前所未有”。这既是因为孩子本身所是的东西，也是因为孩子被用作一个定义成人有效经验的参照标准。[14]然而，像一些批评家所宣称的那样，对孩子的浪漫式追求是一种赞美幼稚行为的倒退范式。与在其他地方一样，席勒在此提出了代表性的观点。根据他的阐释，我们对童年状态的怀旧情绪意在表明，这就是“过去的我们”和“将来我们要成为的样子”，但只能继续进入“我们的成年期”，那时，早期的单纯将被融入成熟的“高级和谐”中。[15]诺瓦利斯对螺旋式回归发展这一流行概念进行解释时称，“发展最高级的凡世之人非常像孩子”，但在保留进化过程的“正题”和“反题”时，他“是这个孩子最高程度的综合”。[16]黑格尔认为：“童年的和谐是大自然亲手赐予的礼物：第二种和谐必须从精神的劳动和文化中产生。因此，基督所说的‘除了你们**成为**小孩子那样’之类的话，根本没有告诉

381 我们,我们必须一直充当孩子。"[17]尽管华兹华斯在母亲怀抱中的婴儿期找到了"创造性情感"的根源,十分明显地怀念童年时期,但是,他强调,要发展走向成熟,必须"规训、完善诗人的心灵"。[18]《文学传记》中,柯尔律治对新奇感的描述是以螺旋式发展这一成长概念为基础的。这一发展保留了早期阶段的价值,在感知中,"新旧事物得以统一,矛盾消失",标志着成功地将"童年的**感觉**转化为成年的**力量**",而标准或规范,就是在布莱克所称的成熟想象力的"结构化"愿景中保持孩童的反应能力。

这些浪漫主义阐释根植于圣经和神学惯例。例如,柯尔律治的典故"**远古**时代和自己的全部作品",是关于《但以理书》第七章中所描述的启示愿景。他说,要将心灵从习惯中解放出来,引导它"欣赏我们面前的世界奇观",对于这些奇观,"我们有眼睛却看不见,有耳朵却听不见",这是对基督的重复,基督对那些不理解自己神迹意义的人说:"你们有眼睛,看不见吗?有耳朵,听不见吗?"——柯尔律治将这些话转换为纯粹感知的奇迹观念。[19]对于圣奥古斯丁和一千三百年后的许多作家,它构成一种人类惯常的感觉模式,将人类束缚在堕落状况之中,以此成为救赎愿景的对立面,"我用身体的感官观察外部世界"。

> 有时你允许我进入一种我平常没有的心灵状态,一种我无法使之在我心中永驻的快乐,很难与未来的生活区分,但由于我诸多的不完美,我又后退了一步,被习惯吞噬……习惯的责任同样重要。[20]

现代人对童年经历十分关注,如果加以追溯的话,卢梭往往成为其合理的主要源头。比如,他在《爱弥儿》中写道:"大自然希望孩子在成
382 年之前先成为孩子……童年时期有自己特有的观察、思考和感受方式,

用我们的方式代替他们的方式，这非常愚蠢。”[21]早在卢梭之前大约十七个世纪，孩子就已经被作为典范。黑格尔提醒我们，不是浪漫原始主义者而是基督，把回归孩子的状态作为进入天启王国的条件：“你们若不转变，变成小孩子那样，你们便不能进入天国。”传统意义上，获得重生的人感知到的新世界，与时间完全展开时获得救赎的人进入的新的大地是同一的。到十七世纪，人们将这种传统往后延展——以抵制原罪论的强大压力——以便在时间跨度的另一端，当一切造物崭新如初，在初生婴儿的感知和亚当的感知之间建立起同一性。培根认为，在认知上，人类的堕落是伊甸园中完美的“人的心灵与事物本性之间交流”的堕落，代表我们即将进入“建立在科学之上的人类王国”，“也就是进入天国，除了孩子，没有人可以进入这个王国”。托马斯·特拉赫恩将自己童年时的视觉体验等同于堕落前亚当的感知：

> 当然，儿时的我如同伊甸园里的亚当，在感知这个世界时，感到一样的愉悦、好奇……起初，一切都显得新鲜、陌生，稀奇得难以形容，令人愉快，美不胜收……我似乎被带进了纯真的地域……葱绿的树木……令我陶醉、痴迷，它们那么甜美，美得不同寻常，让我心跳加快。[22]

然而，“幼年时闪耀的第一缕光芒”，被成人惯常的一般知觉范畴“完全唤醒”（通过“人类的习惯和行为”），这就构成了个人从最初纯真中的堕落：“我很快就被别人玷污，他们让我堕落了。”后来，和柯尔律治、华兹华斯一样，特拉赫恩也在著作中提到，习惯而非堕落才是束缚我们天真感觉的暴君：“我们的痛苦更多来自意见和习惯的外在束缚，比起来自 383
任何内在的腐化或自然的堕落，胜过千万倍。并且……迷惑、蒙蔽我们的，与其说是父母之身（Parents Loyns），不如说更多是父母之生。”（《世纪沉思》"第三世纪",7-8)事实上,世界如此美丽,以至于"如果我们只看它一次,第一眼就会让我们感到惊讶。但是因为每天都能看到,便不再能注意到它"。("第二世纪",21)然而,孩子的心灵状态和感知方式仍然是成人可接近的理想,特拉赫恩说:"我忘却或抛弃,以成为小孩子的样子,因而可以进上帝之国。"("第三世纪",3)因为眼睛的变化改变了一切,特拉赫恩说:"我们更关心的不是我们面前的东西,而是我们用什么样的眼睛看见这些东西。"("第三世纪",68)

福音派传统中,"草的光辉"和"花的荣光"一直是最为平常的,华兹华斯在《不朽颂》中就为它们的失去写下了挽歌——那孩子感知到的"天上的光辉"暗淡了,然后被"习惯……的沉重/重如霜"摧毁。特拉赫恩在童年时曾见过"**上帝**的杰作,光彩夺目",到了晚年,他挣脱习惯的束缚,重新感知到"每一片草尖都出自**他**亲手的劳作"。("第三世纪",2,62)。诗人亨利·沃恩与特拉赫恩一样,认为人类堕落前眼睛就如同孩子的眼睛,他吟诵道:

幸福的早年时光啊!那时
我正欢度天使般的幼年岁月……
当凝视的灵魂
在金色的云朵或花朵驻留片刻,
便能在纤弱微光中窥见
那永恒的幽影。

Happy those early dayes! When I
Shin'd in my Angell-infancy. . . .
When on some *gilded Cloud*, or *flowre*
My gazing soul would dwell an houre,

And in those weaker glories spy
Some shadows of eternity.

雅各布·波墨描述了从下降“穿越地狱之门”到天启婚姻的精神历程，那时，他“被爱拥抱，就像新郎拥抱心爱的新娘一样”，结果，产生了一种新奇的感觉，使他认识到“上帝存在于所有生物中，也存在于植物和草丛中”。[23]美国的乔纳森·爱德华兹在完全接受上帝预选的正义教义那一刻，就经历了“心灵中奇妙的改变”，这种改变引起了感觉上的相应变 384
化：“一切事物的面貌都改变了，似乎……神的荣耀显现在几乎所有事物上”——“在云彩和蓝天上，在花草树木之中，在水中，在整个自然中”。[24]

神学中堕落、救赎和新大地的创造这一原型，以隐喻的方式表现在浪漫主义几乎所有关于新奇感体验的陈述中。雪莱在《为诗一辩》中说：“诗歌让熟悉的事物变得不熟悉似的。”

> 诗歌打破了束缚我们、让我们屈从于周围印象偶然性的魔咒……诗歌再造了我们所属的，且成为其感知者的共同宇宙，从我们内心视线中清除了那层熟悉的隔膜，正是这层隔膜不让我们看到自身存在的奇迹……因重复而变得迟钝的反复出现的印象，湮灭了我们心灵中的宇宙。诗歌重新创造了这个宇宙，为塔索大胆而真实的话语提供了理据：除了上帝和诗人，其他人都不配称为创造者。[25]

卡莱尔的《旧衣新裁》凸显了浪漫主义学说的固有程式。根据他的“自然的超自然主义”观，用去习惯化的眼光看待平常的物体，与之直接交流，就会产生真正的奇迹，“习惯蒙蔽了我们，使我们看不到每天发生的奇迹的奇迹性”，“贯穿于哲学始终的，只是一场与习惯持续的斗争”，反对“思想-形式、空间和时间”，它们“使我们对隐藏在自身周围的、无处不在的奇迹视而不见”。在书的最后，他揭示道，“这本书的真正用途在于展现日常生活和普通事物的奇妙”，当主人公的“心灵之眼……被打开，双手被松开”，他醒了过来，“发现一片新天新地”。现在，只要读者“扫除时间的幻觉”，“那么，你的眼睛就被打开，你的心灵就在天国奇迹的光海中燃烧起来！”然后，所有的一切都将被带到草地上永恒的光辉景象之中——发现“透过每一片草叶……一个存在的上帝的荣光仍然闪耀着光芒”。[26]

2. 瞬间

385 许多浪漫主义作家都证明了一种具有深刻意义的经验，其中，一个瞬间的意识，或者一个普通的物体或事件，突然闪现成为启示，这个短暂的时刻似乎阻止了正在流逝的事物，并且经常被描述为永恒与时间的交叉点。仍然以奥古斯丁的《忏悔录》为例。奥古斯丁提供了神学原型，他说，“我现在正在研究”“对身体之美钦佩的基础”，它存在于一种既不是被创造也不能改变的模式中，

> 在一阵颤抖的目光的冲击下[*in ictu trepidantis aspectus*]，我的心灵终于明白了那是什么。那时，我确实清楚地看到了你那不可见的事物，它们通过被造就的事物得以理解。但我缺乏凝聚目光的力量，我的弱点又被击退，因此，我又恢复了原来的习惯。（第七卷，页xvii）

还有一次，当他和母亲谈到“永恒的光”，谈到那“不是创造出来的”，而“仅仅是它所是的，因为它是永恒的”智慧时，“我们用尽所有心血，才在

一瞬间触摸到它”。我们“在心灵的一闪间[*rapida cogitatione*]触摸到永恒的智慧”。

> 然后叹气……我们回到自己语言的声音，其中的单词有开头有结尾……如果这种情况能继续下去……[一个人的]生命应该永远是这样的，那一瞬间[*momentum*]的理解，所有人都为之叹息——难道不应该是你进入上帝的欢乐之中吗？但是在什么时候呢？难道就在我们所有人都将重新崛起、将不再被改变的时候吗？（第九卷，页 x）

奥古斯丁认为，这种瞬间的永恒体验预示着天启时一切时间都将转化为永恒。

在基督教世纪里，永恒转瞬即逝的启示，或者来自光之源的光亮突然闪进堕落的黑暗之中——乔纳森·爱德华兹在一篇布道的题目中称之为“上帝之灵立即赋予灵魂以神圣的超自然之光”——这在宗教生活中是常见的说法。卢梭在《一个孤独漫步者的遐想》中，将这些传统的体验巅峰自然化。他并没有将其描述为对存在于其他地方及将来的永恒的突破，而是使用了纯粹的经验术语，将启示变为自我生成、自我保证、自给自足的事物，将超越时间的永恒表现为那个体验时刻的一种特质。卢梭告诉我们，在圣皮埃尔岛遐想时的某一状态中，他发现了“至极的幸福”，其中“时间毫无意义”，“现在永远延续，但没有指明持续的时间，也没有任何延续的痕迹”，“只要这种状态长久，人就自足了，像上帝那样”。[27] 386

无论是否与外部光源和非时间的存在领域相关，这样的经历都是浪漫主义哲学家和诗人的共同话题。正如现在还基本上保持的那样，这种现象的名称是“瞬间（moment）”（奥古斯丁《忏悔录》中的“时刻”

〔*momentum*〕,德国作家作品中的"时刻"〔*der Augenblick* 或 *der Moment*〕),强调了永恒时间的悖论性,我将用"瞬间"一词的首字母大写形式来表现它的特殊用法。谢林确定了一种"将绝对永恒置于时间之中"的状态,像"意识突然明亮,发出光彩",似乎是"恩典必然的结果"。[28] 荷尔德林反复颂扬"永恒存在于我们心中的那些瞬间〔*Augenblicke*〕",那些"解放了的瞬间……其中,在我们看来,精神无拘无束,遗忘了痛苦和奴役,凯旋,回到了太阳的殿堂"。[29] 歌德的诗歌《智者和人民》描述了一个"闪电中"(in Blitzes Nu)启示——在一瞬间——在《见证》中,歌德目睹了发现"中心"的那一时刻:

387 往昔恒久留驻,
未来已跃然眼前,
此刻即永恒。

Dann ist Vergangenheit beständig,
Das Künftige voraus lebendig,
Der Augenblick ist Ewigkeit.

与此类似相关的,还有布莱克的拯救瞬间——"每一天中撒旦找不到的瞬间","如果安置得当,它会让每一天的每一刻都焕然一新",或者是"诗人完成创作"时"的那一瞬间:动脉跳动"中的永恒启示。(《弥尔顿》,第三十五章,第 42–45 行;第二十九章,第 1–3 行)雪莱的"最美好、最幸福的瞬间……始料未及而突然出现,又未经受命而突然离去","就像一个更神圣的本性穿透我们自己的自然"——是诗歌"捕获"的"正在消失的幽灵",是诗歌"从腐朽中救赎"的"神性的造访",尽管都以哲学用语来阐释。雪莱补充说明了差别,这些"短暂的造访有时与一个地方或一个人有关，有时只与我们自己的心灵有关”。[30]也就是说，存在一个引发强烈感情的瞬间与一个引起短暂强烈感情的物体，存在一种意识的无定位辐射与一个感知的发光体，诺瓦利斯对后者（他有时称之为瞬间〔*Augenblick*〕，有时称之为时刻〔*Moment*〕）的描述是，“在瞥见许多人的形体和面孔时，在听到某些单词时，在读到某些段落时”，在看到“自然场景中的许多事件和事情”时，这种体验“尤其令人震惊”。[31]

华兹华斯是个善写启示和光明瞬间的诗人，作品中有“轻微惊喜引起的微弱休克”、“闪光”、“闪光中／得以识别的物体”、外部的“像盾牌一样闪亮的辉光”以及“伴随着灵魂光启的光束”等描写。[32]在某些情况下，天启发生的瞬间就是当前或回忆的可见场景被完全抹去的瞬间。例如《丁登寺》中，“我们睡去／在身体中”是为了用另一只眼睛“看到事物的生命”。但华兹华斯刚提出这种可能性，中途就撤了回来：“如果这／只是一种徒劳的信念……”[33]有时，外部场景唤起一种启示的感觉，这种启示归因于伴随的心灵状态。《序曲》中字面意义上的**进入仪式**（*rite de passage*） 388
中（在“驿车的车顶”，天真的乡下男孩第一次跨过“门槛”进入伦敦，也因而进入了成人的体验），他突然体验到神圣一下子进入了时间，“正是这个瞬间”——“瞬间”这个词在短短一个段落中出现了四次

　　我仿佛知晓
那门槛已被跨越，伟大的神啊！
任何外在于鲜活心灵的事物
竟能施加如此威权，可它确然降临
万古之重骤然压上
心头；没有成形的思绪，没有
分明的记忆，只感到重量与力量，
力量随重量滋长……

须臾的停顿。
内心翻涌的一切
生灭如电光,此刻我才
惊觉原是神性彰显。

(第八卷,第 693–710 行)

hat I seem'd to know
The threshold now is overpass'd, Great God!
That aught *external* to the living mind
Should have such mighty sway! yet so it was
A weight of Ages did at once descend
Upon my heart; no thought embodied, no
Distinct remembrances; but weight and power,
Power growing with the weight...
'twas a moment's pause.
All that took place within me, came and went
As in a moment, and I only now
Remember that it was a thing divine.

然而,在最常见的例子中,当华兹华斯的眼睛盯着物体而没有被它控制时,物体本身突然转变,充满了启示。我们知道,华兹华斯用"时间之点"来描述这两个复杂时刻。但是,他继续说道,在自己的一生中,"这样的时刻……散落在各个地方"。(第十一卷,第 274–275 行)诗中到处都歌颂着这两个时刻,它们出现的时间,通常是诗人在孤独中面对一个事物的时候。华兹华斯说,自己的想象力被某种明确的"形"(*Gestalt*)激发,伴随着"形"的情景隐退,成为"庄严的背景,或浮雕/突出单一形式和物体"。(1850;第七卷,第 622–623 行)因此,在伦敦熙熙攘攘的路人中,他"突然……被一个盲人乞丐的目光吸引",乞丐胸前挂着一张表明自己身份的纸。

面对此情景，我的心灵
如洪流般回旋……
凝望那静默如石的人形，
他凝固的面容与失明的双眼，
好像受到来自另一个世界的训诫。 389

（第七卷，第 610–622 行）

My mind did at this spectacle turn round
As with the might of waters...
And, on the shape of the unmoving man,
His fixèd face and sightless eyes, I look'd,
As if admonish'd from another world.

典型的华兹华斯式的“好像”（as if）将超越时间和地点的世界融入所理解的此时此地的世界之中，悄无声息。

我相信，文学之谜的钥匙，就在于华兹华斯是个善于揭示瞬间的诗人。为什么一个能与弥尔顿的**庄严**（*gravitas*）和崇高媲美的人，会写出《抒情歌谣集》及其相关作品那种“甜而无味”的诗歌，如罗伯特·弗罗斯特曾经以略带讽刺却是真正敬佩的口气所称的那样？[34] 在这些诗歌中，华兹华斯在我们面前赤裸裸地展示了平凡的境况以及自己的过度反应，并让我们感到惊讶，共享启示。有时，他成功了，就像《四月的两个早晨》所记录的时刻：

马修在坟墓中，但现在
我想，我看见他站着，

就像在那一刻，一根野树枝
在他手中挥舞。

Matthew is in his grave, yet now,
Methinks, I see him stand,
As at that moment, with a bough
Of wilding in his hand.

然而，这样做的风险在于，他传达的是平凡性，而不是顿悟，然后我们就会得到柯尔律治所反对的那种没有经过改变的“实事求是”（matter-of-factness），不太那么有感知力的读者会用更苛刻的措辞来形容。[35] 有时候，就像在《我们共七个》中，华兹华斯面临着陷入矫揉造作的危险。但即使是最不成功的民谣背后也隐藏着一种意图，这让《露西》组诗中的几首诗、《孤独的收割者》和《向西走》都取得了成功。

将华兹华斯许多短诗建构为一个整体的瞬间在《序曲》中也起着重要的结构性作用，在《致威廉·华兹华斯》中，柯尔律治评论了诗中出现的瞬间：

　　　　　　　　这震撼的瞬间
此刻驻于你内心，此刻又边际寰宇，
当伟力从周身奔涌，灵魂承接的辉光
既是折射，也为天赐。

　　　　　　　　of moments awful
Now in thy inner life, and now abroad,
When power streamed from thee, and thy soul received
The light reflected as a light bestowed.

《序曲》的早期手稿主要是“时间之点”的集合，所以，正如杰弗里·哈特 390
曼所说，它的最终版本可以说是从“作为整体作品核心细胞的那类经验”中发展出来的。[36]1805 年创作完成的诗歌中，心灵成长的整体情节沿着发现的飞跃发展，一个自然客体或作为客体的人意外地显示出超越命题陈述的意义，就会邂逅这种发现。在第一卷中，这种经验表现为最初“像盾牌一样闪亮的辉光”（第一卷，第 614 行），到登上斯诺登山峰时，则表现为云雾缭绕的风景光芒闪耀，成为显圣之物，在那一刻，月光“洒落在草地上／感觉像一道闪电”（第十三卷，第 39–41 行）。

3. 价值反转

许多浪漫主义者都描述了从感官观察到想象性观察的突破，强调了被观看客体的地位的根本提升。雪莱在《不朽颂》的未完成版本《祖卡》中称，“我不知道是什么”突然造访使得“神圣的东西既成为最高级的，也成为最低级的”，并在“所有共同的事物”中将自身表现出来。卡莱尔引用了蒂克对诺瓦利斯的评论，他将“最普通、最接近的事物视为奇迹”，“人们的日常生活”是“一个奇妙的寓言”。我们记得，第欧根尼·托伊费尔斯德勒克（他的名字在魔鬼的粪便中显现出神性）曾致力于揭示“日常生活和普通事物中的奇迹”，展示“星穹的上帝之城……即使它在最简陋的地方”。[37]在关于宗教体验的文学作品中，类似的价值重估是一个常见的元素。特拉赫恩说，他对上帝的善的信仰，引导自己“研究最明显和最普通的事物”，因为“它最符合自己的本性，最好的事物也是最普通的……空气、光线……树、男人和女人”。（《世纪沉思》，“第三世纪”，53）威廉·詹姆斯引用了乡村复兴布道会上一个皈依者的话，这个人证实，他突然在自己饲养的猪身上感知到了荣光：“当我清醒过
来……哦，我的变化多么大，一切都变成了新的，我的马和猪，甚至每个 391

人似乎都变了。”[38]

但是，华兹华斯的知觉重估是独特的，这不仅体现在他赋予这些经验的品质，而且体现在这些经验在他的诗歌理论和实践中所起的重要作用。所有读过华兹华斯的人都知道，他深刻关注平凡的事物，赋予那些在社会和美学话语中曾被主要用于贬低或蔑视的词汇以庄重、崇敬和非凡的悲怆感："低贱(low)""卑微(humble)""平凡(common)""普通(ordinary)""日常(everyday)""琐碎(trivial)""低俗(vulgar)"，以及"庸俗"(mean)；"大地／和大自然平凡的面貌""平凡黎明带来的愉悦"，"绿色大地的平凡场所／人类的普通兴趣"，"低俗的人……琐碎的形式……庸俗的外形"，"这的确是／一个普通的景象"，"盛开的最卑微的花朵"。

大地的寻常生息
已令我满足——她的眼泪，她的欢笑，
最朴素的欢欣与哀愁……
若我能沿着这谦卑的小径徜徉，
怀揣共情之心，
和一个强韧的灵魂……
何等崇高的奇观能胜过心灵
在尘世日常中的所觅，
或亲手缔造的奇迹？[39]

The common growth of mother-earth
Suffices me—her tears, her mirth,
Her humblest mirth and tears. . . .
If I along that lowly way

With sympathetic heart may stray,
And with a soul of power. . . .
What nobler marvels than the mind
May in life's daily prospect find,
May find or there create?

华兹华斯敏锐地意识到这种诗歌模式的新奇之处，意识到它背离了严肃诗歌的主导标准，意识到若把它作为自己的特殊领域，会冒着受到忽视或轻视的风险。他不仅在《抒情歌谣集》的序言中，也在《倒塌的村舍》里商贩的半自传式描述中，还在《安家格拉斯米尔》《序曲》以及为1815年《诗集》写的《序言补论》和各种书信中，一再谈到这些问题。总之，这就是华兹华斯宣称自己能够在平凡与卑微中感知内在崇高、在琐碎与平庸中进行感知的超凡魅力，表现了他作为诗人最本质的原创性。392
他的诗歌描绘了卑微的崇高，温顺而坚韧的英雄主义，将取代并超越传统的英雄般的英勇史诗，表达生命和世界的这种愿景，成为他作为天选之子的特殊使命，即成为他那个时代的诗人-先知。这个使命的发现对他从法国大革命后的绝望中复元至关重要，帮助他将希望奠定在更坚实、更持久的基础之上，取代了他对革命承诺的信心。他放弃自己政治激进分子的角色，承担起诗人激进分子的角色，任务是颠覆读者从过去的阶级分裂和阶级意识中继承下来的腐朽价值观。华兹华斯还告诉我们，要完成自己诗人的事业，需要完成的功绩不亚于实现对上层读者的绝对救赎：将上层读者的情感从非自然的社会审美规范中解放出来，让他们看到自己想象中的新世界的愿景，在这个新世界中，人们平等地拥有人性的尊严，栖居在大自然的家中，即使是其最卑微或最琐碎的一面，也蕴含着力量和庄严。

在阐述的过程中，华兹华斯表明自己清楚地知道，卑微者身上存在着伟大,日常生活中具有英雄的价值,这种观点来自宗教传统,归根到底来自圣经。从文艺复兴到整个十八世纪,统治欧洲的诗歌主要建立在古典模式上,主要用来迎合贵族读者群。华兹华斯强调,在诗歌中引入圣经的概念和价值,是对这些既定等级、礼仪和品位的颠覆。华兹华斯在1815 年的《序言补论》中,对自己的诗歌使命与圣经价值间的关系做出最为明确详尽的阐释。这是一篇十分复杂、论述相当晦涩的"为诗歌生活辩护",其中,华兹华斯的主旨是捍卫在《抒情歌谣集》中开创的诗歌类型,反对"毫无意义的疾呼"、"无休止的敌意"以及"这些诗歌所受到的轻视、厌恶,甚至轻蔑"。[40] 在《抒情歌谣集》的初版序言中,华兹华斯
393 宣称,与那种他认为"人工的"的流行"艺术"的短暂方式相反,自己诗歌的主题和语言例证了"自然"的普遍性和永恒性,以此来证明自己创新的合理性,但主要采用了流行的批评标准。[41] 在《序言补论》中,他却转移到一个新的阵地,来为自己的诗歌实践辩护——天才拥有的本质,自己独创性诗歌带来的根本结果,以及根植于异教文学传统和基督教传统基本价值的原创性诗歌所必然具备的一种悖论性特质。

在这篇文章里,华兹华斯的主要论点是,他声称自己是注定要遭受误解和敌意的诗人,只因为自己是"一个独创性诗人"。天才的独创性表现在,他把"自己的力量"施加于"那些从未受到这种力量影响的事物",因而产生"前所未有的效果",以此把"别人从未做过的事"做得出色。因此,华兹华斯就像之前那些伟大的创新前辈一样,面临着极度困难的"任务",即"**创造**趣味,让他人根据这种趣味来欣赏自己"。[42] 事实上,他是一位被指派了革命性工作的诗人,必然要求读者"具有怜悯的情感……它非常复杂,具有革命性……[心]充满自负地与之斗争"。至于"崇高"的情感,"对于一个被赋予崭新使命的诗人来说,几乎没有做什么准备工作来拓展它的王国,扩大和传播它的欢乐,这难道不令人感到惊奇吗?"根据华兹华斯的细述,自己将崇高传统拓展到新事物上,这

一点有着双重及多样起源：一方面源于异教徒的英雄，另一方面源于基督徒的谦卑，用他的话说，正是"在诗人心中，古老的天性智慧和她的英雄激情与后世的沉思智慧结合统一起来"，"产生升华了的人性和谐"。（页 185–186）这是一个矛盾的统一，但如华兹华斯所言，"崇高的诗歌"总是将"心的智慧和想象的宏伟"结合在一起，因此将"华丽"和"简单"结合在一起。基督教本身具有的基本特质，就是用华兹华斯所说的"矛盾"来迷惑"审慎的理解"，也就是最卑微的与最崇高的悖论性融合： 394

> 因为当基督教，即谦卑的宗教，建立在我们本性中最骄傲的品质［即想象］上的时候，除了矛盾，还能期待什么呢？[43]

华兹华斯接着详述"宗教和诗歌之间的亲和力"，解释圣经启示和最崇高诗歌表现出类似的矛盾这一事实。他所称的介于诗歌和基督教之间的"自然共同体"，植根于上帝的属性，神学家称之为"屈尊"（condescension）或"俯就"（accommodation）。这一概念的发展经过了数世纪的基督教思辨，在上一世纪的虔敬派和福音派运动中尤为突出。它表明了存在于启示核心处的悖论：因为处于无限且至高无上的存在让自己适应人类有限的理解能力，特别是通过屈尊的方式，在低级的人类主体、琐细的物体和事件中彰显自身的神性。华兹华斯非常精准地定义了传统意义上的这种**调和**（*accomodatio*）：

> 人与自己造物主之间的交流只能通过一个以少寓多的过程来进行，无限的存在使自己适应一种有限的能力。（页 163）

最主要且最重要的例子，是上帝同意了后来被杰拉德·曼利·霍普金斯称为"道成肉身这一难以置信的屈尊"，正如霍普金斯所说，它消除了

“生活的琐碎性”。[44]基督教创造悖论的最初定义见于保罗在《腓立比书》2:7–9中的陈述，即基督“从自己身上显出仆人的模样……与人相似”，“降低自己”，甚至“被钉死在十字架上，所以上帝也将自己升为至高……”保罗说，从最高到最低的颠倒，“对犹太人来说是绊脚石”，对古
395 典感性来说，是最大的荒谬——“对希腊人来说是愚蠢”，但这就是上帝的标准程序——推翻所有世俗的等级制度，来挫败人类对其理性和世俗地位的骄傲：

> 但是，神拣选了世上愚拙的，来迷惑有智慧的；神拣选了世上软弱的，来迷惑有能力的；神拣选了世上卑贱的、被贬低的事物……使一切有血气的，在神面前一个也不能自夸。(《哥林多前书》1:23–29)

华兹华斯虽然采用了谨慎的循回表达，但毫无疑问，他扩展了基督教和诗歌之间的“自然共同体”，将道成肉身这一程度最高的屈尊包含进来，他说，有一种亲和力存在于“宗教和诗歌之间：宗教的元素是无限的……它使自己服从约束，与替代物和解，而诗歌虽轻灵、超然，如果没有感官的具象化，就无法维持她自身的存在”。(页163)

然后，华兹华斯认为自己的特殊使命就是运用灵视的独创性，颠覆它所感知的对象的传统等级，以便革新诗歌悲怆和崇高的源泉，从而“扩大对人性的快乐、荣耀和优势的感知领域”。(页187)圣经中不断出现的反转——“温顺的人有福了，因为他们必继承土地”，“许多在前的将要在后，在后的将要在前”——延伸到了文学领域，再次出现在华兹华斯特有的矛盾修饰中：平凡人的光荣，低贱卑微者的崇高，琐碎物至高的含义，温顺者和受压迫者的英雄气概。但是，哈兹里特在一篇关于华兹华斯诗歌社会学的精彩文章中指出，很明显，这种革命时代提出的新诗和诗性具有类似的政治和社会含义，“华兹华斯先生的天才是时代

精神的纯粹流溢”，是“时代的创新之一”。

> 它参与了我们这个时代的革命运动，并随之发展。当时的政治
> 变化成为他形成和开展诗歌实验的模式。他的缪斯……在地面上， 396
> 她遵循平等的原则，努力将所有事物降低到同一标准。她的特点是骄傲的谦卑……以最平凡的事情和最普通的事物作为证明，大自然总是因其固有的真与美而有趣……愚妄之人嗤笑它，智慧之人难以明白它……
>
> 他那受人欢迎的、朴实无华的风格（一举）除掉了诗歌的全部装饰，削平了诗歌的高地……我们从头开始……国王、王后、牧师……等级、出身、财富、权力的差别……在这里看不到……他以自己的抱负为力量来振奋低微之人……[他]介入与世隔绝的山谷的卑微生活……努力（且并非徒劳地）提高琐碎事物的地位，赋予熟悉的事物以新奇的魅力，没有人像他那样，在使琐屑之事变得重要非凡方面表现出同样的想象力。[45]

总而言之，哈兹里特说，华兹华斯“对自然有了全新的看法”，“从这个意义上说，他是当世活着的最具独创性的诗人”。

早期的华兹华斯在体裁、题材和风格上确实是他那一代诗人中的雅各宾主义者，比雪莱甚至比布莱克更激进。他从世俗文学的角度探讨了圣经文学的含义，在接受过新古典主义规范训练的读者眼中，显得非常不恰当，但他以此完成了一场诗歌的平等主义革命，抹去了文学类型、主题、主人公、风格等传统等级制度和规范，以及它们内在的阶级结构和固有的贵族价值标准。通过最终的颠覆，华兹华斯不仅铲平了新古典主义的秩序，而且通过选择主题中最后的而非第一的，把卑微的和被动的转变为英雄，低级的转变为崇高的，琐碎的转变为神圣的，从而将这个秩序

颠倒过来。因此,华兹华斯在早期诗歌的主题和语言中有意呈现一些荒谬感(或用他的话来说是"矛盾"),这触怒了许多中产阶级评论家的敏
397 感神经——例如,严肃或悲剧叙事中那些非凡主人公所说的话以及用以描述他们的语言,都充满圣经的意味——他们不是英雄人物,不是国王,不是贵族,不是战士,甚至不是中产阶级的一分子;他们不光是农民、商贩和车夫,还有不光彩的人、被剥夺继承权的人、罪犯和被驱逐的人、退伍军人、乞丐、囚徒、杀人犯、被遗弃的母亲、杀婴者、圣愚(holy idiots)以及那些面临技术性失业威胁的顽固的拾水蛭者。这些人在他的诗歌中穿行,带着神圣的尊严,不知不觉地散发出超凡的力量。华兹华斯也关注盛开的卑微花朵,最喜欢的花朵是"小白屈菜"和小雏菊。他为"小白屈菜"写了三首诗,为小雏菊创作了四首抒情诗,"毫无做作的平凡/自然,带着平凡的面孔/但又有着几分优雅",在诗人的注视下,具有一种"使徒般的功能"。[46]

在我一直引用的《序言补论》中,华兹华斯强调了一个事实,即自己作为诗人的独特使命兼具社会和宗教-审美维度。如果他那些关于普通人和平凡事物的新型诗歌要创造出自己的趣味,用以欣赏,就必须彻底改变读者的品性和感觉,而读者品性和感觉已经渗透着阶级意识和社会偏见。据此,他解释,困难在于"打破习俗的束缚,克服对虚假文雅的偏见……解除读者的傲慢,这种傲慢致使读者停留在人与人之间的差异之处,而排除那些所有人都相似或相同的地方;让读者对虚荣感到羞耻,正是这种虚荣心,使得读者对于那些社会等级可能比自己低的人被赋予的正当的卓越品质视而不见,无动于衷"。因此,作为诗人,他必须建立起"对读者精神的统治,通过这种统治,让他们变得更谦卑,更有人性,以便得到净化和升华"(最后一句话呼应了《路加福音》14:11——"凡自高的,必降为卑;凡自卑的,必升为高")。总之,华兹华斯认为自己的任务十分艰难,因为自己的诗歌不能诉诸现成,故而是被动的感情,必须向读

者传达一种主动的“**力量**”，与诗人的“力量”一起，用于“以前于其中从 398
未发挥过这种力量的物体”，“真正的困难就在**这里**”。正因为这个，作为受命成为原创性诗人的人，“必须在一定时间内接受只有少数零星听众的不利状况”。[47]

华兹华斯的新诗从一开始就有其拥护者。1815 年，托马斯·努恩·塔尔福德赋予他的作品一种神圣的性质（他说，当我们阅读“华兹华斯先生的崇高之作”时，就感觉“自己踏入神圣的领地”），正是因为它把最后一个变成了第一个，把“最卑贱”“最低下的”与“我们本性中最崇高的美德”联系起来，让我们在“尘世中最卑贱、最令人厌恶的事物”中感知“伟大精神的普遍运作”。[48]然而，其他评论家认为，华兹华斯抱怨当时人们的品位无法满足自己提出的苛刻要求，理由是很充分的。

华兹华斯和他的读者之间存在的问题在欧洲双重文化中早就有类似的、确凿的先例。欧洲文化中，圣经和古典元素的指向截然相反，产生对立的价值观。在基督教发展的早期，奥古斯丁和其他同样受过严格的传统修辞学训练的神学家，因为圣经**谦卑-崇高**（*humilitas-sublimitas*）的风格表面上显得荒谬、野蛮而不得不为其辩护。[49]甚至到了十八世纪，把圣经作为文学形式来批判的批评家们也发现，必须谴责新古典主义的品位，它将圣经中最低级与最崇高的融合视为对社会和文学规范的破坏。在 1753 年出版的《希伯来圣诗讲演集》一书中，罗伯特·洛思确定了《旧约》中“几乎为神圣诗人所特有的”矛盾特质，即使用的意象赋予“最普通、最熟悉的事物以最高的尊严”，结果，导致了一种**谦卑-崇高**，或者就像洛思所说，“卑劣的形象”和“平淡不雅的表达”如此“一致”而“得体”地使用，以至于“我毫不顾忌地称它是崇高的”。这样的意象和语言来自“一个简单而未文明化的（或者说未堕落的）生活状态”，如果 399
将现存的社会状态和价值看作一个发展的高级阶段，就会落入窠臼，错误地将“奢侈、轻浮和骄傲”当作判断一个“优越文明”的标准。对圣经风格的崇高美德产生负面反应，是因为错误地美化了读者，洛思称，“如果有哪个文雅而没有鉴赏力的人认为这些粗俗的形象有些卑躬屈膝或粗俗不堪，那么，这样的结果只能是”现代批评家的“无知”和“特殊偏见”造成的。[50]

半个世纪后，华兹华斯发现有必要为自己在世俗诗歌中的价值反转进行辩护，反对类似指责，认为这些指责中，阶级势利以审美感受的模式发生着作用。[51]即使到了 1844 年，尽管 R. H. 霍恩是华兹华斯的狂热崇拜者，但仍然哀叹，华兹华斯在刻意持续颠倒人物和事物的阶级地位中粗暴地侵犯了“品位”，他说，在华兹华斯诗歌中，

> 通过把伟大的原则发挥到荒谬的极端，花园铁锹、普通街道、小白屈菜、车夫、乞丐、普通家庭场所以及许多事实细节，被严肃地“升华”……被强加于人们的视线中，明确宣示对它们深深的钦佩或崇敬。

根据霍恩的观点，“这些对真正品位、判断力和诗歌理想的有意冒犯”，正是诗人的缺陷，而这些缺陷让“一个伟大诗人花费了二十年的时间忍受辱骂和嘲笑”。[52]

4. 哈曼和华兹华斯：相似的精神启迪

华兹华斯发现，作为诗人，自己“新的使命”是革新悲悯的概念，扩展崇高的王国。他在《序曲》第十二卷中描述了这种发现背后的生平境况——十年后，在《序言补论》的“辩护”（*apologia*）中谈及这种境况。我认为，如果我们把《序曲》中的相关段落与华兹华斯完全不认识的德国
400 作家约翰·格奥尔格·哈曼的精神自传并置，将有助于阐明华兹华斯发现自己使命背后隐含的传统。这两种叙述也成为另一个例证，表明沿袭

奥古斯丁《忏悔录》一脉的作家异中有同。

1758年，哈曼怀着激昂热烈的心情写了一篇日记，其中描述了具有人生转折意义的事件。二十八岁时，他被派往伦敦办理一些业务，后来以可笑的失败而告终，又陷入疯狂的享乐之中，这很快就引发了一场“枯竭”而“痛苦”的危机。为了从内心的“空虚、黑暗和荒野”中解脱，他仔细研读了圣经（英文钦定版本），如同作为原型的奥古斯丁在米兰花园中的经历，他也突然经历了一次皈依：

> 3月31日晚上，我读了《申命记》第五章，陷入了沉思……我感到我的心在跳动，听到一个声音在心灵深处叹息……立刻感到我的心在膨胀，眼泪涌了出来，再也不能——再也不能向上帝隐瞒自己是一个杀害手足同胞的人，是杀害他独生子的凶手。上帝之灵继续……向我揭示越来越多神圣之爱的奥秘。

他把圣经迅速通读了一遍，读完以后，发现自己的心平静下来，经历了一种安慰，“这种安慰吞噬了所有的恐惧、悲伤和猜疑”。[53]

哈曼恢复的关键在于自己发现了两个基本的、相互关联的真理：上帝是一个作家，他在两个平行的象征体系——圣经和自然之书——中显现自己，这两个启示体系都表现出“屈尊”的原初属性，通过这种“屈尊”，上帝表达了他对人类无限的爱：

> 上帝，一个作者！这本书的灵感就像圣父的创造和圣子的道成肉身一样，是上帝伟大的自我谦卑和谦恭［*Erniedrigung und Herunterlassung Gottes*］。

> 神借着本性和话语向人显现自己……这两种启示相互解释，相 401

互支持，且不互相矛盾。

> 神显现自己——世界的创造者，作者！

> 上帝对人的性情和思想，甚至对人的偏见和弱点，都尽其所能地俯就屈尊。

> 他屈尊俯就得越深……超越我们的思想就越高。[54]

哈曼关于上帝屈尊概念的核心，是保罗的声明：上帝倒置世俗秩序，是为了挫败世俗的智慧与地位的骄傲。哈曼说：

> 有谁能像保罗那样大胆地谈论神的愚昧、神的弱点（《哥林多前书》1∶25）……全能的神有意彰显他的智慧和力量，因为他拣选了世上愚拙的事来迷惑智慧的人……挑选了世上弱小之物……世上卑贱之物和遭鄙弃之物……以及不存在之物，来使存在之物和那些因存在而自负的事物化为乌有。

“我常常对自己重复这种思想，”哈曼说，“因为它一直是我的法宝。”[55]

哈曼的作品直指十八世纪的理智主义和理性。在他看来，在这两个领域里，对理性的骄傲和对阶级的骄傲，都回避圣经启示中理性的荒谬和社会的不正当行为。神慈爱的屈就“在圣经中俯拾皆是，给了嘲弄软弱之人的理由，在神的话语中，这些人认为理所当然地……与自己生活时代的品位相一致”（第一卷，页10），圣灵“像一个傻子和疯子……为了我们骄傲的理性，将天真的故事和可鄙的事件变成天堂和上帝的历史”（第二卷，页48），“一本写给孩子们的哲学书，需要显得简单、愚蠢、趣味粗俗，就像为人类创作的神书一样”，哈曼在给康德的信中如此写道，该信在十八世纪理性主义历史上成为一个乏味［*abgeschmackt*］的插曲（第二卷，页 372）。

哈曼从上帝慈爱的屈尊以及在自然物体象征中的自我显现这一双 402
重前提下，推断出了各种各样的结果。哈曼的非理性主义风格非常浮夸，相反，华兹华斯论证可以通过改变视觉来改变世界这一观点时却是悄无声息的，两者之间存在根本区别。如果读者知道，华兹华斯宣称诗人扮演的是一个诗人-先知的角色，通过“感官的语言”与“天地会说话的面庞”亲密交流，以揭示卑微平凡的伟大与平凡中的奇迹为使命，那么，哈曼的主张听起来实质上就并不陌生。“我们都能成为先知”，哈曼说，因为“自然界的一切现象都是梦、异象、谜语，它们都有自己的意义、秘密的感觉”。（第一卷，页 308）对于先知般的灵视，他们拥有解读神圣意图的“钥匙”，可以知晓万物与人之间的绝对平等——事实上是对习惯状态的颠倒——因为在上帝面前“没有什么是小事，没有什么是大事；如果以相对性来处理，那就是相反的关系：对他来说，小就是大，大就是小”。（第一卷，页 102）“实际上，整部圣经的创作似乎都是为了教导我们上帝在琐碎之事中的旨意（providence of God in trivial things）。”（第二卷，页 46）对于摆脱习惯束缚的眼光而言，“对我们来说，自然界的事物，在最普通自然的事件中，那种对我们来说不是奇迹，在最严格意义上却是一个奇迹。”（第一卷，页 24）因为“上帝进入每一个微小之境，愿意在人类生活的平凡事件中彰显自己的旨意，而不是在那些罕见非凡的事件中”。（第一卷，页 36）由于哈曼精神恢复了，他确信自己被选中，担负起特殊的文学使命，因为上帝“给予我许多证据，证明……他选择了我，履行他神圣召唤的承诺及诚意”，“我现在的天命就像亚当在天堂的天命”。（第一卷，页 252–253）

哈曼的编辑约瑟夫·纳德勒评论说，《基督徒日记》证明，“伟大的十八世纪的精神根源——[德国]古典主义和浪漫主义,两者都源自哈曼——在本源上是宗教的"。(第一卷,页321)哈曼的日记让我们更加强烈地感受到华兹华斯的独特体验形式具有宗教底层结构。哈曼在
403 《基督徒日记》中的一个重大发现是,"自然之书"以及整个人类历史"只不过是密码、隐藏符号,需要用打开圣经的那把钥匙才能打开"。这把钥匙,也就是上帝"在琐碎之事中的旨意"(Regierung Gottes in *Kleinigkeiten*)。(第一卷,页308)华兹华斯在1798年《倒塌的村舍》中的自传诗《商贩》里也说过类似的话,该自传诗体现的"主要思想,是我想象自己的性格在那种环境下会变成什么样子"。[56]在一间偏僻的乡村校舍中阅读圣经时,商贩"一早就学会了/遵从圣经,它显示了/神秘,一种不会消亡的生命",但直到后来,自己才明白这种启示的深刻含义,那是当他学会了破译与圣经类似的自然现象的经书之后:

在群山之巅,他终于觅得信仰所依
于此窥见天启——万物
皆显不朽,环绕生命流转,
伟大仍与无限相生不息……

But in the mountains did he *feel* his faith
There did he see the writing—All things there
Looked immortality, revolving life,
And greatness still revolving, infinite. . . .

他在自然语言中解读到的最重要教义,是至伟者存在于最微不足道的事物之中,这种观察方式产生的道德效果,使他以崇高的谦卑告诉自己:

此处无渺小，至微之物
亦显无垠，他的精灵在此塑造了
万象，他也不信——他亲睹了，
存在因此而升华，变得恢弘而广博后
产生的奇迹。
　　　　　　……然而他的心
仍谦卑；因他怀揣温良的感恩。[57]

There littleness was not, the least of things
Seemed infinite, and there his spirit shaped
Her prospects, nor did he *believe*—he saw,
What wonder if his being thus became
Sublime and comprehensive.
　　　　　　. . . Yet was his heart
Lowly; for he was meek in gratitude.

华兹华斯接着说（第 272–281 行），因为商贩“是被选中的儿子”，他的眼睛能够解密哈曼所说的“自然之书”的“密码、隐藏的符号”和“神秘的感觉”。华兹华斯声称：

　　　　　　于万千形骸中
他发现一个秘密的、神秘的灵魂，
一缕芳香，一个奇义的神髓。

　　　　In all shapes
He found a secret and mysterious soul,
A fragrance and a spirit of strange meaning.

404 在《序曲》中，华兹华斯以第一人称叙述了自己的精神危机。在第十二卷中，他告诉我们，复元必然要暴露自己作为诗人的身份，而非作为一个行动之人的身份，是一个揭示隐含在平凡、卑微和遭受鄙视的人身上的伟大诗人。与哈曼不同的是，华兹华斯的叙述中，精神历程的逆转是渐进的，不是突然的，对启示的描写强调政治和社会因素，隐藏、弱化宗教因素，因为华兹华斯在这一过程中的导师不是哈曼的圣灵，而是自然的精神。

首要的是
自然能否再次唤回那更深的睿智
让它在我灵魂的深处重新扎根，
那心境早先教会我
看透世人以浮华辞藻标榜的
权势与作为不过是虚妄与浅薄
转而教我怀着兄弟般的情怀
凝望那些谦卑的存在，在这美好的世界中
它们始终静默地伫立着。

Above all
Did Nature bring again that wiser mood
More deeply re-establish'd in my soul,
Which, seeing little worthy or sublime
In what we blazon with the pompous names
Of power and action, early tutor'd me
To look with feelings of fraternal love
Upon those unassuming things, that hold
A silent station in this beauteous world.

在前一卷中，华兹华斯说过，自己曾屈服于仅是物理之眼的“暴政”，而现在“我再一次以智慧之眼／作为我的指导者”，因此，他可以看见，效果明显。这使得他把对美好未来的希望从革命激进主义转移到了日常生活固有的可能性之中。

现时的承诺已消退
褪去浮华，显露本真；那些雄心壮志，
不再令我欢欣，
我转而寻觅藏于生活寻常面庞上的良善
在那里筑起对明日良善的愿景。

（第十二卷，第 44–68 行）

The promise of the present time retired
Into its true proportion; sanguine schemes,
Ambitious virtues pleased me less, I sought
For good in the familiar face of life
And built thereon my hopes of good to come.

他背弃了那些把自己作为“世界统治者”强加于我们的人，抛弃了
“现代中央集权主义者”的抽象说教，为了探索“个人的尊严……即我们
用自己的眼睛／看见的那个人”，考察受压迫的乡村无产者的“真正价 405
值”：“那些依靠体力劳动／生活的人……处于重压之下／这不公正”，而
不公正是“社会结构”的必然结果。他也从“民族的痛苦／和宏大希望”
转向“孤独的道路”和“赤裸的荒野”，在那里，发现了“地球上的流浪者”
所拥有的“伟大”，并“对游荡的疯子……”和“粗鲁的流浪汉”“感到敬

畏”，听了“卑微和不知名的人口中讲述的／荣誉的故事”后，还发现“强烈的情感”和“爱”并不需要“经过深思熟虑和精心设计的行为／来净化的语言”，开始认识到，那些为迎合“少数富人的判断”而改编的书多么具有误导性，这些人“借着人工照明观看”，这些判断利用种姓的表面符号来迎合“我们的自负”，

社会以这些外在的符号
将人与人强行割裂，
漠视那普世同源的心。

（第十二卷，第 73–219 行）

the outside marks by which
Society has parted man from man,
Neglectful of the universal heart.

在这里，华兹华斯也发现了（或者用他自己的话说，自然向他透露了）自己注定要承担的诗人志业。很显然，这项志业在《抒情歌谣集》的序言中也提出过，后来又在《序言补论》中从另一角度加以合理性辩护：

我说，它们将成为我歌颂的主题……
我要记录这些赞颂……讲述这一切
让正义得以伸张，敬意归于
应得之所：我或许能借此教导，
激励……

Of these, said I, shall be my Song; of these...

Will I record the praises. . . speak of these
That justice may be done, obeisance paid
Where it is due: thus haply shall I teach,
Inspire. . . .

也就是说，他的主题将是“人作为内在之人”，尽管“外表粗鲁”，不使用巧言令辞，却要发出强烈情感的瞬间流露：“用最生动的语言表达生动的思想 / 听从天生激情的命令。”在这项志业中，他将“毫不怯懦”地前行，抱着被选之人具有的勇气，来完成一项神圣却不得人心的使命：

　　　　　这将是我的荣光 406
因我曾斗胆踏上这片神圣土，
所言非梦，皆是天命之辞。

（第十二卷，第 223–277 行）

　　　　　　　　　　It shall be my pride
That I have dared to tread this holy ground,
Speaking no dream but things oracular.

华兹华斯所怀揣的愿景的核心，是认识到自然和人类中最低微、最卑贱事物的崇高之处。

自然蕴藏着穿透一切的力量
将万物皮相化为圣迹，
只要我们的双眼学会凝视，
便能为最卑微的尘世容颜
注入庄严气息；

Nature through all conditions hath a power
To consecrate, if we have eyes to see,
The outside of her creatures, and to breathe
Grandeur upon the very humblest face
Of human life;

在它们与感知的心灵拥有的激情不断交流时，

自然诸相
皆蕴含炽情
与人类应召而作的造物交融
纵使造物平庸，本身并无崇高气象。

. the forms
Of Nature have a passion in themselves
That intermingles with those works of man
To which she summons him; although the works
Be mean, have nothing lofty of their own.

华兹华斯被赋予这种独特的洞察力，证实了自己的声明（他此时提出的主张），即自己拥有“诗人的天赋”，这种天赋让他跻身富有灵视的“诗人”之列，尽管他是“这支队伍中最平庸的一个”。这些诗人

如同先知，
彼此相系于真理的恢宏蓝图，
各怀独有的禀赋，一种灵觉

借此得以洞见
前人未察的奥义。

（第十二卷，第 278–312 行）

even as Prophets, each with each
Connected in a mighty scheme of truth,
Have each for his peculiar dower, a sense
By which he is enabled to perceive
Something unseen before.

华兹华斯一直坚持以这种视觉为参照，表现自己持有的观念，即被选中的诗人确实是预言家，可以从新的角度看待问题，其特殊使命是把读者的视野从肉眼、习惯概念、社会习俗和种姓偏见的束缚中解放出来，这样，他们就可以看到自己一直所看的这个世界。 407

柯尔律治在《文学传记》中讨论华兹华斯“新奇感”时说到，1796年，当他第一次听到华兹华斯背诵诗歌时，立刻就意识到华兹华斯具有更新旧世界的能力，因为他能够在“观察的真实”和“修正的想象”之间达成平衡。在《序曲》第十二卷中，华兹华斯描述了自己想象力的复元，这把他带到人生的另一个起点，正是在此时，他在索尔兹伯里平原的一次徒步旅行中创作了柯尔律治在这篇文章中暗指的那首诗（即《罪恶与悲伤》的早期版本）。[58] 叙述的最后是华兹华斯对朋友的回忆，这位朋友曾告诉华兹华斯关于那首诗的事：你“说过，阅读那首还有些许不完美的诗／它是在寂寞的旅途中创作的”，

那时的我，必是从世俗平凡的表象
从日常所见的真实世界中，

汲取过
更崇高的力量,一种声息,
一种意象,一种品格,
皆非往昔书本所能映现。

That also then I must have exercised
Upon the vulgar forms of present things
And actual world of our familiar days,
A higher power, have caught from them a tone,
An image, and a character, by books
Not hitherto reflected.

华兹华斯谦虚地承认,柯尔律治从自己诗歌中推断出来的他看待事物的新方式,确实是自身知觉经验的一个事实:

心灵是自身的
见证与裁判,我仍清晰记得
在那些岁月里
透过平凡生活的日常图景我仿佛望见
一个崭新的世界,它如此完满
足以被传递
向世人的眼眸显现

The mind is to herself
Witness and judge, and I remember well
That in life's every-day appearances
I seem'd about this period to have sight

Of a new world, a world, too, that was fit
To be transmitted and made visible
To other eyes

——一个新世界产生于“一种平衡，一种使人高尚的交流”，这种交流必然包括“被看到的客体对象以及用以看见客体的眼睛”。（第十二卷，第360–379行）

因此，在《序曲》第十二卷中华兹华斯关于发现生而为之的天命的叙述，归结于后来构成其重要诗歌“崇高主题”的经验——心灵与自然的 408
结合具有的巨大力量，可以在“现实世界”的“庸俗形式”中，通过想象的灵视这一启示行为，创造出“一个崭新的世界”，这个新世界能够“向世人的眼眸显现”，并且，（他在“纲要”中补充）这是人类唯一可以实现的天堂。在《安家格拉斯米尔》最后一百行中，华兹华斯总结了发现的过程，在《序曲》第十二卷中也对此详加描述。那里，他告诉我们，自己命定的“职责”表现在拥有“只属于我”的“内在光辉”，这个职责可以而且必须被传达。自己天生就被赋予“强烈盲目的欲望／野蛮本能的行动”，后来自然受到自身理性的约束，转而驯服了自己，教会自己“要温和，要忠于温柔的事物，／你的荣耀和幸福就在那里”。

因此，他“告别了成为勇士的计划”，以及“我长久以来的另一个希望……／用缪斯的气息鼓起英雄的号角”。也就是说，他放弃了武力战斗的生涯，也放弃了早期想要写下弥尔顿式史诗的计划——在这种体裁中，弥尔顿为适应传统英雄模式的华丽和庄重，改编了基督教于温顺中见坚忍的主张，使之成为一种新的事物。华兹华斯在“纲要”中声称，在自己的新型诗歌中，将需要一个比弥尔顿的缪斯“更伟大的缪斯”，因为，正如在《安家格拉斯米尔》中所阐释的（第737–744行），自己放弃了英雄般的战斗，转而追求一种诗歌的激进主义，这样做，只不过是转移到了一个新领

域来挑战自己的勇气和胆量。他说,无须惧怕,

那些消逝的
渴望,和那些
需要与之搏斗的宿敌,待奏响的未尽凯歌,
待跨越的边界,待刺破的幽暗。
所有曾激荡你赤子之心的:爱恋,
渴慕,轻蔑,无畏求索,
都将永存——纵使命途更迭,一切
将不朽——它们生来
便镌刻着永恒的纹章。

a want
Of aspirations that have been, of foes
To wrestle with, and victory to complete,
Bounds to be leapt, darkness to be explored.
All that inflamed thy infant heart, the love,
The longing, the contempt, the dauntless quest,
All shall survive—though changed their office, all
Shall live, —it is not in their power to die.

注释

[1]《威廉·布莱克诗歌和散文集》,页677、634、476。

[2]《论英雄、英雄崇拜以及历史上的英雄》,《托马斯·卡莱尔作品集》(百年纪念版),第五卷,页93,页104–105,页84。另见托马斯·卡莱尔,《旧衣新裁》,页197;《彭斯》,《托马斯·卡莱尔作品集》,第二十六卷,页273:"阻碍你的不是黑暗的**地方**,而是暗淡的**眼睛**。"

［3］约翰·罗斯金，《现代画家》（纽约，1856），第三卷，页 268。

［4］《倒塌的村舍》，第 106–108 行，第 513–525 行；见乔纳森·华兹华斯，《人性的乐章：华兹华斯〈倒塌的村舍〉批评研究》（伦敦，1969）。

［5］詹姆斯·安东尼·弗劳德的手稿印本，《托马斯·卡莱尔：1795–1835》（两卷本；纽约，1882），第二卷，页 7–12。

［6］《文学传记》，第二卷，页 6。

［7］《威廉·华兹华斯的文学评论》，页 40。后来，华兹华斯告诉伊莎贝拉·芬威克，《抒情歌谣集》源于自己和柯尔律治关于共同创作一部诗集的探讨，“主要取材于日常生活中的自然题材，但尽可能通过想象来观看”，但他没有提及措辞问题。（《我们共七个》注释，《威廉·华兹华斯诗集》，第一卷，页 361）

［8］《文学传记》，第一卷，页 59–60。柯尔律治引用了这段话的开头“在新与旧的结合中不存在矛盾”，出自他早期的文章，但有些改动，见《朋友》，第五期（1809 年 9 月 14 日）。他认为在关于心灵力量的观点中，这句话非常重要，所以多次引用；例子见《政治家手册》，《平信徒讲道集》，页 27–28。

［9］《文学传记》，第一卷，页 60；第二卷，页 12；第一卷，页 202；致理查德·夏普的信，1804 年 1 月 15 日，《柯尔律治书信集》，第二卷，页 1034。

［10］《序曲》（1805），第十三卷，第 139 行；《序曲》（1850），第十四卷，第 158 行；《序曲》（1805），第二卷，第 380 行。柯尔律治曾在其他地方说过，这位诗人“将童年的纯真带入成年的力量中”，“在一个不受习惯约束和束缚的灵魂中，以孩子般的新奇和惊讶审视一切事物”。柯尔律治，《莎士比亚批评》，第二卷，页 148。

［11］《序曲》，手稿 Y，页 572，第 56–58 行。华兹华斯认为，事物存在本身就足以成为一个奇迹，这一观念构成海伦·达比希尔所称的华兹华斯“最难忘的诗行”中“动词 to be 的力量”的基础。

［12］威廉·华兹华斯，《反驳与答复》，第 9–12 行。卢梭写道，“我试着把自己完全置于一个生活刚刚开启的人的状态”；在《一个孤独漫步者的遐想》中，他描述了跌倒后自己意识的恢复，第一次看到“天空、几颗星星和几株绿色植

物”:“第一次的感觉是令人愉快的时刻。……在那一刻我获得了生命。”见乔治·普莱,《人类时间研究》,页168–169。

[13] 诺瓦利斯,《塞斯的学徒》,曼海姆译,页21;《断片》,《诺瓦利斯文集》(1929),第二卷,页352。关于诺瓦利斯作品中儿童作为范例的角色,见马尔,《诺瓦利斯作品中黄金时代的理念》,页362–371。

[14] 彼得·柯文尼,《儿童意象》(企鹅图书,1967),页29–31。

[15]《论朴素的诗与感伤的诗》,《席勒全集》,第十七卷,页479–481,页495。

[16]《诺瓦利斯全集》(1929),第二卷,页23;第三卷,页192。

[17]《黑格尔的逻辑学》,第24节,页55。另见《〈许佩里翁〉“塔利亚”节选》,《荷尔德林全集》,第三卷,页180。

[18] 华兹华斯在《不朽颂》中,采用了一种柏拉图式的灵魂前存在(preexistence)的模式,他如此称述孩子:“你是最优秀的哲学家……伟大的先知!幸福的先知!”柯尔律治强烈反对这种表面上的文化原始主义:“在什么意义上,可以将[这些]伟大的属性赋予一个孩子却让它们不能同样适用于一只蜜蜂、一条狗或一片玉米地……?”见《文学传记》,第二卷,页113。

[19]《马可福音》8:18,《以赛亚书》6:9–10,《耶利米书》5:21,《以西结书》12:2。

[20] 奥古斯丁,《忏悔录》,第十卷,页xl;另见第八卷,页v。

[21] 例子见彼得·柯文尼,《儿童意象》,页42–46。

[22] 弗朗西斯·培根,《新工具及相关作品》,页3、15、66;托马斯·特拉赫恩,《世纪、诗歌和感恩节》,H. M. 马戈柳思编(两卷本;牛津,1958),“第三世纪”,1–3;另见特拉赫恩的诗歌《奇迹》和《漫步》。《世纪沉思》手稿一直保存到1908年。温斯坦利说:“一个刚生下来的孩子,或者等他长到几岁……是天真的、无害的、谦虚的、耐心的、温柔的……这就是亚当,或者纯真时期的人类。”然而,与特拉赫恩和沃恩不同,温斯坦利并没有赋予孩子一种天堂般的感官感知,因为根据他的观点,正是在“外在的事物引诱他去追求快乐”或“寻求外在的满

足”的那一刻，每个人都“堕落了，成为俘虏，堕落得越来越深”。见《丛林之火》（1649 或 1650），《杰拉德·温斯坦利作品集》，页 493–494。

［23］亨利·沃恩，《退回》；波墨，《奥罗拉》，第十九章，页 12–13，见亚历山大·科瓦雷，《雅各布·波墨的哲学》，页 23。

［24］《个人叙事》，《乔纳森·爱德华兹：代表性选集》，页 59–61。

［25］《雪莱散文集》，页 282、295。页 289：“熟悉的生活景象和过程变得美妙而神圣，从伊甸园的废墟中创造了一个天堂。因为造物本身就是诗歌，所以它的创造者就是诗人。”

［26］托马斯·卡莱尔，《旧衣新裁》，页 254、259、262、267、186、264。在《艰难时世》中，像卡莱尔那样，狄更斯通过葛雷格林对女儿严厉的命令“路易莎，不要感到惊奇！”浓缩体现了英国商业和功利主义中带来死亡的交易精神。

［27］《一个孤独漫步者的遐想》，亨利·罗迪编（巴黎，1960），《第五次漫步》，页 70–71。见乔治·普莱，《人类时间研究》，页 169–184；另见《永恒和浪漫主义》，载《观念史杂志》，第十五卷（1954），页 3–22。另见诺思罗普·弗莱关于“顿悟瞬间”的讨论，《批评的剖析》（普林斯顿，1957），页 203–206。

［28］《谢林全集》，第一部，第六卷，页 562–563。

［29］致纽佛的信，1796 年 3 月；《荷尔德林全集》，第六卷，页 204。《许佩里翁》，同上书，第三卷，页 52。

［30］《为诗一辩》，《雪莱散文集》，页 294–295。

［31］《花粉》，《诺瓦利斯书信和作品集》，第三卷，页 60。

［32］《序曲》，第五卷，第 407 行；第七卷，第 469 行；第五卷，第 628–629 行；第一卷，第 614 行；以及《序曲》（1850），第六卷，第 513–514 行。

［33］《丁登寺》，第 45–50 行。另见《序曲》，第二卷，第 431–435 行：“而听得最清晰的是当肉体的耳朵……／忘记了自身的功能，安然入睡。／如果这是错误的……”；第六卷，第 534–536 行：“当感性之光／闪烁着熄灭，为我们展示／那个看不见的世界……”

［34］罗伯特·弗罗斯特，《向华兹华斯致敬》，载《康奈尔图书馆杂志》，第

十一期(1970年春),页77-99。

[35]《文学传记》,第二卷,页101以降。济慈对华兹华斯“自负的崇高”(egotistical sublime)感到恼火,他在1818年2月3日写给J. H. 雷诺兹的信中甚至对《四月的两个早晨》中的顿悟感到不满:“老人马修几年前给他说了一些无足轻重的东西,因为他偶然在傍晚散步时想到了这位老人的身影……它就此变得神圣。”安娜·苏厄德认为华兹华斯的《我像一朵云一样孤独地漫游》是“一个自负的制造者赋予琐碎主题以形而上意义的产物”。见《安娜·苏厄德书信集》(六卷本;爱丁堡,1811),第六卷,页367。

[36] 杰弗里·哈特曼,《华兹华斯的诗歌(1787-1814)》(纽黑文,1964),页211-212。

[37]《诺瓦利斯》,《托马斯·卡莱尔作品集》,第二十七卷,页53;托马斯·卡莱尔,《旧衣新裁》,页267、264。

[38] 威廉·詹姆斯,《宗教经验种种》(纽约,现代文库),页245。

[39]《彼得·贝尔》“序言”,第133-145行。在《个人谈话》第三卷中,华兹华斯提到了一种情绪,“用崇高的东西来使卑微的东西神圣化”。早在1794年,华兹华斯在《黄昏漫步》中描述了“那些受宠的灵魂”对琐碎和平庸事物的升华,“科学”和“燃烧的能量”给了“另一只眼睛”:

> 与凡物共感,凡物不凡
> 与最卑微事物接触,它们灵光闪现。
>
> (《威廉·华兹华斯诗集》,第一卷,页13,注释)

> With them the sense no trivial object knows
> Oft at its meanest touch their spirit glows.

[40]《威廉·华兹华斯的文学评论》,页158,页181-182。

[41] 例子见M. H. 艾布拉姆斯,《镜与灯》,页103-114;W. J. B. 欧文,《华兹

华斯〈抒情歌谣集〉前言》（哥本哈根，1957），第一章。

［42］《威廉·华兹华斯的文学评论》，页182、184。

［43］同上书，页161、163。华兹华斯所说的“我们天性中最骄傲的品质”指的是想象力，见页161、183：“想象力……这种能力也许是我们天性中最高贵的。”1831年12月17日，他在给J. K. 米勒（Miller）的信中写道：“将崇高的想象和谦卑的心灵不可分割地联系起来，是我心灵的习惯，在圣经中得到了最好的教导。”见《威廉·华兹华斯和多萝西·华兹华斯书信集：后期》，第二卷，页592。

［44］致E. H. 柯尔律治的信，1866年1月22日；《杰拉德·曼利·霍普金斯后期书信集》，克劳德·科利尔·艾布特编（伦敦，1938），页9。卡尔弗里德·格林德在《人物与艺术》（弗赖堡／慕尼黑，1958）第二章中总结了十八世纪德国和英国教父屈尊俯就和调整适应历史。另见托马斯·伯内特，《大地的神圣理论》（1726），第二卷，页152–153。在《漫游》第四卷第631–647行中，华兹华斯的流浪者提到了屈尊的概念：最先的人听到了上帝的声音，看见了天使，并和他们交谈，这一切或发生在“真实的灵视中……或／通过屈尊被暗示出来／保持精神的交流”。

［45］《华兹华斯先生》，见《时代精神》，《威廉·哈兹里特全集》，第十一卷，页86–88。在《作为字母C的喜剧演员》中，（或许是有意）华莱士·史蒂文斯的这句话正好适用于华兹华斯的事业：

因此词句间回荡的余响
源自他最初的圣歌，欢庆
最琐碎的俗物，检验
他美学与哲思的力量，
愈遭嫉恨，愈被渴求……

（《华莱士·史蒂文斯诗集》，页37）

Hence the reverberations in the words

Of his first central hymns, the celebrants
Of rankest trivia, tests of the strength
Of his aesthetic, his philosophy,
The more invidious, the more desired. . . .

[46] 关于小白屈菜的诗歌,见《威廉・华兹华斯诗集》,第二卷,页 142、144,第四卷,页 244;关于雏菊的诗歌,同上书,第二卷,页 135–138,第四卷,页 67、260。这些诗歌创作于 1802 年至 1805 年。

[47]《威廉・华兹华斯的文学评论》,页 182–184,页 186。在 1802 年 6 月初写给约翰・威尔逊(John Wilson)的一封信中,华兹华斯为《傻男孩》辩护,提请注意那些"绅士、富人、专业人士、女士"的文学偏好,以及那些"过着最简单生活……从不知道附庸风雅"的人的意见,因为"一个伟大的诗人"更是一个道德改革者,需要"修正人们的感情……使它们更理智、更纯洁、更持久,总之,更符合自然"。(同上书,页 71–72)

[48] 托马斯・努恩・塔尔福德,《对当代天才诗人的评价》,《小册子作者》,第五卷,页 462–463。

[49] 见埃里希・奥尔巴赫,《比喻文本阐明……但丁的〈神曲〉》,载《镜报》季刊,第二十一卷(1946),页 474–489;《谦卑的语言》,载《浪漫主义研究》,第六十四卷(1952),页 302–364;《但丁〈神曲〉中亚西西的圣方济各》,见《欧洲戏剧文学中的风景》(纽约,1959),页 79–98;《摹仿论》(普林斯顿,1953),页 72–73,页 151–155。

[50] 罗伯特・洛思,《希伯来人的神圣诗歌》(伦敦,1847),页 83–84,页 79–80。

[51] 埃尔茜・史密斯的《同时代人对威廉・华兹华斯的评价:1793–1822》(牛津,1932)是华兹华斯早期诗歌评论汇编。另见《文学传记》,第一卷,页 55。

[52] R. H. 霍恩,《新的时代精神》(纽约,1884),页 191–192。

[53]《个人思想历程》(*Gedanken über den eigenen Lebenslauf*),《哈曼全集》,约瑟夫・纳德勒编(维也纳,1949),第二卷,页 39–40;译自罗纳德・格雷戈尔・

史密斯，《J. G. 哈曼：1730–1788》（伦敦，1960），页 148–154。

［54］《基督徒日记》（*Tagebuch eines Christen*），《哈曼全集》，第一卷，页 5，页 8–10，页 13。哈曼《日记》的最初版本除其他外，还包括了《我对生活的思考》（*Thoughts about My Life*）以及《对圣经阅读的思考》（*Observations upon Reading Holy Scripture*）；见《哈曼全集》，页 322。关于"屈尊"在哈曼整体思想中的核心地位，见格林德，《人物与艺术》，页 19 以降，W. M. 亚历山大，《约翰·格奥尔格·哈曼的哲学与信仰》（海牙，1966），页 25–37。

［55］《哈曼全集》，第一卷，页 6、158。埃里克·A. 布莱卡尔在一篇具有启发性的文章中，讨论了这些概念对哈曼散文风格和独特讽刺手法的影响；见《哈曼的讽刺与意象》，载《英国歌德学会出版物》，第二十六卷（1957），页 1–25。

［56］《威廉·华兹华斯诗集》，第五卷，页 373。

［57］《倒塌的村舍》，第 55–59 行，第 146–159 行，《威廉·华兹华斯诗集》，第五卷，页 380–383。在 1815 年 1 月的一封信中，华兹华斯说自己在《漫游》中"倾注"了"关于无限的无数类比和类型……它们来自宇宙的圣经，因为宇宙说着话，让有智慧的人听见，敞开自己，让谦卑的心灵看见"。（《威廉·华兹华斯的文学评论》，页 134）

［58］《序曲》，第十二卷，第 313–319 行，第 356–359 行；另见改动版，页 474–475。德·塞林科特（同上书，页 617–618）指出，华兹华斯和柯尔律治可能"回忆起了 1796 年的一次真实对话"，"这对两人来说，都是一段难以抹去的记忆"。

第八章　诗人的灵视：浪漫主义和后浪漫主义

我从一个不同的角度看到这个熟悉的——过于熟悉 409
的——事实，它令我着迷，令我魂牵梦绕……我看到了一片天堂，那里有空气和天空，我不再完全或仅仅是这低俗大地的一个居民了。

梭罗，《日记》

天堂终须重建，它不在遥远的图勒，它在表象之下……
诗人是观察者，他看到了什么？——天堂。

安德烈·纪德，《纳喀索斯解说》

眼睛相信，它的交流需要……
使心灵得到满足，转过身去看看
（那是我们所能拥有的最坚定的信念，）
回过头来看看，再没有
比这更重要的了，我可能只相信这一点，
不管它是什么；而后，一个人的信仰
胜过过去的每一个启示。

华莱士·史蒂文斯，《〈致哲学院〉摘录》

I saw this familiar—too *familiar*—fact at a different angle, and I was charmed and haunted by it. . . . I had seen into paradisaic regions, with their air and sky, and I was no longer wholly or merely a denizen of this vulgar earth.

— Thoreau, *Journal*

Le Paradis est toujours à refaire; il n'est point en quelque lointaine Thulé. Il demeure sous l'apparence. . . .
Le Poète est celui qui regarde. Et que voit-il?—Le Paradis.

— André Gide, *Le Traité du Narcisse*

The eye believes and its communion takes. . . .
To have satisfied the mind and turn to see,
(That being as much belief as we may have,)
And turn to look and say there is no more
Than this, in this alone I may believe,
Whatever it may be; then one's belief
Resists each past apocalypse.

— Wallace Stevens, *Extracts from Addresses to the Academy of Fine Ideas*

安德烈·纪德说“诗人是观察者”——在浪漫主义的所有创新中， 411
最吸引诗人、小说家和画家（以及诗歌、小说、绘画的批评家）注意力的，是浪漫主义对眼睛与客体的关注，以及对视觉革命需求的关注，这种革命将使客体焕然一新。直到今天，“转变视觉”的基本原则明显仍是浪漫主义理念的变体（虽然有时会扭曲），即感官的新奇感、启示性瞬间，以及颠覆低微、琐碎、平庸事物之地位的修正视角。

相比其他范畴，美国文学最强调第一种范畴——儿童的新奇感——将它作为与宇宙建立有效联系的标准。托尼·坦纳在《奇迹的统治》中论证，从爱默生和梭罗到马克·吐温和亨利·詹姆斯，一直到J. D.塞林格，他们作品中始终展现了孩童天真之眼的理想。孩子的眼睛将感知从习惯和偏见中解放出来，保持好奇心，从而把旧世界变成新的伊甸园。[1]美国人对此关注的历史原因并不难找。从哥伦布发现美洲大陆及其作品著述开始，地理意义上的新世界被认定为《启示录》中预言的新大地，美国是应许的千禧年王国，这一信念被方济各会的传教士和清教徒父辈带到美国
海岸。美国革命重新唤起了这种思想，某种程度上，美国内战也再次唤起 412
这种思想——《共和国战歌》的歌唱者呼应了他们英国内战中清教徒前辈的千年期望：“我的眼睛已经看见了主降临的荣耀。”美国是实现末世论预言的预选舞台，这个神话一直延续，为十九世纪四十年代及之后几十年盛

行的天定命运说提供了发展的动力。1846年,威廉·吉尔平写道:

> 美国人的使命是征服这片土地,它尚未完成——穿过这片广阔大地,奔向太平洋……重振老朽的民族……确定人类的命运——让人类事业达到顶峰……令一个停滞不前的民族重生……解除压制人类的诅咒,将祝福洒向全世界![2]

从早期开始,很多新世界的作品将美国人描绘成新的亚当,从历史的重负和旧世界的腐败中解放出来,只要他睁开眼睛,就会发现自己居住的是一片伊甸园般的原初花园。[3]乔纳森·爱德华兹和许多福音派传教士在美国教会和复兴布道会上,强调了皈依经历,这种经历救赎了人类堕落的眼睛,令万物焕然一新。从十九世纪三十年代开始,在这种独特的伊甸园式和千禧年想象氛围中,在各种神学和世俗著述中,美国先验论者利用并拓展了柯尔律治、华兹华斯、卡莱尔和他们同时代的德国人的主张,即假定,重新变成孩子那样,就是像亚当那样观看事物,而一个人如果用孩子的眼光看待事物,就会产生新生的力量。

1. 新奇感与感官混乱

爱默生说,"我们内心不相信,并且否认我们对自然的同情",但是
413 "幼儿期是永恒的弥赛亚,它来到堕落者的怀抱,恳求他们回到天堂"。[4]或者说,"很少有成年人能看到大自然……大自然的热爱者……是即使到了成年仍保持着童稚精神的人"。显然,这是柯尔律治式的语言,他在其他段落中也呼应了卡莱尔:"一切奇迹"都受到"习惯的粗糙之席"所阻碍,但"智者对寻常事物感到惊奇","在普通事物中"看到"奇迹"。爱默生和华兹华斯一样,主张自然现象的绝对平等,"我们对卑微

与高贵、诚实与卑贱的区分就消失了……当自然被用作一种象征时”。他发现了颠覆文体规范的圣经原型——据他所言，在希伯来先知眼中，“渺小和卑贱的事物也可以成为伟大的象征”。与哈兹里特一样，他也认识到这种文学激进主义与时代精神的关系，歌颂诗歌中表现的“革命时代”（Age of Revolution），在政治领域中，这场革命使得“所谓国家中的最低阶层得以提升”。

> 人们探索并谱写成诗歌的不是崇高美丽的东西，而是近旁的卑微、平凡的东西……我拥抱平凡，探索熟悉、低级的事物，以它们为师。

他补充说，对于失去的黄金时代和未来的千禧年来说，视觉转变可能是合适的选择，“让我认识今天的情况，你就可以拥有古老的和未来的世界”。[5]为说明启示瞬间存在于微不足道的事实中，爱默生引入一个在现代人看来具有预兆性的术语，他说，“被激发的知性”（aroused intellect）面对“事实，乏味、奇怪和令人厌恶的事物”时，会发现“一个事实就是上帝的一次**显现**（Epiphany）”。[6]

梭罗甚至比爱默生更激进，他用眼睛与观察对象间的关系来定义生命的主要价值，“仅仅通过观察就能得到很大的好处啊！……我们就是我们所看到的，”他说，“每个孩子都重新启动世界”，人自身经历的高峰发生在童年，“在我失去感官之前”，“我的生活充满了狂喜”。对成年人来说，重新获得新奇感足以拯救这个熟悉而琐碎的世界：

> 我从一个不同的角度看到这个熟悉的——过于熟悉的——事 414
> 实，它令我着迷，令我魂牵梦绕……我看到了一片天堂，那里有空气
> 和天空，我不再完全或仅仅是这低俗大地的一个居民了……只有我
> 们体验过和经历过的东西是微不足道的——我们的皮屑，重复，传

> 统,顺从。用新奇感以新鲜的方式感知,就是受到启发……奇迹时代就是这样被恢复的每一刻。[7]

不仅仅是英美作家才依赖儿童的想象力。1863年,波德莱尔在“现代生活的画家”康斯坦丁·居伊身上发现了天才的特征,而这也正是半个多世纪前柯尔律治在华兹华斯的诗中发现的那些特征:孩子新奇感存在于成人的力量中,这是精神复元的标志,表现在对陈旧熟悉事物的新鲜感觉上。波德莱尔说,人类可以被视为“永恒的复元者……一位成人-孩童”,“也就是说,对于一位天才,生活的方方面面都不显得陈腐”。

> 而复元就像是回到童年。恢复期的人像孩子一样,最大限度地享受着对一切事物都感兴趣的权力,甚至对那些看似极为琐碎的事物……孩子看一切事物都是**新鲜的**,总是**陶醉其中**……然而,天才就是可以随意**复原的童年**,只不过,为了表达自己,现在的童年被赋予成年的力量[*d'organes virils*]和善于分析的头脑,这使他能够整理自己不自觉积累起来的材料。这种深沉而愉悦的好奇心可以解释孩子面对新事物时那种固有的、像动物一样欣喜若狂的眼神,无论这种新事物是面庞还是风景……

然而,波德莱尔的这段文字却暗示着天真之眼美学上的一个新转折。天才是“永恒的复元者”,因为他患有不治之症;艺术灵感有些像中风;知觉上持续的新奇感是超麻醉的结果,“我敢再进一步,宣称灵感与大脑
415 充血有某种关系,每一个崇高的思想都伴随着一种神经休克……这种休克四射到小脑”。天才艺术家是**被诅咒的艺术家**(*artiste maudit*),因为他还是个孩子时,就表现出对外在客体和形式的“痴迷和沉浸”,“宿命论”彰显在他身上,“**诅咒**(*damnation*)已经产生”。[8]

波德莱尔在诗歌《忧伤与漂泊》中表达了渴望回到幼年时代的“绿色天堂”，对于他来说，相比特拉赫恩、华兹华斯和爱默生设定的伊甸园式的童年，它更像奥古斯丁式的和弗洛伊德式的婴儿期——那是“充满童稚之爱的绿色天堂／纯真的天堂，充满隐秘的快乐”。如果艺术家是永恒的复元者，他所生活的世界，正如波德莱尔在一首散文诗中所说的，“是一个医院，每个病人都拥有换床的欲望”。波德莱尔受到鼓舞的灵魂在航行欲望的高叫声中“爆炸”，“无论在哪里！无论在哪里！只要在这世界之外！”[9]这种不确定的目的地正是《旅程》（波德莱尔对那一古老体裁的独特版本）的目标，是生命的精神朝圣，是《恶之花》的结尾诗。该诗以“孩子，喜欢地图和版画”开始，对这个世界，成年人已经再熟悉不过而感到厌倦与厌恶，但对于孩子来说，这个世界能够满足自己的愿望，他穿行于其中，最后找到一种寻求新事物的铤而走险的策略：

> 跳进深渊底部，地狱还是天堂，有什么关系？
> 在未知的深处寻找新事物！

> Plonger au fond du gouffre, Enfer ou Ciel, qu'importe?
> Au fond de l'Inconnu pour trouver du *nouveau*!

阿蒂尔·兰波在他将诗人比作**通灵者**（*voyant*）的两封信中，呼吁“让我们要求**诗人创新**”，“最早的浪漫主义者是不自觉的**先知**（*seer*）”，而“波德莱尔是第一位先知，诗人之王，**真正的神**”。[10]十六岁的兰波明确揭示了波德莱尔被掩盖的或受到限制的元素，并加以极端化，从而重塑了浪漫主义概念——灵视的诗人是视这个世界为新天新地的预言诗人——让这些概念构成美学历史上鲜有或罕见的基础，一种真正的新型诗歌。我们这一代的作家仍在孜孜不倦地探索兰波艺术理论的含义。 416

兰波强调致幻药物是实现诗性世界的手段,如同达到统一目的的其他手段,波德莱尔已预料到了这一点。波德莱尔曾说过,大麻让人感受到复原的天堂——一个"人造的天堂",然而,这是"感官扭曲"的产物。[11]波德莱尔之前的柯尔律治和德·昆西是被动吸毒者,曾把鸦片带来的新奇体验看作一种暂时的结果,为此,他们遭到了惩罚,意志受到奴役,不仅人的自主性和尊严受到破坏,创造力也遭受破坏。波德莱尔也警告说,**通过药物创造的天堂**(*paradis par la pharmacie*)是转瞬即逝的,它的代价是长期成为"毒药"的奴隶。人类因想要"成为上帝",却堕落到"低于自己真实本性"的地位,"人类以永恒的救赎为代价来购买的天堂是什么样的呢?"[12]兰波认为,这个代价就是一个人的殉难,这个人注定要受到诗人神圣天职的诅咒。因为通向灵视的道路就是基督教的神秘主义之路,只不过由内而外翻转了过来——一种通过放荡、致幻药物和变态行为等系统违背道德情感和感官系统的行为方式。

兰波的诗学只有作为一种特定的美学理论和实践才具有新意,研究基督教思想复杂历史的学生对其思想构成非常熟悉。可以发现,兰波将诗人视为**通灵者**的原型可以在基督教中一个生活奢靡、被严厉压制但又顽固复现的异端中找到。这种思维方式是在公元二、三世纪由卡波克拉提派和基督教诺斯替派的其他边缘团体发展起来的,他们认为世界不是上帝所造,是由恶灵所造。这种思维出现在精神自由者或"自由精神兄弟会"的运动中,从十四世纪到十六世纪,这场运动席卷包括法国在内的欧洲许多地方,在克伦威尔时代的英格兰咆哮者①中再次出现,在十

① 英格兰咆哮者(the English Ranters)是十七世纪英国的一个宗教派系,是英国内战和清教徒革命时期的一个异端组织。他们是典型的反律法主义者,认为人类灵魂是神圣的,因此拒绝传统宗教规范和约束,主张个人主义、自由意志和肉体享受,甚至认为人们可以尽其所能犯下罪孽。他们因为经常通过狂言和激进言辞来宣传他们的信仰而得名。他们的观点和行为被当局视为异端,受到严厉打压,运动逐渐式微。

八世纪由约瑟夫·弗兰克(叛教的弥赛亚萨巴泰·泽维的追随者)领导
的运动中呈现为一种犹太教异端。[13]尽管异教形式各异,但它们都是极 417
端类型的反律法主义学说,不仅主张犯罪的可容忍性,而且主张犯罪的神圣性。那些被拣选的人,在光明的狂喜中进入纯洁精神的新世界,支配堕落世界的戒律和禁令的律法将完全废除。通往救赎性愿景的道路常常被描述为蓄意地、系统地藐视一切道德约束和节制,尤其是通过参与被禁止的性行为。这些行为并不是为了感官的满足,而是为了根除恐惧、羞耻和内疚的一种严厉惩罚,它们是堕落之人在邪恶世界的附属品,以便与唯一圣灵取得同一性,使人成为一种像神一样的新生物,被赋予创造力或超自然力量、灵视,并居住在一个超越善恶的新世界中。

兰波把这种程式转变成一种用以规训和完善诗人思想的生活规则。他使用“博学之士”(Savant)一词来称呼那些获得**灵知**(*gnosis*,即“诺斯替”)——绝对新奇的启示——的诗人,这表明了他的思想可能源于十九世纪中期欧洲启蒙主义中存在的**光明异端派**(*Illuminés*):

> 现在我正竭尽所能放纵自己。为什么?我想成为诗人,我正在努力使自己成为一个“通灵者”……苦难是巨大的,但人必须坚强,必须是天生的诗人,我已经认识到自己是一个诗人。那一点也不是我的错……
>
> 我们需要的是让灵魂变得怪异……
>
> 通过长期、剧烈且蓄意地**打乱自己所有感官**[*dérèglement de tous les sens*],诗人使自己成为一个**先知**,体验全部形式的爱、痛苦和疯狂,用自己的身体试验各种毒药,为了只保留它的精华。在难以言表的苦刑中,他需要最大的信心和至高的超人力量,来成为其中一个伟大的病人、伟大的罪犯、伟大的受诅咒者——以及至高无
> 上的博学之士!因为他到达了**未知**!……他到达了未知,尽管令他 418

疯狂,最后丧失对自己灵视的理解,但无论如何他看见了它们![14]

这些不同寻常的信件,以及兰波在生活和写作中的实践,都指向法国象征主义和颓废的突出特征,指向阿尔弗雷德·贾里和**荒诞玄学家**(*les Pataphysiciens*),还指向超现实主义、自由幻想、自主写作及其他由潜意识控制的创作方式。[15] 兰波在信中写道,"说'我思考'是错误的,而应该说'我是被思考者'","因为我即他者[*Je est un autre*]。如果铜管被唤醒发出号角之声,那不是铜管的错……我静观思想的绽放:我注视它,我倾听它"。兰波还指出了我们这个时代文学中另一项引人注目的运动。正如我们所知,华兹华斯在圣经中发现了自己违反传统规范的先例,将卑微和被放逐的人提升为自己严肃或悲剧诗歌的主角。然而,现代作家通过一种绝对的道德和社会逆反行为,将卑劣、病态和反常不仅转化为英雄,还转化为小说、诗歌和戏剧中的神圣形象。兰波笔下的"伟大的病人、伟大的罪犯、伟大的受诅咒者——以及至高无上的博学之士!"在让·热内时代成为人们熟悉的人物——在《圣热内:演员与殉道者》中,让-保罗·萨特对他的形象采用了典型的反转手法。

2. 现代瞬间的各种变体

如同弗兰克·克莫德所说,在**时刻**(*chronos*)突然变成**时机**(*kairos*)[16]的"浪漫主义瞬间"中,存在一种持续的、多样性的文学生活。透明的现象物体,如果透明到超越自身的意义,就会再现为象征主义者的象征;如果是不透明的,就会再现为意象主义者的意象。然而,在这两种情况下,浪漫主义客体通常与其在普通世界和共同经验中的背景分
419 离,并在自我限制和自足的艺术作品中被赋予一种孤立的存在。意识的瞬间,即短暂时间中的突然闪亮,已经成为现代小说中的常见要素,有

时，就像华兹华斯的时间之点一样，它标志着重要的发现，或加速叙事结局，以此成为一种文学构思原则。我们不仅能在普鲁斯特的**特权时刻**（*moments privilégiés*），而且能在亨利·詹姆斯“把空气的脉搏转化为启示”的想象行为中，在约瑟夫·康拉德揭示“生命全部真相”的“灵视瞬间”中，在弗吉尼亚·伍尔夫“日常生活小奇迹、光照、黑暗中意外擦亮的火柴”等“诸多灵视瞬间”中，在托马斯·沃尔夫“确定……人类生命中那个倏忽而过、燃烧照亮、转而流逝的瞬间并使之永恒”的努力中，在威廉·福克纳“瞬间的升华……一道闪光、一道强光”中，看到这些熟悉的特征。[17]

现代的瞬间常常与新奇感概念联系在一起，也常与发现微不足道的物体或事件具有超凡魅力联系在一起，这在世俗和宗教的参照框架中都得到阐述。沃尔特·佩特在《文艺复兴》的结论中明确指出，一切人类经验都是由意识中感觉的连续“瞬间”构成的，在感觉-物质的范围之外，或者在感觉死亡之后，都没有存在的领域。“每时每刻都有某种形式变得完美……某种语气……某种情绪……只为了那一瞬间”，而保持那些紧张瞬间的“狂喜”就是“人生的成功”。相应地，“我们的失败”在于“形成习惯：毕竟，习惯是相对于一个定型的世界而言的”。为了最大化我们感官存在的狂喜，艺术可以提供最多的东西，“因为艺术面向你，提出真诚的建议，为你的瞬间赋予最高的品质，不为别的，就只为了那些瞬间”。杰拉德·曼利·霍普金斯在邓斯·司各脱的帮助下，着手从自己的异教老师佩特那里找回恢复了的感觉和紧张的瞬间，并把它们交还给原作者。霍普金斯的“内景”（*inscape*）诗歌中，陈旧的现象会突然“如火焰般燃烧，就像从摇动的箔纸上闪闪发光”，以揭示“深藏在事物深处的最宝贵的鲜活性”。这些诗歌通常以这类归因结尾：“因为圣灵在弯曲的／世界上孕育”，或者，“他引领前行，其美永恒不变”。[18]对霍普金 420
斯来说，从信仰的角度看，感知的世界中一切看似微不足道的东西，都被一个超越时间的事件救赎了："我认为，对每个人来说，应该将生活的琐碎视为……道成肉身的基督令人难以置信的屈尊俯就，同时也被这种屈尊俯就消除了。"[19] 在《大自然是赫拉克利特之火》中，诗人在内在天启最后胜利时的再生时刻，从其直接先例——浪漫主义沮丧-欢乐诗歌——转向了它们的神学原型：

抛却窒息的悲痛，无欢的岁月，沮丧……
剎那，号角裂空，
我骤然成为基督的化身，因他曾如我一般是血肉之躯，
而这庸夫，笑柄，碎陶，补丁，朽木，
不朽的钻石
终是不朽的钻石。

Away grief's gasping, joyless days, dejection. . . .
In a flash, at a trumpet crash,
I am all at once what Christ is, since he was what I am, and
This Jack, joke, poor potsherd, patch, matchwood,
immortal diamond,
Is immortal diamond.

像霍普金斯的诗一样，艾略特在《四个四重奏》中对静止中心的体验，不仅仅体现在佩特的纯粹感觉瞬间中——在艾略特的描述中，它"不是紧张的瞬间／孤立的，没有前后"。[20] 艾略特自己的"幸福瞬间……突然明亮起来"，我们用魔法、精神分析和巴比妥酸盐①（"通常的／消遣和药物"）徒劳寻找的那个瞬间，再次如奥古斯丁所描述的那

① 巴比妥酸盐，一种作用于中枢神经系统的镇静剂。

样，成为“永恒／与时间的交叉点”，它的“暗示只能猜到一半，才智只能懂得一半，它就是道成肉身”。（页 132–133，页 135–136）艾略特最重要的瞬间，即“玫瑰花园中的瞬间”，同时代表了一个人瞥见自己失去的花园，预见自己重新获得一个普通的花园。（页 119、125）在我们最近的大多数作家中，对从时间中拯救出来的瞬间的关注拯救了传统经验，却没有遵从它的传统前提。叶芝在《格兰达洛的溪流和日光》中对突然顿悟的描述采用了提问的形式，这个问题包含了一种假设：

纷纭心绪间奔涌着
溪流与游移的日光
整颗心恍若欢歌……
究竟是日影的流转还是溪水的回旋或是眼睑 421
灼灼的辉光
洞穿我的躯壳？
何以让我如浴火重生者
自我孕育，涅槃新生？

Through intricate motions ran
Stream and gliding sun
And all my heart seemed gay. . . .
What motion of the sun or stream
Or eyelid shot the gleam
That pierced my body through?
What made me live like those that seem
Self-born, born anew?

很久以前，爱默生就说过，对于“被激发的知性”来说，“事实，乏味……令人厌恶的事物”是“上帝的一次**显现**”。然而,正是詹姆斯·乔伊斯故意将这个神学术语转化为一种自然主义美学,附着于似乎注定要成为自己标准名称的瞬间。值得注意的是,乔伊斯在1905年春天写下的英国文学史概论中,将“最高的棕榈”献给了华兹华斯、莎士比亚和雪莱,几个月后,他给斯坦尼斯劳斯·乔伊斯写信说:“在所有英国文豪中,华兹华斯最配得上你说的‘天才’。”[21]此时,乔伊斯正在创作《斯蒂芬英雄》,在这本小说中,他发现并分析了神显的“瞬间”,尽管只提到阿奎那,但是他的神显与华兹华斯的瞬间(在平凡或琐碎的事物中富有魅力的启示)具有一样的特性,这些特性在阿奎那对美的**明晰性**(*claritas*)的分析中以及对“存在于物质中的本质或性质”的描写中都是缺失的,而正是通过这种本质,人类的智力才“上升到对无形事物的某种认知”。[22]乔伊斯特别指出,神显可能出现在“一件小事”中,就在“灵性之眼”调整到“一个精确焦点”的瞬间。

> [斯蒂芬]用神显(epiphany)指代突然的精神显现,无论是在粗俗的语言或手势中,还是在心灵本身的一个难忘的阶段。他相信文人应该极其小心地记录这些顿悟,鉴于它们本身就是最微妙的、瞬息即逝的时刻……
>
> 很长一段时间,我不明白阿奎那是什么意思……但是我已经明白了。**明晰**(*claritas*)就是**本质**(*quidditas*)……它的灵魂,它的所是通过它外表的法衣向我们跳跃。最普通的物体的灵魂……向我们闪耀着光芒,物体实现了它的神显。[23]

422 尽管乔伊斯很快就放弃了使用这个名字,但显而易见的是,在后来的作品中他将其作为一个重要元素。他对自己的兄弟说:“最终可能会读我的书的，只有两三个遭受不幸之人，而我想送给他们的，正是我对琐碎事物重要性的理解。”[24]《一个青年艺术家的画像》和华兹华斯的《序曲》一样，以一系列的发现来标志艺术家的发展阶段。发现的高潮是在海滨的时刻，其时，孤独的斯蒂芬·迪达洛突然在自然环境中面对一个孤立的人。在结构功能上，乔伊斯的这个场景相当于斯诺登山上的高潮时刻，那时，斯诺登山下的风景突然向华兹华斯揭示了自己伟大的诗歌主题：人类心灵和想象的作用——

> 他独自一人……在充满荒凉气息的荒地上，在咸咸的海水中，在海里的贝壳中间，在朦胧灰色的阳光中，在孩子和女孩们的身影中……
>
> 一个女孩站在他面前的河流中央，独自而平静地凝视着大海。她似乎被魔法变成了一只奇怪而美丽的海鸟的模样……
>
> ——天上的神明！斯蒂芬的灵魂在极度的喜悦中大叫起来……
>
> 她的形象永远进入了他的灵魂，没有一句话能打破他狂喜的神圣的沉默……去活，去犯错，去失败，去获胜，从生活中创造生活！一位狂野的天使出现在他面前，这是人间的青春而美丽的天使，是来自生命美丽宫廷的使者，在狂喜的瞬间，在他面前打开了一切充满错误与荣光之路的大门。[25]

迪达洛成了艺术家，因此失去了他平凡的生活。这一章节部分体现了乔伊斯如何将宗教程式系统地转变为一种综合的美学理论。在这个过程中，艺术家或工匠致力于重新创造一个新世界，并把生命和世界带入这个新世界，以此来救赎它们。然而，乔伊斯的新世界与华兹华斯的截然相反，它就是艺术品本身。

423 华兹华斯的另一位崇拜者华莱士·史蒂文斯将自己描述为一个持严苛的怀疑论自然主义诗人：心灵放逐了“对不存在之物／的渴求”，面对陌生的他者，决心“只看事物本身而非他物”，代替造物主通过创造性虚构施加一种它再也找不到的秩序和价值。尽管如此，史蒂文斯的“至高的虚构”融入了让世界焕然一新的浪漫主义的新奇感：

转变带来的更新就是
一个世界的更新。这个世界属于我们自己，
它是我们自己，是我们自身的更新……

The freshness of transformation is
The freshness of a world. It is our own,
It is ourselves, the freshness of ourselves. . . .

它也保留了传统的瞬间——“内在卓越的瞬间”，他称之为“一切／安好”时“觉醒瞬间”——就像诗人如重生般看到一个仿佛新生的世界。

就在今夜，我又望见那低悬天际的
初冬的晚星
那颗将在春日加冕西边天际的星辰
再度归来……恍若生命再度归来……

恍若在无时间的国度里刹那间涌出时间，
这尘世，这街巷，我曾驻足之处，
本无时间……

就在今晚，初冬的扉页上，我再度望见它
再度行走，言说
再度鲜活，呼吸
再度悸动，明灭，时光再度明灭。[26]

Only this evening I saw again low in the sky
The evening star, at the beginning of winter, the star
That in spring will crown every western horizon,
Again... as if it came back, as if life came back....

It was like sudden time in a world without time,
This world, this place, the street in which I was,
Without time....

Only this evening I saw it again,
At the beginning of winter, and I walked and talked
Again, and lived and was again, and breathed again
And moved again and flashed again, time flashed again.

已故的杰出诗人西尔维娅·普拉斯也在《雨天的黑鸦》中证实了这一反复出现的瞬间：

我实在无可怨尤：
那缕微光依然会在
厨房的桌椅间

迸发耀眼的光芒
仿佛天国的火焰

偶尔也会附身于最钝拙的器物，刹那通明。

I can't honestly complain:
A certain minor light may still
Leap incandescent

Out of kitchen table or chair
As if a celestial burning took
Possession of the most obtuse objects now and then.

424 这首诗采用反讽手法运用了传统语言，以在拒斥一切希望的寂静、绝望的生活中，确定只意指其本身的突发现象。

我只知道黑鸦
光滑的背部羽能如此闪亮
凝固了我的感觉，拉开了
我的眼睑，让我得以

歇息片刻，不再畏惧
平凡普通……

奇迹会发生，
只要你愿意把那些时断时续的
巧妙的闪烁称作奇迹。等待又开始了，
长久地等待那天使，
等待那罕见的、随时可期的降临。[27]

I only know that a rook
Ordering its black feathers can so shine
As to seize my senses, haul
My eyelids up, and grant

A brief respite from fear
Of total neutrality....

Miracles occur,
If you care to call those spasmodic
Tricks of radiance miracles. The wait's begun again,
The long wait for the angel,
For that rare, random descent.

当下正在进行的一场文学运动(如果还在进行的话)极其关注新奇感、启示瞬间和视觉天启,对它们非常痴迷。用格雷戈里·柯索在《汽油》(1958)中的话说,垮掉的一代是“高呼：世界末日！天启!”的作家[28]——不过,我们必须补充一点,用“一个可悲的声音”(*une voix lamentable*)。他们置身于充斥内燃机、城市衰败、政教分离(Diseatablishmentarianism)、社会和国际秩序崩溃、末世爆炸的时代,成为**世纪末**(*fin de siècle*)作家的继承者,在反抗现代世界早期阶段的恐怖和无聊中,世纪末作家们遵循兰波开出的处方,直接攻击道德和神经体系,以此来蓄意打乱一切感官,寻求新的东西。艾伦·金斯堡将他们形容为“长着天使脑袋的披头族”,他以尖锐的戏仿方式使用浪漫主义用以表达变革愿景的词汇：

渴望与黑夜机器的星星发电机建立古老而神圣的联结,
他们穷困潦倒衣衫破旧眼窝深陷坐在高高的冰冷的公寓,在那
超自然的黑暗中吸着烟,飘浮过城市上空对着爵士乐冥思

苦想，
425 他们在高架铁轨下对上苍袒露衷肠，看见穆罕默德的天使们在灯火通明的房屋顶上蹒跚而行……
他们在涂过油漆的旅馆吞火，或去乐园幽径喝松油，要么死去，要么夜复一夜地磨难自己的躯体
借着梦幻，毒品，伴着清醒的梦魇，酒精，鸡巴，无休止的性交……
他们迷上了地铁吸了安非他命没完没了地从巴特里驶往圣地布隆克斯……
他们研读普罗提诺、坡、圣十字若望、精神感应和时新的犹太神秘主义，因为宇宙在他们脚下的堪萨斯本能地震动，
他们孤独地穿行在爱达荷的大街小巷寻找着幻想中的印第安天使，其实只是印第安天使的幻影，
他们看见巴尔的摩不可思议地发出的神秘光彩，只以为是自己发了疯……
他们送摩洛克上天堂累断了脊背！人行道、树木、收音机、吨位！把城市送上我们周围无处不在的天堂！
想象！凶兆！幻影！奇迹！狂喜！没入美国的河流！[29]

burning for the ancient heavenly connection
to the starry dynamo in the machinery of night,
who poverty and tatters and hollow-eyed and high sat up
smoking in the supernatural darkness of cold-water flats
floating across the tops of cities contemplating jazz,
who bared their brains to Heaven under the El and saw
Mohammedan angels staggering on tenement roofs illuminated...
who ate fire in paint hotels or drank turpentine in

Paradise Alley, death, or purgatoried their torsos night after night
with dreams, with drugs, with waking nightmares,
alcohol and cock and endless balls...
who chained themselves to subways for the endless ride
from Battery to holy Bronx on benzedrine...
who studied Plotinus Poe St. John of the Cross telepathy
and bop kaballa because the cosmos instinctively
vibrated at their feet in Kansas,
who loned it through the streets of Idaho seeking visionary
indian angels who were visionary indian angels,
who thought they were only mad when Baltimore gleamed
in supernatural ecstasy....
They broke their backs lifting Moloch to Heaven! Pavements,
trees, radios, tons! lifting the city to Heaven which
exists and is everywhere about us!
Visions! omens! hallucinations! miracles! ecstasies!
gone down the American river!

“没入美国的河流!”在最后的反讽中,金斯堡引用了沃尔特·惠特曼的长诗,那位怀揣人类获得救赎愿景的诗人,那位希望派中被选中的先知——

我,亚当之歌的吟唱者,
穿越新生的西部花园,大城市在召唤

I, chanter of Adamic songs,
Through the new garden the West, the great cities calling

——将新世界希望的最后结果描绘成预言中复原的伊甸园[30],但是,美国开始显现的绝望与他对千禧的过度期望完全势均力敌，且互相对立。赫尔曼·梅尔维尔甚至在1876年就认识到了这一点：

旧大陆最深的忧思
怎及新大陆的创痛
青春骤然
背负暮年的重负——
在希望溃退的隘口，
426 挥霍最后的遗产；
大声哭喊——“为世界之神筑起神殿！
哥伦布终结了大地的传奇：
人间再无新大陆可寻！”[31]

How far beyond the scope
Of elder Europe's saddest thought
Might be the New World's sudden brought
In youth to share old age's pains—
To feel the arrest of hope's advance,
And squandered last inheritance;
And cry—"To Terminus build fanes!
Columbus ended earth's romance:
No New World to mankind remains!"

我们还拥有当代版本的精神自传，其中既定的高潮，是向再生之眼揭示一片新天新地。被艾伦·金斯堡誉为“美国散文界的新佛陀”[32]的杰克·凯鲁亚克，在《达摩流浪者》(1958)的结尾描绘了自己在一座山上的顿悟，这一经历沿袭了(很明显通过西化佛教的文字描绘)摩西在西奈山上的顿悟、彼特拉克在旺图山的顿悟、卢梭笔下的圣普乐在瓦卢瓦的顿悟以及华兹华斯在斯诺登山的顿悟这一谱系。凯鲁亚克的山位于太平洋西北部的荒凉峰，在那里，他作为森林消防员度过了一个孤独的夏天，当他再次变成一个孩子的那个永恒时刻，与一个平凡的小动物有关：

> 它在那里，我的花栗鼠，在明亮晴朗、多风的空气中凝视着岩石……我永远憧憬永恒的自由。花栗鼠跑进了岩石里，一只蝴蝶飞了出来，事情就这么简单……在湖面上，天空中的水汽出现了玫瑰色的倒影，我说“上帝，我爱你”，然后抬头仰望天空，这确是我的心里话。“上帝，我爱你。不管怎样，照顾好我们所有人。”
>
> 对孩子和天真的人来说都是一样的……
>
> 当我背着包下山时，我转身跪在小径上说：“谢谢你，小屋。”然后我笑着加了一句“那个”（Blah），因为我知道小屋和山会明白那是什么意思，我转身沿着小路回到了这个世界。[33]

凯鲁亚克关于新世界的令人欢喜的启示，就是传统的更为柔和的内心启示。近几十年来，更有代表性的是回归原初圣经范式的野蛮和破坏性，但在一个超然的另类世界中不受限制。很多关于荒诞和黑色喜剧的文学作品都是黑色世界末日的某种形式——这是极端暴力的怪诞视像，这种暴力毁灭世界不是为了让它重生，而是为了彻底毁灭它，因为它被 427
认为是对存在的一种冒犯，在它支离破碎的结构后面显露的不是一片新天新地，而是**虚无**（*le Néant*），即什么都不是。

3. 浪漫主义的确定性

和前几章一样，在这一章，我强调了后浪漫主义文学与在法国大革命后几十年间发展起来的思想和形式的相似之处，这个时期是具有惊人创造力的时期。强调这一点似乎让我的观点与最近一个思想潮流一致，即打破文学中所谓浪漫主义与我们明确视为“现代的”之间的传统对立。弗兰克·克莫德有趣而有影响力的著作《浪漫主义的意象》是这个思潮的代表作。克莫德教授致力于追溯柯尔律治和华兹华斯的时代，将这一时代确定为现代运动产生的前提：自足意象或象征的概念；诗歌作为一个物体的概念，与世界和人类日常生活隔绝开来，只为其自身的完美而存在；与此相关的是被异化的、痛苦的艺术家概念，他牧师般的职业意味着要放弃现世生活，放弃这个可鄙的世界，选择另一个世界，即自己的艺术作品。我们或许同意，这些想法是从波德莱尔到近期许多重要著作的核心思想，并且常常出现。克莫德教授的概念和我们所关注的许多浪漫主义观点之间明显存在相似之处，也存在直接的因果联系。然而，事实是，现代主义运动中的许多重要人物——包括休姆、庞德和艾略特等英美国家的人物——明确将自己定义为反浪漫主义者。在我看来，如果综合他们的基本前提和文学实践来看，他们的判断显然是正确的。[34]

为了有效地区分后浪漫主义与反浪漫主义，我们需要确定哪些可以合理地被称作浪漫主义的。不管浪漫主义重要诗人的哲学观点有何不
428 同，我们能否在他们中间找出一套非常基本且广泛认同的假设和价值观，以至于能够构成一种独特的人生和艺术观，并找出它们之间的关系？我提议尤其寻找那些在法国革命进程所引发的危机中在文学创作上走向成熟的诗人的态度，对他们来说，法国革命是一场智识、道德、审美和政治的危机，如英国的华兹华斯、布莱克和柯尔律治，德国的席勒和席勒式人文主义的继承者荷尔德林。我要强调那个时期的作品，那时，这些诗人还没有失去对青春的信念，却能将它与自己全部的诗歌力量联合起来。在这份名单上，我还要加上雪莱，虽然他属于后革命时代，但他在很大程度上重述了他的前辈从政治激进主义到想象激进主义的演变。

我们知道，这些诗人用类宗教术语来设想自己的角色。华兹华斯在《序曲》的开头描述自己突然获得力量，证明自己被选中——

　　　对空旷的田野，我讲述着
一个预言：众多诗人将自发地
到来，披着教士的长袍
然后，我的心灵，恰好被挑选出来，
担任神职

（第一卷，第 59–63 行）

　　　to the open fields I told
A prophecy: poetic numbers came
Spontaneously, and cloth'd in priestly robe
My spirit, thus singled out, as it might seem,
For holy services

——他并不是说自己在现世生活中已经死亡，以成为艺术宗教中的一名见习修士。他穿上了“教士的长袍”，成为诗人-先知，但正如在伟大的“引言”中所说，自己仍是一位担负着职责的人类的发言人——“一个对人类说话的人”。华兹华斯在《序曲》伊始就确认自己的诗人身份，在结尾，表示自己“在[人类]救赎的工作中”让自己准备完成天职赋予的任务。所以，当雪莱将同时代的主要诗人描述为“其抱负不被理解的牧师”时，他接着说，他们因此而成为“不被承认的世界立法者”，因为他们是“给他人带来最高智慧、快乐、美德和荣耀”的作家。[35] 这些诗人和同时代的德国诗人一样，继承了激进新教主义严肃而认真的精神，将法国 429
后期为艺术而艺术、为艺术而生活的发展推向了极端。浪漫主义美学是主张艺术为人类、为生活的美学,柯尔律治说,诗歌和所有的艺术一样,“纯粹是人类的,因为它所有的材料都来自心灵,它一切的产物都是为了心灵”,华兹华斯认为,诗人“是捍卫人性的磐石,是拥护者和保护者”[36],济慈和雪莱一样确信,“伟大的灵魂现在驻足在大地上”,“它们将给予世界另一颗心脏,/和其他脉搏”。从济慈一些段落的上下文中可以解读出,他似乎比自己同时代的任何人都更接近美的宗教,然而,在他第一首关于诗歌的重要诗篇中,他决心继续通过弗洛拉和潘神的田园生活,追求“一种更高尚的生活”,即“人类内心的/痛苦,斗争”;他的最后一首诗《海伯利安的陨落》谈论了同一主题,其中的总结归纳恰好呈现了他进入那个阶段的行为,那时,他展现了已经获得的意识,即“诗人是一个智者;/一个人文主义者,医治全体人类的医生”,重生为一个关注人类苦难的诗人。[37]不论这些作家的宗教教义是什么,或者根本不遵循任何审美教义,用济慈的话来说,他们都是人文主义者。他们规定了人(包括那些卑微、无助和被遗弃的人,华兹华斯特别坚持这一点)最重要的东西和根本尊严,将人的目标设定为现世的一种丰富生活,其中人们可以发挥自己的创造力,他们评价诗歌的标准就是诗歌对这个目标的贡献大小。他们的诗歌想象是一种道德想象,他们对世界的想象也是一种道德想象。

雷蒙·威廉斯提醒过我们,在英国,“必须依据问题来理解我们称之为浪漫主义的思想,而这些问题的提出,正是针对这些经验的”,“一般经验得以铸就的模具”包括社会冲突和混乱,以及继法国大革命之后伴随工业革命而来的固有确定性的瓦解;伟大的作家“作为人和诗人,满怀热情地投入他们那个时代的悲剧之中”。[38]忽略这个历史背景,也
430 就是忽略了基础,低估了浪漫主义作家声明的严肃性,这些声明是他们为自身作为诗人而宣告,也为所有伟大诗歌的效用而宣告的。当他们承担起先知身份时,他们想要表达的是——像那些处于文明危机中的前辈

一样，从旧约先知到早期革命失败后的弥尔顿——他们有话要说，说出那些亟须对（用华兹华斯阴郁的诊断来说）“这个陈腐且沮丧的／时代”说的话。

这个充满恐惧的时代，
希望被毁作忧伤的废墟，
……周围弥漫着麻木与冷漠，
还有邪恶的狂笑，我们不知道
善良之人如何全面坠落，
变得自私，借用和平、安宁和家庭之爱
的仁慈之名来掩盖，
还夹杂着自发的
对充满灵视的心灵的嗤笑。

（第二卷，第448–456行）

these times of fear,
This melancholy waste of hopes o'erthrown,
. . . 'mid indifference and apathy
And wicked exultation, when good men,
On every side fall off we know not how,
To selfishness, disguis'd in gentle names
Of peace, and quiet, and domestic love,
Yet mingled, not unwillingly, with sneers
On visionary minds.

他们坚信，只有这些“灵视的心灵”才能为人类可能的将来重建希望的根基。

在我们的时代,许多才华横溢的作家都转而反对文明秩序的传统价值观,表达莱昂内尔·特里林所称的“对立文化”(adversary culture)的否定面。一些人把世界末日想象成末日大爆炸,另一些人则把它想象成一声哀怨的呜咽,在后一版本中,一个反英雄(anti-hero)在一部非作品(non-work)中上演文明终结游戏的剧情,在某些情况下,这部作品中语言自身的意义几乎达到消解的地步。浪漫主义作家既不是在绝望中寻找新事物以毁灭自己在现世的生活,也不是在绝望中抨击传统文化。他们的责任是自己必须说出:当代人类可以救赎自己和自己的世界,而实现救赎的唯一途径就是重新找到并发挥出西方历史的巨大优势。当他们扮演一个有灵视的人时,他们以华兹华斯称为“一个伟大的社会……
431 / 高贵的生与高贵的死”[39]中的一员说话,成员的使命是面对自己急剧变化的处境重新诠释经久不衰的人文价值,做出神学体系要求的任何改变,而这些价值观在之前就已经得到这些神学体系的认可,以此来确定文明的延续。这些价值中,最重要的是生命、爱、自由、希望和欢乐,它们都是典型的浪漫主义词汇,是相互关联的范畴,当诗人深入探讨生活和艺术的首要原则时,这些词常常出现。诗人们声称这些原则时,不会感到不安,也没有意识到这些平凡的东西可能早已超越它们的相关性。

浪漫主义的基本概念是生命。生命本身是最高的善,是其他善的居所和尺度,是浪漫主义思想中心范畴的产生者。正如我们所看到的,爱表达了生命的友爱,不仅要与其他人类分享,还要与令人类感到完全自在的环境分享。自由不仅指政治环境,还意味着让心灵和想象从习惯的长期控制和感觉的奴役中解脱出来,这样,他们或许就可以转变枯燥无味、毫无生机的世界,使之成为充满生机和欢乐的新世界,与感知的心灵之间相互应和。希望(以及与它相关的价值:坚韧)是维持生命、爱和自由获得胜利的可能性的必要条件。生命的标准就是欢乐,这并不是说欢乐是人的标准状态,而是说欢乐是人生而为之的东西:它表明,一个人自由发挥自己全部才能时是完全活着的，这是充满生命和爱的共同体的必要条件，既是最高艺术的前提，也是最高艺术的目标。

4. 世界的生命与欢乐之歌

生命概念是浪漫主义思想家最具创新性和独特性的前提和范式。因此有了他们所说的活力论：颂扬那些通过内在能量而生存、运动和进化的事物，超越任何没有生命、没有生气、没有变化的东西，正如弗里德里希·施莱格尔对这一思想的阐述，我们必须抛开"永恒、不变、恒常存在的概念，用'永恒生长及生成'（eternally living and becoming）等相反的 432
概念取代它"。

> 真正的哲学……只在一种永恒生成中，在一种永恒的生长和运动中，才能找到最高的现实，这种运动在不断变化的形式和形态中产生无限的丰富性和多样性。[40]

因此，也就有了他们所说的有机论：以隐喻的方式将生长中的事物的属性转化为思想的范畴和原则，这样，思想就展现出内在形态，并吸收外来元素，直至达到其复杂的有机统一性。我们可以看到黑格尔将植物的生长变成自己哲学的中心思想，他说，纯粹的思想"本质上是具体的，就像一朵花一样"，它是"叶子、形状、颜色、气味的统一，是有生命并在生长的东西"。

> 真实的因而是自主的，才有**发展**的动力。只有活着的，也就是有精神的，才会让自身运动、发展起来。理念本身是具体的、发展的，因而是一个有机系统，一个整体，**自身中包含着丰富的阶段和**

> 时刻。
>
> 哲学就是对这种发展的认知,并且,作为一种理解的思维,哲学本身就是这种思维的发展……
>
> 因此,成熟的哲学……就其整体和所有成员而言都是一个单一理念,正如在一个鲜活的个体中只有一个生命,在所有成员中只有一个脉搏跳动……所有这些特殊的部分只是这一生命的镜子和影像。[41]

黑格尔在《法哲学原理》序言的结尾处,遵循了这种赞扬生命的含义;哲学富有生命的过程没有生命本身重要,因为哲学只能概念化实际的事物,而且次于事实。“当哲学将它的灰涂在灰色上,一种生命形式便老去了,这灰色上的灰色不能使它返老还童,而是只能理解它。密涅瓦的猫头鹰只在黄昏时才起飞。”[42]

433 在这一段中,黑格尔模仿了歌德的《浮士德》:“……灰色的理论到处都有/而生命的金树长青!”华兹华斯大喊:“难道没有一种诗歌如此真实,以至于它就是生命本身吗?”

> 艺术,音乐,一串字词
> 都将成为生命,被众生认可的生命的声音?[43]

> An art, a music, a strain of words
> That shall be life, the acknowledged voice of life?

诗人“是对人类说话的人”,是一个于其自身中具有更多生命的人,因此也就拥有更多的欢乐和创造力——“比起别人,他更为自身中生命的精神欢欣;欣喜地思考着在宇宙运行中表现出来的相似的意志和激情,习惯在没有发现意志和激情的地方主动创造它们”。[44]诗人在生命的充实中获得的快乐，促动他表达、表现和创造生命，因此，诗歌的重要性在于，它通过产生愉悦来提升读者的生活，而这种愉悦是一切生物的根本驱动原则：

> 不要认为这种产生即时快感的需要是诗人艺术的堕落，事实远非如此……这是对人类与生俱来的尊严的一种敬意，是对伟大的、基本的快乐原则的一种敬意，正是根据这个原则，人类才认识、感受、生活和行动。[45]

在次年写的一篇文章中，席勒对这一论断表示赞同。就像华兹华斯的诗歌一样，在席勒的作品中，愉悦生成欢乐，欢乐在其最高境界标志着我们意识到自己所有生命力自由发挥。1803 年，席勒写道，艺术的听者恰当地“寻求愉悦”，因为

> 所有的艺术都奉献给欢乐，没有比使人欢乐更崇高、更严肃的事业了，只有创造最大快乐的艺术才是正确的艺术，而最大的快乐是精神自由发挥自己的全部力量。[46]

席勒是创作了《欢乐颂》的诗人——欢乐促动一切生活过程，把男人和
女人、个体和人类、万物和自然结合在一起——贝多芬在丧失听觉、身患 434
疾病后，将《欢乐颂》谱成乐曲，成为他最后一部交响曲的终曲乐章。

雪莱问道：“帝国盛衰”，“地球的演化……宇宙元素的运行”，“日月星辰组成的宇宙……与生命相比，它们又算得了什么？生命这一伟大奇迹令我们赞赏不已，因为它是那么神奇”。[47]雪莱的怀疑论唯心主义和华兹华斯的理想化自然主义之间存在着一道形而上学的鸿沟，然而雪莱《为诗一辩》与华兹华斯在《抒情歌谣集》序言中的基本价值观却是一

致的：生命、爱、愉悦和欢乐。“终结社会腐败，就是要摧毁对快乐的一切感受，因此，它本身就是腐败”，但“诗歌传达了人们能够接受的一切愉悦，它永远是生命之光”，它的影响“连接、激励和维持着所有的生命”，“爱和友谊的快乐……感知的欢乐，以及诗歌创作的更大的欢乐，往往是完全纯粹的”。雪莱的诗歌常常被选作浪漫主义诗歌中表现生活的痛苦、异化和厌恶的实例。相反，他自己声称，“诗歌记录了最幸福、最高尚心灵的最美好、最幸福的时刻”，为听者带来“同胞欢乐的好消息”，向我们揭示“我们存在的奇迹”。[48]

柯尔律治笔下的老水手即使在最卑微的生活形式中，也对认识到纯粹活力的欢乐表现出自发的爱，作者以此来表明老水手的道德转变——“啊，幸福的生灵！……爱的源泉从我心中喷涌而出”。柯尔律治直到悲伤的中年时期，才在《风弦琴》中插入最能体现欢乐、爱和共享生命等一系列相关的浪漫主义思想的诗句：

啊！我们内外同一的生命……
每一缕思绪皆韵律，万物皆欢乐——
想来在这充盈的天地间
不爱万物才是虚妄。

O! the one Life within us and abroad...
Rhythm in all thought, and joyance every where—
Methinks, it should have been impossible
Not to love all things in a world so fill'd.

柯尔律治在《朋友》中，将这些元素融入自己形而上学的中心概念：“对
435 事物的直觉……我们拥有自身之时，与整体融为一体……有着不可估量

的欢乐，以及包容一切的爱意。”[49]

三十多岁时，布莱克乐观的活力论达到顶峰，多次写到“一切有生命的事物都是神圣的”，兽人奥克为“火一般的欢乐”重新燃起而歌唱：

一切有生命的事物都是神圣的，生命以生命为乐；
因为甜蜜快乐的灵魂永远不会被玷污；

For everything that lives is holy, life delights in life;
Because the soul of sweet delight can never be defil'd;

向布莱克讲述《欧洲：一个预言》的精灵，努力向他展示“所有活着的/世界，这里每一粒尘埃都呼出欢乐的气息”。[50]布莱克晚期的史诗《弥尔顿》中，这些特征保留了下来，虽然，如他现时所说，除非我们打破肉眼的限制，进入将一切都理解为“洛斯之子”的想象灵视之中，参与生命的赞歌和欢乐之舞，否则，这些特征就仍然只能隐约可见：

你可见那些身着华服的飞灵在夏日
溪畔和草地上旋舞；每一场舞都
巧妙编织着精妙的欢愉迷宫：
每一只都在舞动中奏响自己的乐器，
触碰彼此又退却，交叠，变幻，回旋。
……这些是洛斯之子！是永恒之象
但当凡胎肉眼凝望这奇景时
瞥见的不过是它们衣袂的流苏。

（印版26，第2–12行）

Thou seest the gorgeous clothed Flies that dance & sport in summer
Upon the sunny brooks & meadows; every one the dance
Knows in its intricate mazes of delight artful to weave:
Each one to sound his instruments of music in the dance,
To touch each other & recede; to cross & change & return.
. . . These are the Sons of Los! These the Visions of Eternity
But we see only as it were the hem of their garments
When with our vegetable eyes we view these wond'rous Visions.

我们并不认为华兹华斯是一位活力四射的诗人,但对世界上欢快而喧闹生活的丰富性的反应,他的表达无可比拟。"我们感受到了无处不在的存在的脉搏……/一个充满生命和欢乐的星系。"再一次:

我唯有在那一刻
怀着难以言喻的极乐
感受到存在的壮阔弥漫
笼罩所有跃动与凝滞……
笼罩所有奔腾、疾走、呼喊、歌吟
或搏击欢腾空气的生灵,笼罩所有
436 滑行于浪涛之下的,甚至浪涛本身
于幽深水域。不必惊讶于
我的这般狂喜;因我在万物中,
窥见同一的生命,确信这生命就是欢乐。

I was only then
Contented when with bliss ineffable
I felt the sentiment of Being spread
O'er all that moves, and all that seemeth still. . .

O'er all that leaps, and runs, and shouts, and sings,
Or beats the gladsome air, o'er all that glides
Beneath the wave, yea, in the wave itself
And mighty depth of waters. Wonder not
If such my transports were; for in all things
I saw one life, and felt that it was joy.

最近，一些华兹华斯批评家阐释说，当感官之光熄灭时，他偏好"神秘"的体验，这是他无意识地反感生活和自然的一种表现。与此相反，华兹华斯接下来说，通过充分参与荷尔德林所称的（荷尔德林和华兹华斯以及其他同时代人共用的比喻）"世界的生命之歌"中，自己被带入一种超越感官的狂喜中：

他们唱同一支歌，那歌声依稀可闻，
最清晰之时恰是当肉耳
被尘嚣的序曲征服，
忘却职守，沉入无忧的长眠之时。[51]

One song they sang, and it was audible,
Most audible then when the fleshly ear,
O'ercome by grosser prelude of that strain,
Forgot its functions, and slept undisturb'd.

"思考最深的人，爱最鲜活之物"——荷尔德林以最不像苏格拉底的方式，让苏格拉底如是说。[52]他笔下年轻的许佩里翁经历了一种像年轻的华兹华斯一样的旅行，与自然界中跳跃的、奔跑的、飞翔的、游动的、倾泻的生命成为一体。

> 每一个生物都飞翔、跳跃,奋力飞出来,飞入神圣的空中,甲虫、燕子、鸽子和鹳在高处和低处盘旋,在一片欢乐中交织,束缚在地上的人,脚步快了起来,马冲过犁沟,鹿越过树篱,鱼儿从海的深处游出,跃出水面……
>
> 你就这样躺着,倾泻出可爱的生命,你就这样抬起头来,站起来,身姿苗条却丰满,保持着神圣的冷静,你美好的面庞仍然流露出宁静的喜悦,我在这种喜悦中打断了你。[53]

荷尔德林的诗歌中多次表现出存在的喜悦之情,而他与多产、充裕的自然共享着这种存在,“欢呼从一个村庄蔓延到另一个村庄,日复一
437 日……周围出现巨大的增长……丰足充盈着,生长着,几乎高过我们的头顶”。《如在节日》欢庆一场暴风雨后自然界生命的迸发,也赞美与这种迸发相应的观察者精神中创造力的高涨。

> 此刻自然伴着一片兵戈交击的铿锵声苏醒,
> 自苍穹之巅至深渊之底
> 循亘古不灭的法则,一如当初,自神圣的混沌中诞生,
> 灵感的激流,创生万物的伟力
> 再度被感知。
> 　　　　　　……人们终于识得
> 我们体内与寰宇间同一的生命,
> 识得诸神之力。[54]

> Die Natur ist jetzt mit Waffenklang erwacht,
> Und hoch vom Aether bis zum Abgrund nieder

Nach festem Gesetze, wie einst, aus heiligem Chaos gezeugt,
Fühlt neu die Begeisterung sich,
Die Allerschaffende wieder.
... sie sind erkannt,
Die Allebendigen, die Kräfte der Götter.

[Now Nature with a clash of arms awakens,
And from the height of the aether to the depth of the abyss
According to steadfast law, as when once it was begotten from sacred chaos,
The inspiration, the all-creative power
Is felt anew.
.... They are recognized,
The one Life within us and aboard, the powers of the Gods.]

5. 浪漫主义的"春日颂"

春日颂(*reverdie*)是最具特色的浪漫主义主题之一,与西方诗歌本身一样古老;它是为庆祝大地春日返青而作[55],华兹华斯走出精神的寒冬,与季节的再生相呼应:

当我深陷绝望的冰谷
春日却携轮回而至
虽对更深的期冀已如槁木,却仍为她欢欣……
与她的爱子同享欢愉,还有
林间草木,原野虫兽,枝头鸟儿。

(第十一卷,第23–28行)

Spring returns,
I saw the Spring return, when I was dead
To deeper hope, yet had I joy for her...
In common with the Children of her Love,
Plants, insects, beasts in field, and birds in bower.

438 歌德《浮士德》第二部开篇,浮士德向着自己在大地上的新生苏醒过来,整个大地回荡并燃烧着自己的再生:

生命的脉动再度磅礴……
林间回荡着万千生灵的喧响……
此刻自永恒的渊薮迸发出
火焰的洪流,我们愕然伫立;
本想点燃生命的火把,
却坠入吞没万物的烈焰汪洋……

Des Lebens Pulse schlagen frisch lebendig....
Der Wald ertönt von tausendstimmigem Leben....
Nun aber bricht aus jenen ewigen Gründen
Ein Flammenübermass, wir stehn betroffen;
Des Lebens Fackel wollten wir entzünden,
Ein Feuermeer umschlingt uns....

[The pulses of life beat strongly once again....
The wood rings with the thousand voices of life....
Now bursts from those eternal depths
An excess of flame, we stand astounded;
We wanted to kindle the torch of life—
A sea of fire embraces us....]

在这个古老诗歌**主题**的浪漫主义版本中，诗人对自然界生命复苏做出反应的力量和狂喜是前所未有的，用荷尔德林的措辞，此时“一切聚集的能量，在繁茂的春天迸发”。[56]

荷尔德林《许佩里翁》的结尾，主人公从精神的黑暗之夜中醒来，应和那春天里的**世界的生命之歌**（*das Lebenslied der Welt*）：

> 我从来没有像现在这样充分地体验过那种亘古不变的命运，一种新的欢乐会在心中涌起，当它坚持和忍受之时熬过了午夜的苦难，那，就像黑暗中夜莺的歌唱，只有那时，在我们深深的痛苦中，世界的生命之歌才会对我们发出神圣的声音……
>
> 常常在清晨……我爬上山顶……那些满足于甜美酣睡的可爱鸟儿，就在我身旁，这时它们也飞出丛林。丛林在微光中摇曳，渴求着新一天的到来……此刻，这耀眼的光芒，充满神圣的欢乐，循着惯常的道路，以不朽的生命让大地着迷，使她的心变得温暖，让她所有的孩子都再一次感受到自己的存在。

正是许佩里翁参与大自然复兴的彻底性，引导他把死亡不仅视为不可避 439
免的结果，而且是生命的决定性条件。让人们死亡吧，“这样，他们便能回到自己的根，我也可以；生命之树啊，愿我也能与你一同返青”，因为“一切都是一个永恒的燃烧的生命”。[57]

浪漫主义最生气勃勃的**春日颂**出现在布莱克《四天神》“第九夜”中想象的天启时刻：

> 因为远山上冬天已经融化
> 黑色的沃土歌唱，对自己婴儿期的人类诉说着，乳汁

滴落到沙里,干渴的沙子啜饮着感到欢欣……
根在坚硬的岩石间伸展开辟出自己的道路
它们在存在的欢乐中高歌。
　　……蝙蝠从凝固的黏液中挣脱出来,
彼此呼喊,我们是谁? 我们的欢乐和喜悦从何而来? ……
牲畜成群涌上山谷,野兽遍布森林;
欢乐震荡着萨马斯的所有狂暴形态,赋予他人性。

For Lo the winter melted away upon the distant hills
And all the black mould sings. She speaks to her infant race, her milk
Descends down on the sand. The thirsty sand drinks & rejoices. . . .
The roots shoot thick thro the solid rocks bursting their way
They cry out in joys of existence.
　　. . . The bats burst from the hardend slime crying
To one another, What are we & whence is our joy & delight?. . .
Herds throng up the Valley, wild beasts fill the forests;
Joy thrilld thro all the Furious form of Tharmas humanizing.

在天启的高潮,解放了的、"睁大了的人类之眼"将地球看作一个复原的伊甸园,呈现为一个巨大而富饶的花园:

旭日从露水晶莹的床榻起身,清新的空气
嬉戏于他含笑的辉光中,将生命之种播散
初醒的大地流淌出万千生命的泉流。[58]

The Sun arises from his dewy bed & the fresh airs

Play in his smiling beams giving the seeds of life to grow
And the fresh Earth beams forth ten thousand thousand springs of life.

在雪莱成熟期的诗歌中，我们听到两种声音，有些诗歌中有时会听到一种，有时听到两种声音互相对立。一个是公共的、先知的声音，像以赛亚和《牧歌》第四首中的维吉尔那样。雪莱在去世前不到一年的时候解释说，自己故意呈现出那种“诗人”的声音，通过他们所“拥有或假装具有”的才能，宣布他们对人类的终极愿景——社会再生和幸福“可能实现，并且，也许即将来临”。[59]另一个是雪莱自己个人的声音，他是“一种被软弱包围的力量”（正如雪莱的其他自我描述一样，这是对《新约》 440
中一个悖论的改编：“因为我的优点在弱点中变得完美”）。当雪莱用第二种声音说话时，他并不具有先知的信心，而是表达了强烈的情绪波动，有时，他因为被拒绝、被孤立、无法接触听众而筋疲力尽，并且，因为遭受个人灾难的反复打击，他大多时候表现出“几乎爱上静谧的死亡”。①

雪莱在生命中黑暗至极的最后两年中写就的伟大诗歌，是在意大利创作的，当时是春天，他将春天融入为诗歌背景。传统观点认为，哀歌的主题最好是死亡。在《阿童尼》中，挽歌的转折点——传统上称死亡是其更好的归宿——引发了雪莱对自己个人处境突然进行反思，“之前，希望已消失……现在你应该出发！”（第 470–471 行）

但是，这首诗比其他诗歌都更有力地记录了浪漫主义对大地涌动的生命、欢乐以及无法抑制的创造力的反应，它以个人的**死亡赞歌**（*laus mortis*）作为结尾：

---

① “几乎爱上静谧的死亡”出自济慈《夜莺颂》一诗。

多情的鸟儿在每丛荆棘间成双，
在原野和荆棘深处筑起小巢穴；
碧绿的蜥蜴与金鳞的蛇，
恍若不羁的火焰，自长眠中苏醒。

林间溪畔，原野山陵，沧海深处，
大地心脏迸出跃动的生命
亘古如此，携着嬗变与奔涌
自创世之初的盛大黎明
当神光初照鸿蒙，浸入混沌之流，
漫天星斗焕发柔光；
万物卑者皆喘息于生命神渴；
舒展躯壳；吐纳爱的欢愉，
焕发新生之美与力。

The amorous birds now pair in every brake,
And build their mossy homes in field and brere;
And the green lizard and the golden snake,
Like unimprisoned flames, out of their trance awake.

Through wood and stream and field and hill and Ocean
A quickening life from the Earth's heart has burst
As it has ever done, with change and motion,
From the great morning of the world when first
God dawned on Chaos; in its stream immersed,
The lamps of Heaven flash with a softer light;
All baser things pant with life's sacred thirst;
Diffuse themselves; and spend in love's delight,

The beauty and the joy of their renewèd might.

从雪莱为其诗歌选择的新柏拉图主义观点来看，他所描述的同一精神，即“燃烧的喷泉”，“用永不疲倦的爱”“掌控着世界”，不断努力迫使一切事物“成为其各自的样子”。

在美和能中迸发
从树木、兽群与人群间直抵天光。

And bursting in its beauty and its might
From trees and beasts and men into the Heaven's light.

甚至当雪莱作为个体、屈从于立即回归到“所有人都渴望的火”这一诱 441
惑时，他把心灵描述为“那光，它的笑正照彻全宇宙；/那美，万物都在其中工作、运行；/那福泽……维系着爱”。我们不应该将雪莱在结尾处想象出来的逃离自己环境的旅行，解读成他取消了对生命力量的赞美而有意与之相抗衡。哈罗德·布鲁姆精妙地描述了雪莱在结尾诗节中达成的平衡：“他最后的呐喊肯定了他的愿景，但否认了他自己作为先知的作用。”[60]

雪莱的最后一首诗《生命的凯旋》采用了熟悉的浪漫主义诗人教育的形式，与济慈的《海伯利安的陨落》一样，也被再现为一种但丁式的梦幻，它的危机是人类悲剧的揭示。讽刺性标题中两个词语的使用都具有特殊意义，“凯旋”（Triumph）即古罗马的 triumphus，意即凯旋的将军带着自己的战俘列队进入城市的仪式，“生命”不是《阿童尼》中那迸发出美和欢乐的“促动的生命”，而是那些日常存在的物质和感官条件，它们诱惑、压抑、腐化有雄心抱负的人类心灵。俘虏队伍以他们战败的程度来划分层级，包括那些不再忠于自己关于人类极限潜能的想象的人，即认为人类拥有至高可能性的人，结果，除了“神圣的少数几个人”之外，其他都是这样的人。然而，这些令人感到凄凉的事实却是诗人以充满活力的方式叙述的，他挖掘到了创造力的新源泉。雪莱的梦中愿景是以春天一个欢乐的早晨为背景的，这首诗跃然纸上，立刻引出一个绝不令人绝望的比喻：

旭日如奔赴荣光的
精灵疾驰，骤然跃出地平
欣然绽放光辉，面具般的夜色

便自苏醒的大地剥落。
群峰积雪的无烟圣坛，
在绯云之上燃起烈焰，随着

光的诞生，海洋的颂祷升腾，
442 群鸟将晨曲调成和弦……

于是，大陆、岛屿、沧海

以及所有镌刻着尘世形貌的
都循着时序，如同太阳
它们的父亲升起之时，随之苏醒。[61]

Swift as a spirit hastening to his task
Of glory & of good, the Sun sprang forth

Rejoicing in his splendour, & the mask

Of darkness fell from the awakened Earth.
The smokeless altars of the mountain snows
Flamed above crimson clouds, & at the birth

Of light, the Ocean's orison arose
To which the birds tempered their matin lay....

And in succession due, did Continent,

Isle, Ocean, & all things that in them wear
The form & character of mortal mould,
Rise as the Sun their father rose....

这是雪莱对古代"自然开篇"(Natureingang)传统的诠释。雪莱的归纳总结共四十行,充满了力量和确信,没有任何其他春天的序幕能与之媲美,欢乐的太阳跳跃出来、开始其荣耀之作时,旋转的地球上的平凡生命以安静的自然崇拜的仪式迎接它,太阳为他们带来光、热和被唤醒的生命——除了那个孤独的诗人外,他在世界沉睡于黑暗时苏醒过来,而现在,当整个世界苏醒过来,他却又安然入睡,在恍惚之际透明的黑暗中,他将历史想象为击溃人类潜能的、几乎无法消除的悲剧。我们只能猜测这场危机带来的后果,诗人还没来得及告诉我们答案,就离世了。

6. 希望和沮丧

谈到希望,确实,这个词经常在华兹华斯、柯尔律治、荷尔德林及雪莱的作品中出现,在他们的诗歌中,这个词经常与它的反义词联系在一起，即"沮丧"（dejection）、"消沉"（despondency），或者是华兹华斯在谈到希望与幻灭的循环时所称的"完全失去了希望本身／和所希望的东西"。（《序曲》，第十一卷，第6–7行）这些诗人之所以描写沮丧，并不是因为他们认为"恐惧"是人与生俱来的、不可剥夺的状态，或者说是艺术创造的必要条件，恰恰相反——是因为他们强烈地感受到绝望和冷漠的诱惑力，这是（用华兹华斯《不朽颂》中的话来说）"一切与欢乐为敌"的主要因素，因此也是与生命和创造力为敌的主要元素。关于希望，他们
443 认为，它须经受来自个人经验、人类历史以及他们所处特定时代的反证对自身的消解，这个时代是一个倒退到"旧的偶像崇拜……奴役……耻辱和羞辱"的时代。（《序曲》，第十三卷，第432–434行）1801年，席勒写道：

> 让我们直面邪恶的命运，不要对潜伏在我们面前的危险一无所知……只有**认识**到它们，我们才能得救。一场壮观得令人惊骇的戏剧可以帮我们获得这样的认识，戏剧充满摧毁一切，再创造，再摧毁的起伏变迁——一会儿缓慢侵蚀，一会儿快速毁灭……人类同命运作斗争，幸福飞逝，安全感丧失，不公正获胜，无辜者被战胜，所有这些历史都以丰富的方式呈现，而悲剧艺术通过模仿将它们呈现在我们眼前。[62]

比起指责浪漫主义者逃避他们那个时代的现实来说，指责他们对人类苦难的事实和邪恶问题视而不见，更令人感到困惑。浪漫主义诗人不是**面面俱到**（*complete*）的诗人，因为他们很少呈现人类经验的社会维度，尽管他们坚持共同体的重要性，但在很大程度上，他们认为这是出于个体意识的深刻需要。事实上，这些诗人几乎都关注人类苦难的现实和缘由，并为之痴迷。阿诺德曾说过，"华兹华斯的目光避开了／人类命运的一半"，这句话已经成为陈词滥调或文学史上的说法。华兹华斯自己在

“纲要”中称，自己的崇高主题是对一个复原天堂可能性的想象，这要求要实现人类真理的诗人，对“相互燃烧的疯狂激情”、产生“孤独痛苦”的人性和“悲伤引发的残酷风暴”发表“真正的评论”。华兹华斯叙事诗的主题包括：人类以非人性的方式对待人类，社会严重不公，老年人穷困无助，充满罪恶和悲伤，人们被引诱、抛弃，婴儿被杀害，人格在不应遭受的、无法减轻的痛苦的压力下不断退化，艰难境遇中别无他法的人仍然坚韧不懈，心爱的孩子突然失去，露西死去。阿诺德将自己的目光从华 444
兹华斯这些关注点中移开，也许是因为这些观点与传统的悲剧不同，它们必须与“卑微的乡村生活”有关。

对于所谓的“邪恶问题”，从最宽泛的角度看，这个问题就是，在这样一个不断发生此类事件的世界中，我们在智识和情感上何以理解这个世界，正是重要的浪漫主义哲学家关注的中心和普遍问题，我在前几章也一直在展示这一点。他们发现，将尘世苦难看作神的计划，为的是筛选出那些将被送往更好世界的人，这种说法已经站不住脚了；于是他们开始努力在经验的范围内为苦难经历找到合理解释。我们已看到，继华兹华斯之后，济慈所称的“神秘重负”（the Burden of the Mystery），也是那个时代大多数富有想象力的长篇作品的最重要主题，无论是自传还是虚构，无论是现实还是神话，无论是小说、史诗、戏剧还是抒情诗。这些作家像哲学家一样意在证明，在使人和诗人变得更丰富、更自觉、更统一、更成熟的过程中，苦难扮演着不可或缺的角色。一位批评家指责浪漫主义作家忽视了邪恶问题，可能只是说不赞成他们解决这个问题的方式。

这些浪漫主义的断言并没有消除或（从他们的整个背景中来看）减少人类内心的痛苦和冲突。把邪恶放在一个更大的概念视野中来为它辩解，并不是要消除它，或者减轻苦痛。过多的苦难不但不能培养人的品格，反而会破坏人的品格。悲剧的悖论是，生命的价值之所以具有价值，正是因为它受到了死亡的限制和定义。在谢林成熟时期的哲学中，个人和种族的历史进程展现了耶稣受难模式。尽管黑格尔辩护说，精神在历史上向自我实现的进化是“真正的神正论”，但是他描述了精神在其中演变为一个巨大“屠宰场”的历史，并将其叙述称为“绝对精神的回忆和受难所”。[63]华兹华斯的《丁登寺》《不朽颂》与《序曲》一样，都是关
445 于成长到成熟的意义是什么的问题，充满维吉尔的“万物有泪”（*lachrimae rerum*）的回响。生命意味着成长，但成长意味着失去，而失去至关重要，尽管华兹华斯在成熟的特性中发现了“丰厚的回报”，但《不朽颂》的结论是，拥有一颗“人类的心”，就是在最卑微的平凡事物中发现那些“泪水不及的最深处的思想”。现世生活的前面、下面和后面，都是一片黑暗，正如 A. C. 布拉德利关于华兹华斯说过的：“‘我们的存在’建立在‘黑暗的基础上’，‘我们高傲的生活戴上了黑暗的王冠’。”[64]雪莱在《解放了的普罗米修斯》中描绘了一切可能的人类世界中最美好的世界，但它让人屈从于激情，屈从于“时运、死亡和突变”。（第三幕，第四场，第 197–204 行）即使是这种可以想象但又异常不确定的可能性也不是终极的，因为它所依赖的达到平衡的心灵，随时可能再次陷入混乱。（第四幕，第 562–567 行）雪莱也没有低估邪恶的冲动，如果人类想要走进这个有限的人间天堂，他们必须面对并克服这种冲动。复仇三女神通过揭露每个人意识阈限下面的污秽，尤其是表现在毁灭欲望中的死亡本能对爱欲本能的腐化，来诱惑普罗米修斯，让他陷入绝望。（第一幕，第 445–491 行）

在我们当下时代，盛行的是一种文学摩尼教主义（Manichaeism）——异端基督教二元论激进的“蔑视此生此世”说的世俗版本——这种现象在文学上的表现可以追溯到从马拉美和其他法国象征主义作家，再到兰波和波德莱尔。我们许多作家和艺术家出于厌恶或绝望，不但背离了西方人文主义文化，而且背离了生命本身的生物条件，以及一切肯定生命的价值。他们献身于新的拜占庭主义，休姆明确用这种拜占庭主义来反对浪漫主义对生命的

礼赞，他所崇拜的艺术的定义，是它以几何化的抽象性“完全独立于有活力的事物”，表达出“对生命形状琐碎和偶然特征的厌恶”，因而具有“反活力”“非人性化”“拒斥世界”的最高美德。[65]另一方面，新的摩尼教派提出一种对卑劣生命或空虚生命的设想，如果他们赞美爱欲，那通常 446
是**反常理的**（*à rebours*）爱欲——反常，因而是贫瘠的、否定生命的。对一些评论家来说，通过悲观的当代视角来回顾早期文学，浪漫主义作家可能并不相信自己所宣称的，因此，他们一定产生了自我分裂，甚至不自觉地否定自己如此自信断言的积极价值。

例如，一位当代学者对华兹华斯采用了一种分析模式，即认为华兹华斯诗歌的“明显主题”是“一种表意的密码或象形文字，其含义却拒斥或贬低表现它们的那些经验”。事实证明，在表面之下，华兹华斯实际上“憎恨”“人类的致命局限”，作为“神秘主义者”（神秘主义者的定义是，对他而言“自然……必须彻底摧毁，彻底消灭”），他也是“时间本质的厌恶者”，对“人类普通经历怀有仇恨和恐惧”。事实上，作为一位伟大诗人，华兹华斯的根本天赋“是他对人类的敌意，而他将这误认为是爱”。[66]另一位浪漫主义诗人评论家也使用类似策略，发现华兹华斯早期诗歌的“平静表面”之下，怀有“对自然不安的恐惧和不信任”，然而，这位批评家倾向于把华兹华斯这种对人与自然的矛盾态度看作是浪漫主义神经质的表现，而不是天才的表现。最重要的是，雪莱“把人的神经官能症误认为天才的弱点……这导致他对神经官能症的过度沉迷，这对诗人来说几乎是致命的”。在雪莱的所有诗歌中，在“肯定的语气”和“弃绝世界和社会”这一隐含的事实之间存在着“根本矛盾”：即使是《解放了的普罗米修斯》的结尾，在表面的确信之下，实则具体表达了“对一切形态的社会都持有的病态的反感和厌恶……对人类的冷漠，甚至是厌恶”。[67]

无论如何，这种阐释十分新颖，其优点在于，它让人们注意到浪漫主义思想涉及的宽广范围和复杂程度，没有这种范围和程度，这些作家就会

447 成为与之截然对立的新人文主义早期漫画中的独眼乐观主义者。然而，我不能接受这样一个核心前提，即这些诗人大体上误解了他们自己最深层的意愿和价值。他们和他们尊敬的伟大作家但丁、莎士比亚和弥尔顿一样，深刻地意识到人类和宇宙中的黑暗力量，与各个时代的宗教思想一样，他们也持有怀疑和恐惧，也知道放弃的冲动有多强大。面对累积的公共和私人经验事实——“恐怖、疯狂、犯罪、悔恨”，这是阿西亚在《解放了的普罗米修斯》(第二幕，第四场，第19–27行)中的道德与肉体邪恶，在这种邪恶的重压下，“每个人……都踉跄着走向死亡的陷阱”，他们

被遗弃的希望，爱蜕变成恨意；
还有自我轻蔑……
疼痛用它无人垂听的、惯常的言语
嚎叫与锐利的尖叫

Abandoned hope, and love that turns to hate;
And self-contempt. . .
Pain, whose unheeded and familiar speech
Is howling, and keen shrieks

——这些诗人有意选择了自己的立场，不是出于乐观主义，而是出于有限的希望。就像在传统教义中所说的那样，沮丧、懒惰，对恩典感到绝望，已经处于不可救赎的罪恶边缘。所以，浪漫主义者认为，沮丧孕育了贫瘠，在冷漠和绝望的状态下坚持，就是过着柯尔律治所说的“虽生犹死”的生活，而致力于希望(根据柯尔律治的定义，希望是“我们存在的活力和凝聚力”[68])是一种基本义务——道义上的义务，没有它，我们就注定灭亡。希望打开了一种可能性，释放人的想象力和行动的力量，而

绝望却是自我实现的，因为它确保了自身向之归降的条件。雪莱说，“让我们相信一种乐观主义，其中，我们是自己的神”，然后，他用反讽式的夸张手法，定义了什么是“严肃的残余”（serious residuum）：

> 尽管事实并非如此，但是我们最好把这一切都往好处想，因为正如柯尔律治所说，希望是一项我们对自己对世界都负有的庄严义务，即对内在善的精神的崇拜，它是产生灵感的必要前提，在它自己的一切造物上留下与自己相似的印记，一种忠诚、无私的敬意。[69]

柯尔律治的《沮丧颂》是浪漫主义最黑暗的诗歌之一，呈现的是诗 448
人在生活中承受的情感压力，以及身体“折磨”下的个人失败。然而，这首诗又是一篇浪漫主义的**春日颂**，诗歌背景是万物复苏的四月。在柯尔律治笔下，四月并非最残酷的月份，而是与希望、欢乐和生活的复苏相关联的季节，诗人以此来衡量自己的损失。言说者的沮丧标志着他与他人及外部世界的隔绝，在后来的美学理论中，这种异化成为艺术创造的条件。在柯尔律治的诗中，它导致了艺术的贫瘠——诗人“塑造的想象之灵”被悬置，因为希望（在柯尔律治对浪漫主义互相关联的价值的重述中）与欢乐是相辅相成的：欢乐本身就是“生命，生命的流露”（有一种说法是“我们生命的生命”），内在生命富于自由和欢乐，让“从天之极到地之维”中的“万物”“在［我们］生灵的涡流”中“都有了生命”，由此产生符合人类需求的“一片新天新地”的经验。柯尔律治忏悔自己失去了欢乐和创造力，无法弥补，其结尾处，给诗歌针对的读者提出一个大胆的建议（有一个版本称，这个读者就是华兹华斯）：“唯愿你永远，永远欢乐。”

7. 老鹰与深渊

杰拉德·曼利·霍普金斯写道:“哦,心灵,心灵有崇山峻岭,”

崩落的绝壁
骇人,嶙峋,深不可测。
未曾悬命之人,安知命如草芥。

cliffs of fall
Frightful, sheer, no-man-fathomed. Hold them cheap
May who ne'er hung there.

华兹华斯在“纲要”中称,自己穿越人类心灵的诗歌之旅在高度上将超越“天堂的天堂”。但他的心灵风景与霍普金斯的一样,也有其深渊,在他的描述中(我引用“纲要”手稿中的版本),

449 混沌、最幽深地狱中最黑暗的深渊
还有借助梦境才能掘出的[更幽冥的]虚空
都不会产生如此的恐惧和敬畏
它降临在我们身上,当我们审视
自己的心灵,以及人类的心灵。[70]

Not chaos, not
The darkest Pit of the profoundest hell
Nor aught of [blinder] vacancy scoop'd out
By help of dreams can breed such fear and awe

As fall upon us often when we look
Into our minds, into the mind of Man.

《序曲》中心灵之旅最引人注目的情节，展现了华兹华斯两次濒临内心深渊却最终找到慰藉，这些段落是希望对抗绝望诱惑的核心例证，揭示了这种浪漫主义的持久对抗与雪莱所称的“我们所处时代的母题——法国大革命”中希望破灭这一原型体验之间的关联。[71]

《序曲》第六卷叙述了 1790 年夏天华兹华斯和罗伯特·琼斯徒步旅行法国和阿尔卑斯山的故事。这两个年轻人在巴士底日（7 月 14 日）一周年的前夕在加来登陆，千禧年期待达到狂热的高度：

那是欧洲欢欣鼓舞的时刻，
法国站在黄金时刻的顶端，
人性似乎又重生了。

（第六卷，第 352–354 行）

a time when Europe was rejoiced,
France standing on the top of golden hours,
And human nature seeming born again.

“一个人的欢乐”就是“千百万人的欢乐”，整个法国都在庆祝一个伟大的复兴的节日。清教徒们“发现了仁爱和幸福 / 像春天一样四处飘香”，到处都可以看到“自由之舞”，一直持续到深夜。在一个明显具有仪式性的事件中，两个英国人沿着罗讷河顺流而下，遇见一群狂欢的人群，他们是从巴黎“联盟节”上归来的代表，两个人与他们共进晚餐，“客人们欢迎他们，几乎就像天使欢迎亚伯拉罕一样”，然后大家“围成一个圈，手拉着手,围着餐桌跳起舞来”。紧接在“这场喜悦的喧闹”后,这两位旅行者立即爬上山,来到查尔特勒修道院。(第六卷,第357–423行)

450 华兹华斯于1805年完成了《序曲》第一版,几年后,华兹华斯在他的叙述中插入一个段落,将两年后历史上发生的一件事转移到这个场合——法国革命军队强行驱逐了古修道院的居民。

当我们走近修道院的时候
我们亲眼看见,闪烁的刀光
和军人凶恶的目光
他们奉命来驱逐,倾覆
无情地掠夺。[72]

Ours eyes beheld,
As we approached the Convent, flash of arms
And military glare of riotous men
Commissioned to expel and overturn
With senseless rapine.

这是叙述者第一次经历革命暴力,它不分青红皂白地毁灭了过去传统中的善与恶,这一发现带来的震撼深刻而持久。他听到大自然徒劳的呐喊,反对在查尔特勒修道院的大十字架下发生的这种渎神行为,即使这种“恍惚状态”结束后,“我的心灵/仍然在她内心中翻腾”。当他聆听着“生死姊妹溪流”的低语时——这个象征背后真正现实中的山间溪流是“活”吉耶尔河(*Guiers vif*)和“死”吉耶尔河(*Guiers mort*)——听到了与它掺杂在一起的发自内心的声响,在“新生自由”的事业中,这个声音接受了“时代的强大激情/复仇、狂喜和希望”中的矛盾,但祈求至少放过这个修道院，"如果过去和未来"要继续共同支持动人的"人类知识之精神"。放过这个修道院，是为了基于宗教启示的信仰的缘故，以及为了基于时间的自然象征"更谦卑的主张"的缘故——"从这些巨大的洪流——那些闪耀的峭壁／那想象的冲动奔涌而出"。突然，自然的悬崖变成了心灵的深渊，诗人暂时迷失了方向，从深渊边上向虚空中凝望，瑟瑟发抖：

那些闪耀的峭壁……
这些死亡无法接近的森林
将与人类同寿，只要人类仍在延续
去思考，去希冀，去膜拜，去感知，
去搏斗，在惶惑中 451
与自我失散，从茫茫深渊里
以血肉之躯凝望，从中获得慰藉。

those shining cliffs...
These forests unapproachable by death,
That shall endure, as long as man endures
To think, to hope, to worship and to feel,
To struggle, to be lost within himself
In trepidation, from the blank abyss
To look with bodily eyes and be consoled.

离开了这个"被玷污的地方"后，华兹华斯和同伴匆匆前往瑞士，结果再次经历了一场理想和现实之间巨大差距带来的幻灭：

那日初遇

勃朗峰的雪光，却痛觉
眼中烙下的不过是一具空洞的影像
它篡夺了鲜活的思绪
永不再复现灵光。

That day we first
Beheld the summit of Mont Blanc, and griev'd
To have a soulless image on the eye
Which had usurp'd upon a living thought
That never more could be.

他告诉我们，霞慕尼山谷（Vale of Chamouni）的人性的和自然的风景让自己“接受……现实”，如近处的小鸟和远处的老鹰：

小鸟在枝叶繁茂的树上鸣叫，
老鹰在苍穹中高飞。

（第六卷，第 452–463 行）

There small birds warble from the leafy trees,
The Eagle soareth in the element.

接着，华兹华斯描述了第三次体验，也是高潮的体验，他感受到期望与现实之间隔离开来的鸿沟，这一次产生了深深的“沮丧”，一种“沉闷而沉重的松懈”。“两位兄弟朝圣者”穿过辛普朗山口时，离开向导，急切地向上攀登，路上碰巧遇到一位农夫，告诉他们一件事，而一开始他们拒绝相信这件事——“因为我们仍然怀揣直指云霄的希望”——也就是，他们已经翻越阿尔卑斯山，“此后，我们的所有路程／就是下行”。

在讲述这段经历并重新体验的过程中，华兹华斯又一次突然迷失在自我之中，如同一团迷雾从他心灵的深渊中升起，穿过自己的诗人之路。这段话后来被重新修订，更清楚地表明华兹华斯使用旅行的双重含义——一种是真正的旅行，如他所描述的那样；另一种是隐喻式的旅行，意指诗歌的创作过程：

想象力…… 452
那令人敬畏的力量从心灵的深渊中升起
像一股无从所起的雾气，
立刻包裹住那个孤独的旅行者。我迷失了，
停了下来，不再努力穿行。

（1850 年版；第六卷，第 591–597 行）

Imagination. . . .
That awful Power rose from the mind's abyss
Like an unfathered vapour that enwraps,
At once, some lonely traveller. I was lost;
Halted without an effort to break through.

隔了一段时间，“现在我又清醒了，我对自己的灵魂说／我认识到你的荣耀”。只有现在，在回忆中，在启示中，“当感性之光／闪烁着熄灭，为我们展示／那个看不见的世界”，华兹华斯才发现沮丧的意义，当年自己以为还在上山，但是发现所走的其实是下山路，这种发现让他产生的沮丧在之前无法解释。这里的上下文可以清楚地表明，这件事及其意义、他之前的旅行经历[73]、即将到来的法国大革命及其经历之间，存在着一定的关系。就像革命到来前千禧年期望达到高潮时发生的一样，在受到查尔特勒修道院和勃朗峰事件的幻灭冲击后，华兹华斯在翻越阿尔卑斯山后（他现在知道了）突然感到的沮丧，实际上预示着后来的事件将充分证实的，即人们对法国大革命的无限期望和严酷现实之间存在着差距，它并不比旅行者“直指云霄的希望”与辛普朗山口实际顶端之间的差距更小。但那一闪而过的幻觉也揭示了一个普遍的真理，就是他在经过山口时所表明的，“我对自己的灵魂说／我认识到你的荣耀”。

我们的命运、本性与归属
栖居于无限，唯在此处；
希望本身即是不死的希望，
奋斗，期冀，热望，
以及永恒涌动的新生胎动。

Our destiny, our nature, and our home
Is with infinitude, and only there;
With hope it is, hope that can never die,
Effort, and expectation, and desire,
And something evermore about to be.

华兹华斯凭借成熟诗人的眼光，完成了对于浪漫主义而言具有核心意义的发现。[74] 人生的目的不是获得最终的满足，而是维持热望，与欲望相当，而非与事物本来所是的样子相当，这构成了人类悲剧性的尊严。华
453 兹华斯接着说，心灵认识到这种超越可能性的希望具有的荣耀，发现了力量和孕育的欢乐，它“自身很强大，在获得欢乐时／将它掩藏，像满溢的尼罗河水”。紧接着在《序曲》中（第六卷，第 549 行以降），华兹华斯急急忙忙来到阿尔卑斯山山口下的峡谷，在恐惧与美、短暂与永恒的统

一对立中，面对“混乱与和平、黑暗与光明”等不可避免的矛盾，正是这些矛盾构成了人类生活。

在霞慕尼山谷中，华兹华斯为见到勃朗峰之前持有的观念和见到勃朗峰后事实间的差异感到悲伤，但随后看到了一只老鹰，让他接受了现实：“鹰在自然中高飞。”马泰斯·约勒斯教授指出，盘旋高飞（*schweben*）的形象是弗里德里希·席勒最喜欢的形象，在生活和艺术中都得到应用。[75]他的长篇抒情诗《散步》（1795）展现了一只幽灵般突然出现的盘旋高飞的雄鹰。诗人独自站在山崖上，法国大革命带来的破坏性暴力场景让他感到悲凉，感到失望，他迷失在惶恐中，处于精神深渊的边缘，但当他用肉眼看到老鹰时，他获得安慰，它象征着人类抱负在不可能性与绝望之间的平衡。

我们知道，雪莱强调了诗歌“情感、意象和表达”的相似之处，这些情感、意象和表达源自融入了“我们时代重大事件”的“思想和情感的新源泉”。[76]席勒的《散步》例证了雪莱的主张在多大程度上适用于德国诗歌和英国诗歌。在本书中，我详细阐述了浪漫主义想象作品中的构思、意象和思想，而这首长达两百行、引人注目的诗歌融合了那个时代的许多思想，因此，它可以作为这些阐述的一个概要。正是我称作浪漫主义抒情长诗（这首诗和柯尔律治的《风弦琴》创作于同一年）的第一个例子，使得这种形式开始在英国成为风尚。[77]也就是说，《散步》描绘了面对一幅特定风景的一个孤独的言说者，在不断变化的视觉细节的刺激下经过持续的冥想，然后绕回到结尾，与开篇的描述相呼应，但有了变化，这些变化由其间发生的事情引起。诗人沿着蜿蜒山路的实际漫步，是叙述 454
者和人类自我教育的一个持续的比喻，最先与自然快乐地统一在一起，然后经历逐渐的分裂、疏离和冲突，之后面临一场以新的、复杂的统一为结果的危机。在诗歌形式和知识内容两个方面，如约勒斯教授所说，席勒的诗是“一场伟大的循环之旅”，旅程中（如同后来那些更长的“成长之旅”，华兹华斯的《序曲》、荷尔德林的《许佩里翁》和黑格尔的《精神现象学》)，历史的危机及诗人内心生活的危机就是法国大革命及其造成的后果，在一个处于更高层次上的、全面清醒的意识中得以化解。无论在发达的文化还是在成熟的意识中，这种意识对应于从高山望出去的广阔远景，尽管那里的地形更加荒凉、可怕，旅行者还是找到了前往那里的道路。

就像华兹华斯在他的"欢快序曲"中描写的一样，在席勒诗歌中的"自然开篇"，抒情诗的言说者从囚禁的四壁之内逃到自由开阔的田野中("逃出书斋的牢笼……/草原敞开胸怀迎接我")，与《序曲》一样，诗歌接着探索自由与法律的自然和文化模式，寻求真正自由的条件。迎接漫步者的是初升的太阳，它亲切地照耀着即将攀登的山峰，还有"宁静的蓝色"，它"倾泻在葱绿的树木上"。再度与华兹华斯《序曲》的序言中一样，他发现自己被一股富有活力的外部微风吹动："你那芬芳的气流沁入我的心脾。"(Deiner Lüfte balsamischer Strom durchrinnt mich erquickend.)他首先踏上的是一片平坦的草地，这里是一幅自然和谐的完美景象，其中各种颜色"令人愉快的冲突""在秀美中消融了"[*löset in Anmut sich auf*]。然后是一条蜿蜒的上山之路，向外可以眺望乡村的田园风光。那里，乡村土地进行了划分，而这种划分体现了人为法律的统治，但人自己"还没有觉醒并意识到自由"，与他人、与土地都和睦相处，
455 如同邻居。在这里，由人开辟的道路把耕地与树林、山峦联系在一起，树木用它们的枝丫拥抱着人类的居所。

叙述者继续爬行，景象突然扩展，展示了统一分裂为对立面的景象：

> 刚刚还亲密交织在一起的，又冷漠地分离，
> 只有同类的才与同类排列在一起。

> Spröde sondert sich ab, was kaum noch liebend sich mischte,

Und das Gleiche nur ist' s, was an das Gleiche sich reiht.

[Coldly those things separate which have just lovingly mingled,
And now it is only like which arrays itself with like.]

大庄园及其骄傲的白杨树扈从宣告着统治权、特权以及主仆之间的阶级划分("一长列仆从向我禀报统治者的到来"),城市的穹顶和塔楼映入眼帘,从其中"农牧神被迫出去,被赶入荒野"。当人们挤得越来越近,他们的内心世界变得更加激烈和活跃,爱国主义成了一条纽带,将整个社会维系在一起,而这个社会的发展动力是分裂力量之间的竞争和对抗,职责的专业化导致科学、技术、商业和艺术的极大发展,知识的迅速增长和传播把人类带入启蒙,但早期幻想也随之消失,这迫使人类无情地投身革命之中:

幻觉的迷雾在人们惊奇的目光前消散,
夜的影像在白昼之前隐退。
人类粉碎了枷锁……

Da zerrint vor dem wundernden Blick der Nebel des Wahnes,
Und die Gebilde der Nacht weichen dem tagenden Licht.
Seine Fesseln zerbricht der Mensch. . . .

[The mist of delusion dissolves before man's wondering gaze,
And the images of night give way to the dawning light.
Man shatters his chains. . . .]

但与此同时,文明进步压制了人性中的野性,在野性的底层,却爆发出唯信仰论的放纵。“人的理性呼喊着‘自由!’”而同时,“‘自由!’高喊出它野蛮的欲望。/它们贪婪地从神圣的自然中挣脱出来”。

456 沉思的关键点是诗人对法国大革命噩梦般的想象转化成黑格尔在《精神现象学》中所说的“绝对的自由和恐惧”,这“仅仅是一种毁灭的愤怒”——在对人类具有可能性的希望之巅上,揭示出人类心灵的文明表面下隐含的原始野蛮和破坏性深渊,令人震惊。诗歌在结尾时,经历了这场“用它令人恐惧的生活意象将我抓住、令我颤抖的梦”的黑暗之后,发现“充满希望的青春的心绪”。与分裂的、被压制的、野蛮的自然所爆发的暴力截然相对,言说者理解了另一种自然即**虔敬的自然**(*fromme Natur*)具有的恒常与合法性,它通过自然的虔敬将人类历史像个人历史一样一天一天地联结起来:

> 你始终如一,以忠信之手为世人守护
> 无论顽童嬉戏的寄托,还是少年托付的赤诚。

> Immer dieselbe, bewahrst du in treuen Händen dem Manne
> Was dir das gaukelnde Kind, was dir der Jüngling vertraut.

> [Ever unchanging, thou preservest in thy faithful hands for the adult man
> That which the frolicsome child, that which the youth has entrusted to thee.]

在他黑暗的幻想之后,席勒这首诗的结尾再现了开头描述中的宁静蓝天、葱绿树林和灿烂阳光,这些细节充满了对人类历史进程中永恒、统一要素的回响,成为一个补充。自然的太阳被理解成阿波罗,他既是古代诗人的导师,也是现代诗人的导师:

在同一片蓝天下，同一片绿野上
走着现在和远古的人们，他们联袂同游，
荷马的太阳——看！它也向我们倾洒笑颜。

Unter demselben Blau, über dem nämlichen Grün
Wandeln die nahen und wandeln vereint die fernen Geschlechter,
Und die Sonne Homers, siehe! sie lächelt auch uns.

[Beneath the same blue, over that very green
Walk the present and the distant generations, united,
And the sun of Homer—Look! it smiles also upon us.]

在沉思的整个过程中，言说者的心灵不断受到影响并给予阐释，不仅专注于不断开阔的前景，而且沉浸在随着攀登的道路愈发荒僻的环境 457
中。当他离开田园诗般的平原时，山突然陡峭起来。

脚下和头顶是无尽的苍穹和虚空，
仰看头晕目眩，俯视战战兢兢。

Endlos unter mir seh' ich den Äther, über mir endlos,
Blicke mit Schwindeln hinauf, blicke mit Schaudern hinab.

然而，到此时，道路还一直有清晰的标记，也很安全：

可在这永恒的至高和永恒的至深之间
一条带栏杆的小径引着旅行者安全前行。

Aber zwischen der ewigen Höh' und der ewigen Tiefe
Trägt ein geländerter Steig sicher den Wandrer dahin.

[Endless below me I see the ether, endless above me,
Look giddily up, look shuddering down.
But between the eternal height and the eternal depth
A railed path bears the traveler safely along.]

但是,在他对人类野蛮和文明的看法陷入混乱的危机时,言说者发现自己迷失方向,停在深渊边上一个没有道路的高地上。

但我在哪里？小路断了,陡峭的溪谷
张开大口,拦住我进退的道路……
这里荒凉而凄寂！……

Aber wo bin ich? Es birgt sich der Pfad. Abschüssige Gründe
Hemmen mit gähnender Kluft hinter mir, vor mir den Schritt. . . .
Wild ist es hier und schauerlich öd'! . . .

[But where am I?The path has disappeared. Precipitous slopes
Halt my steps behind me, before me, by a yawning abyss. . . .
It is savage here, and terrifyingly desolate! . . .]

此时,中间的诗行发生了抒情的反转。一只雄鹰高飞着进入眼帘,在宁静的确信中悬在遥不可及的天堂和无法测量的深渊之间:

漠漠的空中

只有苍鹰在飘浮，将天地结合在一起。

Im einsamen Luftraum
Hängt nur der Adler und knüpft an das Gewölke die Welt.

[In lonely space
Hangs only the eagle and fastens the world to the clouds.]

在《致威廉·华兹华斯》对《序曲》的情节进行的总结中，柯尔律治概括了华兹华斯对自己年轻时心灵与自然交流中那“令人敬畏的瞬间” 458
的描述，“那时，力量在你身上流淌”，随后，法国大革命初期爆发出希望，当“希望”被“折磨、摧毁”之后，它被“召唤回家”，“平静而坚定地”站在“人类绝对自我的可怕瞭望塔”里。在最后陈述中，柯尔律治回忆起自己刚刚听到华兹华斯大声朗读《序曲》最后一卷中的那段话，它描述了诗人怎样在希望破灭的危机中，为抵制“粗俗感官”“奴役心灵”的潜在倾向，成功地保存了他那拯救“一个死寂的宇宙”的想象力：

人啊！你必定
依靠自己的力量；在这里你无人可依；
在这里你孑然一身……

（第十三卷，第120–189行）

Here must thou be, O Man!
Strength to thyself; no Helper has thou here;
Here keepest thou thy individual state....

心灵孤立无援地面对世界，通过被爱和欢乐赋能的想象，将世界体验为一个充足的天堂,这是一项艰巨的任务。要保持这种立场和看待方式,无疑需要年轻人的活力和韧性,正如华兹华斯自己曾经意识到的那样,他回忆起正好可以表明那样一个转变时刻的早期例子,那时,他的心灵已经成为"王者和主人",外在的感觉成为"顺从奴仆"。再一次,在这思想黯淡的时刻,他又一次迷失在自身之中:

> 哦! 神秘的人类,你的荣耀
> 来自多么幽深的地方! 我迷路了。
> ……流逝的时光
> 回到我的身边,它来自生命的
> 黎明:我力量的隐匿之所
> 敞开了;我走近它们,它们又关上;
> 现在我瞥见了;当年岁增长,
> 可能将一无所见。

(第十一卷,第 271–273 行,第 330–349 行)

> Oh! mystery of Man, from what a depth
> Proceed thy honours! I am lost.
> ... The days gone by
> Come back upon me from the dawn almost
> Of life: the hiding places of my power
> Seem open; I approach, and then they close;
> I see by glimpses now; when age comes on,
> May scarcely see at all.

459 五十三岁时,柯尔律治写信给詹姆斯·吉尔曼,讽刺性地总结了自己精神生活的历史。其中,通过自嘲式的戏谑手法,我们看到了个人失败的悲剧。柯尔律治的叙述是基于浪漫主义关于主体与客体、心灵与自然这一根本二元对立来设计的，这两个主角之间不断变化的感知关系被投射在浪漫主义一贯关于权力-政治的视觉隐喻中。悲剧就在于那种逆转，据此，他的心灵由曾经的主人变成了奴隶。柯尔律治写道："我亲爱的朋友，"

> 在青年时期和成年早期，心灵和自然可以说是两个敌对的艺术家，他们都是强有力的魔术师，从事……巫术的激烈斗争，每一个都有自己的客体，把另一个当作画布在上面绘画，当作黏土捏制模型，当作柜子储存物品。在一段时间里，心灵似乎在竞争中占了上风，它喜欢让自然做什么自然就做什么……把她夏天的风变成竖琴和演奏者、情人的叹息和叹息的情人，将冬天的风变成品达颂歌、克丽斯塔贝尔以及被贝多芬编为乐曲的"古舟子"，在胜利的傲慢中将云彩变成背着轿子的鲸鱼和海象，在空中搜寻着追逐闪躲的星星！但是，唉！唉！大自然像一个小心翼翼、诡计多端、长吁短叹的老巫婆，像乌龟一样长寿，像水螅一样可以分身……[78]

我们要意识到柯尔律治在这里含蓄描述了随着时间的推移，他屈从于自己现实经验中感知的心灵概念，而他秉持的积极、投射性和创造性心灵的哲学一直与之对抗相悖，意识到这一点，上面那段话会显得更加深刻。在感知外部世界的过程中，心灵是被动的、接受性的，这是洛克的一个概念，如柯尔律治对洛克的理解——洛克对这个概念的呈现，表现在他不断重复的一个隐喻，即心灵是一个**白板**（*tabula rasa*）、暗柜或蜡版，通过感知获得的观念将自身书写、投射或印刻在其上。[79]接着，柯尔律治基
于后来的经验，重申了洛克关于心灵的隐喻，最后，按照自己的风格，绕 460
回到自己的出发点。他说，自然，

> 从长远来看，一定会赢得心灵女士的芳心，并进行复仇，将我们的今天变成一幅死气沉沉的画布，用以承载昨日那平淡无奇的肖像……将……那位昔日的女雕塑家……变成黏土……最后（以启示开篇的事物作结），她用心灵自己的比喻嘲弄心灵，把记忆转化为一张坚硬的生命之木（*lignum vitae*）做成的书桌……终结（Finis）！

随着时间的流逝，柯尔律治的同代人在激进的年轻时代具有的确信和愉快削弱了，其中一些人（最早是柯尔律治）投向一个超越时间存在的存在，从这个存在中衍生出了经验的价值，而且，这个存在保障了这些价值，一直构成他们思想根源和信条的支撑，但现在分崩离析了。然而，他们从事的是一项大胆而深思熟虑的事业，即努力从正在分崩离析的信条（一直以来是他们的源泉和约束力）中拯救传统价值，以及对新天新地的传统希望，如果他们对人类想象力作用的信心已经在不同程度上被世界、生活和时间侵蚀，那么，失败就具有某种英雄气概。无论如何，他们并没有因为意志消沉而改变自身先前发现的最有价值的东西，更不用说将这些价值颠倒为一种对立文化的否定面。

然而，浪漫主义独特气质正是这些作家在自己创造鼎盛期提出的那些东西。《解放了的普罗米修斯》最后一幕的结尾简洁有力地阐述了这个观点。狄摩高根逐一召唤每个人和每件事，来听他重申西方人文主义的根本优点，既然一千八百年以来，它一直作为一种基督教人文主义，狄摩高根的召集不断呼应着雪莱几乎烂熟于心的这本书，只不过被转化为“智慧之心”中的人类参考中心。[80]在结束语中，狄摩高根回顾了一个中心原则：“仁爱……凡事包容、凡事相信、凡事期望、凡事忍耐……现在
461 常存信心、希望、仁爱这三者；其中最伟大的是仁爱。”狄摩高根将这些主要美德纳入自己激进人文主义的主要价值之列：希望、爱、自由、生命

和欢乐。信仰的对象被转化成人在这个世界上的命运，因此，它和希望不谋而合，可以忍受一切，甚至在雪莱心灵风景中的深渊边缘——“光滑的、陡峭的／狭窄的悬崖般痛苦的边缘”。

去承受希望眼上无尽的劫难；
去宽恕比死亡和黑夜更黑更深的冤屈；
去反抗俨然全能的威权；
去爱，去承受，去希冀直到希望
从自身的残骸中重塑所渴慕的行迹；
不更易，不踌躇，不悔恨；
这，如同你提坦的荣光，即存在之真谛；
善，伟大，欢乐，美，自由
唯此堪称生命、欢乐、王权与凯旋。

To suffer woes which Hope thinks infinite;
To forgive wrongs darker than death or night;
To defy Power, which seems omnipotent;
To love, and bear; to hope till Hope creates
From its own wreck the thing it contemplates;
Neither to change, nor falter, nor repent;
This, like thy glory, Titan, is to be
Good, great and joyous, beautiful and free;
This is alone Life, Joy, Empire, and Victory.

如果说雪莱在这个声明中最终是呼应圣经，那么，他和华兹华斯的观点更为接近。他可能对华兹华斯有过辛辣的讽刺，但如玛丽·雪莱所说，“没有人比他更欣赏华兹华斯的诗歌；——他一直读他的诗”。[81]华兹华斯的作品《漫游》是同时代人最熟知的重要长诗，虽然雪莱认为这首诗避开了政治和想象的激进主义，并对此感到失望，但《漫游》对他和济慈都产生了深刻影响。尤其是《隐士》中的长诗段落，创作于他十四年前的全盛时期，华兹华斯在《漫游》的序言中再次将其“作为整篇诗歌的构思和范围的一个‘纲要’”。

如同柯尔律治在写给吉尔曼的信中所说的浪漫主义循环构思，我们也“以那种暗示着开头的语言”来结束对浪漫主义思想和想象的讨论，而且，我相信，我们是站在更高一点的有利位置结束讨论。在“纲要”中，作为诗歌崇高主题的序幕，华兹华斯记录了影响自己对“人、自然和人类生活”进行沉思的主要价值，在他的描述中，弥尔顿宗教史诗体现的价值转变为自己时代的价值。“我歌颂，”他说，

462 真理、伟大、美、爱和希望，
被信念征服的忧伤的恐惧；
苦难中得到祝福的慰藉；
道德之力和智性力量；
大众中最广泛播撒的欢乐

Of Truth, of Grandeur, Beauty, Love, and Hope,
And melancholy Fear subdued by Faith;
Of blessèd consolations in distress;
Of moral strength, and intellectual Power;
Of joy in widest commonalty spread

——这是早期手稿结尾时的一个目录，列出了那个最大的价值，即“无限的存在，一个伟大的生命”。这些积极的价值观赋予雪莱所称的“时

代精神”以“新生”，而这种“新生”就在上面刚刚提到的雪莱作品中得以表现。[82]同时，他们还明确了最具有历史依据的英国浪漫主义传统的道德维度。如果这种断言在当代人听来显得虚妄或陈旧，这也许表明，比起雪莱和华兹华斯所熟知的时代，当代人所处的时代更令人失落，更令人沮丧。

注释

[1] 托尼·坦纳，《奇迹的统治：美国文学中的天真与现实》（英国，剑桥，1965）。

[2] 引自亨利·纳什·史密斯，《处女地》（纽约，1957），页 40；另见页 11、12、45，页 50–51；关于美国千禧一代的神话，例子见约翰·莱迪·费伦，《新世界中方济各会的千年王国》（伯克利和洛杉矶，1956）；F. I. 卡彭特，《美国神话：复乐园》，载《美国现代语言学协会会刊》，第七十四卷（1959），页 599–607；查尔斯·L. 桑福德，《追寻天堂：欧洲和美国的道德想象》（厄巴纳，1961）；欧内斯特·L. 图维森，《救世主国家：美国千禧年主义角色的理念》（芝加哥，1968）。在一美元钞票上一直铭刻着古老的期望，回响着维吉尔的“弥赛亚牧歌”（Messianic eclogue）：“时代新秩序”（*Novus ordo Seclorum*）。

[3] 见 R. W. B. 刘易斯，《美国的亚当：十九世纪的纯真、悲剧和传统》（芝加哥，1955）。

[4] 《爱默生全集》（百年纪念版；马萨诸塞州，坎布里奇，1903），第一卷，页 70–71。

[5] 同上书，第一卷，页 8–9；第三卷，页 285；第一卷，页 74；第三卷，页 17；第一卷，页 110–111。

[6] 爱默生，《日记》，1838 年 6 月 21 日，见《拉尔夫·沃尔多·爱默生选集》，斯蒂芬·威彻尔编（波士顿，1957），页 90。

[7] 《亨利·大卫·梭罗作品集》（二十卷本；波士顿，1906），第七卷，页 247–248；第八卷，页 306–307；第十四卷，页 43–44。

［8］夏尔·波德莱尔,《现代生活的画家》,《波德莱尔作品全集》,Y.-G.勒当泰克、克劳德·皮舒瓦编(七星文库,1963),页1158–1160。

［9］夏尔·波德莱尔,《巴黎的忧郁》,第四十八卷,同上书,页303–304。

［10］《兰波作品全集》,罗兰·德·蕾维尔、朱尔斯·穆凯编(七星文库,1963),页272–273。

［11］夏尔·波德莱尔,《大麻之歌》,《波德莱尔作品全集》,页366、372。

［12］同上书,页349、384、386。

［13］关于诺斯替教中的浪子教派,见欧仁·德费伊,《诺斯替派和诺斯替主义》(巴黎,1913),页391–406,赫伯特·里伯隆,《喀尔巴阡山的灵智》(莱比锡,1938)。关于欧洲和英国的精神浪子,见诺曼·科恩,《追寻千禧年》,页149–194,页315–372,晚期犹太弥赛亚主义的类似运动,见格肖姆·肖勒姆,《犹太神秘主义的主要思想》,页287–324。

［14］兰波,致乔治·伊藏巴尔的信,1871年5月13日;致保罗·德梅尼的信,1871年5月15日。(《兰波作品全集》,页268,页270–271)

［15］见马塞尔·雷蒙德,《从波德莱尔到超现实主义》(纽约,1950)。

［16］弗兰克·克莫德,《终结的意义》(伦敦,1967),页47。

［17］亨利·詹姆斯,《小说之家》,莱昂·埃德尔编(伦敦,1957),页31–32;约瑟夫·康拉德,《水仙号上的黑鬼》(爱丁堡和伦敦,1925)"前言",页xii;弗吉尼亚·伍尔夫,《灵视的瞬间》,载《泰晤士报文学增刊》,1918年5月23日,页243,《到灯塔去》(伦敦,1930),页249;托马斯·沃尔夫,《时间和河流》(纽约,1935),页551;威廉·福克纳,《所有死去的飞行员》,《福克纳小说集》(纽约,1950),页531。莫里斯·贝贾的《对瞬间的研究:现代小说中的顿悟》(博士学位论文;康奈尔大学,1963)引用了这些段落。

［18］《上帝荣光与驳杂之美》。

［19］致E.H.柯尔律治的信,1866年1月22日;《杰拉德·曼利·霍普金斯后期书信集》,页9。

［20］T.S.艾略特,《四个四重奏》,《艾略特诗歌与戏剧全集》(纽约,

1952)，页 129。

［21］致斯坦尼斯洛斯·乔伊斯的信，1905 年 5 月 2 日或 3 日［?］，1905 年 6 月 11 日；《詹姆斯·乔伊斯书信集》，理查德·艾尔曼编(纽约，1966)，页 90、91。

［22］托马斯·阿奎那，《神学大全》，第一部，第 84 问，第 7 条，第 3 点。

［23］《斯蒂芬英雄》，西奥多·斯宾塞编(纽约，1944)，页 211–213。关于乔伊斯的顿悟概念及其运用，见罗伯特·斯科尔斯，《乔伊斯与顿悟》，载《赛万尼评论》，第六十二卷(1964)。

［24］理查德·艾尔曼引自乔伊斯日记，见《詹姆斯·乔伊斯》(纽约，1959)，页 169；乔伊斯将这种琐碎事物的价值逆转类比于圣餐中的基督教神秘。

［25］《一个青年艺术家的画像》，见《詹姆斯·乔伊斯》，哈里·莱文编(纽约，1947)，页 431–433。乔伊斯的"时间极点"类似于华兹华斯的"时间之点"，涉及一个孤独的人或事，正如他在《序曲》中的评论，当周围的景物落下，"成为一个庄严的背景，或浮雕，/ 凸出单一的形式和物体"。(1850 年版；第七卷，第 622–623 行)乔伊斯以类似的方式，将顿悟的初始阶段(用阿奎那的术语"整合"〔*integritas*〕)描述为"当你的心灵面对一个物体时……的活动"，其中"它将整个宇宙分为两部分，即物体和不是物体的虚空"。(《斯蒂芬英雄》，页 212)

［26］《夏天的凭证》《最高虚构笔记》《军乐》，《华莱士·史蒂文斯诗集》，页 373，页 397–398，页 386，页 237–238。正如史蒂文斯在《最高虚构笔记》(页 398–399)中所说，在这样一个"不理智的时刻…… / 这些都不是转化而来的事物。/ 然而，我们却为之震惊，仿佛它们的确如此"。

［27］西尔维娅·普拉斯，《巨像》(伦敦，1960)，页 42–43。荒诞派剧作家欧仁·尤内斯库也描述了世俗的恩典时刻：

> 一个充满恩典的清晨，当我从夜晚的睡眠中醒来，从日常生活的精神沉睡中苏醒，突然意识到自己的存在，意识到宇宙的存在，所以，一切看起来都很奇怪，同时又如此熟悉，那一刻，对存在的惊讶侵袭了我—这些感受和直觉属于所有时代的所有人。

引自马丁·埃斯林,《荒诞派戏剧》(铁锚丛书,1961),页137。

[28]《格雷戈里·柯索诗选》(伦敦,1962),页17。

[29] 艾伦·金斯堡,《嚎叫及其他诗作》(旧金山,1956),页9–11,页18。

[30]《时代和时代的复兴》,第4–5行。惠特曼还以诗歌的方式表达了美国千禧年说的复兴,美国帝国主义注定会复兴旧世界和古老的人类:

> 我歌颂比之前任何时候更伟大的新的帝国,在灵视中它向我走来,
> 我歌唱美利坚我的爱人,我歌唱更伟大的主权……
> 贸易开放,沉睡的岁月已经终结,人类获得重生,万物更新,
> ……古老的亚洲必定复兴。
>
> (《百老汇盛会》)

> I chant the new empire grander than any before, as in a vision it comes to me,
> I chant America the mistress, I chant a greater supremacy...
> Commerce opening, the sleep of ages having done its work, races reborn, refresh'd,
> ... the old, the Asiatic renew'd as it must be.

[31]《克拉瑞尔》,《赫尔曼·梅尔维尔文集》(伦敦,1924),第十五卷,页250。

[32] 艾伦·金斯堡,《嚎叫及其他诗作》,"题词"。

[33] 杰克·凯鲁亚克,《达摩流浪者》(纽约,1958),页243–244。

[34] 我在《柯尔律治、波德莱尔和现代主义诗学》中讨论过这个问题的某些方面,收入《内在美学,审美反思:作为现代诗范例的抒情诗》,W. 伊瑟尔编(慕尼黑,1966)。

[35]《雪莱散文集》,页240、295;另见页297。

［36］《论诗歌或艺术》，《文学传记》，第二卷，页 254；《抒情歌谣集》“序言”，《威廉·华兹华斯的文学评论》，页 52。

［37］济慈，《给海登的第二首十四行诗》（1816）；《睡眠与诗歌》（1816），第 101–125 行；《海伯利安的陨落》（1819），第一章，第 141–149 行，第 189–201 行。

［38］雷蒙·威廉斯，《文化和社会：1780–1850》（纽约，1960），页 36、31。

［39］《序曲》，第十卷，第 969–970 行。

［40］《弗里德里希·施莱格尔一八〇四至一八〇六年哲学讲稿》，第一卷，页 111–112。

［41］黑格尔，《导论：哲学的体系和历史》，页 32–33。

［42］《法哲学原理》，霍夫迈斯特编（第四版；汉堡，1955），页 17。

［43］《安家格拉斯米尔》，第 401–403 行。

［44］《抒情歌谣集》“序言”，《威廉·华兹华斯的文学评论》，页 48–49。

［45］同上书，页 51（1802 年添加的一段文字）。莱昂内尔·特里林评论道，华兹华斯的陈述“大胆得令人震惊，因为它呼应并反驳了圣保罗所说的话：‘我们的生活、行动、存在’都在上帝之中（《使徒行传》17：28）”。见莱昂内尔·特里林，《超越文化》（纽约，1965），页 58。

［46］《墨西拿的新娘》“序言”，《席勒全集》，第二十卷，页 252。这段话让人想起柯尔律治的话：“诗人，在理想的完美中，使人类的整个灵魂都活跃起来。”见《文学传记》，第二卷，页 12。

［47］《论生命》，《雪莱散文集》，页 172。

［48］《为诗一辩》，同上书，页 286–287，页 292，页 294–295。

［49］《风弦琴》，第 26–31 行（1817 年版增补）；《朋友》，第一卷，页 520。柯尔律治在《破晓前的赞歌》中称，勃朗峰“融入我的思想，／是的，融入我的生活和生活的秘密快乐”。另见《柯尔律治书信集》，第一卷，页 397–398。

［50］《威廉·布莱克诗歌和散文集》，页 53、59；另见页 44、50。

［51］《序曲》，第八卷，第 627–631 行；第二卷，第 418–434 行。关于华兹华斯对生活、欢乐以及自我与自然的结合的执着情结，另见第一卷，第 580–585 行，

第八卷,第253–263行;荷尔德林运用了术语“世界的生命之歌”,见《许佩里翁》,《荷尔德林全集》,第三卷,页157。

[52]《苏格拉底和阿尔西比德斯》(“Sokrates und Alcibiades”),《荷尔德林全集》,第一卷,i,页260。

[53]《许佩里翁》,同上书,第三卷,页49–51。

[54]《斯图加特》,第16、59行,第67–68行,《荷尔德林全集》,第二卷,i,页86–88;《如在节日》,第23–27行,第35–36行,同上书,第二卷,i,页118–119。

[55] 关于古典和中世纪爱情诗中春天主题的描述,见詹姆斯·J. 威廉,《最残酷的月份》(纽黑文和伦敦,1965)。

[56]《漫游者》,第35行,《荷尔德林全集》,第二卷,i,页81。

[57]《许佩里翁》,同上书,第三卷,页157–160。

[58]《四天神》,页132,第23–36行;页138,第25行;页139,第1–3行。另见布莱克可爱的“春日颂”,《弥尔顿》,第二卷,印版31,第28–45行:即使是比乌拉的哀歌,当它们为这个创造世界的人感受到,也被理解为欢乐春天里生命的柔和之歌与有节奏统一的舞蹈。

[59]《希腊》注释,《雪莱诗歌全集》,页479–480。

[60] 哈罗德·布鲁姆,《灵视一族》,页xv。

[61]《雪莱的〈生命的凯旋〉》,唐纳德·H. 雷曼编(伊利诺伊州,厄巴纳,1965),第1–18行。

[62]《论崇高》,《席勒全集》,第十七卷,页632。

[63] 黑格尔,《历史哲学》,第二卷,页938;《历史中的理性》,约翰内斯·霍夫迈斯特编,页564。

[64] A. C. 布拉德利,《华兹华斯》,《牛津诗歌讲稿》,页125。关于雪莱对人性中邪恶倾向的敏锐意识,见C. S. 刘易斯,《雪莱、德莱顿和艾略特先生》,收入《英国浪漫主义诗人:现代批评文集》,M. H. 艾布拉姆斯编(纽约,1960),页255–258。

[65] T. E. 休姆,《沉思》,页8–9,页53–55,页92–93。

[66] 大卫·费里,《死亡的限制》(康涅狄格州,米德尔敦,1959),页52、4、32、53、173。

[67] 爱德华·E.博斯泰特,《浪漫主义的腹语》(西雅图,1963),页33、235,页236–237,页218。

[68] 致汉弗莱·戴维的信,1800年12月2日;《柯尔律治书信集》,第一卷,页649。

[69] 致玛丽亚·吉斯伯恩的信,1819年10月13日或15日;《珀西·比希·雪莱书信集》,第二卷,页125。三年前,雪莱在提到法国大革命之后,就引用了柯尔律治的声明:“希望是一种非常可畏的责任”;同上书,第一卷,页504。另见华兹华斯的十四行诗(《威廉·华兹华斯诗集》,第三卷,页140),写于1811年,有关西班牙反抗拿破仑的起义:诗人歌唱自由,

　　　　不会在希望面前退缩
在这不幸时日中最糟糕的时刻;
希望,这一最高的职责,上天
为了它自己的荣誉,将它安放在人类遭受痛苦的心上。

　　　　did not shrink from hope
In the worst moment of these evil days;
From hope, the paramount *duty* that Heavev lays,
For its own honour, on man's suffering heart.

[70] 霍普金斯的十四行诗,《没有最糟糕的,一个也没有》;华兹华斯的手稿B版本“纲要”,保存在鸽舍华兹华斯图书馆。柯尔律治也知道面对“虚无”的滋味——他称之为“积极的否定”,“空洞的一无所有的恐惧”;见《地狱》,《柯尔律治诗歌全集》,页429–431。

[71]《珀西·比希·雪莱书信集》,第一卷,页504。

[72]《序曲》,页198、200;见页556–557上的注释。在勒古伊斯(Legouis)

之后，德·塞林科特指出，1790年，华兹华斯在查尔特勒旅行的时候，将法国军队的一次住所搜查错当作1792年才发生的武装占领。

[73] 华兹华斯早期在《景物素描》中对同一次法国和瑞士旅行进行的描述——写于1791年至1792年，就在旅行结束后不久，在恐怖统治（Reign of Terror）之前——强调了这一启示的意义。之前的叙述都以一种充满自信的预言结束：革命的火焰是净化的世界末日之火，从火焰中，将诞生“另一片大地”，它必定成为一个复原的黄金时代。见《威廉·华兹华斯诗集》，第一卷，页88，第774–791行。

[74] 见本书第四章，页215–217。

[75] 马泰斯·约勒斯，《诗歌与生活艺术：弗里德里希·席勒的语言和诗歌问题研究》。我有幸阅读了一位已故同事手稿中的一个章节，名为“飞翔之鹰”（Der schwebende Adler），正准备作为遗作出版。

[76] 致查尔斯·奥利尔（Charles Ollier）的信，1819年10月15日；《珀西·比希·雪莱书信集》，第二卷，页127。

[77] 和华兹华斯的《丁登寺》一样，席勒的《散步》也是一首关于登山的诗。然而，与华兹华斯的诗和其他英国抒情长诗不同，它保留了持续攀登的模式（在十八世纪的“地形诗”〔topographical poetry〕中经常出现），在这个过程中，景象不但变化，而且在伴随的沉思中引起相应的改变；例子见约翰·戴尔的《格隆加山》（1726）。

[78] 致詹姆斯·吉尔曼的信，1825年10月10日；《柯尔律治书信集》，E. H. 柯尔律治编（两卷本；波士顿和纽约，1895），第二卷，页742–743。

[79] 洛克和其他经验感觉主义者的作品中，被动接受的精神的主要隐喻（相对于外部世界的物体）与柯尔律治及其同时代人的积极的、投射的精神的隐喻相反。（M. H. 艾布拉姆斯，《镜与灯》，页57–69）

[80] 如保罗在《以弗所书》（4：8）中所说（参照《诗篇》68：18，《失乐园》，第十卷，第185–188行），“他升上高天，掳掠了仇敌”。在“狄摩高根的回声”（第四卷，第556行）里，“征服者被俘虏，拖入深渊”，方向的逆转也意味着参考系的

改变。因为“深渊”是人自身本性的深处，它与人的对立产生激励和投射，而通过这种激励和投射，人可以同时成为自己的“暴君和奴隶”。（第四卷，第 549 行）正是从“智慧之心中 / 它那权力的可怕宝座上”（“天堂的专制”中朱庇特空无一人的王座的内部镜像），“爱……喷涌而出 / 在世界上收起疗伤的翅膀”。（第四卷，第 557–561 行）

［81］《彼得·贝尔三世》注释，《雪莱诗歌全集》，页 362。

［82］《为诗一辩》（1821），《雪莱散文集》，页 296–297；另见页 239–240。参见《时代精神》，《威廉·哈兹里特全集》，第十一卷，尤其是页 86–87。

附录：华兹华斯的“《隐士》纲要”

1.《漫游》“序言”

华兹华斯宣布了自己称之为“纲要”的诗歌计划，作为《漫游》（1814）“序言”的结语。以下是该纲要的准确重印版本，我只是在右侧空白处增添了行标。

塞林科特和达比希尔（《威廉·华兹华斯诗集》，第五卷，页1-6）出版的“序言”和“纲要”是修订本，收录在华兹华斯《1849-1850年诗集》中，除了在字母大写和标点上做了大量改动外，还对1814年版“纲要”做了两处重大改动：（1）第25行中，“最圣洁的人”改为“以最圣洁的心情”；（2）第83行中，“——你这先知之灵来临”改为“降临吧，先知之灵！”

在修订版“序言”中，华兹华斯讨论了自传体“预备诗”（即《序曲》）与计划创作的杰作《隐士》之间的关系，描述了《隐士》第二部分《漫游》在全诗中所处的位置，继而在最后的叙述段落中，简要介绍了修订后的“纲要”，内容如下：

> 作者并非旨在正式宣布一个体系：对于他而言，采取另外一种不同的途径更富于生气和活力；如果能成功地把清晰的思想、生动的形

象和强烈的感情传达给心灵，读者自己就可以毫不费力地提炼出这个体系。此外，以下段落摘自《隐士》第一卷的结语，可以作为整篇诗歌的构思和范围的一个“纲要”。

“关于人、自然与人类生活
我独自沉思，常常发现
一连串美丽的意象浮现在眼前，
伴随着喜悦
它纯粹单纯，不夹杂令人不悦的悲伤；
我意识到那些产生影响的思想
和珍贵的记忆，它们的存在抚慰
或升华了心灵，旨在平衡
凡人俗世间的善恶。
——这些情感，无论何时来临，
无论来自外部世界的气息，
还是源自灵魂——一种对自己的冲动，
我愿意用无数的诗行来表达。
——真理、伟大、美、爱和希望
被信念征服的忧伤的恐惧；
苦难中得到祝福的慰藉；
道德之力和智性力量；
大众中最广泛播撒的欢乐；
还有个体的心灵，独守
其退隐，那里只屈身服从于
良知，和支配一切理智的
至高的律令；

我歌唱：——“但求解语者，何惧知音希！”

　　那么，吟游诗人，那最神圣的人，
祈祷所获胜于所求。——乌拉尼亚，我需要
你的指引，或者一位更伟大的缪斯女神，如果她
下至凡间或高居霄汉！
因为我必须踏在幽暗的大地，必须
深深下沉——然后再高高升起，
在与天堂中的天堂仅一纱之隔的尘世中呼吸。
一切的力量——所有恐惧，单一的或集结在一起的，
曾以人的形式显现——
耶和华——伴着他的雷霆，天使嘹亮的
吟唱，和至高无上的王座——
我经过这一切，毫不惊慌。
混沌、埃里伯斯最黑暗的深渊，
还有借助梦境才能掘出的更幽冥的虚空
都不会产生如此的恐惧和敬畏
它降临在我们身上，当我们审视，
自己的心灵和人类的心灵。
这是我经常逡巡徘徊之所，是我诗歌的主要领地。
——美——大地鲜活的存在，
胜过世间最美妙的理想的形式
它们由心灵采用大地的材质
用精巧的手艺织就——当我行走时等待着我的脚步；
在我面前搭起她的帐篷，
时刻与我比邻。天堂、仙林

极乐世界、富饶的乐土——就像那些大西洋里探得的
古物——谁说它们只需是
逝去事物的历史，
或仅仅是从未存在之物的虚构？
因为当人类富有洞察力的思维，
充满爱和神圣的激情，
与美好宇宙联姻，就会发现
这些只不过就是日常生活的产物。
——我，早在幸福时刻降临之前，
将在孤独的平静中，吟咏这首婚诗
歌唱这伟大的圆满：——语言
只告诉我们所是的样子
我要从他们的死亡之眠中
唤醒感官，让空虚的人和徒劳的人
获得崇高的喜悦；尽管我宣称
个人的心灵是多么精美地
（也许成长的力量不亚于整个
人类心灵）与外部世界
契合在一起：——同样精美地，
外部世界也契合于心灵
这个话题虽然少人提及；
创造（不能再称之以
更低级的名字）
因它们的合力而成就：——这，就是我们的崇高主题。
——我抛弃这些令人愉悦的挂念，常常
不得不转向他处——在旅行中接近

部族，结成同伴，目睹激情相互燃烧的
病态景象；
不得不耳闻人类在田野和树丛中
排泄孤独的痛苦；或不得不徘徊
沉思在集聚起来的悲伤的猛烈风暴中
永远被困厄在
城市的高墙里；希望这些声音
发出真实的评论，——即使
听到这些评论，我也不会垂头丧气，感到孤苦无依！
——降临吧，你这先知之灵！你激励着
宇宙大地中的人的灵魂，
带着对未来事物的梦想；
在伟大诗人的心中矗立着
一座都市的圣殿；赐予我
天赋的真正洞察力；愿我的诗歌，
像星星般美好，在天上闪耀着光芒；
流溢出良性的力量，——自身免受
突变带来的一切不利的影响
这些突变的影响渗透到
整个冥冥世界！——如果将它
与卑微的物质混合；用思考的
的对象，描述思考的
心灵和人；他是谁，过去做过什么——
那个转瞬即逝的存在看见了
这视像，——他曾在何时、何地，生活得怎样；——
这一切工作都不是无为的徒劳。如果这样的主题

可以归为至高的事物,那么,那可怕力量的
仁慈的宠爱就成为一切光明的
主要源泉,愿我的生命
描绘出一幅更美好的时代图景,
拥有更明智的渴望,更纯朴的行为;——
愿真正的自由呵护滋养着我的心:——一切纯洁的思想
与我共在;——如此,愿你永不衰落的爱
指引着我,支持着我,鼓励着我,直到终点!”

“On Man, on Nature, and on Human Life
Musing in Solitude, I oft perceive
Fair trains of imagery before me rise,
Accompanied by feelings of delight
Pure, or with no unpleasing sadness mixed;
And I am conscious of affecting thoughts
And dear remembrances, whose presence soothes
Or elevates the Mind, intent to weigh
The good and evil of our mortal state.
—To these emotions, whencesoe'er they come,
Whether from breath of outward circumstance,
Or from the Soul—an impulse to herself,
I would give utterance in numerous Verse.
—Of Truth, of Grandeur, Beauty, Love, and Hope—
And melancholy Fear subdued by Faith;
Of blessed consolations in distress;
Of moral strength, and intellectual power;
Of joy in widest commonalty spread;
Of the individual Mind that keeps her own
Inviolate retirement, subject there
To Conscience only, and the law supreme

Of that Intelligence which governs all;
I sing: —"fit audience let me find though few!"

So prayed, more gaining than he asked, the Bard,
Holiest of Men. —Urania, I shall need
Thy guidance, or a greater Muse, if such
Descend to earth or dwell in highest heaven!
For I must tread on shadowy ground, must sink
Deep—and, aloft ascending, breathe in worlds
To which the heaven of heavens is but a veil.
All strength—all terror, single or in bands,
That ever was put forth in personal form;
Jehovah—with his thunder, and the choir
Of shouting Angels, and the empyreal thrones,
I pass them, unalarmed. Not Chaos, not
The darkest pit of lowest Erebus,
Nor aught of blinder vacancy—scooped out
By help of dreams, can breed such fear and awe
As fall upon us often when we look
Into our Minds, into the Mind of Man,
My haunt, and the main region of my Song.
—Beauty—a living Presence of the earth,
Surpassing the most fair ideal Forms
Which craft of delicate Spirits hath composed
From earth's materials—waits upon my steps;
Pitches her tents before me as I move,
An hourly neighbour. Paradise, and groves
Elysian, Fortunate Fields—like those of old
Sought in the Atlantic Main, why should they be
A history only of departed things,
Or a mere fiction of what never was?
For the discerning intellect of Man,

When wedded to this goodly universe
In love and holy passion, shall find these
A simple produce of the common day.
—I, long before the blissful hour arrives,
Would chaunt, in lonely peace, the spousal verse
Of this great consummation: —and, by words
Which speak of nothing more than what we are,
Would I arouse the sensual from their sleep
Of Death, and win the vacant and the vain
To noble raptures; while my voice proclaims
How exquisitely the individual Mind
(And the progressive powers perhaps no less
Of the whole species) to the external World
Is fitted: —and how exquisitely, too,
Theme this but little heard of among Men,
The external world is fitted to the Mind;
And the creation (by no lower name
Can it be called) which they with blended might
Accomplish: —this is our high argument.
—Such grateful haunts foregoing, if I oft
Must turn elsewhere—to travel near the tribes
And fellowships of men, and see ill sights
Of madding passions mutually inflamed;
Must hear Humanity in fields and groves
Pipe solitary anguish; or must hang
Brooding above the fierce confederate storm
Of sorrow, barricadoed evermore
Within the walls of Cities; may these sounds
Have their authentic comment, —that, even these
Hearing, I be not downcast or forlorn!
—Come thou prophetic Spirit, that inspir'st
The human Soul of universal earth,

Dreaming on things to come; and dost possess
A metropolitan Temple in the hearts
Of mighty Poets; upon me bestow
A gift of genuine insight; that my Song
With star-like virtue in its place may shine;
Shedding benignant influence, —and secure,
Itself, from all malevolent effect
Of those mutations that extend their sway
Throughout the nether sphere! —And if with this
I mix more lowly matter; with the thing
Contemplated, describe the Mind and Man
Contemplating; and who, and what he was,
The transitory Being that beheld
This Vision, —when and where, and how he lived; —
Be not this labour useless. If such theme
May sort with highest objects, then, dread Power,
Whose gracious favour is the primal source
Of all illumination, may my Life
Express the image of a better time,
More wise desires, and simpler manners; —nurse
My Heart in genuine freedom: —all pure thoughts
Be with me; —so shall thy unfailing love
Guide, and support, and cheer me to the end!"

华兹华斯撰写的“纲要”：手稿之首页(该手稿位于《安家格拉斯米尔》手稿 B 的结尾)

华兹华斯撰写的“纲要”：手稿3

2. “纲要”手稿

塞林科特和达比希尔在《威廉·华兹华斯诗集》(第五卷,页372)中描述了“纲要”现存的三份手稿。为避免混淆,与这两位编辑一样,我将这三份手稿标记为手稿1、手稿2和手稿3。但是,若将这些文本进行比较,并与1814年手稿版本对照,就可以完全确定,真正的写作时间顺序为手稿1、手稿3、手稿2。塞林科特和达比希尔在出版版本的脚注中对手稿做了一些改动(《威廉·华兹华斯诗集》,第五卷,页3–6),也单独印刷了一份手稿2的抄本,但并不完整,也不太准确(第五卷,页338–339)。

手稿1是在一个小笔记本中发现的,笔记本与用作《序曲》部分草稿的小本子类似。手稿2是《隐士》第一卷第一部分手稿B的结语,名为《安家格拉斯米尔》。手稿3是写在一个八开活页笔记本上的一个片段。《威廉·华兹华斯诗集》的两位编辑称,手稿1“很可能是一份草稿的复制品……最早写于1798年,地点是阿尔福克斯登”,手稿2和手稿3写作时间相同,“可能……是1800年的最初几个月”。(第五卷,页372)应该强调的是,这些日期都是推测出来的,也许三部手稿的写作时间都不是1804年,甚至都不在1806年之前。* 要进一步确定它们的写作年代,还需要对华兹华斯遗留下来的大量的、混乱不清的文学材料进行详细研究和整理。印刷下面的几份抄写稿时,我们都尽可能准确地保持全

---

* 约翰·芬奇提供了证据,证明《安家格拉斯米尔》手稿B版本的部分内容(可能包括构成“纲要”手稿2的章节)创作于1806年7月。参见《论〈安家格拉斯米尔〉的创作时间:一种新方法》,收入《华兹华斯二百年诞辰研究:纪念约翰·阿尔班·芬奇》。马克·L.里德教授写信给我,表明根据他的研究,“纲要”的三份手稿似乎都写于1804年3月底到1806年9月初之间,但这一点还不能确定。

息图的原样*，插入的行数、单词或字母打印字体较小，与它们在手稿中出现的地方一样。印刷版本中的间隔在手稿中用空白表示，括号中的单词和问号（例如[sink?]，即[下沉?]）表示识别还不确定，括号中的问号（例如：[?]）表示单词或词组难以辨认，残缺不全的单词在后面加一个问号（例如：tha[?]），表示该单词的问号部分难以辨认。为了便于比较，1814年版“纲要”中，在右侧加入了行编，与手稿中的行数保持一致，或者与之接近。

“纲要”手稿 1

关于人、自然与人类生活 1
我独自思考，常常 2
发现甜美的激情穿越我的灵魂 —
如同音乐：无论我身在何处，对于它们 —
我都甘愿以无数诗句来表达。 13
真理、伟大、美、爱和希望 14
大众中最广泛播撒的欢乐； 18
个体的心灵，独守 19
其退隐，它们构成 20
无限的存在，一个伟大的生命， —
我为它歌唱；但求解语者，何惧知音希。 23
但求解语者，何惧知音希！那么，祈祷吧，吟游诗人， 24
那最神圣的人。乌拉尼亚，我需要 25

* 格拉斯米尔鸽舍华兹华斯图书馆的受托人非常慷慨，允许我复印了这些手稿。我还要感谢康奈尔大学华兹华斯收藏馆的馆长乔治·希利（George Healey）教授，他让我参观了华兹华斯鸽舍图书馆里的手稿复制品。

你的指引，或者一位更伟大的缪斯女神，如果她 26
下至凡间或高居霄汉。 27
因为我必须踏在幽暗的大地，必须［下沉?］ 28
到深处，然后再高高升起， 尘世 29
与天堂中的天堂只不过一纱之隔。 30
一切的力量——所有恐惧，单一的或集结在一起的， 31
曾以人的形式显现 32
耶和华，伴着他的雷霆，天使嘹亮的 33
吟唱，和至高无上的王座 34
我经过这一切，毫不惊慌。最幽深地狱中 35
最黑暗的深渊，黑夜、混沌、死亡 36
还有借助梦境才能掘出的幽冥的虚空 37
也不能产生如此的恐惧和敬畏 38
它常常降临在我身上，当我审视 39
自己的灵魂和人类的灵魂， 40
这是我常逡巡徘徊之所，是我诗歌的主要领地。 41
美，它的居所是葱绿的大地 42
远远超过精巧诗人以专业技艺编制的 43
的杰作，它的创造、塑造 44
来自大地的材质，当我行走时等待着我的脚步 45
在我面前搭起她的帐篷 46
时刻与我比邻。天堂、仙林 47
极乐世界、幸福之岛在精心挑选的隐居之所的 48
深处，谁说它们只需是 49
一部历史，或只是一场梦，当心灵 50
曾与这外在的事物联姻 53

在爱中，会发现它们就是平凡日子中的成长。 54 / 55

抛弃那些令人愉悦的挂念，如果我的诗歌 72

不得不转向他处，在旅行中接近部族 73

与人结伴，目睹盛怒于彼此攻讦 74

的病态景象 75

侮辱、伤害、不义和冲突 —

~~智慧，你是我的向导，如果是的话[？]~~ —

必须

我耳闻人类在田野和树丛中 76

排泄孤独的痛苦，或不得不徘徊 77

沉思在集聚起来的悲伤的猛烈风暴中 78

永远被困厄在 79

城市的高墙；为这些声音 80

让我发现

~~赋予意义~~

你也赋予类似的意义吗 —

他们让上帝倾听到这些声音，即使我听见了这些 81

也不会垂头丧气，或孤苦无依。 82

来吧，你这先知之灵，人类的灵魂 83

宽广大地上人类的灵魂啊， 84

在伟大诗人的心中 86

矗立着一座都市的圣殿。对我允诺 87

你的先见，教我领悟、区分 88

内在之物与偶然之物、稳固的情感与 —

飞逝的情感。我的诗歌将永存，成为 88

一盏明灯，高悬于天空之上，激励着 —

未来的世界。如果这里 93

我融入更卑微的东西，用[这?]沉思的对象 94

描绘沉思的心灵和人类 95

他过去干什么，是什么 96

~~[孤独的?]存在[?]~~

那个转瞬即逝的存在看见了 97

~~何时、何地、以何种方式~~

~~这视像，他曾经生活得怎样？在何时？在何地？~~

这视像，他曾在何时、何地，生活得怎样 98

他生活中的琐碎事件 —

既是公民同胞，又是 —

[逃犯?] —

逃亡之徒，时代的边缘者

不要让这种劳作徒劳无益。伟大的神啊* 99

我只向你祈祷 —

让天真无邪的灵魂令我的生命 102

描绘出一幅更美好的时代图景 103

拥有更明智的渴望、更纯朴的行为， 104

原真正的自由呵护滋养着我的心，一切纯洁的思想 105

和我共在，支撑我直到终点。 107

---

* 在对页上：

这样的

如果~~这个~~主题

不是没有价值

~~也~~具有价值那么永恒之神

THE PROSPECTUS: MS 1

On Man, on Nature, and on human Life 1
Thinking in solitude, from time to time 2
I find sweet passions traversing my soul —
Like music: unto these, where'er I may —
I would give utterance in numerous verse. 13
Of Truth, of Grandeur, Beauty, Love, and Hope; 14
Of joy in various commonalty spread; 18
Of th' individual mind that keeps its own 19
Inviolate retirement, and consists 20
With being limitless, the one great Life, —
I sing; fit audience let me find though few. 23
　Fit audience find though few! Thus prayd the Bard 24
Holiest of Men. Urania I shall need 25
Thy guidance, or a greater Muse, if such 26
Descend to earth, or dwell in highest heaven. 27
For I must tread on Shadowy ground, must [sink?] 28
Deep, and ascend aloft, and 　　　worlds 29
To which the Heaven of heavens is but a veil. 30
All strength, all terror, single, or in bands 31
That ever was put forth by personal Form 32
Jehovah, with his thunder, and the choir 33
Of shouting Angels, and th' empyreal thrones 34
I pass them unalarm'd. The darkest pit 35
Of the profoundest hell, night, chaos, death 36
Nor aught of blinder vacancy scoop'd out 37
By help of dreams, can breed such fear and awe 38
As fall upon me often when I look 39
Into my soul, into the soul of man 40
My haunt, and the main region of my song. 41
Beauty, whose living home is the green earth 42
Surpassing far what hath by special craft 43

Of delicate Poets, been call'd forth, & shap'd 44
From earths materials, waits upon my steps 45
Pitches her tents before as I move 46
My hourly neighbour. Paradise, & groves 47
Elysian, blessed island in the deep 48
Of choice seclusion, wherefore need they be 49
A history, or but a dream, when minds 50
Once wedded to this outward frame of things 53
In love, finds these the growth of common day. 54 / 55
Such pleasant haunts foregoing, if my Song 72
Must turn elswhere, & travel near the tribes 73
And Fellowships of men, and see ill sights 74
Of passions ravenous from each others rage, 75
Insult & injury & wrong and strife —
~~Wisdom be thou my Guide, and if so [?]~~
must —
I hear humanity in fields & groves 76
Pipe solitary anguish, or must hang 77
Brooding above the fierce confederate storm 78
Of sorrow, barricadoed ever more 79
Within the walls of Cities; to these sounds 80
Let me find
~~Give meaning~~
~~Do thou~~ give meaning more akin to that —
Which to Gods ear they carry, that even these 81
Hearing, I be not heartless, or forlorn. 82
Come Thou, prophetic Spirit, soul of Man 83
Thou human Soul of the wide earth, that hast 84
Thy metropolitan temple in the hearts 86
Of mighty Poets, unto me vouchsafe 87
Thy foresight, teach me to discern, & part 88
Inherent things from casual, what is fixd —
From fleeting, that my song may live, & be 88

Even as a light hung up in heaven to chear —
The world in times to come. And if this 93
I mingle humbler matter, with [this?] the thing 94
Contemplated describe the mind & man 95
Contemplating & who he was & what 96
~~The [solitary?] being tha[?]~~
The transitory being that beheld 97
~~when & where & how~~
~~This vision, how he lived, & when, & where~~
This vision, when & where & how he lived 98
With all his little realties of life —
In part a Fellow citizen, in part
[fugitive?] —
An outlaw, and a borderer of his age —
Be not this labour useless. O great God * 99
To less than thee I cannot make this prayer —
Innocent mighty Spirit let my life 102
Express the image of a better time 103
Desires more wise & simpler manners, nurse 104
My heart in genuine freedom, all pure thoughts 105
Be with me & uphold me to the end. 107

---

* On the facing page:

such
If ~~this~~ theme
not unworthy
Be ~~also~~ worthy then Eternal God

“纲要”手稿 2

关于人、自然和人类的生活 1

我常常

我独自思考，常常 2

感到愉悦的

~~我感受到甜美的~~激情穿越我的灵魂 —

像音乐那样，传到这里，无论我身在何处 —

960

我将吟诵无数的诗行来表达 13

伟大、美、爱和希望的真理 14

~~对这个大地的希望和死后的希望~~ —

~~[美德?]和智性力量~~ —

道德的[力量?]和智性力量 17

在痛苦中得到祝福的慰藉 16

在大众中播撒的欢乐 18

还有个体的心灵，独守 19

其退隐，它们构成 20

无限的存在，一个伟大的生命 —

我为它歌唱，但求解语者，何惧知音希 23

请求

因此祈祷所获胜于所求 24

~~但求解语者何惧知音希~~祈祷吧吟游诗人 24

最神圣的人乌拉尼亚我需要 25

你的指引或者一位更伟大的缪斯女神如果她 26

下至凡间或高居霄汉 27

因为我必须踏在幽暗的大地必须深深 28

下沉然后高高升起在 29

与天堂中的天堂仅仅一纱之隔的尘世中呼吸 30

一切的力量所有恐惧单一的或集结在一起的
曾以人的形式显现
耶和华伴着他的雷霆，天使嘹亮的
900
吟唱至高无上的王座
混沌
我经过这一切，毫不惊慌。~~最黑暗的深渊~~。
最幽深地狱中最黑暗的深渊，
~~最深的地狱，没有混乱~~
最深的埃里伯斯最黑暗的~~最深的~~，
还有借助梦境才能掘出的　　虚空都不会
产生如此的恐惧和敬畏
它降临在我们身上，当我们审视
自己的心灵以及人类的心灵，
这是我常逡巡徘徊之所是我诗歌的主要领地。
大地鲜活的存在
美，~~它的居所是葱绿的~~大地
胜过世间最美妙的理想的形式
它们
采用大地上的材质
由灵巧的精神用手艺制造出来；
美在我行走的地方等待着我的脚步在我面前搭起她的帐篷
时刻与我比邻。天堂、仙林
极乐世界、富饶的~~土地，~~田野，就像那些
主要
~~深邃~~海洋中的古物谁说它们只需是
一部历史或者只是一场梦心灵
一旦与这事物的外部体系联姻

处于爱之中会发现它们就是日常生活中的成长 54/55
我早在幸福时刻降临之前 56
歌唱
在孤独的平静中吟唱歌颂这一伟大圆满 57
的婚诗将宣告 58
(与描写我们自己样子的语言并无二致) 59
个人的心灵 63
和发展中的 64
整个人类心灵与外部世界的契合 65
是多么的精美;同样精美的是 66
这个话题少人提及 67
外部世界与心灵的契合 68
创造(不能再称之以 69
更低级的名字)因它们的合力而 70
成就:这就是我的崇高主题 71
将这些　　　　抛弃,如果我经常 72
不得不转向他处在旅行中接近部族 73
与人结伴目睹盛怒于彼此攻讦 74
的病态景象 75
不得不耳闻人类在田野和树丛中 76
排泄孤独的痛苦或者不得不 77
沉思在集聚起来的悲伤的风暴中 78
永远被困厄在 79

城市的高墙希望这些声音 80
发出真实的评论即使这些评论 81

我听见了，也不垂头丧气或孤苦无依。 82

来吧你这先知之灵，人类的灵魂 83

你是大地上人类的灵魂 84

在伟大诗人的心中 86

矗立着一座都市的圣殿对我允诺 87

帮助

你~~引导~~我教我[领悟?]区分 —

必然与偶然，永恒与 —

流逝我的诗歌将永存 —

成为一盏明灯高悬于天空之上激励着 —

与

未来的人类。如果‸此一起 93

我融入更卑微的东西，用沉思的对象 94

描绘进行思考的 95

心灵和人类他曾经是谁做过什么 96

那个转瞬即逝的存在看见了 97

他曾在何时、何地，生活得怎样 98

~~[他的?][快乐?][?]希望与恐惧~~

他生活中的~~琐碎~~事件 —

微小

不要让这种工作徒劳无益：如果这个主题 99

1040

可以归为至高的事物，那么，恩赐的上帝

完美的

~~可以与至高的事物一起那么伟大的~~上帝 100

你是呼吸是道路是向导 —

灵魂

是~~力量~~是理解愿我的生命 102

描绘出一幅更美好的图景， 103

拥有更明智的欲望、更纯朴的行为 104

愿以真正的自由呵护滋养我的心一切单纯的思想 105

和我共在支撑我直到终点 107

1047

[一些?]诗[?]

我的~~诗歌可以永存、闪耀光芒~~ —

[不会枯萎?][品性?]可以[永存?]

未受[世界?]变化的影响*。 92/93

我诗歌的主体 —

未[?]

不受世事变换的影响 92/93

远离尘嚣之扰将闪耀光芒 89

如同一个

像一盏明灯,高悬于天空之上,激励着 —

* "Untouched"中"Un"(未)写在"By"上面。

THE PROSPECTUS: MS 2

On Man on Nature & on human Life

I often
Thinking in solitude, from time to time 1

Delightful
~~I feel sweet~~ passions traversing my Soul 2 —
Like Music, unto these, whereer I may

960 —

I would give utterance in numerous verse 13
Of truth of grandeur beauty love & hope 14
~~Hope for this earth & hope beyond the grave~~ —

t
~~Of [virtue?] & of inellectual power~~ —
Of moral [strength?] & intellectual Power 17
Of blessed consolations in distress 16
Of joy in widest commonalty spread 18
Of the individual mind that keeps its own 19
Inviolate retirement, & consists 20
With being limitless the one great Life —
I sing, fit audience let me find though few 23

asked
So pray'd, more gaining than wish'd 24
Fit ~~audience find tho'~~ few thus pray'd the Bard 24
Holiest of Men Urania I shall need 25
Thy guidance or a greater Muse if such 26
Descend to earth or dwell in highest heaven 27
For I must tread on shadowy ground must sink 28
Deep, & aloft ascending breathe in worlds 29
To which the Heaven of heavens is but a veil 30
All strength all terror single or in bands 31
That ever was put forth in personal forms 32
Jehovah with his thunder & the quire 33
900
Of shouting angels & the empyreal thron 34
Not chaos, not

I pass them unalarmed. ~~The darkest Pit~~ 35
The darkest Pit of the profoundest hell, 36
~~Of the profoundest Hell, chaos night~~
The ~~lowes~~ darkest Pit of lowest Erebus
Nor aught of vacancy scoop'd out 37
By help of dreams can breed such fear & awe 38
As fall upon us often when we look 39
Into our minds into the mind of Man 40
My haunt & the main region of my song. 41
a living Presence of the Earth
Beauty ~~whose Living home is the green~~ earth 42
Surpassing the most fair ideal Forms 43
Which
~~The~~ craft of delicate spirits hath compos'd 44
From earths materials waits upon my steps 45
Pitches her tents before me where I move 46
An hourly Neighbour. Paradise, & groves 47
Elysian fortunate ~~islands~~, fields like those of old 48

main
In the ~~deep~~ ocean wherefore should they be 49
A History or but a dream when minds 50
Once wedded to this outward frame of things 53
In love find these the growth of common day 54 / 55
I long before the bless'd hour arrives 56
1000

~~chant~~
Would sing in solitude the spousal verse 57
Of this great consummation, would proclaim 58
(Speaking of nothing more than what we are) 59
How exquisitely the individual Mind 63
And the progressive powers perhaps no less 64
Of the whole species to the external world 65
Is fitted; & how exquisitely too 66
Theme this but little heard of among men 67
The external world is fitted to the mind 68
And the creation (by no lower name 69

Can it be call'd) which they with blended might 70
Accomplish: this is my great argument. 71
Such foregoing if I oft 72
Must turn elswhere & travel near the tribes 73
And fellowships of men & see ill sights 74
Of passions ravenous from each other's rage 75
Must hear humanity in fields & groves 76
Pipe solitary anguish or must hang 77
Brooding above the fierce confederate Storm 78
Of Sorrow barricadoed evermore 79

1020

Within the walls of Cities may these sounds 80
Have their authentic comment that even these 81
Hearing, I be not heartless or forlorn. 82
Come thou prophetic Spirit, Soul of Man 83
Thou human Soul of the wide earth that hast 84
Thy metropolitan Temple in the hearts 86
Of mighty Poets unto me vouchsafe 87

succour
Thy ~~guidance~~ teach me to [discern?] & part —
Inherent things from casual, what is fixed —
From fleeting that my verse may live & be —
Even as a light hung up in heaven to chear —

with
Mankind in times to come. And if ‸ this 93
I blend more lowly matter with the thing 94
Contemplated describe the mind & man 95
Contemplating & who & what he was 96
The transitory Being that beheld 97
This vision when & where & how he lived 98
~~[His?][joys?] [?] hopes & fears~~ —
With all his ~~little~~ realties of life
small

Be not this labour useless: if such theme 99

1040

May sort with highest things, then gratious god

Perfect

~~With highest things may~~ ~~then great~~ God 100

Thou who art breath & being way & guide —

soul

And ~~power~~ & understanding may my life 102

Express the image of a better time 103

More wise desires & simple manners nurse 104

My heart in genuine freedom all pure thoughts 105

Be with me & uphold me to the end 107

1047

verse a [few?] [?]

That my ~~verse may live & shine~~ —

With [undecaying?] [properties?] may [live?] —

Untouched* by the mutation of the [world?] 92/93

that the body of my verse —

Un[?]

By the mutation of the world untouchd 92/93

And by its ferments undisturbed may shine 89

as a

Even ~~like~~ a light hung up in heaven to chear —

---

* The "Un" in "Untouched" is written over the word "By."

"纲要"手稿 3

st 耳闻人类在田野和树丛中* 76
e 孤独的痛苦或者不得不 77
ding 在集聚起来的悲伤的风暴中 78
w 被困厄在 79
城市的高墙希望这些声音 80
发出真实的评论即使我听见了 81
这些评论也不会垂头丧气或孤苦无依。 82
来吧你这先知之灵人类的~~[——?——]~~灵魂 83
你是大地上人类的灵魂拥有 84
在伟大诗人的心中矗立着 86
一座都市的圣殿对我允诺 87
你的引导教我领悟区分 —
必然与偶然永恒与 —
流逝让我的诗歌永存成为 —
一盏明灯高悬于天空之上激励着 —
未来的人。如果于其中 93
我融入更卑微的东西用沉思的对象 94
描绘沉思的 95
心灵和人类他曾是谁做过什么 96
那个转瞬即逝的存在看见 97
他曾在何时、何地，生活得怎样 98
它他生活中的琐碎事件 —
不要让这种工作徒劳无益：如果这个主题 99

* 这篇手稿左上角被撕掉了。

可归于至高的事物那么伟大的上帝 100

你就是呼吸是道路是向导

~~你是全能的存在是光明是律令~~ —

是权力

~~是力量~~是理解愿我的生命 102

描绘出一幅更美好的时代图景 103

拥有更明智的欲望、更纯朴的行为 104

愿以真正的自由呵护滋养我的新一切单纯的思想 105

和我~~共在~~①支撑我直到终点。 107

隐士*

单纯强大的精神

---

① 此处诗人的手稿删去了动词“支撑”(uphold)前的 to。

* 该词并非出自华兹华斯之手。

THE PROSPECTUS: MS 3

st hear humanity in fiels and groves [*] 76
e solitary or anguish or must hang 77
ding above the fierce confederate Storm 78
w barricadoed evermore 79
the walls of cities may such sounds 80
their authentic comment that even these 81
Hearing I be not heartless or forlorn. 82
Come thou Prophetic Spirit Soul of ~~[?]~~ Man 83
Thou human Soul of the wide earth that hast 84
Thy metropolitan Temple in the hearts 86
Of mighty Poets unto me voutchsafe 87
Thy guidance teach me to discern and part —
Inherent things from casual, what is fixd —
From fleeting that my verse may live, and be —
Even as a light hung up in heavn to chear —
Mankind in times to come. And if this 93
I blend more lowly matter with the thing 94
Contemplated describe the mind and Man 95
Contemplating & who & what he was 96
The transitory Being that beheld 97
This Vision when & where & how he lived 98
With all ~~its~~ his little realties of life —
Be not this labour useless: if such theme 99
With highest things may mingle then great God 100
Thou who art breath & being way & guide
~~Almighty being thou who art light & law~~ —
power
And ~~strength~~ & understanding may my life 102
Express the image of a better time 103
More wise desire, & simple manners nurse 104

* The upper left corner of the MS is torn off.

My heart in genuine freedom all pure thoughts 105
Be with me and ~~to~~ uphold me to the end. 107

Recluse*
Innocent mighty Spirit

* This word is not in Wordsworth's hand.

参考文献

（录自原书注释部分，含作品和研究文献）

Abrams, M. H., "Coleridge, Baudelaire, and Modernist Poetics," in *Immanente Ästhetik, Ästhetische Reflexion: Lyrik als Paradigma der Moderne*, ed. W. Iser (Munich, 1966).

——, "English Romanticism: The Spirit of the Age," *Romanticism Reconsidered*, ed. Northrop Frye (New York, 1963).

——, *The Mirror and the Lamp* (New York, 1953).

——, "Structure and Style in the Greater Romantic Lyric," in *From Sensibility to Romanticism*, ed. Frederick W. Hilles and Harold Bloom (New York, 1965).

Adams, Robert M., *Nil* (New York, 1966).

Alexander, W. M., *Johann Georg Hamann, Philosophy and Faith* (The Hague, 1966).

Aquinas, Thomas, *Summa Theologica*.

Auerbach, Erich, "Figurative Texts Illustrating... Dante's *Commedia*," *Speculum*, XXI (1946).

——, "St. Francis of Assisi in Dante's *Commedia*," in *Scenes from the Drama of European Literature* (New York, 1959).

——, *Mimesis* (Princeton, New Jersey, 1953).

——, "Rising to Christ on the Cross," *Modern Language Notes*, LXIV (1949).

——, "Sermo Humilis," *Romanische Forschungen*, LXIV (1952).

Augustine, *The City of God*, trans. Marcus Dodds (New York, 1950).

——, *Confessions*. trans. F. J. Sheed (London, 1944).

Bacon, Francis, *The New Organon and Related Writings*, ed. Fulton H. Anderson (New York, 1960).

Baillie, John, *The Belief in Progress* (New York, 1951).

Baker, Herschel, *William Hazlitt* (Cambridge, Mass., 1962).

Barker, Arthur, *Milton and the Puritan Dilemma, 1641-1660* (Toronto, 1942).

Battenhouse, Roy, ed., *A Companion to the Study of St. Augustine* (New York, 1955).

Baudelaire, Charles, *Oeuvres Complètes*, ed. Y.-G. Le Dantec and Claude Pichois (Pléiade, 1963).

Becker, Carl, "Progress," in *The Encyclopedia of the Social Sciences* (vol. XII, 1934).

Beebe, Maurice, *Ivory Towers and Sacred Founts* (New York, 1964).

Beer, John, *Coleridge the Visionary* (New York, 1962).

Beja, Morris, *Evanescent Moments: The Epiphany in the Modern Novel* (doctoral thesis, Cornell University, 1963).

Bennett Weaver, *Toward the Understanding of Shelley* (Ann Arbor, Michigan, 1932).

Bennett, Josephine Waters, *The Evolution of "The Faerie Queene"* (Chicago, 1942).

Benz, Ernst, *Adam: Der Mythus vom Urmenschen* (Munich, 1955).

Berlin, Isaiah, "Herder and the Enlightenment," in *Aspects of the Eighteenth Century*, ed. Earl R. Wasserman (Baltimore, 1965).

——, *Historical Inevitability* (London, 1954).

Blackall, Eric A., "Irony and Imagery in Hamann," *Publications of the English Goethe Society*, xxvi (1957).

Blackstone, Bernard, *The Lost Travellers* (London, 1962).

Blake, William, *The Poetry and Prose of William Blake*, ed. David V. Erdman and Harold Bloom (New York, 1965).

Bloom, Harold, *Blake's Apocalypse* (New York, 1963).

——, *The Visionary Company* (Ithaca, 1971).

Bloomfield, Morton, "Joachim of Flora," *Traditio*, XIII (1957).

——, *Piers Plowman as a Fourteenth-Century Apocalypse* (New Brunswick, N. J., 1962).

Boehmes, Jacob, *Sämtliche Werke*, ed. K. W. Schiebler (7 vols.; Leipzig, 1832-64).

Bostetter, Edward E., *The Romantic Ventriloquists* (Seattle, 1963).

Bradley, A. C., "Wordsworth," in *Oxford Lectures on Poetry* (London, 1950).

Bréhier, Emile, *Schelling* (Paris, 1912).

Brown, Louise Fargo, *The Political Activities of the Baptists and Fifth Monarchy Men in England during the Interregnum* (Washington, D. C., 1912).

Buber, Martin, "Prophecy, Apocalyptic, and the Historical Hour," in *Pointing the Way* (New York, 1957).

Bultmann, Rudolf, *History and Eschatology* (New York, 1957).

Bunyan, John, *The Pilgrim's Progress* (London, 1902).

Burckhardt, Titus, *Alchemie, Sinn und Weltbild* (Olten and Freiburg, 1960).

Burke, Edmund, *A Philosophical Enquiry into the Origin of Our Ideas of the Sublime and Beautiful*, ed. J. T. Boulton (London, 1958).

Burkett, F. C., *Jewish and Christian Apocalypses* (London, 1914).

Burnet, Thomas, *The Sacred Theory of the Earth* (6th ed., 2 vols.; London, 1726).

Bury, J. B., *The Idea of Progress* (New York, 1955).

Carlyle, Thomas, *Sartor Resartus*, ed. Charles Frederick Harrold (New York, 1937).

Carlyle, Thomas, *The Works of Thomas Carlyle* (Centenary Edition).

Carnall, Geoffrey, *Robert Southey and His Age* (Oxford, 1960).

Carpenter, F. I., "The American Myth: Paradise (To Be) Regained," *PMLA*, LXXIV (1959).

Charles, R. H., *A Critical and Exegetical Commentary on the Revelation of St. John* (2 vols.; Edinburgh, 1920).

Chavasse, Claude, *The Bride of Christ* (London, 1940).

Chew, Samuel C., *The Pilgrimage of Life* (New Haven and London, 1962).

Christensen, Francis, "Intellectual Love: The Second Theme of *The Prelude*," *PMLA*, LXXX (1965).

Coburn, Kathleen, ed., *Inquiring Spirit* (London, 1951).

——, *The Notebooks of S. T. Coleridge* (New York, 1957 ff.).

Cohn, Norman, *The Pursuit of the Millennium* (London, 1957).

Coleridge, E. H. ed. *Anima Poetae* (Boston, 1895).

Coleridge, S. T., *Biographia Literaria*, ed. J. Shawcross (2 vols.; Oxford, 1907).

——, *Coleridge on the Seventeenth Century*, ed. Roberta Florence Brinkley (Durham, North Carolina, 1955).

——, *Collected Letters*, ed. Earl Leslie L. Griggs (Oxford, 1956ff.).

——, *The Complete Poetical Works*, ed. Ernest Hartley Coleridge (Oxford, 1912).

——, *Lay Sermons*, ed. Derwent Coleridge (London, 1852).

——, *The Letters of S. T. Coleridge*, ed. E. H. Coleridge (2 vols.; Boston and New York, 1895).

——, *The Philosophical Lectures*, ed. Kathleen Coburn (New York, 1949).

——, *Shakespearean Criticism*, ed. T. M. Raysor (2 vols.; Cambridge, Mass., 1930).

——, *The Table Talk and Omniana*, ed. H. N. Coleridge (London, 1917).

Conrad, Joseph, *Preface to The Nigger of the Narcissus* (Edinburgh and London, 1925).

Conzelmann, Hans, *The Theology of St. Luke*, trans. Geoffrey Buswell (London, 1960).

Copleston, Frederick S. J., *A History of Philosophy* (VII, London, 1963).

Corso, Gregory, *Selected Poems* (London, 1962).

Coss, John Jacob, *Autobiography of John Stuart Mill* (New York, 1924).

Courcelle, Pierre, *Les Confessions de Saint Augustin dans la Tradition Littéraire* (Paris, 1963).

Courcelle, Pierre, *Recherches sur les Confessions de Saint Augustin* (Paris, 1950).

Coveney, Peter, *The Image of Childhood* (Penguin Books, 1967).

Crane, R. S., "Anglican Apologetics and the Idea of Progress, 1699-1745," in *The Idea of the Humanities and Other Essays* (2 vols.; Chicago, 1967).

Dana, Richard Henry, *Poems and Prose Writings* (2 vols.; New York, 1850).

Daniélou, Jean, *The Bible and the Liturgy* (Notre Dame, Indiana, 1956).

de Man, Paul, "Keats and Hölderlin," *Comparative Literature*, VIII (1956).

de Selincourt, E. and Chester L. Shaver, eds., *The Letters of William and Dorothy Wordsworth: The Early Years 1787-1805* (2nd ed.; Oxford, 1967).

de Selincourt, E. and Helen Darbishire, eds., *The Poetical Works of William Wordsworth* (5 vols.; Oxford, 1940-9).

Deinert, Herbert, "Die Entfaltung des Bösen in Böhme's *Mysterium Magnum*," *PMLA*, LXXIX (1964).

Delorme, Maurice, *Hölderlin et la révolution française* (Monaco, 1959).

Dionysius the Areopagite, *On the Divine Names*, trans. C. E. Rolt (New York, 1920).

Dodd, C. H., *The Interpretation of the Fourth Gospel* (Cambridge, England, 1953).

Dowden, Edward ed., *The Correspondence of Robert Southey with Caroline Bowles* (Dublin, 1881).

Dunbar, H. Flanders, *Symbolism in Medieval Thought* (New York, 1961).

Düntzer, Heinrich and Ferdinand Gottfried von Herder, eds., *Von und an Herder* (3 vols. ; Leipzig, 1861).

Ebreo, Leone, *The Philosophy of Love*, trans. F. Friedeberg-Seeley and Jean H. Barnes (London, 1937).

Edelstein, Ludwig, *The Idea of Progress in Classical Antiquity* (Baltimore, 1967).

Edwards, Jonathan, *Representative Selections*, ed. Clarence H. Faust and Thomas H. Johnson (New York, 1935).

Eliot, T. S., *The Complete Poems and Plays* (New York, 1952).

Ellman, Richard, *James Joyce* (New York, 1959).

Emerson, R. W., *The Complete Works* ("Centenary Edition"; Cambridge, Mass., 1903).

——, *Selections from Ralph Waldo Emerson*, ed. Stephan Whicher (Boston, 1957).

Esslin, Martin, *The Theatre of the Absurd* (Anchor Books, 1961).

Eugène de Faye, *Gnostiques et Gnosticisme* (Paris, 1913).

Fairchild, Hoxie N., *Religious Trends in English Poetry* (4 vols. ; New York, 1939-57).

Farrar, Frederic W., *History of Interpretation* (London, 1886).

Farrer, Austin Farrer, *A Rebirth of Images* (Boston, 1963).

Faulkner, William, "All the Dead Pilots," in *Collected Stories* (New York, 1950).

Faust, Clarence H. and Thomas H. Johnson, eds., *Jonathan Edwards, Representative Selections* (New York, 1935).

Ferguson, Adam, *An Essay on the History of Civil Society*, 1767 edition, ed. Duncan Forbes (Edinburgh, 1966).

Ferry, David, *The Limits of Mortality* (Middletown, Conn., 1959).

Fichte, J. G., *Briefwechsel*, ed. Hans Schulz (2 vols.; Leipzig, 1925).

Fichte, *Die Grundzüge des gegenwärtigen Zeitalters* (1804-5).

Fichte, *Sämtliche Werke*, ed. J. H. Fichte (8 vols., Berlin, 1845).

Fichte, Grundriss des Eigenthümlichen der Wissenschaftslehre, *Sämtliche Werke*, ed. J. H. Fichte (8 vols.; Berlin, 1845).

Finch John, *Wordsworth, Coleridge, and "The Recluse," 1789-1814*, doctoral thesis (Cornell University, 1964).

——, "Wordsworth's Two-Handed Engine," in *Bicentenary Wordsworth Studies, Memory of John Alban Finch*, ed. Jonathan Wordsworth (Ithaca, N. Y., 1970).

Findlay, J. N., *Hegel: A Reexamination* (New York, 1962).

Firth, C. H., ed. The Clarke Papers, *The Camden Society*, New Series, XLIX (1891).

Fixler, Michael, *Milton and the Kingdoms of God* (London, 1964).

Foakes, R. A., *The Romantic Assertion* (London, 1958).

Freccero, John, "Donne's ' Valediction: Forbidding Mourning', " *ELH*, XXX (1963).

——, "Introduction, " *Dante: A Collection of Critical Essays* (Prentice-Hall, 1965).

Frost, Robert Frost, "A Tribute to Wordsworth, " *The Cornell Library Journal*, No. 11, Spring, 1970.

Frost, Stanley Brice, *Old Testament Apocalyptic, Its Origins and Growth* (London, 1952).

Froude, James Anthony, *Thomas Carlyle 1795-1835* (2 vols.; New York, 1882).

Frye, Northrop, *The Anatomy of Criticism* (Princeton, 1957).

——, *Fearful Symmetry* (Princeton, 1947).

——, *The Return of Eden* (Toronto, 1965).

——, *A Study of English Romanticism* (New York, 1968).

Gaier, Ulrich, "Review of Ryan's Hölderlin's ' Hyperion, ' " *German Quarterly*, XXXIX (1966).

Gardner, Helen, *The Limits of Literary Criticism* (London, 1956).

Ginsberg, Allen, *Howl and Other Poems* (San Francisco, 1956).

Gleckner, Robert, "Blake and the Senses, " *Studies in Romanticism*, V (1965).

Goethe, *Goethes Werke* (Weimar ed.; 1890).

Gray, Thomas, *Works*, ed. Edmund Gosse (4 vols. ; New York, 1885).

Griffiths, Bede, *The Golden String* (New York, 1954).

Gueroult, M., "Fichte et la révolution française, " in *Revue Philosophique* (Sept-Dec., 1939).

Guthrie, W. K. C., *In the Beginning* (Ithaca, New York, 1957).

Gutzkow, Karl, *Lebensbilder* (1870).

Hamann, Johann Geory, *Sämtliche Werke*, ed. Josef Nadler (Vienna, 1949).

Hartman, Geoffrey, *Wordsworth's Poetry 1787-1814* (New Haven, 1964).

Havens, Raymond Dexter, *The Mind of a Poet* (2 vols. ; Baltimore, 1941).

Hazlitt, William, *The Complete Works*, ed. P. P. Howe (21 vols. ; London, 1930-4).

Hegel, *Die Vernunft in der Geschichte*, ed. Johannes Hoffmeister (5th ed.; Hamburg, 1955).

——, *Einleitung: System und Geschichte der Philosophie*, ed. Johannes Hoffmeister (Leipzig, 1940).

——, *Grundlinien der Philosophie des Rechts*, ed. Georg Lasson (3d ed. ; Leipzig, 1930).

——, *Lectures on the Philosophy of Religion*, trans. E. B. Speirs and J. B. Sanderson (3 vols.; New York, 1962).

——, *The Logic of Hegel*, trans. William Wallace (2d ed.; Oxford, 1892).

——, *Phänomenologie des Geistes*, ed. Johannes Hoffmeister (6th ed.; Hamburg, 1952).

——, *Philosophie des Rechts*, ed. Hoffmeister (4th ed.; Hamburg, 1955).

——, *The Science of Logic*, trans. W. H. Johnston and L. G. Struthers (2 vols.; London, 1929).

——, *Vorlesungen über die Philosophie der Weltgeschichte*, ed. Georg Lasson (2 vols.; Leipzig, 1920).

——, "Love," in *On Christianity: Early Theological Writings*, trans. and ed. T. M. Knox and Richard Kroner (New York, 1961).

Helmut Sembdner, ed., *Kleist's Aufsatz über das Marrionettentheater: Studien und Interpretationen* (Berlin, 1967).

Herbert, Liboron, *Die Karpokratianische Gnosis* (Leipzig, 1938).

Herder, *Sämtliche Werke*, ed. Bernhard Suphan (33 vols.; Berlin, 1877-1913).

Hildebrand, George H., ed., *The Idea of Progress* (Berkeley and Los Angeles, 1949).

Hirsch, E. D., Jr., *Wordsworth and Schelling: A Typological Study of Romanticism* (New Haven, 1960).

Holcroft, Thomas, *Memoirs of Thomas Holcroft* (London, 1926).

Hölderlin, *Sämtliche Werke*, ed. Friedrich Beissner (6 vols.; Stuttgart, 1946 ff.).

Home, R. H., *A New Spirit of the Age* (New York, 1884).

Hooke, S. H., *The Siege Perilous* (London, 1956).

Hopkins, Gerard Manley, *Further Letters of Gerard Manley Hopkins*, ed. Claude Coller Abbott (London, 1938).

Hughes Merritt Y., "'Myself Am Hell,'" *Modern Philology*, LIV (1956-7).

Hulme, T. E., "Romanticism and Classicism," in *Speculations*, ed. Herbert Read (London, 1936).

Hutton, Charles, *A Mathematical and Philosophical Dictionary* (London, 1796).

Hyppolite, Jean, *Genèse et structure de la Phénoménologie de l'esprit de Hegel* (Paris, 1946).

——, "La Signification de la Révolution Française dans la *Phénoménologie* de Hegel," in *Revue Philosophique* (1939).

Jacobi, Friedrich Heinrich, *Auserlesener Briefwechsel* (2 vols.; Leipzig, 1825-7).

James, Henry, *The House of Fiction*, ed. Leon Edel (London, 1957).

James, William, *The Varieties of Religious Experience* (The Modern Library, New York).

Joyce, James, *Joyce's Diary*, ed. Richard Ellman (New York, 1959).

——, *Letters of James Joyce*, ed. Richard Ellman (New York, 1966).

——, *A Portrait of the Artist as a Young Man*, in *The Portable James Joyce*, ed. Harry Levin(New York, 1947).

Jeffrey, Francis, *Contributions to the Edinburgh Review* (4 vols.; London, 1844).

Jolles, Mattijs, *Dichtkunst und Lebenskunst: Studien zum Problem der Sprache und Dichtung bei Friedrich Schiller.*

——, *Goethes Kunstanschauung* (Bern, 1957).

Jonas, Hans, *The Gnostic Religion* (Boston, 1958).

Jones, John, *The Egotistical Sublime* (London, 1954).

Jones, Rufus M., *The Eternal Gospel* (New York, 1938).

——, *Spiritual Reformers in the Sixteenth and Seventeenth Centuries* (London, 1914).

Josephson, Eric and Mary, ed., *Man Alone: Alienation in Modern Society* (New York, 1962).

Jung, C. G., *Mysterium Coniunctionis*, trans. R. G. C. Hull (Bollingen Series; New York, 1963).

——, *Psychology and Alchemy* (Bollingen Series, London, 1953).

Kahn, Robert L., "Some Recent Definitions of German Romanticism," *Rice University Studies*, L (1964).

Kant, Immanuel, *Critique of Practical Reason*, trans. Lewis White Beck (New York, 1956).

——, *Gesammelte Schriften* (Akademie Ausgabe; Berlin, 1902 ff.).

Kaufmann, Walter, *Hegel: Reinterpretation, Texts, and Commentary* (New York, 1965).

Keats, John, *The Letters of John Keats*, ed. Hyder E. Rollins (2 vols.; Cambridge, Mass., 1958).

Kermode, Frank, "Lawrence and the Apocalyptic Types," in *Word in the Desert*, ed. C. B. Cox and A. E. Dyson (London, 1968).

——, *The Sense of an Ending* (London, 1967).

Kerouac, Jack, *The Dharma Bums* (New York, 1958).

Kirk and Raven, *The Presocratic Philosophers.*

Koyré, Alexandre, *Mystiques, Spirituels, Alchimistes* (Paris, 1955).

——, *La philosophie de Jacob Boehme* (Paris, 1929).

Kroeber, Karl, *The Artifice of Eternity* (Madison and Milwaukee, 1964).

Kuhn, Thomas S., *The Copernican Revolution* (New York, 1959).

Langen, August, *Der Wortschatz des deutschen Pietismus* (Tübingen, 1954).

Lanternari, Vittorio, *Movimenti religiosi di Libertà e di salvezza dei popoli oppressi* (Milan, 1961).

Lawrence, D. H., *Apocalypse* (New York, 1932).

Leisegang, Hans, *Denkformen* (2d ed.; Berlin, 1951).

Lenz, John W., ed., *"Of the Standard of Taste" and Other Essays* (Indianapolis, 1965).

Lerner, L. D., "Puritanism and the Spiritual Autobiography," *The Hibbert Journal* (LV, 1956-7).

Lessing, Gotthold Ephraim, *Sämtliche Schriften*, ed. Karl Lachmann and Franz Muncker (Leipzig).

Levin, Harry, *The Gates of Horn* (New York, 1966).

——, *James Joyce* (Norfolk, Conn., 1941).

——, "Paradises, Heavenly and Earthly," *The Huntington Library Quarterly*, XXIX (1966).

Lewis, C. S., "Shelley, Dryden, and Mr. Eliot," in *English Romantic Poets: Modern Essays in Criticism*, ed. M. H. Abrams (New York, 1960).

Lewis, R. W. B., *The American Adam: Innocence, Tragedy and Tradition in the Nineteenth Century* (Chicago, 1955).

Lilar, Suzanne, *Le Couple* (Paris, 1963), trans. Jonathan Griffin as *Aspects of Love in Western Society* (London, 1965), and Norman O. Brown, *Love's Body* (New York, 1966).

Lindenberger, Herbert, *On Wordsworth's "Prelude"* (Princeton, 1963).

Lovejoy, Arthur O., *The Great Chain of Being* (Cambridge, Mass., 1936).

——, "Milton and the Paradox of the Fortunate Fall," in *Essays in the History of Ideas* (Baltimore, 1948).

Lovejoy, Arthur O., and George Boas, *Primitivism and Related Ideas in Antiquity* (Baltimore, 1935).

Lowes, J. L., *The Road to Xanadu* (Boston and New York, 1927).

Löwith, Karl, *Meaning in History* (Chicago, 1949).

Lowth, Robert, *The Sacred Poetry of the Hebrews* (London, 1847).

Lucas E. V., ed., *The Letters of Charles and Mary Lamb* (3 vols.; London, 1935).

Mähl, Hans-Joachim, *Die Idee des goldenen Zeitalters im Werk des Novalis* (Heidelberg, 1965).

Malcolm, Norman, *Ludwig Wittgenstein, A Memoir* (London, 1958).

Mannheim, Karl, *Ideology and Utopia*, trans. Louis Wirth and Edward Shils (New York, 1936).

Martz, Louis L., *The Paradise Within* (New Haven, 1964).

Marx, Karl, *Economic and Philosophical Manuscripts of 1844*, trans. T. B. Bottomore, in Erich Fromm, *Marx's Concept of Man* (New York, 1961).

Masson, David, ed., *The Collected Writings of Thomas De Quincey* (14 vols.; Edinburgh, 1889-90).

Maurice, Frederick, ed., *The Life of Frederick Denison Maurice* (2 vols.; New York, 1884).

Medwin, Thomas, *The Life of Percy Bysshe Shelley*, ed. H. Buxton Forman (London, 1913).

Melville, Herman, *Clarel*, in *The Works of Herman Melville* (London, 1924).

Milton, John, *The Complete Prose Works* (3 vols.; New Haven, 1953-62).

Misch, Georg, *A History of Autobiography in Antiquity* (2 vols.; Cambridge, Mass., 1951).

Monk, Samuel H., *The Sublime: A Study of Critical Theories in XVIII-Century England* (New York, 1935).

Moore, Carlisle, "Sartor Resartus and the Problem of Carlyle's 'Conversion,'" *PMLA*, LXX (1955).

Morley, Edith J., ed., *The Correspondence of Henry Crabb Robinson with the Wordsworth Circle* (2 vols.; Oxford, 1927).

——, ed., *Henry Crabb Robinson on Books and Their Writers* (3 vols.; London, 1938).

Morris, John N., *Versions of the Self* (New York, 1966).

Mure, G. R. G., *The Philosophy of Hegel* (London, 1965).

Newton, Isaac, *Observations upon the Prophecies of Daniel, and the Apocalypse of St. John*, ed. Benjamin Smith (2 parts; London, 1733).

Nietzsche, Friedrich Wilhelm, *The Birth of Tragedy*, trans. Clifton Fadiman, in *The Philosophy of Nietzsche* (The Modern Library; New York, 1927).

——, *Nietzsche: Werke*, ed. Karl Schlechta (3 vols.; Munich, 1954).

Nicolson, Marjorie Hope, *Mountain Gloom and Mountain Glory* (Ithaca, N. Y. 1959).

North, Christopher R., *The Old Testament Interpretation of History* (London, 1946).

Novalis, *Briefe und Werke* (Berlin, 1943).

——, *Schriften*, ed. Kluckhohn and Samuel (4 vols.; Leipzig, 1929).

——, *Schriften*, ed. Paul Kluckhohn, Richard Samuel, Heinz Ritter, Gerhard Schulz

(Stuttgart), I (1960).

Novalis, *Henry von Ofterdingen*, trans. Palmer Hilty (New York, 1964).

Nygren, Anders, *Agape and Eros*, trans. Philip Watson (London, 1953).

Owen, W. J. B., *Wordsworth's Preface to "Lyrical Ballads"* (Copenhagen, 1957).

Owst, G. R., *Literature and Pulpit in Medieval England* (2d ed.; New York, 1961).

Pagel, Walter, *Paracelsus, An Introduction to Philosophical Medicine in the Era of the Renaissance* (Basel and New York, 1958).

Paracelsus, *Opera, Bücher, und Schriften*, ed. John Huser (2 vols.; Strasbourg, 1603).

Pascal, Blaise, Preface to *Le Traité du vide, Opuscules et lettres*, ed. Louis Lafuma (Éditions Montaigne, 1955).

Pascal, Roy, "Bildung and the Division of Labour," in *German Studies Presented to Walter Horace Bruford* (London, 1962).

——, "Herder and the Scottish Historical School," *Publications of the English Goethe Society*, New Series, XIV (1938-9).

Paul, Claudel, *Interroge l'Apocalypse* (Paris, 1952).

Peacock, Markham L., *The Critical Opinions of William Wordsworth.*

Peacock, Ronald, *Hölderlin* (London, 1938).

Perry, Ralph Barton, ed., *Essays in Radical Empiricism and A Pluralistic Universe* (New York, 1943).

——, *The Thought and Character of William James* (2 vols.; Boston, 1935).

Phelan, John Leddy, *The Millennial Kingdom of the Franciscans in the New World* (Berkeley and Los Angeles, 1956).

Picard, Roger, ed., *Système des Contradictions Économiques* (2 vols.; Paris, 1923).

Piper, H. W., *The Active Universe: Pantheism and the Concept of Imagination in the English Romantic Poets* (London, 1962).

Plath, Sylvia, *The Colossus* (London, 1960).

Plato, *Phaedo*, trans. R. Hackforth (Cambridge, England, 1955).

Plotinus, *The Six Enneads*, trans. Stephen MacKenna and B. S. Page (Chicago, 1952).

——, *Les Metamorphoses du cercle* (Paris, 1961).

Poulet, Georges, *Studies in Human Time* (Baltimore, 1956).

——, "Timelessness and Romanticism," *Journal of the History of Ideas*, XV(1954).

Price, Martin, "The Picturesque Moment," in *From Sensibility to Romanticism*, ed. F. W. Hilles and Harold Bloom (New York, 1965).

Priestley, Joseph, *The Present State of Europe Compared with Antient Prophecies*

(London, 1794).

Proclus, *The Elements of Theology*, ed., and trans. E. R. Dodds (Oxford, 1933).

Proust, Marcel, *A la Recherche du Temps Perdu* (3 vols.; Bibliothèque de la Pléiade, Paris, 1954).

Origen, *The Writings of Origen*, trans. Frederick Crombie (Edinburgh, 1869).

Quispel, G., "Der gnostische Anthropos und die jüdische Tradition," *Eranos-Jahrbuch*, XXII (1953).

Raymond, Marcel, *From Baudelaire to Surrealism* (New York, 1950).

Reed, Mark L., *Wordsworth, The Chronology of the Early Years* (Cambridge, Mass., 1967).

Reiff, Paul F., "Die Aesthetik der deutschen Frühromantik," *Illinois Studies in Language and Literature*, XXXI (1946).

Reinhold, Carl Leonhard, *Briefe über die Kantische Philosophie* (2 vols.; Leipzig, 1790).

——, "Ueber die teutschen Beurtheilungen der französischen Revoluzion," *Neue teutsche Merkur* (April, 1793).

Rehm, W., *Orpheus: Der Dichter und die Toten* (Düsseldorf, 1950).

Richard Kroner, *Von Kant bis Hegel* (2d. ed., 2 vols.; Tübingen, 1961).

Rimbaud, Arthur, *Oeuvres Complètes*, ed. Rolland de Renéville and Jules Mouquet (Pléiade, 1963).

Robinson, Henry Crabb, ed., *Blake, Coleridge, Wordsworth, Lamb, Etc.* (Manchester, 1922).

Roddier, Henri, *Les Reveries du promeneur solitaire* (Paris, 1960).

Rooke, Barbara E., ed., *The Friend* (3 vols.; London, 1969).

Roppen, Georg and Richard Sommer, *Strangers and Pilgrims* (Norwegian University Press, 1964).

Rossi, Paolo, *Francesco Bacone* (Bari, 1957).

Rowley, H. H., *The Relevance of Apocalyptic* (3d ed., New York, 1964).

Royce, Josiah, *Lectures on Modern Idealism* (New Haven, Conn., 1919).

Ruskin, John, *Modern Painters* (New York, 1856).

Russell, Bertrand, *History of Western Philosophy* (2nd ed.; London, 1961).

Ryan, Lawrence, Hölderlin's *"Hyperion": Exzentrische Bahn und Dichterberuf* (Stuttgart, 1965).

Sabine, George H., ed., *The Works of Gerrard Winstanley* (Ithaca, N. Y., 1941).

Sanford, Charles L., *The Quest for Paradise; Europe and the American Moral Imagination*

(Urbana, 1961).

Schadewaldt, Wolfgang, "Das Bild der exzentrischen Bahn bei Hölderlin," *Hölderlin-Jahrbuch* (1952).

Schelling, F. W. J. von, *The Ages of the World*, trans. Frederick de Wolfe Bolman, Jr. (New York, 1942).

——, *Sämtliche Werke* (14 vols.; Stuttgart, 1856-61).

Schholes, Robert, "Joyce and the Epiphany," *Sewanee Review*, LXII (1964).

Schiller, *Sämtliche Werke*, ed. Otto Güntter and Georg Witkowski (20 vols.; Leipzig, n. d.).

Schlegel, Friedrich, *Kunstanschauung der Frühromantik*, ed. Andreas Müller (Leipzig, 1931).

Scholem, Gershom G., *Major Trends in Jewish Mysticism* (New York, 1961).

——, *Ursprung und Anfänge der Kabbala* (Berlin, 1962).

——, "Zum Verständnis der messianischen Idee im Judentum," *Judaica* (Frankfurt am Main, 1963).

Scott, Walter, ed., trans., *Hermetica* (4 vols.; Oxford, 1924-36).

Secret, François, *Le Zohar chez les Kabbalistes Chrétiens de la Renaissance* (Paris, 1958).

Seward, Anna, *Letters of Anna Seward* (6 vols.; Edinburgh, 1811).

Sewell, Elizabeth, *The Orphic Voice* (New Haven, 1960).

Sheed, F. J., trans. *The Confessions of Saint Augustine* (London, 1944).

Shelley, P. B., *Complete Poetical Works of P. B. Shelley*, ed. Thomas Hutchinson (London, 1939).

——, *The Complete Poetical Works of Shelley*, ed. Thomas Hutchinson (London, 1948).

——, *The Letters of P. B. Shelley*, ed. Frederick L. Jones (2 vols.; Oxford, 1964).

——, *Shelley's Prose*, ed. David Lee Clark (Albuquerque, New Mexico, 1954).

——, *Speculations* (London, 1936).

——, *The Triumph of Life*, ed. Donald H. Reiman(Urbana, Illinois, 1965).

Silver, Abba Hillel, *A History of Messianic Speculation in Israel from the First through the Seventeenth Centuries* (Boston, 1959).

Smalley, Beryl, *The Study of the Bible in the Middle Ages* (Oxford, 1952).

Smith, Adam, *An Enquiry into... the Wealth of Nations*, ed. Edwin Cannan (New York, 1937).

——, *Lectures on Justice, Police, Revenue and Arms*, ed. Edwin Cannan (Oxford,

1896).

Smith, Charles J., "The Contrarieties: Wordsworth's Dualistic Imagery," *PMLA*, LXIX (1954).

Smith, Elsie Smith, *An Estimate of William Wordsworth by His Contemporaries, 1793-1822* (Oxford, 1932).

Smith, Henry Nash, *Virgin Land* (New York, 1957).

Smith, Ronald Gregor, *J. C. Hamann 1730-1788* (London, 1960).

Smithers, G. V., "The Meaning of The Seafarer and The Wanderer," *Medium Ævum*, XXVI-VII (1957-8).

Spedding, James, Robert Leslie Ellis and Douglas Dennon Heath, eds., *The Works of Francis Bacon* (15 vols.; Boston, 1863).

Stace, W. T., *The Philosophy of Hegel* (Dover Publications, 1955).

Stallknecht, Newton P., *Strange Seas of Thought* (2nd ed.; Bloomington, 1962).

Stang, Richard, "The False Dawn: A Study of the Opening of Wordsworth's The Prelude," *ELH*, XXXIII(1966).

Starr, G. A., *Defoe and Spiritual Autobiography* (Princeton, 1965).

Stephen, Leslie, "Wordsworth's Ethics," in *Hours in a Library* (3rd Series; London, 1879).

Stevens, Wallace, *The Collected Poems of Wallace Stevens* (New York, 1961).

——, *Opus Posthumous*, ed. Samuel French Morse (New York, 1957).

Stevenson, Lionel, "The Unfinished Gothic Cathedral," *University of Toronto Quarterly*, XXXII (1963).

Strich, Fritz, *Die Mythologie in der deutschen Literatur von Klopstock bis Wagner* (2 vols.; Halle, 1910).

Strout, Cushing, "Hawthorne's International Novel," *Nineteenth-Century Fiction*, XXIV (1969).

——, "William James and the Twice-Born Sick Soul," *Daedalus* (1968).

Sykes, Gerald, ed., *Alienation: The Cultural Climate of Our Time* (2 vols.; New York, 1964).

Talfourd, T. N., "An Attempt to Estimate the Poetical Talent of the Present Age," *The Pamphleteer*, V (1815).

Tanner, Tony, *The Reign of Wonder: Naivety and Reality in American Literature* (Cambridge, England, 1965).

Taylor, F. Sherwood, *The Alchemists* (New York, 1962).

Tennyson, G. B., *Sartor Called Resartus* (Princeton, N. J., 1965).

Thoreau, Henry David, *The Writings of Henry David Thoreau* (20 vols.; Boston, 1906).

Todd, F. M., *Politics and the Poet: A Study of Wordsworth* (London, 1957).

Traherne, Thomas, *Centuries, Poems, and Thanksgivings*, ed. H. M. Margoliouth (2 vols.; Oxford, 1958).

Trench, Richard Chevenix, *Notes on the Parables of Our Lord* (New York, 1867).

Tuveson, Ernest, *Millennium and Utopia* (Berkeley and Los Angeles, 1949).

——, *Redeemer Nation; The Idea of America's Millennial Role* (Chicago, 1968).

Underhill, Evelyn, *Mysticism* (New York, 1955).

Unger, Leonard, "T. S. Eliot's Rose Garden," in *T. S. Eliot: A Selected Critique*, ed. Unger (New York, 1948).

Viatte, Auguste, *Les Sources occultes du romantisme* (2 vols.; Paris, 1928).

Vives, Juan Luis, *On Education*, trans. Foster Watson (Cambridge, 1913).

Vlastos, Gregory, "Slavery in Plato's Thought," *The Philosophical Review*, L (1941).

Waetzoldt, Wilhelm, ed., *Heinrich von Kleists Werke* (6 parts; Berlin, n. d.).

Wagner, Robert D., "The Meaning of Eliot's Rose Garden," *PMLA*, LXIX (1954).

Wasserman, Earl, *Shelley's Prometheus Unbound* (Baltimore, 1965).

Watson, Seth B., ed., *Hints towards the Formation of a more Comprehensive Theory of Life* (London, 1848).

White, William Hale, *The Autobiography of Mark Rutherford* (London, 1923).

Whitney, Lois, *Primitivism and the Idea of Progress* (Baltimore, 1934).

Wiese, Benno von, *Friedrich Schiller* (Stuttgart, 1959).

Wildi, Max, "Wordsworth and the Simplon Pass," *English Studies*, XL (1959) and XLIII (1962).

Wilfried Malsch, *"Europa": Poetische Rede des Novalis* (Stuttgart, 1965).

Wilhelm, James J., *The Cruelest Month* (New Haven and London, 1965).

Wilkie, Brian, *Romantic Poets and Epic Tradition* (Madison and Milwaukee, 1965).

Wilkinson, Elizabeth M. and L. Willoughby, trans. and eds., *Schiller's On the Aesthetic Education of Man* (Oxford, 1967).

Williams, L. Pearce, *Michael Faraday* (New York, 1954).

Williams, Raymond, *Culture and Society, 1780-1850* (New York, 1960).

Wilson Edmund, *Axel's Castle* (New York, 1936).

Windischmann, C. J. H., ed., *Philosophische Vorlesungen aus den Jahren 1804 bis 1806* (Bonn, 1846).

Wittreich, J. A. Jr., ed., *The Romantics on Milton* (Cleveland and London, 1970).

Wolfdietrich Rasch, ed., *Schlegel, Kritische Schriften* (Munich, 1964).

Wolfe, Thomas, *Of Time and the River* (New York, 1935).

Woodman, Ross, *The Apocalyptic Vision in the Poetry of Shelley* (Toronto, 1964).

Woodring, Carl R., "On Liberty in the Poetry of Wordsworth," *PMLA*, LXX(1955).

Woodring, Carl, *Politics in the Poetry of Coleridge* (Madison, 1961).

Woolf, Virginia, "Moments of Vision," *Times Literary Supplement*, May 23, 1918.

Woolley, Mary Lynn, "Wordsworth's Symbolic Vale as It Functions in *The Prelude*," *Studies in Romanticism*, VII (1968).

Wordsworth, Christopher, *Memoirs of William Wordsworth* (London, 1851).

Wordsworth, Jonathan, *The Music of Humanity: A Critical Study of Wordsworth's "Ruined Cottage"* (London, 1969).

Wordsworth, William, *The Complete Poetical Works of William Wordsworth*, ed. Morley, John (London, 1895).

——, *The Convention of Cintra*, ed. A. V. Dicey (London, 1915).

——, *Guide to the Lakes*, ed. Ernest de Selincourt (London, 1906).

——, *Letters of William and Dorothy Wordsworth: The Early Years, 1787-1805*. ed., E. de Selincourt and Chester L. Shaver (2nd ed.; Oxford, 1967).

——, *Letters of William and Dorothy Wordsworth : The Middle Years, 1806-1811*, ed., E. de Selincourt (2 vols.; Oxford, 1937).

——, *Literary Criticism of William Wordsworth*, ed. Paul M. Zall (Lincoln, Nebraska, 1966).

——, *The Poetical Works of William Wordsworth*, ed. Ernest de Selincourt and Helen Darbishire (5 vols.; Oxford, 1940-1949).

——, *The Prelude*, ed. de Selincourt, E. and Helen Darbishire (2nd ed.; Oxford, 1959).

——, *The Prose Works of William Wordsworth*, ed. Alexander B. Grosart (3 vols.; London, 1876).

Yates, Frances A., *Giordano Bruno and the Hermetic Tradition* (Chicago, 1964).

Yeats, W. B., *Collected Poems* (New York, 1945).

——, *The Oxford Book of Modern Verse* (Oxford, 1936).

Zall, Paul M., ed., *Literary Criticism of William Wordsworth* (Lincoln, Nebraska, 1966).

索　引

（索引页码为原书页码，即本书边码）

作为神话与“图像思维”），67,200,202,217,219,220；in Romantic literature and philosophy（在浪漫主义文学与哲学中），32-34,65-68；spiritual interpretations of（圣经的精神性阐释），51-56，第一章注66、75

Colossians（《歌罗西书》）48；1 Corinthians（《哥林多前书》），336,395,401；2 Corinthians（《哥林多后书》），48；Daniel（《但以理书》），39-40,42,57,59,63,381；Ephesians（《以弗所书》），48，第八章注30；Epistles of Paul（《保罗使徒行传》），39；Ezekiel（《以西结书》），43，第七章注19；Genesis（《创世记》），34,100,161,162,204,221，第一章注55；Gospels（《福音书》），38,44，第一章注48；great Epistles（《使徒行传》），38；Hebrews（《希伯来书》），164,166；Hosea（《何西阿书》），43；Isaiah（《以赛亚书》），39,40,41,42,43,44,277,331,343,345,439，第一章注53，第七章注19；Jeremiah（《耶利米书》），43，第四章注59，第七章注19；John（《约翰福音》），47；Leviticus（《利未记》），第三章注42；Luke（《路加福音》），47,165,397，第一章注80；Mark（《马可福音》），第七章注19；2 Peter（《彼得后书》），41,51,335,341，第一章注51、80；Philippians（《腓立比书》），394；Proverbs（《箴言》），155；Psalms（《诗篇》），第一章注24、51，第二章注33，第三章注42，第八章注80；Revelation（《启示录》），37-44等多处，46,49,50,51,53,55,57,106,150,165,167,248,249,277,303,306,311,323,331,335,338,339,411，第一章注60，第二章注61，第五章注91；Romans（《罗马书》），第一章注42、57，第二章注33；Song of Songs（《雅歌》），45-46,50,167,249；Synoptic Gospels（《对观福音书》），39

Bildungsgeschichte 教育之旅，96,123,129,203,261-262,284；in Romantic literature（在浪漫主义文学中），193-195；in Romantic philosophy（在浪漫主义哲学中）187-190；**另见** Journey, educational

Bildungsroman （德国）成长小说，74,229,237-238,244,245-246，第四章注45

Blackall, Eric A. 埃里克·A. 布莱卡尔，第七章注55

著作权合同登记号桂图登字:20－2024－079 号

图书在版编目(CIP)数据

自然的超自然主义：浪漫主义文学中的传统与革命 /(美)M. H. 艾布拉姆斯著；王凤译. -- 桂林：广西师范大学出版社，2025. 3. --(文学纪念碑). -- ISBN 978－7－5598－7471－9

Ⅰ. I500. 9

中国国家版本馆 CIP 数据核字第 2024YK2583 号

自然的超自然主义：浪漫主义文学中的传统与革命
ZIRAN DE CHAOZIRAN ZHUYI：LANGMAN ZHUYI WENXUE ZHONG DE CHUANTONG YU GEMING

出 品 人：刘广汉　　策　　划：魏　东
责任编辑：魏　东　程卫平　　装帧设计：赵　瑾
营销编辑：康天娥　谢静雯

广西师范大学出版社出版发行
(广西桂林市五里店路 9 号　　邮政编码：541004
网址：http://www.bbtpress.com)
出版人：黄轩庄
全国新华书店经销
销售热线：021－65200318　021－31260822－898
山东临沂新华印刷物流集团有限责任公司印刷
(临沂高新技术产业开发区新华路 1 号　邮政编码：276017)
开本：690 mm×960 mm　1/16
印张：46.5　　字数：480 千
2025 年 3 月第 1 版　　2025 年 3 月第 1 次印刷
定价：158.00 元

著作权合同登记号桂图登字：20-2024-[illegible]

图书在版编目(CIP)数据

自然的超自然主义：浪漫主义文学中的传统与革命 / [illegible] 桂林：广西师范大学出版社，2025. [illegible] ISBN 978-7-5598-7471-9

[illegible]

中国国家版本馆CIP数据核字[illegible]

定价：[illegible]